Monika Felten

Die Nebelsängerin

Zu diesem Buch

Nach der Saga um das »Elfenfeuer« der neue große Zyklus der deutschen Meisterin der Fantasy: »Das Erbe der Runen«. Finstere Mächte, Unheil und Verrat haben die Magie der Nebel gebrochen, welche die Elben einst woben. Die Nebelsängerin Ajana ist eine Grenzgängerin zwischen der realen Welt und dem Reich der Elben. Als Erbin eines uralten Amuletts, das von jeher von der Mutter an die Tochter weitergegeben wird, gerät sie unversehens in den Bann verzauberter Runen und wird hineingerissen in einen Strudel phantastischer Abenteuer. Noch ahnt sie nicht, welch ungeheure Aufgabe das Schicksal für sie bereithält.

Monika Felten, geboren 1965, begeisterte mit ihrer »Saga von Thale« auf Anhieb eine große Leserschaft und wurde zweifach mit dem Deutschen Phantastik Preis ausgezeichnet. »Die Nebelsängerin« ist der Auftakt ihres neuen Zyklus »Das Erbe der Runen«. Monika Felten lebt in der Holsteinischen Schweiz, in der in lauen Nächten Feen ihr Unwesen treiben und unheimliche Lichter in den Wiesen wandeln. Weiteres zur Autorin: www.daserbederrunen.de oder www.monikafelten.de

Monika Felten

Die Nebelsängerin

DAS ERBE DER RUNEN 1

Piper München Zürich

Von Monika Felten liegen in der Serie Piper vor:
Elfenfeuer. Die Saga von Thale 1 (6501)
Die Macht des Elfenfeuers. Die Saga von Thale 2 (6530)
Die Hüterin des Elfenfeuers. Die Saga von Thale 3 (6574)
Die Nebelsängerin. Das Erbe der Runen 1 (6613)
Die Feuerpriesterin. Das Erbe der Runen 2 (6630)

Als Hardcover bei Piper außerdem:
Die Schattenweberin. Das Erbe der Runen 3

FSC

Dieses Taschenbuch wurde auf FSC-zertifiziertem Papier gedruckt. FSC (Forest Stewardship Council) ist eine nichtstaatliche, gemeinnützige Organisation, die sich für eine ökologische und sozialverantwortliche Nutzung der Wälder unserer Erde einsetzt (vgl. Logo auf der Umschlagrückseite).

Ungekürzte Taschenbuchausgabe
1. Auflage März 2006
2. Auflage Mai 2007

Umschlagkonzept: Büro Hamburg
Umschlaggestaltung: Nele Schütz Design, München
Umschlagabbildung: Torsten Reinecke, Hamburg / Iris Funk, Lübeck
Karte: Erhard Ringer
Autorenfoto: Thorsten Eichhorst, Berlin
Satz: Satz für Satz. Barbara Reischmann, Leutkirch
Papier: Munken Print von Arctic Paper Munkedals AB, Schweden
Druck und Bindung: Clausen & Bosse, Leck
Printed in Germany ISBN 978-3-492-26613-0

www.piper.de

Für alle, die meine Träume teilen

»Alle, die meines Blutes sind, sollen die Magie der Nebel fortan in sich tragen. Das Amulett muss weitergegeben werden, von der Mutter auf die Tochter und so immerfort. Die weiblichen Erben meines Blutes werden bis in alle Ewigkeit an das Schicksal Nymaths gebunden sein.«

NYMATH
Wüste (Nunou)
Wehlfang-Graben
Udnobe
Arnad
Arnad
Steppe
Höhle der Seelensteine
Kardalin-Schlucht
Pandarasgebirge
Vaughn
Grinlortal
Festung
Wilderwil
Imlaksee
KATAUREN
ELBEN
Sean Ferll
Thel Gan
Lemrik
Riff
RAIDEN
ONUR
Sanforan
FATH
Mangipohr
BUCHT VON SANFORAN
WUNAND
N
W
O
S
nach WYRON
SCHWARZER OZEAN

Aus der Chronik Nymaths

Aufgezeichnet im Jahre 15 nach Ankunft von Isben Adu vom Blute der Fath, Hofschreiber des Hohen Rates von Sanforan

Es begab sich zu der Zeit, da König Sanforan vom Blute der Onur in zwölfter Linie seine Hand zum Wohle über Andaurien breitete, dass große Plagen und schlimme Nöte das blühende Land heimsuchten.

Die Quellen versiegten, die Felder verdorrten, das Vieh dürstete, und das Volk litt große Not. Sanforan aber war ein gütiger König, der sein Volk liebte und die ihm auferlegte Verantwortung sehr ernst nahm. In der Hoffnung, die Zeiten würden sich zum Besseren wenden, ließ er die königlichen Speicher öffnen und Getreidevorräte an die hungernde Bevölkerung verteilen.

Doch der Winter verstrich, und als auch der Lenz nicht den ersehnten Regen brachte, gerieten die andaurischen Stämme in Streit um Korn und Quell. Hungernde Horden durchzogen die Lande, raubten das Vieh und plünderten jene, die Vorräte hatten anlegen können. Es wurde gemordet und gebrandschatzt, und ein allgewaltiger Sturm der Verwüstung brach über das Land herein, worauf die Not das tägliche Brot der Menschen und der Tod ein häufiger Gast in ihren Häusern war.

König Sanforan rief die Weisen aller Stämme zu sich an den Hof. Doch auch die Seher, Sterndeuter und Auguren wussten keinen Rat. Die Gebete blieben unerhört, und die dargebrachten Opfergaben verrotteten auf den Altären.

In ihrer Not schworen viele Stämme den alten Göttern ab und gaben sich einer uralten dunklen Gottheit anheim, deren Gunst sie sich mit Blutopfern und grausamen Ritualen zu erkaufen hofften. Der Name jenes Gottes durfte seinerzeit in Andaurien nicht genannt werden, und seine Altäre waren ob seiner Grausamkeit streng verboten.

Der Lesende und Wissende möge uns vergeben, dass wir den Namen des verbotenen Gottes auch an dieser Stelle nicht kundzutun wagen. Zu groß wäre die Gefahr, dass des Bösen Hand und Schatten auch jene erreiche, die sich seiner Gewalt zu widersetzen wagten und die fern ihrer Wurzeln eine neue Heimat und ein freies Leben fanden.

Anders als die alten Götter erhörte dieser Gott die Menschen, und fortan kam der ersehnte Regen zu jenen, die seinem Blutdurst Tribut zollten. Je üppiger die Opfer, desto blühender erhoben sich die Lande aus dem Staub.

Bald opferten die mächtigen Stammesfürsten in ihrer unstillbaren Gier nach Macht selbst unschuldiges Blut aus den eigenen Reihen, das sich in Strömen über die schwarzen Altäre ergoss.

König Sanforan gewahrte mit Schrecken, was der dunkle Gott unter seinem Volk anrichtete. Mit Strenge und harten Strafen versuchte er, die alte Ordnung wieder herzustellen. Doch nur wenige hielten ihrem König noch die Treue. Der verwerfliche Glauben hatte bereits zahlreiche Gefolgsleute in seinen Bann geschlagen und ihre Herzen mit seinem kalten Hauch vergiftet.

Es geht die Sage, dem König sei in dieser dunklen Zeit nächtens ein geheimnisvolles Katzenwesen aus dem mystischen Walde Andauriens erschienen, um ihm einen letzten Ausweg zu weisen.

So erhielt König Sanforan Kunde von einem Land jenseits der endlosen Wüste und hinter dem großen Gebirge, das ihm als Zufluchtsort verheißen wurde. Doch der König wollte Andaurien dem Erzfeind nicht ohne Gegenwehr überlassen und gab den Befehl, eine letzte Schlacht gegen das Böse zu schlagen.

Noch einmal wurden alle Stämme an den Hof gerufen, die der Versuchung des dunklen Gottes widerstanden hatten und dem König als Getreue verblieben waren. Derer waren die Raiden, der Stamm der Falkner, die Katauren, der Stamm der Reiter, die Wunand, der Stamm der Amazonen, und die Onur, der mächtige Stamm der Könige und Schwerter. Gemeinsam wappneten sie sich, den alten Glauben zu verteidigen. Doch war das Böse längst übermächtig geworden. Die Anhänger des dunklen Gottes, die danach trachteten, den König zu stürzen, hatten die Hauptstadt Andauriens umstellt und die königstreuen Truppen eingeschlossen. Die Ebene und die Hügel rings um die Stadt waren schwarz vom Antlitz der Gegner. Bauern, Weibsvolk und Kinder hatten sich bewaffnet und trachteten mit glühendem Blick nach Mord und Vernichtung.

Furcht ergriff die Krieger der vier Stämme, doch König Sanforan sprach zu seinen Mannen: »Ich sehe, das Land ist verloren, nicht aber das alte Blut unseres Volkes. So ziehet nun aus, schart eure Frauen und Kinder um euch und dazu jedes reine Herz, welches ihr noch findet, und sucht den Weg in das verheißene Land hinter den Bergen. Mein Stamm, der Stamm der Onur, wird die letzte Schlacht schlagen und euch den Weg bereiten. Die Onur sind willens, für Andaurien zu sterben, denn ich, euer König, bin von den Göttern geschlagen. Ein König ist nichts ohne Land, und so sei mein Tod euer Leben.«

So geschah es, dass der Stamm der Könige sich den blutrünstigen Massen in einer verheerenden Schlacht stellte. Keiner der Getreuen Sanforans blieb am Leben. Doch ihr Tod war nicht vergebens, denn er verhalf den Raiden, Wunand und Katauren zur Flucht.

Die Stämme flohen zum Rand der großen Wüste. Die Zahl der Flüchtigen wuchs auf dem langen Weg stetig an, und auch die verbliebenen Onur, welche die Kunde von dem furchtbaren Schicksal ihres Stammes ereilte, schlossen sich dem Zuge an.

Aber die Horden des dunklen Gottes verfolgten sie ohne Gnade und drängten die Flüchtlinge tief in die Wüste hinein. Dort wären sie wohl jämmerlich umgekommen, hätte sie nicht der Stamm der Fath gefunden. Der Scheyk der Fath hatte nie zuvor von dem dunklen Gott gehört, doch er gewahrte die Furcht der Menschen und zeigte sich tief beeindruckt vom Heldenmut ihres Königs. So traf er die Entscheidung, die Flüchtlinge mit Hilfe seines Volkes durch die Wüste zu führen.

Die fünf Stämme, die wir heute als die Vereinigten Stämme von Nymath kennen, brachen noch in derselben Nacht auf. Und sie taten gut daran, denn schon am folgenden Tag brachten die Diener des dunklen Gottes Verwüstung über all das, was die Fath zurückließen. Was blieb, war ein Himmel, schwarz von Rauch und Vernichtung.

Nach einer langen und verlustreichen Wanderung hatten die fünf Stämme schließlich die Gefahren der Wüste bezwungen. In Nymath angekommen, schworen sie sich gegenseitig die Treue und fassten den Entschluss, dass es fortan keinen König mehr unter ihnen geben solle. An seiner Stelle würde ein Hoher Rat die Stämme regieren. Zu Ehren jenes Herrschers, der noch heute als der letzte König bekannt ist, benannten die Stämme ihre Hauptstadt nach ihm – Sanforan.

Prolog

Sanforan, 590 Winter n. A.

An einem sonnigen Morgen im späten Lenz herrschte Aufregung im Falkenhaus von Sanforan, jener eindrucksvollen Hafenstadt an der Küste Nymaths. Hinter den steinernen Mauern der Bastei, welche auch den Sitz der Regierung beherbergte, hatte eine gespannte Erwartung von den Menschen Besitz ergriffen, die hier lebten und ihrem Handwerk nachgingen. Ein jeder spürte, dass das seltene Ereignis unmittelbar bevorstand, und die meisten bedauerten, nicht selbst dessen Zeuge sein zu dürfen.

Lange vor Sonnenaufgang hatte der oberste Falkner seine Rekruten in das Bruthaus der Falknerei befohlen. Die jungen Männer, die sich in der Ausbildung zum Kundschafter befanden, waren diszipliniert genug, um ihre freudige Erregung zu unterdrücken, doch die Röte in ihren Gesichtern spiegelte eine große Anspannung wider.

Seit nunmehr dreiunddreißig Tagen saßen die fünf Falkenweibchen auf den Gelegen, und je näher der Tag rückte, an dem die Jungvögel schlüpfen sollten, desto größer wurde die Aufregung unter den Rekruten. Ihre militärische Ausbildung war so gut wie abgeschlossen. Jetzt fehlte ihnen nur noch eines, um in den erlesenen Kreis der Kundschafter aufsteigen zu können: der eigene Falke. Erst wenn ein Falkenjunges sie *erwählte*, konnten sie mit der Unterweisung fortfahren, deren Herzstück in der gedanklichen Verbindung mit dem Falken bestehen würde.

So hatten sich an diesem besonderen Morgen mehr als zwei Dutzend junger Männer um den großen runden Tisch in der Mitte des Bruthauses versammelt und blickten mit gemischten Gefühlen auf die zwanzig unscheinbaren, braun gesprenkelten Eier in den fünf kreisförmig angeordneten Nestern. Die Menge der zu erwartenden Jungvögel entsprach längst nicht der Anzahl der Rekruten, und es war offensichtlich, dass einige von ihnen noch einen weiteren Winter auf die Fortsetzung ihrer Ausbildung würden warten müssen. Doch ein jeder hoffte im Stillen, zu den Auserwählten zu gehören, und so war die Stimmung im Bruthaus von Zuversicht geprägt.

Kurz vor Sonnenaufgang hatten drei der fünf Falken das Nest verlassen und hockten nun gleichmütig auf den kurzen Querstangen der bereitgestellten Blöcke neben den Nestern. Die Unruhe, welche die Rekruten in das Bruthaus trugen, schien sie nicht im Geringsten zu beeindrucken. Sie blinzelten schläfrig, als ginge sie das Schlüpfen ihrer Jungen nichts an.

»Da!« Die Stimme eines jungen Rekruten hallte unangemessen laut durch die Stille. Er verstummte verlegen, deutete auf eines der Eier und flüsterte: »Seht doch, ein Riss!«

»Keelin! Beim Schwerte des Asnar, was treibst du hier?«

Keelin fuhr erschrocken zusammen. Der hölzerne Sims des Fensters, durch das er gerade gespäht hatte, entglitt seinen Fingern, als hätte ihm ein Pfeil das Herz durchbohrt. Langsam drehte er sich zu der hoch gewachsenen Gestalt des Stallmeisters um, die unheilvoll hinter ihm aufragte.

»Nichts ...«, murmelte er schuldbewusst, doch noch während das Wort über seine Lippen kam, packten ihn zwei kräftige Finger am Ohr und zerrten ihn vom Fenster fort.

»Nichts?«, grollte der Stallmeister. »Das nennst du nichts, wenn du die zukünftigen Kundschafter Nymaths heimlich bei dem geheiligten Ritus der Wahl beobachtest?«

»Es ... es tut mir Leid, Herr«, stammelte Keelin unter Schmerzen. »Ich wollte ... wollte doch nur einen kurzen Blick auf die Jungvögel werfen.«

»Mit einem ›Tut mir Leid‹ kommst du mir dieses Mal nicht durch, Bürschchen«, knurrte der Stallmeister. Endlich ließ er Keelins Ohr los, packte ihn jedoch gleich darauf am Arm und zerrte ihn neben sich her auf die Stallungen zu. »Der Nachschub für die Garnison ist längst auf dem Weg zum Pass. Fünfzehn Ställe warten darauf, ausgemistet zu werden. Alle rackern sich ab, damit sie bereit sind für die Pferde der Krieger, die noch heute vom Pandaras zurück erwartet werden. Alle – nur du nicht. Und ich muss meine kostbare Zeit auch noch damit verschwenden, dich zu suchen. Was denkst du dir eigentlich?«

Denken? Keelin blickte den Stallmeister beschämt an. Gedacht hatte er sich eigentlich nichts. Es war mehr ein Gefühl gewesen, das ihn hierher geführt hatte. Mitten in der Nacht war er erwacht. Das Herz hatte ihm so heftig in der Brust geschlagen, als hätte er gerade einen furchtbaren Albtraum durchlitten. Doch er konnte sich an keinen Traum erinnern. Eine Zeit lang hatte er sich schlaflos auf dem Lager hin und her geworfen, in die Stille der Nacht gelauscht und versucht, wieder einzuschlafen. Doch der Schlaf war nicht zu ihm zurückgekehrt.

Und dann hatte er es plötzlich gespürt. Es war nichts, das er dem Stallmeister hätte erklären können, nichts, das er als Entschuldigung hätte vorbringen können. Aber es war da gewesen. Wie eine wispernde Stimme, die der Nachtwind ihm zutrug, war die Ahnung durch die Kammer gestrichen, dass die Falkenjungen noch an diesem Morgen schlüpfen würden.

Die sieben anderen Jungen, mit denen er sich die viel zu kleine Kammer teilte, hatten nichts davon gespürt. Sie hatten tief und fest auf dem strohbedeckten Boden geschlafen. Nur Keelin war von einer rastlosen Unruhe erfüllt gewesen, die es ihm unmöglich gemacht hatte, noch länger auf dem Lager zu verweilen.

Das große Ereignis beschäftigte ihn seit Tagen. Kein Wunder, die Gespräche innerhalb der Bastei drehten sich kaum noch um etwas anderes. Das kleine Fenster im Bruthaus war schon im vergangenen Lenz zu seinem Lieblingsplatz geworden. Wie oft hatte er von dort aus die brütenden Falken beobachtet, wie oft sich gewünscht, einmal das Ritual der Wahl mit eigenen Augen beobachten zu dürfen! Diesmal wäre der Wunsch fast in Erfüllung gegangen. Fast – wenn er nicht die Zeit vergessen hätte. Fasziniert hatte er auf die Gelege gestarrt und dabei nicht einmal bemerkt, dass die Sonne aufging. Jetzt schämte er sich dafür, die ihm übertragenen Aufgaben so schändlich vernachlässigt zu haben. Doch am meisten ärgerte er sich darüber, dass er die Vorgänge im Bruthaus nicht weiter verfolgen konnte.

Keelin ließ den Kopf hängen und blickte finster zu Boden, während er neben dem Stallmeister hertrottete.

»… die Feierlichkeiten zu Ehren der Erwählten wirst du gewiss nicht mit ansehen, und den freien Nachmittag kannst du auch streichen! Jemand, der so nichtsnutzig ist wie du … Kein Wunder … lieber im Hafen bleiben sollen … nichts als Ärger mit dir … Bastard, ohne Blutsabstammung … kannst du von Glück sagen …« Nur bruchstückhaft erreichte der wütende Wortschwall des stämmigen Katauren Keelins Ohren. Doch der Junge, fünfzehn Winter alt, schwarzhaarig und von schlanker Statur, musste gar nicht erst hinhören, um zu wissen, was der Stallmeister sagte. Er kannte jedes Wort. *Esel* und *Wallach*, die übelsten Schimpfwörter der Katauren, gehörten neben *Hurensohn*, *Bastard* und *Nichtsnutz* noch zu den gelinden Beleidigungen, mit denen man ihn von frühester Kindheit an bedachte.

Aber die Zeiten, in denen man ihn mit solchen Worten hätte verletzen können, waren längst Vergangenheit. Als Sohn einer Hure hatte er schon früh gelernt, sich zu behaupten und mit der Demütigung zu leben. Er war ein Außenseiter und würde es immer bleiben. Im Grunde war er sogar ein wenig stolz darauf, nicht den Zwängen unterworfen zu sein, die eine reine Blutsabstammung mit sich brachte. Nur manchmal, wenn sich die Angehörigen der fünf Stämme Nymaths, die in der Bastei lebten und arbeiteten, an den langen Tischen der großen Halle zu Feierlichkeiten versammelten und er allein in einer Ecke hockte, überkam ihn eine dumpfe Traurigkeit. In solchen Augenblicken wurde ihm schmerzhaft bewusst, dass er es nie zu etwas bringen würde. Auch das war ihm schon häufig prophezeit worden, von Leuten, die erwachsen und vermutlich klüger waren als er. Ohne Blutsabstammung war eine gehobene Stellung in Nymath undenkbar.

Vielleicht nahm ihn die Welt der angehenden Falkner gerade deshalb so sehr gefangen. Nur wenige Raiden besaßen die angeborene Fähigkeit, eine Gedankenverbindung mit einem Falken einzugehen. Die ersten Anzeichen dafür erwachten meist im Alter von zwölf Wintern. Später ermöglichte es ihnen die Gabe, einen geistigen Bund mit einem Falken zu schließen und das Land mit dessen Augen aus der Luft zu betrachten. Es war eine Begabung, die meist vom Vater auf den Sohn vererbt wurde, und die Söhne der Falkner waren sich dessen wohl bewusst. Überheblich waren sie, eitel und hochnäsig. Schon im Alter von zehn Wintern erhielten sie eine militärische Ausbildung, um sich dann mit fünfzehn den geschlüpften Falkenjungen zur Wahl zu stellen.

»He, Junge! Hörst du mir überhaupt zu?« Das bärtige, zorngerötete Gesicht des Stallmeisters tauchte unmittelbar vor Keelins Nase auf. Er hatte die Hand zum Schlag erhoben, überlegte es sich im letzten Augenblick jedoch anders und beschränkte sich darauf, den Jungen an den Schultern zu packen. »Wenn ich dich noch einmal bei der Falknerei erwische, schicke ich dich augenblicklich dorthin zurück, wo du hergekommen bist – in die Gosse! Hast du mich verstanden?«

Keelin nickte und schwieg.

»Dann sieh zu, dass du dich an die Arbeit machst«, wetterte der Stallmeister weiter. Mittlerweile hatte er Keelin bis vor das große Tor der Stallungen gezerrt, wo er dem Jungen einen so heftigen Tritt versetzte, dass er hineintaumelte. »Und komm erst wieder heraus, wenn du fertig bist«, rief er ihm nach. »Sind die Ställe bis zum Mittag nicht sauber, wirst du heute auf die warme Mahlzeit verzichten müssen!« Mit diesen Worten griff er nach einer Mistforke, warf sie Keelin hinterher und stapfte fluchend davon.

Es war früher Nachmittag, als sich Keelin mit knurrendem Magen auf den Weg in die Küche machte, um zu sehen, ob er dort noch ein paar Reste des Mittagsmahls erhaschen konnte.

Die fünfzehn Ställe hatten von Grund auf ausgehoben werden müssen. Nach endlos langer, Schweiß treibender Arbeit hatte er endlich die letzte schwere Fuhre aus Stroh und Exkrementen mit einem Karren weggeschafft und die Verschläge mit frischem Stroh aufgefüllt.

Offenbar hatten die anderen Stallburschen die strikte Anweisung erhalten, ihm bei der schweren Arbeit nicht zur Hand zu gehen. Manche hatten ihn im Vorbeigehen mit mitleidigen Blicken bedacht, andere mit spöttischen Bemerkungen, doch keiner hatte ihm Hilfe angeboten.

Selbst Yabur, ein junger Fath, der sonst immer mit Keelin zusammenhockte und auch gern mal mit ihm den einen oder anderen Streich ausheckte, hatte sich auffallend zurückgehalten. Aber Keelin beklagte sich nicht. Blutsabstammung hin oder her – auch er hatte seinen Stolz.

Als Keelin die Stallungen verließ, waren die anderen Stallburschen längst nicht mehr zu sehen. Nach dem Essen hielten sie sich meist in der Sattelkammer auf, um das Leder der Sättel und Trensen zu putzen oder die Geschirre zu fetten.

Ohne Eile ging er in Richtung der Küche. Mit ein wenig Glück hatte ihm Abbas, der flinke dunkelhäutige Küchenjunge, mit dem er sich angefreundet hatte, eine Schüssel Gemüsebrei aufgehoben. Der Eintopf aus bitteren Rüben, den die Stallburschen meistens zu essen bekamen, war heiß schon kaum genießbar und kalt erst recht nicht herunter zu bekommen. Aber er füllte den Magen, und hungrig, wie Keelin war, erschien ihm die Aussicht darauf geradezu verlockend.

Sein Weg führte ihn dicht an der Falknerei vorbei. Für einen kurzen Augenblick erwog er, noch einmal zum Fenster auf der Rückseite zu schleichen, um zu sehen, ob schon Jungvögel geschlüpft waren. Die Vorstellung war verlockend, die Gefahr, erwischt zu werden, jedoch nicht zu unterschätzen.

Nur ein Blick!, schoss es ihm durch den Kopf. Ein ganz kurzer Blick konnte doch nicht schaden. Plötzlich verspürte er wieder das drängende Gefühl, das ihn in der Nacht geweckt hatte, aber die Drohung des Stallmeisters klang ihm noch deutlich in den Ohren, und er zögerte.

Nur ein Blick!

Wie von selbst bewegten sich Keelins Füße munter auf die Falknerei zu.

Nur ein ganz kurzer Blick.

Als er das Gebäude fast erreicht hatte, tauchten im Eingang zum Bruthaus zwei Rekruten auf. Mit vor Aufregung geröteten Gesichtern unterhielten sie sich über die gerade geschlüpften Falkenjungen. Sie gingen an Keelin vorbei, ohne ihn zu beachten.

»... stell dir vor, ich habe den Namen in meinen Gedanken gehört«, rief einer von ihnen aus. »Er heißt Akal. Er kam sofort auf mich zu und hat keinen anderen ...« Mehr verstand Keelin nicht. Die Rekruten schienen es eilig zu haben und waren schon zu weit entfernt. Doch die wenigen Gesprächsfetzen, die er mitbekommen hatte, reichten aus, um den Eifer des Fünfzehnjährigen erneut zu entfachen. Die Wahl war also noch nicht vorbei. Keelin klopfte das Herz bis zum Hals.

Ungeachtet der angedrohten Strafe wandte er sich nach rechts, um die Falknerei zu umrunden, aber kaum hatte er die Hälfte der Strecke zurückgelegt, hörte er schnelle Schritte hinter sich. Jemand keuchte, dann spürte er eine Hand auf der Schulter, die ihn zurückhielt.

»Warte, Bursche!«

Keelin erschrak. Im ersten Augenblick fürchtete er, der Stallmeister habe ihn erneut erwischt, doch als er sich umdrehte, erkannte er einen der beiden Rekruten, die soeben aus der Falknerei gekommen waren. Er hatte schulterlanges schwarzes Haar und ein strenges Gesicht mit schmalen Augen. Obwohl er kaum älter war als Keelin, herrschte er ihn an: »Hör zu, Kleiner, ich habe mein Kurzschwert im Bruthaus liegen gelassen, und ich kann es jetzt nicht holen. Deshalb wirst du das für mich tun. Wenn dich einer anspricht, gib vor, dass du nachschauen sollst, ob die brütenden Falken noch ausreichend Atzung haben. Verstanden?«

»Ja, Herr.« Keelin nickte. Gewöhnlich hätte er den selbstgefälligen jungen Raiden mit einer schnippischen Bemerkung stehen lassen und wäre einfach davongelaufen. Doch der Gedanke, ins

Bruthaus zu gehen, war so verlockend, dass er diesmal gern den eingeschüchterten Stallburschen spielte.

»Das Kurzschwert liegt auf dem Sims unter dem Fenster gleich neben der Tür. Nimm es unauffällig an dich und bring es mir«, erklärte der angehende Falkner noch, dann versetzte er Keelin einen unsanften Stoß und sagte barsch: »Los, lauf! Und wehe, du lässt dich erwischen. Wenn das geschieht, werde ich dich des Diebstahls bezichtigen. Ist das klar?«

Keelin nickte wieder. Die Waffe zu vergessen war ein Fehler, der einem Rekruten nach dem ersten Ausbildungswinter nicht mehr unterlaufen durfte. Unachtsamkeit war etwas, das die Heermeister ganz und gar nicht schätzten. Es zeugte auch keineswegs von Heldenmut, einen anderen zu schicken, um das eigene Versagen zu vertuschen. Doch Keelin war klug genug, diese Gedanken für sich zu behalten. So deutete er nur eine leichte Verbeugung an und schlüpfte durch die Tür der Falknerei.

Der Weg zum Bruthaus war leicht zu finden. Keelin war schon ein paar Mal in der Falknerei gewesen, um Botengänge zu erledigen. In einem unbeobachteten Moment hatte er sich sogar schon vor den runden, steinernen Tisch gestellt und sich ausgemalt, wie es wohl sein mochte, hier auf ein geschlüpftes Jungtier zu warten.

Im Bruthaus war es drückend warm. Die dicken Lehmziegel speicherten die sommerliche Hitze, die seit Tagen in Nymath herrschte, und sorgten dafür, dass es auch in kühlen Nächten angenehm warm blieb. Der beißende Geruch von Atzung und Kot stand in der Luft, doch was für andere abstoßend wirkte, empfand Keelin als angenehm und aufregend. So roch es nur in der Falknerei, dem einzigen Ort der Bastei, dem er sich tief verbunden fühlte und nach dem sich sein Herz vom ersten Tag an sehnte.

Leise schob er sich durch die offen stehende Tür des Bruthauses und blickte halb verwundert, halb belustigt auf das merkwürdige Schauspiel, das sich ihm dort bot. Mehr als ein halbes Dutzend angehender Falkner standen mit dem Rücken zur Tür an einer Seite des Tisches, bewegten sich unruhig hin und her und redeten mit gedämpften Stimmen durcheinander.

Inzwischen hatten auch die letzten beiden Falken ihre Nester verlassen und hockten auf dem Block. Überall lagen zerbrochene Eierschalen herum. Die meisten Jungvögel hatten die Wahl bereits getroffen und waren wieder in die Nester zurückgekehrt. Manche blinzelten schläfrig, andere schliefen.

Nur ein einziges Jungtier saß noch mitten auf dem Tisch und konnte sich offensichtlich nicht entschließen, welchen der jungen Raiden es erwählen sollte. Die jungen Männer riefen und lockten es, doch der kleine Falke machte nur ein paar unbeholfene Hüpfer.

»Da! Es kommt zu mir«, rief einer der Rekruten in diesem Augenblick. Keelin sah, wie er sich weit über den Tisch beugte und den Arm ausstreckte, weil sich der Falke ihm ein wenig genähert hatte. »Verdammt!« Fluchend zog der Junge die Hand zurück. »Es hat mich gebissen!«

Schadenfrohes Gelächter erklang.

»Macht ihr es doch besser!« Aufgebracht wandte sich der Rekrut um und starrte in die Runde. »Wenn ihr …«

»Ruhe, verdammt noch mal!«, rief der Falkner über das allgemeine Durcheinander hinweg. »So wird das nie etwas. Das Junge ist ja schon ganz verstört.«

Schweigen kehrte ein.

Auch Keelin verhielt sich ganz ruhig. Dass er das Kurzschwert holen sollte, hatte er längst vergessen. Sorgsam darauf bedacht, keine Aufmerksamkeit zu erregen, war er in der allgemeinen Unruhe hinter den Rücken der Rekruten dichter an den Tisch herangeschlichen. Alle waren so sehr mit dem letzten Falkenjungen beschäftigt, dass man ihn nicht bemerkte. Er wagte kaum zu atmen, während er in reichlich unbequemer Haltung versuchte, das Junge zu erspähen.

»Da, jetzt kommt es endlich!«

»Ja!«

»Ja, hier!«

»Komm her!«

Die angehenden Falkner drängelten und beugten sich erneut

über die Tischplatte. Es war das letzte Jungtier, und die Furcht, nicht erwählt zu werden, machte sie streitsüchtig.

»Halt! Nicht anfassen!«, mahnte der Falkner. »Niemand fasst das Jungtier an, verstanden? Wie lange es auch dauern mag, es trifft seine Wahl selbst.«

Ein leises Fiepen drang an Keelins Ohr.

»Ah, verdammt, jetzt hat es mich auch gebissen!«, knurrte ein dicklicher Rekrut rechts von Keelin und starrte auf seinen blutenden Finger.

»He, mich auch!« Der angehende Falkner neben ihm stieß einen wütenden Fluch aus. »Aber es ist eindeutig zu mir gekommen!«, behauptete er.

»Nein, zu mir!«, warf der Dicke ein.

Der kleine Falke gab erneut einen kläglichen Ton von sich.

»Seltsam.« Der Falkner rieb sich nachdenklich das Kinn. In all den Wintern hatte er noch nie ein derart unentschlossenes Junges erlebt. »Merkwürdig, sehr merkwürdig«, murmelte er. »Es hockt genau zwischen euch beiden. Sieht fast so aus, als wollte es zwischen euch hindurch.«

Wieder fiepte der kleine Vogel.

»Hindurch?« Die beiden Rekruten tauschten verwunderte Blicke, drehten sich um – und erstarrten. »Gilians heilige Feder, wer bist denn du?«, fuhr der Dicke Keelin an.

Die Wangen vor Scham gerötet, richtete Keelin sich auf. Am liebsten hätte er auf der Stelle kehrt gemacht, aber für eine Flucht war es längst zu spät. Alle starrten ihn an, und er wusste nicht, was er sagen sollte.

Das gibt Ärger. Großen Ärger!, schoss es ihm durch den Kopf. Der Stallmeister wird mich aus der Bastei werfen, oder schlimmer noch, einkerkern, oder … Keelin schwieg. Unter den feindseligen Blicken der jungen Raiden und des Falkners war es ihm unmöglich, auch nur einen halbwegs vernünftigen Satz hervorzubringen.

Aus den Augenwinkeln bemerkte er, dass sich das Falkenjunge gefährlich nahe auf die Kante des Steintisches zu bewegte. Es ruderte mit den zarten, flaumigen Flügeln und hopste unbeholfen voran, doch geradewegs auf die Tischkante zu.

Ohne lange zu überlegen, machte Keelin einen Satz nach vorn und hielt die Hand dicht an die Tischkante, um den kleinen Falken vor dem sicheren Sturz zu bewahren. Keinen Augenblick zu früh! Kaum dass er zur Stelle war, stieß sich der Jungvogel Flügel schlagend von der Tischplatte ab – und landete sicher auf Keelins Hand.

Im Bruthaus war es so still, dass man eine Nadel hätte fallen hören können. Die Rekruten starrten Keelin an, als hätte er gerade den schlimmsten Frevel begangen, dessen man sich in Nymath schuldig machen konnte. Sich der peinlichen Lage bewusst, schaute Keelin betroffen in die Runde. Das Falkenjunge hingegen schien zufrieden. Es blinzelte schläfrig und kuschelte sich so wohlig in Keelins Hand, als wäre sie sein Nest.

»Wo … wo soll ich Horus absetzen?«, stieß Keelin hervor und blickte den Falkner fragend an.

»Horus?« Der Falkner zog erstaunt eine Augenbraue in die Höhe.

Ein empörtes Raunen lief durch die Menge der umstehenden Rekruten.

»Ja, so heißt er«, gab Keelin zur Antwort. Und dann begriff er: Er hatte den Namen gehört! Plötzlich hatte Keelin das Gefühl, die Beine würden ihm den Dienst versagen. Ihm wurde schwindlig, und er musste sich mit einer Hand an der Tischkante festhalten. Unter den zornigen Blicken der Falkneranwärter, die nun noch einen weiteren Winter militärischer Ausbildung vor sich hatten, kämpfte er darum, die Fassung zu bewahren. Dann wurde ihm schwarz vor Augen.

»Er wacht auf!«

Das Erste, was Keelin sah, als er die Augen öffnete, war das bärtige Gesicht des Falkners, der sich besorgt über ihn beugte. »Wie geht es dir, Junge?«

»Wie geht es Horus?« Keelin sprach so leise, als traute er sich nicht, das Falkenjunge laut beim Namen zu nennen.

»Das lobe ich mir!« Der Falkner lachte. »Macht sich mehr Sorgen um den gefiederten Freund als um die eigene Gesundheit. Du bist wahrlich ein geborener Falkner.« Er deutete auf eines der Nester und fügte hinzu: »Dem Jungtier geht es gut, es ist wieder im Nest. Die Mutter wird es noch einen Silbermond lang versorgen, dann kann deine Ausbildung beginnen.«

»Ausbildung?«, stieß Keelin ungläubig hervor. »Heißt das, dass ich … dass ich wirklich …« Er richtete sich auf und blickte den Falkner mit großen Augen an. »Dass ich ein Falkner werden darf?«

»Nun«, der Falkner strich sich mit der Hand nachdenklich über den schmalen, kurz geschnittenen Kinnbart, der unterhalb der Wangenknochen zu zwei kunstvollen Zöpfen geflochten war. »Ich gebe zu, eine so ungewöhnliche Wahl gab es in der Geschichte Nymaths bisher noch nicht.« Er maß Keelin mit einem schwer zu deutenden Blick. »Der Jungvogel hat eine seltsame Wahl getroffen. Du bist keine reinblütiger Raide, das sieht man auf den ersten Blick. Und du hast auch noch keine militärische Ausbildung genossen.« Er schüttelte den Kopf und schien zu überlegen. »Allerdings schreiben die Gesetze unseres Standes keine zwingende Reihenfolge in der Ausbildung zum Kundschafter vor. ›Keinem Manne, dem das Blut der Raiden in den Adern fließt und dessen Geist sich aufschwingt, zu fliegen mit den Falken, ist zu wehren Wissen und Weg zu Falkners Kunst, erwählt ihn ein herrlicher Falke denn‹«, zitierte er eine Passage aus dem Falknerkodex und fügte feierlich hinzu: »Horus hat dich erwählt und dir seinen Namen preisgegeben. Dir und keinem anderen. Das ist nur möglich, wenn auch Raidenblut in deinen Adern fließt. Wir kennen die Beweggründe der jungen Falken nicht, doch wir haben gelernt, ihre Wahl zu achten. In dieser Beziehung verfügen sie über ein sehr viel besseres Urteilsvermögen als wir Menschen.«

»Aber er ist ein Bastard!«, warf einer der Rekruten ein. »Ich kenne ihn, seine Mutter ist eine Onurmetze, eine Buhle, die ihre Dienste in einer Taverne am Hafen anbietet. Er ist ein erbärmlicher Bastard. Ihm einen Falken zu geben wäre eine Schande für die ehrenvolle Gemeinschaft der Kundschafter! Er muss …«

»Er muss selbstverständlich beweisen, dass er der großen Aufgabe gerecht wird«, sagte der Falkner, ohne auf die Beschimpfungen des Rekruten einzugehen. »Es wird sich zeigen, wie stark das Blut seines Vaters in ihm wirkt. Der Kodex besagt indes, dass die Wahl eines Jungtiers nicht in Frage gestellt werden darf.« Er blickte den Rekruten scharf an. »Und danach haben sich *alle* zu richten, gleich welche Auffassung jeder Einzelne auch vertreten mag. Die kommenden Winter werden Aufschluss darüber geben, ob die Wahl des Falken eine gute war.« Er reichte Keelin die Hand und fügte hinzu: »Nun dann, willkommen im Hause der Falkner.«

Andrach, im Mai 2004

Dienstag 11. Mai

Was für ein Regen!

Bin mit dem Rad nach Hause gefahren, wie immer. Meine Schultasche war klitschnass und ich auch.

Auf dem Heimweg hat es in meinem Ohr wie wahnsinnig gefiept. Ich bin langsamer gefahren, da kam so ein Idiot mit seinem Auto direkt auf mich zu. Ich konnte gerade noch vom Rad springen. Ein Glück, dass ich nicht schneller war, sonst hätte der mich doch glatt umgefahren.

Ich könnte wetten, es war der Gleiche, der mich vorgestern schon so geschnitten hat, dass ich vom Rad flog.

Wenn das so weiter geht, traue ich mich bald nicht mehr aus dem Haus. Und dann am Nachmittag, als ich …

»Ajana?«

Eilig klappte Ajana das Tagebuch zu, schob es in den hintersten Winkel der Schreibtischschublade und tat so, als wäre sie in ihr Englischheft vertieft.

Dass ihr Pferd während des Ausritts am Nachmittag aus unerklärlichen Gründen mit ihr durchgegangen war und sie sich nur wie durch ein Wunder im Sattel hatte halten können, würde sie später noch ergänzen.

Die Tür ging auf, und ihre Mutter schaute ins Zimmer. »Ein Brief für dich!«, sagte sie, wedelte mit einem graublauen Umschlag und fügte bedeutungsvoll hinzu: »Aus Irland!«

»Aus Irland?« Ajana schaute verwundert auf. »Da kenne ich doch niemanden. Zeig mal her.« Sie stand auf und nahm den Brief in die

Hand. »Law Office Evan O'Donnell – Dublin«, las sie laut vor. »Ein Rechtsanwalt. Hier steht: ›confidential‹. Das heißt ›vertraulich‹. Wann ist der denn gekommen?«

»Heute Morgen mit der Post. Willst du ihn nicht öffnen?«

Ajana nahm die Schere vom Schreibtisch, schlitzte den Umschlag vorsichtig auf und zog ein Blatt Papier heraus, auf dem in edel gedruckten Lettern der Briefkopf einer irischen Anwaltskanzlei prangte. Hastig überflog sie die Zeilen. Dann streckte sie ihrer Mutter den Brief entgegen und sagte: »Das verstehe ich nicht. Lies du mal!«

Laura Evans las: »*… nach eingehender Recherche wurden Sie, Ajana Evans, als die einzige rechtmäßige Erbin der am 22. Oktober 1999 im Alter von 101 Jahren verstorbenen Mabh O'Brian ermittelt … können das Erbe laut Testament erst mit Vollendung des sechzehnten Lebensjahres antreten … erlaube ich mir, Ihnen die Hinterlassenschaft persönlich zu überbringen … würde mich sehr freuen, Ihnen zu diesem Zweck am 13. Mai 2004 einen Besuch abstatten zu dürfen.*« Sie ließ den Brief sinken und schaute ihre Tochter überrascht an. »Eine Erbschaft?«, sagte sie nachdenklich. »Von einer Mabh O'Brian habe ich noch nie etwas gehört. Da hat sich wohl jemand einen Scherz mit uns erlaubt. Dein Vater stammt zwar aus England, aber soweit ich weiß, hat er in Irland keine Verwandten.« Sie gab Ajana den Brief zurück. »Mal sehen, was er heute Abend dazu sagt.«

Die zwei Stunden bis zum Abendessen vergingen quälend langsam. Ajana versuchte zu lesen, konnte sich aber nicht richtig konzentrieren. So holte sie noch einmal das Tagebuch hervor und hielt die weiteren Ereignisse des Tages fest.

Sie hatte noch nie etwas geerbt. Die Eltern ihrer Mutter lebten beide noch und erfreuten sich bester Gesundheit. Die Großeltern in England waren schon vor Jahren gestorben, und Ajana konnte sich kaum noch an sie erinnern. Sie wusste nur wenig über sie, denn ihr Vater erzählte nur selten von seiner Kindheit. Außerdem waren die Evans nicht seine leiblichen Eltern. Seine richtigen Eltern waren kurz nach seiner Geburt bei einem Verkehrsunfall gestorben. Die Evans, die selbst keine Kinder bekommen konnten, hatten ihn kurz darauf adoptiert und mit in ihre Heimat nach Cornwall genommen. Da ihr Vater keine Kontakte nach England pflegte, war Ajana bisher davon ausgegangen, dass es auf der Insel keine weitere Verwandtschaft gab, doch wenn es stimmte, was in dem Brief stand, verhielt sich alles ganz anders.

Was mochte das wohl für ein Erbe sein?

Ein Vermögen, wie ihr älterer Bruder Rowen mit einem schelmischen Grinsen vermutet hatte, war es sicher nicht.

Was hatte eine Frau, die einhundertundein Jahre alt geworden war, wohl zu vererben? Altes Tafelsilber, wertvolles Porzellan, ein berühmtes Gemälde oder kostbaren Schmuck?

In Gedanken sah sich Ajana schon mit einer dreireihigen Kette aus glänzenden Zuchtperlen oder mit einem diamantenfunkelnden Collier um den Hals vor dem Spiegel stehen.

... das Erbe laut Testament erst mit Vollendung des sechzehnten Lebensjahres antreten. So stand es in dem Brief. Ihr sechzehnter Geburtstag war übermorgen, genau an dem Tag, an dem auch der Anwalt kommen wollte. Ajana klappte das Tagebuch zu, legte sich aufs Bett und starrte zur Decke. Vor Aufregung wickelte sie unablässig eine Haarsträhne um den Finger. Obwohl die eigentliche Feier erst für den kommenden Samstag geplant war, hatte es ganz den Anschein, als würde es diesmal ein spannender Geburtstag werden.

Die Haustür fiel klappernd ins Schloss und riss Ajana aus ihren Gedanken.

Sie sprang auf und eilte mit dem Brief in der Hand die Treppe hinunter.

»Hi, Dad«, rief sie aufgeregt, während sie auf ihren Vater zustürmte . »Sieh mal, was heute gekommen ist!«

Sanforan, 595 Winter n. A.

Abendliches Zwielicht lag über Sanforan, der Hauptstadt Nymaths, an dessen felsige Küste unablässig die schäumenden Wellen des schwarzen Ozeans brandeten. Mit dem schwindenden Sonnenlicht hatte sich die Luft rasch abgekühlt und feine Nebelgespinste über den windgeschützten Niederungen gewirkt, während in den Straßen und Gassen der Stadt die Einheiten der Wache zur nächtlichen Patrouille aufbrachen.

Der Abend war ruhig, doch mit Einbruch der Dunkelheit türmte sich weit im Westen eine dunkle Wolkenbank auf, die sich rasch ostwärts schob und die Sterne verhüllte. Der auflebende Wind erfüllte die Nacht mit dem Geruch von Regen, und das zunehmende Rauschen der Brandung kündete von einem nahenden Unwetter.

Die Männer, die sich im Saal des Hohen Rates von Nymath eingefunden hatten, kümmerte der aufziehende Sturm wenig. Lakaien hatten eilig Stühle und Bänke herbeigeschafft, die jedoch bei weitem nicht ausreichten, um den vielen Ankömmlingen Sitze zu bieten, die an dieser wichtigen Versammlung teilnehmen wollten. Den meisten der Anwesenden blieb keine andere Wahl, als den Ausführungen des Hohen Rates im Stehen zu folgen.

Verhaltenes Raunen erfüllte den Saal, schwoll zu Gemurmel an und wich lautstarken Streitgesprächen über Fragen, die offen blieben, solange die sechs schweren, mit prunkvollen Schnitzereien verzierten Stühle des Hohen Rates noch nicht besetzt waren.

Gaynor, der ehrwürdige Ratsvorsitzende vom Blute der Onur, Phelan, ein grauhaariger Falkner vom Blute der Raiden, Cawen vom Blute der Katauren – ein erfahrener Kämpe, der in einer der ersten Schlachten gegen die Uzoma einen Arm verloren hatte –, Gowan, stolz und edelmütig wie alle vom Blute der Fath, sowie die dunkelhäutige Vindaya vom Blute der Wunand und die schöne Inahwen, die dem Rat als Gesandte der Elben beisaß, hatten den Saal noch nicht betreten.

Die verspätete Ankunft des Hohen Rates führte indessen zu ersten mürrischen Äußerungen. Ein jeder spürte die Anspannung, die fast greifbar in der Luft lag und deutlich machte, was jene vereinte, die sich hier versammelt hatten: Furcht.

Fünf Winter war es her, seit sich die magischen Nebel endgültig aufgelöst hatten, welche die Menschen vor den Uzoma schützten. Fünf Winter, in denen die Krieger der Vereinigten Stämme Nymaths unermüdlich an dem einzigen Pass des Pandarasgebirges gegen die Uzoma kämpften. Nie zuvor hatte es eine so große Versammlung gegeben. Zudem war es ein offenes Geheimnis, wie schlecht es um die veraltete Befestigungsanlage stand. Viele Krieger hatten ihr Leben in den zermürbenden Kämpfen verloren, und unzählige Frauen in Sanforan trugen das schwarze Band als Zeichen der Trauer in den Haaren.

Und als wäre dies alles noch nicht genug, machten schaurige Gerüchte in Sanforan die Runde. Sie wurden zumeist von den Flüchtlingen verbreitet, die aus den Gebieten nahe dem Pandarasgebirge kamen und in der Hauptstadt Zuflucht suchten. Sie behaupteten, die Uzoma seien seit geraumer Zeit dazu in der Lage, *Lagaren* für ihre Zwecke einzuspannen, eine sagenumwobene Rasse geflügelter Echsen, die angeblich in der Wüste Nymaths lebten.

Dass an diesem Abend eine derart große Versammlung einberufen worden war, konnte nur bedeuten, dass es schlechte, sehr schlechte Botschaften zu vermelden gab. Und so war es nicht verwunderlich, dass sich all jene, die sich im Saal des Hohen Rates versammelt hatten, in wilden Spekulationen ergingen.

Endlich schlug ein Lakai, der breitbeinig an der Tür stand, dreimal kräftig mit einem langen, fellbesetzten Schlegel gegen ein mannshohes kupfernes Becken, zum Zeichen, dass der Hohe Rat Sanforans nahte.

Augenblicklich wurde es still im Saal. Die Anwesenden erhoben sich von den Plätzen, und mehr als einhundert Augenpaare folgten den fünf Ratsmitgliedern und der Gesandten der Elben auf dem Weg zu ihren Plätzen am Endes des Saals, die, wie bei großen Versammlungen üblich, auf einem Podest standen.

Die Ratsmitglieder trugen die traditionellen Amtsroben Nymaths, bodenlange Umhänge aus dunkelblauem Samt, die mit dem silbernen Banner der Vereinigten Stämme verziert waren, und dazu hohe, silberbestickte Hüte in der gleichen Farbe.

Inahwen, die Gesandte der Elben, hatte ein schlichtes, laubgrünes Gewand aus fließendem Gewebe angelegt, dessen einziger Schmuck aus einem mit verschlungenen Ornamenten verzierten silbernen Gürtel bestand. Die langen, fast weißen Haare waren an den Schläfen zu dünnen Zöpfen geflochten und fielen ihr über den Rücken bis zur Hüfte hinab. Ein dünner silberner Reif, Zeichen ihrer edlen Abstammung, hielt die Haare aus der hohen Stirn, und eine filigran gearbeitete Kette aus winzigen Efeublättern zierte den schlanken Hals.

Neben den Ratsmitgliedern in ihren schweren Roben wirkte die junge Elbin zart und zerbrechlich, doch ihr Einfluss war nicht zu unterschätzen. Ein jeder im Saal wusste um Inahwens scharfen Verstand und die spitze Zunge, mit der sie sich schon so manches Mal gegen die vorherrschende Meinung des Rates durchgesetzt hatte. Zwar galt sie als äußerst diplomatisch und gerecht, konnte jedoch auch hartnäckig sein, wenn es darum ging, eine gegenteilige Meinung vor den anderen überzeugend zu vertreten.

Als der Rat seinen Platz eingenommen hatte, stand Gaynor, der Ratsvorsitzende, auf, hob die Arme zu einer Willkommensgeste und forderte die Anwesenden mit ernster Stimme auf, Platz zu nehmen. Stoff raschelte, Leder knarrte, und das schabende Geräusch hölzerner Stuhlbeine, die über den Boden kratzten, wurde laut, als sie der Aufforderung nachkamen. Dann kehrte Ruhe ein.

Gaynor ließ den Blick langsam über die Gesichter der Versammelten schweifen. Der Vorsitzende des Hohen Rates war müde und erschöpft. Doch er wusste, dass er sich die Zeit nehmen musste, die Besorgnis erregenden Nachrichten, die ihn am Vormittag erreicht hatten, auf angemessene Art und Weise weiter zu geben.

»Bürger von Sanforan«, richtete er das Wort schließlich an die Anwesenden. »Traurig ist der Anlass, aus dem ich Euch an diesem Abend so überstürzt zusammengerufen habe.« Er verstummte, als fiele es ihm schwer, die Rede fortzusetzen. »Am späten Vormittag trug ein Falke die schmerzliche Botschaft nach Sanforan, dass Merdith, der gewählte Anführer der Elben, Befehlshaber der Verteidigungsanlagen am Pass des Pandarasgebirges und«, er hielt einen Augenblick inne und sah zu Inahwen hinüber, die seinen Worten mit versteinerter Miene lauschte, »... Vater der edlen und allseits hoch geschätzten Inahwen, mit einer Gruppe von Kriegern in einen grausamen Hinterhalt der Uzoma gelockt wurde.« Gaynor verstummte und fuhr dann erschüttert fort: »Keiner von ihnen überlebte den Angriff.«

»Nein!«

»Das kann nicht sein!«

»Unmöglich!«

»... muss ein Irrtum sein!«

Die aufgebrachten Ausrufe vermischten sich zu einem vielstimmigen Chor, in dem die Fragen Einzelner hoffnungslos untergingen.

Gaynor ließ den Anwesenden Zeit, die ungeheuerliche Nachricht in ihrer ganzen Tragweite zu erfassen, dann hob er erneut die Arme und gebot der aufgebrachten Menge zu schweigen.

»Ich brauche wohl keinem von Euch zu sagen, was das bedeutet«, fuhr er fort, als endlich Ruhe eingekehrt war. »Im fortwährenden Kampf gegen die Uzoma wurde uns ein schwerer Schlag zugefügt. Die Waagschale neigt sich mit diesem Sieg zu Gunsten der dunklen Horden, die danach trachten, uns um unser Land zu bringen und die Menschen aus Nymath zu vertreiben. Sobald sich die Kunde verbreitet hat, dass Merdith nicht mehr am Leben ist, steht zu befürchten, dass die Krieger der Vereinigten Stämme den Mut verlieren und die Befestigungsanlage am Pass dem Ansturm der Uzoma nicht mehr standzuhalten vermag. Merdiths Tod kommt einem vernichtenden Stoß ins Herz unserer Truppen gleich. Er war es, der sie zusammenhielt und ihnen stets mit Mut und Zuversicht voranschritt, auf dass sie sich ein Beispiel an ihm nähmen. Merdith hinterlässt eine klaffende Lücke, die, wie wir befürchten, kaum mehr zu schließen sein wird.« Er hielt inne, um Atem zu schöpfen, und fuhr dann fort: »Nach all den Wintern des Kampfes und der vielen Opfer, die zu beklagen sind, müssen wir nun zum ersten Mal in Betracht ziehen, dass wir die Schlacht verlieren. Wenn der Pass den Uzoma in die Hände fällt, werden sie bald vor den Toren Sanforans stehen.«

»Wir müssen unverzüglich Vorsorge treffen!« Ein prunkvoll gekleideter, wohlbeleibter Mann im schwarzen Kaftan der Fath, dessen Zierrat keine Zweifel daran aufkommen ließ, dass es sich um einen vermögenden Händler handelte, erhob sich. »In den Zeuglagern am Hafen befinden sich Waren von unschätzbarem Wert. Ich kann nicht zulassen, dass sie diesen Barbaren in die Hände fallen. Wenn das geschieht, bin ich ein armer Mann. Wir müssen ...«

»Mit Verlaub, Eure Waren sind es nicht, die uns Sorge bereiten«, wandte Gaynor höflich ein. Er wusste nur zu gut, welch wohlhabende Schicht sich hier eingefunden hatte. Diese Leute waren selbstsüchtig und überheblich. Zu gern hätte Gaynor darauf verzichtet, sich mit ihnen abzugeben, doch die Zeit drängte, und ihm blieb keine Wahl. So schluckte er die bissige Bemerkung herunter, die ihm auf der Zunge lag, und fuhr betont sachlich fort: »Die Frauen und Kinder, die Alten und Schwachen sind es, deren Sicherheit uns am Herzen liegt. Wie wir alle wissen, besitzt Sanforan kaum noch nennenswerte Befestigungsanlagen. Die Stadt ist ein florierender Handelsstützpunkt und keine Festung. Wenn die Uzoma am Pass durchbrechen, besteht unsere einzige Hoffnung darin, ihnen in einer offenen Schlacht entgegenzutreten. Einer Schlacht, die erbittert und ohne Gnade geführt werden muss und nur mit der völligen Vernichtung des einen oder des anderen ein Ende finden wird. Jeder, der noch imstande ist, eine Waffe zu führen, wird einberufen werden. Alle anderen müssen mit Schiffen nach Wyron gebracht werden, der unbewohnten Insel im schwarzen Ozean, um dort auszuharren, bis der Krieg vorüber ist.«

»Ihr wollt die Stadt mit *unseren* Schiffen evakuieren?«, unterbrach der Händler Gaynor empört. »Aber was wird aus meinen Waren? Wenn die Handelsflotte Tausende von Menschen befördern soll, werden die Laderäume keinen Platz mehr bieten. Das ist ...«

»... der einzige Weg!« Der scharfe Tonfall machte deutlich, wie ernst es Gaynor mit seiner Entscheidung meinte. Er wusste den Rat einstimmig hinter sich und war fest entschlossen, sich nicht der Habgier der Händler zu beugen; doch er wusste auch, dass er erhebliche Zugeständnisse machen musste. Seit dem frühen Morgen schon hatte der Hohe Rat zusammengesessen und Pläne für den Notfall erarbeitet.

Weitsichtiges Handeln wurde als oberstes Gebot angesehen, doch die Handelsflotte, die zur Evakuierung der Bevölkerung unverzichtbar war, unterlag nicht dem Oberbefehl des Hohen Rates. Aus diesem Grund hatte man an diesem Abend alle einflussreichen Partikuliere, Händler und Geschäftsleute Sanforans hierher berufen.

»Die Räumung der Stadt ist der einzige Weg«, wiederholte Gaynor mit fester Stimme. »Sollte es zu einem Angriff kommen, sind die Schiffe unsere letzte Hoffnung.«

»Das könnte des Rätsels Lösung sein!« Mit einem kleinen Karton unter dem Arm kam Kyle Evans die Treppe herunter. Nachdem er den seltsamen Brief der Dubliner Anwaltskanzlei gelesen hatte, war er plötzlich sehr nachdenklich geworden und ohne ein weiteres Wort auf den Dachboden gestiegen.

»Kommt mit ins Wohnzimmer, ich will euch etwas zeigen«, forderte er seine Frau und Ajana auf. Die beiden tauschten verwunderte Blicke, sagten jedoch nichts und folgten ihm.

Im Wohnzimmer hielt es Ajana nicht länger aus. »Was ist da drin?«, wollte sie wissen und deutete auf den vergilbten Pappkarton.

Kyle Evans legte eine Hand darauf und sagte mit einem schwer zu deutenden Blick: »Darin ist *mein* Erbe – meine Vergangenheit sozusagen.« Ein wehmütiger, fast trauriger Unterton schwang in den Worten mit. »Ich habe diesen Karton schon ein paar Jahre«, erklärte er schließlich. »Man fand ihn, als der Haushalt meiner Stiefeltern aufgelöst wurde. Es ist eines der wenigen Erinnerungsstücke aus dem Nachlass. Ihr wisst ja, das Erbe reichte gerade, um Vaters Schulden zu bezahlen.«

»Und was ist nun da drin?«, fragte Ajana noch einmal voller Ungeduld.

»Fotos.«

»Fotos?«, wiederholte Ajana enttäuscht.

»Ja, Fotos. Und ein paar persönliche Unterlagen«, erklärte ihr Vater. »Ich wusste schon als Kind, dass die Evans nicht meine leiblichen Eltern sind. Doch darüber haben sie zeitlebens geschwiegen und mir auch nicht erzählt, woher ich tatsächlich stamme.« Er machte eine bedeutungsvolle Pause und klopfte mit den Fingern auf den Karton. »Erst als ich das hier bekam, wurde mir klar, warum sie sich so seltsam verhalten haben.«

»Warum?«

»Nun – weil meine Eltern Iren waren.« Kyle Evans sagte dies in einem Tonfall, als erklärte es alles. Doch Ajana verstand noch immer nicht.

»Na und?«, fragte sie.

»Ich denke, meinen Pflegeeltern war es unangenehm, das zuzugeben«, holte ihr Vater aus. »Mein Stiefvater war ausgesprochen konservativ, also *very british*. Er fluchte ständig über die *verdammten Iren* und wollte wohl daher meine Abstammung auf jeden Fall verschweigen.«

»Das soll einer verstehen«, warf Laura Evans ein.

»Nun, was auch immer der Grund für ihr Schweigen gewesen sein mag, der Inhalt dieses Kartons hat mir, wenn auch spät, viele Fragen beantwortet.« Er legte den Deckel zur Seite. »Und es ist auch etwas dabei, das uns vielleicht weiterhilft.«

»Und was?« Ajana beugte sich über den Karton, warf einen neugierigen Blick hinein und schaute ihrem Vater zu, der einen Stapel alter, vergilbter Schwarzweißfotos durchsah, die unter ein paar losen Blättern und einem kleinen, abgegriffenen Büchlein lagen. »Ah, hier ist es!« Von ganz unten zog er ein Foto hervor und reichte es seiner Tochter. Es war ein verblichenes Porträt mit altertümlich gewellten Rändern und zeigte eine elegante junge Frau, die ganz im Stil der zwanziger Jahre gekleidet war. Die streng auf Kinnlänge geschnittenen schwarzen Haare wurden über der Stirn von einem funkelnden Reif zurückgehalten, in dem am Hinterkopf prächtige weiße Federn steckten. Eine Zigarette mit langem silbernem Mundstück lässig zwischen den Fingern haltend, stützte sie ihr Kinn in die Handfläche und schaute kokett in die Kamera.

»Wer ist das?« Ajana betrachtete das Foto neugierig von beiden Seiten und las laut vor, was in altmodischer Handschrift auf der Rückseite geschrieben stand:

»21st of June 1920 – For John in memory of a beautiful time.
With love, Mabh.«

Nachdenklich ließ sie das Foto sinken und schaute ihren Vater an. »In Liebe, Mabh«, wiederholte sie. »Ist sie das?«

Ihr Vater nickte. »So viel ich weiß, war sie die einzige Mabh in meiner Familie.« Er nahm Ajana das Foto aus der Hand. »Einhundertundeins soll sie geworden sein«, murmelte er. »Wenn sie 1999 gestorben ist, müsste sie auf diesem Foto …«

»… zweiundzwanzig gewesen sein.« Ajana hatte mitgerechnet. »Das kommt hin. Aber wie bist du denn mit ihr verwandt?«, wollte sie wissen.

»Sie ist meine Großmutter, aber das weiß ich erst, seit ich diesen Karton erhalten habe.« Ajanas Vater zog ein anderes Foto hervor, das einen mürrisch blickenden Mann mit Oberlippenbart, eine sehr ernste Frau mit Spitzenhaube und zwei Jungen in Matrosenanzügen zeigte. »Bis dahin hatte ich immer geglaubt, diese Frau sei meine Großmutter, denn das hier«, er zeigte auf den größeren der beiden Knaben, »ist mein Vater.«

»Zeig mal.« Ajana nahm das Bild an sich und betrachtete es eingehend. Dann stutzte sie. »Der sieht seinem kleinen Bruder aber gar nicht ähnlich.«

»Gut beobachtet.« Ihr Vater nickte zustimmend. »Es sind auch keine Brüder, sondern Halbbrüder.«

»Halbbrüder? Heißt das, sie …«

»… haben denselben Vater, aber nicht dieselbe Mutter.« Kyle

Evans holte einen abgegriffenen Briefumschlag aus dem Karton. »Diesen Brief hat Mabh 1923 an meinen Großvater geschrieben. Darin teilt sie ihm mit, dass sie ihm einen Sohn geboren hat, betont aber gleich, dass sie sich nicht um das Kind kümmern kann. Wenn ich den Brief richtig interpretiere, muss Mabh in den zwanziger Jahren eine sehr berühmte Sängerin in Irland gewesen sein. Ein Kind passte anscheinend nicht in ihr Leben. Mit diesem Brief bittet sie meinen Großvater, sich des Jungen anzunehmen und ihn gemeinsam mit seiner Frau wie ein eigenes Kind aufzuziehen.«

Ajana pfiff leise durch die Zähne. »Die war ja hart drauf! Und dann müsste diese Mabh also meine Urgroßmutter gewesen sein – richtig?«

»Richtig.« Kyle Evans legte den Brief in den Karton zurück.

»Also ist es auch möglich, dass ich von ihr etwas erbe«, schloss Ajana erfreut.

»Immer langsam«, erwiderte ihr Vater. »Ich will auf jeden Fall erst mal in Erfahrung bringen, was es mit dem angeblichen Nachlass auf sich hat. Nicht, dass wir uns am Ende eine Menge Schulden einhandeln.«

»Haltet ein!«

Die Stimme knallte hart wie eine Peitsche durch den großen Ratssaal.

Ein aufgebrachter Redner, der sich soeben wortgewaltig darüber ereiferte, dass der Hohe Rat Huren und Bettlern bei der Evakuierung Sanforans den Vorrang vor wertvollen Gütern geben wollte, verstummte und fuhr herum, um zu sehen, wer es wagte, die Zusammenkunft auf solch respektlose Weise zu stören.

Der hoch gewachsene Mann, der soeben den Raum betreten hatte, hielt inne. Die Kapuze des regenschweren Reiterumhangs hatte er tief ins Gesicht gezogen. Der tropfnasse Mantel war voller Schlamm und glänzte ölig.

Entgegen dem unziemlichen Eintreten schienen ihm die Vorschriften und Regeln der Ratsversammlung jedoch bekannt zu sein, denn er wartete geduldig, bis der Vorsitzende das Wort an ihn richtete.

Als sich zeigte, dass der Fremde nicht von sich aus zu sprechen gedachte, erhob sich Gaynor und sagte: »Da Ihr wohl der Meinung seid, einen guten Grund zu haben, mitten in der Nacht hier zu erscheinen und den Ablauf der Versammlung zu stören, solltet Ihr zumindest den Umhang abnehmen und Euch zu erkennen geben.«

»Gute Gründe habe ich wohl«, erwiderte der Fremde und löste den Umhang von den Schultern.

»Gathorion!« Ungeachtet aller Vorschriften sprang Inahwen auf und eilte ihrem Bruder entgegen, der sie liebevoll in die Arme schloss. Wieder erhob sich ein Raunen, doch diesmal war es weniger von Ärger als von Überraschung geprägt. Keiner der Anwesenden hatte damit gerechnet, den Sohn des ermordeten Elbenherrschers an diesem Ort zu sehen. Seit mehr als zwei Wintern hatte er am Pass des Pandarasgebirges Seite an Seite mit seinem Vater gegen die Uzoma gekämpft und Sanforan seit vielen Silbermonden nicht mehr aufgesucht.

»Hochgeschätzter Rat von Nymath, ehrwürdiger Vorsitzender«, hob Gathorion an und durchquerte an der Seite seiner Schwester Inahwen den Raum, bis er vor den Mitgliedern des Hohen Rates stand. »Die jüngsten Ereignisse zwingen uns zur Eile. Ich bin den ganzen Tag ohne Rast geritten und erbitte nun von Euch die Erlaubnis, vor der Versammlung sprechen zu dürfen.«

»Es sei Euch gewährt.« Gaynor nickte. »Doch zuvor möchte ich nicht versäumen, Euch unser tiefes Mitgefühl auszudrücken. Wie Inahwen habt auch Ihr den schmerzlichen Verlust Eures Vaters zu beklagen. Einen Verlust, der weit über das hinausgeht, was der Tod des edlen Merdiths für unser Land bedeutet. Wir alle«, er wies in die Runde, »trauern mit Euch, *Prinz* Gathorion, und fühlen uns geehrt, dass Ihr dennoch den langen Ritt auf Euch genommen habt, um vor dem Hohen Rat zu sprechen.« Gaynor wusste, dass Gathorion die Anrede *Prinz* nicht behagte, doch in der aufgeheizten Stimmung war ihm daran gelegen, die hohe Stellung des jungen Elben zu bekräftigen, und so wählte er den Titel mit Absicht.

Gathorion schien das zu spüren. Er widersprach nicht, sondern schenkte seiner Schwester ein warmes Lächeln, als sich diese aus seinen Armen löste und an ihren Platz zurückkehrte. Der junge Elb war einen halben Kopf größer als die anmutige Inahwen. Sein Haar hatte die gleiche helle Farbe wie das ihre. Das edle, fein geschnittene Gesicht mit den hohen Wangenknochen hingegen trug unverkennbar die Züge seines Vaters.

Unter dem Umhang trug er bequeme Jagd- und Reitkleidung aus weichem hellem Leder. Die langen Haare hatte er für den scharfen Ritt mit einem dünnen geflochtenen Band im Nacken zusammengebunden.

»Ich bin gekommen, um dem Hohen Rat Bericht zu erstatten über die Umstände, die zum tragischen Tod meines – unseres – Vaters führten«, begann er mit gedämpfter Stimme. »Ich weiß, dass Euch diese Nachricht bereits durch einen Falken übermittelt wurde, aber ich halte es für meine Pflicht, Euch die veränderte Lage am Pass aus meiner Sicht zu schildern.« Gathorion hielt inne und sah sich um. Der Blick aus den hellblauen Augen huschte flüchtig über die Gesichter der Versammelten, dann wandte er sich an die Händler und die einflussreichen Bürger der Stadt. »Dem Wortwechsel nach zu urteilen, den ich bei meiner Ankunft mit anhörte, bereitet man sich hier gedanklich bereits auf eine Evakuierung Sanforans vor. Doch ist das wirklich die Lösung? Mein Vater hat den Uzoma fünf lange Winter die Stirn geboten. Er tat dies in der Überzeugung, Nymath auch für kommende Generationen zu erhalten. Eine Flucht und damit die Aufgabe des Landes waren für ihn stets undenkbar. Wollt Ihr die vielen tausend Krieger, die ihr Leben in diesem Kampf gelassen haben, wirklich verhöhnen, indem Ihr Euch davonmacht, kaum dass der erste herbe Rückschlag erfolgt ist?«

»Man sollte rechtzeitig erkennen, wann es besser ist, eine Schlacht verloren zu geben«, wandte einer der Anwesenden ein. »Nur so kann man unnötiges Blutvergießen verhindern.«

»Die Schlacht ist nicht verloren!«, rief Gathorion aufgebracht. »Mein Vater und mit ihm viele tapfere Krieger mögen in dem Hinterhalt ein schreckliches Ende gefunden haben, doch das heißt noch lange nicht, dass wir den Pass aufgeben werden. Die Krieger dort kämpfen Tag für Tag verbissen darum, ihren Familien die Heimat zu bewahren. Sie setzen ihr Leben dafür aufs Spiel, und geben nicht auf. Sie kämpfen weiter, bis …«

»… die magischen Nebel neu gewoben werden?« Aus der Menge erhob sich eine spöttische Stimme. »Glaubt Ihr nach so langer Zeit wirklich noch daran?« Ein feister Händler mit einer perlenbesetzten Robe aus nachtschwarzem Samt erhob sich und erklärte herausfordernd: »Wenn wir ehrlich sind, wissen wir doch längst, dass uns die Magie Eures Volkes verlassen hat. Versteht mich nicht falsch, ich will hier nichts schlechtreden; immerhin haben uns die Nebel viele Winter lang vor den Angriffen der Uzoma geschützt. Doch die Magie der Nebel ist erloschen. Niemand kam, um sie zu erneuern. Nach dem langen, vergeblichen Warten auf die Rückkehr der Nebelsängerin werdet Ihr in Nymath kaum noch einen Menschen treffen, der diese Hoffnung mit Euch teilt.«

Zustimmende Rufe wurden laut.

»Sie ist immer gekommen und wird es auch dieses Mal tun!«, erwiderte Gathorion mit fester Stimme, als reichte allein die Überzeugung, um die Worte Wahrheit werden zu lassen.

»Gerede, nichts als Gerede!« Der Händler machte eine wegwerfende Handbewegung. »Damit vertröstet Ihr Elben uns nun schon seit fünf Wintern. Könnt oder wollt Ihr nicht einsehen, dass es vorbei ist? Der Mondstein ist verschwunden, die Nebel sind fort, und jene, die kamen, um sie zu erneuern, haben uns im Stich gelassen. Kaum einer vermag sich noch daran zu erinnern. Es ist ein Märchen, das die Mütter ihren Kindern erzählen, um ihnen die Furcht vor der Zukunft zu nehmen. Aber wir müssen den Tatsachen ins Auge sehen. Und diese Tatsachen, so bitter sie auch klingen mögen, lassen keinen Platz für Hoffnung. Die Uzoma werden …«

»Werter Apoldes!«, unterbrach Gaynor freundlich, aber bestimmt den erregten Redeschwall des Händlers. »Ich denke, wir alle kennen die Gerüchte, die in den Straßen Sanforans die Runde machen. Gerade deshalb sollten wir uns glücklich schätzen, dass Gathorion zu uns gekommen ist, um uns die Lage am Pass zu schildern.« Er nickte dem Elben zu und lächelte wohlwollend. »Ihr seid erschöpft nach dem langen Ritt durch das Unwetter«, sagte er und hob den Arm, um den Lakaien herbeizuwinken, der an der Tür stand. »Besorge er einen Stuhl für den Elbenprinzen«, befahl er, doch Gathorion schüttelte den Kopf.

»Das ist sehr freundlich von Euch, aber ich stehe lieber.« Er streckte sich und schaute noch einmal zu Inahwen hinüber, die den Blick gefasst erwiderte.

Ohne sich seine tiefe Trauer anmerken zu lassen, schilderte Gathorion, was den Truppen der Vereinigten Stämme Nymaths in den vergangenen Tagen widerfahren war, warum Merdith mit einigen Getreuen in die Berge aufgebrochen war und was die Suchtrupps später über den Hinterhalt und die Umstände herausgefunden hatten, die zum Tod seines Vaters führten. Dabei pries er den Mut der Krieger und schilderte, wie der Tod Merdiths Elben wie Menschen noch fester zusammengeführt und ihre Kampfbereitschaft nicht geschwächt, sondern vielmehr gestärkt habe. So genau wie möglich beschrieb er den Feind, der auf der anderen Seite des Passes lauerte. Dabei verschwieg er keineswegs, dass die Gerüchte um die Lagaren der Wahrheit entsprachen, und gab zu, dass die geflügelten Riesenechsen eine ernsthafte Bedrohung für die Verteidiger darstellten.

»Mit ihrem giftigen Atem gelingt es den Lagaren, Dutzende unserer Krieger auf einen Streich auszulöschen«, erklärte er. »Der beißende Dampf aus ihren Nüstern verätzt binnen weniger Augenblicke alles, was mit ihm in Berührung kommt. Wer ihn einatmet, erstickt qualvoll. Die anderen …« Er brach ab, als quälte ihn die schreckliche Erinnerung, fuhr dann aber mit gedämpfter Stimme fort: »Vor wenigen Tagen stießen wir in den Bergen auf einen vermissten Spähtrupp. Die sechs Krieger lagen auf der gefrorenen Erde, als schliefen sie. Doch als wir näher kamen, sahen wir, dass ihre Köpfe in Lachen von erbrochenem Blut lagen. Die Gesichter waren bis zur Unkenntlichkeit entstellt. Das Fleisch hing lose von den Knochen und sah aus, als hätte es Blasen geschlagen … Es war grauenhaft.«

»Bei Callugars scharfem Schwert«, rief jemand aus. »Gibt es denn keine Möglichkeit, sich dieser furchtbaren Wesen zu erwehren?«

»Bisher haben die Heermeister noch keine Antwort darauf gefunden.« Gathorion schüttelte betrübt den Kopf. »Die herkömmlichen Triböcke auf der Festungsmauer eignen sich nicht für schnell bewegliche Ziele. Gegen Angriffe aus der Luft sind wir machtlos. Die Bogen und Armbrüste der Krieger reichen weit hinauf, doch die Pfeile besitzen nicht genug Durchschlagskraft. Um die schuppigen Brustpanzer der Lagaren zu durchdringen, brauchen wir starke Pfeilkatapulte. Doch solche zu erbauen erweist sich als sehr aufwändig.« Er zog entmutigt die Schultern hoch. »Bisher waren es zum Glück nur vereinzelte Angriffe gegen kleinere Einheiten, die von den Uzoma mit den Lagaren geflogen wurden, doch steht zu befürchten, dass dies lediglich Übungen für einen groß angelegten Angriff sind.« Er seufzte. »Wenn wir bis dahin nicht über eine ausreichende Anzahl an Pfeilkatapulten zum Schutz der Festung verfügen, möge der wandernde Stern uns gnädig sein.«

Während er sprach, musterte der Elb aufmerksam die Gesichter der Anwesenden und suchte darin nach Hinweisen, um zu erkennen, wie sie die Lage einschätzten. Er wusste, dass es kein Leichtes war, die Evakuierung aufzuhalten, war aber fest entschlossen, alles zu versuchen, um eben dies zu erwirken. Eine Evakuierung würde die Preisgabe all dessen bedeuten, wofür er und die anderen kämpften und wofür sein Vater gestorben war.

»Hoher Rat«, schloss er, und seine Stimme hatte nach der langen Rede nichts von der Standhaftigkeit eingebüßt, »stünde mein Vater jetzt hier, so würdet Ihr Euch einmütig um ihn scharen – dessen bin ich mir gewiss. Nun stehe ich an seiner Statt und bitte Euch eindringlich, Sanforan nicht voreilig aufzugeben. Ich bitte Euch darum, mir jene Truppen zu unterstellen, die bisher zur Verteidigung Sanforans zurückgehalten wurden, damit ich diese Männer zur Verstärkung an den Pass führen kann. Wir haben die Klamm fünf Winter lang gehalten, und beim wandernden Stern, wir werden sie auch noch weitere fünf Winter halten. Wenn es sein muss, werden wir den Pass so lange verteidigen, bis die Nebelsängerin den Weg nach Nymath findet, um die Magie neu zu wirken …«

»Die Nebelsängerin ist tot!«, tönte es aus der Menge. »Wie sonst konnten die Nebel zusammenbrechen?«

»Hört, hört!«

»Meine Rede!«

»Wohl gesprochen!«

»… und die Uzoma erneut hinter die Nebel zu bannen!« Unbeeindruckt von den Zwischenrufen, beendete Gathorion den Satz, dann verstummte er und wartete schweigend auf die Antwort des Rates. Doch bevor sich eines der Ratsmitglieder zu Wort melden konnte, erhob sich in der hintersten Reihe ein stämmiger Mann mit kurz geschnittenem Vollbart und langem rotblondem Haar, das in der Art der Kataurenkrieger an den Schläfen zu zwei dicken Zöpfen geflochten war.

»Heermeister Bayard«, Gaynors besorgte Miene hellte sich auf. »Wenn Ihr dem etwas hinzuzufügen wünscht, erteile ich Euch hiermit das Wort.«

»Meinen Dank.« Der Kataure deutete eine Verbeugung an und hob mit tiefer, rauchiger Stimme zu sprechen an: »Alle, die hier versammelt sind, kennen mich und wissen, dass ich die verfluchten Uzoma wie kein anderer hasse. Wäre ich nicht verwundet worden, hätte ich den Pass niemals freiwillig verlassen. Ich kann Eure Worte, Gathorion, mit ganzer Überzeugung teilen. Auch ich könnte den Gedanken nicht ertragen, dieses wunderbare Land den blutrünstigen Barbaren zu überlassen. Ich war stets ein großer Bewunderer Merdiths, der es wie kein anderer Heerführer verstand, Elben und Menschen zu einen. Sein Verlust wiegt schwer, doch in Euren Augen erkenne ich das gleiche Feuer wie in denen Eures Vaters, und ich sage, wenn es jemandem möglich ist, den Pass zu halten, dann Euch!« Er machte eine Pause und atmete schwer, als bereitete ihm die gerade überstandene Verletzung noch immer Schmerzen. Dann fuhr er fort: »Deshalb bitte ich den Hohen Rat eindringlich, Gathorions Gesuch stattzugeben. Schickt die letzten Krieger Sanforans an den Pass – alle! Sich den Uzoma hier vor den Toren der Stadt in einer offenen Schlacht zu stellen, wie Ihr es vorschlagt, würde für uns – mit Verlaub – in einem vernichtenden Blutbad enden. Die Uzoma sind erfahrene Kämpfer, denen man nicht mit Bauern, Handwerken und Halbwüchsigen auf offenem Feld entgegentreten kann. Den Pass zu halten ist unsere einzige Hoffnung. Nur so haben wir die Aussicht, Nymath und Sanforan, die letzte Bastion der Freigläubigen, für unsere Kinder ...«, er stockte, als wecke das Wort bittere Erinnerungen in ihm, »... für unsere Kinder zu erhalten.«

»Wohl gesprochen, Heermeister Bayard.« Gaynor erhob sich und bedeutete dem bärtigen Krieger, sich zu setzen. »Ich gebe zu, auch ich spüre eine gewisse Zuversicht, seit ich Gathorions Ausführungen vernommen habe, doch auf den Schultern des Rates lastet eine große Verantwortung. Die Nachricht, die der Falke übermittelte, war von Trauer und Hoffnungslosigkeit geprägt und weckte in uns den Eindruck, der Pass werde schon bald dem Ansturm der Uzoma erliegen. Ihr, Gathorion, schildert uns nun jedoch eine andere Sichtweise.« Er verstummte und tauschte einen Blick mit den übrigen Ratsmitgliedern, dann fuhr er fort. »Die veränderte Lage bedarf einer gründlichen Prüfung, und ich bitte um Verständnis dafür, dass der Rat zu dieser Stunde noch keine endgültige Entscheidung über das weitere Vorgehen fällen kann.« Er warf einen Blick zum Fenster, vor dem der Sturm ungehemmt wütete, und fügte hinzu: »Es ist schon spät. Wir alle brauchen Zeit, um die Neuigkeiten zu überdenken. Daher schlage ich vor, die Versammlung für heute zu beenden und morgen fortzusetzen.«

Es dämmerte. In den Gärten der kleinen Stadt, in der die Evans wohnten, erhoben sich die ersten Vogelstimmen. Ein Zeitungsjunge weckte die Hunde in den Häusern durch knarrende Gartenpforten und das Klappern der Briefkastendeckel.

Ajana erwachte aus einem unruhigen Schlaf. Ein kurzer Blick auf die Leuchtziffern des Weckers bestätigte ihr, was das Dämmerlicht, das durch die Ritzen der zugezogenen Vorhänge sickerte, vermuten ließ: Es war noch viel zu früh, um aufzustehen.

»Halb fünf«, murmelte sie gähnend, schlüpfte aus dem Bett, schloss das Fenster, um die störenden Geräusche auszusperren, und kuschelte sich wieder in die leichte Sommerdecke. Bis sie aufstehen musste, waren noch gut zwei Stunden Zeit. Doch der Schlaf wollte sich nicht mehr einstellen. Die ganze Nacht lang hatte Ajana versucht, sich zu entspannen, aber ihre Gedanken hatten unaufhörlich um die geheimnisvolle Erbschaft gekreist und sie beharrlich am Einschlafen gehindert. Manchmal war sie darüber in einen unruhigen Schlummer geglitten, doch immer, wenn sie die Augen geschlossen hatte, war ein mystisches Lied in einer fremden Sprache erklungen, das sich im Schatten des Schlafes heimlich in ihre Träume geschlichen und ihr Angst gemacht hatte.

Blinzelnd schloss Ajana die Augen und spürte, wie die sanften Wogen des Schlafs sie erneut davontrugen …

»Aufstehen!« Grelles Sonnenlicht flutete in das Zimmer und blendete Ajana, die sich verschlafen im Bett aufrichtete. »Weißt du eigentlich, wie spät es ist?« Ihre Mutter schob den zweiten Vorhang zur Seite und öffnete das Fenster.

Ajana schaute zum Radiowecker, der noch immer das Morgenprogramm ihres Lieblingssenders spielte. »O nein! Schon halb acht!« Sie schlug die Decke zurück und sprang aus dem Bett. Von einer Sekunde zu nächsten waren die Erbschaft und die geheimnisvolle Melodie vergessen. Wenn sie noch rechtzeitig in die Schule kommen wollte, musste sie sich beeilen.

»Frühstück steht auf dem Tisch!«, hörte sie ihre Mutter rufen, bevor sie im Badezimmer verschwand.

Eine knappe halbe Stunde später hastete Ajana in die Garage, um ihr Fahrrad zu holen. Bis zum Beginn der ersten Stunde blieben ihr noch nicht einmal zehn Minuten. Mit ein wenig Glück konnte sie es gerade noch schaffen, sich vor dem Unterrichtsbeginn in den Klassenraum zu mogeln. Ohne auf die üblichen mahnenden Worte ihrer Mutter zu achten, schwang sie sich aufs Rad und fuhr eilig davon.

Die Straße, in der sie wohnte, wirkte an diesem Morgen wie ausgestorben. Die Nachbarn waren längst aus dem Haus, und die Kinder, die ihr sonst des Morgens begegneten, bereits in der Schule. Immer wieder wanderte ihr Blick zur Armbanduhr, und sie verglich in Gedanken die Zeit mit dem verbleibenden Weg. Noch sieben Minuten!

Am Ende der Straße tauchte der Bahnübergang auf, der schon so manches Mal schuld daran gewesen war, dass sie sich verspätet hatte. Kurz vor acht schlossen sich die Schranken für endlose Minuten, um den Regionalexpress passieren zu lassen. Aber diesmal schien das Glück auf ihrer Seite.

Ajana trat kräftig in die Pedale.

Noch fünfzig Meter.

Die Gleise glänzten im Sonnenlicht.

Hastig atmend hob sie den Blick. Die Schranken bewegten sich noch nicht. Auch hier wirkte die Straße wie leergefegt. Nur auf der anderen Seite des Bahnübergangs lehnte ein seltsam gekleideter Mann in einem langen schwarzen Mantel lässig an einer Mauer. Mit dem breitkrempigen Hut, der sein Gesicht bedeckte, und der halb leeren Flasche in der Hand sah er aus, als wäre er einem Western entsprungen. Doch als Ajana ihn näher betrachten wollte, erklang plötzlich wieder dieses schrille, pfeifende Geräusch in ihrem Ohr. Ihr wurde schwindlig, und sie trat so heftig in die Bremse, dass die Reifen auf dem Asphalt quietschten. Nur wenige Schritte von den Gleisen entfernt blieb sie stehen und presste die Hand auf das schmerzende Ohr. In diesem Augenblick spürte sie ein Vibrieren im Boden, dann donnerte der Regionalexpress auch schon über den ungesicherten Bahnübergang.

Fassungslos starrte Ajana auf die rot-schwarzen Waggons, die dröhnend an ihr vorbei schossen, und dann auf die Schranken, die sich noch immer nicht bewegten.

Wenn sie nicht angehalten hätte …

Ajana wagte nicht, den Gedanken zu Ende zu führen. Plötzlich hatte sie das Gefühl, als verlöre das harte Pflaster der Straße jede Festigkeit und geriete ins Schwanken. Sie ließ das Fahrrad zu Boden fallen, sank auf den Bordstein nieder und verbarg das Gesicht in den zitternden Händen.

Nur ganz allmählich wurde ihr bewusst, welch unglaubliches Glück sie gehabt hatte. In den vergangenen zwei Wochen war sie immer wieder in lebensbedrohliche Situationen geraten. Doch so knapp wie heute war sie dem Tod noch nie entronnen.

Als das Rattern des Zugs in der Ferne verklang, hob Ajana den Kopf und maß mit den Augen die Entfernung zu den Gleisen ab. Fünf, vielleicht sechs Meter!, dachte sie erschüttert. Nur ein paar Schritte bis zum Tod. Hilfe suchend blickte sie sich um, aber die Straße war menschenleer. Auch der schwarz gekleidete Mann auf der anderen Seite des Bahnübergangs war wie vom Erdboden verschluckt …

Udnobe, 595 Winter n. A.

»Bei den Feuern des Wehlfangs, das ist unmöglich!«

Dem zornigen Ausruf folgte ein dröhnendes Scheppern, als würde eine metallene Schale zu Boden geworfen. Dann rauschte eine hoch gewachsene, schwarzhaarige Frau mit wallenden Gewändern an den dunkelhäutigen Uzoma vorbei, die zu beiden Seiten des steinernen Torbogens zum Altarraum Wache hielten.

»Nichtsnutziges Opferblut, stümperhafte Artefakte! So wird das nie etwas. Oh, wie ich sie hasse, diese …« Ohne die beiden Wächter zu beachten, hastete die Priesterin durch die schmucklosen, von flackernden Öllampen erhellten Gänge des heiligen Tempels und entschwand ihren Blicken. Die zornigen Flüche verklangen, und das Echo der Stimme verhallte in der lastenden Stille des Gemäuers. Es dauerte eine Weile, bis sich der Staub legte, den die Gewänder der Priesterin vom Boden aufgewirbelt hatten. Dann kehrte wieder Ruhe im Heiligtum des neuen Gottes ein, und die beiden Uzoma wechselten schweigend fragende Blicke.

Ohne anzuklopfen, riss Vhara, die Hohepriesterin des neuen Gottes und engste Beraterin des Whyono, des Herrschers über alle Uzoma, die Tür zum Schlafgemach des Regenten auf und stürzte in den Raum. Mit weit ausholenden Schritten durchquerte sie das fensterlose, schwach erleuchtete Gemach, trat vor das breite Bett, das mit weichen Fellen bedeckt war, und stemmte missbilligend die Fäuste in die Hüften.

Das Geräusch der schweren Tür, die krachend ins Schloss fiel, ließ das eng umschlungene Paar, das sich in augenfälliger Pose auf dem Bett wälzte, erschrocken aufblicken. Hastig lösten sich die beiden Gestalten voneinander und versuchten vergeblich, den eindeutigen Anblick zu entschärfen.

Die Priesterin hatte genug gesehen. Ihr Blick traf den des dunkelhäutigen Jungen, der verschämt auf dem Bett kauerte und sie mit großen Augen anstarrte, mit der Schärfe eines Schwerthiebs. »Raus mit dir, elende Ratte!«, fuhr sie ihn an, ergriff das grob gewebte Gewand am Fußende des Bettes und schleuderte es dem Uzomaknaben verächtlich entgegen.

Dieser raffte es an sich und versuchte seine Blöße unbeholfen zu bedecken, während er sich hastig davonstahl, aber die Priesterin würdigte ihn keines weiteren Blickes. »So vergnügst du dich also, während ich mich bis an den Rand der Erschöpfung abmühe, das Schlimmste zu verhindern!«, fuhr sie Othon zornig an.

»Vhara!« Der Regent der Uzoma und seines Zeichens Whyono aller Stämme, lächelte beschämt. »Bitte beruhige dich doch. Ich ...«

»Du dachtest wohl, ich sei beschäftigt, und wolltest die Gelegenheit nutzen, um dich ein wenig zu amüsieren?« Die Priesterin sprach in einer so abfälligen Weise, dass Othon eines der Felle in Erwartung eines Wutanfalls schützend vor den Körper zog. »Vhara, du weißt doch, die Knaben bedeuten mir nichts, gar nichts. Sie sind ein netter Zeitvertreib, aber ...«

»Ein Zeitvertreib?« Erbost trat die Priesterin näher und riss Othon das schützende Fell aus der Hand. »Ein Zeitvertreib? Ist dir das, was ich dir gebe, etwa nicht genug?« Während sie Othon missbilligend ansah, ließ sie sich auf die Bettkante sinken, schürzte die tiefroten Lippen, krümmte die rechte Hand zu einer Klaue und fuhr ihm mit den langen, dunkelgrün gefärbten Fingernägeln langsam vom Brustbein bis zum Nabel hinab. Die spitzen Krallen hinterließen blutige Striemen auf der Haut des Regenten, doch kein Schmerzenslaut kam über seine Lippen. Gebannt starrte er die Priesterin an und wagte nicht zu atmen. Furcht und gierige Lust spiegelten sich in den grauen Augen des Mannes, während er darauf wartete, dass sie die Bewegung weiter führte.

»Oh, Vhara«, seufzte er erregt. »Wie kannst du so etwas nur denken. Diese Jungen sind ... sie könnten niemals ... dich ... ah!« Verzückt schloss er die Augen. Unter den ergrauten, kurz geschnittenen Haaren bildeten sich winzige Schweißperlen, und die Lippen bebten. Die Priesterin war die Einzige, die seine geheimsten Schwächen und Vorlieben kannte und diese auf unvergleichliche Weise zu befriedigen wusste. In den vielen Wintern, die er nun schon als Whyono über die Uzoma herrschte, war die scheinbar alterslose Frau mit den langen schwarzen Haaren und den geheimnisvollen Katzenaugen zu einem unverzichtbaren Teil seines Lebens geworden. Wie ein Süchtiger gierte er nach den qualvollen Zärtlichkeiten, mit denen sie ihn zu verwöhnen pflegte, und litt wie ein geprügelter Hund, wenn sie ihm, wie so oft, mit eisiger Gefühlskälte begegnete. »Oh, Vhara«, stöhnte er wollüstig, »hör nicht auf, bitte!«

Doch die Hohepriesterin war nicht in der Stimmung für derartige Gefälligkeiten. Mit einem verächtlichen Lächeln betrachtete sie die ungestalte Leibesfülle des Regenten, ließ die Hand verheißungsvoll noch etwas tiefer gleiten – und zog sie dann ruckartig fort. »Ich bin nicht hierher gekommen, um deine brünstigen Bedürfnisse zu befriedigen«, sagte sie stolz und erhob sich. »Steh auf und kleide dich an.«

Othon verzog enttäuscht den Mund. »Warum?«

»Ich brauche noch eine deiner Frauen!«

»Noch eine ...« Othon verstand nicht recht. »Aber ich habe dir doch erst gestern dieses hübsche junge Mädchen geschickt. Du weißt schon, diese ...«

»Jungfrau?« Vhara lachte verächtlich. »Wie blind bist du eigentlich, Othon? Wäre sie eine Jungfrau gewesen, hätte die Magie nicht versagt. Nur das Blut reiner Mädchen ist unfehlbar und vermag meine Magie über die Weltengrenzen hinweg zu tragen, aber diese ... diese ...« Im letzten Augenblick schluckte Vhara die abfälligen Worte herunter, die ihr auf der Zunge lagen. Diese nichtsnutzigen Buhlerinnen, die Othon die Zeit vertrieben, wenn er der Knaben überdrüssig wurde, waren es nicht wert, sich ihretwegen aufzuregen. Sie riss sich zusammen und fuhr mit gefasster Stimme fort: »Die Uzoma sind doch nicht dumm. Glaubst du ernsthaft, die

Konkubinen und Jünglinge, die sie dir anbieten, seien noch unberührt? Die Stammesoberhäupter, diese verdammten Lügner und Betrüger, wissen inzwischen sehr genau, wie sie sich deine Gunst erschleichen können. Jungfrauen – pah! Wie lächerlich. Die meisten Mädchen, die sich hier in den Gemächern tummeln, sind nichts anderes als gewöhnliche Metzen, von den Uzoma verstoßen und nur deshalb nicht getötet, weil sie jung und hübsch genug sind, um den mächtigen Whyono gnädig zu stimmen.« Die abfällige Art und Weise, in der die Priesterin die Worte betonte, hätten jeden anderen Untertan auf der Stelle den Kopf gekostet. Doch Vhara wusste um ihre Macht und schreckte nicht davor zurück, den Mann zu demütigen, dem das Volk zu Füßen lag.

Ihr war klar, dass Othon bei weitem nicht der starke Herrscher war, der er zu sein vorgab. Hinter der harten und unnachgiebigen, oft grausamen Maske, die er nach außen hin zeigte, verbarg sich eine jämmerliche Gestalt mit verweichlichtem Charakter, die Vhara geschickt für ihre Zwecke zu nutzen wusste, im Grunde aber zutiefst verachtete. Es widerte sie an, das weiche, erschlaffte Fleisch des Regenten zu berühren, wenn er sich schwitzend und stöhnend den diabolischen Grausamkeiten hingab, von denen er nicht genug bekommen konnte. Sie hasste den verlangenden, weichlichen Blick, mit dem er sie so oft bedachte, und die kriecherische Art, mit der er sich bei ihr einzuschmeicheln versuchte. Doch die Priesterin wusste auch, dass sich ihr im Machtgefüge der Uzoma ohne Othons Gunst keine Möglichkeit bot, ihre ehrgeizigen Ziele zu verwirklichen. Sie hatte schnell gelernt, dessen Hörigkeit geschickt für ihre eigenen Pläne zu nutzen.

Auf Geheiß des neuen Gottes hatte sie vor vielen Wintern die Wüste zwischen Andaurien und Nymath durchquert, um sich das Volk der Uzoma untertan zu machen. Der lange und beschwerliche Weg hatte viele Opfer gefordert. Unter der Gluthitze der sengenden Sonne war der kleine Trupp, der die Hohepriesterin begleitet hatte, rasch geschrumpft; nur eine Hand voll Krieger hatte das andere Ende der Wüste lebend erreicht. Damals war Othon noch ein athletischer Krieger gewesen, ein gut aussehender und nach außen hin disziplinierter Hauptmann, der den Oberbefehl über die Eskorte innehatte und den sie bereits auf der langen Reise durch die Wüste zu ihrem Geliebten gemacht hatte. Geschickt hatte sie ihn verführt und ihm die geheimsten Wünsche so lange von den Augen abgelesen, bis er ihr mit Leib und Seele verfallen war.

Mit Othons gefügiger Hilfe und der Macht des neuen Gottes war es ihr binnen kürzester Zeit gelungen, auch die Uzoma für sich zu gewinnen und sie dazu zu bewegen, dem neuen Gott – und dem Whyono – zu dienen.

Der Whyono!

Vhara schnaubte verächtlich. Aus dem stattlichen Krieger von einst war mit der Zeit ein aufgedunsener, ergrauter Mann geworden, für den die stets jugendlich wirkende Vhara nur mehr Abscheu empfand. Hätte sie die Wahl gehabt, wäre er längst nicht mehr am Leben. Doch die meisten Krieger, die den Weg durch die Wüste überlebt hatten, waren inzwischen zu alt für den Posten. Viele waren gestorben, und die wenigen, deren Haare noch kein Silber zeigten, taugten nicht für das Amt des Whyono.

»Dich können diese verlogenen Barbaren vielleicht täuschen«, fuhr sie tadelnd fort. »Im Rausch der Sinne würdest du es vermutlich nicht einmal bemerken, wenn eine räudige Hündin das Lager mit dir teilte.« Sie seufzte und schüttelte den Kopf. »Ach, lassen wir das«, sagte sie gereizt und schritt ungeduldig im Zimmer umher, während sie beobachtete, wie sich der Regent ankleidete. »Wenn wir die verbleibende Zeit nutzen wollen, müssen wir uns beeilen. Lange hat die Magie die Grenzen der Dimensionen mühelos überwunden und das verhasste Elbenblut aus der fernen Welt getilgt. Ich war überzeugt, dass wir alle ausgelöscht hätten – dass niemand mehr am Leben sei, der die Magie der Nebel erneut zu wecken vermag.« Sie ballte die Fäuste. »Und jetzt das! Warum haben wir das Mädchen nicht früher gefunden? Wie konnte es geschehen, dass sie so lange im Verborgenen blieb?«

»Vielleicht hat sie sich versteckt?«, wagte Othon einzuwenden. »Oder *jemand* hat sie versteckt.«

»Versteckt?« Vhara verzog das Gesicht, als hätte Othon soeben etwas ausgesprochen Dummes gesagt. »Wie sollte sie sich vor den Mächten der Magie verstecken? Nein, das ist unmöglich. Gaelithil ist tot. Niemand außer ihr vermochte die Grenzen zwischen den Welten zu durchschreiten.« Sie schüttelte den Kopf. »Versteckt ... Welch törichter Gedanke.«

»Aber wir wissen doch nicht ...«

»Ach, verflucht, so kommen wir auch nicht weiter«, fiel Vhara Othon ins Wort. »Wir haben noch einen einzigen Versuch. Diesmal muss es gelingen.« Sie griff nach dem prachtvoll bestickten Umhang der Herrscherrobe und warf ihn Othon zu. »Schaff mir noch heute eine Jungfrau herbei!«, forderte sie streng. »Eine wirkliche Jungfrau! Hast du verstanden? Bald wird das Kleinod in den Besitz der rechtmäßigen Trägerin übergehen. Also spute dich, uns bleibt nicht mehr viel Zeit.«

Der Morgen kam mit einem fahlen Silberlicht, das durch die kühlen Nebel der Dämmerung sickerte und die Dunkelheit westwärts trieb. Während sich die Sonne im Osten aus dem grauen Dunst über der Ebene Nymaths erhob, spülten die seichten Wellen des endlosen Ozeans die Überreste des nächtlichen Sturms an den Strand. Alles war friedlich.

Inahwen schritt allein durch den kleinen Garten, der unmittelbar nach der Gründung Sanforans innerhalb der Bastei angelegt worden war und seitdem von den Kräuterfrauen liebevoll gepflegt wurde. Die junge Elbin wirkte ruhig und gefasst, doch selbst die farbenprächtige Schönheit der späten Sommerblumen vermochte den Schmerz in ihren Augen nicht zu lindern.

Er kann nicht tot sein. Das ist nicht möglich! Die Worte kreisten in ihren Gedanken, als genügte allein der Wunsch, aus ihnen Wahrheit werden zu lassen.

Ihr Vater gehörte zu jenen Schiffbrüchigen, die vor mehr als fünfhundert Wintern an der Küste Nymaths gestrandet waren. Ein furchtbarer Sturm hatte sein Schiff damals von der Elbenflotte getrennt, die dem wandernden Stern auf dem Weg in eine neue Heimat gefolgt war, und es in unbekannte Gewässer getrieben, wo es schließlich an einem verborgenen Riff vor der Küste Nymaths zerschellt war. Von den mehr als dreihundert Elben an Bord waren Dutzende in den Fluten umgekommen. Seit dieser Zeit hatte es nur noch einen einzigen gewaltsamen Tod unter den Elben gegeben, doch daran wollte Inahwen jetzt nicht denken.

Um sich abzulenken, blieb sie an der niedrigen Bactihecke stehen, die den schmalen Weg durch den Garten begrenzte und die neben unreifen Beeren sogar noch einige der auffällig roten Blütenkelche trug. Sie hob den Kopf, und ihr Blick verlor sich in dem bunt gefärbten Blattwerk eines alten Purkabaumes, dessen vom Wind geformte Krone einen Teil des Gartens überschattete. Der Baum war von gewaltigem Wuchs, mit knorriger Rinde und dicken Ästen, die vornehmlich ins Landesinnere wiesen, als verneigte er sich demütig vor der Kraft der Elemente. Er war der einzige Baum entlang der Küste, der, geschützt von den hohen Mauern der Bastei, zu einer solchen Größe herangewachsen war.

Inahwen trat zu dem alten Purkabaum und strich sanft über dessen Rinde. Sie fühlte sich ihm zutiefst verbunden. Oft kam sie in den Garten, um den Wechsel der Monde an der Farbe seiner dreifingrigen Blätter zu ersehen oder in seinem kühlen Schatten zu verweilen. Hier fand sie Trost, wenn das Heimweh sie quälte, und hier schöpfte sie neue Kraft aus der ruhigen Stärke des Baumes.

Doch diesmal saß der Schmerz zu tief. Als Tochter Merdiths war sie vom Rat der Elben vor vielen Wintern zur Gesandten erwählt worden und hatte ihr Wort gegeben, im Hohen Rat von Sanforan für ihr Volk zu sprechen. Stolz hatte sie die Aufgabe angenommen, tapfer Heimweh und Einsamkeit ertragen und selbstbewusst ihre Stimme im Namen der Elben erhoben. Sie hatte viel erreicht, doch in all den Wintern war es ihr nicht gelungen, das zehrende Gefühl des Entwurzeltseins zu überwinden. Ihre Mutter hatte sie nicht wieder gesehen, seit sie nach Sanforan aufgebrochen war, und ihren Vater das letzte Mal in die Arme geschlossen, als er die Krieger der Vereinigten Stämme Nymaths zum Pass geführt hatte, um das Land diesseits des Pandarasgebirges vor den Angriffen der Uzoma zu schützen.

Und jetzt war er tot.

Tot! Das Wort klang seltsam fremd in ihren Ohren. Für die langlebigen Elben war der Tod ein fernes Ereignis und bedeutete stets den friedlichen Abschluss eines langen Weges, den sie im Lauf ihres Lebens gegangen waren. Nur selten kam es vor, dass ein Elb vor Ablauf seiner Zeit in die heiligen Gestade gerufen wurde. Dass ausgerechnet ihr Vater einer dieser Wenigen sein sollte, war für Inahwen nur schwer zu begreifen.

Die junge Elbin spürte, wie die dunklen Wogen der Trauer sie erneut zu überwältigen drohten, und kämpfte dagegen an. Wie alle Elben würde sie sich niemals die Blöße geben, ihre Trauer nach außen zu tragen, aber hier in dem einsamen Garten fühlte sie sich unbeobachtet. Bekümmert legte sie die Arme an den Stamm des kräftigen Purkabaumes, presste die Stirn gegen die Rinde, schloss die Augen und gönnte sich einen bittersüßen Augenblick der Erinnerung an glücklichere Zeiten.

Inahwen war in den undurchdringlichen Wäldern am Fuße des Pandaras aufgewachsen – jenem Landstrich, den die Menschen den gestrandeten Elben vor mehr als fünfhundert Wintern zum Dank für die Hilfe im Kampf gegen die Uzoma übereignet hatten. Damals, als die Nebel noch unversehrt waren und die Elbenmagie sich als mächtig genug erwies, das Land vor den Angriffen der Uzoma zu schützen …

Doch diese Zeit gehörte der Vergangenheit an. Die Wälder Nymaths waren längst nicht mehr so friedlich wie damals, aber immer noch lebten Elben in ihnen. Inahwens Mutter und jene, die nicht mit den Kriegern in den Kampf gezogen waren, brachten es nicht über sich, die neue Heimat zu verlassen, denn dort war die Erinnerung an die verlorenen Lande nach wie vor lebendig. Die Erinnerung an jene alte Heimat, welche allein die Älteren noch mit eigenen Augen gesehen hatten und welche die Jüngeren nur aus den Legenden kannten. Merdith hatte Inahwen und ihrem jüngeren Bruder Gathorion oft davon erzählt. Es waren Legenden, die von Hoffnung und Freude handelten, aber auch von Düsternis und drohendem Unheil, denn das Böse hatte schon einmal seine Hand nach dem Elbenvolk ausgestreckt und es dazu getrieben, die alte Heimat zu verlassen.

So war das Böse für Inahwen stets ein Teil der alten Heimat gewesen. Fremd und unendlich weit entfernt. Doch nun war es in ihr Leben getreten; die Finsternis der Legenden hatte sie in Gestalt der Uzoma eingeholt und ihre Welt ins Wanken gebracht.

Inahwens Finger strichen sanft über die raue Purkarinde, und ihr Blick wanderte hinauf in das Astgewirr, das den blauen Himmel mit Blättern in herbstlich goldenen Farben verdeckte. Farben, an deren Schönheit sich auch ihr Vater oft erfreut hatte und die er nun nie wieder erleben konnte …

»Inahwen?« Eine vertraute Hand legte sich auf die ihre und verdrängte die Trauer, die ihr Herz wie ein eiserner Ring umschloss.

»Gathorion!« Inahwen wandte sich um, umarmte den Bruder und presste das Gesicht an seine Brust. Nach der Ratsversammlung war er noch lange bei ihr gewesen und hatte ihr ausführlich die letzten Ereignisse im Leben ihres Vaters geschildert. Es war spät gewesen, als er sich endlich zur Ruhe begeben hatte, und wie seine Schwester hatte auch Gathorion nicht viel Schlaf gefunden.

»Störe ich?«, fragte er sanft.

»Stören?« Inahwen löste sich aus der Umarmung und sah ihren Bruder schweigend an.

»Was ist?«, erkundigte sich Gathorion.

»Entschuldige.« Erst jetzt wurde Inahwen gewahr, dass sie ihrem Bruder nicht geantwortet hatte. »Ich war in Gedanken verloren. Ich dachte an früher.«

»An Vater?«

Inahwen nickte. »Es gibt so vieles, das ich ihm noch gern gesagt hätte, so vieles, das …« Sie biss sich auf die Lippen und verstummte. »Später, habe ich gedacht«, fuhr sie schließlich leise fort, »später, wenn er nach Sanforan zurückkehrt, kann ich ihm alles sagen. Jetzt aber …«, sie atmete schwer, »… jetzt wird er niemals … nie mehr …« Ihr versagte die Stimme.

Gathorion zog sie an sich und strich ihr sanft über das lange Haar. »Ich teile deinen Schmerz«, versuchte er sie zu trösten. »Doch wir müssen stark sein. Nicht nur die Zukunft Nymaths, auch die unseres Volkes steht auf dem Spiel. Wenn wir zulassen, dass die Uzoma den Pass einnehmen, ist die neue Heimat für uns Elben verloren. Ich muss dir nicht sagen, was das bedeuten würde. Die Insel, die der Hohe Rat als Zuflucht bestimmt hat, mag für die Menschen genügend Lebensraum bieten, doch für unser Volk wäre sie ein ewiges Gefängnis. Dort gibt es keine Bäume, aus denen wir ein neues Schiff bauen könnten, wenn der wandernde Stern zurückkehrt, um uns erneut den Weg zu weisen. Wir dürfen uns nicht der Trauer ergeben. Es widerspräche dem Wunsch unseres Vaters, wenn wir verzagen. Er hat sein Leben für unser Volk gegeben und dafür, dass wir dieses Land dereinst wieder verlassen können. Wir müssen fortsetzen, was er begonnen hat!«

Keelin lehnte sich auf der schmalen Holzbank zurück, schob den leeren Teller beiseite und schaute aus dem Fenster des großen Speisesaals, in dem die Falkner das Mittagsmahl eingenommen hatten.

Das Ende des Sommers stand unmittelbar bevor. Vorbei waren die langen Sonnentage, an denen die Hitze den Gang des Lebens verlangsamte und die einem das Gefühl gaben, für alles ausreichend Zeit zu haben. Die Purpurheide war verblüht, und die Blätter färbten sich golden. Überall waren die Anzeichen des Übergangs unverkennbar. Doch nicht nur der nahende Herbst mit seinen zerstörerischen Stürmen, auch die schlimmen Nachrichten, die Sanforan tagtäglich vom Pass am Pandarasgebirge erreichten, bereiteten den Bewohnern der Stadt große Sorge.

Über dem flachen Gebäude der Falknerei sah er einen Falken

aufsteigen. Er war zu weit weg, als dass er ihn hätte erkennen können, doch allein der Anblick genügte, um seine Stimmung zu heben. Seit Horus geschlüpft war, waren fünf Winter vergangen. Fünf harte, aber auch glückliche Winter, in denen sich zwischen ihm und dem Falken eine enge Beziehung entwickelt hatte, die so überwältigend und einzigartig war, wie er es niemals für möglich gehalten hätte. Trotz herber Rückschläge hatte er schließlich gelernt, gemäß seinen angeborenen Fähigkeiten eine geistige Verbindung mit dem Falken einzugehen. Von nun an würde er diese Gabe als ausgebildeter Kundschafter Nymaths zum Wohl des Volkes einsetzen dürfen.

Seit ein Falke die Nachricht vom Tod Merdiths nach Sanforan gebracht hatte, breitete sich eine große Unruhe in der Stadt aus. In den Gassen und Wirtshäusern machten seit dem gestrigen Morgen unzählige Gerüchte die Runde, und obwohl vermutlich nur die wenigsten von ihnen einen Funken Wahrheit enthielten, trieben sie die wildesten Blüten.

Inzwischen waren Keelin so unglaubliche Dinge zu Ohren gekommen, dass er beschlossen hatte, sich nicht mehr an den Gesprächen zu beteiligen und abzuwarten, was der Hohe Rat den Bewohnern der Stadt am Nachmittag mitteilen würde. Ursprünglich hatte die Ratsversammlung die Entscheidung über das weitere Vorgehen bereits am vergangenen Abend bekannt geben wollen, doch die Beratungen hatten sich bis tief in die Nacht hinein erstreckt, und schließlich waren jene, die nach Einbruch der Dunkelheit vor den Toren der Bastei ausgeharrt hatten, von den Bediensteten mit den Worten »Der Hohe Rat tagt noch. Kommt morgen wieder!« nach Hause geschickt worden.

Wie den allerorts lautstark geführten Gesprächen zu entnehmen war, plante der Hohe Rat offensichtlich die Evakuierung der Stadt. Vereinzelt gab es sogar Gerüchte, die Nebelsängerin sei zurückgekehrt, um die Magie der Nebel erneut zum Leben zu erwecken. Doch Keelin war sich sicher, dass dies nur den wirren Gedanken eines Träumers entsprungen sein konnte. Jeder wusste, dass die Nebelsängerin das Land im Stich gelassen hatte. Vermutlich war sie gestorben, ohne das Erbe an eine Nachfolgerin zu übergeben, oder die Nachfolgerin weigerte sich, den Menschen Nymaths zu Hilfe zu kommen. Aber auch das waren lediglich Vermutungen. Keiner, nicht einmal die Elben, die über viele Generationen hinweg mit der Nebelsängerin in Verbindung standen, konnten sagen, was wirklich geschehen war. Der geteilte Mondstein, den die Elben viele hundert Winter lang gehütet hatten und dessen andere Hälfte sich im Besitz der Nebelsängerin befand, war den Uzoma bei einem der ersten Überfälle in die Hände gefallen – damals, als der Pass noch nicht so stark befestigt gewesen war und die Gebirgskette ausreichend Schlupflöcher für einen Stoßtrupp geboten hatte. Seither war die Steinhälfte unauffindbar und damit auch die einzige Verbindung zur Nebelsängerin unterbrochen. Zunächst hatten die Bewohner Nymaths sich noch an die Hoffnung geklammert, dass sie irgendwann wiederkäme, doch alles Warten blieb vergebens. Die Magie der Nebel war unaufhaltsam geschwunden, und die Uzoma waren mit aller Macht in das Land vorgedrungen. So hatte der Krieg begonnen …

»Abbas, du bist wohl zu oft vom Pferd gefallen! Komm sofort zurück!« Eine herrische Stimme riss Keelin aus seinen Gedanken. Verwundert blickte er auf und sah, wie Abbas, der Küchenjunge, mit einem großen Bündel im Arm in den Speisesaal stürmte. Er war so aufgeregt, dass er den jungen Falkner zunächst nicht bemerkte. Trotzig starrte er eine stämmige Frau in schlichtem grauem Kittel an, die hinter ihm aus der Küche trat. Ihre aufbrausende Art wie auch der dicke Haarzopf und die mollige Statur ließen keine Zweifel an ihrer Abstammung: Sie war eine Kataurin. Keelin kannte sie vom Sehen und wusste, dass sie die Herdmeisterin der Bastei war. Sie galt als entschlossen und unnachgiebig, und oft genügte allein der Gedanke an einen ihrer berüchtigten Wutausbrüche, um Abbas früher als nötig in die Küche zu treiben.

Der Küchenjunge, ein gebürtiger Wunand, sprach stets mit einer Mischung aus Furcht und Respekt von ihr. Wie alle Männer seines Blutes fühlte er sich Frauen gegenüber unterlegen und gehemmt, was ihnen bei den stolzen Fath und Katauren stets Spott und Häme einbrachte. Weil sie niemals die Stimme gegen eine Frau erhoben und sich dem Willen der Ältesten widerspruchslos fügten, galten die Männer der Wunand gemeinhin als verweichlicht, doch heute war nichts davon zu spüren. Abbas hielt das Bündel fest umklammert, und sein Gesicht zeigte eine wilde Entschlossenheit, die Keelin überraschte. »Ihr könnt mich nicht aufhalten«, rief er auf eine Weise, die deutlich machte, dass er keine Übung darin hatte, für sich zu sprechen. »Es ist mein Leben!« Er stampfte mit dem Fuß auf. »Ein langweiliges Küchenjungenleben. Tagaus, tagein nichts als schrubben und wischen. So kann ein Mann keinen Ruhm erringen. Ich gehe. Und niemand wird mich daran hindern!« Er wandte sich um und machte ein paar Schritte auf Keelin zu, der die seltsam anmutende Szene mit einer Mischung aus Erstaunen und Verständnislosigkeit beobachtete. Abbas drehte sich noch einmal um und rief mit sich überschlagender Stimme: »Außerdem, was kümmert es Euch? In der Bastei gibt es genug Küchenjungen, die Töpfe schrubben können. Es wird schon nichts verkommen, wenn ich nicht mehr da bin!«

»Abbas!« In dem strengen Tonfall der Herdmeisterin schwang plötzlich ein weicher, fast mütterlicher Klang mit. »Du weißt nicht, was dich am Pass erwartet. Hast du denn nicht die furchtbaren Berichte gehört? Du … du«, Hände ringend suchte sie nach den richtigen Worten, »… du dummer Esel hast doch keine Ahnung, was für grausame Bestien die Uzoma sind.« Sie verstummte sichtlich erschüttert, als weckten die Worte vergessen geglaubte Erinnerungen in ihr, ging auf Abbas zu, packte ihn an den Schultern und sah ihm tief in die Augen. »Denk doch an Bayard, mein Junge«, bat sie. »Die Uzoma haben seinen Hof angesteckt, während er am Pass kämpfte. Ja, das haben sie getan. Frauen und Kinder haben sie in den Thowa gesperrt und qualvoll verbrannt. Die Männer wurden mit Pferden gevierteilt. Die … die Tiere haben sie grausam abgeschlachtet. Sie haben das Blut getrunken und das Fleisch roh verzehrt. Willst du dich wirklich solchen Bestien ausliefern?« Sie trat einen Schritt zurück und musterte den Jungen mit prüfendem Blick. »Sieh dich doch an, mit deinen siebzehn Wintern. Du bist groß für einen Wunand, aber viel zu schmächtig, um ein Schwert zu führen. Selbst wenn es in ganz Sanforan keinen einzigen Mann mehr gäbe, der die Stadt verteidigen könnte, dich würde man ganz gewiss nicht nehmen.« Sie hielt inne, dann grinste sie und fügte triumphierend hinzu: »Außerdem ist es den Männern der Wunand nicht gestattet, sich als Krieger zu verdingen. Hast du das etwa vergessen? Kein Mann deines Blutes darf eine Waffe führen.«

»Na und? Wenn ich kein Krieger sein kann, werde ich schon eine andere Aufgabe finden«, rief Abbas leichthin und schob die Unterlippe trotzig nach vorn. »Bote, Wasserträger oder etwas Ähnliches. Hier bleibe ich jedenfalls keinen Tag länger. Ich habe schon viel zu lange gezögert. Wenn der Rat Gathorions Vorschlag zustimmt und er mit neuen Kriegern an den Pass zurückkehrt, werde ich dabei sein.«

»Ach, Junge!« Betroffenheit spiegelte sich in den Augen der Herdmeisterin. Zögernd und ein wenig unbeholfen, als wären ihr derlei Zärtlichkeiten fremd, strich sie Abbas über das schulterlange schwarze Haar. »Was soll dieses Gerede von Ruhm? Hat das Kampfesfieber nun auch dein Herz vergiftet? Es sind schon so viele losgezogen, um Ruhm und Ehre auf dem Schlachtfeld zu erringen – und jetzt erinnern nur noch die schwarzen Trauerbänder in den Haaren der Witwen an diese Helden.«

»Es tut mir Leid, wenn Euch meine Entscheidung Kummer bereitet.« Abbas kämpfte mit seinen Gefühlen. Für einen winzigen Augenblick schien es, als überlegte er, ob die Herdmeisterin vielleicht Recht haben könnte, doch dann hatte er sich wieder in der Gewalt. »Mein Entschluss steht fest«, sagte er. »Wenn wieder Truppen an den Pass ziehen, werde ich mich freiwillig melden.«

Hilfe suchend wandte sich die Herdmeisterin an Keelin »Könnt Ihr ihn nicht umstimmen, werter Falkner?«, fragte sie. »Ihr seid doch sein bester Freund. Euren Rat wird er gewiss beherzigen. Ich habe seiner Mutter versichert, dass ich auf ihn Acht gebe. Sie würde es niemals zulassen, dass er ...«

»Nun ...« Keelin, der nicht damit gerechnet hatte, in das Gespräch der beiden hineingezogen zu werden, räusperte sich und strich sich verlegen über den Kinnbart. Er wusste, dass der Herdmeisterin seine Worte nicht gefallen würden. »Es steht mir nicht zu, die Entscheidung meines Freundes in Frage zu stellen«, sagte er mit fester Stimme. »Denn auch ich habe mich entschlossen, Gathorion zu folgen, wenn der Rat seinem Begehren stattgeben sollte. Meine Ausbildung ist seit einem Silbermond beendet. Wofür sollte ich all die Winter gelernt haben, wenn ich nicht bereit bin, meine Fähigkeiten zum Wohle des Volkes einzusetzen?! Ich habe lange genug den Schutz genossen, für den andere ihr Leben ließen. Jetzt ist es an der Zeit, dass auch ich meinen Teil dazu beitrage, Nymath vor den Uzoma zu beschützen.«

Ungeduldig schritt Vhara in ihrem Gemach auf und ab.

Obwohl die Sonne den Zenit gerade erst überschritten hatte, herrschte düsteres Zwielicht in dem weitläufigen Raum, in dem sie schlief und ihre magischen Rituale vorzubereiten pflegte. Die Fensterläden aus Schilfrohr waren fest verschlossen. Bis auf den kleinen Tisch voller Bücher und Pergamente, der von Talglichtern in einem vierarmigen Leuchter erhellt wurde, lag der Raum weitgehend im Dunkeln.

Schuld daran war ein Sandsturm, der Udnobe, die Hauptstadt des Uzomareiches, seit dem vergangenen Abend heimsuchte und bislang nichts an Stärke eingebüßt hatte. Ein heißer Wind fegte unablässig von der nahen Wüste heran und trug den feinkörnigen roten Sand des *Nunou*, des großen Nichts, wie die Uzoma die Wüste nannten, bis an die fernen Hänge des Pandarasgebirges. Während er sich dort als dünne Schicht auf den Blättern der Büsche ablagerte, hatte es in Udnobe inzwischen den Anschein, als wäre die Stadt selbst ein Teil der Wüste geworden. Der Sand türmte sich in den windgeschützten Ecken in Form von kleinen Dünen und bedeckte Straßen und Wege mit einer fingerdicken, rostroten Schicht.

Der Wind fegte den Sand durch offene Fugen und Spalten bis

ins Innere der niedrigen Hütten, und selbst die aus dichtem Schilfrohr geflochtenen Fensterläden vermochten ihn nicht aus den Gemächern der Hohepriesterin fern zu halten. Im flackernden Schein der Talglichter war gut zu erkennen, dass das Gemach von einem feinen Nebel durchdrungen war, der zu Boden sank und sich über alles legte, was sich im Raum befand.

Mit jedem Schritt wirbelte das lange Gewand der Hohepriesterin feine Staubwolken auf, und die Wege, auf denen sie das Zimmer seit geraumer Zeit ruhelos durchwanderte, zeichneten sich als dunkle Spuren in der Staubschicht ab.

Vhara war außer sich. Sie hasste es, warten zu müssen. Warten bedeutete untätig zu sein, und gerade jetzt, da ihr die Zeit zwischen den Fingern zerrann, war Tatenlosigkeit das schlimmste Übel. Dies war der letzte Tag, an dem es ihr möglich war, über die Grenzen der Welten hinweg einen vernichtenden Schlag gegen die Erbin des Runenamuletts zu führen, welche als Einzige noch die Fähigkeit besaß, die Magie der Nebel neu zu erwecken.

Vhara stieß einen zornigen Laut aus und ballte die Fäuste. Es blieb kaum noch Zeit, das Ritual zu vollziehen, doch an diesem Tag schien sich sogar das Wetter gegen sie verschworen zu haben. Die ganze Nacht hindurch hatte sie versucht, einen Zauber gegen den Sandsturm zu wirken, aber dieses Mal waren selbst jene Rituale unwirksam geblieben, die sie in der Vergangenheit schon so oft erfolgreich angewandt hatte.

Das dumpfe Gefühl, dass der Sturm keines natürlichen Ursprungs war, hatte sich mit jedem fehlgeschlagenen Zauber erhärtet und die Wut der Hohepriesterin weiter geschürt. Hier mussten Kräfte am Werk sein, die mit aller Macht zu verhindern suchten, dass die Blutlinie endgültig ausgelöscht wurde …

Es klopfte.

»Wer ist da?« Vhara war so aufgebracht, dass in ihren Worten keinerlei Freundlichkeit mitschwang.

»Kwamin, Seher und Heilermeister des ehrwürdigen Whyono.«

»Kwamin!« Vharas düstere Miene hellte sich ein wenig auf. »Endlich! Tritt ein.«

Die Tür wurde geöffnet, und ein alter Mann mit fast weißen Augenbrauen betrat den Raum. Viele Winter hatten ihm den Rücken gebeugt, und er musste sich auf einen Stock stützen, als er das Gemach schleppenden Schrittes durchquerte. Als sichtbares Zeichen seines Standes trug er einen reich bestickten, langen Umhang, der in der Taille von einem breiten, perlenbesetzten Gürtel gehalten wurde und die Arme unbedeckt ließ. Um die Unterarme wanden sich unzählige bunte Bänder bis hinauf zu den Ellenbogen, deren ungeheure Masse den Eindruck erweckte, der Alte könne das Gewicht kaum tragen. Jedes einzelne Band stand für eine ehrenvolle Tat. Auf dem kahl geschorenen Haupt trug er die traditionelle Kopfbedeckung der Uzoma, eine Kappe aus dunklem Gewebe, die in gleichmäßigen Abständen mit hellen Quasten besetzt war und ihm wie eine falsche Haartracht bis auf die Schultern hinabreichte.

Sein Gesicht mit der großen Hakennase zeigte keine Regung, als er vor die Hohepriesterin trat und respektvoll eine Verbeugung andeutete.

»Wo ist sie?« Vhara gab sich keine Mühe, ihre Ungeduld vor dem Heilermeister zu verbergen.

»Nun ...« Kwamin zögerte und senkte den Blick.

»Nun was?«

»Ihr wisst ja, der Sandsturm ...«, fuhr der Heilermeister zögernd fort. »Wir haben alle in Frage kommenden Frauen überprüft, doch innerhalb dieser Mauern war keine zu finden, die Euren Vorstellungen entspricht.«

»Nicht eine?« Vhara schlug mit der Faust so heftig auf den Tisch, dass sich eine rote Staubwolke über den Büchern und Pergamenten erhob. »Nicht eine?«, zischte sie noch einmal gefährlich ruhig. »Soll das heißen, dass alle angeblichen Jungfrauen, mit denen die Stammesfürsten den Harem des Whyono füllen, nicht das sind, was sie zu sein vorgaben?«

»Verzeiht, aber vielleicht sind sie es ja auch nur nicht *mehr*«, wagte der Heilermeister einzuwenden.

»Nicht mehr?« Vhara lachte, doch es lag keine Freude darin.

»Glaubst du wirklich, der Whyono könnte sich all diesen reizenden Geschenken widmen? Wie viele Frauen sind es? Fünfzig, sechzig? Er sammelt sie wie du deine verdreckten Bänder, aber besteigen will er nur die wenigsten. Also, raus mit der Sprache. Wo ist die Jungfrau?«

»Es gibt keine!«

»Du lügst!« Vharas Augen funkelten zornig. Sie trat so nahe an den Heilermeister heran, dass sie nur mehr eine Handbreit von dessen Gesicht trennte, und zischte erbost: »Du willst sie doch nur schützen, diese jungen, nichtsnutzigen Dinger. Du lügst, obwohl du weißt, dass du damit das Schicksal deines Volkes auf Spiel setzt. Wenn das Erbe weitergegeben wird und nach Nymath zurückkehrt, ist alles verloren, wofür dein Volk gekämpft hat. Ist es dir das wert? Ist dir das Leben dieser billigen Metzen mehr wert als das Schicksal deines Volkes?«

»Es gibt kein Jungfrau unter den Frauen des Whyono«, beharrte der Heilermeister mit fester Stimme. »Der Whyono selbst war Zeuge bei den Untersuchungen. Fragt ihn, wenn Ihr an meinen Worten zweifelt.«

»Genau das werde ich tun.« Die Hohepriesterin ließ den Heilermeister nicht aus den Augen, um zu sehen, wie er auf ihre Worte reagierte, doch dieser nahm die Ankündigung gelassen auf. »Ich habe nichts zu verbergen«, sagte er mit gleichmütiger Stimme.

»Das werden wir ja sehen!« Vhara deutete zur Tür. »Und nun geh!«

ᚦ

Zwei Tage nach der Entscheidung des Hohen Rates, alle noch verbliebenen kampffähigen Männer an den Pass zu schicken, zog das letzte Aufgebot der Vereinigten Stämme Nymaths unter den dumpfen, rhythmischen Schlägen der Trommeln aus der Stadt. Pferdegeschirr und Waffen klirrten; die prächtigen Banner der fünf Stämme wehten zum Zeichen des unbeugsamen Willens im Wind, und das blank polierte Eisen der Schilde und Rüstungen glänzte im Licht der aufgehenden Sonne.

Gathorion ritt an der Spitze des Heeres. Das hellblonde Haar floss ihm bis zu den Schultern über den dunklen Mantel, den er wie alle, die an diesem Morgen aufbrachen, zum Schutz gegen das kühle und wechselhafte Herbstwetter umgelegt hatte. An seiner Seite ritt Inahwen, stolz und schön. Auf dem Rücken des hellbraunen Falben wirkte sie wie eine Schutzpatronin, welche das Aufgebot der Krieger auf dem Weg in ein ungewisses Schicksal begleitete.

In zweiter Reihe folgten die Katauren: bärtige, grimmig dreinblickende Krieger auf kräftigen, kampferprobten Pferden, deren lange Lanzen wie ein eiserner Wald in den Himmel ragten. Die kunstvoll verzierten Rüstungen des Reitervolks blitzten im Sonnenlicht, und die wehenden Federn an den Helmen verliehen ihnen ein prächtiges Aussehen.

Die Falkner bildeten die erste Gruppe der Fußsoldaten. Ihre schieferfarbenen Umhänge waren auf der Brust mit einer bronzenen Spange geschlossen und verdeckten die grüne Gewandung der Kundschafter, die Bogen und Köcher offen über dem Rücken trugen. Die fertig abgetragenen Falken hockten stolz auf den behandschuhten Armen der jungen Männer und ließen sich selbst durch das Lärmen der Trommler nicht aus der Ruhe bringen, die das Heer bis zum großen Tor der Hauptstadt begleiteten, um es dort zu verabschieden.

Den Falknern folgte das fünfhundert Mann starke Heer der übrigen Fußsoldaten. Die Bannerträger der verschiedenen Stämme bildeten Korridore zwischen den Kriegern. Die Onur, die stärkste Gruppe, gingen voran. Ihre moosgrünen Umhänge waren offen, und sie hatten eine Hand stolz an den Griff der langen Schwerter gelegt, die sie in einer ledernen Scheide am Gürtel trugen. Hinter ihnen kamen die Bogenschützen vom Blute der Raiden. Sie trugen ein buntes geflochtenes Band um die Stirn und ein dunkelblaues Wams, das aufgestickte Federmotive zierten. Die nachfolgenden, in schimmernde schwarze Kaftane gehüllten Fath führten lange, dreizackige Runkas mit sich. Erhobenen Hauptes schritten sie an der Menschenmenge vorbei, die sich zu beiden Seiten der breiten Straße drängte, während eine kleine Gruppe dunkelhäutiger Wunandamazonen mit beeindruckenden Feuerpeitschen an den Gürteln und einem kurzen Speer in den Händen den Abschluss bildete.

Alle Bewohner Sanforans waren an diesem Morgen herbeigeeilt, um dem Aufbruch des Heeres beizuwohnen. Dicht gedrängt säumten sie den Rand der gepflasterten Straße, die von der Bastei zum großen Tor führte, oder standen auf Mauern und Balustraden, warfen den Kriegern Blumen zu und winkten ihnen Lebewohl. Doch obgleich die farbenprächtigen Banner Hoffnung und Zuversicht verhießen, war kein fröhliches Lachen zu vernehmen. Die Alten und Schwachen, die Frauen und Kinder, die in Sanforan zurückblieben, winkten den Vätern und Söhnen mit tränennassen, verzweifelten Gesichtern nach, und selbst die Mitglieder des Hohen Rates, die auf dem Wehrgang über dem großen Tor zusammenstanden, um dem farbenprächtigen Schauspiel beizuwohnen, betrachteten den breiten Strom der Krieger mit sorgenvoller Miene.

Sanforan blutete aus.

Auch Kelda, die Herdmeisterin der Bastei, hatte die Küche verlassen, um Abschied zu nehmen. Unter denen, die an diesem Morgen auszogen, das Land zu verteidigen, waren viele, die sie schon von Kindesbeinen an kannte. Halbwüchsige junge Männer, die ihrer Meinung nach besser noch ein paar Winter am heimischen Herd hätten bleiben sollen und jetzt wie gestandene Krieger einem ungewissen Schicksal entgegen gingen. Viele vertraute Gesichter zogen im monotonen Takt der Trommelschläge an ihr vorüber, doch es gab nur einen, nach dem sie wirklich Ausschau hielt – Abbas.

Nachdem sie ihn am Vortag vergeblich davon abzuhalten versucht hatte, sich dem Heer anzuschließen, war sie ihm nicht mehr begegnet und hatte kein Wort mehr mit ihm wechseln können. Mit den wenigen Habseligkeiten, die er sein Eigen nannte, hatte der Küchenjunge an der Seite des jungen Falkners den Speisesaal verlassen, ohne sich noch einmal umzudrehen.

Ihre traurigen Blicke, die ihm durch die halb geöffnete Tür der Küche gefolgt waren, hatte er nicht gespürt. Sie hatte ihn zurückrufen wollen, doch ihr Stolz hatte es nicht zugelassen, dass sie ihm ein versöhnliches Wort zum Abschied mit auf den Weg gab. Der Stolz war es auch gewesen, der sie zurückgehalten hatte, als sie die Tür noch einmal hatte öffnen wollen, um den Küchenjungen, der ihr wie kein anderer ans Herz gewachsen war, ein letztes Mal in die Arme zu schließen. Fast hätte er sie auch daran gehindert, jetzt hier zu sein.

Lange hatte sie mit sich gerungen, während die Nacht voranschritt und der Morgen nahte. Und selbst als sie hörte, wie sich die anderen aufmachten, als das Heer sich sammelte, zögerte sie noch immer.

Keine Herdmeisterin in Sanforan hat je einem Küchenjungen nachgetrauert, hatte sie sich immer wieder eingeredet. Abbas hatte Recht gehabt mit seinen Worten, es gebe genügend Jungen, die seine Arbeit erledigen konnten. Und doch: Es gab nur einen Abbas. Hatte sie ihm je gezeigt, was sie für ihn empfand? Ihn je spüren lassen, dass er ihr der Sohn war, den sie nie geboren hatte?

Und wenn er nicht zurückkäme?

Diese Fragen hatten sie die ganze Nacht hindurch gequält.

Was, wenn ich ihn niemals wieder sehe?

Schließlich, fast schon zu spät, hatte sie sich doch auf den Weg zum Tor begeben. Als sie die gepflasterte Straße erreichte, waren die Katauren und Falkner bereits vorbeigezogen. Um besser sehen zu können, drängte sie sich rücksichtslos durch die dichte Menge nach vorn, schnaubend wie ein Streitross, den Blick auf die vorbeimarschierenden Krieger gerichtet und ohne auf die empörten Ausrufe der anderen Zuschauer zu achten. Sie musste Abbas noch einmal sehen.

Atemlos und mit vor Anstrengung gerötetem Gesicht erreichte Kelda die vordersten Reihen der Zuschauer und beobachtete aufmerksam das vorbeiziehende Heer. Gerade durchschritten die Wunandamazonen als letzte Kriegerinnen den Torbogen. Ihnen folgte der Wagentross mit Vorräten, Heilkräutern, Waffen, Werkzeugen, Rüstungen und allem, was am Pass sonst noch dringend benötigt wurde. Die eisenbeschlagenen Räder der Wagen rumpelten träge über das buckelige Pflaster, und die Pferde, denen man Scheuklappen angelegt hatte, schnaubten unwillig wegen des Lärms und der schweren Lasten. Neben den Pferden gingen jene, die man dem Tross zugeteilt hatte, Knappen, die zu unerfahren zum Kämpfen waren, Botengänger und Männer, die für die Verpflegung des Heeres zuständig waren.

Kelda reckte den Hals und stellte sich auf die Zehenspitzen, um besser sehen zu können. »Heilige Götter, lasst mich nicht zu spät gekommen sein«, betete sie leise vor sich hin, während sie zwischen den Leibern der Packpferde und den voll beladenen Planwagen Ausschau nach dem dunkelhäutigen Küchenjungen hielt.

Langsam zog der Tross an ihr vorbei, aber Abbas war nirgends zu sehen. Als sie die Hoffung schon fast aufgegeben hatte, entdeckte sie endlich das vertraute Gesicht inmitten des Heerzugs.

»Abbas!« In einem Anflug überschwänglicher Herzlichkeit stürmte sie mitten in den Tross hinein, breitete die Arme aus und zog den völlig verdutzten Wunand an sich. »Oh, Abbas«, rief sie atemlos und sichtlich ergriffen. »Ich ...«

Jemand lachte im Vorbeigehen, und sie fühlte, wie Abbas sich aus der Umarmung zu befreien versuchte. Abrupt ließ sie ihn los.

»Nun, Abbas.« Kelda räusperte sich und kämpfte darum, die Fassung zu bewahren. »Nun, Abbas«, sagte sie noch einmal, und diesmal gelang es ihr endlich, jene Kühle in die Stimme zu legen, die Abbas von ihr gewohnt war. »Ich bin gekommen, um dir Lebewohl zu sagen.«

Der junge Wunand starrte sie ungläubig an.

»Ja, ich wollte dir nur sagen …«

… dass ich mir große Sorgen um dich mache … dass du gut auf dich aufpassen sollst … dass ich dir alles Gute wünsche … dass ich dich nicht verlieren will … dass ich …

Es gab so vieles, das sie noch hätte sagen wollen. Zu viel!

In der resoluten Art, mit der sie das Küchenpersonal zu führen gewohnt war, fasste sie Abbas bei den Schulten, sah ihm fest in die Augen und sagte: »Mach es gut, Junge!« Dann drehte sie sich um und hastete davon.

Abbas blickte ihr verwundert nach. Gefolgt von unzähligen Kindern, die sich von den Händen ihrer Mütter losgerissen hatten, bog er mit den Letzten des langen Heerzuges auf den Weg vor dem großen Tor ein, der sich nordwärts durch die von Purpurheide bewachsene Ebene schlängelte und am Horizont in ein dichtes Waldgebiet mündete.

Als er die Stadt verließ, sah er gerade noch, wie die Kundschafter die Falken aufließen, damit sie dem Heer auf ihre Weise folgten. Begleitet von den begeisterten Rufen der Kinder, erhoben sich die stolzen Vögel in einer dichten Wolke schlagender Flügel in die Lüfte und flogen den Marschierenden voraus, auf den fernen Wald zu. Abbas sah ihnen kurz nach, dann marschierte auch er auf den steinigen Windungen des Pfades dem fernen Pandarasgebirge entgegen.

Die Geräusche der Stiefel und Hufe verklangen in der Ferne, die bunten Fahnen und Banner vereinigten sich mit den dunklen Farben der Umhänge, und nur selten brach sich ein Sonnenstrahl auf einem Schild oder einer Waffe.

Die Trommeln verstummten. Die Kinder kehrten betrübt zurück, und die Menschen Sanforans begaben sich leise auf den Heimweg. Kein Lachen und kein Gespräch durchbrachen die lastende Stille, die sich plötzlich wie ein Bahrtuch über die Hafenstadt legte. Es hatte fast den Anschein, als wäre Sanforan bereits zu dem geworden, was die Krieger unter Einsatz ihres Lebens zu verhindern suchten: zu einer Geisterstadt.

Es klingelte, und Kyle Evans öffnete.

Ein sympathisch wirkender junger Mann mit kurzem schwarzem Haar und einem sorgsam glatt rasierten Gesicht lächelte ihn an. Er war in einen dunkelgrauen Anzug mit dezenter Krawatte unter einem offen getragenen, hellen Trenchcoat gekleidet. In der Hand hielt er eine Aktentasche aus schwarzem Leder. »Mister Evans?«, fragte er freundlich, und Kyle Evans nickte. »Erin O'Donnell«, stellte er sich vor und streckte ihm die Hand entgegen. »Ich bin der Nachlassverwalter von Mabh O'Brian.«

Ajanas Vater erwiderte den Händedruck. »Bitte, kommen Sie herein. Wir haben Sie schon erwartet«, sagte er und machte eine einladende Geste.

Fünf Minuten später saßen Ajana, ihre Eltern und Mr. O'Donnell auf der sandfarbenen Sitzgruppe im Wohnzimmer. Kyle Evans unterhielt sich angeregt mit Mr. O'Donnell, während Laura Evans die Tassen mit duftendem Tee füllte und Ajana voller Ungeduld die Zeiger auf der alten englischen Standuhr verfolgte, die sich quälend langsam bewegten.

Endlich öffnete der Anwalt die Aktentasche und zog einen dicken blauen Ordner heraus. Behutsam legte er ihn vor sich auf den Tisch und sagte mit gemessener Stimme: »Bevor ich mit der Testamentseröffnung beginne, möchte ich Ihnen kurz noch etwas über die verstorbene Mrs. O'Brian erzählen.« Er schenkte Ajana, die sich vor lauter Ungeduld wieder eine Haarsträhne um den Finger wickelte, ein verständnisvolles Lächeln und wandte sich dann ihrem Vater zu. »Wie ich den Unterlagen entnehme, hatten Sie nach dem tragischen Unfalltod Ihrer Eltern und der Adoption durch Ann und Paul Evans keinen Kontakt mehr zu ihren irischen Verwandten. Ist das richtig?«

»Ja, das stimmt.« Ajanas Vater nickte. »Von meiner irischen Abstammung erfuhr ich erst vor ein paar Jahren, nach dem Tod meines Pflegevaters. Meine eigenen Nachforschungen blieben allerdings ohne Erfolg.«

»Nun, das ist nicht weiter verwunderlich.« Mr. O'Donnell schlug den Aktenordner auf. »Selbst wir hatten größte Schwierigkeiten, die Erben von Mrs. O'Brian ausfindig zu machen. Als sie starb, leitete mein Vater noch die Kanzlei. Die alte Dame hatte das Testament Jahre zuvor bei ihm hinterlegt. Ein Schlaganfall fesselte sie damals ans Bett, und sie fürchtete, nicht mehr lange zu leben.« Mr. O'Donnell räusperte sich. »Nachdem das Ableben von Mrs. O'Brian aktenkundig wurde, nahm mein Vater die Ermittlung der im Testament erwähnten Personen und deren Nachkommen auf. Doch erst nach intensiver Suche fand er zwei Familien, bei denen ein eindeutiges Verwandtschaftsverhältnis zu der Verstorbenen nachweisbar war.« Er hielt kurz inne, atmete tief durch und fuhr dann mit deutlich gesenkter Stimme fort: »Die meisten direkten Verwandten der alten Dame waren längst verschieden, und auch von deren Nachkommen lebte keiner mehr – was nicht ungewöhnlich ist in Anbetracht des hohen Alters von Mrs. O'Brian. Auffallend war jedoch, dass viele von ihnen eines mysteriösen und sehr frühen Todes starben. Mein Vater äußerte einmal den unheimlichen Verdacht, es läge gar ein Fluch auf dieser Familie.«

Ajana fröstelte. Obwohl ihre Mutter noch ein Holzscheit nachgelegt hatte und der Kamin eine angenehme Wärme verbreitete, lief ihr ein eisiger Schauer über den Rücken.

Eine schleichende Veränderung, die sie sich nicht erklären konnte, sickerte mit den Worten des Anwalts, der gerade einen weiteren unerklärlichen Todesfall schilderte, in das behagliche Wohnzimmer. Die Luft wurde kühler und schien sich zu verdichten. Das Licht der Nachmittagssonne verfinsterte sich, und die Schatten im Wohnzimmer wirkten plötzlich düster und bedrohlich. Ein jäh aufkommender Wind strich durch den Garten und trieb die zarten Blüten des Flieders in einer violetten Wolke vor sich her.

Doch außer Ajana schien keiner die Veränderungen zu bemerken.

»Nun, das klingt ja fast wie aus einem Kriminalfilm«, hörte sie ihren Vater sagen. »Demnach sind nur zwei Familien verschont geblieben?«

»Verschont? Nicht ganz«, erwiderte der Anwalt ernst und bedachte Ajana mit einem schwer zu deutenden Blick. »Beide Familien hatten eine Tochter – genau wie Sie.«

»Hatten?«, warf Ajana bestürzt ein.

»Ja, ganz recht, sie *hatten* eine Tochter. Beide Mädchen wären laut Testament als Erbinnen in Frage gekommen.« Er tippte mit dem Zeigefinger bedeutsam auf die Akte, die vor ihm auf dem Wohnzimmertisch lag. »Aber sie kamen auf tragische Weise ums Leben, kurz bevor sie das sechzehnte Lebensjahr vollenden konnten. Patricia Hundt wurde 1998 bei einem Unwetter von einem Baum erschlagen, und Marie Douglass starb kurz darauf. Sie wurde im Wald von einem Wolf angefallen. Es ist …«

»… furchtbar«, beendete Ajana den Satz. Kaum, dass sie es ausgesprochen hatte, ging draußen ein prasselnder Schauer nieder. Dicke Hagelkörner bedeckten den Garten innerhalb weniger Augenblicke mit einer eisigen weißen Schicht, und die Frühlingsblumen duckten sich unter der Wucht eines heftigen Unwetters.

»Aprilwetter im Mai!« Laura Evans stand auf und schaltete das Licht ein.

Die Helligkeit vertrieb die bedrohlichen Schatten aus den Winkeln des Zimmers, das beklemmende Gefühl verschwand, und Ajana atmete auf.

»Meine armen Blumen.« Laura Evans warf einen bedauernden Blick in den Garten und setzte sich wieder. »Also, ich für meinen Teil habe genug Schauergeschichten gehört«, sagte sie und griff zur Teetasse.

»Ich auch«, stimmt Kyle Evans seiner Frau zu. »Ich würde gern mehr über Mabh O'Brian erfahren.«

»Verzeihen Sie, ich wollte Sie nicht beunruhigen«, entschuldigte sich der Anwalt höflich und fuhr in sachlichem Ton fort: »Die Suche nach möglichen Erben ist meist ein aufwändiges und langwieriges Unterfangen. In diesem Fall gestaltete es sich sogar außergewöhnlich schwierig. Vor einem Jahr stieß meine Sekretärin durch Zufall in alten Kirchenakten auf Ihre Taufurkunde, Mr. Evans. So wurden wir auf Sie aufmerksam. Doch da es keine weiteren Unterlagen gab, fanden wir erst vor zwei Wochen heraus, wo Sie leben.«

Vor zwei Wochen ... Ajana wurde hellhörig. Eigenartig. Hatten diese seltsamen, lebensbedrohlichen Zwischenfälle nicht auch vor zwei Wochen begonnen? War es nicht genau zwei Wochen her, dass sie den seltsamen Pfeifton zum ersten Mal gehört hatte? Ein Fluch! Sollte sie wirklich etwas erben, auf dem ein Fluch lag? Ein tödliches Erbe? Ajana erschauerte. In diesem Augenblick brach die Sonne wieder hinter den Wolken hervor. Goldenes Licht flutete in das Wohnzimmer, vertrieb die Düsternis und schmolz die frostigen Hagelkörner auf dem Rasen dahin.

Reiß dich zusammen!, ermahnte Ajana sich in Gedanken. Ein Erbe, auf dem ein Fluch liegt ... So etwas gibt es doch nur im Film! Sie konzentrierte sich wieder auf die Worte des Anwalts und das, was er noch über Mabh O'Brian zu berichten wusste.

»... alle, die sie bis zuletzt betreuten, bewunderten ihren eisernen Lebenswillen«, hörte sie Mr. O'Donnell gerade sagen. »Obwohl weitere Schlaganfälle sie unbeweglich, taub und letztlich dann auch stumm gemacht hatten, bot sie dem Tod beharrlich die Stirn. Eine Pflegerin schilderte meinem Vater ihre letzten Monate. Sie hatte das Gefühl, dass die alte Dame einfach nicht sterben wollte, gerade so als gäbe es etwas, das sie noch an diese Welt band ... eine Aufgabe, die sie noch nicht erfüllt hatte. Ob die Pflegerin sich das nur einbildete, werden wir leider niemals erfahren. Am Ende war der Tod stärker.« O'Donnell griff nach der Dokumentenmappe und öffnete sie mit den Worten: »Aber nun zum letzten Willen von Mabh O'Brian.«

Endlich! Ajana spürte, wie ihr Herz vor Aufregung pochte, und rutschte näher an den Tisch heran. Aufmerksam verfolgte sie jede Bewegung des Anwalts, der in einem dicken Stapel gebundener Blätter umständlich nach der richtigen Seite suchte.

»Ah, hier ist es!«, sagte er schließlich, zog ein einzelnes Blatt aus den Papieren hervor und schob es Kyle Evans zu. »Falls Sie den Wortlaut im Original verfolgen möchten, hier bitte.«

»Danke.« Ajanas Vater vertiefte sich in das Dokument, während Mr. O'Donnell den letzten Willen der Mabh O'Brian verlas. »Meinen wertvollsten Besitz, ein Runenamulett, hinterlasse ich dem ersten weiblichen Nachkommen meines Blutes, der das sechzehnte Lebensjahr vollendet hat. Dabei sei durch den Nachlassverwalter strengstens darauf zu achten, dass seitens der Erbin eine direkte Blutsverwandtschaft zu meiner Mutter Esther O'Brian besteht. Sollte diese Blutslinie über einen längeren Zeitraum nur männliche Nachkommen hervorbringen, so ist das Amulett von dem Nachlassverwalter oder dessen Erben so lange sicher zu verwahren, bis die rechtmäßige Erbin gefunden ist.«

»Ein Runenamulett?«, fragte Ajanas Mutter ungläubig. »Demnach erbt meine Tochter ein altes Schmuckstück.«

»Ja, ein sehr altes!« Mit bedeutsamer Miene zog Mr. O'Donnell ein kleines Etui aus dem Aktenkoffer und legte es vor sich auf den Tisch. »Mein Vater ließ das Schmuckstück schätzen«, erklärte er, während er das Etui in die Mitte des Tisches schob, sodass es für alle gut zu sehen war. »Es dürfte mindestens fünfhundert Jahre alt sein.«

Fünfhundert Jahre! Ajana stand auf, stützte die Hände auf den Tisch, beugte sich weit nach vorn und verfolgte gespannt, wie der Anwalt den Deckel hob.

Das Etui war innen mit glänzendem dunkelblauem Seidenpapier ausgelegt. Darauf ruhte das wertvolle Kleinod. Das Herzstück bildete ein weißer Halbedelstein von unvergleichlicher Schönheit, der in der Mitte des Amuletts leuchtete. Kleine Schlaufen aus filigran gearbeitetem Silberdraht umrahmten den Stein wie die Blütenblätter einer Blume und wanden sich an einer Seite in verschlungenen Bögen zu einem kurzen Stiel zusammen. In jede Schlaufe eingebettet lag ein schimmerndes Silberplättchen mit Gravuren in einer seltsamen Schrift. Gehalten wurde das Amulett von einer langen silbernen Kette, deren Glieder kunstvoll ineinander verwoben waren.

Schon beim ersten Anblick fühlte sich Ajana wie magisch zu dem Schmuckstück hingezogen. Fast zwanghaft streckte sie die Hand danach aus, um es zu berühren, hielt aber im letzten Moment inne und fragte: »Darf ich es herausnehmen?«

»Gern.« Mr. O'Donnell nickte. »Es gehört jetzt Ihnen.«

Mit angehaltenem Atem führte Ajana die Hand zu dem Amulett. Als ihre Finger das glänzende Silber berührten, durchzuckte sie ein leichter elektrischer Schlag. Dennoch hob sie das Erbstück vorsichtig aus der Schatulle. Warm und vertraut schmiegte es sich in ihre Hand, und ein seltsam beschwingtes Glücksgefühl breitete sich in ihr aus. Ihr Herz schlug noch heftiger, und ein berauschender Schwindel zwang sie, sich hinzusetzen.

Wie schön es ist!, dachte Ajana ehrfürchtig. Obwohl sie das Schmuckstück nie zuvor gesehen hatte, spürte sie eine tiefe Vertrautheit mit dem Kleinod, gerade so, als hätte sie es längst verloren geglaubt und nun völlig unverhofft wieder gefunden. Die Bedeutung der seltsamen Schrift war ihr fremd, aber sie war sich schon jetzt sicher, dass sie das Amulett niemals wieder hergeben würde.

Ein heißer Wind peitschte die rauchlosen Flammen des ewigen Feuers zu glühenden Fahnen, die gierig an der rußgeschwärzten Kuppel des Tempels leckten. Der flackernde Feuerschein, der von dem schwarzen Steinboden fast völlig verschluckt wurde, warf zuckende Schatten auf die schmucklosen Wände des kreisrunden Gewölbes, in dessen Mitte die Flammen wie ein feuriger Geysir in die Höhe schossen. Weder Holz noch Öl nährten die fauchende Feuersäule, die dem Boden auf magische Weise zu entspringen schien und deren Flammen sich unter der hohen, kuppelartigen Decke des Gewölbes verloren.

Feuriger Brodem schlug Vhara entgegen, als sie das Heiligtum des dunklen Gottes betrat. Ihre Kehle schmerzte von der heißen Luft, doch sie zeigte keine Furcht und schritt unbeirrt und hoch erhobenen Hauptes voran.

Unmittelbar vor den Flammen hielt sie inne und wartete. Hier war es so heiß, dass kein sterblicher Mensch die Nähe hätte ertragen können, doch die Priesterin zeigte sich gefeit gegen die Urgewalt des Feuers und hob die Arme ehrerbietend in die Höhe. »Meister!« Ihre Stimme erhob sich über das Fauchen der Feuersäule. »Meister!« Demut lag in ihrem Ruf, aber auch etwas Drängendes, das deutlich machte, dass ihr Anliegen keinen Aufschub duldete. »Deine gehorsame Dienerin ruft dich an und erbittet, zu dir sprechen zu dürfen.« Sie sank auf die Knie und verharrte in unterwürfiger Haltung vor der Feuersäule.

Für endlose Augenblicke blieb das Fauchen der lodernden Flammenzungen das einzige Geräusch in dem kleinen Tempel, den zu betreten nur der Hohepriesterin gestattet war. Dann wandelte sich die Farbe des Feuers. Ohne dass der magische Feuersturm an Macht verlor, verdunkelte sich das gleißende Gelb-Orange zu einem leuchtenden Rot, der Farbe frischen Blutes.

»Komm!« Mächtig und dröhnend wie ein dumpfer Glockenschlag schallte eine körperlose Stimme aus dem Feuer. Vhara erhob sich, kreuzte die Hände vor der Brust und trat nach einem kurzen Augenblick des Zögerns mitten in die Flammen hinein. Sie spürte die Gier der Lohen und deren unbändiges Verlangen, sie zu verschlingen. Doch als Dienerin des dunklen Gottes konnte ihr keine Flamme der Welt Schaden zufügen. Die Macht ihres Meisters war so allgewaltig, dass ihm selbst die unbeugsamen Elemente Respekt zollten und sich seinem Willen unterwarfen. Mit ihrer Hilfe hatte er sich die Menschen unterworfen und den Siegeszug durch die Welt der alten Götter angetreten.

Die alten Götter! Vhara zog geringschätzig die Mundwinkel nach unten. Schwach waren sie. Schwach und dumm. Hatten sich schlafen gelegt, als immer mehr Menschen den Glauben an sie verloren hatten. Feige hatten sie sich zurückgezogen und sich schmollend in den ewigen Schlaf geflüchtet – einen Schlaf, den sie mit vielen Göttern teilten, die längst vergessen waren und aus dem sie nur erwachen konnten, wenn der Glaube an sie zurückkehrte.

Doch einer hatte den Schlaf nur vorgetäuscht und geduldig abgewartet, bis seine Zeit gekommen war. Als die Götter schliefen, war er allein auferstanden, um sich die Welt untertan zu machen. In den verlassenen Landen hatte er ein leichtes Spiel gehabt. Dürren, Seuchen und Hungersnöte, mit denen er die ahnungslosen Menschen gegeißelt hatte, waren seine Werkzeuge gewesen, um sie an sich zu binden. Seit jener Zeit ergossen sich Tag um Tag Ströme von Blut über die Altäre der Gläubigen, und mit jedem Tropfen wuchs seine Macht weiter an.

»Sprich!« Über das Rauschen der Flammen hinweg hörte Vhara die Stimme des Gottes, dem sie ihre ewige Jugend und Schönheit verdankte. Die stolze dunkelhaarige Frau erbebte, denn sie wusste, dass ihr Bericht dem Meister missfallen würde. Doch sie hätte niemals so viel Macht erlangt, hätte sie sich in der Vergangenheit schwach und zögerlich gezeigt. »Meister, ich bringe schlechte Kunde«, sagte sie mit fester Stimme. »Lange glaubten wir, die Brut der Elbin ausgerottet zu haben. Dennoch ist es einer ihres Blutes gelungen, sich vor uns zu verbergen.«

»Dann töte sie!«

»Das habe ich versucht, o mächtiger Herrscher des Feuers, doch das Blut, das die Uzoma uns gaben, war nicht rein genug, die Magie über die Grenzen der Welten hinweg zu wirken. Ich habe alles …«

»Du hast versagt!« Eine unausgesprochene Drohung schwang in der körperlosen Stimme mit. Die Hohepriesterin erschauerte. »Nicht versagt, nein«, bemühte sie sich zu rechtfertigen. »Ich …«

»Ist sie tot?«

»Nein.«

»Warum nicht?« Die zornigen Worte des dunklen Gottes peitschten die Flammen in die Höhe.

»Weil …« Vharas mühsam zur Schau getragene Selbstgewissheit geriet angesichts des unerwartet heftigen Gotteszorns ins Wanken. »Weil sie das Amulett schon hatte«, log sie schließlich.

»So hast du versagt!« Die Flammen stoben weiter in die Höhe, und die Farbe des Feuers wurde bedrohlich hell. Vhara biss sich auf die Lippen. »Wenn sie nach Nymath kommt, ist sie verwundbar«, stieß sie hastig hervor. »Hier wird es uns ein Leichtes sein, sie zu vernichten.«

»Sie darf den Fluss niemals erreichen!«, dröhnte die Stimme des Gottes in ihren Ohren.

»Sie wird nicht einmal in dessen Nähe kommen«, schwor Vhara. Sie zitterte, fühlte aber, dass das Schlimmste überstanden war. Der dunkle Gott hatte ihr eine letzte Gelegenheit gegeben, und sie war entschlossen, diese zu nutzen.

Der Nachmittag war kaum zur Hälfte verronnen, als der Regen das Heer einholte. Seit die sechshundert Freiwilligen Sanforan bei Sonnenaufgang verlassen hatten, waren sie nahezu ununterbrochen auf den Beinen gewesen, während die dunkle Wolkenfront, die seit dem späten Vormittag im Südosten aufzog, immer weiter zu ihnen aufgeschlossen hatte.

Nach einer kurzen Rast zur Mittagszeit hatten die Heerführer die Rekruten zur Eile angetrieben, in der Hoffnung, der nahe Wald könne ihnen Schutz vor dem heraufziehenden Unwetter bieten. Doch die Winde hatten die herbstlichen Baumkronen bereits stark gelichtet, und die kalten Tropfen bahnten sich ungehindert ihren Weg durch das schüttere Laubdach. Aus dem ersten Nieseln wurde bald ein heftiger Schauer; der aufkommende Wind jagte die Wassermengen in Strömen über den Weg, und vereinzelte Donnerschläge krachten. Das dämmrige Zwielicht des Waldes verdunkelte sich. Um der Unbill des Wetters zu entgehen, verkrochen sich die Krieger tief in ihren Umhängen.

Endlos fiel der Regen; nur hin und wieder schien er etwas nachzulassen, wie die trügerische Verheißung auf ein baldiges Ende. Doch die Krieger ließen sich nicht beirren. Entschlossen wanderten sie weiter, den Blick starr auf den durchweichten Pfad gerichtet, während das Wasser an ihren Umhängen herunterrann und der Schlamm nass und schwer an ihren Stiefeln haftete.

Als die Nacht hereinbrach, verebbte der Regen. Die tief hängenden Wolken zogen ab, und in der feuchten Luft der Wälder bildete sich Nebel, der sich rasch zu einer grauen Düsternis verdichtete, aus der sich dunkel die Baumstämme erhoben.

Die Krieger waren erschöpft, doch die berittenen Heermeister gönnten ihnen keine Rast. Das schmatzende Geräusch unzähliger Stiefel, die sich auf dem schlammigen Pfad vorankämpften, klang unnatürlich laut durch die Stille des Waldes, während dicke Tropfen von den Blättern zu Boden fielen und in einiger Entfernung der Donner verebbte.

Mit der Nacht kam die Kälte. Die jungen Krieger froren erbärmlich, denn obgleich die Umhänge sorgfältig mit Öl getränkt waren, vermochten sie der Wucht des Regens nicht ausreichend zu trotzen, und die feuchten Untergewänder klebten den Männern auf der Haut. Die Ersten murrten bereits, doch die Heermeister drängten mit aller Härte zum Weitermarschieren.

Laute Rufe und wütend gebellte Befehle hallten durch den nächtlichen Wald. Immer wenn einer der Heerführer in Abbas' Nähe kam, zuckte der junge Wunand erschrocken zusammen, verkroch sich hastig in den Regenumhang und hoffte, dass man ihn nicht bemerkte. Er wusste, dass er etwas Verbotenes tat, indem er den ihm zugewiesenen Platz am Endes des Heerzugs im Schutz der Dunkelheit verließ, um sich nach vorn zu Keelin zu schleichen. Er wusste es, aber er tat es dennoch, denn jene, die am Ende des Trosses mit ihm zwischen den Wagen marschierten, machten keinen Hehl daraus, wie sehr sie ihn verachteten. »Schoßkind«, »Laffe«, »Jammerlappen«, das waren noch die gelindesten Beschimpfungen, die er seitens derer über sich ergehen lassen musste, die das peinliche Abschiedsgebaren der Herdmeisterin in Sanforan miterlebt hatten. Seit sich die kleine Szene herumgesprochen hatte, fand Abbas zwischen den Planwagen und schwer beladenen Holzkarren keine Ruhe mehr. An der dunklen Hautfarbe konnte zudem jeder seine Abstammung erkennen, und so entwickelte sich der Marsch zu Ruhm und Ehre für den jungen Wunand schon bald zur Pein. Wohin er auch flüchtete, der Spott folgte ihm.

Wie ein Schatten schlängelte Abbas sich unbemerkt zwischen den Kriegern hindurch, bis es ihm schließlich gelang, Keelin einzuholen.

»Mein Freund?« Verstohlen schob sich Abbas von hinten neben den jungen Falkner.

»Abbas?«, fragte Keelin ungläubig. »Wie kommst du hierher? Du müsstest doch …«

»Was ich muss, ist mir einerlei«, flüsterte Abbas. »Da hinten ist es nicht auszuhalten. Ein Wunand, der keine Feuerpeitsche bei sich trägt, zählt nicht viel dieser Tage.«

Keelin nickte bedächtig. »Willst du zurück nach Sanforan?«

»Wie kommst du denn darauf?«, fragte Abbas entrüstet. »Ich bin keineswegs hier, um mich von dir zu verabschieden. Ich habe mich bloß nach der Gesellschaft eines guten Freundes gesehnt.«

»Sei aber vorsichtig«, mahnte Keelin leise, der sich ehrlich freute, Abbas an seiner Seite zu haben. »Die Heermeister werden das nicht dulden.«

Der Weg führte von nun an stetig bergauf und wurde immer beschwerlicher. Die Hufe der Kataurenpferde hatten den vom Regen durchweichten Boden in einen zähen Brei verwandelt, und jeder Schritt erforderte ihre ganze Aufmerksamkeit.

Für mehr als ein paar aufmunternde Worte blieben Keelin und Abbas keine Zeit. Besonders Abbas, der ohne militärische Ausbildung auf derart Kräfte zehrende Märsche nicht vorbereitet war, litt unter den harten Bedingungen. Aus anfänglichen Seufzern wurden leise Flüche, und schließlich verwünschte er gar den Tag, an dem er sich entschieden hatte, in die Schlacht zu ziehen.

»… hätte auf die Herdmeisterin hören sollen … kein Leben für einen Wunand ... werde erfrieren, ohne den Pass jemals gesehen zu haben ...«, klagte er mürrisch.

Auch Keelin litt unter den Strapazen, doch er hatte schon als Kind gelernt, Kälte und Schmerz klaglos zu ertragen. »Beruhige dich, Abbas«, sagte er leise zu seinem Freund. »Du kannst aufhören zu jammern. Nicht mehr lange, dann haben wir den Wald hinter uns. Auf der Ebene sind bereits die Feuer für das Nachtlager entzündet. Eine heiße Suppe wird dich rasch erwärmen und dich den Regen vergessen lassen.«

Abbas unterbrach seine fortwährenden Selbstgespräche, reckte den Hals und spähte neugierig voraus. »Woher weißt du das? Ich sehe nur Bäume und Nebel.« Er stöhnte Mitleid erregend. »Wenn du dich über mich lustig machen willst, hätte ich auch im Tross bleiben können. Ich sterbe fast, und du ...«

Keelin schmunzelte. »Horus ist am Nachmittag vorausgeflogen und hat das Lager entdeckt. Wir sind bald da, du wirst schon sehen.«

»Ich brauche keine aufmunternden Worte«, fuhr Abbas ihn an. »Ich bin halbtot, bis auf die Knochen durchnässt ...« Er verstummte.

So unvermittelt, als hätte jemand einen Vorhang aufgezogen, lichteten sich in diesem Augenblick die Bäume des Waldes. Im Schein der beiden Monde erstreckte sich vor ihnen eine weite, von dünnen Nebelschleiern bedeckte Ebene, deren sanft gewellte Hügel sich wie Inseln aus dem bodennahen Dunst erhoben. Dazwischen – Abbas konnte es kaum glauben – wurde der Dunst von dem verheißungsvollen Licht der Lagerfeuer erhellt. Das Nachtlager!

Der Anblick gab ihm neue Kraft. »Die Herdmeisterin wird sich noch wundern«, erklärte er, als wäre alle Mühsal bereits vergessen. »Abbas, der Küchenjunge, wird schon noch den Ruhm erwerben, den zu erringen er ausgezogen ist.« Er knuffte Keelin mit dem Ellenbogen in die Seite, schritt ein wenig schneller aus und rief: »Na los, worauf wartest du noch? Von den paar Regentropfen lassen wir uns doch nicht unterkriegen!«

ᚠ

Der Vollmond stand hoch am Himmel. Silbernes Licht erhellte die Nacht, floss durch den runden, mit Federn geschmückten Traumfänger am Fenster und warf einen spinnwebgleichen Schatten auf den Teppich.

Es war spät. Ajana konnte nicht schlafen. Immer wieder sah sie zum Wecker oder schaute hinaus in den nächtlichen Garten. Alles war friedlich. Ihr großer, alter Plüschbär saß wie immer in dem Korbstuhl vor dem Fenster. Sein sonst so freundliches Gesicht wirkte im Halbdunkel grimmig, so als wollte er sich über die ungewohnte Helligkeit beklagen.

Ajana liebte es, bei Mondlicht einzuschlafen, doch in dieser Nacht drehten sich ihre Gedanken nur um eines – das Runenamulett.

Da es sich ›nur‹ um ein altes, wenn auch sehr wertvolles Schmuckstück handelte, hatten ihre Eltern keinen Grund gesehen, das Erbe abzulehnen. Nach der Unterzeichnung der notariellen Dokumente war Ajana nun die neue, rechtmäßige Besitzerin des außergewöhnlichen Kleinods.

Als Mr. O'Donnell sich am Nachmittag verabschiedet hatte, war er sichtlich erleichtert gewesen, die ›Erbsache O'Brian‹ endlich ad acta legen zu können. Für ihn war der Fall abgeschlossen.

Für Ajana noch lange nicht.

Auch wenn der irische Anwalt sich redlich bemüht hatte, all ihre Fragen zu beantworten, war vieles für sie offen geblieben. Auch die Bemühungen ihres Vaters, der schließlich noch einmal den Karton mit den vergilbten Fotos hervorgeholt hatte, um Licht ins Dunkel der Vergangenheit zu bringen, blieben erfolglos. Alles, was sie herausgefunden hatten, war, dass Mabh O'Brian auf dem Foto nicht das Erbstück, sondern eine Kette aus Perlen trug.

Jetzt lagen das Foto und die unscheinbare Schachtel mit dem wertvollen Inhalt neben ihren Geschenken auf dem mondbeschienenen Schreibtisch in ihrem Zimmer.

Welch ein seltsamer Geburtstag, dachte Ajana. Entschlossen schlug sie die Bettdecke zurück, stieg aus dem Bett und warf einen kurzen Blick auf die Uhr. Es war fast Mitternacht. Ein Glück, dass am nächsten Morgen keine Schule war, so konnte sie wenigstens ausschlafen! Ajana streckte sich, trat vor den Tisch und griff nach der Schachtel mit dem Amulett. Der Blick der jungen Frau auf dem vergilbten Foto schien ihr zu folgen, als sie vorsichtig den Deckel öffnete.

Geheimnisvoll schimmerten die Schriftzeichen im Mondlicht. Der milchig weiße Stein in der Mitte wirkte nun fast durchscheinend, und der winzige rote Punkt darin kam noch deutlicher zur Geltung.

Ein seltsames Erbstück, dachte sie.

Vorsichtig strich Ajana mit dem Finger über die zarten silbernen Runenplättchen, während sie noch einmal an den merkwürdigen Wortlaut des Testaments dachte: »... hinterlasse ich dem ersten weiblichen Nachkommen meines Blutes, der das sechzehnte Lebensjahr vollendet ...«

Ajana nahm das Amulett aus der Schachtel und bettete es in ihre Hand. Das warme, vertraute Gefühl, das ihr schon bei der ersten Berührung aufgefallen war, stellte sich augenblicklich wieder ein, und sie verspürte eine angenehme Wärme in der Handfläche. Langsam trat sie ans Fenster und hielt das Schmuckstück ins Mondlicht. Das Silber funkelte, als wäre die Zeit spurlos daran vorübergegangen, und auch die lange Kette glänzte wie neu.

Fünfhundert Jahre!

Ajana erschauerte. Etwas Geheimnisvolles umgab das kunstvoll gearbeitete Kleinod. Es war wie ein Stück Ewigkeit, etwas, das sie nicht in Worte fassen konnte. Es war mehr als die Aura längst vergangener Zeiten, mehr als die Erinnerung an Menschen, die das Amulett ein Stück auf dem langen Weg durch die Jahrhunderte bei sich gehabt hatten, und mehr als nur die Frage, warum es so unberührt wirkte. Es war ...

Ein leiser, glockenheller Ton erklang.

Ajana horchte auf, aber das Geräusch wiederholte sich nicht. Sie wartete und lauschte gespannt, doch nichts geschah. Als sie schon glaubte, sich getäuscht zu haben, kehrte der Ton wieder. Sanft wie eine Feder schwebte er durch den Raum, und während er dahinglitt, gesellten sich sanft die anderen wundersamen Klänge hinzu, die sie schon in den letzten Nächten am Einschlafen gehindert hatten. Sie schwebten umher wie ein Windhauch, der traurig schöne Laute mit sich führte, und vereinigten sich schließlich zu einer anrührend klagenden Melodie, die langsam an- und abschwoll und wie ein lebendiges Wesen durch das Zimmer strich.

Es war dieselbe Melodie, die Ajana vordem schon im Traum gehört hatte, doch diesmal verspürte sie keine Furcht. Mit geschlossenen Augen lauschte sie den Tönen, als plötzlich eine wunderschöne Frauenstimme erklang. Zunächst leise, dann immer lauter erhob sie sich aus der Musik und sang so sehnsuchtsvoll, anrührend traurig und voll unerfüllter Hoffnung, dass es Ajana tief berührte. Das Lied brachte eine verborgene Saite in ihr zum Klingen, und ein Teil von ihr fühlte sich der Melodie auf wundersame Weise verbunden.

Ajana hatte schon viele Lieder gehört, doch diese Weise blieb unvergleichlich. Die Stimme sang weiter, voller Sehnsucht und suchend. Und dann, ganz plötzlich, wurde es still.

Ein Traum?

Ajana öffnete die Augen und schaute sich um.

Draußen herrschte inzwischen tiefdunkle Nacht. Dichte Wolken hatten sich vor den Mond geschoben, und ein heftiger Wind fegte durch die Vorgärten. Wütend rüttelte er an den niedrigen Büschen, fuhr rauschend durch die Bäume und schleuderte eisige Regentropfen gegen die Fensterscheibe.

Ajana tastete nach der Tischlampe, als jäh ein Blitz den Vorgarten taghell erleuchtete.

Sie erstarrte mitten in der Bewegung. Dort draußen war etwas. In dem kurzen Augenblick, da der Blitz den Garten erhellte, glaubte sie eine Gestalt zu erkennen. Eine dunkle Gestalt in einem langen schwarzen Mantel, deren Gesicht von einem breitkrempigen Hut verdeckt wurde. Eine Gestalt, die genauso aussah wie dieser eigentümliche Mann, der ihr auch schon am Bahnübergang begegnet war.

Endlose Sekunden verstrichen, in denen Ajana sich nicht zu rühren wagte. Aus der Dunkelheit glaubte sie seine Blicke zu spüren. Sie versuchte sich einzureden, dass sie sich täuschte, doch das Gefühl von Bedrohung wollte nicht weichen.

Dann zuckte draußen erneut ein Blitz, und ein gewaltiger Donnerschlag erschütterte das Haus. Die gleißende Helligkeit erlosch im Nu, doch diese winzige Zeitspanne genügte, um Ajana Gewissheit zu verschaffen: Die Gestalt im Garten war fort.

Licht!

Suchend tastete sie über den Schreibtisch.

Wenn sie doch nur etwas sehen könnte!

Endlich stießen ihre Finger gegen den vertrauten runden Lampenfuß, ertasteten den Schalter, und ein kleiner Lichtkegel vertrieb die Dunkelheit. Eilig zog Ajana die Vorhänge zu, nahm ihren Plüschbären fest in den Arm und lauschte mit angehaltenem Atem in die Dunkelheit.

Der Wind strich nur noch leicht durch den Garten, der Regen hatte nachgelassen, und es blitzte und donnerte nicht mehr.

Welch eine unheimliche Nacht! Ajana atmete tief durch. Während sie wartete, dass sich ihr Herzschlag wieder beruhigte, sah sie sich im Zimmer um. Die vertrauten Gegenstände, die sie im Laufe der Jahre gesammelt hatte, wirkten beruhigend auf ihre überreizten Sinne, und sie spürte, wie die seltsamen Ereignisse allmählich an Schrecken verloren.

Ajana gähnte.

Es war schon spät, und sie war müde. Die geheimnisvolle Gestalt im Garten hatte es sicher nie gegeben, und auch die Musik war vermutlich nur ihrer Phantasie entsprungen. Obwohl ... Nein! Es war alles in Ordnung.

Ajana gähnte erneut. Sie trat zum Schreibtisch und suchte nach der Schatulle des Amuletts, fand aber nur das Foto und den Deckel des Kästchens.

Schließlich entdeckte sie es auf dem Boden. Das Seidenpapier war herausgefallen und lag daneben. Als Ajana sich bückte, fiel ihr Blick auf ein gefaltetes Stück Papier, das ganz unten in der Schatulle klemmte. Es war stark vergilbt, wie eine alte Zeitung, aber die Tinte hob sich noch deutlich vom Untergrund ab.

Ajana legte das Amulett und das Seidenpapier auf den Schreibtisch, zog die Lampe näher heran und setzte sich, um den seltsamen Fund genauer zu betrachten. Vorsichtig löste sie das Blatt mit zwei Fingern aus dem Schachtelboden. Das Papier fühlte sich an wie altes Pergament; es knisterte und widersetzte sich so hartnäckig dem Versuch, es zu glätten, dass Ajana schon fürchtete, es könne brechen. Als sie das Blatt entfaltet hatte, hielt sie inne, um sich die Schriftzeichen darauf genauer anzusehen. Was zunächst wie seltsame Buchstaben ausgesehen hatte, entpuppte sich als Aneinanderreihung von Strichen und Punkten, die in unsauberer Handschrift auf mehreren Linien quer über das Blatt gesetzt worden waren.

Ein Notenblatt! Plötzlich erinnerte sie sich daran, was ihr Vater am Nachmittag gesagt hatte: Mabh war in den zwanziger Jahren eine berühmte irische Sängerin gewesen.

Aber warum hatte ihre Urgroßmutter ein Notenblatt in die Schachtel gelegt und unter dem Seidenpapier versteckt? Ajana überlegte. Vielleicht war es ja eine Melodie zu dem Schmuckstück oder ein Liebeslied, demjenigen gewidmet, der ihr einst das Amulett geschenkt hatte. Ajana geriet ins Schwärmen. Eingehend besah sie das Blatt von beiden Seiten. Doch ihre Hoffnung, auf weitere Hinweise zu stoßen, erfüllte sich nicht. Außer einer kurzen Notiz, die auf die Rückseite des Papiers gekritzelt war, konnte sie nichts finden.

No tiriel mellon en hintu, stand dort zu lesen. Was war das nur für eine eigenartige Sprache? Ajana war ratlos. Die Notiz konnte ihr nicht weiterhelfen. Alles, was sie hatte, um das Geheimnis zu ergründen, waren seltsame und mit zittriger Hand gesetzte Noten, die aussahen, als wären sie in großer Eile niedergeschrieben worden.

An Schlaf war nicht mehr zu denken.

Wie ein Detektiv auf Spurensuche vertiefte Ajana sich in das Notenblatt, in der Hoffnung, eine Melodie herauslesen zu können. Die Noten hatten einen sehr eigenen, altertümlichen Stil. Hastig holte sie Notenpapier aus der Schublade, übertrug das, was sie lesen konnte, in die Linien und ließ Lücken für die Zeichen, die nicht zu entziffern waren.

Kurze Zeit später hatte sie die lesbaren Noten sorgfältig abgeschrieben und summte jene Teile des Liedes, die sich daraus ergaben, leise vor sich hin.

Plötzlich verstummte sie. Mit zitternden Händen faltete sie das Notenblatt wieder zusammen und legte es mit dem Amulett und dem Seidenpapier zurück in die Schachtel, die sie so eilig in der Schreibtischschublade verstaute, als ginge eine Gefahr davon aus.

Es war nicht mehr nötig, die fehlenden Noten zu ergänzen. Ajana wusste bereits, welche Melodie auf dem Zettel niedergeschrieben war. Es war dieselbe, die sie kurz zuvor gehört hatte.

Der Mond stand hoch am Himmel und warf silbernes Licht auf eine spärlich bewachsene Ebene. Das Gras war verdorrt, und die wenigen Büsche, die sich auf dem kargen Boden angesiedelt hatten, trugen keine Blätter. Grauer Dunst hing träge in den flachen Mulden, während ein frostiger Windhauch von den fernen Bergen herabstrich und die Vorahnung des Winters in das flache Land trug.

Die Luft war eisig, doch Ajana spürte die Kälte nicht. Der Anblick der schneebedeckten Berge, die sich zum Greifen nah und doch so fern über den Dunst erhoben und sich mit schroffen Gipfeln und Graten trotzig den Sternen entgegenreckten, hielt sie gefangen. Nie zuvor hatte sie ein so mächtiges Gebirge gesehen. Es schien, als hätte die Natur dem Wort ›Ewigkeit‹ an diesem Ort ein Gesicht verliehen.

Sie fühlte sich eins mit der Unendlichkeit, spürte den langsamen Pulsschlag der Zeit, die den steinernen Giganten nichts anzuhaben vermochte. Jahrzehnte wurden zu Minuten, Jahrhunderte zu Stunden, und ein Menschenleben erschien ihr so flüchtig und vergänglich wie ein Wimpernschlag.

Eine seltsame Mattigkeit erfasste Ajana. Fragen, die sie sich nie gestellt hatte, gingen ihr mit einem Mal durch den Kopf.

Was war ihr Leben angesichts der Ewigkeit wert? Was konnte ein Mensch, was konnte sie in der kurzen Lebensspanne vollbringen, die ihr vergönnt war? Würde sie Spuren hinterlassen? Oder würde ihr Andenken fortgespült werden, verschlungen von den Wellen des Vergessens, die der Ozean der Zeit fortwährend an den Strand des Lebens spülte? Würde man sich ihrer je erinnern?

»Jedem ist eine Aufgabe bestimmt!« Leise strich die körperlose Stimme durch Ajanas Traum. »Das Rad des Schicksals steht niemals still.« Die Stimme trieb davon, wurde leiser und kehrte noch einmal zurück. »Niemand kann ihm entfliehen. Niemand ... niemand ...« Immer leiser wurde die Stimme und entschlüpfte dann als geisterhaftes Wesen in den grauen Dunst.

Für wenige Augenblicke war es still.

»Sieh!« Plötzlich war die Stimme wieder da. Sie rief dieses eine Wort laut und fordernd, wie einen Befehl – und das Bild der Berge verschwand, der Mond war fort.

Nichts blieb als Dunkelheit.

Nach endlosen Herzschlägen wurde es wieder hell.

Ajana stand an einem Fluss. Eine dichte, undurchdringliche Nebelwand erhob sich an dem steinigen Ufer und machte es ihr unmöglich zu erkennen, was sich dahinter verbarg. Die Geräusche des fließenden Wassers und der seichten Wellen, die gegen die Uferböschung schlugen, drangen aus dem Nebel und trugen ihr die Ahnung eines breiten Stroms zu.

Obwohl Ajana nichts als blasse Dunstschleier erkennen konnte, war es ihr unmöglich, den Blick abzuwenden. Sie fühlte, dass sich etwas darin verbarg. Etwas, das eine schmerzliche Sehnsucht in ihr entfachte und sie wie eine verlorene Tochter willkommen hieß, das ihr gleichzeitig aber auch Angst machte. Ajana wollte einen Schritt zurückweichen, doch als sie an sich herabsah, gewahrte sie, dass ihre Füße knorrigen Wurzeln entwachsen waren, die tief in die Erde hinabreichten.

Sie erschauerte, und eine namenlose Furcht schnürte ihr die Kehle zu. Mit *aller Kraft versuchte sie zu fliehen, doch die Füße bewegten sich nicht von der Stelle. Schluchzend umfasste sie die Knöchel mit den Händen und zerrte daran – vergeblich! Tränen liefen ihr über das Gesicht. Nie zuvor hatte sie sich so hilflos und verlassen gefühlt, nie zuvor eine solche Angst verspürt wie in diesem Augenblick. Sie wollte schreien und um Hilfe rufen, doch es drang kein Ton über ihre Lippen.*

Wie von Sinnen zerrte sie an ihren Fußknöcheln – und plötzlich war sie frei …

Ajana riss die Augen auf und schnappte nach Luft. Es dauerte eine Weile, doch dann beruhigte sie sich, und der Nachhall des Traums entließ sie langsam aus seinen Fängen.

Warum war es noch so dunkel?

Nur ganz allmählich gelang es ihr, die Gedanken zu ordnen. Sie erinnerte sich daran, dass sie in der Nacht aus Furcht die Vorhänge zugezogen hatte. Schnell schlüpfte sie aus dem Bett, trat zum Fenster und schob sie beiseite. Das helle Licht der Morgensonne blendete sie, aber es vertrieb auch die Ängste, die der Albtraum und die Ereignisse der vergangenen Nacht in ihr hinterlassen hatten. Die Wärme der Frühlingssonne tat ihr gut. Sie öffnete das Fenster weit, ließ frische Luft ins Zimmer und atmete tief durch.

Welch ein schöner Morgen! Die Sonne schien, und vor allem: Heute musste sie nicht zur Schule, denn die Lehrer waren auf einer Fortbildungsveranstaltung.

Unten fiel die Haustür ins Schloss. Ajana lehnte sich weit über das Fensterbrett und schaute hinaus. Hinter der Buchenhecke sah sie gerade noch den schwarzen Haarschopf ihres Bruders in Richtung Hauptstraße verschwinden. Auch er hatte heute schulfrei. Ajana wunderte sich, dass er nicht, wie gewöhnlich an solchen Tagen, bis mittags schlief. Doch dann fiel ihr ein, dass er an diesem Morgen eine Fahrstunde nehmen wollte.

»Ajana allein zu Haus«, sagte sie beschwingt und lächelte. Rowen schlug sich mit Verkehrsregeln herum, ihr Vater war seit sieben Uhr aus dem Haus, und ihre Mutter hatte schon früh Dienst in der Praxis, in der sie als Sprechstundenhilfe arbeitete.

Saskia wollte später vorbeikommen und ihre brandneue CD mitbringen. Endlich würde sich mal keiner über die laute Musik beschweren. Ohne das Fenster zu schließen, schlüpfte Ajana in ihre Jeans, zog die neue Bluse an, die sie zum Geburtstag bekommen hatte, und ging hinunter in die Küche.

Schon im Flur empfing sie der abstoßende Geruch von Zigarettenrauch. Das Corpus delicti glomm stümperhaft ausgedrückt im Aschenbecher auf dem Küchentisch vor sich hin.

Typisch Rowen, dachte Ajana, löschte die Kippe unter fließendem Wasser und öffnete des Fenster. Der Küchentisch sah wenig einladend aus: eine angebissene Brötchenhälfte auf einem Teller und daneben eine halb volle Tasse mit kaltem Kaffee. Zwei geöffnete Marmeladengläser gähnten sie an. Der Plastikdeckel der Butterdose lag unter dem Tisch. Rowen hatte es nicht einmal fertig gebracht, die Teller mit Wurst- und Käseaufschnitt zurück in den Kühlschrank zu stellen.

Angewidert von dem Chaos entschied sich Ajana für eine Schüssel mit Müsli. Sie hasste Rowens nachlässige Art, wollte sich den Morgen aber nicht von der Schlampigkeit ihres Bruders verderben lassen. Heute hatte sie frei.

Mit der Schüssel in der Hand hockte sie sich auf den weichen Wohnzimmerteppich und surfte durch die Fernsehprogramme, als das Telefon klingelte.

»Evans«, meldete sie sich. »Hi, Saskia ... Oh, schade. Es ist nämlich keiner zu Hause, und wir hätten endlich mal ... Ja, ich weiß, da kann man nichts machen. Gute Besserung ... Tschüs!«

»Mist!« Die Nachricht, dass Saskia nicht kommen konnte, trübte Ajanas gute Laune beträchtlich. Sie stellte die leere Schale auf den Boden, streckte sich auf dem Teppich aus und genoss es, bei voller Lautstärke in den Musikkanälen zu stöbern.

Nach den Ereignissen der letzten Nacht hatte sie sich eigentlich vorgenommen, heute nicht an das alte Amulett und die vielen ungelösten Rätsel zu denken. Aber nun ...

Ehe sie sich versah, war sie schon auf dem Weg in ihr Zimmer, hielt auf der Treppe aber noch einmal inne. Aus dem Fernseher klang eine anrührende Melodie zu ihr herauf. Eine sehr schöne Ballade. Ajana liebte Balladen, und diese war besonders romantisch.

... die Melodie berührte etwas in ihrem Innern ...

Während Ajana die Treppe hinaufstieg, klang die Melodie in ihren Gedanken nach. Dabei hatte sie das Gefühl, als hätte sie Teile davon schon einmal gehört. War so etwas möglich? Eine Verbindung zwischen dem alten Notenblatt in der Schmuckschachtel und der Ballade? Oben angekommen, nahm sie die Schachtel mit dem Amulett behutsam aus der Schreibtischschublade, öffnete sie und ließ das Kleinod in ihre Hand gleiten. Sogleich stellte sich das seltsam vertraute, warme Gefühl wieder ein. Fasziniert beobachtete sie die irisierenden Farbspiele des edlen Steins in der Mitte des Amuletts.

Wie schön er war!

Das Amulett fest in der Hand, summte sie gedankenverloren das Lied vor sich hin, das sie in seinen Bann gezogen hatte.

... und tief in ihr regte sich etwas, etwas Altes, Unbekanntes, ein Gefühl, ein Gedanke ...

Plötzlich glaubte Ajana einen schwachen Schein zu sehen, der von dem Stein ausging.

... etwas, das ihr fremd und zugleich auch vertraut war, erwachte aus seinem Schlummer ...

Der Schein schien ihre Finger zu durchdringen. Ganz deutlich konnte sie die dünnen, roten Adern unter der Haut erkennen.

... da waren Erinnerungen, Erinnerungen an Dinge, die geschehen waren, lange bevor sie geboren wurde ...

Vorsichtig öffnete sie die Hand. Der helle Stein pulsierte in einem unnatürlichen, weichen Licht.

Als ob es lebendig wäre ...

Ajana erschauerte und schloss die Finger hastig um das Schmuckstück. Als sie die Hand wieder öffnete, war das mystische Licht erloschen.

Auf dem Weg nach unten summte sie in Gedanken immer wieder die kurze Tonfolge, die sie von dem Notenblatt her kannte. Je länger sie die Teile der Melodie summte, desto dringender verspürte sie den Wunsch, die fehlenden Noten zu finden, um endlich das Lied als Ganzes zu hören.

Minuten verstrichen, und aus dem Wunsch erwuchs ein fast zwanghaftes Bestreben, das schließlich unerträglich wurde.

Ajana schaltete den Fernseher aus und ging in das kleine Musikzimmer im Souterrain. Mit klopfendem Herzen öffnete sie den Klavierdeckel und holte die Schachtel hervor, die sie sich in die Hosentasche gesteckt hatte. Dann setzte sie sich auf den schwarzen Hocker, nahm das Notenblatt heraus und entfaltete es vorsichtig. Es war zu klein für die Notenablage, doch nach mehreren Versuchen stand es endlich. Der erste Ton, den Ajana anschlug, hallte wie ein dumpfer Glockenschlag durch das Zimmer.

... wieder regte sich etwas in ihrem Innern, doch diesmal war es größer, mächtiger...

Sie hielt inne und wagte kaum zu atmen, während sie dem Nachhall des Tons lauschte, der langsam verklang. Ihr Herz klopfte hämmernd, die Hände zitterten. Zögernd schlug sie den zweiten Ton an. Er klang etwas heller, wirkte aber seltsam fremd und unnatürlich laut in der Stille des Hauses.

... tief in ihrem Innern spürte sie eine sehnsuchtsvolle Erwartung ...

Ajana schlug den dritten Ton an.

Für den Bruchteil einer Sekunde hatte sie den Eindruck, als verschwämme das Bild des Musikzimmers vor ihren Augen.

... die Musik erweckte die Erinnerungen in ihr erneut zum Leben. Machtvoll drängten sie nach außen und nährten in Ajana den Wunsch weiterzuspielen ...

Sie rieb sich die Augen und schaute zum Kellerfenster hinaus. Die Sonne schien. Es war alles in Ordnung ... und vor allem: Es war ein ganz normaler Tag.

... spiele! ...

Ihre Neugier wurde stärker. Stärker als der ganz normale Tag, der schon längst kein solcher mehr war, stärker als die unterschwellige Angst, die sie trotz der warmen Luft frösteln ließ.

… spiele! …

Ajana atmete tief durch und spielte die Noten bis zur ersten Lücke in schneller Folge. Ihre Finger fanden die fehlenden Töne wie von selbst und schafften mühelos den Übergang, dann hielt sie inne. Sie hatte sich nicht getäuscht: Es war dieselbe Melodie, die sie zuvor gehört und vor sich hin gesummt hatte.

… spiele! …

Ja! Ajana spielte die Klänge wieder und wieder. Es war, als hätte sie das Lied selbst geschrieben und nach langer Zeit des Vergessens wieder entdeckt. Sie fühlte sich glücklich. Das Lied war ihr Freund. Mehr noch, es war *ihr* Lied.

Nur einmal hielt sie kurz inne, griff nach dem Amulett und legte es sich wie selbstverständlich um den Hals. Es war *ihr* Amulett.

Mit traumwandlerischer Sicherheit glitten ihre Finger über die Tasten, und Klänge aus längst vergangener Zeit erfüllten den Raum. Ajana spielte mit geschlossenen Augen, wie sie es immer tat, wenn sie ein besonders ergreifendes Stück spielte, und gab sich ganz dem Zauber hin, den die Musik wob. Sie spürte nicht, dass sich die Luft in dem kleinen Musikzimmer verdichtete, und sah nicht, wie der Mondstein im Herzen des Amuletts zum Leben erwachte. Sie bemerkte nicht die feinen, hellsilbrigen Strahlen, die ihm entströmten und sie wie ein Gespinst aus leuchtenden Fäden umhüllten. Sie spürte nicht, dass diese Strahlen langsam zu rotieren begannen. Sie spielte nur das Lied. Wieder und wieder, gefangen in der Magie der wundersamen Klänge und einem wohligen Gefühl innerer Harmonie.

Die Musik trug sie mit sich fort. Ajana fühlte sich leicht und seltsam entrückt, doch sie konnte nicht aufhören zu spielen. Und plötzlich hatte sie das Gefühl zu schweben. Überrascht öffnete sie die Augen – und erstarrte.

Das Klavier war fort. Die Welt um sie herum war in einen gleißenden Nebel gehüllt, der sich wie ein Strudel im Kreis bewegte. Grüne Funken tanzten darin, gefolgt von roten und orangefarbenen Flammen. Dazwischen schwebten bizarre Formen aus leuchtenden Nebelgespinsten, aus denen sich vertraut anmutende

Umrisse bildeten, doch bevor Ajana Näheres erkennen konnte, zerfielen sie zu wabernden Schleiern. Die Welt dahinter schien aus einem gewaltigen weißen Feuer zu bestehen, das von einem Geflecht aus zuckenden Fäden puren Lichts überzogen war.

Panik stieg in ihr auf. Ihr Herz raste, und in den Ohren hörte sie das Rauschen ihres Blutes. Sie wollte schreien, doch kein Laut drang ihr über die Lippen. Sie wollte sich bewegen, aber die Muskeln gehorchten ihr nicht mehr.

Entgeistert und fasziniert zugleich, starrte sie in das strahlende Leuchten hinaus. Sie spürte, wie dunkle Finger tastend nach ihrem Bewusstsein griffen, wie sich etwas Unbekanntes, Unheimliches ihrer Gedanken bemächtigte, wie sie davongetragen wurde. Dann erschlaffte ihr Körper wie der einer Marionette, deren Fäden durchtrennt worden waren, und die sanften Wogen der Ohnmacht trugen ihre zarte Seele an einen Ort, wo sie keinen Schaden nehmen konnte.

Wie ein Schatten der Nacht schritt Inahwen zwischen den flackernden Feuern des Heerlagers hindurch. Den Kopf von der Kapuze des dunklen Umhangs verhüllt, hielt sie entschlossen auf das größte Zelt in der Mitte zu, ohne die Krieger zu beachten, die rings um die wärmenden Feuer lagerten und ihr verwundert nachblickten.

Sie hatte die Rast genutzt, um dem Ulvars, jenem mächtigen, tausendjährigen Purkabaum, dessen Stamm vor langer Zeit von einem Blitz gespalten worden war, die Ehre zu erweisen. Der stolze Baum war für die Elben ein Symbol der Hoffnung. Obwohl der Blitz den jungen Schössling einst mit vernichtender Wucht getroffen hatte, war der Baum nicht verdorrt. Mit eisernem Willen hatte er sich an das Leben geklammert, die klaffenden Wunden über viele Winter hinweg zu wulstigen Narben verschlossen und zwei prächtige Kronen gebildet, deren Zweige sich im Lauf vieler hundert Winter hoch über dem gespaltenen Stamm zu einer einzigen Krone vereinigten.

Als die schiffbrüchigen Elben den Ulvars nach ihrer Ankunft in Nymath zum ersten Mal erblickt hatten, waren sie in stummer Ehrfurcht erstarrt. Nie zuvor hatten sie dergleichen gesehen. Der Baum war ihnen wie ein lebendiger Beweis dafür erschienen, dass selbst lange Getrenntes wieder vereint werden konnte, und hatte so jenen, die einst ihr Volk verloren, neuen Mut verliehen.

Schweigend hatte Inahwen im Mondschatten der beiden Kronen verweilt, die Hand auf die knorrige Rinde gelegt und etwas von der Kraft des Ulvars in sich aufgenommen. Es tat ihr gut, die ungebrochene Lebendigkeit des Baumes zu spüren, und als sie sich schließlich auf den Weg zurück ins Lager machte, fühlte sie sich stark und getröstet.

Vor dem Zelt, das Gathorion und ihr Schutz vor der nächtlichen Kälte bot, hielten zwei Fathkrieger mit gekreuzten Runkas Wache. Stumm traten sie zur Seite und ließen sie ein.

Gathorion saß am Boden auf einem dicken Teppich aus gewobenem Ziegenhaar und verzehrte ein kaltes Nachtmahl.

»Hast du gefunden, wonach du suchtest?«, fragte er sanft, als Inahwen eintrat und schweigend neben ihm Platz nahm.

»Die Kraft des Ulvars ist ungebrochen«, erwiderte Inahwen, ohne auf die Frage einzugehen. Sie wollte noch etwas hinzufügen, doch in diesem Augenblick wurden vor dem Zelteingang störende Geräusche laut. Schwere Schritte polterten heran und verklangen, als die Wache einem nächtlichen Besucher den Zutritt verwehrte und ihn nach seinem Begehr fragte.

»Thorns heilige Rösser!«, wetterte eine tiefe Stimme. »Erkennt ihr einen Heermeister nicht, wenn er vor euch steht? Nun tretet beiseite und versperrt mir nicht länger den Weg.« Noch während er sprach, wurde die Plane vor dem Eingang zurückgeschlagen, und ein stämmiger Kataurenkrieger betrat das Zelt. Selbst im düster flackernden Licht der Öllampen war gut zu erkennen, dass sein bärtiges Gesicht von tiefer Sorge und großem Kummer gezeichnet war.

»Bayard?« Gathorion schaute verwundert auf. »Was führt Euch hierher?«

»Ich bringe furchtbare Kunde!« Bayard, einer der Heermeister der Katauren, trat näher und machte eine verzweifelte Geste. »Lemrik wurde angegriffen und dem Erdboden gleich gemacht!«

»Lemrik?«, fragte Gathorion überrascht. »Aber das liegt doch ...«

»... weit im Landesinnern und befindet sich, wenn wir die kürzeste Verbindung wählen, genau auf unserem Weg.« Bayard nickte. »Dennoch ist es wahr. Es hat dort offenbar einen verheerenden Angriff der Uzoma gegeben. Ein Falke entdeckte die Flammen der brennenden Hütten und gab die Bilder an den Kundschafter weiter. Wie dieser berichtet, ist das ganze Dorf zerstört. Die Menschen sind tot oder geflohen.«

»Bei den Göttern!« Gathorion konnte seine Bestürzung nicht länger verbergen. »Das ist unmöglich!«

»Wie ist es den dunkelhäutigen Kriegern gelungen, so weit in unser Land vorzudringen?« Inahwen sprach aus, was ihr Bruder dachte.

»Wir können nur Vermutungen anstellen«, knurrte Bayard. »Wir wissen nicht, wie diese verdammten Uzoma dorthin gelangt sind und ob sie sich noch immer in der Gegend aufhalten. Ich habe sofort alle Kundschafter angewiesen, die Falken dorthin zu senden, doch Ihr wisst so gut wie ich, dass die Sicht der Tiere bei Nacht sehr eingeschränkt ist.«

»Lagaren!« Gathorions Miene blieb unbewegt.

»Das war auch mein erster Gedanke.« Bayard setzte sich zu den beiden Elben, schob die Speisen beiseite und breitete eine Karte Nymaths auf dem Boden aus. »Es müssen sehr viele gewesen sein«, sagte er düster.

»Lagaren?« Inahwen schaute ihren Bruder besorgt an. »Aber du sagtest doch vor dem Rat ...«

»... dass sie bisher nur vereinzelt eingesetzt wurden.« Gathorion nickte ernst. »Lemrik ist zerstört. Wenn das wahr ist ...« Er verstummte, als müsste er sich des ganzen schrecklichen Ausmaßes der Neuigkeit erst bewusst werden, und fuhr schließlich fort:

»Wenn es sich tatsächlich so verhält, dass die Uzoma nun auch große Angriffe mit Lagaren fliegen können, ist Sanforan in höchster Gefahr.«

»Das befürchte ich auch«, stimmte Bayard grimmig zu, gab dann aber zu bedenken: »Wir müssen damit rechnen, dass sich die Uzoma mit den Lagaren noch in der Nähe befinden. Um nicht geradewegs in eine Falle zu laufen, schlage ich vor, einen Umweg zu machen.« Er deutete mit dem Finger zunächst auf einen Punkt der Landkarte und dann auf einen zweiten. »Hier ist unser Lager, und dort ist ... dort war«, korrigierte er mit düsterer Miene, »Lemrik. Der kürzeste Weg zum Pass verläuft in unmittelbarer Nähe des Dorfes über die Brücke von Thel Gan. Allerdings wissen wir nicht, ob sie noch sicher ist. Angesichts der Lage schlage ich vor, das Heer östlich in einem weiten Bogen um Lemrik herumzuführen. Etwa so.« Er zeichnete die Strecke mit dem Finger auf der Karte nach. »Wir brechen im Morgengrauen auf, überqueren gegen Mittag den Mangipohr auf der Brücke von Sean Ferll und stoßen dann am Abend zu der berittenen Vorhut, die das Nachtlager am Ufer des Imlaksees aufgeschlagen hat.«

»Das ist ein Umweg von mehr als einem halben Tagesmarsch«, wandte Gathorion ein. »Mit den unerfahrenen Rekruten verlieren wir einen ganzen Tag.«

»Besser einen Tag als einen Teil der Krieger zu verlieren!« Der Ton des Katauren war sachlich und entschieden. Mit einem dankenden Lächeln griff er nach dem tönernen Krug mit braunem Bier, den Inahwen für ihn bereitgestellt hatte, tat einen kräftigen Schluck und wischte sich mit dem Handrücken die Schaumreste aus dem Bart. »Allerdings sollten wir zusätzlich einen Erkundungstrupp nach Lemrik schicken. Es wird dort sicher Verwundete geben, die dringend unserer Hilfe bedürfen.«

»Gibt es Berichte von Überlebenden?«, fragte Gathorion.

»Der Falke hat keine gesehen.« Bayard schüttelte den Kopf und füge rasch hinzu: »Aber es ist unsere Pflicht, Beistand zu leisten.«

»Es ist unsere Pflicht, die Männer unversehrt zum Pass zu führen.« Gathorion starrte schweigend auf die Landkarte, dann rollte er sie zusammen, stand auf und reichte sie dem Heermeister, der sich ebenfalls erhoben hatte. »Die Reiter der Vorhut sollen das morgige Nachtlager am Ufer des Imlaksees aufschlagen. Wir werden den Umweg um der Sicherheit willen in Kauf nehmen.«

Bayard nickte zustimmend, verharrte jedoch. »Und die Menschen in Lemrik?«, fragte er noch einmal. »Viele Krieger in diesem Heer haben Angehörige dort und Freunde. Ich zweifle nicht an dem, was der Falke übermittelt hat. Doch wäre mir wohler, wenn wir uns selbst davon überzeugten, dass es keine Überlebenden mehr gibt.«

»Und dabei umkommen?« Gathorion schüttelte den Kopf. »Ihr Menschen seid wahrlich ein seltsames Volk. Treue, Fürsorge und Pflichtgefühl mögen zuweilen rühmliche Eigenschaften sein, doch trüben sie euren Blick für die Gefahr. Nur allzu leicht verliert ihr euch in Nebensächlichkeiten und gefährdet damit das eigentliche, große Ziel.«

»Sieben Reiter.« Unbeeindruckt von den Worten des Elben tat Bayard seine Forderung kund. »Eine Heilerin, ein Kundschafter und ein Wagen, auf den wir die Verletzten laden können.«

Gathorion schüttelte den Kopf. Der Heermeister galt als starrköpfig; dass er jedoch so hartnäckig sein würde, damit hatte er nicht gerechnet.

»Ihr seid ein erfahrener Krieger, Heermeister«, lenkte er ein. »Und obwohl ich es für unvernünftig halte, will ich Verständnis für Euer Ersuchen aufbringen. Fünf Reiter, ein Kundschafter und eine Heilerin, aber kein Wagen«, erklärte er in einem Tonfall, der keine Zweifel daran ließ, dass dies sein letztes Wort war. »Wir führen nur voll beladene Wagen mit uns, von denen keiner entbehrt werden kann. In Lemrik werdet Ihr sicher einen Karren finden, der Euch dienlich sein kann, wenn ...« Er atmete tief ein. »Die Götter mögen geben, dass dort noch Hilfe zu leisten ist.«

Schwefelgeruch lag in der Luft, als Ajana erwachte. Ihre Schulter schmerzte, und ihr Magen rebellierte. Vorsichtig öffnete sie die Augen. Weit über ihr spannte sich der nächtliche Himmel wie ein dunkler samtener Teppich, der mit abertausend funkelnden Sternen besetzt war. Ein großer und ein kleiner Mond standen am Himmel, doch während der große ein sanftes silbernes Licht zur Erde sandte, leuchtete der kleine kupferfarben.

Zwei Monde?

Nie zuvor hatte Ajana zwei Monde am Himmel gesehen.

Wie war das möglich?

Was war geschehen?

Zwei Monde! Völlig absurd.

Ein Traum!

Das musste die Lösung sein. Eine Welt mit zwei Monden konnte nur einem wirren Traum entsprungen sein.

In diesem Augenblick schob sich eine dünne Schleierwolke vor den größeren der beiden Monde und bedeckte die Welt mit Schatten.

Ajana lag auf dem Rücken, das Gesicht den Sternen zugewandt. Von der Umgebung konnte sie nicht allzu viel erkennen. Umständlich versuchte sie sich aufzusetzen, doch die Bewegung bereitete ihr Schmerzen und Übelkeit. Sie zwang sich, ruhig liegen zu bleiben und abzuwarten, während sie den fremden Sternenhimmel mit dem kleinen Mond betrachtete und den weißen Dampfwolken nachsah, die ihr Atem in der kühlen Nachtluft bildete.

In der Ferne rief ein Käuzchen.

Eine andere Welt ... Der Unterschied war, abgesehen von den Monden, nicht wirklich greifbar. Der unangenehme Schwefelgeruch, das weiche Gras, auf dem sie lag, und die leisen Geräusche der Nacht, das alles waren Eindrücke, die ihr vertraut waren. Und doch ... Auf eine schwer zu beschreibende Art empfand Ajana sie als anders, fremd – und kalt!

Vielleicht bin ich tot? Die Vorstellung schlich sich mit Schrecken in ihre Gedanken. Aber Tote froren nicht!

Sie erinnerte sich, dass sie in vertrauter Umgebung am Klavier gesessen und die Melodie von dem alten Notenblatt abgespielt hatte.

Also doch nur ein Traum! Indes konnte sich Ajana nicht daran erinnern, im Traum jemals Schmerzen empfunden zu haben, und diese Übelkeit …

Sie beschloss, so lange liegen zu bleiben, bis sie aufwachte. Aber etwas an dem Gedanken störte sie.

Und wenn es doch kein Traum ist …?

In diesem Augenblick lenkte sie ein schmerzhaftes Gefühl am Hals von den quälenden Fragen ab. Sie hob die Hand und ertastete eine vertraute Form. Das Amulett! Es war an der langen silbernen Kette zur Seite gerutscht und lag nun unmittelbar neben ihrem Hals auf dem Boden. Zwei der runenverzierten Schlaufen des Kleinods bohrten sich ihr bei jeder Bewegung unangenehm in die Haut. Ohne auf den pochenden Schmerz in der Schulter zu achten, nahm Ajana das Amulett in die Hand und hielt es in die Höhe.

Es hatte sich verändert.

Der Anblick war so erstaunlich, dass sie überrascht die Luft einzog. Der weiße Mondstein verströmte einen hellen Schein, der die unmittelbare Umgebung wie eine kleine Lampe erleuchtete. Der Stein selbst wurde von dünnen glutroten Streifen durchzogen, ganz so, als hätte sich der rote Punkt darin auf wundersame Weise verflüssigt. Er bildete wie zufällig eine Form, die dem Buchstaben R sehr ähnlich war. Das eigentümlich eckige Schriftzeichen glomm feurig, hatte jedoch nicht lange Bestand. Unter Ajanas staunenden Blicken zerfloss es, kaum dass sie es gesehen hatte, wieder zu feinen roten Linien, die sich so strömend bewegten, als wäre siedend heiße Lava in dem Stein gefangen. Zögernd streckte Ajana den Finger aus, doch als sie den Mondstein berührte, stellte sie erstaunt fest, wie kühl er war.

Seltsam! Nachdenklich barg Ajana das Kleinod in der Hand und richtete sich auf. Die Übelkeit war inzwischen abgeklungen, und obwohl sie sich noch immer sehr schwach fühlte, spürte sie, wie die Kraft langsam in ihren Körper zurückkehrte.

Verwundert und gleichsam fasziniert betrachtete sie die Bewegungen der feurigen Linien im Stein und fragte sich, wie das wohl möglich sein konnte. Dabei bemerkte sie erneut eine winzige Veränderung. Aus dem gleichmäßigen Fließen der glühenden Streifen wurden allmählich Wellen, die sich träge dahinschoben. Und während das Rot der Linien langsam verblasste, zeigte sich tief im Inneren des Steines wieder ein winziger roter Punkt, der sich langsam, aber stetig vergrößerte. Gleichzeitig wurde das Licht des Steins schwächer. Nach und nach nahm er die gewohnte weißliche Farbe an, und wenige Augenblicke später ruhte das Amulett so in Ajanas Hand, als hätte sie es eben erst aus der Schachtel genommen.

Plötzlich tönten Rufe und metallenes Klirren durch die Nacht. Hastig verbarg Ajana das Amulett unter der Bluse. Dann lauschte sie in die Dunkelheit, um herauszufinden, aus welcher Richtung die Geräusche kamen.

Im zunehmenden Licht des größeren Mondes, der sich langsam hinter der Wolke hervorschob, richtete sie sich ein Stück auf und schaute sich um. Sie kauerte in einer Mulde zwischen zwei Hügeln, die locker mit niedrigen Büschen bewachsen waren. Auf einer Hügelkuppe erhob sich die dunkle Silhouette eines knorrigen Baums mit stark gelichtetem Blattwerk. Dahinter erhellte ein flackernder Feuerschein die Nacht.

Die Rufe waren längst verklungen, aber Ajana war sicher, dass die Geräusche aus der Richtung des Feuerscheins gekommen waren. Leise Hoffnung stieg in ihr auf: Dort mussten Menschen sein, und wo Menschen waren, gab es auch Hilfe!

Entschlossen stand sie auf und stolperte den Hang hinauf, doch eine innere Stimme mahnte sie zur Vorsicht. Kurz bevor sie den Kamm erreichte, sank sie auf die Knie und legte die letzten Meter auf allen vieren zurück. Vorsichtig spähte sie über die Kuppe – und zuckte zusammen.

Am Fuß des Hügels erkannte sie die Umrisse einer Siedlung, die sich an das Ufer eines kleinen Flusses schmiegte. Doch die Siedlung gab es nicht mehr. Hütten und Häuser, Lagerschuppen und Viehställe – alles war verbrannt. Schwarze Flecken, in denen noch vereinzelt Flammen züngelten, wiesen daraufhin, wo die Gebäude einst gestanden hatten. Hässliche, schwärende Flecken, die das Flussufer wie Pockennarben verunstalteten. Die Zerstörung war vollkommen. Nichts ließ erahnen, wie die kleine Stadt einmal ausgesehen haben mochte, und die unheilvolle Erkenntnis, dass hier etwas Furchtbares geschehen war, ließ Ajana das Blut in den Adern gefrieren.

Fassungslos starrte Vhara auf den Stein in ihrem Stab, der plötzlich ein gleißendes Licht verströmte. Das Gesicht der Priesterin erstarrte zu einer hasserfüllten Maske. Endlose Herzschläge lang hatte es den Anschein, als sei sie tief in den Anblick des leuchtenden Steins versunken, bis sie schließlich voller Abscheu hervorstieß: »Ruft mir unverzüglich einen Ajabani herbei. Sie ist hier!«

R

»Nicht bewegen!« Etwas Spitzes bohrte sich durch den dünnen Stoff von Ajanas Bluse und ritzte ihr bedrohlich die Haut zwischen den Schulterblättern auf.

Ajana erstarrte. Der Anblick des zerstörten Dorfes hatte sie so sehr in den Bann gezogen, dass sie den nahenden Angreifer nicht bemerkt hatte. Sie wollte sich umdrehen, doch der Druck der Klinge nahm zu und mahnte sie, sich ruhig zu verhalten.

»Liegen bleiben!«

Ajana gehorchte. Ihr Herz klopfte wie wild, während sie ängstlich auf die Stimme des Mannes hinter ihr lauschte, dessen seltsam gebrochener Wortlaut darauf schließen ließ, dass er nicht in seiner Muttersprache mit ihr redete. Erkennen konnte sie nichts.

»Binde sie!«

Schwere Schritte jagten Erschütterungen durch den Boden, als sich jemand näherte. Es raschelte, doch die Klinge zwischen ihren Schulterblättern wich nicht von der Stelle.

»Was wollt ihr von mir?«, wimmerte sie, und die Furcht verlieh ihrer Stimme einen unnatürlich schrillen Klang. Anstelle einer Antwort erhielt sie einen heftigen Schlag auf den Kopf. Die Wucht des Hiebes raubte ihr fast die Besinnung. Ihr Gesicht schlug hart auf dem Boden auf. Für Bruchteile von Sekunden schien die Welt um sie herum nur aus farbigen Punkten zu bestehen und sie spürte den metallischen Geschmack von Blut und feuchter Erde auf den Lippen. Kräftige Hände packten sie an den Armen, bogen diese unsanft nach hinten und fesselten ihre Handgelenke hinter dem Rücken.

In einem Anflug von Gegenwehr bäumte sie sich auf, riss den Kopf in die Höhe und versuchte, nach den Peinigern zu treten.

Aber diese waren darauf vorbereitet. Einer der beiden kniete sich auf ihre Oberschenkel und hielt sie mit eisernem Griff am Boden, während der andere den Strick straffer zog.

Ajana gebärdete sich wie ein gefangenes Tier. Mit jeder Bewegung schnitten sich die Fesseln tiefer in ihre Haut und jagten ihr brennende Schmerzen durch den ganzen Körper. Doch erst als sie warmes Blut an den Handgelenken spürte, gab sie den sinnlosen Kampf auf.

Die Männer packten sie an den Armen und rissen sie unsanft in die Höhe. Ajana schrie auf. Durch einen Schleier von Tränen sah sie, wie einer der beiden ein paar Schritte entfernt ein Seil vom Boden aufhob, während der andere sie von hinten festhielt. Er verströmte einen Ekel erregenden Gestank nach Schweiß, Schmutz und Schwefel. Ajana biss die Zähne zusammen und versuchte flach zu atmen, um die aufkommende Übelkeit zu unterdrücken.

Dann kehrte der andere Mann zurück. Sein Kopf wurde von einer dunklen Kappe bedeckt, die bis auf die Schultern hinabfiel und nur das Gesicht frei ließ. Ein lederner Panzer schützte Brust und Rücken, wohingegen die muskulösen Oberarme unbedeckt waren. Die Unterarme wurden von seltsam anmutenden Stulpen umschlossen. Um die Hüften trug er einen breiten geflochtenen Gürtel mit einem Messer und einem kurzen Schwert und über der Hose aus festem Stoff einen Rock aus breiten Fransen. Mit den ledernen, fellumwickelten Stiefeln wirkte er wie ein Krieger längst vergangener Zeiten. In der Hand hielt er das Seil, dessen Ende er gerade zu einer Schlinge knotete.

Ajana stockte der Atem.

Sie wollen mich erhängen!, schoss es ihr durch den Kopf. Der Anblick der Schlinge ließ sie alle Schmerzen vergessen, und die Todesangst verlieh ihr ungeahnte Kräfte. Während sie den Oberkörper ruckartig hin und her warf, trat sie nach hinten aus, um sich dem Griff des zweiten Kriegers zu entwinden. Eine schallende Ohrfeige, die ihre rechte Gesichtshälfte zum Glühen brachte und sie fast zu Boden warf, setzte ihrem heftigen Gebaren ein Ende und trieb ihr erneut die Tränen in die Augen. Der erste Krieger legte ihr rasch die Schlinge um den Hals und versetzte ihr einen so kräftigen Stoß in den Rücken, dass sie unwillkürlich ein paar Schritte nach vorn taumelte. Fast wäre sie gefallen, doch der Strick um ihre Kehle spannte sich bedrohlich, und es gelang ihr gerade noch, den Sturz zu verhindern.

Ajana mit sich zerrend, schritten die Krieger die Anhöhe hinab auf die zerstörte Siedlung zu. Das Mädchen keuchte und bekam kaum Luft. Taumelnd und um Atem ringend, stolperte es hinter den beiden her, immer darauf bedacht, nicht hinzufallen. Die Art, wie die Krieger Ajana behandelten, war brutal und mitleidlos, und die wenigen befehlenden oder verärgerten Worte, die sie ihr zuriefen, strotzten vor Verachtung und Hass.

All das war so unglaublich, dass Ajanas Verstand sich weigerte, es anzunehmen. Sie klammerte sich an die Hoffnung, dass alles nur ein furchtbarer Albtraum sei, aus dem sie irgendwann bald zu Hause erwachen würde. Zu Hause ... Wie unendlich weit entfernt ihr das vorkam. Eine Welt, die ihr vertraut war und in der sie sich sicher fühlte ...

Eine düstere Vorahnung aber flüsterte ihr leise zu, dass sie sich irrte.

Dies war kein Traum!

Die Erkenntnis legte sich wie ein eiserner Ring um Ajanas Brust und machte jeden Atemzug zur Qual. Ich will nicht sterben! Im Takt ihres hämmernden Herzschlags pulsierten die Worte durch ihre Gedanken. Verzweifelt suchte sie nach einem Ausweg und hielt den winzigen Funken der Hoffnung auf Hilfe dadurch am Leben, dass sie sich in Gedanken selbst ermutigte.

Bestimmt würde jemand kommen und ihr helfen. Wie sie es aus Büchern oder Abenteuerfilmen kannte, klammerte sich Ajana an die Vorstellung, dass von irgendwoher bereits Rettung nahte und man sie in letzter Sekunde aus der Gewalt der barbarischen Krieger befreien würde. So war es immer – zumindest in den Geschichten, die sie kannte.

Aber wer sollte nach ihr suchen? Sie war eine Fremde in diesem furchtbaren Land. Und sie war allein. Der Willkür der Krieger schutzlos ausgeliefert, ging sie einem ungewissen Schicksal entgegen. Sie musste keine Hellseherein sein, um zu erkennen, was sie erwartete: Misshandlung, Schmerzen, Schändung und vielleicht sogar der Tod!

Die Vorstellung sickerte wie flüssiges Eis in ihre Gedanken und erstickte den letzten Funken Hoffnung. Dies war kein Traum und auch kein Film. Es war die Wirklichkeit. Eine Wirklichkeit, die nichts mit der Welt gemein hatte, die sie kannte. Grausam, brutal und feindselig. Niemand würde kommen, sie zu retten, und das, was man ihr bereits angetan hatte, war vermutlich nur ein Vorgeschmack dessen, was sie erwartete.

In diesem Augenblick erreichten die Krieger den Fuß der Anhöhe und hielten auf ein dunkles Bauwerk am Rand der Siedlung zu.

Ajana wehrte sich nicht mehr.

Warum auch?

Die gewaltigen Kräfte, die die Siedlung vernichtet hatten, schienen ganze Arbeit geleistet zu haben. Hier gab es niemanden mehr, der ihr helfen konnte. Hier war nichts als Tod und Zerstörung.

Graue Asche, von einem gewaltigen, nahezu erloschenen Feuer in die Luft getragen und wie Schnee zu Boden gefallen, bedeckte den Boden wie ein schmutziges Leichentuch, das sich gnädig über all die Schrecknisse gebreitet hatte, die sich darunter verbargen.

Der Schwefelgeruch wurde stärker, doch noch viel schlimmer war der grauenhafte Gestank nach verbranntem Fleisch. Es war ein Geruch, den sie niemals wieder vergessen sollte.

Ajana erschauerte.

Die verkohlten Überreste der ersten Hütten waren ganz nah, aber die Krieger hatten nicht vor, das Dorf zu betreten. Mit raschen Schritten führten sie Ajana auf eine Ruine zu, deren steinerne Grundmauern dem Feuersturm nahezu unversehrt getrotzt hatten. Eine Hälfte des Daches hatte der Zerstörung standgehalten, die andere war eingestürzt.

»*Adarr!*«, rief einer der Krieger, als sie sich den Mauern bis auf wenige Meter genähert hatten.

»*Adarr-Re*«, kam die Antwort aus der Ruine. Die verkohlte Tür wurde geöffnet, und ein weiterer Krieger trat heraus.

»Wer ist das?«, fragte er unwirsch.

»Eine Elbin.«

»Warum hast du sie nicht getötet?«

»Nun, sie ...«

»Still!« Der Krieger an der Tür bedeutete dem anderen zu schweigen, blickte aufmerksam zum Himmel hinauf und lauschte. Für eine Weile blieb es totenstill. Dann straffte er sich und murmelte verärgert: »Bei den Feuern des Wehlfangs, ich dachte, ich hätte sie gehört.«

Mürrisch trat er beiseite, um die anderen eintreten zu lassen. »Ubunut wird entscheiden«, sagte er mit einem hasserfüllten Blick auf Ajana. »Schafft sie rein.«

Als die Nacht dem Ende entgegeneilte, erreichte eine Gruppe von Reitern jene Anhöhe, von der aus man einen ersten Blick auf Lemrik werfen konnte. Bayard und die Kataurenkrieger waren kampferprobte Männer und mit den grauenhaften Bildern des Krieges vertraut. Doch der Anblick, der sich ihnen im silbernen Licht des großen Mondes bot, war dazu angetan, auch dem robustesten Mann die Sprache zu verschlagen.

Am Fuß des Hügels lag Lemrik – oder vielmehr das, was davon übrig geblieben war. Die Bewohner hatten die Siedlung an einem Fluss errichtet. Vor kurzem noch war Lemrik ein stolzes, wohlhabendes Dorf mit rechtschaffenen und freien Bürgern, deren Kinder zwischen den strohgedeckten Hütten im Sonnenschein spielten. Ein großer Marktplatz kündete von blühendem Handel, und die zahlreichen Fischerboote auf dem Fluss ließen keinen Zweifel daran, worin der Reichtum des Dorfes bestand ...

In einer einzigen Nacht war Lemrik zu einem Stück verbrannter Erde am schimmernden Band des Flusses geworden, der mit dem

Staub und der Asche auch die Erinnerung an die Menschen davontrug, die hier gelebt hatten.

Lemrik gab es nicht mehr.

»Verdammte Uzoma!« Bayard ballte die Hand zur Faust und presste die Lippen aufeinander. Das Bild des zerstörten Dorfes ähnelte in erschreckender Weise seinen eigenen furchtbaren Erlebnissen und weckte in ihm die schmerzliche Erinnerung an seine Familie, die unter den Händen der Uzoma ein ähnlich grausames Ende gefunden hatte. Es waren erst fünf Winter vergangen, da das Gehöft am Fuß des Pandarasgebirges, das er voller Stolz sein Eigen genannt hatte, bis auf die Grundmauern niedergebrannt worden war. Und wie an diesem Morgen hatte er auch damals von einer Anhöhe aus auf die Überreste seines Hofes geblickt und gewusst, dass es nichts mehr zu retten gab.

Ohne dass Bayard es verhindern konnte, überfielen ihn die schrecklichen Bilder, die er seither zu verdrängen suchte. Bilder von verkohlten Körpern, die er mit bloßen Händen aus der Asche des *Thowas*, des großen Wohnhauses der Kataurengehöfte, geborgen hatte. Bilder von Kinderleibern, unnatürlich verkrümmt und bis zur Unkenntlichkeit verbrannt, die er unter Tränen in ein Grab gebettet hatte. Das Bild von Edina, seiner geliebten Frau, die das jüngste seiner sieben Kinder im Angesicht des Todes schützend an sich gepresst und die er einzig an der goldenen Halskette wieder erkannt hatte. Und Bilder von all den anderen grausam Ermordeten, die damals in dem großen Familienverband auf dem Hof gelebt hatten: seine Mutter, sein Vater, seine beiden Schwestern, deren Männer und Kinder.

Sie alle hatte er mit bloßen Händen auf der Westseite des *Thowas* begraben, weit weg von den verstümmelten Pferdekadavern, die mit aufgeschlitzten Bäuchen in den Ställen lagen.

Zwei Tage und zwei Nächte hatte er in einem seltsam entrückten Zustand, der keine Trauer zuließ, Gräber ausgehoben, hatte geschuftet wie ein Wahnsinniger, ohne Hunger und Durst zu verspüren oder auf die blutenden Hände zu achten. Erst als die letzte Erde auf den Grabhügel verteilt war, hatte er die Schaufel fortgeworfen und geweint. Trauer und Schmerz waren wie eine Woge über ihn hereingebrochen, doch er hatte sich nicht länger gegen die Wucht der Gefühle gewehrt, die ihn mit sich fortgerissen hatten. Er hatte geweint, getrauert und sich die Lippen blutig gebissen und der Wunsch, jenen, die er geliebt hatte, in den Tod zu folgen, war mit jedem Herzschlag mächtiger geworden.

Die Erinnerung an jene dunkle Zeit trieb dem stämmigen Heermeister selbst nach so langer Zeit noch die Tränen in die Augen. Er hatte nicht vergessen, wie er damals das Kurzschwert aus der Scheide gezogen hatte, bereit, seinem Leben selbst ein Ende zu setzen. Doch der Hass auf die Uzoma und der Wunsch, seine Familie zu rächen, waren stärker gewesen als die verlockende Todessehnsucht.

»Fuginor sei mein Zeuge«, hatte er ausgerufen und die Hand zum Schwur erhoben. »Jeden Einzelnen von euch werde ich rächen. Ich werde es ihnen heimzahlen und nicht eher ruhen, bis euch Genugtuung widerfahren ist.« Dann hatte er sich aufgemacht, diesen Schwur zu erfüllen.

Inzwischen hatte die Klinge, die damals sein Leben hätte beenden sollen, unzählige Uzoma das Leben gekostet. Die Rache war längst erfüllt, doch der Hass wütete noch immer in ihm wie ein unstillbarer Hunger, und Bilder wie das des niedergebrannten Dorfes drohten, ihn schier zur Raserei zu steigern.

»Heermeister?« Keelins halblaute Frage riss Bayard aus den düsteren Gedanken, aber es dauerte noch eine ganze Weile, bis er sich so weit gefangen hatte, dass er antworten konnte. Bayard sprach niemals über seine Vergangenheit. Wer ihn kannte, schätzte seine kühle und überlegte Art, und wenn er auch oft mürrisch und übellaunig wirkte, so war er wegen der unnachgiebigen Härte und Gnadenlosigkeit, die ihn im Kampf gegen die Uzoma zum Berserker werden ließ, längst zu einer lebenden Legende geworden. Wie kein anderer stürzte er sich todesmutig und ohne Rücksicht auf das eigene Leben in die Schlacht, ein glorreiches Vorbild für jeden Krieger.

»Heermeister, die Sonne geht bald auf«, hörte er Keelin sagen. »Ich habe Horus soeben aufgelassen. Er wird die Gegend beobachten, doch die Bilder, die ich bisher von ihm empfange, geben keine Hinweise auf Lagaren.«

»Gut!« Bayard umfasste die Zügel fester. »Wir reiten hinunter!«, befahl er mit gedämpfter Stimme, ließ sein Pferd antraben und gab den anderen das Zeichen, ihm zu folgen. »Seid wachsam und haltet die Augen offen«, mahnte er, während er den Rappen den steinigen Weg hinablenkte. »Es ist gut möglich, dass die Uzoma noch in der Nähe sind.«

»Eine Elbin, wie?« Ubunut, ein breitschultriger Uzoma, trat mit grimmiger Miene auf Ajana zu. Wie die vier anderen Krieger, die Schutz in der halb zerstörten Hütte gesucht hatten, gehörte auch er zu der kleinen Gruppe, deren Lagaren bei dem Angriff auf Lemrik verwundet und zu Boden gestürzt waren.

Der Feuerträger, der hinter Ubunut auf dem Rücken der Flugechse gesessen hatte, war bei dem Aufprall aus dem Sattel geschleudert worden und hatte sich das Genick gebrochen. Ein solcher Verlust war nicht weiter tragisch. Feuerträger lebten gefährlich und starben schnell, aber Ubunut konnte von Glück sagen, dass er den Topf mit dem flüssigen Feuer bis zuletzt festgehalten hatte. So war allein der Feuerträger von den Flammen verschlungen worden und er selbst verschont geblieben.

Den anderen war es ähnlich ergangen. Der junge Lagarenreiter und die drei überlebenden Feuerträger, die ihm auf der Suche nach einem Unterschlupf begegnet waren, hatten ihn ohne zu murren als ihren Anführer anerkannt. Bereitwillig waren sie ihm zu der Hütte gefolgt, um dort auf die Ankunft eines Suchtrupps zu warten, der sie in das Heerlager zurückbringen sollte.

Die karge Hütte bot kein sicheres Versteck, war aber das einzige in der ganzen Umgebung. Lange Schilfrohrhalme der eingestürzten Dachhälfte bedeckten den Boden und breiteten sich über den Tisch und die Stühle in der Mitte des Raums aus. In den Wandregalen standen die Tiegel, Töpfe und kleinen Körbe noch immer säuberlich aufgereiht. Doch die feine hellgraue Flugasche, die sich wie eine schmutzige Schneeschicht über alles gelegt hatte, machte den ordentlichen Eindruck zunichte.

Ubunut beugte sich über Ajana, die gefesselt mit dem Rücken zur Wand am Boden kauerte, packte ihre Haare über dem Ohr und riss sie so grob zur Seite, dass sie vor Schmerz aufschrie. »So seltsam gewandet? Und mit Menschenohren?« Er lachte spöttisch. »Wie blind bist du eigentlich, Kento?« Ohne den schmerzhaften Griff zu lockern, fasste er mit der anderen Hand den Krieger, der Ajana gefangen genommen hatte, am Nacken, zwang ihn unsanft in die Knie und hielt ihn so, dass er Ajanas Ohr aus nächster Nähe sehen konnte. »Eine Elbin, pah.« Er spie verächtlich auf den Boden und versetzte dem Krieger einen Tritt, der ihn in den Staub warf. »Was sollen wir mit ihr? Warum hast du sie nicht getötet?«

»Ich dachte, es wäre vielleicht ganz gut, wenn … wenn wir eine Geisel hätten, falls Truppen kommen, bevor man uns gefunden hat«, presste Kento mit schmerzverzerrtem Gesicht hervor und hielt sich einen Arm schützend über den Kopf, so als fürchte er, von Ubunut erneut geschlagen zu werden.

»So, du dachtest.« Der Anführer ließ von Ajanas Haaren ab, schnaubte verächtlich und fügte mit einem gefährlichen Blick auf Kento hinzu: »Feuerträger denken nicht, sie tragen Feuer!«

»Vergebung.« Kento rappelte sich auf und verharrte in unterwürfiger Haltung.

»Ihr solltet Wasser holen«, fauchte der Anführer. »Sauberes Wasser, damit wir zu trinken haben, bis die Lagaren zurückkommen. Wasser, hatte ich gesagt!« Blitzartig fuhr er herum, packte den zweiten Krieger, der unmittelbar hinter ihm saß, am Brustpanzer und zerrte ihn in die Höhe. »Und?«, fragte er lauernd. »Wo ist es?«

»Wir haben keines gefunden!«, stieß der Krieger hervor und beeilte sich, sein Versagen zu erklären. »Die Toten im Fluss …«

»Im Fluss?«, fiel Ubunut ihm zornig ins Wort. »Wer hat dir gesagt, dass ihr Wasser aus dem verdammten Fluss holen sollt? Ihr …«

»Wir haben in der Umgebung keine andere Wasserstelle gefunden«, warf Kento ein. »Nicht mal einen Brunnen.« Er deutete auf

Ajana und grinste verlegen, als wäre das Mädchen eine willkommene Fügung. »Bestimmt weiß sie, wo wir Wasser finden können«, erklärte er unter heftigem Kopfnicken. »Wenn sie keine Elbin ist, kann sie nur aus dem Dorf stammen.«

»Genau!« Ubunut versetzte dem Krieger einen kräftigen Stoß, der ihn an die Wand schleuderte, und wandte sich Ajana zu.

»Dann lass mal hören.« Sein breites Grinsen entblößte eine lückenhafte Reihe gelber Zähne. Er streckte die Hand aus und packte sie grob am Kinn. »Du weißt natürlich, wo es hier Wasser gibt. Und du wirst es uns jetzt sagen.«

Ajana schwieg. Weil sie die Worte der Krieger nur schwer verstehen konnte, war sie der Unterhaltung nicht gefolgt und wusste daher auch nicht, was man von ihr erwartete. Die Knie dicht an den Körper gezogen, versuchte sie sich so weit wie möglich in die Ecke zu zwängen. Doch der Krieger hielt sie mit eisernem Griff. »Ich höre!«, knurrte er ungeduldig.

Ajana zitterte am ganzen Körper. Stumm und mit schreckgeweiteten Augen starrte sie ihn an.

»Rede!« Der Griff wurde härter. »Sag – es – mir!«, forderte Ubunut, und sein drohender Tonfall ließ keinen Zweifel daran, dass er nicht zögern würde, noch härter durchzugreifen.

»Ja, los, sag es ihm!«, hörte Ajana Kento rufen, der offensichtlich darauf hoffte, dass sein Versagen durch ihre Aussage gemildert wurde.

»Ich weiß nichts!«, presste Ajana schließlich hervor.

»Was soll das heißen? ›Ich weiß nichts!‹«, ahmte der Anführer ihre Worte spöttisch nach. Dabei ließ er ihr Kinn los, packte sie bei den Haaren und bog ihr den Kopf so weit nach hinten, dass sie den rosafarbenen Morgenhimmel durch eine Lücke im zerstörten Schilfdach erblickte.

»Hör zu, du elendiger *Humard*.« Ubunut spie ihr die Worte wie eine üble Beleidigung ins Gesicht. »Du wirst uns jetzt sofort sagen, wo wir Trinkwasser finden – und zwar freiwillig.«

Ein paar Krieger gaben unterdrückte Laute von sich, die auf unheilvolle Weise einem angespannten Gelächter ähnelten.

Ajana blinzelte und schluckte schwer. Die Hand krallte sich inzwischen so fest in ihre Haare, dass ihr ein ersticktes Schluchzen über die Lippen kam. Mit einer enormen Willensanstrengung gelang es ihr, alle Kräfte zu sammeln und röchelnd hervorzustoßen: »Ich kann euch nicht helfen. Ich weiß nicht einmal, wo ich hier bin.«

»Was sagst du da?« Der Anführer riss sie mit solcher Gewalt an den Haaren, dass Ajana sich hinknien musste. Dann beugte er sich herunter und hielt den Kopf so dicht an den ihren, als hätte er sie nicht richtig verstanden.

»Sag das noch einmal!«, forderte er sie in einem gefährlich ruhigen Ton auf und verzog die schwarzen Lippen zu einem gespielt gutmütigen Grinsen. Fauliger Atem strömte zwischen den gelben Zähnen hervor und strich Ajana Übelkeit erregend um die Nase. Sie hustete und würgte, doch Ubunut hielt sie unbarmherzig fest. »Sprich!« Mit einem Schlag war das Grinsen verschwunden. Er zog ein blitzendes Messer hervor und setzte es Ajana an die Kehle. »Oder soll ich deiner Erinnerung erst ein wenig nachhelfen?«

»Nein, bitte!« Ajana schnappte nach Luft. »Ich weiß wirklich nicht, wo es hier Wasser gibt!«

»Habt ihr das gehört?«, wandte sich der Anführer an die Umstehenden und zerrte Ajana grob in die Höhe. Sie wimmerte vor Schmerz, doch er sprach seelenruhig weiter. »Sollen wir ihr das etwa glauben?«

Verneinendes Gemurmel ertönte.

»Kento!«

Der hoch gewachsene Krieger erhob sich mit einer ansatzlosen Bewegung. »Ja?«

»Halt sie fest!«

Während Kento Ajana von hinten packte, gab der Anführer ihre Haare frei, ließ das Messer aufblitzen und trat vor sie. Für ein, zwei Herzschläge schien er zu überlegen, dann schnellte die andere Hand vor und versetzte Ajana eine schallende Ohrfeige, die ihr fast das Bewusstsein raubte. »Nicht von hier, wie?«, brüllte er zornig. »Woher dann? Aus Sanforan? Vom Pass? Aus den Sümpfen? Woher?« Wieder hielt er ihr das Messer drohend an die Kehle. »Eine

Elbin bist du nicht, auch keine dieser Wunandmetzen. Also: Welchen Blutes Tochter bist du?«

»Wovon redet ihr?«, schluchzte Ajana unter Tränen. Ihr Gesicht brannte wie Feuer. Die Lippe blutete, das linke Auge war stark angeschwollen, und die Finger waren so taub, dass sie den Schmerz in den Handgelenken nicht mehr spürte.

»Du willst mich wohl nicht verstehen«, fauchte der Anführer. »Du hasst uns, nicht wahr? Alle *Humarden* hassen die Uzoma, aber dein Hochmut wird dir hier nicht viel nützen. Du hattest großes Glück, dass Kento dich nicht auf der Stelle getötet hat. Also«, er holte tief Luft, und als er weitersprach, klang seine Stimme sanft und verlockend, »du kannst wählen. Entweder du stirbst kurz und schmerzlos, weil du uns den Weg zu sauberem Wasser gewiesen hast, oder …« Er nahm das Messer zwischen die Zähne und packte Ajana mit beiden Händen. Mit einem einzigen Ruck riss er ihre Bluse auf. Grinsend nahm er das Messer wieder zur Hand und fügte zynisch hinzu: »… oder so langsam, dass du dir wünschen wirst, du hättest es uns gleich gesagt.« Mit einem lüsternen Blick auf Ajanas Nacktheit ließ er das kühle Metall seiner Klinge über ihre zarte Haut gleiten.

Plötzlich stockte er.

»Blut und Feuer, was ist das?« Langsam, fast ehrfürchtig hob er die Hand und griff nach dem Amulett, das ungeschützt zwischen Ajanas Brüsten ruhte. »Den Stein kenne ich doch!« Im selben Augenblick, als sich seine Finger um das Amulett schlossen, spürte Ajana eine große Hitze auf der Haut. Der dunkelhäutige Krieger schrie auf, zog die Hand zurück und presste sie mit schmerzverzerrtem Gesicht an sich. »Lagarengeschmeiß!«, fluchte er und wehrte einen anderen Krieger ab, der ihm zu Hilfe eilen wollte. »Das wirst du mir büßen.« Die verbrannte Hand noch immer an sich gedrückt, baute er sich drohend vor Ajana auf.

In seinen Augen stand der blanke Hass.

Unter der Führung Bayards ritt der kleine Trupp in Lemrik ein.

Trister Nebel, der sich im frühen Licht des Morgens über der Flussniederung gebildet hatte, hing zwischen den Ruinen der Häuser und verlieh der Stätte etwas Geisterhaftes. Die wallenden Nebelschleier gaben nicht viel von dem Ausmaß der Zerstörung preis, aber das Grauen, das sich dahinter verbarg, war allgegenwärtig. Der durchdringende Schwefel- und Brandgeruch ließ keinen Zweifel daran, dass hier gewaltige Feuer gewütet hatten.

Rechter Hand des breiten Weges, der zum Hauptplatz des Dorfes führte, ragten die rußgeschwärzten Mauerreste einer Schmiede dunkel und bedrohlich in den Morgenhimmel. Die verkohlten Dachbalken, deren Last aus Fachwerk und Stroh das Feuer verzehrt hatte, lagen entblößt im ersten Licht des Morgens; sie erinnerten an schwarze Rippen – Überreste des Festmahls eines hungrigen Gottes.

Vor der Schmiede fanden sich bis zur Unkenntlichkeit entstellte Körper, über denen sich die Asche zu grauen Haufen türmte. Vermutlich waren es der Schmied und seine Knechte, die sich den Uzoma hatten entgegenstellen wollen. Neben dem einen schaute noch der Kopf des Schmiedehammers aus der Asche hervor. Ein anderer hielt einen gebogenen Schürhaken selbst im Tode fest umklammert.

Während die Krieger die Toten schweigend betrachteten, strich ein leichter Wind an den Mauerresten der Ruinen entlang. Als wollte er den Kriegern die Fratze des Grauens enthüllen, das sich hier zugetragen hatte, blies er die Asche von den Gesichtern fort und legte frei, was vor kurzem noch menschliche Antlitze gewesen waren. Die Krieger wandten sich erschüttert ab.

Der Tod musste die Männer sehr plötzlich ereilt haben. Schnell, lautlos und ohne ihnen die Möglichkeit zu geben, sich zu verteidigen, hatte er seine Opfer gefunden. Die weit aufgerissenen Augen der vom Giftatem der Lagaren entstellten Gesichter waren in ungläubigem Entsetzen erstarrt.

Nur eine schwelende Ruine erinnerte noch an das angrenzende Gebäude. Das hölzerne Haus hatte dem Ansturm des Feuers nichts entgegenzusetzen vermocht; nur die Esse der Feuerstelle, deren Außenseiten nun so schwarz waren wie die inneren, hatte der Gluthitze getrotzt. Stumm ritten die Krieger die Straße entlang. Wo sie auch hinblickten, überall bot sich ihnen das gleiche Bild. Sie fanden keine Worte für das, was sich hier zugetragen hatte, und es gab keinen unter ihnen, dem nicht die Erschütterung ins Gesicht geschrieben stand.

Kaum zweihundert Schritte hinter der Schmiede stießen sie auf einen Bauern, dem die Zinken einer Mistforke einen grausigen Tod beschert hatten. Er lag auf dem Rücken, den Mund zu einem lautlosen Schrei geöffnet. Neben ihm lagen ein Halbwüchsiger mit gespaltenem Schädel in einer Lache getrockneten Blutes und der Kadaver eines Hundes, dessen stinkende Gedärme aus dem aufgeschlitzten Bauch hervorquollen. Der Verwesungsgeruch hatte einen Schwarm von Fliegen angezogen, welcher die Innereien wie ein dunkler Mantel bedeckte. Brummend stieg er auf, als sich eines der Pferde näherte.

Voller Grauen wandten sich die Krieger ab, aber die Kette der Schrecknisse, die sich ihnen auf dem Weg durch das Dorf offenbarten, riss nicht ab. Immer wieder stießen sie auf die geschundenen Körper jener, die bei dem verzweifelten Versuch, ihr Hab und Gut zu verteidigen, ums Leben gekommen waren. Die meisten hatte der giftige Atem der Lagaren bis zur Unkenntlichkeit entstellt, andere waren auf bestialische Weise von den Uzoma niedergemetzelt worden.

Doch schlimmer noch als der grausige Anblick der Toten, schlimmer noch als die allgegenwärtige Zerstörung und der beißende Schwefelgeruch war die Stille. Eine Stille, die mehr war als nur die Abwesenheit von Geräuschen oder der Nachhall des Furchtbaren, das sich hier ereignet hatte. Eine Stille, die immer bedrückender wurde, je weiter der Trupp in die Siedlung hineinritt. Es war die Stille des Todes, das entsetzliche Schweigen eines Ortes, an dem es keinerlei Leben mehr gab, und das nervöse Schnauben der Pferde, der gedämpfte Hufschlag und das leise Klirren der Zügel muteten darin wie ein Frevel an.

»Bei den Göttern!«, hörte Bayard Keelin bestürzt murmeln. Einer der Krieger sprach ein leises Gebet. Die anderen schwiegen; fassungslos saßen sie in den Sätteln, hölzern und starr, als hätte ihnen der unvorstellbare Anblick weit mehr als nur die Sprache geraubt.

»Weiter!« Mit grimmiger Miene, die nichts von seinen Gefühlen preisgab, hielt Bayard auf den Teil Lemriks zu, der einst der Marktplatz gewesen war.

Je näher sie dem Herzstück des Dorfes kamen, desto mehr wurde der allgegenwärtige Schwefel- und Brandgeruch von einem bestialischen Gestank abgelöst, der sie schon bald zwang, die Hand schützend vor Nase und Mund zu halten. Es war ein Gestank, der quälende Erinnerungen in Bayard zum Leben erweckte, lange bevor die Nebel den Blick auf den Marktplatz freigaben. Hier bot das Dorf einen unsäglichen Anblick. Auf dem weitläufigen Platz entdeckten die Krieger unzählige dunkle Klumpen, die verstreut auf der Erde lagen und die nichts mit den Trümmern der Häuser gemein hatten. Schwarze Haufen waren es, große und kleine, im Feuer erstarrt wie Furcht erregende Skulpturen. Und selbst jene, die noch nie ein Brandopfer gesehen hatten, erkannten schnell, dass es sich nur um die verkohlten Überreste menschlicher Leiber handeln konnte.

Erschüttert ritten die Krieger weiter und lenkten die Pferde rücksichtvoll um das herum, was von den Bewohnern der Stadt übrig geblieben war. Die Hufe stapften durch die allgegenwärtige Asche und wirbelten mit jedem Schritt kleine Staubwolken auf, die lautlos in die Höhe stoben.

Niemand sagte etwas. Es gab keine Worte für das, was sich hier zugetragen hatte – und es gab niemanden mehr, der noch ihrer Hilfe bedurfte. Lemrik war zu einer Stätte des Todes geworden, und das graue Leichentuch aus Staub bedeckte barmherzig so manchen Anblick, den selbst ein hartgesottener Krieger nicht zu ertragen vermochte.

Alle waren froh, als der Marktplatz hinter ihnen lag, doch die unerträglichen Ausdünstungen des Todes verfolgten sie hartnäckig und nahmen an Stärke zu, je näher sie dem kleinen Hafen kamen.

Als sich die Straße schließlich teilte und dorthin verlief, wo noch am Vortag die Fischerboote vor Anker gelegen hatten, zügelte Bayard sein Pferd und winkte zwei Krieger zu sich. »Ihr reitet zum Fluss und sucht dort nach Überlebenden«, befahl er mit erstickter Stimme und fügte keuchend hinzu: »Die anderen warten hier.«

Die Krieger nickten kurz und machten sich sogleich auf den Weg. Bayard blickte ihnen voller Sorge nach. Es war nicht seine Art, andere vorzuschicken, doch diesmal hatte er keine andere Wahl. Keelin hatte seinen Falken mit der Weisung aufgelassen, das Gebiet rings um Lemrik nach Hinweisen auf Überlebende und versprengte Uzomakrieger abzusuchen. So mussten sie den Hafen selbst erkunden.

Gewöhnlich wäre Bayard selbst zum Fluss geritten, um zu erkunden, wie es dort aussah. Doch er fürchtete, dass ihn die Erinnerung erneut einholte, und wollte sich keine Schwäche erlauben. Dieses Mal musste es genügen, den Bericht der Späher abzuwarten, auch wenn er bereits ahnte, was sie dort unten vorfänden.

Die beiden Krieger kehrten überraschend schnell zurück. Sie ritten trotz des scharfen Tempos nur mit einer Hand am Zügel und pressten den freien Arm schützend auf Mund und Nase. Kaum dass sie die den Spähtrupp erreichten, zügelten sie die Pferde und saßen ab. Der eine hielt sich stumm die Hand vor den Mund, der andere erbrach sich hustend und würgend auf die Asche. Es dauerte eine Weile, bis sie endlich zu sprechen bereit waren, doch Bayard drängte sie nicht.

»Gibt es Anzeichen für Überlebende?«, fragte er leise, als die beiden sich so weit gefasst hatten, dass sie Bericht erstatten konnten.

»Keine!« Einer der Krieger hustete und würgte erneut, dem anderen gelang es jedoch, Haltung zu bewahren. »Es ist grauenvoll, furchtbar, entsetzlich«, sagte er erschüttert. »Sie haben die Menschen – so viele Menschen – in eine große Halle getrieben und …« Er hob die Arme zu einer hilflosen Geste. »Bei den Göttern, was sind das nur für Bestien!«, stieß er voller Hass hervor und fuhr mit bebender Stimme fort: »Es waren Hunderte. Darunter auch Frauen und Kinder. So viele Kinder!« Er ballte die Fäuste und presste die Lippen zusammen, als ihn die Erinnerung an den grausigen Anblick zu überwältigen drohte. »Sie müssen furchtbar gelitten haben. Die Halle ist bis auf den Boden niedergebrannt, und darin …«

»Lass es gut sein.« Bayard nickte betrübt. Was er hörte, entsprach seinen schlimmsten Befürchtungen. Mühsam um Fassung ringend, ließ er den Rappen wenden, lenkte ihn vom Ort des Schreckens fort und entschied: »Lasst uns die Suche am Rand des Dorfes fortsetzen. Hier kommt jede Hilfe zu spät.«

Langsam glitt die stumpfe Klinge des Messers über Ajanas entblößten Arm und hinterließ eine blutige Spur auf der Haut. Sie schrie und bäumte sich auf, doch die vier Krieger, die um den Tisch standen und sie auf die harte Holzplatte pressten, hielten sie gnadenlos fest.

»Wer bist du?«, fragte Ubunut noch einmal.

»Ajana Evans!«, stieß Ajana keuchend hervor und schluchzte laut auf. Diese Frage beantwortete sie bereits zum dritten Mal, doch der Krieger schien sich auch jetzt nicht damit zufrieden zu geben, und sie fürchtete sich vor dem, was kommen mochte.

»Das ist kein Name!« Der Uzoma hielt das blitzende Messer so, dass sie es sehen musste. »Welchen Blutes Tochter bist du?«, fragte er ungeduldig.

»Ich bin vom Blute der Evans!« Ajanas Stimme überschlug sich fast vor Angst. Auch diese Frage hatte sie schon zum wiederholten Mal beantwortet, und sie wusste, dass es nicht die Worte waren, die der Krieger hören wollte. Aber es war die einzige Antwort, die sie geben konnte.

»Bei den Feuern des Wehlfangs!« Die Faust des Uzomas schloss sich um das Heft des Messers und rammte die Klinge dicht neben

Ajanas Ohr in das harte Holz. »Es gibt keinen Stamm der Evans in Nymath!«, brüllte er zornig. Außer sich vor Wut hieb er mit der Faust auf die Tischplatte. Er schnaubte erregt und blickte fieberhaft hin und her, als suchte er nach etwas, woran er seine unbändige Wut auslassen konnte. Doch statt des zu erwartenden Ausbruchs wurde es im Raum plötzlich ganz still. Die eine Hand auf die Tischplatte gestützt, beugte er sich so weit über Ajanas Gesicht, dass sie die feinen roten Äderchen in seinen Augen sehen konnte. Dabei krallte er die andere Hand fest um ihre Brust, dass sie vor Schmerz aufschrie. »Entweder du bist sehr mutig oder sehr dumm«, zischte er drohend und verstärkte den Druck der Hand, um die einschüchternde Wirkung seiner Worte zu unterstreichen. »Du bist kein gewöhnlicher *Humard*, das fühle ich. Aber du bist auch keine Elbin. Zum letzten Mal: Wer – bist – du?«

»Ajana Evans!«, schrie Ajana unter Tränen. »Ajana Evans … Ajana Evans!« Obwohl sie wusste, dass sie den Kriegern nichts entgegenzusetzen hatte, wehrte sich verzweifelt gegen ihre Peiniger.

Über das Rauschen des Blutes in ihren Ohren hinweg hörte sie den Anführer der Uzoma fluchen und spürte, wie er das Messer ruckartig aus der Holzplatte zog. Ein Sonnenstrahl traf die blitzende Klinge, als er unheilvoll ausholte.

Ajana riss Augen auf und hielt den Atem an. Eine eisige Faust schloss sich um ihr Herz und krampfte es schmerzhaft zusammen, während es wie wild pumpte. Gleichzeitig schien sich die Zeit auf magische Weise zu dehnen.

Mit unglaublicher Langsamkeit sah sie das Messer auf sich zukommen. Dabei nahm sie jede noch so nebensächliche Kleinigkeit fast überdeutlich war. Die Klinge des Messers war blutverschmiert und von grauer Asche überzogen, der schlichte hölzerne Schaft abgegriffen und schmucklos. Die dunkle Haut der Finger war spröde und schwielig. Schwarze Haare sprossen daraus hervor. Die gelblichen Fingernägel waren lang und eingerissen …

Ein Sonnenstrahl schob sich durch eine Lücke im Dach und blendete sie für Bruchteile von Sekunden. Dann bohrte sich die Klinge in die zarte Haut ihrer Brust und hinterließ einen beißenden Schmerz. Unvermittelt riss die verzerrte Wahrnehmung ab. Die Zeit hatte Ajana wieder eingeholt, und die Welt um sie herum versank in einem gellenden Schrei.

In die bedrückende Stille des Morgens brach ein schrilles Geräusch, das die Reiter des Spähtrupps wie aus weiter Ferne erreichte. Die sieben Krieger, der Kundschafter und die Heilerin hatten die zerstörten Hütten Lemriks hinter sich gelassen und lenkten die nervösen Pferde zwischen Stallungen, Koppeln und ausgebrannten Heuschobern hindurch, die in lockerer Folge an das Dorf grenzten. Hier gab es nur vereinzelt Tote. Das eigentliche Massaker hatte unten am Fluss stattgefunden: dort, wohin sich die Menschen aus Furcht vor der Feuersbrunst geflüchtet hatten.

Der grausige Anblick verstümmelter Leichen blieb ihnen aber auch hier nicht erspart. Auf einer Weide fanden sie die zerfetzten Kadaver einer ganzen Schafherde. Die Tiere waren grausam zugerichtet. Nicht ein einziges Schaf war den mörderischen Reißzähnen entkommen, die hier gewütet hatten. Es sah aus, als hätte ein furchtbarer Dämon sein grausiges Mahl gehalten. Der pfeilgespickte Kadaver eines getöteten Lagaren, den sie nahe der Weide entdeckten, bekräftigte Bayards Vermutung, dass sich die geflügelten Echsen hier in wildem Blutrausch ergangen hatten.

Er wollte eben sein Pferd antreiben, um sich die mörderische Bestie aus der Nähe anzusehen, als ein alarmierender Laut an sein Ohr drang. Der Heermeister hielt inne und horchte, doch das Geräusch wiederholte sich nicht. »Das war ein Schrei!« Er wandte sich im Sattel um und schaute Keelin fragend an. »Wo?«

»Gemach!« Auch Keelin hatte sein Pferd anhalten lassen. Der junge Falkner hielt die Augen geschlossen und presste die Finger an die Schläfen, während er Horus auf seinem Flug begleitete. »Horus fliegt nach Westen«, murmelte er, ohne die Augen zu öffnen. »Jetzt nach Südwesten. Er lässt das Dorf hinter sich ... Da ist eine Hütte, ein kleines, abgelegenes Haus … Das Dach ist zur Hälfte eingestürzt … Jetzt ist er über dem Dach … Da ist ein Loch … Gilians heilige Feder – es sind Uzoma in der Hütte … und noch etwas … jemand … Es sieht aus, als hätten sie einen Gefangenen … Eine junge Frau … Ich sehe ein Messer!«

Keelin öffnete die Augen, ließ die Hände sinken und deutete nach Westen. »Wir müssen dort entlang.« Sein Atem ging stoßweise. Obwohl er schnell gelernt hatte, Horus' Eindrücke aufzunehmen und zu deuten, kostete es ihn noch immer viel Kraft, die Verschmelzung mit dem Falken über längere Zeit aufrecht zu halten. Aber er gönnte sich keine Atempause und folgte Bayard, der sein Pferd bereits gewendet hatte.

Bayard sah Keelin aufmerksam an. »Lagaren?«

Der Falkner schüttelte den Kopf.

»Uzoma?«

»Da drin.« Keelin nickte und deutete auf die Hütte.

»Wie viele?«

»Vielleicht zwei, vielleicht neun. Es könnten aber auch mehr sein.«

Bayard grinste schief. »Sehr aufschlussreich.« Dann zuckte er mit den Achseln. »Nun gut!« Er straffte sich und wandte sich den Männern zu, die hinter ihm Aufstellung genommen hatten. »Die Hütte zu stürmen wäre unklug«, erklärte er halblaut. »Wir schleichen uns an, nehmen zu beiden Seiten der Tür Aufstellung und werfen eine Fackel auf das Dach. Das Feuer wird sie hinaustreiben.« Mit diesen Worten langte er über die Schulter nach hinten und zog die Riemen fest, welche die Asnarklinge auf seinem Rücken hielten. Er war der einzige Kataure, der den langen, wuchtigen Zweihänder mit der gewellten Klinge zu führen vermochte. Traditionell kämpften die Katauren mit Lanzen, dem Kurzschwert oder mit leichten Bögen. Doch obwohl Bayard sich erst wenige Winter in der für sein Volk ungewöhnlichen Kunst geübt hatte, stand er den Onur im Umgang mit solchen Waffen in nichts nach.

Bayard überprüfte auch das Kurzschwert am Gürtel und wandte sich noch einmal mit gedämpfter Stimme an Keelin. »Wir kümmern uns um die Uzoma. Du holst die Gefangene aus der Hütte«, ordnete er in einem Ton an, der keine Widerrede duldete. Dann hob er die Hand zum Zeichen des Aufbruchs und bedeutete den anderen, ihm zu folgen.

In einer Linie schoben sie sich an den verbliebenen Mauerresten entlang, die ihnen nur wenig Deckung boten, kauerten sich eng an den geschwärzten Stein und bahnten sich durch Trümmer und Asche einen Weg auf die kleine Hütte zu, in der Horus die Uzoma erspäht hatte.

Das letzte Stück bis zur Tür bot ihnen keine Deckung mehr, aber niemand schien die sieben Gestalten während der bangen Augenblicke zu bemerken, die sie benötigten, um die Tür zu erreichen.

Bayard presste sich dicht an die Wand, legte warnend den Finger an die Lippen, schlich zur Tür und lauschte. Drinnen erklangen geschäftige Geräusche. Beschuhte Füße schabten über den Boden, Metall klirrte, und jemand fluchte leise. Von einer Gefangenen war nichts zu hören.

Der Heermeister gab einem der Krieger ein Zeichen, und wenig später züngelten kleine Flammen an einem Stück Holz, das mit einem ölgetränkten Lappen umwickelt war. Der Krieger deutete an, dass er bereit war, und schleuderte die Fackel in einem weiten Bogen auf das Schilfdach. Die trockenen Halme nährten die Flammen, und während die Krieger zu beiden Seiten der Tür mit angehaltenem Atem darauf warteten, dass das Feuer seine zerstörerische Wirkung entfaltete, wurde aus der dünnen Rauchfahne bald eine dicke gelbliche Rauchsäule, die in der windstillen Luft Unheil verkündend zum Himmel aufstieg. Mit leisem Knistern und Knacken fraßen sich die Flammen durch das Ried und setzten immer mehr Halme in Brand, bis die Flammenzungen aus dem Dach loderten. Einmal entfacht, war das Feuer nicht mehr aufzuhalten. Was dem verheerenden Angriff der Uzoma entgangen war, wurde nun ein Raub der Flammen. Knisternd und Funken sprühend schossen sie in die Höhe und verzehrten das trockene Ried so gierig, dass ein Teil des beschädigten Daches schon bald einstürzte.

Aufgeregte Schreie und Warnrufe erklangen aus dem Innern der Hütte, als die Uzoma die Gefahr bemerkten. Das Geräusch eines umgestoßenen Stuhles mischte sich mit dem lauten Scheppern zerberstenden Tongeschirrs und dem Klirren von Metall. Dann wurde die Tür aufgerissen, und der erste Uzoma stürzte hustend ins Freie.

Weit kam er nicht. Bayard erwartete ihn mit dem blank gezogenen Beidhänder. Ein einziger, rasch geführter Hieb beendete das Leben des dunkelhäutigen Kriegers, ehe er die Gefahr überhaupt erahnen konnte. Den Blick ungläubig auf den bärtigen Katauren gerichtet und die klaffende Wunde an der Kehle mit beidem Händen umklammernd, sank er zu Boden, während das Licht in seinen Augen erlosch.

Aber damit war die Gefahr längst nicht gebannt. Die anderen Uzomakrieger stürmten mit blitzenden Messern abwehrbereit aus der brennenden Hütte ins Freie. Es waren vier. Zwei von ihnen stürzten sich sogleich auf Bayard, der ihnen den Weg versperrte, die anderen waren kurz darauf in einen erbitterten Kampf mit den Kriegern des Spähtrupps verwickelt.

Keelin, der mit gezücktem Kurzschwert neben der Tür kauerte, ließ den Eingang der Hütte nicht aus den Augen. Es war ungewiss, wie viele Krieger sich wirklich in dem Gebäude aufgehalten hatten, und er zögerte, sich hineinzubegeben.

Aus den Augenwinkeln sah er, wie Bayard mit einer geschickten Drehung den nächststehenden Uzoma enthauptete und sich mit zornigem Gebrüll dem zweiten Angreifer zuwandte, der ihn lauernd erwartete.

Die beiden anderen Uzoma waren mittlerweile von vier Katauren umringt, die sie mit langen Lanzen an die Hauswand drängten. Noch gelang es den dunkelhäutigen Kriegern, die Tod bringenden Waffen abzuwehren, doch Keelin ahnte, dass es nur eine Frage der Zeit war, bis eine der Lanzen die Deckung durchbrach.

Der junge Falkner richtete seine Aufmerksamkeit wieder auf das Innere der Hütte. Ihm blieb nicht mehr viel Zeit. Das Feuer griff sehr viel schneller um sich als vermutet. Wenn er nicht sofort handelte, würde die Gefangene in dem dichten Qualm ersticken.

Er holte tief Luft, zog sich die Kapuze des Umhangs tief ins Gesicht und stürmte, den Ärmel fest auf Mund und Nase gepresst, in die Hütte. Der beißende Rauch raubte ihm die Sicht und trieb ihm

Tränen in die Augen, aber er kämpfte sich verbissen voran. Schritt um Schritt tastete er sich wie ein Blinder an der Wand entlang, in der Hoffnung, die Gefangene irgendwo zu finden.

Eilig ließ er Tür und Windfang hinter sich und hastete mit großen Schritten in den einzigen Raum der Hütte, der mit beißendem Qualm erfüllt war. Das Dach brannte nun lichterloh. Glimmende Riedstücke und glühende Funken rieselten wie ein feuriger Regen zu Boden und hatten bereits an unzähligen Stellen das herumliegende Schilf entzündet.

Keelin keuchte vor Anstrengung. Hitze und Qualm machten ihm das Luftholen schwer, und er wagte kaum zu atmen.

Raus. Nur raus hier!, kreischte die warnende Stimme der Vernunft in ihm, doch er setzte die Suche unbeirrt fort. Die Flammen leckten an den hölzernen Beinen des Tisches und der Stühle und verschlangen gierig das trockene Holz, während das Gebälk des Daches bedrohlich unter dem Ansturm des Feuers ächzte.

Ich muss sie finden!

Keelin wusste, dass es für ihn den Tod bedeuten konnte, wenn er noch länger in der Flammenhölle blieb. Das Dach drohte jeden Augenblick in sich zusammenzufallen und ihn unter sich zu begraben. Er musste hier raus, und zwar schnell. Doch plötzlich hörte er ein leises Husten und Wimmern. Keelin horchte auf. Das konnte nur die Gefangene sein! Wieder erklang ein Husten, erstickt und würgend, aber es war ein Zeichen für Leben.

Keelin lief zu der Stelle, woher das Geräusch kam, und wäre beinahe über die gefesselte Gestalt gestolpert, die vor ihm am Boden lag. Die Gefangene schien noch sehr jung zu sein. Ihr rußgeschwärztes Gesicht war den Flammen zugewandt, die kaum eine Armeslänge von ihr entfernt auf dem Boden loderten. Ihre Augen waren geschlossen – aber sie lebte!

Ohne zu zögern kniete Keelin neben dem Mädchen nieder, nahm den geschundenen Körper auf die Arme und eilte geduckt unter den brennenden Schilfbüscheln hindurch, die großflächig von der Decke herabstürzten. Rings um ihn schlugen die Flammen höher, leckten an den Wänden empor und verzehrten das spärliche Holz mit heißen Zungen. Die unerträgliche Hitze versengte Keelins Haut. Glimmendes Ried fiel ihm auf die Hände, doch er unterdrückte den Schmerz und schüttelte es hastig ab. Während er mit großen Schritten auf die Tür zueilte, stürzte ein brennender Balken unmittelbar vor ihm von der Decke und versperrte ihm den Fluchtweg. Funken stoben auf, und ein Schauer aus glühenden Riedstöcken ergoss sich über die Flüchtenden. Keelin keuchte. Schweiß rann ihm von der Stirn, und seine Arme zitterten vor Anstrengung. Mit der jungen Frau auf den Armen war es unmöglich, das Hindernis zu überwinden. Das Dach über seinem Kopf ächzte bedrohlich. Es konnte nur mehr Augenblicke dauern, bis auch die letzten Balken dem Ansturm des Feuers erlagen.

Kurz entschlossen legte er die Besinnungslose auf den Boden und zwängte sich auf Knien durch die kleine dreieckige Öffnung, die der quer liegende Balken ihm bot. Auf der anderen Seite angekommen, drehte er sich um, duckte sich und zerrte seinen Schützling an den Füßen unter dem brennenden Holz hindurch aus der Flammenhölle.

Ein heftiger Schwindel erfasste ihn, und schwarze Punkte tanzten vor seinen Augen, als er sich aufrichtete und die junge Frau wieder auf die Arme nahm.

Kaum mehr fünf Schritte trennten Keelin jetzt noch von der Tür, doch diese fünf Schritte wurden zu den qualvollsten seines Lebens. Taumelnd schleppte er sich an der Wand entlang. Die Welt um ihn herum schrumpfte zusammen, bis sie nur mehr aus dem einen hellen, rechteckigen Fleck bestand, der Rettung verhieß.

Rettung! Luft!

Hustend und röchelnd stolperte Keelin aus dem gelblichen Qualm, der durch die Türöffnung quoll, und taumelte mit der Geretteten auf den Armen ins Freie.

Im nächsten Augenblick gab das Gebälk der Hütte endgültig nach. Das Dach stürzte in einer gewaltigen Stichflamme in sich zusammen und verwandelte die Hütte in ein glutheißes Flammenmeer.

Luft!

Mit hechelnden Atemzügen sog Keelin Luft in die gemarterten Lungen. Er taumelte mehrere Schritte vorwärts, dann wurde ihm schwarz vor Augen. Entkräftet sank er auf die Knie und brach besinnungslos zusammen. Der durchdringende Brandgeruch begleitete ihn weit in die Ohnmacht hinein und weckte in ihm die albtraumhafte Erinnerung an ein Ereignis, das er längst vergessen geglaubt hatte …

… Im Traum war er wieder ein Junge von acht Wintern und stand vor Arifs Laden, einem der unzähligen Fischhändler, die sich in der Nähe des Hafens von Sanforan angesiedelt hatten. Hier verdiente er sich hin und wieder ein paar Kupferstücke, indem er Holzreste für Arifs Räucheröfen in großen Körben auf dem Rücken von dem Sägewerk am anderen Ende der Stadt zur Räucherkate schleppte.

An diesem Morgen hätte er die Münzen gut gebrauchen können. Es war der Namenstag seiner Mutter, und er liebte sie sehr. Deshalb wollte er sie an diesem Tag mit einem Tellerfisch überraschen. Die flachen, goldgesprenkelten Fische waren ihr Leibgericht. Doch nur selten reichte das Geld, um sich ein solches Festmahl leisten zu können.

Schon früh hatte er sich aus der kleinen Kammer geschlichen, die er mit seiner Mutter unter dem Dach eine Hafentaverne teilte, und suchte seitdem nach einer Gelegenheit, sich ein paar Münzen zu verdienen.

Der würzige Rauch des feuchten Purkaholzes zog durch die schmalen Gassen zwischen den Häusern und hüllte Keelin ein, als er den Fischhändler aufsuchte. Aber dieses Mal war er zu spät; andere Jungen waren ihm zuvorgekommen. Es gab keine Arbeit mehr – bis auf ein paar Holzkisten, die noch gesäubert werden mussten.

Glücklich, wenigstens diese Aufgabe gefunden zu haben, machte er sich mit den Kisten auf dem Weg zum Wasser. Das Holz verströmte einen durchdringenden Rauchgeruch. Mit einer harten Bürste schrubbte er die Fischschuppen und Fettreste gründlich ab, denn er wusste, dass es nur für gute Arbeit guten Lohn gab.

Aus den Augenwinkeln sah er fünf Fischerjungen vom Blute der Fath am Hafen entlangschlendern. Rasch duckte er sich. Doch sie hatten ihn längst entdeckt, änderten ihre Richtung und steuerten schnurstracks auf ihn zu.

»He, schaut euch den an!«, rief der größte der Jungen mit gespielter Verwunderung. »Ist das nicht Keelin?«

»Keelin, der Bastard«, höhnte ein anderer. »Keelin, das Waschweib.«

Die Jungen lachten.

»Kistenschrubben ist was für Mägde.« Einer spie unmittelbar neben Keelin ins Wasser. »Weiberarbeit«, fügte er abfällig hinzu.

Keelin antwortete nicht. Als mache ihm das Gerede der Spötter nichts aus, schrubbte er das splitternde Holz weiter. Aber die Jungen fanden Spaß daran, ihr höhnisches Spiel fortzusetzen. »Er versteht uns wohl nicht«, hörte er den Ältesten sagen. »Ist ja auch kein Wunder, seine Mutter macht schließlich ganz andere Weiberarbeit.« Wieder erntete er schallendes Gelächter.

»Keelin, der Hurensohn!«, rief ein Hagerer mit hoher Stimme und unterstrich die Worte, indem er seinen Unterkörper in eindeutiger Pose nach vorn streckte und kreisen ließ. Dabei stöhnte er lustvoll und verdrehte die Augen. »Wusstest du eigentlich, dass der Wirt sie jeden Abend besteigt, damit sie ihm das Entgeld für eure verlauste Bleibe …«

»Ihr …!« Keelin ließ die Bürste fallen und sprang auf. Es kümmerte ihn nicht, dass er ein Bastard war, und er wusste sehr wohl, dass die Jungen die Wahrheit sagten. Doch er konnte und wollte nicht zulassen, dass man seine Mutter derart verhöhnte. Mit bloßen Fäusten ging er auf die Spötter los.

Diese wichen lachend zurück und taten so, als hätten sie Angst vor ihm. Doch dann rauften sie sich zum Angriff zusammen. Zwei packten Keelin von hinten an den Armen und hielten ihn fest, während ihm der Älteste die Faust mit voller Wucht in den Bauch rammte. Es folgen Hiebe und Tritte, die ihm zeitweise die Besinnung raubten. Sie traten ihn selbst dann noch mit Füßen, als er bereits am Boden lag und sich nicht mehr rührte. Als sie sich endlich an ihm ausgetobt hatten, entleerten sie erst sich selbst und dann einen Eimer mit stinkendem Fischwasser über ihm und schlenderten achtlos davon …

Keelin hustete und fuhr erschrocken in die Höhe. Das kalte Wasser auf dem Gesicht und der durchdringende Rauchgeruch machten ihn glauben, er befände sich noch immer am Hafen von Sanforan. Doch dann erkannte er den Irrtum, und die schmerzliche Erinnerung rückte in weite Ferne.

»Den Göttern sei Dank, du lebst.« Bayard hockte mit einem

Wasserschlauch in der Hand neben ihm und verzog das bärtige Gesicht zu einem erleichterten Grinsen. »Ich fürchtete schon, dein Heldenmut hätte dich das Leben gekostet.«

»Was ist mit ... Wie geht es ihr?« Keelin schaute sich besorgt um.

»Die Heilerin kümmert sich um sie«, erklärte Bayard. »Sie ist in guten Händen.«

»Und die Uzoma?«, wollte Keelin wissen.

»Tot. Alle tot!«

»Gut.« Erleichtert ließ sich Keelin auf die harte Erde zurücksinken und schloss die Augen. Doch etwas an Bayards Worten sagte ihm, dass es noch etwas gab, was der Heerführer ihm verschwiegen hatte, und er setzte sich wieder auf. »Was ist?«

»Marnin ist tot.« Ein Schatten huschte über Bayards Gesicht. »Hinun ist schwer verwundet.«

»Verdammt.« Keelin ballte die Fäuste. »Wie konnte das geschehen? Wir waren in der Überzahl.«

»Hier!« Bayard hob zwei Messer vom Boden auf und reichte sie Keelin. »Einer der Uzoma trug sie bei sich«, erklärte er. »Darauf waren wir nicht vorbereitet.«

»Wurfmesser.« Keelin zog erstaunt eine Augenbraue in die Höhe. »Ich habe noch nie gehört, dass Uzoma mit Wurfmessern kämpfen.«

»Eine neue Teufelei.« Bayard nickte. »Hinterhältig und tödlich.«

»Heermeister!« Ein Krieger eilte herbei und berührte Bayard an der Schulter. »Kommt schnell«, bat er. »Hinun ... Es steht nicht gut um ihn.«

Augenblicklich war Bayard auf den Beinen und folgte dem Krieger zu der reglosen Gestalt, die nur wenige Schritte entfernt am Boden lag. Keelin sah, wie er niederkniete und die Hand des Mannes ergriff, um ihm Trost zu spenden. Dann erblickte er die Heilerin, die im Schatten eines Mauerrestes neben der jungen Frau auf dem Boden saß.

Die Gefangene! Er musste wissen, wie es ihr ging.

Obwohl die Kraft noch nicht vollends in seinen Körper zurückgekehrt war, erhob sich Keelin mühsam und eilte mit unsicheren

Schritten auf die beiden Frauen zu. Aus Decken und einem zusammengerollten Umhang hatten die Krieger für sie ein notdürftiges Lager bereitet. Man hatte ihr die Fesseln abgenommen und die tiefen, blutenden Wunden gesäubert und verbunden. Die Heilerin hatte die Schnittwunden an den Armen mit einer lindernden Salbe versorgt und die Blöße der Verletzten mit einem Teil ihrer eigenen Gewänder bedeckt. Nun kniete sie neben ihr und befeuchtete die ausgetrockneten Lippen mit einem Tuch. Als sie Keelin kommen hörte, wandte sie sich um und sah zu ihm auf.

»Wie geht es ihr?«, fragte er besorgt.

»Sie ist noch sehr schwach«, sagte sie ernst, dann umspielte ein feines Lächeln ihre Mundwinkel. »Sie hat viel Rauch eingeatmet, aber du kamst gerade im rechten Augenblick. Sie wird überleben.«

»Ich freue mich, dass du meinem Ruf so schnell gefolgt bist.« Vharas scharlachrotes Gewand raschelte, als sie sich erhob und lächelnd auf den Gast zuging, der ihr Gemach soeben betreten hatte. Obwohl er nicht vom Blute der Fath war, trug er den traditionellen schwarzen Kaftan des Wüstenvolkes und einen reich verzierten Krummdolch am Gürtel. Der schwarze Umhang und die kniehohen Stiefel waren mit einer rötlichen Staubschicht bedeckt – ein untrügliches Zeichen für einen langen Ritt durch den fortwährenden Sandsturm.

»Es ist mir eine Ehre«, erwiderte der Gast mit gewinnendem Lächeln und musterte den begehrenswerten Körper der Hohepriesterin mit unverhohlener Neugier. »Und eine überaus angenehme Überraschung.« Es war nicht zu übersehen, dass er sich nur schwerlich von dem verführerischen Anblick losreißen konnte. Doch dann besann er sich, und der Blick seiner dunklen, leicht geschlitzten Augen huschte aufmerksam durch den Raum. Auf dem von schweren Stoffbahnen verhangenen Bett verharrte er kurz und wandte sich dann wieder der Priesterin zu. »Wie ich sehe, ist schon alles vorbereitet«, sagte er zufrieden.

»Nicht so voreilig!« Vhara schürzte geringschätzig die Lippen, schüttelte fast unmerklich den Kopf und fragte: »Du weißt, was du zu tun hast?«

Der Schwarzgewandete neigte das Haupt. »Hätte ich Eure Nachricht nicht erhalten, stünde ich jetzt nicht hier. Die Angelegenheit ist von größter Bedeutung und zudem ein überaus fesselndes und nicht minder großzügiges Angebot für einen Ajabani. Doch erlaubt mir eine Frage: Warum schickt Ihr keine Krieger? Die Uzoma sind Euch treue Untertanen und …«

»Uzoma?« Vhara verzog missbilligend das Gesicht. »Die Uzoma mögen zwar taugliche Krieger sein, doch ich traue ihnen nicht. Diese Stammesfürsten sind durchtrieben und hinterhältig. Sie gieren selbst nach der Macht, das spüre ich, doch sie sind zu schwach und wagen es nicht, sich der Herrschaft des Whyono zu widersetzen – noch nicht.« Sie hob ihren Stab, an dessen Ende ein runder Mondstein glänzte, und fuhr fort: »Vor fünf Wintern gelangte ich durch sie in den Besitz dieser Hälfte des geteilten weißen Steins, doch damals ahnten sie noch nicht, welche Macht darin verborgen liegt. Inzwischen wissen die Stammesfürsten um den Wert des Kleinods. Gäbe ich ihnen den Auftrag, könnte ich mir kaum dessen sicher sein, dass das Amulett tatsächlich zu mir gelangt.« Vhara schüttelte den Kopf. »Ich brauche es, und ich brauche das Mädchen – lebend! Hast du verstanden?«

»Ja.«

»Gut. Dann säume nicht. Uns bleibt nicht mehr viel Zeit.« Die Priesterin wirbelte herum, ging zu einer schweren Truhe und nahm zwei Lederbeutel heraus. »Hier ist dein Sold«, sagte sie und warf dem Ajabani einen der Beutel zu. »Wie ich es dir zugesagt habe: ein Drittel sofort, der Rest, wenn du deine Aufgabe zu meiner Zufriedenheit erfüllt hast.« Sie trat näher und reichte ihm auch den zweiten, mit einem rötlichen Pulver gefüllten Beutel. »Dies hier ist für deine rasche Rückkehr bestimmt«, sagte sie leise. »Wenn sich der Elbenspross in deiner Gewalt befindet, entzünde des Nachts ein Feuer und streue das Pulver hinein. Es wird den Rauch zum Leuchten bringen und ihn so hoch hinauftragen, dass er weithin sichtbar ist. Die Lagarenreiter sind unterrichtet. Sobald sie das Zeichen sehen, wird einer von ihnen zu dir kommen und dich mit dem Mädchen hierher bringen.«

»Das klingt einfach.« Der Ajabani ergriff Vharas Hand, hielt sie fest und blickte ihr tief in die Augen. »Wir beide werden uns sehr bald wieder sehen«, raunte er ihr verheißungsvoll zu und ließ erneut den Blick über ihren Körper schweifen. »Und dann …«

»… wirst du auch den anderen Teil des versprochenen Lohns erhalten.« Vhara entwand sich dem Griff, bedachte den stattlichen Krieger mit einem sinnlichen Augenaufschlag und fügte hinzu: »Sobald du mir bewiesen hast, dass du dessen würdig bist.«

»Daran hege ich keine Zweifel.« Der Ajabani wog den Beutel mit Gold prüfend in der Hand, bevor er ihn zusammen mit dem Pulver in der Tasche an seinem Gürtel verstaute. »Wo ist ein frisches Pferd?«, wollte er wissen.

»Ein Pferd ist nicht erforderlich«, erwiderte Vhara knapp. »Der Uzoma bringt dich mit dem Lagaren durch die Lüfte zum Pass. Dort wartest du, bis es so weit ist.«

»Was immer Euch beliebt – *Priesterin*.« Der Ajabani verbeugte sich mit einem anzüglichen Grinsen, wandte sich um und ging.

Vhara blickte ihm nach, bis die Tür hinter ihm ins Schloss fiel. Dieser Ajabani hatte durchaus seine Reize. Er war skrupellos und ehrgeizig. Ein Mann ganz nach ihrem Geschmack. Nicht umsonst galt er in Andaurien als der Beste seiner Zunft. Ihr Blick wanderte zu ihrem Bett. Der Gedanke, ihn anstelle des feisten Whyono dort an ihrer Seite zu wissen, war überaus verlockend. Sollte er erfolgreich sein, würde sie ernsthaft darüber nachdenken.

Im Schutz der Bäume, unter denen sie Pferde und Ausrüstung zurückgelassen hatten, nahmen Bayard und die Krieger ein karges Mahl ein und sprachen über das, was geschehen war.

Die junge Frau gab ihnen Rätsel auf, und die Blicke der Katauren wanderten immer wieder zu Keelin hinüber, der neben ihr wachte. Einige hielten sie der hellen Haare wegen für eine Elbin, doch Bayard bezweifelte das. Genaueres würden sie jedoch erst erfahren, wenn sie erwachte, und der Heermeister hoffte, dass es bald sein möge. Der Morgen war bereits weit vorangeschritten, und die Zeit drängte. Wenn sie das Heer noch vor Einbruch der Dunkelheit einholen wollten, mussten sie bald aufbrechen.

Schließlich erhob er sich und winkte den anderen, ihm zu folgen. Sie hatten noch eine traurige Pflicht zu erfüllen.

Während Bayard und die anderen Krieger den getöteten Kameraden die letzte Ehre erwiesen, wachte Keelin weiter neben Ajana.

Äußerlich wirkte er ruhig und gelassen, doch ein Teil von ihm begleitete Horus, der hoch oben am blauen Himmel seine Kreise zog und das Gebiet um Lemrik scharfäugig nach Anzeichen von Feinden absuchte. Im Geiste war er eins mit dem Falken, teilte dessen Eindrücke und spürte dessen wilde, ungezähmte Triebe, als wären es die eigenen. Die Freiheit der Lüfte war atemberaubend, und Keelin wünschte sich, Horus möge immer so weiterfliegen. *Im Licht der goldenen Herbstsonne breitete sich die Landschaft unter ihm wie ein prächtiger Teppich aus. Er sah die Windungen des Flusses und den schwarzen, verbrannten Fleck, der einmal Lemrik gewesen war. Schimmernd verlor sich im Sonnenlicht das breite Band des Mangipohr in der Ferne, und am Horizont erhoben sich die schneebedeckten Gipfel des Pandarasgebirges über den Dunst. Alles war friedlich. Plötzlich erregte eine Bewegung am Boden seine Aufmerksamkeit und weckte die Jagdlust in ihm. Aus großer Höhe blickte er auf eine Ratte hinab, während er rüttelnd in der Luft verharrte.*

Die Erregung des Falken übertrug sich augenblicklich auf Keelin, und er spürte, wie sich sein Herzschlag beschleunigte.

Die Zeit verrann. Zeit, in der sich der graue Nager, angezogen von dem allgegenwärtigen Pesthauch der Verwesung, weiter auf Lemrik zu bewegte.

Keelins Herz pochte. Gespannt hielt er den Atem an, als wäre er selbst der Jäger auf der Pirsch.

Lautlos gleitend folgte er dem ahnungslosen Opfer und wartete auf den richtigen Augenblick, um zuzuschlagen.

Dann stieß der Falke hinab, und Keelin erlebte das berauschende Gefühl des freien Falls so hautnah, als stürzte er selbst in die Tiefe. Er liebte diese Momente und blickte mit klopfendem Herzen zur Erde hinab, die rasend schnell auf ihn zukam.

Der winzige graue Punkt auf der freien, grasbewachsenen Fläche vor einem ausgebrannten Heuschober wuchs rasch, bis er selbst den unbehaarten Schwanz der Ratte erkennen konnte. Gleich darauf gruben sich Krallen und Schnabel tief in den pelzigen Körper, und Keelin meinte, den Geschmack von Blut auf der Zunge zu spüren.

Nur mit Mühe riss er sich von den überwältigenden Empfindungen los, die ihn durchfluteten.

Angst, Zorn, Blutdurst. Die ungezähmten Triebe eines hungrigen Falken, der Beute gemacht hatte. Krallen und Schnabel rissen das Fleisch, Blut schoss hervor …

Atemlos beendete Keelin die Verbindung zu dem Falken, um das Tötungsritual nicht länger miterleben zu müssen. Wie immer, wenn Horus Beute schlug oder die Atzung aufnahm, wurde ihm auch diesmal übel. Daran konnten auch fünf Winter harter Ausbildung nichts ändern. Der Geschmack von warmem Blut war ihm zuwider, aber er hatte gelernt, die Verbindung zu unterbrechen, bevor die Übelkeit ihn übermannte.

Im selben Augenblick, als das Bild in seinem Geist erlosch, wurde das Mädchen von einem heftigen Hustenanfall geschüttelt. Fürsorglich schob Keelin ihr einen Arm unter den Nacken und richtete sie auf, damit ihr das Husten leichter fiel. Tatsächlich trat schon bald Linderung ein, und als er sie wieder auf das Lager betten wollte, schlug sie die Augen auf.

Das Erste, was Ajana sah, als ihr Blick sich klärte, waren zwei dunkelbraune Augen, die sie aufmerksam musterten. Im ersten Augenblick dachte sie, es sei einer der Krieger, die sie gefangen genommen hatten. Ängstlich zuckte sie zusammen, doch dann erkannte sie den Irrtum, und die Furcht wich einem hilflosen Gefühl der Unsicherheit.

Der junge Mann neben ihr schien nichts mit den grausamen

Kriegern gemein zu haben, die sie verhört und gequält hatten. Seine Haut zeigte Spuren von Ruß und Asche und war sehr hell. Ein schmaler, dunkler und sorgfältig gestutzter Bart verlief an den Wangenknochen entlang bis hinunter zum Kinn und endete in zwei kurzen, sonderbar geflochtenen Zöpfen. Die Haare des Mannes waren ebenso dunkel wie der Bart. Über der Stirn wurden sie von einem dünnen, bunten Band gehalten und fielen ihm offen bis auf die Schultern herab. Ein Lächeln umspielte seine Lippen, aber in seinen Augen erkannte sie Spuren von Verlegenheit.

»Wo bin ich?« Die wenigen Worte lösten einen neuerlichen Hustenanfall aus.

»In Sicherheit«, sagte der Fremde mit sanfter, wohlklingender Stimme und reichte ihr eine Schale mit Wasser, die sie dankbar annahm. In großen hastigen Schlucken ließ sie das kühle Nass die Kehle hinabrinnen, doch das überstürzte Trinken rächte sich alsbald, und sie musste erneut husten. Die Anstrengung jagte ihr einen reißenden Schmerz durch den Brustkorb, der die Erinnerung an die ausgestandene Folter schlagartig zurückbrachte. Die dunkelhäutigen Krieger, die Todesangst, das Messer …

»Nicht so hastig!« Der Mann half ihr sich aufzurichten.

»Danke!« Trotz ihrer Pein gelang Ajana ein Lächeln. »Es geht schon wieder.« Sie zog scharf die Luft ein und biss sich auf die Lippen, um die aufkommenden Tränen zu unterdrücken.

»Du hast Schmerzen.« Ein Schatten huschte ihm über das Gesicht. »Du solltest noch ein wenig ruhen.«

»Es ist nichts.« Ajana tastete mit einer Hand nach dem rauen Verband unter dem ungewohnten Stoff des Umhangs.

»Die Uzoma haben dir schwer zugesetzt«, sagte der Fremde voller Mitgefühl und fügte bedauernd hinzu: »Wir kamen zu spät, um es zu verhindern.«

»Uzoma?«, wiederholte Ajana nachdenklich. »Ja, so nannten sie sich.«

»Verrätst du mir deinen Namen?«

»Ajana.« Sie schenkte ihm ein aufrichtiges Lächeln. Obwohl sie ihn nie zuvor gesehen hatte, spürte sie, dass sie von ihm nichts zu befürchten hatte.

»Ajana.« Der Name klang seltsam aus seinem Mund. »Ein schöner, aber befremdlicher Name. Ich heiße Keelin.« Der junge Falkner schaute Ajana erwartungsvoll an.

»Auch ein schöner Name«, Ajana lächelte verlegen, »wenn auch nicht gerade alltäglich.«

»Ein Name der Onur«, beeilte sich Keelin zu erklären, »Meine Mutter ist eine Onur, mein Vater ist vom Blute der Raiden.«

Welchen Blutes bist du? Keelins Worte weckten in Ajana unangenehme Erinnerungen. »Onur«, murmelte sie nachdenklich und überlegte, wo sie den Namen schon einmal gehört hatte. Hatten ihre Peiniger nicht auch von den Onur gesprochen? Die Erinnerung an die dunkelhäutigen Krieger jagte ihr erneut einen eisigen Schauer über den Rücken. »Was ist mit denen geschehen, die mich gefangen nahmen?«, fragte sie leise.

»Sie haben ihre gerechte Strafe erhalten.« Keelins Tonfall machte keine Hehl daraus, dass er ihnen dieses Schicksal gönnte.

»Sind sie tot? Alle?« Ajana erschrak über die Kaltblütigkeit ihrer eigenen Stimme und schämte sich für die Genugtuung, die sie bei dem Gedanken verspürte, dass keiner ihrer Peiniger mehr am Leben war. Sie hätte es niemals für möglich gehalten, dass ihr der Tod eines Menschen gerechtfertigt erscheinen könnte. »Verzeihung. Tut mir Leid«, fügte sie hastig hinzu und senkte den Blick.

Keelin runzelte die Stirn. »Du brauchst dich deiner Gefühle nicht zu schämen«, sagte er nachdrücklich und deutete in Richtung des verbrannten Dorfes. »Wer so etwas anrichtet, dem gebührt kein Mitleid.« Er machte eine kurze Pause, musterte Ajana aufmerksam und stellte fest: »Du bist nicht von hier.«

Ajana überlegte, was sie darauf antworten sollte, und entschied sich, über ihre Herkunft zu schweigen. »Ich bin mir nicht sicher«, wich sie der Frage aus und fuhr sich mit den Händen über das Gesicht.

»Wie bist du in die Hände der Uzoma gelangt?«, wollte Keelin wissen.

»Ich weiß es nicht mehr.« Wieder wich Ajana der Antwort aus und hoffte, Keelin würde keine weiteren Fragen stellen. In diesem Augenblick hörte sie Schritte und fühlte einen sanften Händedruck auf der Schulter.

»Es freut mich, dich bei Bewusstsein zu sehen«, hörte sie eine freundliche Stimme sagen.

Ajana sah auf und schaute geradewegs in das rundliche Gesicht einer jungen Frau, die nur wenig älter sein konnte als sie selbst. Ein buntes Tuch hielt die langen, rötlichen Haare zurück, die ihr weit über den Rücken hinab reichten. Die grünen Augen erwiderten ihren Blick voller Wärme und Mitgefühl. Sie trug ein mittelalterlich anmutendes Gewand mit einem schlichten erdfarbenen Rock, der bis auf den Boden hinab reichte. »Ich bin Danae, die Heilerin«, stellte sie sich vor, hockte sich neben Keelin und fragte mit sorgenvoller Miene: »Wie geht es dir?«

»Sie heißt Ajana«, bemerkte Keelin.

»Oh.« Die Heilerin lächelte erfreut. »Hast du noch starke Schmerzen, Ajana?«, erkundigte sie sich.

»Ja, hier.« Ajana deutete auf ihre rechte Brust.

»Die Stichwunde.« Danae nickte mitfühlend. »Du hast großes Glück gehabt. Entweder wollten die Krieger dich nicht wirklich töten, oder der Hieb war nicht stark genug, um die Rippen zu durchstoßen. Du hast eine tiefe Fleischwunde davongetragen, die du sicher noch eine Zeit lang spüren wirst. Aber ich habe sie gesäubert und mit einer heilenden Salbe bestrichen. Sie wird den Schmerz lindern.«

»Vielen Dank!« Ajana lächelte.

»Wie bist du da bloß hineingeraten?«, fragte die Heilerin.

»Sie kann sich nicht erinnern«, warf Keelin ein.

»Das ist kein Wunder bei dem, was hier geschehen ist und was man ihr angetan hat«, sagte Danae verständnisvoll und strich Ajana tröstend über die Wange. »Keine Sorge, du wirst dich sicher bald wieder erinnern.« Sie verstummte und fügte dann mit einem Blick auf Lemrik hinzu: »Obwohl es besser wäre, wenn einiges auf ewig vergessen bliebe.« Dann richtete sie sich auf, strich über ihren

Rock und verabschiedete sich mit den Worten: »Nun, wie auch immer. Das Wichtigste ist, dass du lebst. Wenn ich etwas für dich tun kann, rufe nach mir. Die Verbände müssen erst am Abend gewechselt werden.«

»Danke.« Ajana blickte der Heilerin nach, als diese zu einem verwundeten Krieger ging, um dessen Verbände zu erneuern. Dabei wanderte ihre Hand unter dem Umhang unbewusst zu der Stelle, an der sie das Amulett vermutete …

Ajana erstarrte.

Das Amulett! Wo ist das Amulett? Sie überlegte fieberhaft. Und plötzlich erinnerte sie sich: Im Geiste sah sie wieder den Uzoma vor sich stehen. Voller Hass starrte er sie an und griff nach der Kette mit dem Amulett. Mit einem kräftigen Ruck riss er sie ihr vom Hals und schleuderte sie mit den Worten »Das wird dir nun auch nicht mehr helfen« durch das zerborstene Fenster der Hütte. Dann packten sie die anderen Krieger und zerrten sie auf den Tisch …

Das Amulett war fort. Sie hatte es verloren! Panik ergriff sie. Ich muss es suchen. Ich muss es wiederhaben! Ihr Atem ging schnell, und sie zitterte, während sie fieberhaft überlegte, wo es sein mochte.

»Du frierst!« Fürsorglich nahm Keelin seinen Umhang von den Schultern und reichte ihn Ajana, doch sie schüttelte nur den Kopf und streckte ihm die Hand entgegen.

»Kannst du mir aufhelfen?«, bat sie, den Blick fest auf die schwelenden Überreste der Hütte gerichtet.

»Was hast du vor?« Überrascht von Ajanas plötzlicher Unruhe, half Keelin ihr beim Aufstehen. »Du solltest besser noch etwas ruhen«, mahnte er. »Wir brechen bald auf und haben noch einen langen Ritt vor uns, bis wir das Heer …« Er verstummte und schaute Ajana verwundert nach, die ungeachtet der mahnenden Worte auf die niedergebrannte Hütte zuhielt.

… brechen bald auf … haben noch einen langen Ritt vor uns …

Keelins wohlgemeinte Worte hallten in Ajanas Gedanken nach. Doch statt sie davon zu überzeugen, noch eine Weile zu ruhen und Kraft zu schöpfen, schürten sie in ihr das Gefühl der gebotenen

Eile. Etwas sagte ihr, dass das Amulett von großer Bedeutung war. Sie musste es finden, und zwar schnell. Vor den schwelenden Überresten der Hütte blieb sie stehen und blickte sich um. Dann ging sie langsam um die Hütte herum zu der Stelle, zu der hin das kleine Fenster gelegen hatte, und beugte sich, ohne auf die schmerzenden Wunden zu achten, über die Trümmer, die den Boden im Umkreis der Hütte bedeckten.

»Thorns heilige Rösser, was tut sie da?« Bayard, der gerade die letzte Erde auf die frischen Grabhügel geworfen hatte, trat zu Keelin und sah verwundert zu Ajana, die fieberhaft nach etwas zu suchen schien. »Nach dem, was sie durchgemacht hat, erholt sie sich erstaunlich schnell«, bemerkte er zufrieden. »Ich fürchtete schon, ihretwegen die Nacht hier verbringen zu müssen. Du kümmerst dich um sie, bis wir das Heer erreicht haben«, befahl er kurzerhand. »Sobald die Pferde bereit sind, brechen wir auf.«

X

Der Himmel war hell und wolkenlos, und die tief stehende Sonne tauchte das Land am Fuß des Pandarasgebirges in geschmolzenes Gold. Dort, wo der Inrrab aus den Bergen trat und sich in stetigem Strom in den Imlaksee ergoss, störte kein Wind die Ruhe des späten Vormittags. Die Wälder trugen bunt gefärbtes Laub, doch die Wiesen und Weiden rund um den See wirkten so grün und frisch, als weigere sich der Sommer beharrlich, dem nahenden Herbst zu weichen. Doch schon zog der Dunst vom See nordwärts in Richtung der Berge, und die Luft war erfüllt von dessen feuchten, schweren Düften.

Maylea zügelte ihr Pferd auf einer Anhöhe und ließ den Blick über die beeindruckende Landschaft streifen. Sie sah diese Gegend zum ersten Mal; noch nie war sie den Bergen, deren schroffe Gipfel hoch in den blauen Himmel ragten, so nahe gewesen. Das Land nördlich des Mangipohrs war die Heimat der Katauren. Der sanft hügelige und überaus fruchtbare Landstrich wurde auch der Kornspeicher Nymaths genannt. Im Westen von dichten Wäldern und im Osten von den Fluten des schwarzen Ozeans umschlossen, wurde er im Norden von den Bergen und im Süden von dem breiten Fluss begrenzt.

Gemäßigte Regenfälle und warme Winde, die im Sommer von den Bergen herabströmten, erwiesen sich als günstig für den Ackerbau. Mais, Emmer und andere Feldfrüchte gediehen hier über die Maßen und wurden von den Katauren bei fahrenden Händlern gegen andere Waren eingetauscht oder auf dem großen Markt von Sanforan feilgeboten.

Zur Zeit des Laubfalls waren die Äcker zumeist schon abgeerntet. Nur auf einem erhob sich noch ein dichtes Maisfeld, und am

Fuß der Berge zeugte verdorrtes Korn davon, dass man die Ernte nicht mehr hatte einbringen können. Maylea schüttelte traurig den Kopf. Seit der Krieg gegen die Uzoma vor fünf Wintern begonnen hatte, hatten viele Bauern diese Gegend fluchtartig verlassen. Gerade in den vergangenen Silbermonden waren ganze Sippen aus Furcht vor den vernichtenden Angriffen der Lagaren nach Sanforan geflüchtet in der Hoffnung, dort Schutz zu finden.

Maylea war mit dem Krieg und dem Elend der Bevölkerung noch nie wirklich in Berührung gekommen. Sie war mit ihren sieben Schwestern zusammen in den Sumpfgebieten des Mangipohr-Deltas aufgewachsen und hatte sich lange Zeit nicht um das geschert, was im fernen Sanforan vor sich ging. Erst als immer mehr Wunandfrauen dem Dorf den Rücken gekehrt hatten, um dem Heer der Vereinigten Stämme im Kampf gegen die Uzoma beizustehen, war der Krieg auch in ihr Leben getreten. Gemeinsam mit den beiden älteren Schwestern hatte sie gelernt, mit Speer und Feuerpeitsche umzugehen. Obwohl sie damals erst zwölf Winter gezählt hatte, war sie ihren Schwestern schon bald in Geschicklichkeit und Treffsicherheit überlegen gewesen. Doch als ein weiterer Trupp Amazonen für das Heer der Vereinigten Stämme zusammengerufen worden war, hatte ihr die Mutter die Erlaubnis verweigert, mit den älteren Schwestern zu ziehen. Aus Stolz hatte sie die Tränen unterdrückt, als sie von ihren Schwestern Abschied genommen hatte, und geschworen, ihnen schon bald zu folgen.

Inzwischen waren vier Winter vergangen. Vier Winter, in denen sie wie eine Besessene geübt und gegen Schatten und unsichtbare Gegner gekämpft hatte. Vier Winter, in denen sie nichts mehr von ihren Schwestern gehört hatte. Als ihr Namenstag gekommen war, der Tag, an dem sie sechzehn Winter zählte, hatte sie nichts mehr aufhalten können. Alles Bitten, alles Flehen und alle Strenge der Mutter blieben vergebens. Maylea war fest entschlossen, wie die anderen Frauen im Matriarchat der Wunand zum Pass zu ziehen, um ihre Heimat zu verteidigen. Sie konnte es kaum mehr erwarten, die geliebten Schwestern endlich wieder zu sehen.

Nun hatte sie ihr Ziel beinahe erreicht. Nur dieses eine Nachtlager, das sie zusammen mit den anderen Kriegern der Vorhut am Ufer des Imlaksees errichten sollte, trennte sie noch von der Festung, auf deren Wehrgängen sie im Traum schon so manchen Kampf gefochten hatte.

Maylea atmete tief ein, schnalzte leise mit der Zunge und gab der braunen Stute durch einen sanften Druck mit den Fersen zu verstehen, dass es weiterging. Das Tier trabte gehorsam den Hügel hinab auf eine Wiese, wo die anderen bereits alles für die Ankunft des Heeres vorbereiteten, das noch vor Mitternacht erwartet wurde.

Als sich die Sonne dem Horizont zuneigte, führte Bayard den Spähtrupp nach Norden. Sie überquerten den Mangipohr auf der Brücke von Thel Gan und ritten zunächst ein Stück entlang der breiten staubigen Straße, die zur Festung am Pandaras führte. Dann schwenkten sie nach Osten und hielten sich in der Nähe des Waldes. Der Heermeister forderte die Krieger nachdrücklich auf, die Augen offen zu halten und den Himmel im Norden nach Lagaren abzusuchen. Denn nach dem, was Ajana berichtet hatte, stand zu befürchten, dass die Uzoma noch einmal nach Lemrik fliegen würden, um nach den vermissten Kriegern zu suchen.

Doch der Himmel blieb leer. Nichts Verdächtiges regte sich, so weit das Auge reichte, und als die Herbstsonne schließlich über den Gipfeln des Waldes im Westen stand, behinderte der zunehmende Dunst die Sicht der Krieger so sehr, dass selbst Bayard es aufgab, nach den unheilvollen Echsen Ausschau zu halten.

Nur Keelins Falke hielt noch Wacht.

Die kleine Gruppe folgte dem flachen, schilfbewachsenen Ufer des Mangipohrs, der die Ebene südlich des Pandarasgebirges durchschnitt und schließlich in einem sumpfigen, breit gefächerten Delta im schwarzen Ozean mündete.

Ajana saß vor Keelin auf dem Rappen des Falkners. Er lenkte das Pferd sicher mit einer Hand und hielt sie mit dem anderen Arm umfasst. Unterwegs hatte er immer wieder versucht, ein paar Worte mit ihr zu wechseln, doch Ajana war nicht nach Reden zumute. Nach den schrecklichen Ereignissen des vergangenen Tages fühlte sie sich wie ausgebrannt. Die Leere in ihr war so durchdringend, dass sie nicht einmal mehr Müdigkeit verspürte.

Unmittelbar bevor sie aufgebrochen waren, hatte Bayard sie gefragt, ob sie reiten könne, und ihr Hinuns Pferd angeboten. Zuerst hatte sie genickt, dann aber zu Bedenken gegeben, dass sie sich noch nicht in der Lage fühlte, einen längeren Ritt durchzustehen.

Dankbar hatte sie Keelins Angebot angenommen, mit ihm zu reiten, und nachdem sie nun schon so lange ohne Rast in dem unzugänglichen Gelände unterwegs waren, bereute sie ihre Zurückhaltung nicht. Zum ersten Mal, seit sie in diesem seltsamen Land erwacht war, verspürte sie eine Art Sicherheit. Man behandelte sie mit großem Respekt, und alle zeigten sich sehr um ihr Wohl bemüht.

Das Reiten verursachte ihr Schmerzen, aber Keelins Nähe tat ihr gut. Der höfliche junge Falkner mit den warmen, dunkelbraunen Augen war ihr auf Anhieb sympathisch, und der sanfte Druck seines Arms, mit dem er sie um die Taille fasste, vermittelte ihr ein wohltuendes Gefühl von Geborgenheit.

Schweigend ritt sie mit ihm dahin. Versunken in die eigenen Gedanken, versuchte sie, die schmerzende Wunde nicht weiter zu beachten, und betrachtete die vorbeiziehende Landschaft, ohne die Eindrücke wirklich in sich aufzunehmen. Die Leere in ihrem Innern ließ nicht zu, dass sie einen Gedanken lange verfolgte. Sie trank gehorsam, wenn Keelin ihr den Wasserschlauch reichte, und aß das Brot, das er ihr gab, ohne Hunger zu verspüren. Dabei wirkte sie nach außen hin ruhig und erstaunlich gefasst. Doch der Eindruck täuschte.

Hin und wieder tastete sie in der Tasche ihrer Hose verstohlen nach dem Runenamulett. Es grenzte an ein Wunder, dass sie es unter dem Schutt und der Asche tatsächlich wieder gefunden hatte, und sie war über die Maßen erleichtert, es bei sich zu wissen. Niemand hatte gesehen, wie sie es vom Boden aufgehoben und hastig in die Hosentasche gesteckt hatte, und das war gut so. Zu deutlich stand ihr noch das Gebaren der Uzoma vor Augen, die das Amulett so sehr in Erregung und Wut versetzt hatte. So etwas wollte sie nicht noch einmal erleben. Sie wusste nicht, welche Bedeutung das Amulett hatte, und konnte sich nicht erklären, warum sich der Uzoma die Hand daran verbrannt hatte. Doch eine innere Stimme flüsterte ihr zu, dass dieses Amulett der Schlüssel zu alledem war, was hier geschah – ein Schlüssel zu Geheimnissen, die sie nicht verstand.

Ajana seufzte und wandte ihre Aufmerksamkeit wieder den Männern zu, die sie befreit hatten. Es waren Männer mit bärtigen, harten Gesichtern und altertümlichen Waffen, die nichts mit der Welt gemein hatten, die sie kannte. Männer mit blutbefleckter Kleidung, die gnadenlos kämpften und töteten und ihr dennoch freundlich und höflich begegneten. Männer, die den Tod eines Kameraden als gegeben hinnahmen, als wäre dies etwas Alltägliches … Krieger!

Je weiter die Sonne dem Horizont entgegeneilte, desto mehr legte sich auch die Anspannung der Reiter. Irgendwann verkündete Bayard mit leisem Spott, dass die Uzoma in der Hütte vermutlich vergebens auf Hilfe gewartet hätten und froh sein könnten, dass die Schwerter ihnen die Qualen eines langsamen Hungertodes erspart hätten.

Im letzten Licht des Tages erreichten sie eine weitere Brücke, die sich an einer schmalen Stelle über den Fluss spannte. Der hölzerne Steg war sehr breit und ruhte auf wuchtigen Pfählen, die dem reißenden Strom wie Felsen in der Brandung trotzten.

Ajana rechnete fest damit, dass sie die Brücke überquerten, doch Bayard, der voraus geritten war und auf dem sandigen Weg nach Spuren suchte, deutete nach Norden in Richtung der Berge. »Das Heer ist schon durchgezogen«, rief er den anderen zu. »Die Spuren sind noch frisch. Nicht mehr lange, dann haben wir sie eingeholt.« Mit einer Gewandtheit, die Ajana dem stämmigen Krieger nicht zugetraut hätte, schwang er sich wieder in den Sattel, lenkte sein Pferd auf die unbefestigte Straße, die von der Brücke fort führte, und wartete, bis Keelin mit Ajana zu ihm aufschloss. »Nicht mehr lange, und du kannst dich ausruhen«, sagte er an Ajana gewandt. »Nach dem, was du durchgemacht hast, gebührt dir meine aufrichtige Bewunderung. Wenn wir das Heer eingeholt haben, ist es nicht mehr weit bis zum Nachtlager. Ich werde dafür sorgen, dass man dir ein eigenes Zelt zuweist, damit du dich rasch von den Strapazen erholst.«

»Danke!« Ajana versuchte ein Lächeln. Die Freundlichkeit des Heermeisters rührte sie und bestärkte sie in dem Gefühl, dass sie hier nichts zu befürchten hatte.

Bayard schnalzte leise mit der Zunge. Das Pferd trabte an, und er setzte sich wieder an die Spitze der Gruppe.

»Bayard hat ein gutes Herz«, hörte Ajana Keelin sagen. Sie wusste nicht, ob die Worte für sie bestimmt waren oder ob der Falkner mit sich selbst sprach, daher antwortete sie nicht und nickte nur, als er leise hinzufügte: »Aber er trägt es gut unter der Rüstung verborgen.«

Der Nachmittag war fast vergangen. Das Sonnenlicht teilte mit langen Strahlen die träge dahinziehenden Wolken, die sich in der frühen Abenddämmerung am Horizont gebildet hatten, und berührte die tiefblaue Wasserfläche des Imlaksees mit glänzenden Fingern. Doch Maylea hatte keine Augen für die Schönheit dieses Anblicks. Wie die anderen Krieger der Vorhut sammelte sie schon den ganzen Nachmittag lang Steine auf den nahen Feldern und trockenes Holz in den kleinen Hainen und Gehölzen, die in der Nähe des Lagerplatzes wuchsen. Unzählige Feuerstellen mussten errichtet werden, deren Flammen den erschöpften Kriegern des nachfolgenden Heeres in der langen und kühlen Nacht Wärme spenden sollten. Die Arbeit war mühsam und langwierig, doch Maylea beklagte sich nicht. Verglichen mit den Vorbereitungen für das Lager der vergangenen Nacht, das sie in Sturm und Regen hatten errichten müssen, waren die Bedingungen hier weit besser, und die Arbeit ging viel zügiger voran.

Als sie sich mit einem Weidenkorb auf den Weg zu einem nahen Hain machte, wo zwei Onurkrieger gerade dabei waren, einen entwurzelten Pacunussbaum zu zersägen und ihn mit Äxten zu Feuerholz zu verarbeiten, stieg ihr ein deftiger Wohlgeruch in die Nase. Kaum mehr als fünfzig Schritte entfernt bereiteten die Köche in riesigen Kesseln eine stärkende Mahlzeit für die herannahenden Krieger. Der Duft des bescheidenen Eintopfs aus Kohl rief Maylea in Erinnerung, wie hungrig sie war. Aber bis zum Essen würde sie sich noch eine Weile gedulden müssen.

Eilig setzte sie ihren Weg fort.

Im Hain angekommen, fand sie den umgestürzten Baum verlassen vor. Die Äste der dürren Krone lagen zersägt und in Stücke gehackt auf dem Boden, aber von den beiden Onur war nichts zu sehen. Maylea zuckte mit den Achseln, setzte den geflochtenen Weidenkorb ab und bückte sich nach den Scheiten.

Sie hatte den Korb kaum zu Hälfte gefüllt, als im Lager gellende Schreie und panische Rufe ertönten. Es waren Schreie, wie Maylea sie nie zuvor gehört hatte und von denen sie auch nie geglaubt hätte, dass ein Mensch sie hervorzubringen vermochte. Im nächsten Augenblick färbte sich der Himmel über dem Lager rot, und ein zischendes Geräusch, das an verdampfendes Wasser erinnerte, rauschte durch den Erlenhain.

Etwas Furchtbares geschah.

Mit klopfendem Herzen hastete Maylea durch das Unterholz zurück zum Lager. Zunächst versperrten ihr die Bäume und das dichte Gestrüpp die Sicht, doch sie brauchte ihre Augen nicht, um zu erkennen, dass sie angegriffen wurden. Die grellen Blitze, die über den Himmel zuckten, und die lodernden Flammen über den Baumwipfeln sprachen eine eigene, tödliche Sprache. Mayleas Vorstellungskraft reichte nicht aus, um sich auszumalen, was im Lager vor sich ging, aber sie war entschlossen, den anderen beizustehen. Wieder ertönten Schreie, diesmal ganz in der Nähe, und die junge Wunand beschleunigte ihre Schritte. Während sie die Feuerpeitsche vom Gürtel löste, stürmte sie mit langen Sätzen auf die Hecke hinter dem Lagerplatz zu. Vorsichtig bog sie einige Zweige auseinander und spähte hindurch. Von den Köchen fehlte jede Spur, und auch sonst konnte sie niemanden entdecken. Maylea suchte Schutz hinter einem der Bäume, die unmittelbar an die Wiese grenzten. Aus verschiedenen Richtungen hörte sie Schreie und vereinzelt Waffengeklirr, aber sehen konnte sie nichts.

Plötzlich tauchte vor ihr einer der Onur auf, die das Holz für die Feuerstellen geschlagen hatten. Das Gewand hing ihm in schwelenden Fetzen am Körper. Er war unbewaffnet, blutete aus einer klaffenden Wunde über dem Auge und schaute sich mit wirrem Blick immer wieder gehetzt um, während er auf den Pacunusshain zuhielt.

Maylea trat aus dem Schatten des Baumes und gab ihm ein Zeichen, doch der Onur bemerkte sie nicht. Das Rauschen mächtiger Schwingen ertönte, und ein gewaltiger dunkler Schatten glitt dicht über dem Boden auf sie zu. Maylea stand da wie angewurzelt. Unfähig, sich zu bewegen, starrte sie auf den gewaltigen Körper des größten Flugtieres, das sie jemals gesehen hatte.

Lagaren!

Bisher hatte Maylea nur Gerüchte von den geflügelten Echsen gehört, der neuen, schrecklichen Waffe der Uzoma. Doch kein noch so anschaulicher Bericht konnte das Grauen in Worte fassen, das sich ihrer nun bemächtigte. Auf dem Rücken der geschuppten Echse erkannte sie zwei Uzomakrieger, die dicht hintereinander in deren Nacken saßen. Der vordere hielt lederne Riemen in den Händen, die als Zügel zum Kopf des Lagaren führten, der hintere ein großes Gefäß.

Noch während Maylea die beiden anstarrte, deutete der vordere Reiter nach unten, und im nächsten Augenblick ergoss sich aus dem Gefäß eine leuchtende Flüssigkeit, die wie ein riesiger, schillernder Tropfen zur Erde hinabfiel.

Maylea spürte die drohende Gefahr und wollte fliehen, doch das Entsetzten hatte sie fest im Griff. Die Beine versagten ihr den Dienst, und sie vermochte sich nicht von der Stelle zu rühren.

Noch während sie zur Flucht ansetzte, wurde die Luft über der Wiese von einem gleißenden Feuerblitz erhellt, und eine gewaltige Flamme schoss in unmittelbarer Nähe in die Höhe. Die Druckwelle riss Maylea von den Füßen und schleuderte sie zu Boden, wo sie betäubt liegen lieb. Funken gingen wie feuriger Regen über dem Erlenhain nieder und setzten das trockene Unterholz in Brand, während sich eine weitere Feuersäule fauchend über dem Boden erhob.

Der beißende Schwefelgestank war allgegenwärtig.

Zitternd lag Maylea im Gras und presste sich eng an den Boden. Leuchtende Punkte tanzten vor ihren Augen, die sich nicht verscheuchen ließen. Sie war überzeugt, dass dies ihr Ende war. Mit angehaltenem Atem verharrte sie und horchte auf Anzeichen eines erneuten Angriffs. Doch die Kampfgeräusche verklangen. Kein Flügelschlag bog die Wipfel der Bäume nieder, und kein Schrei durchbrach mehr das Tosen des Feuers, das rund um das Lager herum wütete.

Endlos tröpfelte die Zeit dahin. Maylea verharrte reglos am Boden und hoffte inständig, dass die Uzoma nicht zurückkamen; wie betäubt horchte sie auf ein Lebenszeichen der anderen, ein Stöhnen, ein Jammern, irgendetwas. Vergebens.

Es war vorbei.

Dann hörte sie doch etwas. Es war das unheilvolle Knistern eines Feuers in unmittelbarer Nähe. Dazu kamen ein durchdringender Schwefelgeruch und eine starke Hitze, die ihr in Erinnerung riefen, dass der Hain keinen Schutz vor den Flammen bot.

Maylea richtete sich auf und blickte sich um. Der Hain brannte lichterloh!

Wenige Schritte von ihr entfernt schossen lodernde Flammensäulen wie Riesenzungen zum Himmel hinauf. Die glutheißen, rauchlosen Mäuler verzehrten gierig Bäume und Sträucher und wälzten sich unerbittlich auf sie zu. Ganz in der Nähe stieg ein Vogelschwarm lärmend in die Höhe und suchte sein Heil in der Flucht. Das aufgeschreckte Gekreisch vertrieb das lähmende Gefühl, das Maylea angesichts der tödlichen Feuerwalze ergriffen hatte. Die junge Wunand gehorchte ihrem Lebenswillen, hob die Feuerpeitsche vom Boden auf und floh. Sie verschwendete keinen Gedanken daran, was sie auf der Wiese erwarten würde. Sie musste fort, nur fort, bevor die verheerenden Flammen den Hain gänzlich verschlungen hatten. Die ungeheure Hitze nahm ihr die Sicht, und sie hatte das Gefühl, dass ihre Kehle mit jedem Atemzug mehr verdorrte. Sie keuchte und hustete. Tränen verschleierten ihren Blick, doch ihre Füße bewegten sich wie von selbst über das schwelende Grasland, das dem Heer als Lagerplatz hätte dienen sollen. Sie lief und lief – und weinte. Niemand begegnete ihr, niemand rief nach ihr. Sie war allein.

Irgendwann stieß sie mit dem Fuß gegen ein Hindernis und strauchelte. Sie kam wieder auf die Beine und lief weiter, doch ihre Kräfte schwanden. Nach Luft ringend, stolperte sie noch ein paar Schritte voran, geriet ins Taumeln und stürzte erneut. Diesmal blieb sie liegen, schloss die Augen und wartete darauf, dass sich ihr hämmernder Herzschlag beruhigte. Mühsam setzte sie sich auf, wischte die Tränen fort und sah sich um. Nicht weit entfernt im verkohlten Gras lag ein übel riechender, schwarzer Klumpen, der sie zu Fall gebracht hatte. Sie stand auf, um ihn aus der Nähe zu betrachten, und blickte erschüttert auf eine bleiche Reihe menschlicher Zähne, die aus dem unförmigen Gebilde hervorragten.

Der grauenhafte Anblick war mehr, als sie ertragen konnte. Panik, Entsetzen und Übelkeit brachen in rascher Reihenfolge über sie herein. Hastig wandte sie sich um und rannte davon.

»Was siehst du, Kwamin?« Vhara stand die Ungeduld ins Gesicht geschrieben. Seit die Sonne ihren höchsten Stand überschritten hatte, saß sie nun schon auf dem geflochtenen Schemel im Hause des Sehers und wohnte dem heiligen Swehto-Ritual bei. Für die Hohepriesterin war es unerträglich, noch länger auf dem knarrenden, altersschwachen Sitz auszuharren. Aber sie war so begierig, als

Erste die sehnlichst erwartete Botschaft zu erfahren, dass sie darauf bestanden hatte, dem Ritus beizuwohnen. Immer wieder wechselte sie unter gereiztem Seufzen und Stöhnen die Sitzhaltung, und die steile Falte auf ihrer Stirn machte deutlich, dass ihre Nerven zum Zerreißen gespannt waren. »Was murmelst du da vor dich hin?«, bemerkte sie unruhig. »Sag mir endlich, was du siehst!«

Der alte Uzoma rührte sich nicht. Mit blicklosen, weit geöffneten Augen starrte er unbeirrt in die Ferne, als hätte er die Worte der Priesterin nicht vernommen. Seine mit Bändern umwickelten Arme ruhten locker auf den Knien, während er mit untergeschlagenen Beinen auf dem Boden saß und in tiefen, gleichmäßigen Zügen den strengen Duft schwelender Kräuter einatmete, die in einer Schale zu seiner Rechten vor sich hin glommen. Aus einer Schnittwunde in der vernarbten Fingerkuppe seines Daumens quoll dunkles Blut hervor und tropfte zu Boden, wo ein Haufen bleicher Knochen scheinbar wahllos verstreut herumlag. Die hellen Gebeine zeigten auffällige Blutflecken, ein Zeichen dafür, dass der Alte sie noch vor kurzem in den Händen gehalten hatte.

»Kwamin!« Obwohl Vhara wusste, dass sie den Seher bei dem heiligen Ritual nicht stören durfte, nahm ihre Stimme einen drohenden Unterton an. »Sag mir, waren sie erfolgreich?«

»Das Dorf am Fluss ist vernichtet«, murmelte der Uzoma mit bleierner Stimme. Die Worte klangen seltsam verzerrt, als erreichten sie Vhara aus weiter Ferne, und zeugten davon, dass der Geist des Uzomas noch nicht wieder in seinen Körper zurückgekehrt war.

»Das weiß ich«, murmelte Vhara verdrießlich. »Ein Lagarenreiter hat mir bereits die Botschaft überbracht. Was ist mit dem Angriff auf das Heer?«

»Von Lemrik kommen Reiter«, fuhr der Heiler mit seinem monotonen Bericht fort.

»Reiter?« Die Hohepriesterin horchte auf. »Ich denke, es ist alles zerstört?«

Der Uzoma schloss für wenige Herzschläge die Augen, als wollte er sich an etwas erinnern, und öffnete sie dann wieder, um erneut in die Ferne zu starren.

»*Sie* ist dabei.«

»*Sie*!« Vhara stieß einen zischenden Laut aus. »Ich hätte nicht gedacht, dass die Elbenbrut schon so nahe am Pass ist. Was siehst du noch?«

»Einen See … verbrannte Erde … tote Krieger.«

»Ah, das ist der Lagerplatz, von dem der Lagarenreiter sprach.« Ein dämonisches Lächeln umspielte Vharas Lippen. »Gut. Sehr gut! So ist auch dieser Angriff erfolgreich gewesen.« Sie rieb sich die Hände. »Die Vereinigten Stämme haben die Schlacht schon so gut wie verloren, sie wissen es nur noch nicht. Sobald die letzten Lagaren gezähmt sind, werden wir die Festung am Pass angreifen. Den flüssigen Feuern des Wehlfangs vermag nichts Stand zu halten.« Sie lachte hämisch, während sie im Geiste bereits den Augenblick des Triumphs durchlebte. »Sie werden um Gnade winseln wie räudige Hunde!«

»Ehrwürdige Vhara, vergesst Ihr dabei nicht etwas sehr Wichtiges?« In die Augen des Uzomas war das Leben zurückgekehrt, und er maß die Priesterin mit zweifelndem Blick.

»Wer bist du, dass du es wagst, mich zu belehren?«, herrschte Vhara ihn an, die genau wusste, worauf der Seher anspielte. »Kümmere dich um deine Mahoui-Knochen, alter Mann. Alles andere überlass getrost dem Whyono und mir. Der Elbenspross stellt keine Gefahr für uns dar. Sie wird diese Gefilde nie erreichen, dafür habe ich längst gesorgt.«

Maylea hockte auf einer Anhöhe im Schutz niedriger Brombeersträucher, lauschte den Geräuschen der Nacht und starrte in die Dunkelheit über dem Imlaksee. Die Monde hatten sich hinter einer Wolkenbank verkrochen, die am frühen Abend von Westen herangezogen war und den Himmel nun wie ein düsterer Mantel bedeckte.

Die Finsternis verbarg gnädig den schrecklichen Anblick der

verkohlten Körper. Nur der allgegenwärtige Schwefelgeruch erinnerte noch daran, was sich hier zugetragen hatte.

In der Ferne heulte ein Wolf.

Maylea erschauerte. Die verbrannte Haut ihres Gesichts schmerzte. Die Knie dicht an den Körper gezogen, kauerte sie sich zusammen und bemühte sich, mit der Dunkelheit zu verschmelzen. Die grauenhaften Bilder des Erlebten verfolgten sie gnadenlos; ihr Atem ging schnell und stoßweise, und das Herz hämmerte so laut in der Brust, dass sie glaubte, es könne sie verraten. Zweimal flatterte etwas ganz nah an ihrem Versteck vorüber, pfeilschnelle Geschöpfe der Nacht, deren rasche Flügelschläge die bedrückende Stille durchbrachen und Mayleas überreizte Sinne peinigten.

Die junge Wunand schob sich tiefer in den Schutz der dornigen Büsche. Spitze Stacheln verfingen sich in ihren Haaren und ritzten ihr tief in die Haut, doch sie achtete nicht weiter darauf. »Das Heer muss schon sehr nahe sein«, murmelte sie leise vor sich hin, um sich selbst Mut zu machen, und spähte angespannt in die Richtung, aus der die Krieger kommen mussten.

Die Zeit verrann, und die Lider wurden ihr schwer, aber sie zwang sich, wach zu bleiben und die Augen offen zu halten.

Nicht einschlafen, ermahnte sie sich in Gedanken. Sie müssen jeden Augenblick kommen. Um sich abzulenken, summte sie leise ein altes Wunandlied, das sie ihren kleinen Schwestern häufig vorgesungen hatte: das Lied von dem Mondkitz, das auf der Suche nach seinem Vater rastlos über den Himmel wandert …

Und als hätten die Monde sie erhört, teilten sich für einen kurzen Augenblick die Wolken, und der kleine, kupferfarbene Mond sandte sein mildes Licht auf blitzendes Metall in der Ferne.

Das Heer! Das musste das Heer sein!

Unter Schmerzen glitt Maylea aus dem Schutz der Büsche hervor, richtete sich auf und blickte in die Ferne. Aber der Mond war bereits wieder hinter der Wolkenbank verschwunden und hatte sein Licht mitgenommen. Dort, wo sie eben noch die Rüstungen zu sehen geglaubt hatte, war nun alles dunkel. Nichts regte sich auf den sanft gewellten Hügeln im Süden, über die sich das Band der Straße wie eine endlose Schlange wand. Sie musste sich geirrt haben.

Maylea wandte sich enttäuscht ab, da spürte sie plötzlich die leichten Erschütterungen im Boden, die das Nahen eines Heeres ankündigten. Maylea stieß einen tiefen Seufzer aus, rannte den Hügel hinab und die nächste Anhöhe hinauf. Oben angekommen, hielt sie keuchend inne. Das Scharren Hunderter Stiefel war in der Stille deutlich zu vernehmen, und in der Ferne konnte sie schon die ersten Krieger des Heerzugs erkennen. Sie lief weiter, strauchelte und verletzte sich an der Schulter, raffte sich aber gleich wieder auf und setzte den Weg unbeirrt fort. Wie durch ein Wunder fand sie den Pfad, der von der Anhöhe zur Straße führte, und eilte dem Heer entgegen.

Doch bald schon waren ihre letzten Kräfte verbraucht, und der eigene Atem klang ihr rasselnd in den Ohren, als sie mitten auf der Straße zu Boden sank.

Hufschlag ertönte.

Maylea richtete sich auf. Unmittelbar vor ihr erhob sich der mächtige, mit flockigem Schweiß bedeckte Leib eines Pferdes. Es schnaubte ungeduldig und scharrte mit den Hufen, doch der Reiter hielt es mit harter Hand zurück. »Du kannst von Glück sagen, dass dich die Hufe nicht erwischt haben«, herrschte er Maylea an. »Wer bist du? Und was machst du hier?«

»Ich bin Maylea«, erwiderte die junge Wunand gefasst. »Ich bin … ich war bei der Vorhut.« Sie richtete sich auf und streckte dem Krieger die Hand entgegen. »Bringt mich zu Gathorion«, bat sie nachdrücklich und kämpfte um eine feste Stimme. »Oder zu einem der Heerführer. Die Vorhut … Wir wurden angegriffen …«

»Lagaren!« Trotz des unsteten Scheins der Abblendlaternen war Gathorion das Entsetzen deutlich anzusehen. Der Reiter hatte Maylea zu dem Elbenprinzen und den anderen Heerführern gebracht, die sogleich abgesessen waren und dem Bericht der jungen Wunand mit großer Bestürzung lauschten. »Wann?«

»Mit Beginn der Dämmerung.« Mayleas Stimme bebte, als sie den furchtbaren Angriff in Gedanken noch einmal durchlebte. »Wie viele es waren, weiß ich nicht. Sie tauchten ganz plötzlich auf. Ich sammelte Holz für die Heerfeuer in einem nahen Hain, da hörte ich die Schreie und lief zum Lager. Überall brannte es. Die Uzoma gossen die Glut von den Rücken der Lagaren aus auf die Erde hinab. Alle Krieger und die Pferde sind tot, die Ausrüstung verloren.«

»Sie haben Feuer vergossen?«, hakte Gathorion nach.

»Nein, kein Feuer«, beeilte sich Maylea zu erklären. »Es war wie glühendes Wasser, das Feuer fing, sobald es den Boden berührte.«

»Aber wir haben keinen Rauch gesehen«, wandte Gathorion ein.

»Es brannte ohne Rauch.« Mayleas Blicke huschten von einem zum anderen, als fürchtete sie, man könne ihren Worten keinen Glauben schenken. »Es war heiß. So heiß, als käme es eben aus dem Schlund des Wehlfangs. Es hat alles verschlungen.«

»Rauchloses Feuer. Dergleichen habe ich noch nie gehört«, warf einer der Heerführer ein. »Das ist Magie!«

Zustimmendes Gemurmel wurde laut.

Gathorion hob die Hand und mahnte die Umstehenden, Ruhe zu bewahren. »Das sind wahrlich keine guten Nachrichten«, sagte er und winkte einen der Laternenträger zu sich. »Geleite Maylea zu den Heilerinnen und sorge dafür, dass sie Wasser und etwas zu essen bekommt. Wir rasten hier.« Dann wandte er sich noch einmal an die junge Wunand. »Ich danke dir. Du hast uns sehr geholfen.«

Maylea legte die Hand nach Art der Wunand aufs Herz und deutete eine Verbeugung an. »Mein Leben für Nymath«, sagte sie und wiederholte damit den Eid, den jeder Krieger bei seiner Einberufung auf das Banner der Vereinigten Stämme schwor. Dann folgte sie dem Laternenträger zu den Heilerinnen.

Sie hatten den Tross am Ende des Zuges fast erreicht, als der Boden unter donnerndem Hufschlag erzitterte. Der Krieger hob die Abblendlaterne und drängte sie zur Seite. Keinen Atemzug zu früh! Im nächsten Augenblick preschten mehr als ein halbes Dutzend Pferde an ihr vorüber. Trensen klirrten, und der Geruch schweißnasser Pferdekörper drang in ihre Nase. Maylea erhaschte einen Blick auf bärtige Kataurenkrieger, zwei reiterlose Pferde und eines, auf dessen Rücken zwei Reiter saßen. Dann war der Trupp vorbei, und der Krieger bedeutete ihr, den Weg fortzusetzen.

»Beim Barte des Asnar, ich dachte, Ihr säßet längst am wärmenden Feuer.« Bayard, der die Spitze des Heeres als Erster erreichte, zügelte sein Pferd, schwang sich aus dem Sattel und trat vor Gathorion, der die Unterredung mit den Heerführen unterbrach.

»Bayard!« Das sorgenvolle Gesicht des Elbenprinzen hellte sich auf, als er den stämmigen Heermeister erblickte. »Es tut gut, Euch heil und unversehrt wieder zu sehen.« Doch als er Bayards düstere Miene im Schein der Abblendlaternen bemerkte, legte sich ein Schatten über sein Gesicht, und er fragte: »Sagt, was ist in Lemrik geschehen?«

»Die Falken hatten Recht«, erklärte Bayard mit düsterer Miene. »Lemrik gibt es nicht mehr.« Er seufzte und schüttelte niedergeschlagen den Kopf. Dann beschrieb er den Anwesenden in der knappen und schonungslosen Art der Katauren, was sie vorgefunden hatten.

»... wir haben zwei getötete Lagaren entdeckt, die Bäuche gespickt mit unzähligen Pfeilen. Die Reiter der Echsen hatten sich in einer Hütte verschanzt, wo sie offenbar darauf warteten, aus ihrer misslichen Lage gerettet zu werden«, schloss er den Bericht und fügte grimmig hinzu: »Jetzt teilen sie das Schicksal der verfluchten Echsen.«

»Habt Ihr Verluste zu beklagen?«, wollte Gathorion wissen.

Bayard nickte. »Hinun und Marnin.«

»Überlebende unter den Bewohnern Lemriks?«, fragte Gathorion weiter.

Bayard schüttelte den Kopf. »Keiner hat das Massaker überlebt«, erwiderte er und ballte in hilfloser Wut die Fäuste. »Es ist mir unerklärlich, wie es den Uzoma gelungen ist, eine solche Zerstörung anzurichten. Wüsste ich es nicht besser, so würde ich glauben, aus den Lagaren seien Feuer speiende Drachen geworden. Bei den Göttern, nie zuvor habe ich vergleichbare Bilder des Grauens gesehen.« Plötzlich fiel ihm ein, dass er Gathorions Frage nach Überlebenden nicht vollständig beantwortet hatte, und er fügte rasch hinzu: »Die Uzoma hatten eine Gefangene bei sich, eine junge Frau, die wir befreien konnten. Sie dachten wohl, sie sei eine Elbin, und ...«

»Eine Elbin?«, fragte Gathorion erstaunt.

»Nun, sie ist keine Elbin«, beeilte sich Bayard zu erklären. »Sie ist ... Sie könnte ...« Er suchte nach den richtigen Worten. »Viel haben wir nicht über sie erfahren können, da sie offensichtlich die Erinnerung an all das verloren hat, was vor dem Angriff der Uzoma liegt.«

»Wo ist sie?« Gathorion spähte in die Dunkelheit hinter dem Heermeister.

»Der Kundschafter kümmert sich um sie«, antwortete Bayard. »Aber sagt, wollen wir das alles nicht besser im Lager an einem wärmenden Feuer besprechen? Wir sind seit dem frühen Nachmittag ohne Pause geritten und könnten eine warme Suppe wahrlich gut vertragen.«

Gathorion schwieg. Sein Gesicht schien ein Spiegel der nächtlichen Schwärze geworden zu sein; die Kiefermuskeln waren angespannt, die Mundwinkel zuckten, und die Augen verengten sich zu schmalen Schlitzen. »Wir kennen die Waffe, die Lemrik zerstörte«, sagte er düster. »Die Uzoma haben die Vorhut angegriffen. Es gibt kein Lager mehr.«

Wenig später saßen Gathorion, Inahwen und Bayard gemeinsam mit drei weiteren Heermeistern um eine kleine, eilig errichtete Feuerstelle.

Die Nacht war zu finster, als dass sie es wagten, zu dem zerstörten Lager vorzudringen, und so hatte Gathorion befohlen, an Ort und Stelle zu rasten, bis der neue Tag anbrach.

Die Krieger nahmen die Anweisung klaglos auf. Die Nachricht

von dem Angriff auf das Lager hatte sich wie ein Lauffeuer von der Spitze des Heeres bis zum Tross verbreitet. Keiner wollte die Nacht zwischen verkohlten Leichen verbringen.

Schweigend verzehrten die Krieger einen kargen Mundvorrat aus Dörrfleisch, trockenen Früchten und hartem Brot und übten sich in Geduld. Die Furcht, dass die Uzoma mit den Lagaren zurückkehren könnten, war allgegenwärtig. Immer wieder wanderten die Blicke der Rekruten angstvoll zum Himmel hinauf, und nur die wenigsten fanden ausreichend Schlaf.

Auch für die sechs, die rings um das Feuer saßen, war an Schlaf nicht zu denken. Nach allem, was sie von Bayard und Maylea über das geheimnisvolle Feuer der Uzoma und dessen verheerende Wirkung wussten, stand außer Frage, dass der Rat in Sanforan und die Verteidiger am Pass auf schnellstem Weg gewarnt werden mussten. Um sicherzustellen, dass die wichtige Botschaft den Hohen Rat und die Festung auch wirklich erreichte, wurden jeweils zwei Falken mit der Nachricht nach Sanforan und zum Pass geschickt.

Sobald die Sonne aufging, sollte ein kleiner Trupp kampferfahrener Männer zu dem zerstörten Lagerplatz reiten, um die Toten zu begraben – eine letzte, traurige Ehre, die man den getöteten Kriegern nicht verweigern wollte. Das Heer selbst würde um die verwüstete Lagerstätte einen weiten Bogen machen, da die Heerführer fürchteten, der Anblick eines derartigen Grauens könne die Kampfmoral der jungen Krieger nachteilig beeinflussen.

»Es wurde alles gesagt«, beendete Gathorion die Zusammenkunft. »Morgen steht uns ein weiterer, nicht minder beschwerlicher Weg bevor.«

»Ja, alles ist gesagt.« Bayard spie auf den Boden. »Aber das hilft uns nicht weiter. Seien wir doch ehrlich. Keiner von uns weiß, wie wir mit ein paar alten Recken und einer Hand voll Halbwüchsiger diesen mörderischen Angriffen etwas entgegensetzen sollen.« Er machte eine verzweifelte Handbewegung, seufzte und fügte etwas leiser hinzu: »Verzeiht, aber was ich in Lemrik gesehen habe ...«

»Ich verstehe Eure Gefühle. Uns allen«, Gathorion blickte die anderen an und spürte ihre schweigende Zustimmung, »hat Euer

Bericht hart zugesetzt. Auch wir sind ratlos und betroffen. Aber wir sollten stets bedenken, dass noch der stärkste Feind schwach ist gegen den Feind in uns selbst.«

»Möge Asnar Eure Worte erhören«, murmelte Bayard. Er erhob sich, deutete eine Verbeugung an und ging.

»Heermeister Bayard!« Inahwen rief ihn zurück. Bayard wandte sich um und wartete, bis die Elbin zu ihm aufgeschlossen hatte. »Ihr spracht von einer Gefangenen, die Ihr aus den Händen der Uzoma befreit habt. Ich würde sie gern sehen. Wo ist sie?«

»Sie ist bei den Heilerinnen«, erwiderte Bayard. »Die Uzoma haben sie übel zugerichtet.«

»Ich muss mit ihr sprechen«, beharrte Inahwen und zog den wärmenden Umhang zum Schutz gegen die nächtliche Kälte enger um die Schulten. »Seid so freundlich und führt mich zu ihr.«

Während die Heilerinnen Ajana neue Verbände anlegten, machte sich Keelin auf, Abbas zu suchen. Der junge Wunand befand sich vermutlich ganz in der Nähe, irgendwo zwischen den unzähligen Wagen, Pferden und Gerätschaften des Trosses. Doch Keelin merkte schnell, dass die Suche in der Dunkelheit ein sinnloses Unterfangen war; im spärlichen Licht der Abblendlaterne, die er vorsorglich mitgenommen hatte, konnte er kaum etwas erkennen. So kehrte er schließlich zu den Wagen der Heilerinnen zurück, setzte sich auf ein Wasserfass und wartete auf Ajana.

Als diese mit dem Bündel ihrer getragenen Kleidung unter dem Arm die hölzerne Leiter des Planwagens herunterstieg, fand sie Keelin allein vor. Er hatte das Gesicht in den Händen verborgen und sah aus, als schliefe er.

Ajana legte das Bündel neben dem Fass auf den Boden und trat zu ihm. Die neuen Gewänder aus Leder und grobem Gewebe waren für sie ungewohnt und muteten eigentümlich an. Unter dem schlichten, dunklen Wams aus derbem Stoff, das vor der Brust von einem Lederband und in der Hüfte mit einem Gürtel gehalten wurde, trug sie ein helles Untergewand aus gewebtem Linnen, darüber einen weiten Reiseumhang mit Kapuze. Die neue Hose und die ledernen Stiefel hatte Ajana zuerst ablehnen wollen, doch nun war sie dankbar für die warmen Sachen, denn die Nacht war kalt, und sie hatte auf dem langen Ritt zum Heer sehr gefroren.

»Keelin?« Ihr Atem stieg in der kühlen Luft wie ein dünner Nebelschleier auf. Sie überlegte, ob sie sich neben ihn auf das Fass setzen sollte, war dann aber zu schüchtern und blieb stehen.

»Ajana!« Höflich sprang Keelin auf und deutete auf das Fass. »Setz dich doch«, sagte er. »Wie ist es dir ergangen?«

»Die Heilerinnen sind sehr freundlich«, erwiderte Ajana, lehnte das Angebot, sich auf das Fass zu setzen, aber mit einem Wink ab. »Sie haben gesagt, dass die Wunden gut verheilen, und mir auch neue Kleider gegeben.« Sie zupfte an dem bestickten Saum, der unter dem halb geschlossenen Umhang hervorschaute, und murmelte: »Seltsame Kleider.«

»Die übliche Gewandung einer Onur«, bemerkte Keelin. »Es tut mir Leid für dich, dass sich Bayards Versprechen nun nicht erfüllt«, sagte er in ehrlichem Bedauern. »Du bist gewiss müde und erschöpft, aber ein bequemes Lager in einem Zelt können wir dir in dieser Nacht nicht bieten.«

»Was ist geschehen?«

»Es heißt, die Vorhut, die das Nachtlager für dieses Heer errichten sollte, sei von den Uzoma angegriffen worden«, gab Keelin die spärlichen Auskünfte weiter, die er von anderen Kriegern erhalten hatte. »Alle sind umgekommen. Die ganze Ausrüstung ist verloren. Wir haben Befehl, hier zu rasten. Sobald die Sonne aufgeht, marschieren wir weiter.«

»Wie furchtbar!« Bestürzt setzte sich Ajana nun doch auf das Wasserfass.

»Ja, es ist furchtbar!«

Überrascht gewahrte Ajana echten Schmerz in der Stimme des jungen Falkners und erinnerte sich daran, wie er während des Rittes auf sie gewirkt hatte. Gewissenhaft und stark. Ein Mann, der ihr durch seine Ausdauer und Kraft wie kein anderer das Gefühl vermittelt hatte, in Sicherheit zu sein, der aber gleichzeitig keine Scheu hatte, sich ihr gegenüber sanft und einfühlsam zu zeigen. »Waren Freunde von dir darunter?«, fragte sie leise.

»Wer keines Blutes ist, findet nur schwer Freunde in Nymath«, erklärte Keelin knapp, ohne näher darauf einzugehen. »Aber es waren viele darunter, deren Namen ich kannte.«

Onur, Uzoma, Heermeister, Nymath. Ajana war zutiefst verwirrt von all diesen Begriffen, deren Bedeutung ihr fremd war. Doch sie wollte sich die Unsicherheit auf keinen Fall anmerken lassen und sagte nur: »Das tut mir Leid.«

»Es ist das grausame Gesicht des Krieges, dass jene sterben, die unschuldig sind.« Keelin stieß eine große, frostige Atemwolke aus und schaute zum Himmel hinauf, wo sich in einer Wolkenlücke ein einsamer Stern zeigte. »So viele Tote sind zu beklagen«, sagte er bekümmert. »So viel Leid und Elend zu erdulden.«

Ajana schwieg. Was sollte sie darauf antworten? Sie wusste nichts über das Land, die Menschen und den Krieg. Sie wusste ja nicht einmal, wie sie hierher gekommen war. Jedes Wort, das sie sagte, konnte Keelin misstrauisch machen und Fragen heraufbeschwören, die sie noch nicht zu beantworten bereit war. Es war schon mühsam genug gewesen, den neugierigen Fragen der Heilerinnen auszuweichen, die ihre ungewöhnliche Kleidung aufmerksam begutachtet hatten. Aber immerhin war es ihr gelungen, das Amulett unbemerkt in der Tasche des bestickten Wamses verschwinden zu lassen.

Das Amulett ... Je länger sie darüber nachdachte, desto mehr erschien es ihr, als lägen in ihm tatsächlich die Antworten zu all den ungelösten Rätseln verborgen. Antworten, die sie nur finden konnte, wenn sie sich jemandem anvertraute.

Ajana schaute zu Keelin hinüber.

Frag ihn, wisperte ihr eine leise Stimme zu. *Du kannst ihm vertrauen.*

Ajana zögerte.

Wo bin ich? Wer seid ihr? Wie bin ich hierher gekommen?

Unzählige Fragen brannten ihr auf der Zunge und drängten nach draußen. In Unkenntnis eine fremde Welt bestehen zu müssen, wurde unerträglich. Aber sie fürchtete sich vor dem, was geschehen mochte, wenn sie ihm von ihrer Welt erzählte.

Du kannst ihm vertrauen.

»Keelin?« Ajana nahm all ihren Mut zusammen, erhob sich und trat neben den jungen Falkner. »Keelin, ich muss dir etwas sagen.«

»Ja?« Der junge Falkner schien zu spüren, dass ihr Tonfall wohl der Auftakt zu etwas Besonderem war, das ihr nur schwer über die Lippen kam und ihr viel abverlangte. »Was bedrückt dich?«, fragte er, und sein Blick war voller Wärme.

»Keelin, ich ...« Plötzlich verließ Ajana der Mut, und sie sah beschämt zu Boden.

»Keelin! Ajana!« Bayards dunkle Stimme hallte durch die Nacht. »Gut, euch hier zu finden. Ich fürchtete schon, euch in dieser elendigen Dunkelheit endlos suchen zu müssen.« Neben dem Wagen der Heilerinnen schälte sich die stämmige Gestalt des Heermeisters aus den Schatten. Dann trat er in den flackernden Lichtschein der Laternen, die zu beiden Seiten des Wagens angebracht waren, um Hilfesuchenden den Weg zu weisen. Ihm folgte eine Frau, deren schlanke, hoch gewachsene Gestalt in einen langen, dunklen Umhang gehüllt war. Die Kapuze trug sie so weit über den Kopf gezogen, dass man ihr Gesicht kaum erkennen konnte.

»Ajana, hier ist jemand, der dich zu sprechen wünscht.« Er deutete auf seine Begleiterin, die in diesem Augenblick die Kapuze zurückschob und Ajana ein freundliches Lächeln schenkte. »Das ist Inahwen vom Blute der Elben«, sagte Bayard und wandte sich Ajana zu. »Und das ist Ajana, die junge Frau, die wir in Lemrik aus den Händen der Uzoma befreit haben.«

Ajana brachte kein Wort über die Lippen. Unfähig, den Blick abzuwenden, starrte sie die anmutige Gestalt mit den spitz zulaufenden Ohren und langen hellen Haaren neben Bayard an. Das fein geschnittene Gesicht mit den schmalen Lippen und den hellblauen, leicht geschlitzten Augen war makellos. Es hatte den Anschein, als wäre sie kaum älter als zwanzig, doch in ihrem Blick schienen das Wissen und die Weisheit von Jahrhunderten zu liegen. Ajana glaubte, den Hauch der Ewigkeit zu spüren, der sie wie eine geheimnisvolle Aura umgab. Wahrhaftig eine Elbin!

»Es freut mich, dich bei so guter Gesundheit zu sehen«, richtete Inahwen das Wort an Ajana. »Nach dem, was Bayard mir berichtet hat, habe ich mich mit der Sorge getragen, dich auf dem Krankenlager vorzufinden.«

»Die Wunden verheilen gut«, sagte Ajana und hob die Arme so, dass die Elbin die Verbände an den Handgelenken sehen konnte. »Es ist kaum zu glauben, dass ich nach so kurzer Zeit schon keinen Schmerz mehr verspüre.«

»Wolfspfotenkraut.« Inahwen nickte. »Eine erstaunliche Pflanze. Zu Salbe verarbeitet, lindert sie den Schmerz und trägt auf wundersame Weise dazu bei, dass sich selbst tiefe Wunden schnell wieder schließen.« Sie lächelte. »Du bist sehr tapfer«, meinte sie und fuhr dann fort: »Ich weiß, du hast viel erlitten. Dennoch möchte ich kurz mit dir reden, wenn du nicht allzu erschöpft bist.«

»Ich bin nicht müde.« Ajana war innerlich viel zu aufgewühlt, um an Schlaf zu denken.

»Komm, Keelin, wir sehen uns nach einem Schlafplatz für Ajana um«, hörte sie Bayard sagen. Der Heerführer spürte, dass die Elbin ungestört mit Ajana reden wollte.

Keelin nickte. »Wir sind bald wieder zurück«, sagte er zu Ajana und folgte gehorsam Bayard, der bereits zwischen den Wagen verschwunden war.

Inahwen setzte sich auf den Boden und bedeutete Ajana, es ihr gleichzutun. Zögernd kam sie der Aufforderung nach. Vom ersten Augenblick an fühlte sie sich zu der Elbin hingezogen und verspürte bei aller Ehrfurcht sogar eine tiefe Zuneigung zu der fremden Frau. Auf unbestimmte Weise hatte sie das Gefühl, Inahwen sei jemand, den sie schon lange kannte. Jemand, dem sie nach langer, langer Zeit der Trennung wieder begegnete. Den Ursprung dieses Gefühls konnte sie sich nicht erklären.

»Du fühlst dich nicht wohl«, stellte Inahwen fest und musterte Ajana mit einem schwer zu deutenden Blick.

»Doch, ich … die Wunden …«, Ajana sah hastig zu Boden, um dem forschenden Blick der Elbin zu entgehen. »Es geht schon.«

»Ich meine nicht die Wunden deines Körpers.« Inahwen hielt den Blick der hellblauen Augen auf Ajana gerichtet, als warte sie auf etwas.

Ajana erblasste. Ahnte die Elbin etwas? Konnte sie sehen, was sie vor ihr zu verbergen suchte? Spürte sie, dass sie ihr etwas verschwieg?

»Was ist geschehen, Ajana?« Inahwens Stimme verriet nicht, was sie wirklich meinte.

»Ich weiß es nicht«, gab Ajana ebenso unverbindlich zurück.

Die beiden Frauen blickten sich in der Dunkelheit an.

»Du hast Schlimmes durchgemacht und bittere Verluste erlitten«, sagte Inahwen mitfühlend. »Doch jedes Ende, jeder Abschied bedeutet auch einen neuen Anfang – wenn du vertraust.«

Sie spürt es, dachte Ajana. Sie fühlt, dass ich ein Geheimnis habe. Der Blick der Elbin schien bis in die hintersten Winkel ihres Bewusstseins zu dringen. Sie wagte nicht, sie anzusehen, und heftete den Blick weiter auf den Boden. Neben Inahwen fühlte sie sich klein und unbedeutend. »Was … würdet Ihr an meiner Stelle tun?«, fragte sie zaghaft. »Könntet Ihr vertrauen?«

Inahwen lächelte. »Jeder ist verantwortlich für sein Handeln. Nicht anderen, sondern dir selbst musst du Vertrauen schenken«, sagte sie und fügte nach kurzem Zögern hinzu: »Es ist nicht wichtig, was ich oder ein anderer täte. Vertraue darauf, was deine Gefühle dir sagen.« Sie berührte Ajanas Schulter sanft mit der Hand. »Es liegt etwas in den Menschen, das sie antreibt, Dinge begreifen zu wollen, die unbegreiflich für sie sind«, bemerkte sie leise. »Allzu oft überschreitet das, wonach sie suchen, die Grenzen ihres Verstandes. Vertrauen hilft, diese Grenzen zu überwinden, wenn du dazu bereit bist.« Sie hielt inne und wechselte dann ohne Überleitung das Thema. »Das Onurgewand kleidet dich gut. Doch bist du nicht dieses Blutes. Auch Raidenblut fließt nicht in deinen Adern. Für eine Wunand bist du zu hellhäutig, und die Frauen der Katauren haben kein Haar in der Farbe reifen Getreides. Solches Haar haben wir Elben, doch eine Elbin …« Sie verstummte für wenige Herzschläge, schüttelte fast unmerklich den Kopf und fuhr dann fort. »Auf der Versammlung der Heerführer sprach Bayard von seltsamen Gewändern, die du trugst.« Sie seufzte bedauernd. »Ich hätte sie gern gesehen.«

Ajana warf einen raschen Blick auf das Kleiderbündel, das noch hinter dem Wasserfass am Boden lag, und schaute auf. Ihr Blick begegnete dem der Elbin, und sie erschrak über das, was sie darin las.

Sie weiß es, schoss es ihr durch den Kopf.

Die Elbin schwieg, als erwartete sie eine Antwort, doch Ajana brachte kein Wort hervor. Die Erinnerung an das Entsetzen, welches die Uzoma beim Anblick des Amuletts überkommen hatte, hinderte sie zu sprechen.

Sie ist auf deiner Seite, vertrau ihr, wisperte die Stimme wieder, doch Ajana brachte nicht den Mut auf. Beiläufig merkte sie, dass sie sich wieder eine der lockigen Haarsträhnen um den Finger wickelte. Beschämt hielt sie inne, biss sich auf die Lippen und senkte den Blick. »Ihr seid sehr freundlich«, sagte sie. »Aber …«

»In Zeiten der Dunkelheit genügt eine Kerze, um das strahlende Tageslicht nicht zu vergessen«, sagte Inahwen, ohne Ajana den Sinn der Worte zu erklären. »Schick nach mir, wenn du bereit bist, diese Kerze zu entzünden.« Sie erhob sich, nickte Ajana freundlich zu und sagte leise: »*Namárië* – lebe wohl.«

Gleich darauf war der Platz neben Ajana leer, die Hand auf ihrer Schulter fort. Ganz sacht raschelten Blätter auf dem Boden, aber es wehte kein Wind.

H

Am nächsten Tag marschierte das Heer vom Imlaksee aus in nordwestlicher Richtung und suchte sich einen Weg durch die tiefen Wälder zur Festung am Pass des Pandarasgebirges. Die Wolken der Nacht hatten keinen Regen gebracht und waren im Lauf des Morgens nach Sanforan getrieben, sodass die Sonne, kaum hatte sie ihren höchsten Stand überschritten, von einem nahezu wolkenlosen Himmel herabschien.

Je näher sie den Bergen kamen, desto häufiger trafen sie auf Anzeichen von Zerstörung. Niedergebrannte Gehöfte, verwüstete Felder und verwaiste Viehkoppeln waren deutliche Beweise dafür, dass es hier schon vor dem verheerenden Angriff auf Lemrik kleinere Scharmützel gegeben haben musste. Die wenigen Überlebenden, die ihnen auf dem Weg nach Süden mit ihrer spärlichen Habe begegneten, wussten Schreckliches zu berichten: von nie gesehenen fliegenden Ungeheuern, die sie des Nachts überfallen hatten, von Feuer speienden Drachen mit giftigem Atem, die Menschen und Tiere aus reiner Lust am Töten zerfleischten und dann ebenso rasch wieder verschwanden, wie sie gekommen waren.

Manche der heimatlos Gewordenen begrüßten das vorbeiziehende Heer unter Tränen und priesen den Heldenmut der jungen Krieger. Doch in ihren Augen lagen weder Hoffnung noch Zuversicht.

Als sich der lange Tag dem Ende zu neigte, brach das Heer wie ein gewaltiger dunkler Wurm aus den Wäldern hervor und marschierte auf eine grasbewachsene Ebene hinaus, an deren Ende sich das gewaltige Felsmassiv des Pandarasgebirges erhob. Die schneebedeckten Gipfel verbargen ihr weißes Antlitz noch hinter den dicht bewaldeten Höhenzügen, doch ein jeder wusste, dass sie dem Ziel nun nahe waren.

Ajana saß an der rückwärtigen Seite eines Karrens und ließ den Blick gedankenverloren über die Ebene streifen, dorthin, wo gräuliche Schatten ihre spinnwebfeinen Finger in die Nacht streckten und kühle Nebel fadenscheinige Gespinste im schwindenden Tageslicht woben.

Dieses unwirkliche Bild erinnerte Ajana an ihre Großmutter. Sie hatte einen ganz besonderen Namen für diese Tageszeit, in der der Wind erstarb und die Nacht sich anschickte, den schützenden Mantel über die Erde zu breiten. Sie nannte es die blaue Stunde – die Stunde der Geister und Träume, die Stunde, in der alle Hoffnungen und Ängste ihr wahres Gesicht zeigten und die Vernunft den Weg frei machen musste für das, was jenseits der Vorstellung lag.

Ajana seufzte. Alles, was in den letzten Tagen geschehen war, lag jenseits ihrer Vorstellungskraft. Es war ein einziger furchtbarer Albtraum. Doch jedes Mal, wenn sie versuchte, darüber nachzudenken, schien es ihr, als liefe sie im Geiste gegen unüberwindliche Mauern, die ihr Bewusstsein errichtet hatte, damit sie nicht den Verstand verlor.

Um ihr Wohl besorgt, hatten die Heilerinnen darauf bestanden, dass sie den Rest des Weges nicht mehr ritt. Die Gefahr, dass die Wunden aufrissen, war groß, und Ajana hatte schon zu viel Blut verloren. So dienten ihr ein paar Decken und wärmende Felle zwischen den Gerätschaften im Wagen der Heilerinnen seit dem frühen Morgen als Lager – eine Annehmlichkeit, die sie dankend angenommen hatte.

Als sich der Wagen bei Sonnenaufgang mit gemächlichem Schaukeln in Bewegung gesetzt hatte, hatte ihr Körper dem Schlafmangel Tribut gezollt. Sie war in einen traumlosen Schlummer geglitten, aus dem sie erst erwacht war, als die Sonne schon tief über dem westlichen Horizont stand.

»Lasst mich los! Ich bin nicht verletzt. Ich kann sehr wohl marschieren!« Die zornige Stimme einer jungen Frau riss Ajana aus ihren Gedanken.

Im selben Augenblick hielt der Wagen an.

Während die anderen Gefährte des Trosses an ihr vorbeizogen, erkannte Ajana drei schemenhafte Gestalten im auf und ab hüpfenden Lichtschein einer Abblendlaterne.

»Sei nicht so unvernünftig«, hörte sie einen Mann sagen. »Du bist verletzt. Den ganzen Tag schon schleppst du dich mehr schlecht als recht voran. Eine Torheit, dass man es dir überhaupt gestattet hat, in den Reihen der Amazonen zu gehen. *Mir fehlt nichts*«, ahmte er ihre Stimme nach und fuhr dann ärgerlich fort: »Bei Callugars scharfem Schwert! Nie zuvor ist mir eine so sture Wunandkriegerin untergekommen. Meldet sich freiwillig zum Heer und wirft ihr Leben weg, noch bevor wir den Pass erreichen.«

In den Schatten zeichneten sich erste Umrisse ab, und Ajana erkannte zwei Männer, die eine Frau in der Mitte führten. Die Art, wie sie die Arme der dunkelhäutigen Kriegerin umfassten, ließ vermuten, dass sie nur unfreiwillig mit ihnen ging. Doch die Männer ließen sich von ihrem Widerstand nicht beirren und schleppten die Kriegerin energisch zum Wagen der Heilerinnen.

»Besser du tust, was man dir sagt«, meinte der andere in versöhnlichem Ton. »Sonst brichst du dir womöglich noch das Genick, wenn du wieder im Gehen einschläfst.«

»Ich bin nicht eingeschlafen«, fauchte die Kriegerin erbost, ergriff aber die Leiter und machte sich daran, in den Wagen zu klettern. Ajana wich zur Seite, um ihr Platz zu machen. Im Schein der Laternen erkannte sie, dass das Gesicht der Frau mit einer erdfarbenen Salbe bestrichen war, die Augen, Mund und Nase freiließ. Ihre Haare waren von der Stirn bis zum Hinterkopf zu dünnen, eng anliegenden Zöpfen geflochten, die im Nacken bis auf die Schultern hinabfielen.

Ihr langer, dunkler Umhang verfing sich an einer der Laternen. Ohne Ajana zu beachten, zerrte sie fluchend an dem Gewebe, bis der Wagen sich wieder rumpelnd in Bewegung setzte und der Stoff mit einem reißenden Geräusch nachgab. Dabei verlor sie das Gleichgewicht und stürzte rücklings in den Wagen.

»Emos heilige Schwestern«, ächzte sie und rieb sich das Hinterteil. »Haben die beiden das noch gesehen?« Die Frage galt Ajana.

»Wer?« Ajana, die nicht damit gerechnet hatte, dass die Kriegerin sie ansprechen würde, wusste zunächst nicht, wen sie meinte.

»Na, die beiden Onur.« Die Kriegerin deutete mit einem Kopfnicken zum Wagenende.

»Ach, die«, Ajana verstand. »Nein, die waren schon weg.«

»Gut!« Die Kriegerin setzte sich auf und sah sich um. »Warum bist du hier?«, fragte sie geradeheraus.

»Ich bin verletzt«, entgegnete Ajana.

»Natürlich bist du das. Dies ist der Wagen der Heilerinnen. Gesunde gehen zu Fuß zum Pass.«

»Und was ist mit dir?«, wagte Ajana zu fragen.

»Bis gestern gehörte ich zur Vorhut.« Die Kriegerin sprach in einem Tonfall, als genügten allein diese Worte, um alles zu erklären. Doch als Ajana kein Verständnis zeigte, fügte sie hinzu: »Ich bin die Einzige, die den Angriff der Lagaren überlebt hat. Siehst du«, sagte sie und deutete auf die erdfarbene Salbe in ihrem Gesicht. »Ich hatte großes Glück. Nur ein paar Verbrennungen.«

»Oh.« Ajana fehlten die Worte. Sie wusste nicht, was sie darauf erwidern sollte, und schwieg betroffen.

Auch die Kriegerin sagte nichts mehr. Hin und wieder hörte Ajana sie mürrisch vor sich hin murmeln, und Wortfetzen wie »… hätte noch ewig so weiter marschieren können … denken wohl, eine Frau könne nicht … und … wie ein altes gebrechliches Weib auf dem Wagen sitzen müssen …« drangen an ihr Ohr. Doch sie konnte sich darauf keinen Reim machen, und die Geräusche ringsumher wurden lauter. Der Wagen schaukelte deutlich heftiger als zuvor. Vermutlich hatte man es eilig, zum Tross aufzuschließen, der ein gutes Stück voraus war. So zog sie ihren Umhang fester um die Schultern und richtete den Blick wieder hinaus, wo die Sonne als glühende Scheibe hinter dem Horizont versank.

»Ich heiße Maylea.« Aller Zorn war aus der Stimme der Kriegerin verschwunden, als sie das Wort erneut an Ajana richtete. »Wie ist dein Name?«

»Ajana.«

»Du bist keine Kriegerin.«

»Nein.« Ajana war überrascht. Die junge Kriegerin musste gute Augen haben, wenn sie das in der Dunkelheit erkannte. »Ich ... ich komme aus Lemrik.«

»Oh.« Jetzt war es Maylea, die schwieg.

»Ich kann mich aber an nichts erinnern«, sagte Ajana hastig, froh darüber, endlich mit jemandem reden zu können. Sie überlegte kurz und sagte dann: »Aber die Heilerinnen sagen, die Erinnerung käme wieder. Ich habe so vieles vergessen, eigentlich fast alles. Sie meinen, es liegt an den schrecklichen Erlebnissen in Lemrik. Ich weiß nicht, wohin das Heer marschiert und warum. Ich habe keine Ahnung, wer die Uzoma sind, und kann nicht mal sagen ...« Sie schluchzte leise, und das war nicht einmal gespielt. »Ich weiß gar nichts mehr«, vertraute sie der fremden Frau an, entschlossen, den Rest des Weges dafür zu nutzen, so viel wie möglich über das seltsame Land und seine Völker zu erfahren. »Ich ... ich weiß nur noch meinen Namen ... und dass ich einen Bruder hatte. Alles andere ist wie ausgelöscht.«

»Das ist ja furchtbar!« Echte Anteilnahme schwang in Mayleas Stimme mit. Sie richtete sich auf und rückte gebückt etwas näher an Ajana heran. »Es ist nicht mehr weit bis zur Festung«, sagte sie nun sehr freundlich. »Wenn du möchtest, erzähle ich dir ein wenig über Nymath und den Krieg gegen die Uzoma. Wer weiß, vielleicht hilft es dir.«

»Das würdest du tun?« Ajana lächelte hoffnungsvoll.

»Ich habe gerade nichts anderes zu tun.« Maylea lachte und machte es sich auf einem der Felle gemütlich.

Als die Nacht ihren samtenen Mantel über Nymath breitete und sich im Osten die ersten Sterne zeigten, durchritten Gathorion, Inahwen und Bayard an der Spitze des Reservistenheeres den

Schatten des gewaltigen Tors, das sich in der Dämmerung wie ein mächtiger steinerner Arm über den Reitern wölbte. Stumm kamen sie an den wuchtigen, eisenbeschlagenen Torflügeln entlang, passierten die wachsamen Posten und gelangten schließlich in den hell erleuchteten Innenhof der Festung.

Hier wurden sie bereits erwartet. Ein Spalier Fackeln tragender Krieger in unterschiedlichen Rüstungen wies ihnen den Weg zu einem flachen Gebäude, in dem sich das Quartier des befehlshabenden Kommandanten befand.

Noch bevor Gathorion absaß, wurde die Tür geöffnet, und ein stämmiger, graubärtiger Krieger trat heraus. Ihm folgten ein halbes Dutzend hoch gewachsener Krieger in dunklen Kaftanen und eine schlanke Wunandfrau mit dunkler Haut und den schwarzen, zu unzähligen dünnen Zöpfen geflochtenen Haaren, die für Frauen ihres Blutes typisch waren.

»Prinz Gathorion, endlich seid Ihr da!«, rief der Graubärtige zur Begrüßung aus, während er auf die Neuankömmlinge zueilte. Wie bei hochrangigen Kriegern üblich, umfasste er die Unterarme des Elben und senkte kurz den Kopf.

»Heermeister Toralf, ich freue mich, Euch zu sehen.« Gathorion erwiderte den Händedruck. »Was gibt es Neues vom Pass?«

»Nichts Gutes.« Ein Schatten huschte über das Gesicht des Heermeisters. Er wollte noch etwas hinzufügen, doch Gathorion kam ihm zuvor. »Lagaren?«

»Nein.« Toralf schüttelte den Kopf. »Seit wir einige dieser Biester mit den Pfeilkatapulten vom Himmel geholt haben, trauen sie sich anscheinend nicht mehr hierher.« Ein grimmiges Lächeln huschte über sein Gesicht, doch er wurde gleich wieder ernst. »Die Uzoma sammeln sich«, berichtete er mit sorgenvoller Miene. »Seit zwei Tagen ist es verdächtig ruhig da drüben. Das verheißt gewiss nichts Gutes. Wir haben versucht, mittels der Falken etwas herauszubekommen, aber …«

»Verluste?« Gathorion schien bereits zu ahnen, was nun kam.

»Drei.« Toralf senkte betroffen die Stimme und schüttelte den Kopf. »Niemand konnte ahnen, dass sie so wachsam sind.«

»Bei den Göttern!« Gathorion ballte die Fäuste. »Wie geht es den Falknern?«, fragte er besorgt.

»Sie sind noch bei den Heilerinnen. Zwei wirken gefasst, der andere ...« Toralf zögerte, seufzte und fuhr fort: »Es scheint, als hätte er den Verstand verloren.« Dann straffte er sich und sagte betont zuversichtlich: »Aber genug der bedrückenden Worte. Ihr seid zurück und mit Euch ein stattliches Aufgebot, das wir hier wahrlich gut gebrauchen können. Sagt, wie ist es Euch ergangen? Wie konntet Ihr die Mitglieder des Hohen Rates überzeugen? Was ...«

»Gemach, mein Freund.« Gathorion lächelte, aber es war ein trauriges Lächeln, das deutlich machte, dass auch der Elb keine guten Neuigkeiten brachte. »Ich werde all Eure Fragen beantworten – später. Auch ich habe Verwundete in Obhut, die dringend der Hilfe bedürfen. Und die Krieger sind den ganzen Tag ohne Rast marschiert. Sie sind erschöpft und brauchen Quartier und Nahrung.«

»Es ist alles vorbereitet«, sagte der Heermeister. »Der Falke überbrachte Eure Nachricht am frühen Nachmittag.« Er wandte sich um und winkte die Fathkrieger zu sich. »Teilt die Rekruten den Einheiten zu und führt sie zu den Unterkünften«, befahl er. »Danach zeigt ihnen, wo es etwas Warmes zu essen gibt.« Die Krieger nickten zum Zeichen, dass sie verstanden hatten, und eilten auf das Heer zu, das entlang der von Fackeln gesäumten Gasse angehalten hatte.

»Aileys?«, wandte sich Toralf an die Wunandamazone.

»Ich werde mich um die Verletzten kümmern«, gab diese zur Antwort, bevor Toralf etwas sagen konnte. Erhobenen Hauptes trat sie vor Gathorion, blickte ihn freimütig an und fragte: »Wo sind sie?«

Es war kalt. Abbas lag auf einem klammen Strohsack und starrte an die hohe Decke des Gewölbes, das als Schlafsaal diente. Der gewaltige fensterlose Raum war wie so viele Unterkünfte der Festung mitten in das Felsmassiv hineingetrieben. Die Luft war schlecht, und rußende Fackeln verbreiteten ein dämmriges Licht.

Der junge Wunand verschränkte die Arme hinter dem Kopf und lauschte auf die Geräusche der Schlafenden. Schnarchen, Husten und leises Gemurmel drangen aus mehr als hundert Kehlen. Jemand rief im Schlaf den Namen einer Frau, ein anderer murmelte leise vor sich hin.

Abbas seufzte und schloss die Augen. Als er am frühen Abend völlig erschöpft durch das Tor marschiert war, hatte er sich nur noch nach einem Lager gesehnt. Doch jetzt, wo er sich endlich niedergelegt hatte, blieb ihm der erhoffte Schlaf versagt. Zwar war er es gewohnt, mit vielen anderen einen Raum zu teilen, hatte jedoch nicht damit gerechnet, dass es *so* viele waren. In diesem Gewölbe ruhten sich jene aus, die in der Hierarchie ganz unten standen: Küchenjungen und Wasserträger, Boten, Stallburschen und Pfeilsammler. Männer und Frauen jeden Alters, die schwer arbeiteten und es trotzdem nie zu Ehre und Ruhm bringen würden. Abbas wünschte sich, er wäre in anderer Gesellschaft.

Gemeinsam mit den Angehörigen des Trosses hatte man ihn nach der Ankunft in der Festung hierher geführt, ihm einen Strohsack und eine raue, grob gewebte Decke in die Hand gedrückt und ihn angewiesen, sich einen Schlafplatz zu suchen.

Abbas hatte dem Befehl wortlos Folge geleistet, doch als die anderen hinausgegangen waren, um sich eine warme Mahlzeit zu holen, war er liegen geblieben. Er verspürte keinen Hunger. Endlich war er dort angekommen, wo er sich als Mann beweisen konnte. Doch die Enttäuschung, dass ihn hier kaum andere Aufgaben erwarteten als in Keldas Herdküche, war groß.

Wofür hatte er sich nun in heimlicher, nächtelanger Arbeit eine Feuerpeitsche angefertigt? Wofür das Wagnis auf sich genommen, Kesselketten, Nägel, Bänder und einen Pfannengriff zu stehlen, um sich eine eigene Waffe zu erschaffen? Wofür hatte er sich im Umgang mit der Peitsche geübt? Doch nicht, um jetzt den schwitzenden Kriegern das Wasser zu reichen, Aborte zu entleeren oder die Küche zu fegen! Abbas spürte, wie die Wut in ihm aufloderte, und ballte die Fäuste. Nein, dafür war er nicht den weiten Weg marschiert. Er wollte kämpfen, und er würde kämpfen!

Auch Keelin lag noch lange wach. Den Falknern hatte man weitaus bessere Unterkünfte zugeteilt als den Angehörigen des Trosses. In der Baracke aus Felsgestein nahe dem Falkenhaus gab es drei kleine Räume mit einem winzigen Fenster und schmalen Holzpritschen an den Wänden, und obgleich sich auch hier ein halbes Dutzend Falkner die Unterkunft teilen mussten, boten die Schlafstätten immerhin ein geringes Maß an Behaglichkeit.

Aber Keelin konnte sich darüber nicht freuen. Die Zuteilung der Schlafplätze war äußerst ungünstig für ihn verlaufen. Er hatte kaum Freunde unter den Falknern gefunden, und auch wenn es einige unter ihnen gab, die ihn trotz seiner unreinen Abstammung achteten, so blieb er doch ein Einzelgänger. Nun musste er sich die kleine Kammer ausgerechnet mit jenen Falknern teilen, die vor mehr als fünf Wintern um die Gunst von Horus gewetteifert und die nie einen Hehl daraus gemacht hatten, wie sehr sie ihn dafür hassten, dass der Falke damals ihn, einen Stallburschen, an ihrer Statt erwählt hatte.

Da Keelin ihnen in der Ausbildung einen Winter voraus war, hatte er den jungen Raiden in Sanforan aus dem Weg gehen können. Doch hier am Pass gab es diese Möglichkeit nicht, und er musste damit rechnen, dass sie dem aufgestauten Hass auf den *Bastard-Falkner*, wie sie ihn nannten, freien Lauf ließen.

Keelin hatte es in ihren Augen gelesen, als sie die Kammer betreten und ihm wie zufällig die Pritsche in der Mitte überlassen hatten. Er hatte es aus den leise geflüsterten Worten herausgehört, hatte es an den hämischen Seitenblicken gesehen, und er hatte es zu spüren bekommen, als ihm der dicke, rotgesichtige Falkner im Vorbeigehen in die Suppe gespuckt hatte.

Er verschränkte die Arme hinter dem Kopf und starrte zur Decke hinauf, während er auf die grunzenden Atemzüge des Dicken lauschte, der die Pritsche rechts von ihm belegt hatte. In dieser Nacht waren sie zu erschöpft, um etwas gegen ihn zu unternehmen. Doch Keelin wusste, dass ihm bloß eine Gnadenfrist blieb.

In seinem Eifer, Nymath verteidigen zu wollen, hatte er nicht bedacht, dass es noch einen anderen Hass als den auf die Uzoma gab. Er hatte gehofft, das gemeinsame Ziel stünde weit über alten Feindseligkeiten. Die Wirklichkeit aber sah ganz anders aus. Keelin ballte die Fäuste. Diesmal würde er nicht wie damals am Hafen darauf hoffen, dass es glimpflich ausging, wenn er nur geduldig abwartete; diesmal würde er alles daran setzen, den anderen zuvorzukommen.

»Sie können mich hier nicht festhalten!« Aufgebracht schritt Maylea in der Mitte der Kammer auf und ab, die ihr und Ajana von den Heilerinnen zugewiesen worden war. Die flackernde Flamme des kleinen Talglichts, das eine der Heilerinnen auf dem Boden zurückgelassen hatte, warf den Schatten ihres Körpers an die schmucklosen, grob behauenen Felswände, wo er wie ein monströser Geist umherwanderte.

Durch den Türspalt drangen klagende Geräusche in die Kammer, denn draußen in dem großen Saal lagen viele Verletzte. Ajana war froh, nicht dort schlafen zu müssen. Die verbrauchte Luft, das Jammern und Wehklagen der Verwundeten und den durchdringenden Gestank von Blut, Schweiß und Exkrementen der vielen

Menschen, die dort auf engem Raum zusammengedrängt waren, hätte sie nur schwer ertragen. So hatte sie es als eine Wohltat empfunden, die kleine Kammer mit der frischen, kühlen Luft zugewiesen zu bekommen.

Nicht aber Maylea. Schon auf dem Weg zu den Heilerinnen hatte sie immer wieder ihr Wohlbefinden beteuert und ihre Verletzungen nachdrücklich verharmlost. Sie verlangte, statt gepflegt zu den Unterkünften der Amazonen gebracht zu werden, doch vergebens.

»Bei Emos zänkischen Kindern«, fluchte Maylea aufgebracht. »Warum kommt denn niemand? Seit sie uns das Essen gebracht haben, hat sich keiner mehr blicken lassen. Das ist keine Heilstätte, das ist ein Kerker!«

»Vermutlich denken sie, wir schlafen«, sagte Ajana. Die Unruhe der jungen Wunand ärgerte sie. Zwar spürte auch sie noch keine Müdigkeit, doch sie genoss das Gefühl, in Sicherheit zu sein. Das unablässige Zetern und Schimpfen der Amazone war für sie nur schwer zu ertragen. Sie wusste, wie sehr sich Maylea danach sehnte, ihre beiden Schwestern endlich wieder zu sehen, vermutete jedoch, dass es ihr vor dem Morgengrauen ohnehin nicht gelänge, sie zu finden.

»Versuch doch ein wenig zu schlafen«, bat sie deshalb und gähnte. »Morgen lassen sie dich bestimmt gehen.«

Als Ajana erwachte, war das Talglicht fast heruntergebrannt. Um sie herum war es ruhig. Ihr Blick fiel auf das unberührte Lager der jungen Wunand. Maylea war fort.

Ajana nahm es hin, ohne sich Gedanken darüber zu machen. Was Maylea tat, ging sie nichts an. Falls sie je wieder dazu im Stande sein sollte, über etwas nachzudenken, hatte sie genug eigene Schwierigkeiten. Doch noch herrschte in ihrem Innern eine dumpfe, bleierne Leere. Obwohl sich Ajana über die eigentümliche Gleichgültigkeit wunderte, war sie doch froh, dass sie sich über all die Dinge, die sie nicht verstand, nicht zwanghaft den Kopf zerbrach. Denn sie wusste, dass damit auch Kummer und

Schmerz zurückkehren würden. Ein Blick zum Fenster zeigte ihr, dass es draußen noch dunkel war, und sie beschloss, in der verbleibenden Zeit bis zum Tagesanbruch ein wenig zu ruhen.

Gathorion, Inahwen und die Heermeister hatten sich indes kaum Ruhe gegönnt, denn die Ankunft des Heeres brachte eine Menge Arbeit mit sich. Schließlich kamen sie in dem kleinen Gewölbe zusammen, das die Befehlshaber der Festung für Besprechungen nutzten. Der fensterlose Raum sorgte dafür, dass alles, was hier gesagt wurde, nicht an fremde Ohren drang. Ein großer rechteckiger Tisch mit zehn Stühlen bot den Versammelten ausreichend Platz, um Landkarten und Lagepläne auszubreiten und Schlachtpläne zu entwickeln. Neben den dreien, die am Vorabend mit dem Reservistenheer eingetroffen waren, hatten sich noch Toralf und zwei weitere Heermeister eingefunden: Lazar von Blute der Fath und Javier vom Blute der Onur.

Nachdem Bayard und Gathorion ausführlich über die Ereignisse in Sanforan berichtet hatten, über den Überfall auf die Vorhut des Heeres und das, was sie im zerstörten Lemrik vorgefunden hatten, ergriff Toralf das Wort und gab einen kurzen Überblick über das, was sich in Gathorions Abwesenheit am Pass ereignet hatte. Von ein paar kleineren Scharmützeln abgesehen, war die Lage ungewöhnlich entspannt. Bisher hatte man sich nicht erklären können, warum die Angriffe der Uzoma ausblieben, obwohl sich immer mehr Krieger auf der nördlichen Seite des Passes versammelten. Doch die Neuigkeiten, die Gathorion über die Lagaren zu berichten wusste, brachten Licht ins Dunkel und setzten allen Vermutungen ein jähes Ende.

»Es sieht ganz so aus, als warteten sie nur auf einen günstigen Augenblick, um die Festung mit den Lagaren anzugreifen«, folgerte der Elb mit ernster Miene. »Das Feuer der Lagaren soll den Kriegern den Weg bereiten. Wenn die Festung in Flammen steht, werden sie kommen. Alle! Wie eine riesige Woge werden sie den Pass hinaufstürmen und versuchen, uns mit einem einzigen, gewaltigen Schlag zu vernichten.«

»Warum sollten sie warten?«, warf Inahwen ein. »Mit jedem Tag, der verstreicht, geben sie uns die Möglichkeit, uns besser auf einen verheerenden Angriff vorzubereiten. Wäre es nicht viel sicherer, einen solchen Angriff überraschend durchzuführen?«

»Du hast Recht.« Gathorion legte die Karte, die er soeben studiert hatte, aus den Händen. »Die Uzoma haben Lemrik angegriffen«, sagte er nachdenklich. »Ein Dorf, in dem es keinen einzigen Krieger gab. Sie haben die Gehöfte nahe den Bergen zerstört, in denen außer ein paar Alten und Müttern mit ihren Kindern niemand lebte. Und sie haben die Vorhut des Heeres angegriffen, als die Krieger das Lager errichteten. Wohlgemerkt, die Vorhut, nicht das Heer! Warum das alles?« Er schaute aufmerksam in die Runde, doch jeder spürte, dass er nicht wirklich eine Antwort erwartete. »Weil sie Angst haben? Nein! Wer jemals von Angesicht zu Angesicht gegen die Uzoma gekämpft hat, weiß, dass sie keine Furcht kennen. Weil sie hoffen, dass wir den Pass verlassen, wenn wir sehen, dass das Hinterland den Angriffen schutzlos ausgeliefert ist? Sicher nicht. Wir wissen, dass ihr Heer nur über diesen Pass nach Nymath gelangen kann, und werden ihn unter keinen Umständen aufgeben – niemals! Vielleicht wollen sie uns aber auch von der Versorgung abschneiden, uns aushungern oder den Nachschub an Waffen blockieren, indem sie die Karawanen mit den Vorräten angreifen. Schon möglich. Doch wenn das ihr Ziel ist, haben sie sich verrechnet. In den Höhlen lagern genügend Vorräte, um uns den ganzen Winter über zu versorgen.« Er schüttelte den Kopf, »Nein. Das können nicht die wahren Gründe für die Ruhe hier am Pass und die Angriffe auf das Hinterland sein. Für mich sieht es ganz so aus, als flögen die Uzoma zunächst nur kleine Angriffe, um sich in dieser neuen Art der Kriegsführung zu üben. Vermutlich wollen sie die Flugechsen auf den Kampf vorbereiten und an die Reiter gewöhnen, damit später in der Schlacht alles reibungslos verläuft.« Zustimmendes Gemurmel erhob sich, doch Gathorion war noch nicht fertig. »Erinnern wir uns doch daran, wie es begann. Es ist noch nicht lange her, da tauchten die ersten berittenen Lagaren über den Bergen auf und griffen unsere Späher mit ihrem giftigen

Atem an. Es gab nur einen Reiter und kein Feuer. Und nun? Zwei Reiter auf jedem Lagaren, mehrere der geflügelten Echsen bei einem einzigen Angriff und dazu eine mächtige Waffe aus feurigem Wasser, das ganze Häuser in ein Flammenmeer verwandelt. Eine solch schnelle Entwicklung kann nur bedeuten, dass uns etwas bevorsteht, das all unsere Vorstellungen übersteigt.«

»Das ist gut möglich.« Bayard nickte zustimmend.

»Ein Lagarenangriff auf die Festung?« Es hatte ganz den Anschein, als wollte Toralf nicht recht glauben, was er da hörte. »Aber dafür müssten sie …«

»Dutzende von Lagaren haben«, beendete Gathorion den Satz an seiner Statt. »Richtig. Das ist vermutlich auch der Grund, warum sie nicht überraschend angreifen. Sie haben noch nicht die ausreichende Anzahl an Flugechsen gezähmt und ausgebildet, die sie für einen solchen Angriff benötigen.«

»Bei Callugars scharfem Schwert!«, entfuhr es Javier. »Wie viel Zeit bleibt uns noch?«

»Ich fürchte, nicht mehr viel.« Gathorion schüttelte betrübt den Kopf. »Wenn es sich so entwickelt wie bisher, vielleicht noch einen halben Silbermond. Wenn wir Glück haben, etwas länger.«

»Was können wir tun?«, warf Lazar ein.

»Wir brauchen mehr von den großen Pfeilkatapulten. Mindestens zwölf.« Gathorions Tonfall ließ keinen Zweifel daran, dass er diese Frage genauestens erwogen hatte. »Alle verfügbaren Männer müssen sich unverzüglich an die Arbeit machen. Die Katapulte müssen in der Lage sein, mindestens zwei Pfeile gleichzeitig abzuschießen. Und wir brauchen Pfeile, Hunderte lange Pfeile mit sehr scharfen Spitzen, die die Haut der Echsen mühelos durchdringen.« Er verstummte und ließ den Blick über die Gesichter der Versammelten schweifen. Die grimmige Entschlossenheit, die er darin las, gab ihm Anlass zur Hoffnung, doch Hoffnung allein reichte nicht aus, wenn seine Vermutungen der Wahrheit entsprachen. »Sollte es zu einem solchen Lagarenangriff kommen, haben wir nur eine Möglichkeit«, erklärte er. »Wir müssen die Flugechsen vom Himmel holen, ehe sie die Festung erreichen. Dann wird sich die tödliche Fracht über das Heer der Uzoma ergießen und sich gegen deren eigene Reihen wenden. Wenn uns das gelingt, haben wir gute Aussichten, die Schlacht zu gewinnen.«

»Die Schlacht, nicht aber den Krieg«, warf Bayard ein. »In all den Wintern, die wir den Pass gegen die Uzoma verteidigen, haben sie beständig an Macht gewonnen. Die Fähigkeit, nun auch die Flugechsen der Wüste für Angriffe einzusetzen und feuriges Wasser über die Berge zu schaffen, ist nur der Anfang einer schleichenden Entwicklung, die mir große Sorgen bereitet. Wie lange werden wir uns den immer mächtigeren Waffen der Uzoma widersetzen können? Wie lange können wir dem Druck noch standhalten? Selbst wenn es uns diesmal gelingen sollte, den zu erwartenden Angriff abzuwehren, ist es wahrscheinlich nur mehr eine Frage der Zeit, bis der nächste Angriff erfolgt. Und dann?

Als ich das zerstörte Lemrik sah, wurde mir bewusst, dass die Uzoma mächtige Verbündete haben müssen. Verbündete, die ihnen die nötigen Mittel an die Hand geben, sich mit den gefährlichen Lagaren zu verbünden oder sich diese gar untertan zu machen. Verbündete, die über Kenntnisse verfügen, die weit über die unseren hinausgehen. Ich wage sogar zu behaupten, dass hier Magie im Spiel ist.« Er hob die Hände zu einer mutlosen Geste, die keiner der Anwesenden von dem stämmigen Katauren erwartet hätte. »Und was haben wir?«, fragte er vorwurfsvoll. »Wir sitzen hier hinter dicken Mauern und verlassen uns schon seit fünf Wintern allein auf den Mut der Krieger, die Unbezwingbarkeit der Festungsanlage und auf Waffen, die uns seit Generationen gute Dienste leisten. Abgesehen von den großen Pfeilkatapulten, haben wir keine neuen Waffen erdacht und nichts dazu getan, den Krieg für uns zu entscheiden. Wir haben uns stets verteidigt, doch nie angegriffen, und zuletzt sogar tatenlos zugesehen, wie sich die Uzoma zu einer bedrohlichen Übermacht entwickelt haben.« Er wandte sich an den Elben und fügte hinzu: »Euch, Gathorion, habe ich es schon auf dem Weg zur Festung gesagt. Doch ich wiederhole es noch einmal, damit alle es hören: Wenn wir so weitermachen, werden wir den Angriffen der Uzoma früher oder später nicht mehr gewachsen sein. Schon jetzt gibt es kaum noch wehrfähige Krieger im Land. Mut und Entschlossenheit allein reichen nicht mehr aus, um Nymath zu verteidigen. Wenn wir nicht bald eine Möglichkeit finden, den feindlichen Kriegern Einhalt zu gebieten, sind wir verloren.«

Auf Bayards Worte folgte ein langes Schweigen. Wie Gathorion wussten auch die Heermeister, dass der Kataure Recht hatte, doch niemand hegte eine Vorstellung, wie man den Uzoma wirkungsvoll entgegentreten sollte.

»Was können wir tun?«, meldete sich Lazar schließlich zu Wort. »Schon unter Merdith haben wir oft über diese Frage nachgedacht. Zunächst hieß es, die Festung müsse so lange gehalten werden, bis die Nebelsängerin zurückkäme und die Magie der Nebel neu gewoben werde. Doch inzwischen geht es um mehr. Die Nebelsängerin hat uns im Stich gelassen. Wir sind auf uns selbst gestellt. Bayard hat Recht; es reicht nicht aus, sich nur hinter den Mauern zu verschanzen. Doch wir haben keinerlei Erfahrung in Angriffskriegen. Mit unseren geringen Möglichkeiten und unzureichenden Kenntnissen gegen das Heer der Uzoma aufzumarschieren käme einem Todesurteil gleich.«

»Mein Vater setzte großes Vertrauen in die Macht des Blutes«, erinnerte sich Gathorion nachdenklich. »Bis zu seinem Tod war er fest davon überzeugt, dass die Nebelsängerin eines Tages den Weg nach Nymath finden würde und ...« Er verstummte, weil er bemerkte, dass Inahwen sich erhob. »Was ist los, Schwester?«, fragte er.

»Entschuldigt mich«, sagte Inahwen, die den Ausführungen der Männer bisher schweigend gefolgt war. »Ich brauche ein wenig frische Luft und möchte ein paar Schritte gehen.« Sie schenkte den Anwesenden ein entschuldigendes Lächeln. »Ich bin bald zurück.« Mit diesen Worten wandte sie sich um und verließ den Raum.

Gathorion schaute ihr verwundert nach. Es war nicht Inahwens Art, eine wichtige Besprechung vorzeitig zu verlassen. Schon eine ganze Weile hatte er sie beobachtet und gespürt, wie unruhig sie war. Den Grund dafür konnte er sich nicht erklären, war sich jedoch sicher, dass das Bedürfnis nach frischer Luft und nach Bewegung nur ein Vorwand war. Es musste einen anderen Grund für ihr Verhalten geben – einen Grund, der so bedeutsam war, dass sie ihn vorerst für sich behalten wollte.

I

Natürlich kamen Schmerz und Heimweh doch, nur später.

Mit jeder Stunde, die verging und in der Ajana Zeit hatte, über all das nachzudenken, was ihr widerfahren war, wurden die Gefühle heftiger.

Die Heilerinnen kamen und gingen. Sie versorgten ihre Wunden, brachten Wasser und Nahrung und nahmen Mayleas Abwesenheit verständnislos zur Kenntnis. Zwar wechselten sie ein paar freundliche Worte mit Ajana, doch da diese sich eher kühl und abweisend verhielt, huschten sie bald wieder hinaus und ließen sie allein.

Nachdem sie eine Weile stumm zur Decke gestarrt hatte, kamen ihr die Tränen. Ein brennender Schmerz durchfuhr sie, und bald weinte sie hemmungslos. Als ihre Tränen versiegt waren, breitete sich der Kummer über all das, was sie verloren hatte, wie eine dumpfe, betäubende Leere in ihrem Innern aus.

Ob sie nach mir suchen?

Es gab keinen Trost, keine Worte, die sie hätten ermutigen können. Sie war allein. Wie ein junger Vogel, der zu früh aus dem Nest gefallen und plötzlich auf sich allein gestellt war, unfähig, die Welt um sich herum zu begreifen, und nicht ahnend, welche Gefahren ihn erwarteten.

Ob Mutter schon bei meinen Freundinnen angerufen hat?

Reglos lag sie auf dem harten Strohsack in der kleinen Kammer und starrte die Wand an, wo ein Sonnenstrahl, der durch eine kleine Öffnung fiel, langsam an dem grob verputzten Mauerwerk entlang wanderte.

Ob Vater schon die Polizei informiert hat?

Der Vormittag verrann, dann der Nachmittag, langsam und

tröpfelnd. Zeit hatte keine Bedeutung inmitten der bleiernen Leere und wurde zu einem kleinen quadratischen Lichtfeld auf grauem Felsgestein, der Zentimeter um Zentimeter vorankroch, bis er schließlich immer schmaler wurde. Kein Laut störte ihn auf seinem Weg, keine Bewegung unterbrach den Lichtstrahl, dem es seine Existenz verdankte.

Ob Rowen mich vermisst?

Irgendwann wurde es dunkel. Auf dem Boden neben dem Strohsack stand eine kleine Öllampe, doch selbst wenn Ajana gewusst hätte, wie man das Licht darin entfachte, sie hätte es nicht getan. Licht war ein Zeichen von Hoffnung, und für sie gab es keine mehr.

Ob ich sie jemals wieder sehe? Mutter, Vater und Rowen? Saskia und all die anderen Freunde und Freundinnen? Den geliebten Plüschbären und all die vielen kleinen Dinge, an denen ihr Herz hing?

Ob ich das noch einmal erlebe?

Den Frühling in Andrach, das sommerliche Treiben im Freibad, die herbstlich bunten Wälder rings um das kleine Städtchen und im Winter die romantischen Kutschfahrten durch die verschneite Landschaft?

Bilder aus glücklichen Tagen brachen wie eine Flut über Ajana herein, Bilder von Ereignissen, die sie zuvor nicht als bedeutsam empfunden hatte und die sie nun schmerzlich vermisste. Sie sah ihre Mutter in der Tür stehen und ihr mahnende Worte hinterher rufen, wenn sie das Haus verließ. Noch vor ein paar Tagen war ihr die übertriebene Fürsorge lästig gewesen, doch nun wünschte sie sich nichts sehnlicher, als die vertraute Stimme wieder zu hören. Sie sah Rowens Zigarette glimmend im Aschenbecher liegen, und was sie früher stets zur Weißglut gebracht hatte, erschien ihr plötzlich wie eine kostbare Erinnerung. Und sie fühlte die Hand ihrer Mutter, die ihr manchmal vor dem Einschlafen sanft über die Wange strich …

Seltsamerweise war es diese Berührung, die sie aus dem Dämmerschlaf der Erinnerungen riss. Eine Berührung, die so weit entfernt und vergangen schien und sich doch so wirklich und wahrhaftig anfühlte, dass …

Mit klopfendem Herzen öffnete Ajana die Augen, aber das Gesicht, das sie voller Güte anlächelte, hatte nichts mit dem ihrer Mutter gemein. Es war Inahwen, die neben ihr auf dem strohgefüllten Sack saß. »Fühlst du dich besser?«

Ajana sah, wie sich die Lippen bewegten, und hörte die warme, freundliche Stimme der Elbin, doch die Ernüchterung nach der Flut der Erinnerungen machte es ihr schwer zu antworten. »Ich … ich … ja«, stammelte sie, schüttelte dann aber den Kopf. »Nein.«

Inahwen deutete auf die Öllampe, deren tanzende Flamme den Raum rings um die Schlafstatt in ein warmes Licht tauchte. »Es war dunkel. Ich hoffe, es ist dir recht, dass ich sie entzündet habe.«

»Es spielt keine Rolle, ob es hell oder dunkel ist«, murmelte Ajana, zog sich die wollene Decke bis zum Kinn und drehte der Elbin den Rücken zu, in der Hoffnung, dass sie die ablehnende Geste richtig verstand. Sie wollte niemanden sehen und mit niemandem sprechen und hätte Inahwen am liebsten gebeten zu gehen.

Doch diesmal gab die Elbin nicht nach. »Du hast Kummer«, stellte sie fest. »Großen Kummer.«

»Ist das ein Wunder, wenn man seine Familie und seine Heimat verloren hat?« Obwohl Ajana keinen Groll gegen Inahwen hegte, schwang ein ärgerlicher Tonfall in den Worten mit.

»Nein, das ist es nicht.« Inahwen legte die Hand sanft auf Ajanas Schulter. »In diesen dunklen Zeiten müssen Unzählige Abschied nehmen von denen, die sie lieben, und die Gefilde verlassen, die sie über Generationen ihre Heimat nannten.«

»Das ist doch etwas ganz anderes.« Noch während Ajana sprach, spürte sie, dass sie besser geschwiegen hätte. Nun war es zu spät, die Worte waren den Lippen bereits entglitten.

»Ist es das?«, hakte die Elbin nach. »Gibt es denn zweierlei Arten von Schicksalsschlägen? Schlimme und weniger schlimme?«

»Nein«, erwiderte Ajana mit fester Stimme und fügte dann leise hinzu: »Aber es gibt solche, die man versteht, und solche, die einem unbegreiflich sind.«

»So wurde dir ein unbegreifliches Schicksal zuteil?«, forschte die Elbin weiter.

Ajana schwieg. Sie spürte, dass sie sich mit jedem Satz weiter in eine Richtung bewegte, die sie nicht einschlagen wollte. Zugleich war ihr klar, dass die Elbin sie ganz geschickt eben dorthin führen wollte.

»Erinnerst du dich daran, was ich dir am Imlaksee sagte?«, fragte Inahwen. »In Zeiten der Dunkelheit genügt eine Kerze, um das strahlende Tageslicht nicht zu vergessen«, wiederholte sie ihre Worte. »Eine solche Kerze brennt für jeden, auch wenn wir ihr Licht vor Kummer zunächst nicht sehen. Aber wenn wir die Augen öffnen, wenn wir bereit sind zu hoffen, dann wird ihr Licht uns durch die Dunkelheit leiten, bis die Finsternis überwunden ist.«

»Diese Kerze gibt es für mich nicht.« Ajana starrte noch immer die Wand an und rührte sich nicht. Es tat gut, mit jemandem zu sprechen, aber das wollte sie sich nicht eingestehen.

»Bist du sicher?«

»Ja!« Ajana legte allen Trotz, den sie aufbringen konnte, in das eine Wort, um zu überspielen, wie es wirklich in ihr aussah. Ich wünschte, ich wäre tot … tot … tot. Der Gedanke kam ihr von ganz allein, und obwohl sie ihn nicht gerufen hatte, spürte sie die verlockende Macht in den Worten. Der Tod konnte sie aus diesem Albtraum befreien, allen Schrecknissen ein Ende setzen und …

»Sich den Tod zu wünschen ist keine Lösung«, hörte sie Inahwen sagen, als hätte diese ihre Gedanken gelesen.

»Was wisst Ihr schon von Lösungen?« Ajana schnellte herum und setzte sich auf. In ihren Augen standen Tränen. »Ich habe nichts zu tun mit diesem Krieg und auch nicht mit diesem Land. Es ist mir gleich, was hier geschieht und wer die Schlacht gewinnt. Ich wollte nicht hierher, und ich will hier nicht bleiben. Ich … ich wollte … Ich will«, sie schluchzte laut auf und vergrub das Gesicht in den Händen. »Ich will nur zurück nach Hause.« Die letzten Worte brachen den Damm, den Ajana so krampfhaft aufrechterhalten hatte, und ein Strom von Tränen bahnte sich den Weg. Weinend sank sie in die Arme der Elbin, die sich ihr mitfühlend entgegenstreckten.

Als Ajana sich wieder gefangen hatte, reichte Inahwen ihr ein fein gewebtes Tuch, mit dem sie ihr tränenfeuchtes Gesicht trocknen konnte, und sprach: »Es liegt nicht in meiner Macht, dir den Weg zurück zu weisen, Ajana. Doch wenn du mir vertraust, kann ich versuchen, dir zu helfen. Vielleicht wirst du dann verstehen.«

»Was verstehen?« Ajanas Stimme bebte.

»Du trägst etwas bei dir, das du vor uns verbirgst«, sagte Inahwen sehr bestimmt. Nichts in ihren Augen deutete darauf hin, ob sie sich dessen so sicher war, wie ihre feste Stimme glauben machte, oder nur eine Vermutung aussprach. Doch Ajana hatte keine Kraft mehr für eine ausweichende Antwort. Betreten schaute sie zu Boden und nickte dann matt.

»Zeigst du es mir?« Die Stimme der Elbin war sanft und freundlich, doch es lag auch eine gespannte Erwartung darin, die Ajana sich nicht erklären konnte.

»Es ist in meiner Tasche«, sagte sie tonlos, während sie sich umwandte und in ihrem Kleiderbündel, das am Kopfende des Strohsacks lag, nach etwas suchte. »Die Krieger, die mich gefangen nahmen, schienen es zu fürchten«, berichtete sie. »Einer von ihnen verbrannte sich die Hand daran. Vielleicht könnt Ihr mir sagen, was es damit auf sich hat.« Während sie sprach, zog sie das Amulett an der silbernen Kette aus dem Bündel hervor. Die Runenplättchen funkelten im Licht der Öllampe, der Mondstein schimmerte geheimnisvoll, und weit in der Ferne glaubte Ajana wieder die traurige Melodie zu hören, die sie in dieses Land geführt hatte.

»Heilige Mutter allen Lebens!« Ehrfürchtig streckte Inahwen die Hand aus und nahm das Kleinod in Empfang. Für einen Augenblick fürchtete Ajana, auch sie könne sich daran verbrennen, doch nichts geschah. »Das Amulett der Nebel«, hauchte Inahwen und fügte feierlich hinzu: »Gaelithils Amulett.« Aufmerksam betrachtete sie es von allen Seiten und fragte dann: »Wie kam es zu dir?«

»Es ist ein Erbstück von meiner Tante«, erklärte Ajana, froh, endlich jemandem alles erzählen zu können. »Eigentlich war sie nicht meine Tante, sondern die Großtante meines Vaters«, sprudelte es aus ihr hervor. »Ich kannte sie gar nicht. Sie war schon sehr alt. Über hundert Jahre. Im Testament stand, dass ich es bekomme, weil ich die einzige weibliche Nachkommin ihres Blutes bin. Ich habe keine Ahnung, was das alles zu bedeuten hat, aber ich finde es sehr schön …«

»Mabh.«

»Wie bitte?«

»Mabh.« Inahwen lächelte. »So war ihr Name, nicht wahr?«

»Ja.« Ajana starrte die Elbin fassungslos an. »Aber woher …?«

»Woher ich das weiß?«, griff Inahwen die Frage auf. »Nun, ich kannte sie. Du musst wissen, dass uns Elben die Gnade eines langen, sehr langen Lebens vergönnt ist.«

»Ihr kanntet sie?« Es dauerte eine Weile, bis Ajana die ganze Tragweite dieser Worte begriff. »Dann … dann ist sie also auch hier gewesen?«

»O ja, das war sie.« Inahwen reichte das Amulett an Ajana zurück. »Vor langer, langer Zeit. Sie kam zu uns, um ihr vorbestimmtes Erbe anzutreten und die Magie der Nebel an sich zu binden, wie es die Tradition verlangt.«

»Nebel … Magie … Tradition?« Ajana war deutlich anzusehen, dass sie mit den Worten nichts anzufangen wusste. Aber die Gewissheit, dass auch Mabh einst in diesem seltsamen Land gewesen war, machte ihr Mut. Immerhin konnte Mabh nicht für immer hier geblieben sein. Eine Rückkehr war für sie demnach möglich. Hoffnung lag in ihrem Blick, als sie die letzte Träne fortwischte und die Elbin anschaute. »Erzählt mir von ihr.«

»Das würde ich gern, doch ich fürchte, dass alles, was ich dir sage, mehr Fragen aufwerfen wird, als ich dir beantworten kann.« Sie lächelte entschuldigend. »Zu wenig ist es, was ich über das Amulett und seine Bedeutung sagen kann. Doch erfüllt es mein Herz mit großer Freude, es hier in Nymath zu wissen, denn es ist das Licht der Hoffung, von dem wir glaubten, es nie wieder zu sehen.«

»Bitte, nur ein wenig«, flehte Ajana, ohne auf die Worte der Elbin einzugehen. »Ihr kanntet sie doch. Bitte erzählt mir, was Ihr wisst.«

»So hat man dir nichts über deine Bestimmung erzählt?« Zwischen Inahwens Brauen bildete sich eine kleine steile Falte. »Gibt es nichts, das Mabh dir hinterließ außer diesem Amulett?«

»Nein. Das heißt, doch. Da war noch ein Blatt Papier mit Noten und einem Text, den ich nicht lesen konnte. Aber es ist nicht mehr da«, sagte sie bedauernd. »Vermutlich ist es noch …«

»In deiner Welt?«, beendete Inahwen den Satz an Ajanas Stelle.

Ajana nickte. »Es lag vor mir auf dem Klavier, als ich die Noten abspielte.«

»Seltsam sind die Wege des Schicksals.« Inahwen seufzte. »Das Lied und das Amulett gehören untrennbar zusammen. Das Lied kann den Nebelzauber nicht ohne die Hilfe des Amuletts wirken, doch ohne den Text des Liedes zu kennen, ist auch das Amulett machtlos.« Ein Schatten huschte über ihr ebenmäßiges Gesicht, und Ajana spürte, dass sie es plötzlich sehr eilig hatte. »Habe ein wenig Geduld«, bat Inahwen nun wieder freundlich und erhob sich. »Ich weiß, es ist viel verlangt, dich gerade jetzt darum zu bitten, wo du so viele Fragen hast. Doch ich bin wahrlich nicht die Richtige, dir zu antworten. Lass mir ein wenig Zeit, meinen Bruder Gathorion von deiner Ankunft zu unterrichten und davon, dass du, anders als jene, die vor dir kamen, nicht mit der Aufgabe vertraut bist, die das Erbe dir auferlegt. Bisher wurde das Amulett stets von der Mutter auf die Tochter weitergegeben, und mit ihm auch alle Weisungen, die notwendig sind, um das Erbe anzutreten. Nie zuvor gelangte eine Nebelsängerin zu uns, die sich ihrer Aufgabe nicht bewusst war. Ich habe keine Kunde davon, was sich in deiner Welt zugetragen haben mag, dass die Erbfolge unterbrochen wurde, doch die Auswirkungen für Nymath hast du mit eigenen Augen gesehen. Die Magie der Nebel ist erloschen, und die Uzoma konnten die Gefilde verlassen, in die sie einst verbannt wurden. Seitdem herrscht Krieg in Nymath. Ein blutiger Krieg, den zu gewinnen wir kaum noch zu hoffen wagten.« Sie lächelte Ajana an. »Doch nun bist du gekommen, und mit dir kehrt auch eine große Hoffnung zurück in unser Land. Verzeih mir, aber es ist meine Pflicht, diese Botschaft weiterzugeben. Mein Bruder wird wissen, was zu tun ist, und dafür sorgen, dass auch deine Fragen so bald wie möglich beantwortet werden. Und zwar von jemandem, der die Geschichte des Amuletts besser kennt als ich. Ich spüre deine Unruhe und verstehe dich, und dennoch bitte ich dich um ein wenig Geduld.«

Obwohl Ajana nicht zufrieden mit dem Wenigen war, das sie von Inahwen erfuhr, lächelte sie höflich. Die Worte der Elbin hatten tatsächlich mehr Fragen aufgeworfen als beantwortet, aber sie schwieg und beobachtete stumm, wie Inahwen sich erhob. »Ich werde nicht lange fort bleiben«, erklärte die Elbin. »Wenn mein Bruder davon erfährt, wird er dich sicher gleich sehen wollen.« Sie maß Ajana mit einem nachdenklichen Blick. »Fühlst du dich schon kräftig genug, um mit ihm zu sprechen?«

»Wenn hinter alledem wirklich ein höherer Sinn liegt, wie Ihr es sagt, werde ich die Kraft dazu finden«, behauptete Ajana, und der Ausdruck in ihren Augen ließ keinen Zweifel daran, dass sie es ernst meinte.

Zum zweiten Mal, seit das Heer die Festung erreicht hatte, breitete die Nacht ihre schwarzen Schwingen über das Gebirge. Nebel kroch über die Ebene am Fuß der Festungsanlage und bedeckte die Landschaft wie ein wogendes Meer, aus dem sich die Grabhügel der Gefallenen wie kleine dunkle Inseln im Schein des Kupfer- und des Silbermondes erhoben.

In ihren wärmenden Umhang gehüllt, schritt Maylea allein durch die Einsamkeit des Gräberfeldes. Ihr von Bitternis gezeichneter Blick huschte rastlos über die kalten Ruhestätten jener, die ihr Leben im Kampf gegen die Uzoma verloren hatten und deren Leiber nun dicht gedrängt in eilig ausgehobenen Gräbern ruhten.

Eine Träne löste sich aus dem Augenwinkel und lief Maylea langsam über die Wange. Wie ein flüssiger Kristall funkelte sie im Mondlicht und hinterließ eine glänzende Spur auf ihrer dunklen Haut, bis eine beiläufige Handbewegung sie jäh hinwegwischte.

Maylea ging weiter. Wie ein suchender Geist schritt sie durch die Nebel, das Gesicht verzerrt von Gefühlen, deren Qual stumm nach Erlösung schrie. Als sie fand, wonach sie suchte, hielt sie inne und sank auf die Knie. Ihre Hände berührten die feuchte Erde des aufgeworfenen Grabhügels, an dessen Ende eine Feuerpeitsche daran erinnerte, dass hier Amazonen der Wunand ihre letzte Ruhestätte gefunden hatten.

Maylea erschauerte. Ihre Schultern bebten vor unterdrückten Schluchzern, und ihre Lippen bewegten sich stumm, als sie um Worte rang, die nicht hervorkommen wollten. Schließlich beugte sie sich vor, presste die Stirn gegen den kühlen Hügel und flüsterte voller Gram: »Oh, Schwestern. Was haben sie getan?« Bei diesen Worten löste sich der Schmerz in ihrem Innern und brachte einen Schwall von Tränen hervor.

Sie war gekommen, um gemeinsam mit ihren beiden Schwestern gegen die Uzoma zu kämpfen. Seite an Seite hatte sie mit ihnen die Freiheit Nymaths verteidigen wollen, doch obwohl sie unermüdlich nach ihnen gesucht hatte, war sie nirgends auf einen Hinweis auf die beiden gestoßen. Im Lager der Wunandamazonen kannte keiner ihre Namen, und niemand hatte sie gesehen. Es schien, als wären sie niemals dort gewesen. Am frühen Abend war Maylea schließlich in die Quartiermeisterei gegangen, um dort in den Listen der Krieger nach ihren Schwestern zu forschen. Der Quartiermeister war sehr hilfsbereit gewesen. Als er gefunden hatte, wonach sie suchte, hatte er Maylea lange angesehen und sie gefragt, ob sie es wirklich wissen wolle. Sein Blick war ihr zwar Antwort genug gewesen, doch obwohl sich Maylea vor der Wahrheit gefürchtet hatte, hatte sie darauf bestanden zu erfahren, wie es ihren Schwestern ergangen war.

Was sie zu hören bekommen sollte, hatte ihre schlimmsten Erwartungen übertroffen. Den beiden jungen Mädchen war nicht einmal eine kurze Zeit in der Festung vergönnt gewesen. Kaum, dass sie zwei Tage dort verbracht hatten, so erfuhr Maylea, waren sie schon einem massiven Angriff der Uzoma zum Opfer gefallen.

Die junge Wunand krallte die Hände in die Erde. So viele Winter hatte sie ihre geliebten Schwestern nicht gesehen, so lange darauf gehofft, endlich wieder mit ihnen vereint zu sein. Noch am Morgen hatte sie sich am Ziel ihrer Wünsche gewähnt und ungeduldig darauf gewartet, den Feinden Nymaths endlich Auge in Auge gegenüberzustehen.

Und jetzt?

All ihre Wünsche und Hoffnungen lagen unter dem kalten Erdhügel begraben. Bleiche Knochen im Schoß der Erde. Eine Zukunft gab es nicht mehr.

Die Nebel stiegen höher und hüllten Maylea ein. Die Luft wurde eisig. Eine dünne Reifschicht bildete sich auf dem Grab und überzog die Halme der Gräser mit einer feinen weißen Schicht aus Eis, doch noch immer rührte sie sich nicht. Ihr Leben, so schien es ihr, hatte jeden Sinn verloren, und obgleich die Bedrohung durch die Uzoma allgegenwärtig war, war es doch nicht mehr dasselbe. Allein der Tod würde sie jetzt noch mit ihren Schwestern vereinen.

Als sie sich schließlich erhob, war der qualvolle Ausdruck in ihrem Gesicht einer wilden Entschlossenheit gewichen. Zum Abschied legte sie die geballte Faust in der Art der Krieger auf die Brust und sprach mit fester Stimme den Schwur der Wunand. »Wir sehen uns wieder. Emo!«, sagte sie feierlich und fügte hinzu: »Ich werde euren Tod rächen, denn ich habe keine Angst. Emo!«

»Deshalb bist du also mit mir zum Pass gekommen und nicht, wie du es ursprünglich vorhattest, zu unserer Mutter weitergeritten.« Gathorion nickte bedächtig. Er hatte sich schon gefragt, was Inahwen zu dem Sinneswandel bewogen hatte, wäre aber nie auf den Gedanken gekommen, dass es etwas mit der Fremden zu tun haben könnte.

Die Versammlung der Heermeister hatte bis tief in die Nacht angedauert, doch Inahwen hatte es vorgezogen zu schweigen und mit unbeweglicher Miene den Ausführungen der anderen gelauscht. Nur Gathorion, der seine Schwester gut kannte, hatte ihre Anspannung und Unruhe gespürt. Gern hätte er schon früher erfahren, was sie bewegte, doch erst als die Heermeister den Raum verlassen hatten, war Inahwen bereit gewesen, ihm von ihrer ungeheuerlichen Entdeckung zu berichten.

»Mein Gefühl trügt mich selten.« Inahwen lächelte entschuldigend. »Als ich Bayards Bericht am Imlaksee von der Gefangenen reden hörte, war es nur ein Gedanke, eine vage Hoffung, die sich jedoch verstärkte, als ich dort mit ihr sprach. Die Heilerinnen hatten ihr die Gewänder einer Onur gegeben, doch es war offensichtlich, dass ihr die Kleidung fremd und ungewohnt war. Ihre Sprache weist zudem einen seltsamen Klang auf, den ich keinem der Stämme zuordnen konnte. Als ich sie das erste Mal sah, spürte ich sogleich, dass sie eine Last mit sich trug und etwas vor mir zu verbergen suchte. Doch sie war ängstlich und verletzt, und ich wollte sie nicht bedrängen. In den Hallen der Heilerinnen wirkte sie gefasster und nicht mehr so verwirrt wie noch am Imlaksee. Aber sie ist sehr traurig. Diese Trauer war es dann auch, die dazu führte, dass sie sich mir anvertraute und mir das Amulett zeigte.«

»Ich muss das Mädchen unbedingt sehen.« Gathorion erhob sich, trat zu Inahwen und ergriff die Hand seiner Schwester. In seinen Augen glomm das Feuer einer neu erstarkten Hoffnung, und seine Stimme war voller Zuversicht, als er weitersprach. »Wenn sie wirklich die Nebelsängerin ist, auf die wir so lange gewartet haben, gibt es neue Hoffnung. Durch sie wird endlich wieder Frieden herrschen in Nymath.« Er schloss die Hand fester um die seiner Schwester, lächelte verhalten und sagte: »Ich habe nie wirklich aufgehört, an die Prophezeiung zu glauben, aber ohne dich …«

»Warte!« Inahwen hob Einhalt gebietend die Hand. »Noch ist nichts bewiesen. Und selbst wenn sie die Nebelsängerin ist, wissen wir nicht, ob sie uns auch beistehen kann. Im Gegensatz zu ihren Vorgängerinnen erwartet sie eine ungleich schwierigere Aufgabe, an der sie vielleicht sogar scheitern könnte. Während es den anderen oblag, Gaelithils Magie an sich binden, steht ihr die Aufgabe bevor, die magischen Nebel gänzlich neu zu weben. Und das in einem Land, das bereits fest in den Händen der Uzoma ist! Doch nicht nur die Aufgabe, auch die Voraussetzungen, unter denen sie den Weg hierher fand, unterscheiden sich grundlegend von denen der anderen. Sie kennt ihr Erbe, nicht aber ihre Bestimmung. Niemand hat sie in die Bedeutung des Amuletts eingeweiht, niemand sie auf Nymath vorbereitet. Das Amulett kam zu ihr als ein gewöhnliches Schmuckstück, denn die letzte Nebelsängerin starb, bevor sie das Erbe weitergeben konnte. Ajana ahnt nicht, welch ungeheure Pflicht das Schicksal ihr auferlegt hat. Ihr sehnlichster Wunsch ist nur, nach Hause zurückzukehren.«

»Du hast Recht. Verzeih.« Gathorion zog sich einen Stuhl heran und setzte sich. »Wenn es so ist, wie du sagst, sollten wir uns wahrlich davor hüten, zu große Erwartungen in sie zu setzen.«

»Das denke ich auch.« Inahwen nickte. »Nur einige Auserwählte sollten erfahren, dass die Nebelsängerin zurückgekehrt ist. In unserer Lage falsche Hoffungen zu wecken könnte fatale Folgen haben. Besser, die Krieger erfahren nichts davon. Wir wissen weder, ob sie willens ist, uns zu helfen, noch ob sie die nötigen Fähigkeiten dazu besitzt.«

»Ich werde mit ihr reden.« Gathorion stand auf und reichte Inahwen die Hand. »Lass uns zu ihr gehen.«

»Ajana?« Eine Hand berührte achtsam ihre Schulter und rüttelte sie sanft wach.

»Ajana, ich bin zurück. Wach auf.«

»Lass mich ... ich will nicht zur Schule.«

»Wach auf.« Wieder rüttelte sie die Hand, diesmal kräftiger. Ajana schlug die Augen auf und schaute in Inahwens ebenmäßiges Gesicht. »Oh.« Nur langsam wurde ihr bewusst, wo sie war. »Entschuldigung«, sagte sie schnell. »Ich ... ich habe geträumt.«

»Schon gut.« Inahwen lächelte, setzte sich neben Ajana auf den Strohsack und deutete auf den Elbenprinz, der hinter ihr stand.

»Das ist Gathorion, mein Bruder. Ich habe ihm bereits von unserem Gespräch erzählt. Er weiß …«

»Aha.« Ajana setzte sich auf, zog die Knie dicht an den Körper und schlang die Arme darum. Sie wusste nicht, was sie sagen sollte, und so wartete sie zunächst ab, bis auch der Elb sich setzte und Inahwen erneut zu sprechen begann. »Zeigst du ihm das Amulett?«, fragte die Elbin sanft.

»Ja.« Ajana griff nach ihrem Bündel und holte das Kleinod vorsichtig hervor.

»Gaelithils Amulett. Dem wandernden Stern sei Dank.« Der Elb betrachtete das Schmuckstück aufmerksam von allen Seiten. »Was weißt du darüber?«

»Nur das, was ich schon gesagt habe«, erwiderte Ajana und wiederholte, was sie zuvor Inahwen erzählt hatte.

»Und was weißt du noch?«, wollte Gathorion wissen.

»Nicht viel mehr«, erklärte Ajana wahrheitsgetreu. »Es war noch ein Blatt Papier dabei. Mit Noten. Ich spielte sie am Klavier, dann erwachte ich irgendwo dort draußen.«

»Was sagen dir diese Zeichen?« Gathorion deutete auf die silbernen Plättchen des Amuletts.

»Nichts.«

»Gar nichts?«

»Nein.«

»Bei den Göttern.« Gathorion warf Inahwen einen betroffenen Blick zu. Dann erhob er sich und tauschte mit ihr den Platz, um dichter bei Ajana zu sitzen. »Das sind Runen«, erklärte er mit ruhiger Stimme. »Magische Zeichen, welche die Fähigkeit besitzen, verborgene Kräfte in uns zu wecken oder vorhandene zu stärken. Manche bieten uns auch Schutz, so wie diese hier, die wir *Algiz* nennen.« Er deutete auf eine Rune in Form eines Ypsilons mit einem durchgehenden senkrechten Strich in der Mitte. Dann deutete er auf ein Symbol, das einem X vergleichbar war, dessen äußere Enden eine senkrechte Linie verband. »Das ist die Rune *Dagaz*. Die Rune des kleinen Mondes. Sie steht für das Licht der Erkenntnis und der Erleuchtung. Wer ihre Macht missachtet, tritt nie aus dem Dunkel des Schattendaseins und huldigt der kurzsichtigen Selbstsucht. Und diese hier«, er zeigte auf eine Rune, die der ersten ähnlich war, nur dass sie aussah, als stünden die Dreiecke auf zwei langen Beinen, »heißt *Mannaz.* Sie zeigt die Vereinigung von Himmel und Erde auf. Mit ihr halten wir die Verbindung zu unseren Ahnen lebendig und lernen, uns selbst zu erkennen. Diese hier, die aussieht wie zwei gekreuzte Linien, nennen wir *Gebo.* Sie verkörpert die Opfergabe, die Großzügigkeit und Gastfreundschaft. Das ist *Wunjo* – die Rune der Harmonie und der Freundschaft, denn sie ist eine starke Binderune.« Er senkte das Amulett und sah Ajana prüfend an. »Dies ist nicht einfach nur ein Erbstück, das du bei dir trägst«, sagte er feierlich. »Geschaffen von einer mächtigen Elbenpriesterin, birgt es große Kräfte, die wir nur erahnen können. Bisher wurde das Wissen darum stets von der Mutter auf die Tochter weitergegeben, doch das Wissen ging verloren.« Er seufzte betrübt, aber seine Stimme klang hoffnungsvoll, als er weitersprach. »Dass du dennoch nach Nymath gefunden hast, ist ein gutes Zeichen. Doch reicht es nicht hin, um den Weg zu gehen, den ...«

»Der einzige Weg, den ich gehen möchte, ist der, der mich wieder nach Hause bringt«, warf Ajana trotzig ein. Dass der Elb die Bedeutung der Schriftzeichen auf dem Amulett kannte, hatte sie zwar beeindruckt, aber in ihr brannte nur der eine Gedanke: Wann komme ich endlich wieder zurück?

»Ich verstehe deine Ungeduld«, erwiderte Gathorion. »Aber es liegt nicht in meiner Macht, dir diesen Weg zu weisen.«

Ajana krallte die Finger in die wollene Decke und schüttelte enttäuscht den Kopf. Sie hatte so sehr gehofft, Gathorion könne ihr weiterhelfen. Doch nun ...

»... müssen wir andere zu Rate ziehen, die sich in diesen Dingen besser auskennen als Inahwen oder ich«, hörte sie Gathorion sagen. »Ich bin sicher, die Heilerinnen kümmern sich gut um dich«, wechselte er das Thema. »Doch dies ist nicht der rechte Ort für dich.« Er streckte Ajana die Hand entgegen, um ihr beim Aufstehen behilflich zu sein. »In Inahwens Räumen ist es weitaus behaglicher. Ich bitte dich, uns dorthin zu begleiten. Es gibt so vieles zu bereden, das nicht für fremde Ohren bestimmt ist.«

»Ich bin Euch dankbar für die Hilfe.« Ajana ergriff die Hand und stand auf. »Ihr seid sehr freundlich zu mir. Ich habe so viele Fragen, die ich gern beantwortet hätte …«

Auch Inahwen war aufgestanden. »Ich werde versuchen, dir alles zu erklären. Nur um eines bitte ich dich eindringlich: Dieses Kleinod ist weit mächtiger, als die einzelnen Runen vermuten lassen. Du tatest gut daran, es niemandem zu zeigen. Hüte es auch weiterhin im Verborgenen und zeige es nur jenen, die Gathorion und ich dafür auserwählt haben.«

»Eine Nachricht für Euch.« Der halbwüchsige Uzomaknabe deutete schüchtern eine Verbeugung an. Dann reichte er dem fremdartig anmutenden Mann im schwarzen Kaftan ein versiegeltes Pergament. Er wusste nicht, wer der Fremde war, der seit ein paar Nächten im Heerlager der Uzoma Quartier bezogen hatte. Doch die Ausrüstung, die er mit sich führte, und die Gerüchte, die sich um ihn rankten, deuteten an, dass es sich um jemanden von großer Bedeutung handelte. Diese Vermutung unterstrich auch das edle Siegel, geprägt mit drei Flammen in rotem Wachs, das die Botschaft verschloss – Vharas persönliches Siegel. Nur einmal war dem jungen Uzoma bisher eine solche Botschaft anvertraut worden, damals vor etwa einem Winter, als die Hohepriesterin persönlich das Heerlager besucht hatte.

»Verschwinde!« Ohne ein Wort des Dankes riss der Fremde dem Jungen das Pergament aus der Hand, setzte sich wieder ans Feuer, das er abseits des Heerlagers entzündet hatte, und schlang sich die wärmende Decke aus weichem Burakifell um die Schultern. »Was stehst du noch da herum?«, herrschte er den Jungen an, der die wertvollen Felle bewundernd und sehnsüchtig zugleich anstarrte. Die Nächte in den Bergen waren empfindlich kalt, und die dünnen, harten Ziegenfelle der Uzoma vermochten den Kriegern nicht annähernd so viel Wärme zu spenden wie solch kostbare Burakifelle.

»Scher dich endlich weg.« Der Ajabani machte eine ungehaltene Handbewegung, die keinen Zweifel daran ließ, dass er allein sein wollte. Das Licht des Feuers spiegelte sich bedrohlich in seinen dunklen Augen, und der Junge zuckte erschrocken zusammen. Augenblicklich wandte er sich um und eilte den Hang hinunter zum Heerlager, um dem Kommandanten zu berichten, dass er den Auftrag ausgeführt hatte.

Der Ajabani blickte ihm nach, bis er in der Dunkelheit verschwunden war, dann brach er das Siegel und überflog die wenigen Zeilen, die auf dem Pergament niedergeschrieben waren.

Sie hat die Festung erreicht, stand dort in geschwungener Handschrift zu lesen. *Macht Euch bereit und seid wachsam. Sie wird kommen.*

Der Morgen des zweiten Tages, den Ajana in der Festung am Pass verbrachte, graute mit einem kalten, düsteren Licht, das die Ahnung des Winters in sich trug, der sich von den schneebedeckten Gipfeln langsam auf den Weg in die Täler begab. Wärme und Helligkeit der aufgehenden Sonne wurden von niedrigen Wolken und dichtem Nebel verschlungen, der an den Flanken des Gebirges aufstieg. Es war windstill und kalt.

Ein halbes Dutzend Krieger, die noch vor Beginn der Dämmerung auf die Jagd nach Burakis gegangen waren, kehrten mit ihrer Beute in die Festung zurück. Zwei stattliche Hirsche an langen Stangen zwischen sich tragend, durchschritten sie das große Tor und hielten auf den Teil der Festung zu, in dem die Herdmeister emsig ihrem Tagewerk nachgingen. Die Gesichter der Krieger waren von Anstrengung und Kälte gerötet. Ihr Atem stieg in grauen Wölkchen zum Himmel empor, als sie grüßend an Bayard vorbeigingen, der auf dem Weg zu Gathorion war.

Nachdem die Besprechung am Vortag bis tief in die Nacht hinein angedauert hatte, verwunderte es den Heermeister, dass der Elbenprinz ihn so früh schon wieder zu sich berief, doch als Krieger war er es gewohnt, keine Fragen zu stellen, und machte sich unverzüglich auf den Weg.

Mit weit ausgreifenden Schritten eilte er an den steinernen Bauten der Pferdeställe vorbei und weiter über den großen freien Platz, der den Rekruten zum Exerzieren diente, um schließlich zu dem niedrigen Gebäude aus Felsgestein zu gelangen, in dem sich das Quartier des befehlshabenden Kommandanten befand. Achtungsvoll klopfte Bayard an die hölzerne Tür und trat ein, nachdem ihn eine Stimme von drinnen dazu aufgefordert hatte.

»*Mae Govannen*, Bayard.« Gathorion saß an dem kleinen Tisch, auf dem sich ein ungeordneter Berg aus Pergamenten und Büchern türmte, und studierte im Licht eines fünfarmigen Leuchters eine Karte der südlichen Ebene. Er legte das Pergament zur Seite, erhob sich und zog einen weiteren Stuhl heran. »Setzt Euch«, bat er den Heermeister mit einer einladenden Geste und nahm ebenfalls wieder Platz. »Es freut mich, dass Ihr meinem Ruf so schnell gefolgt seid, denn was wir zu besprechen haben, duldet keinen Aufschub.« Er griff nach der Karte und breitete sie vor Bayard aus.

»Aber die anderen sind noch nicht da«, wandte Bayard ein. »Sollten wir nicht besser warten, bis Toralf und …«

»Es sind alle hier, nach denen ich geschickt habe«, erwiderte der Elb.

»Ich verstehe.« Bayard blickte erwartungsvoll auf die Karte. Es war nicht üblich, Heermeister einzeln zu laden. Dass Gathorion es dennoch tat, ließ vermuten, dass es sich um eine streng vertrauliche Angelegenheit handelte.

»Sehr vertraulich«, hörte Bayard Gathorion in diesem Augenblick sagen, und er fragte sich nicht zum ersten Mal, ob der Elb wohl Gedanken lesen könne.

»Die Angelegenheit, in der ich Euch rufen ließ, erfordert ein Höchstmaß an Verschwiegenheit.« Gathorion senkte die Stimme und sah Bayard eindringlich an. »Niemand, hört Ihr, niemand darf etwas von dem erfahren, was ich Euch jetzt sage. Es sei denn, ich gestatte es ausdrücklich.«

»Ich habe verstanden.« Obwohl Bayard die Frage auf der Zunge brannte, worum es sich handelte, zwang er sich zu einer sachlichen Antwort. Nie zuvor hatte er den Elben so ernst erlebt.

»Gut.« Gathorion hob die Hand und deutete auf einen Punkt auf der Südseite des Pandarasgebirges. »Wenn alles so verläuft, wie ich vermute, werden wir einen kleinen Trupp von Kriegern dorthin schicken müssen.«

»Dorthin?« Bayard traute seinen Ohren nicht. »Aber das ist mitten im Uzomagebiet.«

»Richtig.«

»Warum? Was ist dort?«

Vor der Tür waren deutliche Schritte zu hören. Jemand klopfte zaghaft, und Gathorion erhob sich. »Das werden wir gleich besprechen«, sagte er, während er den Raum durchschritt und die Tür öffnete, »Heermeister Bayard!«. Inahwen betrat in Begleitung von Ajana den Raum. Sie grüßte den Katauren freundlich, legte der jungen Frau den Arm um die Schultern und führte sie zum Tisch. »Sagte mein Bruder Euch schon, welch unglaubliches Glück Euer mutiges Handeln in Lemrik für unser Land bedeutet?«, fragte sie und vergewisserte sich mit einem kurzen Blick über die Schulter, dass Gathorion die Tür wieder geschlossen hatte. »Euch haben wir es zu verdanken, dass nicht alle Hoffnung verloren ist. Denn die Gefangene, die Ihr mit Euren Männern in Lemrik aus den Händen der Uzoma befreit habt, ist keine Geringere als die Nachfahrin der Elbenpriesterin Gaelithil, die ihr Menschen die Nebelsängerin nennt.«

»Thorns heilige Rösser!« Bayard sprang auf und starrte Ajana an. »Wie ist es möglich, dass wir es die ganze Zeit nicht bemerkt haben? Da haben wir den einzigen Unterpfand für die Zukunft der Vereinigten Stämme bei uns und ahnen nichts davon!«

»Sie wusste es selbst nicht«, erklärte Inahwen und schenkte Gathorion ein Lächeln, der zwei Stühle für die Frauen heranschob und sich dann ebenfalls setzte.

»Unfassbar.« Bayard starrte Ajana unverhohlen an und schüttelte fassungslos den Kopf. »Unglaublich.«

»Und doch ist es die Wahrheit«, ergriff Gathorion das Wort. »Nun wisst Ihr, warum ich nur Euch zu mir rief und mich Eurer Verschwiegenheit versicherte.«

»Aber warum sollten wir dem Volk Nymaths die wunderbare Botschaft verschweigen?«, fragte Bayard sichtlich aufgewühlt. »So lange schon hofft man darauf, dass die Nebelsängerin zurückkehrt. Die Kunde würde sich wie ein Lauffeuer verbreiten. Sie würde den Menschen neuen Mut eingeben und die verlorene Hoffung wieder erstarken lassen. Sie würde …«

»Ich weiß, was Ihr empfindet«, unterbrach Gathorion den Redefluss des Heermeisters. »Doch die Sache ist nicht so einfach, wie es zunächst scheint …«

Nachdem Gathorion seine Ausführungen beendet hatte, herrschte langes Schweigen in dem kleinen Raum. Während die beiden Elben darauf warteten, wie der Heermeister die Neuigkeit aufnähme, schweiften Ajanas Blicke immer wieder über die Karte Nymaths, die neben ihr ausgebreitet lag.

»Nun …« Bayard räusperte sich, als müsste er die Worte, die er sagen wollte, erst sorgfältig erwägen. »Nun, das ist in der Tat eine schwierige Lage, in der wir uns befinden. Ajana kann uns wahrlich nicht helfen, wenn sie nicht um die Hintergründe der Nebel weiß.« Grübelnd strich er sich mit der Hand über das bärtige Kinn. »Aber wer könnte sie in die Magie einweihen?«

»Es gibt jemanden«, sagte Inahwen.

Bayards niedergeschlagene Miene hellte sich auf. »Wen meint Ihr?«

»Einen halben Tagesritt von hier entfernt, in den Vorbergen des Pandarasgebirges, lebt eine weise Frau – die Magun. Es heißt, sie sei weder Mensch noch Elb und so alt, dass selbst wir Elben uns nicht zu erinnern vermögen, wann sie das erste Mal gesehen wurde. Man sagt, dass sie sich vieler Dinge zu erinnern vermag, die in der Chronik Nymaths nicht verzeichnet sind. Vor allem aber heißt es, sie sei die Letzte gewesen, die Gaelithil lebend sah.«

Bayard war plötzlich voller Tatendrang. »Dann lasst uns nach ihr suchen. Je eher wir einen Weg finden, dem grausamen Töten ein Ende zu setzen, desto besser.«

»Ich hatte erwartet, dass Ihr so denkt«, sagte Gathorion lächelnd. »Deshalb schlage ich vor, dass Ihr Inahwen und Ajana auf der Suche nach der alten Frau begleitet. Mir ist wohler zumute, wenn ich Eure Asnarklinge in ihrer Nähe weiß.«

»Ich werde sie mit meinem Leben beschützen«, schwor Bayard. Er legte die geballte Faust zum Zeichen der Ehrerbietung auf die Brust, verneigte sich leicht und sagte an Ajana gewandt: »Euer Geheimnis ist bei mir sicher wie in einem Grab. Kein Wort wird über meine Lippen kommen.«

»Ich … danke Euch.« Es war offensichtlich, dass die ganze Angelegenheit Ajana unangenehm berührte. Sie lächelte verlegen und fuhr dann an Inahwen gewandt fort: »Glaubt Ihr, sie wird wissen, wie ich in meine Welt zurückfinde?«

Die Elbin lächelte. »Ich verstehe deine Sehnsucht«, sagte sie voller Mitgefühl. »Doch fürchte ich, dass es nicht so einfach sein wird. Jede Nebelsängerin ist erst nach Hause zurückgekehrt, nachdem sie die ihr vorbestimmte Aufgabe erfüllt hatte. Erst dann hat die Magie des Amuletts erneut das Tor zwischen den Welten geöffnet.« Sie sah, wie Ajana bei ihren Worten erblasste und ihre Hände sich verkrampften. Daher fügte sie hastig hinzu: »Doch niemand kann sagen, welchen Weg das Schicksal für dich bestimmt hat. Wir können nur vermuten. Um Gewissheit zu erlangen, sollten wir sogleich aufbrechen und die Magun suchen.«

»Warum suchen?«, warf Bayard ein. »Heißt das, Ihr wisst nicht, wo die Alte zu finden ist?«

»Wir kennen Orte, an denen sie gesehen wurde«, erwiderte Inahwen. »Und wir wissen aus Berichten, wo die Hütte stehen soll, die sie bewohnt. Dennoch ist es nicht leicht, zu ihr zu gelangen. Sie lebt im Verborgenen. Wie der Nebel, der auftaucht und vergeht, erscheint sie und entschwindet wieder, ohne eine Spur zu hinterlassen. Die meisten, die auf der Suche nach Wissen waren, kehrten zurück, ohne ihr begegnet zu sein. Sie zeigt sich nur selten, und es scheint, als gewährte sie nur jenen Zutritt in ihre Hütte, die ihr willkommen sind. Für alle anderen bleibt sie unerreichbar.«

»Scheint so, als müssten wir uns darauf verlassen, dass sie uns wohlgesonnen ist«, knurrte Bayard mit leiser Ironie. »Aber wir haben kaum eine Wahl. Ich wüsste nicht, wer uns sonst weiterhelfen könnte.«

»So ist es dann beschlossen.« Gathorion erhob sich, sah Ajana an und fragte: »Du hast einen langen Ritt vor dir. Wirst du mit einem Pferd zurechtkommen?«

»In meiner Welt bin ich viel geritten«, gab Ajana zur Antwort. »Macht Euch darum keine Sorgen.«

Nur wenige wurden Zeuge, wie Inahwen und Bayard in Begleitung einer unbekannten jungen Frau am späten Morgen durch das große Tor aus der Festung ritten. Es kam nicht häufig vor, dass Berittene die Festung verließen, doch der Heermeister und die schöne Elbin waren weithin bekannt, und die Wachen ließen sie wortlos passieren.

Die Festung blieb rasch hinter den dreien zurück, und bald erreichten sie die weitläufigen Wälder, die den Elben vor langer Zeit zu einer neuen Heimat geworden waren. Schmale Wege führten durch den herbstlichen Wald; die Luft war frisch und feucht, und obgleich sich die Sonne an diesem Tag nicht zeigte, war es wärmer, als das trübe Wetter vermuten ließ.

Der Hufschlag der Pferde verlor sich in der Stille des Waldes, die nur hin und wieder von dem einsamen Gesang eines Vogels oder dem aufgeregten Kreischen streitender Lavincis unterbrochen wurde. Staunend beobachtete Ajana die pelzigen Baumhörnchen, die es in ihrer Welt nicht gab. Sie hatte keine Mühe, das schnelle Tempo zu halten. Obwohl sie die Stichwunde noch immer spürte, waren die Schmerzen so weit abgeklungen, dass sie ungehindert reiten konnte. Ein strammer Verband, den ihr die Heilerinnen am Morgen angelegt hatten, gab ihr ausreichend Halt und schien wie geschaffen für ein solches Unterfangen. Der hellbraune Falbe, den sie ritt, war gutmütig und leicht zu führen, und so ertappte sie sich dabei, das Gefühl der Weite und der Freiheit zu genießen. Obwohl sie sich an viele schöne Ausritte erinnern konnte, hatte sie nie zuvor etwas Ähnliches erlebt und wünschte fast, der Ritt möge nie enden.

Irgendwann ließ Inahwen ihr Pferd dann freilich auf einer Lichtung anhalten und gebot den anderen mit einer mahnenden Handbewegung, sich ruhig zu verhalten. Ajana sah, wie die Elbin aufmerksam den Kopf wandte, als horchte sie auf etwas, und beobachtete, wie sie die Hände zu einem Trichter formte und an den Mund legte. Dann stieß sie einen Laut aus, der dem Ruf eines Käuzchens sehr ähnlich war, lauschte, wartete und versuchte es wieder.

Was immer sie erwartet hatte, der Wald um sie herum blieb stumm. Nur das leise Rascheln fallender Blätter begleitete das Schnauben der Pferde, die die willkommene Rast zum Grasen nutzten.

»Inahwen, Ihr ...« Bayard verstummte, als die Elbin mahnend einen Finger auf die Lippen legte. Erneut stieß sie den seltsamen Laut aus und hoffte auf eine Antwort.

»Inahwen, es ist ...«

»Drei seltsame Käuzchen sind es, die sich hier auf meiner Lichtung eingefunden haben.« Die altersbrüchige Stimme ertönte so dicht hinter Ajana, das sie erschrocken zusammenzuckte. Sie drehte sich um und erkannte eine gebeugte, in Lumpen gehüllte Gestalt, die so unvermittelt auf der Lichtung stand, als wäre sie aus dem Nichts erschienen. Gestützt auf einen knorrigen Stab aus Wurzelholz, der sie um Haupteslänge überragte, blickte sie die drei Reiter aus trüben, vom Alter gezeichneten Augen an, die unter einem verfilzten grauen Haarschopf hervorlugten.

»Magun!« Mit einer anmutigen Bewegung schwang sich Inahwen aus dem Sattel und eilte der Alten entgegen. Unmittelbar vor ihr hielt sie inne und beugte ehrfürchtig das Haupt. Behutsam ergriff sie die knöcherne Hand der Alten und führte sich den Handrücken zum Gruß gegen die Stirn. »Ich bin sehr froh, dass Ihr uns gestattet, Euch aufzusuchen«, sagte sie ehrfurchtsvoll. »Wir tragen viele Fragen in unseren Herzen, von denen das Schicksal Nymaths abhängt. Fragen, die nur Ihr beantworten könnt.«

»Die von Gaelithils Blute ist und jene, die ihr folgen, sind mir willkommen«, erwiderte die Alte, hob den Kopf und blickte Ajana an. Ajana erschauerte. Es war, als ob die Alte ihr bis auf den Grund der Seele blickte, doch sie fühlte, dass nichts Böses darin lag, und verspürte keine Furcht. Auch sie saß nun ab, ging auf die Alte zu und deutete eine Verbeugung an. Hinter sich hörte sie eine Trense klirren und wusste, dass Bayard es ihr gleich tat.

»Es ist nicht viel, was ich euch an Behaglichkeit bieten kann«, sagte die Alte freundlich. »Doch wenn ihr mit einem wärmenden Feuer und frischem Quellwasser zufrieden seid, werde ich versuchen, euch das zu geben, wonach euch verlangt.« Sie hob den Wurzelholzstab, vollführte damit eine kreisende Bewegung in der Luft und wandte sich um. Als Ajana aufblickte, stockte ihr der Atem. Nur wenige Schritte entfernt, am Rande der Lichtung, stand eine moosbewachsene Hütte aus dünnen, uralten Baumstämmen, die sie vorher nicht gesehen hatte. Sie hörte, wie Bayard neben ihr überrascht aufkeuchte, und blickte zu Inahwen hinüber, doch die Elbin schien darauf vorbereitet und zeigte keinerlei Regung.

»Wir danken Euch für die Gastfreundschaft«, sagte sie höflich und folgte der Alten durch die knarrende Tür in die Hütte. Ajana ging dicht hinter ihr, Bayard aber zögerte.

»Du musst dich um die Pferde nicht sorgen«, wandte sich die Alte an den Katauren, als hätte sie seine Gedanken gelesen. »Auf dieser Lichtung wird ihnen nichts geschehen. Sie werden nicht fortlaufen.«

Bayard warf einen kurzen Blick über die Schulter auf die grasenden Tiere, dann trat auch er hinter den Frauen in die Hütte.

»Eine Geschichte also verlangt es euch zu hören«, hob die Alte zu erzählen an, als sich alle um das kärgliche Feuer in der Mitte der bescheidenen Hütte auf den Boden gesetzt hatten, und legte noch einen Holzscheit auf die Glut. Funken stoben, und das harzige Holz knisterte unter der Hitze. »Geschichten über Legenden, Legenden in Geschichten«, sinnierte sie ein wenig wirr, ohne den Blick von den tanzenden Flammen abzuwenden. »Die Geschichte dieses Amuletts ist untrennbar verbunden mit der Legende von Gaelithil, der mächtigen Elbenpriesterin. Sie war es, welche die Nebel einst als Bollwerk gegen das Böse wob, um die Menschen zu schützen und dem gestrandeten Volk der Elben vorübergehend eine neue Heimat zu geben.«

Sie hielt inne, um Atem zu schöpfen, und fuhr dann fort: »Ihr Schicksal, die Art, wie sie ihr Ende fand, und auch das, was danach folgte, die große Finsternis, ist ohne die Bedeutung des Amuletts nicht zu verstehen.« Wieder verstummte sie für eine Weile. Dann sprach sie: »Und ich muss euch von den Uzoma berichten, jenem mächtigen Volk, das einst über Nymath herrschte. Zu sehr sind die Geschichten miteinander verwoben. Ein Strang folgt dem anderen. Zupft man an einem, so ist er nichts weiter als ein unbedeutender Faden. Doch im Zusammenhang erkennt man das verschlungene Muster, welches das Schicksal wob.«

Sie machte eine bedeutungsvolle Pause und fuhr sich mit den knöchernen Fingern durch das ergraute Haar, als suchte sie nach einem losen Ende des Gewebes, mit dem sie beginnen konnte.

Ajana, Bayard und Inahwen saßen schweigend auf den bunt gewebten Matten am Feuer und warteten voller Ungeduld darauf, dass die Alte weitersprach.

»Lange Zeit, bevor Menschen und Elben den Weg nach Nymath fanden«, fuhr sie schließlich fort, »lebten hier die Uzoma. Woher sie wirklich kamen, vermag niemand zu sagen. Waren sie Flüchtlinge wie die Menschen? Gestrandete wie die Elben? Wir wissen es nicht. Wir wissen nur, dass sie den schmalen fruchtbaren Streifen zwischen dem Pandarasgebirge und dem schwarzen Ozean viele hundert Winter lang fast allein bewohnten. Sie fürchteten die zerstörerische Kraft des Meeres und errichteten ihre Dörfer fernab der Küste an den Berghängen und in den Wäldern.

Die ersten Menschen, die aus Andaurien über den Pass gelangten, waren einfache Bauern und Handwerker auf der Flucht vor etwas Furchtbarem, das sich in ihrer Heimat zugetragen hatte. Es verfolgte sie bis in die endlose Wüste nördlich des Pandarasgebirges hinein. Sie waren erschöpft und bemitleidenswert in ihrem Elend, und die Uzoma nahmen sie wohl gesonnen auf. Die Stammesoberhäupter gestatteten ihnen, sich an der Küste niederzulassen, jenem Landstrich, den die Uzoma ohnehin mieden.

Die Winter vergingen. Die Uzoma blieben unter sich und schenkten den Menschen kaum Aufmerksamkeit. Selbst als das fremde Volk immer weitere Gebiete für sich beanspruchte und die die Steine am Rand des Pandarasgebirges abtrug, um Städte daraus zu bauen, als es Stollen tief in den Berg hinein trieb, um Eisen zu gewinnen und damit zu schmieden, sahen die Uzoma noch keinen Grund, sich dagegen zu verwehren. Solange die Menschen nicht nahmen, was ihnen gehörte, solange sie auch weiterhin in den Landen siedelten, welche die Stammesoberhäupter ihnen zugebilligt hatten, herrschte Friede zwischen den beiden Völkern.« Die Alte schluckte trocken und sah sich nach etwas zu trinken um. Inahwen füllte rasch eine hölzerne Schale mit klarem Quellwasser aus einem Krug und reichte sie der greisen Frau.

»Ich habe Ajana schon erzählt, dass Menschen und Uzoma nicht von Beginn an so erbitterte Feinde waren«, sagte Inahwen.

»Aber das ist so lange her, dass sich heute kaum noch jemand daran erinnert«, warf Bayard ein.

»Ja, das ist sehr bedauerlich«, warf die Alte ein, die ein erstaunlich gutes Gehör zu besitzen schien. »Gewiss ist es nicht wichtig, all das aufzuzählen, was zum Bruch zwischen den Völkern führte. Die lästigen Fehden um Weideland und Erze, um Holz und Wasserstellen und die blutigen Gemetzel, die daraus erwuchsen … Es wäre müßig, von all den kleinen Scharmützeln zu berichten, die immer wieder zwischen den Uzoma und den Siedlern entbrannten. Doch es muss erwähnt werden, dass dieser Unfriede nie wirklich beigelegt werden konnte. Eine große, entscheidende Schlacht zwischen den Völkern hat es nie gegeben, aber der Unmut wuchs mit den Wintern auf beiden Seiten ins Unermessliche.

Als das Schiff der Elben an der Küste Nymaths strandete, war der Hass so groß, dass keine friedliche Lösung mehr möglich schien. In den Augen der Menschen entwickelten sich die Uzoma zu Dämonen. Grausame Geschichten über barbarische Überfalle und blutige Massaker machten die Runde im Land. Die Minen, in denen die Menschen nach Erz geschürft hatten, waren seit nunmehr vielen Wintern von den Uzoma besetzt und die letzten

Vorräte an Eisen nahezu aufgebraucht. Es fehlte an Pfeilspitzen für die Jagd und an Beschlägen für die Pferde, an Pflügen und allerlei Gerätschaften für den Ackerbau. Die Felder konnten nur kärglich bestellt werden. Eine große Hungersnot drohte, die nur deshalb keine verheerenden Ausmaße annahm, weil der Fischreichtum des Meeres den Mangel an Getreide und Fleisch ausglich.« Die Alte verstummte, trank erneut einen großen Schluck Wasser und fuhr dann fort. »In dieser ausweglosen Lage erschienen die gestrandeten Elben den Menschen wie ein Zeichen der Götter. Empfanden sie zunächst noch Furcht vor dem fremden, stolzen Volk mit den unergründlich hellen Augen und dem wissenden Blick, erkannten sie doch bald, welch mächtige Verbündete das Meer ihnen zugetragen hatte.«

»Mit den Elben kam auch deren Magie zu uns.« Bayard nickte bedächtig und sah Inahwen von der Seite her an. »Weder die Menschen noch die Uzoma können bewirken, wozu die Elben imstande sind«, sagte er voller Bewunderung.

»So geschah es«, sprach die Alte unbeirrt weiter, als hätte keiner sie unterbrochen, »dass die Menschen die Elben um Hilfe baten.« Sie hob mahnend den dürren Zeigefinger. »Gut zuhören solltet ihr mir nun, denn ich will euch erzählen, was zu erfahren euch hierher geführt hat.« Die Alte schloss die Augen, als müsste sie für das Kommende erst neue Kräfte schöpfen. »Ich spreche von Gaelithil, Tochter der Idne Befsha, Herrin der Wälder der alten Heimat. Gaelithil, die vor dem Hohen Rat Sanforans für ihr Volk sprach und die Herrschenden um ein Bleiberecht bat, bis der wandernde Stern, dem sie gefolgt waren, erneut am Himmel auftauchen würde und sie die Reise fortsetzen könnten. Doch der Hohe Rat zögerte, das fremde Volk aufzunehmen. In den langen Wintern der Unruhe und der ständigen Bedrohung durch die Uzoma waren die Menschen misstrauisch geworden, und die Ratsmitglieder wussten um die Abneigung, welche das Volk den fremdartig anmutenden Elben entgegenbrachte. Nicht wenige hielten sie gar für Abgesandte des dunklen Gottes, die ausgezogen waren, ihm auch die letzte Bastion der Freigläubigen zu unterwerfen.«

»Das waren schändliche Verleumdungen«, warf Inahwen ein. »Wir Elben dienen keinem Gott. Wir sind frei. Wir würden niemals ...«

»Gemach, gemach«, unterbrach die Alte den Redefluss der Elbin. »Jeder weiß, dass es sich dabei um unbegründete Ängste handelte. Doch bedenke, dass die Menschen damals unwissend waren und in ständiger Furcht lebten ... Auch Gaelithil spürte diese Furcht«, nahm sie die Erzählung wieder auf. »Sie hörte die Berichte über die Grausamkeiten, mit denen die Uzoma den Menschen zusetzten, und sah die Not mit eigenen Augen. Das Leid rührte sie, und sie bot den Menschen Hilfe an. Später sagte man ihr nach, sie habe nicht ganz uneigennützig gehandelt. Man munkelte, sie habe das Bleiberecht für ihr Volk als Lohn für diese Hilfe gefordert. Doch dafür gibt es keinerlei Beweise, und es ist ebenso möglich, dass auch dies nur üble Nachrede war. Eines ist jedoch sicher: Nachdem Gaelithil Nymath den Frieden gebracht hatte, siedelten die Elben in den von den Uzoma verlassenen Wäldern.«

»Was willst du damit sagen?«, stieß Inahwen empört hervor, die es nur schwer ertragen konnte, wenn die Beweggründe jener edelmütigen Tat in Frage gestellt wurden, für die Gaelithil letztlich ihr Leben ließ.

»Ich berichte nur, was ihr zu erfahren wünscht«, erklärte die Alte ungerührt. »Nicht mehr und auch nicht weniger. Ich maße mir nicht an, über Taten vergangener Zeiten zu richten. Und es liegt an euch, welchen Nutzen ihr meinen Worten entnehmt.« Sie maß Inahwen mit einem langen, eindringlichen Blick aus ihren trüben Augen, bis diese beschämt zu Boden sah.

»Vergebung«, murmelte sie leise. »Die Worte klingen seltsam für mich. Mein Vater ist gestorben für einen Kampf, der nicht der unsere ist, und ich ...«

Die Alte nickte versöhnlich. »Ich fühle, was dich bewegt«, sagte sie bedächtig. »Doch nun hört, wie Gaelithil jene Tat vollbrachte, die die Vereinigten Stämme Nymaths für viele hundert Winter in Frieden leben ließ. Elben sind von Natur aus ein friedliebendes Volk, und so suchte sie nach einem Weg ohne Blutvergießen. Als

Tochter der Herrin der alten Wälder war ihr jedes Leben heilig. Daher hätte sie es niemals ertragen, das Volk der Uzoma in einem von Elbenmagie unterstützten Feldzug zu vernichten. Viele Silbermonde vergingen. Monde, in denen Gaelithil zu verstehen suchte, was die fremde Welt bewegte – Monde, in denen die Elben in Sanforan geduldet wurden.

Gaelithil sah und hörte viel, doch sie war weise genug, keine voreiligen Schlüsse zu ziehen. Als der Lenz den Winter vertrieb, trat sie schließlich vor den Hohen Rat. Sie führte ein kostbares, runenverziertes Schmuckstück mit sich, das der Silberschmied der Elben den langen Winter über geschaffen hatte. Es war ein in Silberfäden gefasster Mondstein – ein Stein von erhabener Schönheit, wie es keinen zweiten gab und wie ihn auch vor den Elben keiner in diesem Lande gesehen hatte. Er wurde von kleinen silbernen Blättchen umrahmt, die aussahen wie Blütenblätter.

Die Mitglieder des Rates staunten, als sie hörten, dass eben jenes Schmuckstück Nymath den Frieden bringen sollte. Glaubte man Gaelithils Worten, so würde dieser Frieden sogar noch völlig unblutig errungen.

Einige Ratsmitglieder verhöhnten die Elbenpriesterin und nannten sie eine Betrügerin, doch Gaelithil ließ sich nicht beirren und legte geduldig ihren Plan dar.

Die Winde sollten den Uzoma eine Botschaft zutragen, die aus Elfenmagie gewoben war, und sie dazu aufrufen, über das Pandarasgebirge in die nördliche Ebene zu ziehen. Dort, so würde ihnen eine geisterhafte Stimme zuwispern, sollten sie der Ankunft ihres obersten Gottes harren, der nach einer alten Uzomalegende alle eintausend Sommer auf der Erde erschien, um dem Volk neue Gebote zu verkünden. Diese Legende wollte sich Gaelithil zu Nutze machen, um alle Angehörigen des feindlichen Stammes in das Land jenseits des Arnad zu locken.«

»Alle?«, warf Ajana staunend ein. »Auch die Kinder und die Alten?«

»Auch die Kinder und die Alten.« Die Alte nickte. »Die Uzoma sind ein strenggläubiges Volk. Die Legende von der Heimkehr ihres Gottes bildet das Herzstück ihres Glaubens. Jeder Uzoma wanderte damals einmal in seinem Leben an den Rand der großen Wüste zu einem einsamen roten Felsen, der sich wie ein Torbogen über der flachen, sandigen Ebene erhebt, um dort Läuterung zu erfahren. Unter diesem Bogen, so heißt es in der Legende, werde das Abbild des Gottes erscheinen und zu den Uzoma sprechen.«

»Und, ist ihr die Täuschung gelungen?«, fragte Ajana.

»O ja.« Die weise Frau nickte bedächtig. »Als die Monde über Nymath sich rundeten, bestieg Gaelithil den Hügel der gespaltenen Eiche und wob die Botschaft von der nahen Ankunft des Uzomagottes in den Nachtwind. Elbenmagie trug die Stimme der Priesterin bis in die entlegenste Hütte, und die Uzoma machten sich voller Ehrfurcht auf, um ihrem Gott zu huldigen.

Sie ahnten nichts von Gaelithils List und strömten in Scharen über den großen Pass des Pandarasgebirges. Männer und Frauen, Kinder und Alte. Ganze Sippen verließen Nymath, um das Wunder der Ankunft mit eigenen Augen zu erblicken und die Gnade ihres Gottes zu empfangen. Wie ein Strom ergossen sie sich in das flache Land jenseits der Berge, wo sich das dunkle Band der Wanderer vom Fuße des Pandaras bis zu den Ufern des Arnad erstreckte.

Nachdem die letzten Uzoma den Arnad überquert hatten, jenen mächtigen Strom, der in den Tiefen des Pandarasgebirges entspringt und weit im Westen als gewaltiger Wasserfall in den glühenden Schlund des Wehlfang-Grabens stürzt, trat Gaelithil an die Ufer des Arnad, hob die Arme den Sternen entgegen und wob singend einen mächtigen Zauber. Mit einem Lied, dessen Worte älter sind als das Volk der Elben, beschwor sie Kräfte, die weiter in die Erde hinabreichten als die Wurzeln des heiligen Waldes in der alten Heimat. Mit Hilfe des magischen Amuletts rief sie die Elemente an und erschuf so einen mächtigen Nebel, der den Blick auf das jenseitige Ufer verhüllte. Es war ein Nebel wider die Natur, so undurchdringlich und unzerstörbar, dass er selbst der Hitze der Wüste trotzte. Doch damit nicht genug. Um die Uzoma für alle Zeit von den Menschen fern zu halten, verwob sie mächtige Magie in den Nebel. Magie, die jedem beseelten Wesen, das in den Nebel tauchte oder ihn berührte, einen schrecklichen Tod brachte. Magie, die jedem lebenden Wesen die Seele raubte und den Körper als leere Hülle zurückließ.« Die Alte verstummte. Den Blick weit in die Ferne gerichtet, starrte sie in die Flammen des Feuers, als sähe sie dort Bilder längst vergangener Zeiten – grauenhafte Bilder, die sich abgespielt hatten, als die Uzoma am jenseitigen Ufer erkannt hatten, dass ihnen eine Falle gestellt worden war, und sie auf eilig zusammengezimmerten Flößen vergeblich versucht hatten, in ihre Heimat zurückzukehren.

Der Feuerschein zeichnete düstere Schatten auf ihr Gesicht, und die gespenstischen Todesschreie der sterbenden Uzoma schienen wie aus weiter Ferne in die Hütte zu dringen.

»Niemals zuvor und niemals wieder hatte ein Elb solche Macht heraufbeschworen und niemals eine solche Schuld auf sich geladen. Gaelithil wollte den Krieg unblutig beenden, doch als sie die gellenden Schreie der Sterbenden durch die Nebel hörte, weinte sie bitterlich. Nicht nur um jene, die in den Nebeln des Arnad umkamen, sondern auch um jene, die durch ihr Handeln die Heimat verloren hatten. Aber sie weinte auch um sich selbst und trauerte um die Toten und Verbannten, als wären es Freunde. Dennoch zweifelte sie nicht, das Richtige getan zu haben. Der Krieg war beendet.

Der Nebelzauber schwächte Gaelithil, doch ihr Wille zu überleben war mächtiger als jeder Schmerz, denn sie hatte die Nebel an ihr Leben gebunden. Sollte sie sterben, würde auch die Magie der Nebel vergehen, und die Uzoma könnten nach Nymath zurückkehren. Verbissen kämpfte sie gegen Fieber und Auszehrung, und es dauerte lange, bis sie die schwere Zeit nach ihrer Tat überwunden hatte.

Die Menschen feierten sie als Heldin und gestatteten den Elben nun großzügig, in den dichten Wäldern am Fuße des Pandarasgebirges zu siedeln, bis der wandernde Stern erneut am Himmel auftauchen würde. Und nicht nur das. Zum Dank für die erwiesene Treue versprach man dem Volk der Elben, ihnen ein prächtiges Schiff zu bauen, wenn die Zeit des Sterns nahte. Seit dem furchtbaren Unwetter, dem auch die Schiffsbauer der Elben zum Opfer gefallen waren, gab es keinen mehr unter ihnen, der dieses Handwerks kundig war. Und so begab es sich, dass die Elben heimisch wurden in Nymath.

Es war der Beginn einer friedlichen Zeit. In den fünfhundert Wintern, die auf die Verbannung der Uzoma folgten, erblühte Sanforan zu einer gewaltigen Handelsstadt, und das stetig wachsende Volk der Menschen ließ sich ungehindert von der Küste des schwarzen Ozeans bis zum Fuße des Pandaras nieder. Menschen und Elben lebten friedlich nebeneinander.« Die Alte hustete erneut, ein spröder, rasselnder Laut, der an brüchiges Pergament erinnerte. Es schien, als bereitete ihr die lange Rede große Mühe, und sie griff erneut zur Wasserschale, um die trockene Kehle zu befeuchten. »Aber damit ist die Geschichte noch nicht zu Ende«, begann sie von neuem, nachdem sie getrunken hatte. Ihre Stimme wurde lauter, und der düstere Unterton, der darin mitschwang, warf ein Gefühl des Unbehagens über die Zuhörer. »Denn es war eine trügerische Sicherheit. Gaelithil spürte es. Etwas Dunkles regte sich hinter den Nebeln, eine Kraft, die weit über das hinausging, was das Volk der Uzoma zu vollbringen vermochte, versuchte die Magie zu zerstören. Der Elbenzauber aber war stark, denn Gaelithil hatte einen klugen Zauber gewoben. Weil sie die Magie des Nebels an ihr eigenes Leben gebunden hatte, konnte keine Macht diesen zerstören, solange sie lebte. Der Nebel war untrennbar mit ihr verbunden. Nur der Tod vermochte die Bindung zu lösen. Und so geschah es, dass dunkle Mächte Gaelithil nach dem Leben trachteten.

Es heißt, dass finstere Schatten und Dämonen das Land auf der Suche nach der Schöpferin des Nebels durchstreiften. Sie überraschten Gaelithil in einer kalten Winternacht, doch der Elbenpriesterin gelang wie durch ein Wunder die Flucht. Für den Rest des Winters verbarg sie sich in einer Höhle in den Bergen und schützte sich mit einem Bannzauber vor den Schatten, die ihr des Nachts auflauerten. Sie war allein und wusste, dass sie niemals wieder an die wärmenden Herdfeuer ihres Volkes zurückkehren konnte. Wer immer mit ihr zusammen war, schwebte in großer Gefahr. Der Feind, dessen Gesicht sie nicht kannte, war entschlossen, sie zu töten, um die magischen Nebel zu zerstören.

Gaelithil war verzweifelt. Gefangen in der Höhle, flehte sie die Ahnen in langen Gebeten um Hilfe an. Nicht nur die Zukunft der Menschen, auch die der Elben stand auf dem Spiel, denn sollten die Nebel fallen, wäre Nymath dem Untergang geweiht. In einer Vision sah Gaelithil Bilder der Verwüstung: grausame Morde, erbarmungslose Folterungen und Schändungen, das Leid Tausender Unschuldiger und Sanforan als tosendes Flammenmeer. Das war es, was Menschen und Elben erwartete, wenn ihre Magie versagte, und sie betete, dass es nicht so weit kommen möge.

Doch die Ahnen schwiegen, und so sah Gaelithil, geschwächt von Kälte, Hunger und Durst, nur einen einzigen Ausweg. Sie löste den Mondstein, der damals noch so rund war wie eine Kilvarbeere, aus dem Amulett und spaltete ihn in zwei Hälften. Mit der Nadel einer silbernen Spange stach sie sich in den Finger, gab einen winzigen Blutstropfen auf die eine Hälfte und sprach:

»›Alle, die meines Blutes sind, sollen die Magie der Nebel fortan in sich tragen. Das Amulett muss weitergegeben werden, von der Mutter auf die Tochter und so immerfort. Die weiblichen Erben meines Blutes werden bis in alle Ewigkeit an das Schicksal Nymaths gebunden sein. Ihnen obliegt es, die Macht der Nebel zu bewahren, indem sie diese durch eine neue Strophe des Nebellieds für die Zeit ihres Lebens an sich binden. So soll es sein, auf dass die Kette niemals unterbrochen werde.‹«

Ajana folgte den Worten der Alten wie gebannt. Der Gedanke, dass sie eine direkte Nachfahrin jener Elbenpriesterin sein sollte, um die sich so viele Legenden rankten, rief in ihr einen heftigen Schwindel hervor. Die ganze Geschichte war so unglaublich, dass sie kaum zu atmen wagte, um nichts von dem zu versäumen, was folgen mochte.

»Der Zauber kostete Gaelithil viel Kraft, doch das Werk war noch nicht vollbracht«, berichtete die Alte weiter. »Wieder musste Magie gewoben werden, um die Mondsteinhälfte, in die der winzige

Blutstropfen eingeschlossen war, mit dem Amulett zu vereinen. Um die Macht, die sie barg, für die Nachwelt zu erhalten, ritzte sie mit der Nadel ihrer Spange eine achte Rune in die Rückseite der einen Mondsteinhälfte und band sie mittels Magie an die anderen Runen. Es war eine bedeutungsvolle Rune, die ihren Nachfahren den Weg eröffnen und die ihre Kraft zusammen mit den anderen Runen selbst dann noch entfalten würde, wenn sich ihr Blut über viele Generationen hinweg mit nichtelbischem Blut gemischt hätte. Diese Mondsteinhälfte fügte sie in das Amulett, die andere aber in das knorrige Ende ihres langen Stabs aus geweihtem Wurzelholz. Wie das Auge eines Zyklopen schaute sie daraus hervor, blass und leblos. Doch Gaelithil wusste, das zwischen den beiden Steinhälften stets eine mächtige Verbindung bestehen würde, die jede Veränderung des einen Teils auf den anderen übertrüge.«

»Und wo ist der Stab jetzt?« Ajana konnte die Frage nicht zurückhalten.

»Das vermag keiner mit Gewissheit zu sagen«, antwortete Inahwen, bevor die Alte zu einer Antwort ansetzte. »Lange Zeit befand er sich im Besitz der Elbenpriesterin, an die das Vermächtnis nach Gaelithils Tod weitergegeben wurde. Der Mondstein war für uns von unschätzbarem Wert. Er gab uns Kunde, wenn das Amulett weitergegeben wurde, und wir konnten mit seiner Hilfe stets den Zeitpunkt vorhersehen, zu dem eine neue Nebelsängerin ins Land kam. Doch beim ersten Angriff der Uzoma wurde der Stab mit dem Stein gestohlen. Es steht zu vermuten, dass er noch immer in ihren Händen ist.«

»Das heißt …« Ajana stockte, als ihr mit einem Mal die ganze Tragweite von Inahwens Worten bewusst wurde. »… die Uzoma wissen, dass ich hier bin?« Sie fühlte, wie ihr Herz heftig zu schlagen begann, und starrte betroffen ins Feuer.

»Was die Uzoma am meisten fürchten, ist, dass die Magie wieder erwacht und der Nebel neu gewoben wird«, erklärte die Alte.

»Aber wie soll ich das vollbringen?«, fragte Ajana entmutigt. »Alle, die vor mir kamen, kannten ihr Schicksal. Sie erbten das Amulett von ihren Müttern und wurden auf ihre Aufgabe vorbereitet. Aber ich ...« Sie hob in einer hilflosen Geste die Hände. »Was soll ich tun? Es gibt keinen Nebel mehr, den ich mit irgendeinem magischen Lied an mich binden könnte. Ich müsste die Nebel völlig neu zaubern. Aber ich bin bloß ein ganz normaler Mensch und keine Elbin. Ich kenne das Lied nicht. Und ich habe ganz sicher keine magischen Kräfte!«

»Das Erbe ist schwach in dir.« Die Alte nickte bedächtig. »Aber die Runen werden dir helfen, die schlafenden Kräfte in dir zu erwecken. Sie werden dich leiten und dir den Weg weisen, um die schwere Aufgabe zu meistern.«

»Aber wie?«

»So warte, mein Kind, und lass mich zu Ende erzählen.« Die Alte war offensichtlich nicht gewillt, den Fluss der Geschichte zu unterbrechen. »Nachdem Gaelithil den Mondstein geteilt hatte, verbarg sie den Stab und all ihre Habseligkeiten tief im Innern der Höhle an einem Ort, den sie mit Elbenmagie schützte. Sie wusste, dass sie lange Zeit fort bleiben würde. Um das Amulett vor dem Zugriff der finsteren Mächte zu schützen, musste sie Nymath verlassen.

Mit Holzkohle aus der Feuerstelle zeichnete sie im spärlichen Licht einer Fackel das geheime Zeichen des Wegs auf den Höhlenboden, beschwor die uralten Mächte der Ordnung und Bewegung und intonierte mit klarer Stimme die Worte des Weges, den seit unendlich vielen Wintern kein Elb mehr gegangen war. Ihre Stimme erhob sich in der finsteren Höhle und sang Worte, die älter waren als der Fels, in einer Melodie, die niemals zuvor in Nymath erklungen war. Die Magie der Musik öffnete ihr die Tore zwischen den Welten, die lange, lange Zeit fest verschlossen gewesen waren, und Gaelithil zögerte nicht, hindurchzutreten. So fand das Runenamulett den Weg in jene Welt, von der sich die Elben dereinst abwandten. Eine Welt, in der die Menschen den Glauben an Mystik und Magie verloren hatten und all jene erbarmungslos verfolgten, die noch dem alten Glauben anhingen.

In deine Welt, Ajana! Eine Welt, die Gaelithil kalt und grausam erschien und die so fremdartig war, dass sie zunächst von heftigen

Zweifeln an ihrem Tun geplagt wurde. Doch sie war fest entschlossen, ihren Plan in die Tat umzusetzen. Während sie sich als Heilkundige ausgab, durchwanderte sie viele Winter lang unbehelligt die grüne Insel, auf der ihre Ahnen einst gelebt hatten. Sie zog von Dorf zu Dorf, von Stadt zu Stadt, und schließlich fand sie, wonach sie suchte. Einem jungen Schmied gelang es, ihr Herz zu erringen. Gaelithil gebar ihm drei Kinder, zwei Söhne und eine Tochter, doch das Glück währte nicht lange.

Als Gaelithils Tochter zur Frau heranreifte, fingen die Menschen im Dorf hinter ihrem Rücken an zu tuscheln. Denn während der Schmied langsam ergraute und die gemeinsamen Söhne zu stattlichen Männern herangewachsen waren, hatte Gaelithil nichts von ihrer jugendlichen Schönheit verloren. Spurlos schienen die Winter an ihr vorüberzuziehen, und jene, die voller Neid waren, zögerten nicht, sie eine Hexe zu nennen. Man warf ihr vor, sich die ewige Jugend durch den Pakt mit einem Dämon erbuhlt zu haben, den sie *Teufel* nannten, und schimpften sie eine Dienerin der Finsternis.

Gaelithil spürte die drohende Gefahr und fürchtete um das Leben ihrer Kinder, denn sie wusste um das grausame Schicksal jener, die der Inquisition zum Opfer fielen. So entschloss sie sich, den selbst gewählten Verbannungsort zu verlassen, bevor Lügen und Hass dafür sorgten, dass ihr Leben im Feuer eines Scheiterhaufens endete.

In einer Vollmondnacht nahm sie ihre Tochter bei der Hand und weihte sie in die Geheimnisse ein, über die sie so lange geschwiegen hatte. Sie übergab ihr das Amulett, auf dass sie es bewahre und weiterreiche, damit die Magie der Nebel an ein anderes Leben gebunden werden könne, wenn sie starb. Sie lehrte ihre Tochter die letzte Strophe des Nebellieds, das die Magie erweckte, und vertraute ihr an, dass der Zauber der Runen und die Melodie ihr den Weg nach Nymath weisen würden, wenn die Zeit gekommen wäre. Dann nahm sie ihr das Versprechen ab, dieses Wissen an ihre weiblichen Nachkommen weiterzugeben, und kehrte nach Nymath zurück.

Ja, ja …«, sagte die Alte sinnend und hob den Kopf, um sich von den Erinnerungen zu lösen, die sie nach den vielen Wintern des Schweigens nun um so stärker überwältigt hatten, »… so war das damals.«

»Was geschah mit Gaelithil?«, fragte Ajana, deren Wangen vor Aufregung gerötet waren.

»Der Legende nach starb sie, kurz nachdem sie nach Nymath zurückkehrte.«

»Sie starb nicht nur«, warf Inahwen ein. »Sie wurde grausam ermordet.«

»Ach, und ich dachte, es könnte vielleicht ihre Stimme gewesen sein, die ich hörte, als ich das Amulett zum ersten Mal in den Händen hielt«, sagte Ajana enttäuscht. »Eine wunderschöne Frauenstimme, die ein sehr trauriges Lied sang.«

»Das ist unmöglich.« Bayard schüttelte den Kopf. »Gaelithil ist schon lange tot.«

»In allem, was ihr sagt, steckt ein Funken Wahrheit«, warf die Alte ein. »Gaelithil ist lange tot, das ist richtig«, sie nickte Bayard zu, »ebenso wahr ist es, dass sie ein grauenvolles Ende fand.« Der Blick ihrer trüben Augen begegnete dem der Elbin. »Und obgleich beides wahr ist, schließt es nicht aus, dass auch du, Mädchen«, sie schenkte Ajana ein aufmunterndes Lächeln, »Recht hast, wenn du sagst, dass du ihre Stimme gehört hast. Der Tod hat viele Gesichter, doch nicht immer ist er das Ende allen Lebens, und manche, die des Mysteriums kundig sind, wissen selbst den Tod zu überlisten.«

»Was wollt Ihr damit sagen?«, fragte Bayard misstrauisch.

»Gaelithil kehrte heim in das Land, das sie zwanzig Winter zuvor verlassen hatte«, nahm die Alte den seltsamen Singsang wieder auf, in dem sie die Geschichte erzählt hatte. »Sie kehrte heim in eine Welt, die friedlich schien, doch sie spürte, dass die Späher der dunklen Mächte noch auf sie lauerten. Die Finsternis ist geduldig, und so harrten die Schatten in der Höhle aus, bis …«

»All die Jahre?«, fragte Ajana fassungslos.

»Für Wesen wie diese gibt es keine Zeit, wie du sie kennst«, erklärte die Alte knapp. »Als Gaelithil in der Höhle eintraf, erwachten die Schatten aus ihrem Schlummer. Doch der Elbenpriesterin gelang es wie durch ein Wunder, ihnen ein zweites Mal zu entkommen. Ihr Weg führte sie über die schneebedeckten Gipfel des Pandaras bis auf die andere Seite des Gebirges. Die Schattenwesen waren ihr dicht auf den Fersen, und die Reise über die Grenzen der Welten hinweg hatte sie geschwächt. Sie war allein und verzweifelt, und ihr blieb nur eine Hoffnung – der Semouria!«

»Der Wächter der Seelensteine«, stieß Bayard ehrfürchtig hervor.

»Richtig!« Die Alte hustete erneut. »Es war ein großes Wagnis, doch in ihrer Not wusste Gaelithil keinen anderen Ausweg.«

»Semouria?«, fragte Ajana.

»Ein uraltes Wesen, das nach den Legenden der Uzoma auf der anderen Seite der Berge in einer Höhe hausen soll«, erklärte Bayard. »Man sagt, ein Blick des Semouria genüge, um einem Menschen die Seele zu rauben. Niemand, der ihn je zu Gesicht bekommen hat, ist noch am Leben. Wer ihn erblickt, ist des Todes. Es heißt, dass er sich in einen Felsen verwandeln kann und auf diese Weise seiner Beute auflauert. Der Semouria ernährt sich ausschließlich von Kräften, die der Seele eines Menschen – oder eines Uzomas – innewohnen. Eine einzige Seele genügt ihm, um viele Winter weiterzuleben. Der Semouria ist überaus bösartig. Man sagt ihm nach, dass er tötet, selbst wenn er keinen Hunger verspürt. Die Seelen der Opfer sperrt er in gewaltige Monolithe ein, die in seiner Höhle stehen. Deshalb nennt man ihn auch den Wächter der Seelensteine.« Ein dünnes Lächeln huschte über Bayards Gesicht, als eine verschüttet geglaubte Erinnerung seine Gedanken streifte. »Die Legende des Semouria hat mich meine ganze Kindheit lang begleitet«, erklärte er rückblickend. »Meine Mutter hielt uns Kinder damit Abend für Abend im Haus. Geht nicht in der Dunkelheit hinaus, sonst holt der Semouria eure Seele, pflegte sie zu sagen und sparte nicht daran, uns auszumalen, welch eine grausige Kreatur er sei.« Er schüttelte den Kopf. »Wenn Ihr mich fragt, ist der Semouria nichts weiter als eine Mär, die man erzählt, um kleinen Kindern Angst zu machen. Ich war in meinem Leben schon so viele Nächte draußen, aber der Semouria ist mir noch nie begegnet.«

»Du solltest keine spöttischen Worte über Dinge verlieren, von denen du nichts verstehst«, fuhr ihn die Alte an, wie eine Mutter, die ihren Sohn maßregelt. »Der Semouria ist ein mächtiges Wesen, älter als die Felsen; allein die Sterne erinnern sich noch an den Tag seiner Geburt. Er ist auch nicht bösartig, wie ihr Menschen glaubt, er ist der Hüter des Totenreichs einer uralten Rasse, die lange vor den Uzoma durch die Gestade Nymaths wandelte. Nichts ist von dieser Rasse geblieben, weder die Überreste eines Tempels noch irgendwelche verschütteten Relikte – nicht einmal ihres Namens erinnern wir uns heute.

Einzig der Wächter der Seelensteine ist geblieben. Einsam wacht er über die Toten der alten Rasse. Einst brachte man die Sterbenden zu ihm, damit ihre Seelen im Felsgestein des Pandaras eine neue Heimstatt fanden. Doch irgendwann verschwand das Volk aus Nymath, verschluckt vom Lauf der Geschichte, vernichtet von etwas, von dem wir niemals erfahren werden. Der Semouria jedoch blieb seiner Bestimmung treu. Jeder, der sich seiner Höhle nähert, ist des Todes. Der Wächter erfüllt seine Aufgabe noch heute so, wie er es schon seit Tausenden von Wintern getan hat.«

»Dann ist es also wahr?« Bayard war deutlich anzusehen, dass er noch immer Zweifel hegte. Doch die Alte ging nicht weiter darauf ein. Sie sprach nun schon sehr lange und wirkte müde und erschöpft. »Gaelithil wusste um die wahren Beweggründe des Semouria«, fuhr sie fort. »Und sie wusste, dass ihr Leben verwirkt war. Die Schatten würden sie verfolgen, bis die Kräfte sie endgültig verließen, und für eine neuerliche Flucht über die Grenzen der Welt hinweg fehlte ihr die Kraft. So schleppte sie sich in ihrer Verzweiflung zu jenem Ort, an dem sich die Höhle des Semouria befinden sollte.

Aber die Schattenwesen waren schneller. Die Finsternis holte die Elbenpriesterin ein, bevor sie den Wächter der Seelensteine erreichte. Sie kannten keine Gnade! Mit grausamsten Mitteln versuchten sie Gaelithil zu entlocken, wo sie das Amulett verbarg. Doch Gaelithil schwieg. Zu viel hatte sie erlitten, zu sehr liebte sie ihre Tochter, als dass sie den Dämonen das Versteck preisgegeben hätte. Sie muss unsäglich gelitten haben. Es heißt, die gellenden Schreie hätten den uralten Schläfer geweckt. Beim Anblick des Semouria ergriffen die Schattenwesen die Flucht, doch er spürte sie auf und tötete jedes einzelne.

Die sterbende Elbenpriesterin aber trug er mit sich fort, auf dass ihre Seele in den Felsen seiner Höhle für immer Frieden fände.« Die Alte seufzte tief, als könnte nun auch sie, da die Geschichte erzählt war, endlich Frieden finden.

»Woher ... wisst Ihr das alles?«, erkundigte sich Ajana. »Gaelithil ist doch gestorben, ohne jemandem von der Flucht in die andere Welt zu berichten.«

»Von Gaelithil selbst.«

»Aber die Elbenpriesterin ...«

»Du meinst, sie ist tot?« Die Alte nickte bedächtig. »Ja, so sagt man«, sinnierte sie und fügte hinzu: »Tod – was ist das? Die wahre Bedeutung weiß niemand zu erhellen, denn der Tod führt uns in eine andere Welt. Körper zerfallen zu Staub, Taten werden vergessen, Spuren hinfortgespült im Strom der Zeit. Die Seele jedoch ist unsterblich, sie steigt auf zu den Sternen und besteht weiter in einer Welt, die den Lebenden verschlossen ist. Doch dieser Weg blieb Gaelithil verwehrt. Eingeschlossen in Felsgestein, ist die unsterbliche Seele der Elbenpriesterin weiter an Nymath gebunden. Als die Magie der Nebel schwand, erschien sie mir zum ersten Mal.« Die Alte verstummte. Den Blick starr auf das Feuer gerichtet, als könnte sie die Bilder dieser Visionen noch einmal zurückholen, verharrte sie in ehrfürchtigem Schweigen. Und diesmal wagte keiner, das Wort zu erheben. Die Stimme der weisen Frau war nicht mehr als ein Flüstern, als sie schließlich fortfuhr: »Gaelithil zeigte mir die Bilder ihres Lebens und ließ mich teilhaben an dem, was ihr widerfahren war. Aus Furcht, das Wissen um das Nebellied könne auf ewig verloren sein im endlosen Fluss des Schicksals, trug sie mir auf, es zu bewahren, in der Hoffnung, dass die wahre Nebelsängerin den Weg nach Nymath auch ohne Hilfe finden werde.« Plötzlich riss sie die Arme in die Höhe, hob den Kopf und rief mit seltsam veränderter Stimme: »›Jene, die meines Blutes ist, wird zu dir kommen, auf dass du ihr den rechten Weg weisest. Trage ihr auf, die Berge zu überwinden und die Höhle der Seelensteine aufzusuchen. Sie soll ohne Furcht zu mir kommen, denn das Amulett wird sie vor dem zerstörerischen Wesen des Semouria schützen. Als meine Tochter will ich sie empfangen und ihr das verlorene Wissen preisgeben, auf dass sie die magischen Nebel neu entstehen lässt.‹« Die Arme der Alten sanken müde herab, das Feuer in ihren Augen, das die soeben gesprochenen Worte begleitet hatte, erlosch, und die Stimme war wieder so spröde wie zuvor. »Ja, das waren ihre Worte. Ich beneide dich nicht um die Bürde, die das Schicksal dir auferlegt hat«, sagte sie an Ajana gewandt. »Doch ich spüre, dass du das Erbe Gaelithils in dir trägst, und ich weiß, dass du stark genug bist, diese Aufgabe anzunehmen.«

»Dann finden wir hier also nicht die Antwort, nach der wir suchen.« Nach der langen Rede war Bayard die Enttäuschung deutlich anzusehen. Wie Gathorion und Inahwen hatte auch er gehofft, die alte Frau selbst könne Ajana das wertvolle Wissen vermitteln, das ihr weiterhelfen würde.

»Gaelithil erwartet dich.« Wieder richtete die Alte das Wort nur an Ajana und ergriff deren Hand mit dürren Fingern. »Du bist jung, und du bist stark«, sagte sie, und ein leichter Ton des Bedauerns schwang in ihrer Stimme mit. »Das Schicksal Nymaths liegt in deinen Händen. Vertraue auf dein Erbe und verzage nicht. Die Magie der Runen wird dir beistehen.«

Ajana schwieg lange und starrte in die Flammen »Das ist eine sehr traurige Geschichte«, sagte sie schließlich.

»Ja.« Die Alte nickte, hob die Hand und berührte kurz Ajanas Wange. Das Feuer zauberte Schatten auf ihre Züge, die sie noch älter und greisenhafter erscheinen ließen – vielleicht so alt, wie sie wirklich war. »Eine alte und traurige Geschichte, aber auch ein Erbe, das an dich weiterzugeben mir aufgetragen wurde. Denn du bist Gaelithils letzte lebende Nachkommin.«

»Die Letzte!« Ajana wiederholte die Worte, als spürte sie die Last, die dieses Erbe ihr aufbürdete. Ein Erbe, das in seinen Auswirkungen viel zu gewaltig war, als dass sie es wirklich begreifen konnte.

»Die letzte weibliche Nachfahrin ihres Blutes.« Die Alte nickte schweigend. Mit den Blicken folgte sie der dünnen Rauchfahne des Feuers, die durch ein Loch in der Hüttendecke abzog und sah ihr nach, als könnte sie dort oben etwas erkennen, das den anderen verborgen blieb.

Die Abenddämmerung war schon hereingebrochen, als Bayard, Inahwen und Ajana den letzten Hang hinter sich ließen und unter dem steinernen Torbogen hindurch ins Innere der Festung ritten.

Von der beschaulichen Ruhe, die bei ihrem zeitigen Aufbruch geherrscht hatte, war nichts mehr zu spüren. Obwohl das Tageslicht längst schwand, glich die Festung einem Ameisenhaufen, in den man einen Stock gestoßen hatte. Krieger eilten geschäftig vorbei oder entluden mit Hebevorrichtungen Baumstämme von hölzernen Karren, die sie aus den nahen Wäldern herbeigeschafft hatten. Um jeden der Stämme wurden dicke Seile gelegt; kräftige Pferde zogen sie sodann ins Innere der Festung, wo an ausgewählten Plätzen unter den Händen kundiger Zimmerleute die gewaltigen Pfeilkatapulte gebaut wurden, welche die Festung gegen die erwarteten Lagarenangriffe schützen sollten.

Die Wachen grüßten respektvoll, als sie Bayard erkannten, doch der Heermeister nickte ihnen nur kurz zu und lenkte das Pferd in verlangsamtem Trab zwischen den Hindernissen hindurch. Inahwen und Ajana folgten ihm in größerem Abstand.

Die Enge und das aufgeregte Treiben, die lauten Rufe der Krieger und der Lärm machten es Ajana schwer, ihr Pferd zu führen. Die Straße war überfüllt, überall stießen sie auf Hindernisse. Der erschöpfte Falbe reagierte nervös auf die allgemeine Unruhe. Als eine dicke Eisenkette in unmittelbarer Nähe mit lautem Rasseln von einem Karren zu Boden glitt, scheute er, und Ajana konnte sich nur mit Mühe im Sattel halten.

Im Schritt lenkte sie das Tier durch das Gewimmel und blickte aufmerksam geradeaus, immer darauf bedacht, Hindernisse möglichst rechtzeitig zu erkennen. Gleichzeitig nutzte sie die Gelegenheit, sich ein wenig umzusehen.

Mit einem Anflug von Ehrfurcht betrachtete sie die hoch aufragenden Felswände, die zu beiden Seiten der Festung mehr als dreihundert Meter senkrecht in die Höhe ragten und an deren Fuß sich Häuser, Ställe und Wehranlagen schmiegten. Das Tal, in welches die Festung hineingebaut war, war lang und schmal. Zur Ebene hin mochte es kaum fünfhundert Meter breit sein und zog sich noch enger zusammen, je weiter man in das Gebirge vordrang.

Die Wege und Straßen innerhalb der Festungsanlage führten stetig bergauf. Wenn Ajana den Kopf in den Nacken legte, konnte sie in der Ferne, weit über den Dächern der Häuser, eine gewaltige steinerne Mauer erkennen, die sich von einer Seite der Schlucht zur anderen erstreckte. Vor der Brüstung waren winzige Gestalten zu sehen, die auf den Wehrgängen auf und ab schritten; das dämmrige Licht ließ sie wie schwarze Schatten aussehen. Ajana vermutete, dass es die Wachen waren, die das Heerlager der Uzoma von der hohen Warte aus beobachteten, um bei einem drohenden Angriff sofort Alarm zu schlagen.

In diesem Augenblick polterte in unmittelbarer Nähe ein Baumstamm von einem Karren. Der Falbe scheute erneut, doch diesmal hatte sie ihn fest im Griff. Ein Krieger stieß einen Warnruf aus, doch ein anderer, dessen schwarzer Kaftan ihn, wie Ajana gelernt hatte, als Fath auswies, konnte nicht mehr rechtzeitig ausweichen. Der schwere Baumstamm riss ihn zu Boden, und sein gellender Schrei hallte durch die Festungsanlage. Aus allen Richtungen eilten Krieger herbei, um dem Verletzten zu helfen. Ajana sah noch, wie sie mit vereinten Kräften den Stamm anzuheben versuchten, dann trug der Falbe sie um eine Biegung, und die Unglücksstelle blieb hinter ihr zurück. Ajana blickte voraus – und riss die Augen auf.

Im Fackelschein eines Hauseingangs in einer nahen Gasse glaubte sie eine bekannte Gestalt zu sehen. An der Wand neben der hölzernen Tür lehnte ein hoch gewachsener Mann in einem langen dunklen Mantel. Auf dem Kopf trug er einen schwarzen Hut mit breiter Krempe, der das Gesicht nahezu verdeckte. Nur ein paar lange graue Strähnen, die ihm bis auf die Schultern fielen, und ein kurzer grauer Bart schauten darunter hervor.

Ein eisiger Schrecken durchzuckte Ajana, und die Erinnerung an den Bahnübergang, an welchem sie fast vom Zug erfasst worden wäre, erwachte zu neuem Leben. Der Mann … Ajana war sicher, dass er sie beobachtete. Obwohl sie seine Augen nicht sah, konnte sie seine Blicke spüren. Wie damals … War es denn überhaupt möglich, dass es sich um denselben Mann handelte? Ajana wollte es zunächst nicht glauben, doch dann sah sie, wie er den Arm hob, eine durchsichtige Flasche an die Lippen setzte und einen tiefen Schluck nahm.

Die Flasche!

Die Menschen in diesem Land besaßen keine Flaschen, das war selbst ihr aufgefallen. Sie tranken aus tönernen und hölzernen Gefäßen oder aus Wasserschläuchen, aber nicht aus Flaschen. Das konnte nur bedeuten …

»Er kennt den Weg nach Hause!« Der Gedanke durchzuckte sie wie ein Blitz, und ein Gefühl jäher Hoffnung überkam sie. »Wenn er jetzt hier ist, dann weiß er sicher, wie man wieder zurückkommt!« Ajanas Herz pochte so heftig, dass sie vor Aufregung kaum atmen konnte. Sie gab dem Falben zwei kräftige Hiebe in die Seite und lenkte ihn auf den Hauseingang zu.

Der Unbekannte rührte sich nicht. Er trank auch nicht mehr, sondern lehnte nun wieder lässig an der Hauswand und sah Ajana gleichmütig an. Ajana trieb ihr Pferd zur Eile an. Die Festung, die Krieger, das Amulett und selbst die Worte, welche die Alte in der Hütte gesprochen hatte, all das war nicht mehr wichtig. Selbst die Furcht, die sie bislang beim Anblick des Mannes verspürt hatte, rückte angesichts der aufkeimenden Hoffnung in den Hintergrund. Denn dieser Mann stammte eindeutig aus ihrer Welt, und sie war fest entschlossen, ihn zu fragen, wie sie dorthin zurückkehren konnte. Noch zehn Meter …

»Ajana, halte ein!« Trabender Hufschlag ertönte hinter ihr, als Inahwen zu ihr aufschloss. Obwohl die schmale Gasse kaum Platz für zwei Pferde bot, schob sich ihr Rappe so weit an dem Falben vorbei, dass die Elbin nach dessen Trense greifen konnte, um ihn zum Stehen zu bringen. »Ajana!«, stieß sie ärgerlich hervor. »Bist du von Sinnen? Bayard wartet auf uns. Wir haben keine Zeit für Ausflüge.«

»Lasst bitte los. Ich muss zu ihm.« Ajana zerrte energisch an den ledernen Zügeln, doch die Elbin gab nicht nach. Der Falbe schnaubte ungehalten, zuckte mit den Ohren und schabte mit den Hufen nervös auf dem Pflaster. »Bitte!«, flehte Ajana und schaute Inahwen eindringlich an. »Ich wollte keinen Ausflug machen. Ich muss mit dem Mann dort sprechen.«

»Mit welchem Mann?« Die Elbin sah sich verwundert um.

»Mit ihm dort an der Hauswand. Sieh doch, da vorn!« Ajana deutete in die Gasse hinein.

»Da ist niemand.« Inahwen blickte in die angegebene Richtung, ließ die Trense aber nicht los.

»Aber gerade eben …« Ajana sah zum Hauseingang hinüber. Der Mann war fort.

In dem Augenblick, da Inahwens Fragen sie abgelenkt hatten, war er verschwunden. Und nichts deutete darauf hin, dass er jemals an der Wand gelehnt hatte.

»Das … das ist unmöglich!« Ajana wollte es nicht glauben.

»War es ein Krieger?«, fragte Inahwen.

»Nein, ein Mann in einem schwarzen Mantel und mit einem schwarzen Hut.« Nur mühsam gelang es Ajana, eine feste Stimme zu bewahren.

Die Elbin maß die junge Frau mit einem Blick, als bezweifelte sie deren Verstand. »Fühlst du dich nicht wohl?«, fragte sie besorgt.

»Doch, schon!« Noch einmal spähte Ajana in die Gasse, aber die Schatten waren schwarz und düster und gaben nichts von dem preis, was sich in ihnen verbergen mochte.

»Ajana …« Inahwen ließ nun endlich die Trense los. »Ich vermag sehr wohl zu sehen, wo du nur Dunkelheit erkennst«, sagte sie in einem mütterlichen Tonfall. »Die Gasse ist leer. Sie ist leer, und sie war leer.«

»Aber ich …«

Inahwen lächelte nachsichtig. »Manchmal gelingt es den Gedanken, unsere Wünsche zu Bildern zu formen«, erklärte sie. »Meist geschieht dies in unseren Träumen. Doch wenn die Not sehr groß ist, können sie auch die Wirklichkeit beeinflussen.«

»Aber das war keine Einbildung«, versicherte Ajana. Ein trotziger Unterton schwang in ihrer Stimme mit, denn sie wusste, dass sie der Elbin den Beweis dafür schuldig blieb.

Inahwen bedachte sie mit einem langen, schwer zu deutenden Blick, dann wendete sie den Rappen und führte ihn wieder auf die breite, belebte Straße zurück. »Komm«, sagte sie und machte eine auffordernde Geste. »Man erwartet uns.«

Die Tür zu dem niedrigen Gebäude stand weit offen, als Inahwen und Ajana ankamen. Die beiden Frauen schwangen sich vom Pferd und übergaben die Tiere einem Stallburschen. Inahwen wies ihn an, sie gut zu versorgen, dann betraten sie den großen, spärlich eingerichteten Raum, der den gleichen düsteren Eindruck erweckte wie schon am Morgen. Die flackernden Öllampen an den Wänden spendeten nur wenig Licht, und der fünfarmige Leuchter gereichte gerade dazu, die Gesichter der drei Männer zu erhellen, die um den Tisch Platz genommen hatten.

»Endlich.« Bayard erhob sich und trat auf die Frauen zu. »Was hat Euch so lange aufgehalten?«

»Das geschäftige Treiben in den Straßen machte uns das Vorankommen schwer«, erklärte Inahwen ausweichend. »Habt Ihr Gathorion schon berichtet?«

»Nein, noch nicht.« Bayard schüttelte den Kopf. »Ich wollte nicht ohne Euch beginnen.«

»Gut.« Inahwen bedeutete Ajana, sich zu setzen, und zog sich einen Stuhl heran. Schweigend rückte sie zu den Männern auf und warf einen kurzen Seitenblick auf Toralf, dessen Anwesenheit sie offenbar überraschte.

Gathorion schien die Gedanken seiner Schwester zu erraten. »Er weiß Bescheid«, sagte er knapp.

Inahwen nickte und erwiderte: »Gut. Dann sollten wir nicht länger säumen.«

»Gaelithil erwartet dich. Das Schicksal Nymaths liegt in deinen Händen.« Nachdenklich rieb sich Gathorion das Kinn, während er die Worte der Magun wiederholte. »Dann ist es also wahr.« Er verstummte, bedachte Ajana mit einem langen Blick und sagte: »Es ist kein leichter Weg, der vor dir liegt. Doch es ist der einzige, um das zu erreichen, wonach dein Herz sich sehnt.«

»Ich weiß.« Ajana nickte. Seit sie die Hütte der Alten verlassen hatten, wurde ihr mehr und mehr bewusst, dass es für sie nur einen einzigen Weg nach Hause gab. Sie musste ihre elbische Vorfahrin in der Höhle der Seelensteine finden.

»Dann bist du bereit?«

»Ja, das bin ich.« Ajana zögerte nicht mehr. Den ganzen Weg zurück zur Festung hatte sie Zeit gehabt, über alles nachzudenken, und Ängste und Hoffungen gegeneinander abgewogen. Die Berichte von Elben, Dämonen und Magie klangen in ihren Ohren zwar noch immer wie phantastische Geschichten, doch sie musste es wagen.

»Du bist sehr mutig.« Gathorion bedachte sie mit einem anerkennenden Lächeln. »Dann ...«

»Wartet!«, rief Toralf und hob Einhalt gebietend die Hand. »Das ist ein viel zu großes Wagnis. Die Höhle der Seelensteine liegt mitten im Gebiet der Uzoma. Wie könnt Ihr sie fragen, ob sie bereit ist, dorthin zu gehen? Sie weiß doch gar nicht, was sie drüben erwartet. Sie kennt weder die Tücken des Gebirges, noch kann sie die Gefahren einschätzen, die auf dem Weg zur Höhle lauern. Das Gebiet jenseits des Pandarasgebirges ist in den Händen der Uzoma. Sie werden Ajana so leicht fangen, als säße sie in einem vernagelten Fass. Man munkelt, sie hätten einen Dämon als Verbündeten, und wer weiß, welch grausigen Vorteil der ihnen bringt.« Der Heermeister verstummte und fuhr sich über den Bart, ein Zeichen, wie aufgewühlt er war. »Wir haben mehrfach versucht, Kundschafter oder Spähtrupps in die Nähe des

Uzomaheeres zu bringen. Ich muss Euch nicht sagen, mit welchem Ergebnis.«

»Aber das ist es doch!«, warf Bayard ein. »Sie rechnen nicht damit, dass wir die Grenze noch einmal überschreiten.«

»Glaubst du wirklich, das sei ein Vorteil?« Toralf machte keinen Hehl daraus, wie wenig er von Bayards Einwand hielt. »Du weißt so gut wie ich, was seit einem Silbermond auf der anderen Seite des Passes vor sich geht. Nie zuvor waren dort so viele Uzoma versammelt. Tausende Feuer erhellen des Nachts den Himmel über dem Grinlortal. Überall wimmelt es von Kriegern. Es grenzt an ein Wunder, unbemerkt dort hindurchzukommen. Doch Wunder sind rar in diesen dunklen Zeiten.«

»Wir haben keine andere Wahl«, erklärte Bayard entschlossen. »Und es ist eine Gelegenheit, die wir nutzen müssen.«

»Jeder Schritt will sorgfältig erwogen sein«, ergriff Inahwen das Wort. »Ajana brachte uns das Samenkorn der Hoffnung zurück, doch ob daraus je eine Pflanze erwachsen wird, liegt in unserer Hand.«

»Sie muss gehen«, sagte Gathorion, bevor Toralf etwas erwidern konnte, und erhob sich. »Ajana muss die Berge überqueren. Nur dort, an den Ufern des Arnad, vermag sie sich ihrer Aufgabe zu stellen und das Schicksal zu erfüllen, an das sie kraft ihres Blutes gebunden ist. Und nur dort, in der Höhle der Seelensteine, kann sie jenes Wissen erlangen, das ihr keiner in Nymath vermitteln kann. Die Zukunft der Vereinigten Völker entscheidet sich nicht hier in der Festung, sondern auf der Nordseite des Pandaras, im Land der Uzoma.« Er schwieg und schaute Ajana an, die den Blick ernst erwiderte. »Ich sehe ein Licht in der alles verschlingenden Dunkelheit«, sagte er mit einem wissenden Lächeln, wurde aber sogleich wieder ernst. »Doch dieses Licht ist schwach und vermag einem Sturm kaum zu trotzen. Es ist an uns, es zu schützen und zu behüten, und nur wenn wir mit all unseren Kräften zu ihr stehen, dürfen wir wieder hoffen. Wenn Ajana ein Leid geschieht, ist alles verloren. Dann wird Nymath nur noch so lange bestehen, wie die Zahl der Krieger ausreicht, es mit Schwert und Bogen zu verteidigen.«

»Was schlagt Ihr vor?« Bayard musterte den Elbenprinzen aufmerksam. Doch bevor dieser antworten konnte, meldete sich Toralf wieder zu Wort.

»Und wenn sie scheitert?«, gab er zu bedenken. »Wenn die Uzoma sie finden und verschleppen, ehe sie auch nur eines der beiden Ziele erreicht hat?«

Gathorion erwiderte den aufgebrachten Blick des Heermeisters in einer Weise, die keinen Zweifel daran ließ, dass er allen Unwägbarkeiten zum Trotz fest entschlossen war, das Wagnis einzugehen. »Wir brauchen eine kleine Gruppe mutiger Krieger!«, sagte er mit fester, befehlsgewohnter Stimme, ohne auf Toralfs Frage zu antworten. »Nur eine kleine Truppe ist in der Lage, unbemerkt über die Berge zu gelangen. Tapfere, verschwiegene Männer, die bereit sind, ihr eigenes Leben für das der Nebelsängerin zu geben.« Sein Blick wanderte zu Bayard. »Heermeister«, sagte er feierlich. »Wollt Ihr den Trupp auf der Suche nach der Höhle der Seelensteine führen und über das Leben der Nebelsängerin wachen? Ihr kennt das nördliche Pandarasgebirge besser als jeder andere.«

»Es wäre mir eine Ehre, Prinz Gathorion.« Bayard erhob sich mit einem Lächeln auf den Lippen, nickte kurz und schlug die geballte Faust vor die Brust.

»Ich hätte es von Euch auch nicht anders erwartet.« Gathorion schien zufrieden. »Dann wählt die sechs besten Krieger für dieses Unterfangen aus. Ich vertraue auf Euer Urteil. Ihr kennt die Männer hier wie kein anderer. Verschweigt nicht, wohin der Auftrag führt, doch gebt niemandem etwas von der Nebelsängerin preis. Ich möchte nicht, dass es Unruhe unter den Kriegern gibt.«

»Fünf!« Toralf erhob sich. »Du musst nur fünf Männer auswählen.« Grimmige Entschlossenheit sprach aus seiner Miene, als sein Blick von Bayard zu Gathorion wanderte. »Ich gehe mit.«

»Es ist ein gutes Gefühl, dich dabei zu wissen, Freund.« Bayard reichte Toralf die Hand, und dieser schlug ein. »Eher wird meine Axt stumpf, als dass diese Barbaren Hand an die Nebelsängerin legen«, schwor er feierlich.

»So sei es.« Gathorion nickte. »Artis vom Blute der Onur wird während Eurer Abwesenheit den Befehl über Eure Einheit erhalten. Er stand Euch lange und zuverlässig zur Seite.«

»Artis ist ein guter Mann.« Toralf hatte keine Einwände

»Nun, dann ist ja so weit alles geklärt. Es fehlen nur noch die anderen.« Bayard erhob sich und ging zur Tür, doch bevor er sie öffnete, drehte er sich noch einmal um und sagte an Ajana gewandt: »Macht Euch keine Sorgen. So wahr die Rösser Mähnen tragen, werden wir Euch sicher über die Berge geleiten – und auch wieder zurück.«

Wütend stapfte Keelin durch die abendliche Dunkelheit auf das Falkenhaus zu.

In der Unterkunft hatte er sich seine Wut nicht anmerken lassen. Doch kaum dass er das Gebäude verlassen hatte und sich unbeobachtet fühlte, ballte er eine Hand zur Faust und schlug sich damit in die flache Hand, um seinem Ärger Luft zu machen. Er hatte damit gerechnet, dass ihm die anderen das vermeintliche Unrecht irgendwann heimzahlen würden, allerdings nicht so bald.

Das ungute Gefühl, dass die jungen Raiden etwas im Schilde führten, hatte ihn schon an der Tür angesprungen, als er die karge Unterkunft nach der abendlichen Mahlzeit aufgesucht hatte. Eine gespannte Erwartung hatte fast greifbar in der Luft gelegen. Er hatte sich jedoch nichts anmerken lassen. Die hämischen, erwartungsvollen Seitenblicke der anderen, die sich schlafend gestellt und dennoch jeden seiner Schritte aus den Augenwinkeln verfolgt hatten, hatte er bewusst übersehen und seine Schlafstatt unauffällig nach Hinweisen auf eine mögliche Schandtat abgesucht. Zunächst war ihm nichts aufgefallen. Das Lager schien unberührt. Erst als er sich gesetzt hatte, um die Stiefel auszuziehen, hatte er es gemerkt: Der Strohsack war nass. Und nicht nur das. Er stank erbärmlich.

Das unterdrückte Gelächter der anderen, die nicht mehr an sich halten konnten, klang ihm immer noch in den Ohren nach. Nur mit einer enormen Willensanstrengung war es ihm gelungen, Übelkeit, Ekel und Wut zu unterdrücken und die Kammer zu verlassen, ohne die Haltung zu verlieren. Selbst als sich die anderen triumphierend von ihren Lagern erhoben und ihm voller Häme nachgerufen hatten: »Keelin, der Feigling, hat vor Angst die Schlafstatt bepisst!«, hatte er nichts von dem preisgegeben, was in ihm vorging.

Die Rufe hallten wie ein Schmähgesang durch seine Gedanken und sorgten dafür, dass das Feuer der Wut nicht erlosch. Verbissen suchte er nach einer Möglichkeit, die Demütigung zu vergelten. Doch wie damals am Hafen, als die Fischerjungen ihn auf das Schlimmste erniedrigt hatten, wusste er sich auch jetzt nicht zu wehren.

So zog er es vor, die Nacht im Falkenhaus zu verbringen. Der Gedanke, dort zu nächtigen, war nicht sehr verlockend, aber immer noch besser, als auf einer Matratze zu schlafen, die mit dem Harn seiner Widersacher getränkt war.

Im Falkenhaus angekommen ging er zu Horus, der auf einem Bock hockte. Der Falke blinzelte schläfrig, und seine Verwirrung streifte Keelins Bewusstsein. Er spürte, dass Horus unruhig wurde, und ergriff eine bereitliegende Spinnfeder, um ihn damit beruhigend an der Brust zu streicheln. Eine der ersten Lektionen, die ein angehender Falkner lernte, war, dass Falken ein sehr empfindliches Gefieder haben und daher niemals mit der Hand gestreichelt werden dürfen.

Trotz der Zuwendung bewegte sich Horus unruhig auf dem Block hin und her, so als fühlte er Keelins Zorn. »Du hast es gut«, flüsterte dieser, obgleich der Falke ihn nicht verstand. »Unter Falken gibt es weder Neid noch Missgunst. Streitigkeiten tragt ihr sofort aus.« Er seufzte und legte die Feder beiseite. »Schlaf gut, Horus. Und ihr anderen auch«, sagte er leise. Dann machte er kehrt und wandte sich dem kleinen Verschlag zu, in dem frisches Stroh für das Falkenhaus lagerte. Es duftete verlockend und würde ihm in der kühlen Nacht gewiss die nötige Wärme spenden.

Keelin legte sich nieder und schloss die Augen, doch der Schlaf wollte sich nicht einstellen. Er war überzeugt, dass die verunreinigte Matratze nur der Beginn einer ganzen Reihe von Demütigungen war, die ihm bevorstanden, und dachte darüber nach, wie er dem aus dem Wege gehen konnte.

»Er will wieder einen Spähtrupp über die Berge mitten ins Gebiet der Uzoma schicken?«

Eine tiefe Stimme drang durch das geöffnete Fenster des Falkenhauses und riss Keelin aus dem ersten Schlummer. Langsam richtete er sich im Stroh auf, sah Fackelschein vor dem Fenster und lauschte. »Ein halbes Dutzend Männer.« Nun sprach ein anderer. Es war Bayard. Obwohl Keelin die beiden Männer, die vor dem Falkenhaus miteinander sprachen, nicht sehen konnte, erkannte er die Stimme des Heermeisters sofort.

»Gilians heilige Feder. Ist er denn von Sinnen? Nicht ein einziger Krieger der beiden Spähtrupps, die wir jüngst dorthin entsandten, hat die Festung lebend wieder gesehen. Zwei unserer besten Falkner mitsamt ihren Falken fanden den Tod. Ein Verlust, der nur schwer zu ersetzen ist.«

»Der Elbenprinz hat das keineswegs vergessen«, erwiderte Bayard. »Dennoch ist er entschlossen, einen weiteren Versuch zu wagen. Das Schicksal Nymaths hängt vom Gelingen des Wagnisses ab.« Er verstummte kurz und fuhr dann mit gesenkter Stimme fort: »Ich wünschte, ich könnte dir mehr erzählen, doch ich habe mein Wort gegeben. Meklun, wir kennen uns nun schon ein halbes Menschenleben. Du weißt, dass ich dich nicht darum bitten würde, einen Kundschafter für den Spähtrupp zu benennen, wenn ich nicht selbst davon überzeugt wäre, dass es die Sache wert ist.«

Meklun! Keelin horchte auf. Atemlos verfolgte er das Gespräch zwischen Bayard und Meklun, dem obersten Falkner der Festung, das gewiss nicht für seine Ohren bestimmt war.

»... wert, einen weiteren Falkner in den Tod zu schicken?«, hörte er Meklun fragen.

»... den Vereinigten Stämmen neue Hoffnung zu geben«, erwiderte Bayard. »Feanor und Darval vom Blute der Onur und Salih und Cirdan vom Blute der Fath haben sich bereits freiwillig gemeldet. Heermeister Toralf ist auch dabei – und ich natürlich! Uns fehlt nur noch ein Kundschafter, dessen Falkenauge aufmerksam über den Spähtrupp wacht.«

»Das sind gute und tapfere Männer«, sagte Meklun beeindruckt.

»Und?«, fragte Bayard.

»Bis wann muss ich eine Entscheidung treffen?«

»Sofort.«

»Sofort? Aber …«

Keelin hatte genug gehört. Ohne auf den Lärm zu achten, den er verursachte, sprang er auf und hastete nach draußen. Dass die beiden Männer sich ausgerechnet hier vor dem Falkenhaus getroffen hatten und ein Kundschafter für einen Spähtrupp ausgewählt werden sollte, erschien ihm wie ein Wink des Schicksals. Er war fest entschlossen, diese Gelegenheit für sich zu nutzen. Nach dem, was ihm am Abend wiederfahren war, schien es ihm weit weniger belastend, einen Spähtrupp ins Uzomagebiet zu begleiten, als auch nur eine weitere Nacht mit den niederträchtigen Zimmergenossen zu verbringen.

»Es wäre mir eine Ehre, Euch begleiten zu dürfen.« Ohne auf den überraschten Gesichtsausdruck des Falkners zu achten, trat Keelin im Schein der Fackel auf die beiden Männer zu.

»Wer, bei Gilians heiliger Feder, bist denn du?«, fuhr der oberste Falkner Keelin erbost an. »Und wo kommst du überhaupt her?« Die Art, wie der Mann ihn musterte, lenkte Keelins Blick auf die eigenen Gewänder, an denen unzählige gelbe Halme hingen, die jede Antwort überflüssig machten. Plötzlich fühlte er sich wie damals, als er im Alter von zehn Wintern heimlich das Schlüpfen der Jungvögel beobachtet hatte und dabei erwischt worden war.

»Das ist Keelin, ein neuer Falkner«, hörte er Bayard an seiner Statt antworten. Die Stimme des Katauren klang eher belustigt als verärgert, und Keelin zog sich hastig die gröbsten Halme aus Kleidung und Haaren.

»Du kennst den Falkner?«, fragte Meklun überrascht.

Bayard nickte. »Er kam gestern mit dem Heer aus Sanforan.«

»Hat man dir keine Unterkunft zugewiesen, dass du im Falkenhaus nächtigen musst?«, wandte sich der Falkner wieder an Keelin.

»Doch, aber …«

»Und hat man dir in Sanforan nicht beigebracht, dass es sich nicht ziemt, Gespräche zu belauschen?«

»Doch, wohl.«

»Gut.« Der Falkner verschränkte die Arme auf dem Rücken und hob den Kopf. »Ich warte.«

»Ich kam noch einmal hierher, um nach meinem Falken zu sehen«, beeilte sich Keelin zu erklären. »Ich war sehr müde und muss wohl versehentlich eingeschlafen sein. Erst als ich Eure Stimme hörte, erwachte ich.«

»Was hast du gehört?«

»Nicht viel, nur dass Heermeister Bayard einen Kundschafter sucht, der einen Spähtrupp auf die andere Seite des Pandarasgebirges begleitet.«

»Und da erdreistest du dich einfach, dem Heermeister deine Dienste anzubieten«, knurrte Meklun zornig.

»Ich bitte darum, mich dem Spähtrupp anschließen zu dürfen«, erwiderte Keelin selbstbewusst, breitete die Arme aus und deutete eine leichte Verbeugung an. »Heermeister Bayard sucht einen Kundschafter – hier ist er.«

»Du wirst nirgendwo hingehen!« Die Stimme des Falkners bebte vor unterdrücktem Zorn. »Zwei Tage in der Arrestzelle werden dich lehren, wie man sich Ranghöheren gegenüber verhält.«

»Warte!« Bayard hob beschwichtigend die Hand. »Keelin hat schon einmal einen Spähtrupp begleitet, der unter meinem Befehl stand«, erklärte er. »Obwohl er noch sehr jung ist, hat er seinen Auftrag tadellos erfüllt. Für die bevorstehende Aufgabe benötige ich Männer, die mit ganzem Herzen dabei sind.« Er schaute Keelin kurz an und fuhr dann fort: »Er verhält sich respektlos, das ist wahr. Dennoch bitte ich dich, seinem Ersuchen stattzugeben.«

»Du willst diesen Jungfalkner wirklich mitnehmen?«

»Ich denke, er hat einen guten Grund, uns begleiten zu wollen.« Bayard nickte.

»Es gibt weit erfahrenere und fähigere Kundschafter in der Festung«, gab der oberste Falkner mit einem geringschätzigen Seitenblick auf Keelin zu bedenken.

»Und dennoch ...« Bayard ließ sich nicht beirren.

»Nun gut.« Obwohl der Falkner sich bemühte, den Anschein von Unmut zu wahren, entging Keelin nicht, dass er bei allem Groll doch erleichtert war, die Suche so schnell beendet zu haben. »Dann ist alles gesagt«, meinte er und öffnete die Tür des Falkenhauses. »Ich wünsche dir viel Glück, mein Freund. Möge Asnar schützend die Hand über dich halten.«

»Falls er es vergessen sollte, habe ich ja noch meinen Beidhänder.« Bayard grinste. »Und dich sehe ich bei Sonnenaufgang am Tor«, wandte er sich an Keelin.

Wirre Träume durchzogen Ajanas Schlaf.

Sie ritt mit ihrer Freundin Saskia über Hügel und Weideland, durch schattige, sommergrüne Wälder und leise murmelnde Bäche. Das lange schwarze Haar ihrer Freundin wehte offen im Wind. Sie sprachen kein Wort, doch das Lächeln auf Saskias Lippen verriet, dass sie sich glücklich und frei fühlte. Immer weiter ritten sie, durch Gegenden, die sie nie gesehen hatten, durch wilde, urwüchsige Wälder und endlose Steppen. Die Pferde schienen unermüdlich und jagten im Galopp auf das Gebirge zu, das am Horizont aufragte.

Die Sonne stand so unerschütterlich am Himmel, als wäre sie dort festgewachsen. Zeit spielte keine Rolle. Die Berge, steinerne Riesen vom Anbeginn der Zeit, kamen näher; die schneebedeckten Gipfel reckten sich Ehrfurcht gebietend viele tausend Meter in die Höhe.

Sie wollte Saskia etwas zurufen, doch plötzlich war es nicht mehr die Freundin, die an ihrer Seite ritt. Es war Inahwen, die sie mit wehenden Gewändern auf einem herrlichen Schimmel begleitete. Ihr Blick war den Bergen zugewandt, das Gesicht von Sorge gezeichnet.

Dann wurde es dunkel. Obwohl die Sonne hoch am Himmel stand, ritten Ajana und Inahwen mitten in eine düstere, nebelverhangene Moorlandschaft hinein. In ein Land, wo die Sonne keine Macht besaß.

Hier war es kalt. Kalt und unheimlich. Überall lauerten Gefahren. Ajanas Pferd wurde langsamer, als spürte es die Bedrohung, und schnaubte nervös. Ajana schaute zu Inahwen hinüber, doch die Gestalt der Elbin war durch die immer dichter werdenden Nebel kaum noch zu erkennen. Zweimal sah sie das Fell des Schimmels noch zwischen den schwarz verkrüppelten Bäumen auftauchen, dann verschluckte ihn eine dichte Nebelwand, und sie war allein. Allein mit den unheimlichen Gespinsten, die mehr waren als nur konturlose Nebelformen, die sich in der Dunkelheit bewegten. Allein mit gestaltlosen Wesen, die sie nicht sehen, sondern nur erahnen konnte. Das Gefühl, sie in der Nähe zu wissen, machte ihr Angst…

Das Pferd wollte stehen bleiben, doch die Furcht, die ihr Herz umklammerte, drängte sie, es erneut anzutreiben.

Die Jagd begann.

Die Ausgeburten des Bösen griffen mit wild rudernden Klauen und gefletschten Zähnen nach ihr und versuchten, sie vom Pferd zu zerren.

»Lauf!« Sie presste sich dicht an den Hals des Tieres, das nun wieder in den Galopp fiel und sie mit wehender Mähne durch das Moor trug. So schnell flog es dahin, dass die Wesen ihr nicht folgen konnten. Sie waren zu langsam, stets einen Augenblick zu spät, und griffen ins Leere. Ajana hörte ihr zorniges Brüllen, sah die Augen hinter sich leuchten wie glühende Kohlen in schwärzester Nacht und schöpfte neuen Mut. Doch die Wesen gaben nicht auf. Die Jagd ging weiter. Eine erbarmungslose Jagd durch Nebel und nicht enden wollenden Morast, der unter den wirbelnden Pferdehufen aufspritzte. Während die Geschöpfe hinter ihr sie niemals ganz einholten, lauerten ihr am Weg neue auf, und die Hoffnung, die sie angesichts der gelungenen Flucht beflügelt hatte, schwand.

Die Veränderung kam langsam, wie ein heimtückisches Wesen, das über sie hinwegkroch und sich schließlich in ihr festsetzte, als sie erkannte, was es war: eine körperlose Stimme, die ihr zuflüsterte, was geschehen würde. »Du kannst das Rennen nicht gewinnen«, säuselte sie in hämischer Belustigung. »Niemand kann vor sich selbst fliehen. Kein Pferd, und sei es noch so schnell, vermag dich davonzutragen. Du kannst nicht vor dem fliehen, was dir kraft deines Blutes auferlegt wurde.«

»Verschwinde!« Ajana heulte vor Zorn auf und drängte ihr Pferd, noch schneller zu laufen. Doch die Stimme hörte nicht auf zu flüstern, während die Welt um sie herum alle Farben und Konturen verlor, als würde auch sie verschlungen von jenem finsteren Ungeheuer, das nach ihr griff …

Ajana riss die Augen auf. Sie war schweißgebadet, und unter der Decke klebten ihr die Kleider feucht an der Haut. In Inahwens Kammer war es ruhig und friedlich, doch der Traum haftete noch immer wie ein lebendiges Ding an ihren Gedanken und ließ sich nicht so schnell abschütteln.

Sie richtete sich auf und schaute zu der Elbin hinüber, die sich auf einer schlichten Holzpritsche auf der anderen Seite der Kammer zur Ruhe gelegt hatte – und erschrak. Inahwen schlief nicht, sondern blickte sie aus hellblauen Augen aufmerksam an. »Träume können Visionen von Zukünftigem sein«, sagte sie. »Sie können uns warnen, wovor wir uns hüten sollen. Aber sie können uns auch aufzeigen, was wir bei Tag nicht sehen wollen.«

Ajana war sprachlos und schwieg lange. Wie konnte Inahwen ahnen, was sie bewegte?

»Ich brauche frische Luft«, sagte sie schließlich, griff nach ihrem Umhang und schwang sich aus dem Bett.

»Vergiss nicht, dass der Tag früh beginnt«, sagte Inahwen.

Ajana nickte und schlüpfte in ihre Stiefel. »Ich bleibe nicht lange.«

Die Nacht war klar, kalt und still. Ajana schloss die Tür leise hinter sich, ging ein Stück und legte dann den Kopf in den Nacken. Die beiden Monde verbargen ihr silbernes und kupfernes Antlitz hinter den Bergen, doch wölbte sich ein funkelnder Teppich aus Abermillionen von Sternen über der Festung am Pass. Während sie die klare Luft tief einsog, blickte sie zum Firmament empor und hoffte, dass die Anspannung, die der Traum in ihr hinterlassen hatte, sich bald legte.

»Schön, nicht?«

Ajana zuckte erschrocken zusammen und fuhr herum. In den

Schatten der Hauswand bewegte sich eine dunkle Gestalt auf sie zu. Unwillkürlich wich Ajana ein paar Schritte zurück.

»Ich konnte auch nicht schlafen.« Nichts Bedrohliches lag in der Stimme, die zweifellos einer Frau gehörte. Ajana atmete auf. Die Stimme schien ihr vertraut.

»Ajana.« Maylea lächelte und trat näher. »Verzeih. Ich wollte dich nicht erschrecken.«

»Maylea.« Jetzt erkannte Ajana die Wunandamazone, deren Gesicht ohne die heilende Salbe verändert wirkte. »Du hast mich nicht erschreckt«, schwindelte sie, um nicht überängstlich zu wirken. »Was machst du hier?« Plötzlich erinnerte sie sich daran, was Maylea ihr auf dem Karren der Heilerinnen erzählt hatte, und fügte rasch hinzu: »Hast du deine Schwestern gefunden?«

»Ja.«

Die tonlose Art, in der Maylea ihr Antwort gab, machte Ajana stutzig. »Was ist geschehen?«

»Ich habe gelernt, dass es nicht wichtig ist, ob man jemanden findet, sondern *wie* man ihn vorfindet.« Eine tiefe Bitterkeit schwang in ihrer Stimme mit, und Ajana erschauerte.

»Wie meinst du das?« Noch während sie Maylea diese Frage stellte, wusste sie, dass sie die Antwort eigentlich nicht hören wollte.

»Sie sind tot.« Obwohl es dunkel war, glaubte Ajana zu sehen, wie Maylea die Fäuste ballte. »Tot!«

»Das ... das tut mir Leid.« Ajana war sich nicht sicher, ob sie die richtigen Worte wählte, aber sie hatte das dringende Gefühl, irgendetwas sagen zu müssen.

»Sie waren Kriegerinnen«, erwiderte Maylea mit gespielter Kühle. »Kriegerinnen sterben nun mal.« Sie legte den Kopf in den Nacken und blickte zum Himmel empor. »Es wird nicht lange dauern, bis ich mit ihnen vereint bin«, prophezeite sie in dunkler Vorahnung.

»So etwas darfst du nicht sagen«, erwiderte Ajana erschrocken. »Niemand weiß, was ihn erwartet. Vielleicht wirst du ja eines Tages in deine Heimat zurückkehren, wenn ... wenn das alles hier vorbei ist.«

»Ha.« Maylea lachte freudlos. »Das kann nur jemand wie du sagen. Jemand, der keine Ahnung hat von dem, was hier vorgeht. Jemand, der nicht weiß, wie mächtig die Uzoma sind.« Sie trat vor und deutete in die Klamm hinauf, wo die Felswände im Feuerschein rot erglühten. »Siehst du das?«, fragte sie. »Das sind die Feuer der Heerlager. Tausende von Uzomakriegern. Dutzende von Lagaren.« Sie schüttelte den Kopf. »Glaub mir, wenn das alles hier vorbei ist, wird es niemanden mehr geben, der heimkehren kann.« Es folgte ein langes Schweigen, dann fügte sie hinzu: »Außer dir vielleicht. Dich werden sie bald heimschicken, du bist schließlich keine Kriegerin.«

»Heim!« Nun war es Ajanas Stimme, die bitter klang. Der Verlauf des Gesprächs belastete sie sehr, und sie entschied sich, zurück in ihre Unterkunft zu gehen. »Ich wünsche dir alles Gute, Maylea«, sagte sie und wandte sich um. »Pass auf dich auf.«

»Das klingt wie ein Abschied«, erwiderte die junge Wunand. »Gehst du fort?«

»Ja.« Ajana machte ein paar Schritte auf die Tür zu, hielt dann aber noch einmal inne und deutete auf den Schein der Heerfeuer. »Morgen bei Sonnenaufgang gehe ich dorthin.« Sie spürte, dass es unnötig und vielleicht sogar unvernünftig war, Maylea einzubeziehen, doch es gelang ihr nicht, die Worte zurückzuhalten.

»Du? Allein? Warum? Was willst du dort?«, rief Maylea hinter ihr her. »Was soll das? Warum du? Das ist doch der reine Wahnsinn!« Sie lief Ajana hinterher und legte ihr die Hand auf die Schulter, als sie sie eingeholt hatte. »Warum?«, fragte sie noch einmal.

Ajana hielt inne, wandte sich um und sagte: »Weil es hier Menschen gibt, die die Hoffnung auf ein glückliches Ende noch nicht verloren haben.«

Das erste Licht des Tages überzog das Land südlich des Pandarasgebirges mit purpurfarbenem und silbernem Dunst, der wie eine Katze aus den Wäldern im Westen herankroch, um die feurige Sonnenscheibe im Osten zu jagen. Das Zwielicht war weich und seidig und barg einen trügerischen Hauch von Frühling in sich. Eine milde Brise vertrieb mit samtenen Fingern die Kälte der Nacht.

Die Dämmerung erreichte Keelin in der Schlafhalle der Dienstboten. Unter den verwunderten Blicken der Falkner hatte er zunächst in der Unterkunft und dann im Falkenhaus viel Zeit damit verbracht, seine Ausrüstung vorzubereiten, und sich dann noch eine Weile im Stroh des Falkenhauses ausgeruht, bis ihm ein Bote im Auftrag von Bayard einen warmen, pelzgefütterten Mantel und ein leichtes Kettenhemd gebracht hatte, das er unter den Oberkleidern tragen sollte. Das Gewand aus dünnen Ringen war nicht dazu angetan, vor einem gezielten Schwerthieb oder einem Pfeil zu schützen, vermochte aber bei weniger tödlichen Angriffen gute Dienste zu leisten. Er hatte es sofort angezogen und sich dann auf den Weg gemacht, um noch das eine oder andere zu erledigen.

Als alles bereit war, ging er zum Gewölbe der Dienstboten, um sich von Abbas zu verabschieden. Der junge Wunand lauschte seinen Worten noch recht verschlafen. Er war gerade erst aufgewacht und schien zunächst nicht recht glauben zu können, was er da hörte. Dass der einzige Freund, den er je gehabt hatte, die Festung schon nach so kurzer Zeit wieder verließ, erschütterte ihn zutiefst. Doch Keelin ließ keinen Zweifel daran, dass es ihm ernst war. »Wenn der Winter kommt, bin ich zurück«, versprach er, weil er spürte, dass Abbas litt.

»*Wenn* du zurückkommst.« Abbas seufzte. »Du wärst nicht der erste Kundschafter eines Spähtrupps, der die Festung nie wieder sieht.«

»Mach dir darüber keine Gedanken«, erwiderte Keelin zuversichtlich und hob das helle Leinenhemd ein wenig an, damit Abbas sehen konnte, was er darunter trug. »Ich habe vorgesorgt.«

»Ein Kettenhemd!« Abbas betrachtete das Geflecht aus dünnen Ringen voller Bewunderung. »Wenn man dir so etwas anvertraut, muss es in der Tat eine sehr wichtige Aufgabe sein, zu der man dich berufen hat«, überlegte er und strich mit den Fingern gedankenverloren über das glänzende Metall. Eine Weile schwieg er, dann sprang er unvermittelt auf und blickte den Freund leidenschaftlich an. »Nimm mich mit«, bat er. »Lass mich dich begleiten. Ich könnte Wasser holen, Feuer machen, kochen …«

»Ach, Abbas!« Ein wehmütiges Lächeln huschte über Keelins Gesicht. »Du weißt, es gibt niemanden, den ich lieber an meiner Seite wüsste. Doch der Weg ist gefährlich. Wer sollte auf dich aufpassen? Die Krieger des Spähtrupps schleppen schon genug Lasten, und die schwerste davon ist sicher die, am Leben zu bleiben. Es ist keiner da, der ein Auge auf dich haben könnte. Auch bin nicht ich derjenige, der den Spähtrupp zusammenstellt. Der Heermeister Bayard selbst hat die Krieger ausgewählt.« Er seufzte und legte dem Freund tröstend die Hand auf die Schulter. »Es tut mir Leid«, sagte er bedauernd. »Aber du musst hier bleiben.«

»Ich kann sehr gut auf mich selbst aufpassen«, behauptete Abbas. »Bitte!« Die Verzweiflung in den Augen des Freundes brach Keelin fast das Herz. »Du weißt besser als jeder andere, warum ich hierher gekommen bin«, hörte er Abbas sagen und spürte, wie dieser sich bemühte, die Stimme gedämpft zu halten, um kein Aufsehen zu erregen. »Bitte! Leg ein gutes Wort für mich ein. Ich kann und will hier nicht bleiben. Dies hier«, er deutete in die Halle, »dies ist nicht das Leben, wofür ich Sanforan verlassen habe. Es ist schlimmer, viel schlimmer als Keldas Herdküche. Sie verachten mich, weil ich ein Wunand bin. Es gibt nicht viele Wunand in diesem Gewölbe, weißt du? Ich muss hier raus, verstehst du?«

»Ich verstehe dich«, sagte Keelin mitfühlend. »Und glaub mir, stünde es in meiner Macht, so würde ich alles daran setzen, dass du mitkommen kannst. Aber ich bin nur der Kundschafter, nicht der Anführer.« Plötzlich hatte er das Gefühl, das Gespräch rasch beenden zu müssen. Er kannte Abbas' Wunsch, Ruhm und Ehre zu erringen, und wusste, er würde nicht locker lassen. Obwohl es ihn ärgerte, dass der Abschied von seinem besten Freund ein so unversöhnliches Ende fand, schulterte er sein Bündel und sagte knapp: »Es tut mir Leid. Leb wohl, mein Freund.« Dann wandte er sich um und verließ die Halle, ohne sich noch einmal umzublicken.

Die Gipfel und Grate des Pandaras, die sich zu beiden Seiten der Festung erhoben, waren in ein verwobenes Muster aus Licht und Schatten getaucht. Klar zeichneten sie sich vor dem blauen Himmel ab, als Keelin sich auf den Weg zum großen Tor machte, vor dem sich die Krieger des Spähtrupps versammelten. Der Schnee auf den Bergspitzen schien sich in den vergangenen Tagen noch ein Stück weiter talwärts geschoben zu haben, und der Anblick des frostigen Weiß erinnerte Keelin daran, dass der Schein des milden Wetters trog. In spätestens drei Silbermonden würden sich die Schneeflächen bis in die Täler erstrecken und erst wieder weichen, wenn die wärmenden Sonnenstrahlen des Frühlings sie von dort vertrieben.

»Schön, dich zu sehen, Keelin.« Bayard erwartete ihn bereits und streckte ihm zur Begrüßung die Hand entgegen. Der Heermeister trug seinen gewellten Beidhänder in der ledernen Scheide auf dem Rücken und führte Keelin zu einem weiteren Katauren, der sich zwei Handbeile mit schartigen Klingen in den Gürtel gesteckt hatte. »Heermeister Toralf«, sagte Bayard. »Das ist Keelin, unser Kundschafter.«

»Ein Kundschafter ohne Falke?«, erwiderte Toralf Augen zwinkernd und reichte Keelin die Hand.

»Horus ist auf der Jagd. Er wird rechtzeitig zurück sein«, versicherte Keelin höflich.

»Nun, zunächst muss er das nicht«, sagte Bayard leichthin. »Das

Gebiet, das wir bis zum Abend durchwandern, ist frei von feindlichen Kriegern, doch ab morgen müssen wir auf der Hut sein.«

»Er wird kommen, wann immer ich ihn rufe«, erwiderte Keelin mit einem Blick auf die Beile an Toralfs Gürtel. »Das sind ungewöhnliche Waffen für einen Katauren«, bemerkte er.

»Nicht ungewöhnlicher als ein gewellter Beidhänder«, entgegnete Toralf und verzog das bärtige Gesicht zu einem Grinsen.

»Feanor, Darval!« Bayard wandte sich um und ging auf eine Gruppe von vier Kriegern zu, die sich dem Tor näherten. Das Wappen aus Schwertern und Krone wies zwei von ihnen unverwechselbar als Onur aus, die beiden anderen trugen schwarze Kaftane, die traditionelle Kleidung der Fath. Bayard wechselte ein paar Worte mit ihnen und gesellte sich dann wieder zu Toralf und Keelin. »Nun sind wir fast vollzählig«, stellte er fest.

»Fast?«

»*Einer* fehlt noch.« Die Art, wie Bayard die Worte aussprach, machte Keelin stutzig, doch er ging nicht weiter darauf ein und warf einen Blick auf das Tor, wo die ersten Krieger mit schweren, von stämmigen Pferden gezogenen Karren zum nahen Wald aufbrachen, um dort Bäume zum Bau der Katapulte zu fällen. Mit dem Sonnenlicht kehrte allmählich Leben in die Festung ein, und solange die Hörner der Wachtposten auf den Wehrgängen nicht von einem erneuten Angriff der Uzoma kündeten, ging ein jeder seinem Tagwerk nach, als wäre dies eine Stadt und kein Heerlager.

»Das ist nun schon der sechste Tag, an dem sich im Heerlager der Uzoma nichts rührt«, knurrte Bayard, als hätte er Keelins Gedanken gelesen. »Das bedeutet nichts Gutes. Nein, nichts Gutes. Thorns heilige Rösser, wenn wir doch nur wüssten, was die da drüben vorhaben.«

»Warum schickt Ihr keine Falken?«, erkundigte sich Keelin.

»Das haben wir.«

»Und?«

»Keiner kehrte zurück.«

»Oh.« Keelin schluckte. Die Furcht, Horus durch einen Pfeil der Uzoma zu verlieren, durchfuhr ihn, und er erschauerte. Er hatte von

Falknern gehört, denen ein solches Unheil widerfahren war. Nur wenige waren in der Lage, den Verlust zu verkraften, manche verloren gar den Verstand. Ähnlich erging es den Falken, wenn der Falkner ums Leben kam. Die treuen Vögel verweigerten dann so lange jede Nahrung, bis sie den Hungertod starben. Die besondere Gabe der Raiden war Segen und Fluch zugleich, und obwohl die Falken Nymaths ein ähnlich hohes Alter wie die Menschen erreichen konnten, spielten sich gerade in Kriegszeiten schreckliche Szenen ab.

»Wir werden es ja bald mit eigenen Augen sehen«, hörte Keelin Bayard zu Toralf sagen. »Ich bin sicher, das lange Schweigen der Uzoma hat etwas mit den Lagaren zu tun. Niemand weiß, wo die Uzoma diese Biester verstecken und wie viele es sind. Das ist nicht gut.« Er schüttelte den Kopf und schaute einer weiteren Gruppe Krieger nach, die zum Holzschlagen in den Wald gingen. »Wenn ihr mich fragt, sollten sie sich etwas mehr beeilen. Ich habe da so ein Gefühl, als ob …«

»Die Katapulte werden rechtzeitig fertig sein. Seid unbesorgt, Heermeister.« Gathorion hatte sich zu der Gruppe gesellt und legte Bayard kameradschaftlich die Hand auf die Schulter. »Wie ich sehe, ist alles bereit«, sagte er mit einem Blick auf die Krieger.

»Nicht ganz.« Für einen winzigen Augenblick war zu spüren, wie wenig es Bayard behagte, dass der Elbenprinz seine argwöhnischen Worte mit angehört hatte. »Wir warten noch auf die …« Er räusperte sich. »Ajana ist noch nicht da.«

»Ajana?«, entfuhr es Keelin. »Warum kommt sie mit? Sie ist doch keine Kriegerin.«

»Sie geht mit, weil sie muss«, sagte Gathorion in einem Ton, der deutlich machte, dass weitere Fragen nicht erwünscht waren.

»Da kommt sie.« Alle Blicke wandten sich den beiden Frauen zu, die in diesem Augenblick die Straße herab kamen. Wie Keelin und die anderen Krieger war auch Ajana in einen dicken, warm gefütterten Umhang gehüllt und trug ein großes Bündel mit Decke und Proviant auf dem Rücken. Ihr Gesicht war blass, doch in ihren Zügen spiegelte sich Zuversicht. Neben ihr ging Inahwen mit ernster Miene.

Keelin starrte Ajana überrascht an, sagte aber nichts. Als sie ihn bemerkte, huschte ein zaghaftes Lächeln über ihr Gesicht, doch auch sie sprach kein Wort und stellte sich schweigend neben Gathorion und Inahwen.

Gathorion hob die Hand. »Niemand vermag zu sagen, wie lange die Reise dauern wird, die ihr zum Wohle Nymaths auf euch nehmt«, sagte er. »Mögen die Götter schützend die Hand über euch halten.« Er griff unter seinen Umhang, zog ein kunstvoll verziertes Kurzschwert mit lederner Scheide hervor und reichte es Ajana. »Dies ist für dich. In Zeiten wie diesen ist es nicht ratsam, eine solche Reise ohne Waffe anzutreten.«

»Aber ich ...« Ajana ergriff das Kurzschwert. Es war sehr leicht und fühlte sich seltsam vertraut an. Dennoch hätte sie es am liebsten gleich wieder zurückgegeben, fürchtete allerdings, den Elben zu kränken. »Ich habe noch nie mit so etwas ... ich kann es nicht ...« Sie verstummte, um nicht die falschen Worte zu wählen.

»Die Klinge ist dir fremd.« Gathorion lächelte verständnisvoll. »Doch das vergeht. Bayard wird dich lehren, sie zu führen.« Mit einer fast unmerklichen Geste wandte er sich an Inahwen und sagte auffordernd: »*Muinthel* – Schwester!«

»Komm, ich gürte es dir um.« Die Elbin nahm Ajana das Kurzschwert aus den Händen, schlang die Riemen um ihre Taille und flüsterte ihr zu: »Wir nennen dieses Schwert *Cyllamdir* – Bote der Hoffnung. Es stand jenen zur Seite, die deines Blutes waren, und wird auch dir in der Not ein guter Freund sein.«

»Hat Mabh es auch getragen?«, fragte Ajana so leise, dass die Krieger es nicht hörten.

Inahwen nickte. »Mabh und Cara, Eilis und all die anderen. Auch sie trugen *Cyllamdir* auf dem Weg zum Arnad.« Sie zog die letzte Schnalle fest und richtete sich auf. »Es wird dir Glück bringen«, sagte sie mit einem aufmunternden Lächeln und nickte Gathorion zu. Dieser ließ den Blick über die Gesichter der Krieger schweifen und sagte: »Die Zeit des Aufbruchs ist gekommen. Möge euch der ...«

»Wartet!«

Alle blickten sich um. »Beim Barte des Asnar«, fluchte Bayard. »Wer wagt es …«

»Ich komme mit!« Eine junge, hoch gewachsene Wunandamazone in der für die Kriegerinnen typischen, eng geschnürten Lederkleidung trat vor den Elbenprinzen und deutete eine leichte Verbeugung an

»Maylea«, stieß Ajana überrascht hervor.

Gathorion zog erstaunt eine Braune hoch und fragte: »Was verleitet dich zu der Annahme, dass du den Trupp begleiten wirst?«

»Ihr würdet fürwahr diese junge Frau allein mit so vielen Männern in die Berge schicken«, erwiderte Maylea mit fester Stimme.

»Ich habe keine Zweifel an der Ehrenhaftigkeit der Männer.« Leichter Ärger schwang in Gathorions Stimme mit. Er wusste, dass die Wunandfrauen nicht gut auf die Moral der männlichen Krieger zu sprechen waren. Kleinere Auseinandersetzungen zwischen den Geschlechtern störten zuweilen den Tagesablauf innerhalb der Festung, denn es gab immer wieder einige, die ihr Glück bei den stolzen und schönen Frauen versuchten.

»Euer Vertrauen in Ehren«, sagte Maylea selbstbewusst. »Dennoch halte ich es für angebracht, Ajana für die weite, gefährliche Reise eine weibliche Begleitung zur Seite zu stellen. Ihr seid ein Elb, vielleicht versteht Ihr es nicht, aber …«

»Belehre mich nicht«, unterbrach Gathorion die Amazone und musterte sie mit scharfem Blick. »Gibt es außer der Sorge um die Züchtigkeit der Männer noch einen weiteren Grund, der dich dazu berechtigen sollte, an dem Unterfangen teilzunehmen … ?«

»Maylea.« Die Stimme der jungen Kriegerin war voller Stolz.

»… Maylea.« Gathorion nickte.

»Die Uzoma haben meine Schwestern getötet«, Maylea ballte die Fäuste. »Ich folgte ihnen hierher in der Hoffung, gemeinsam mit ihnen die Freiheit Nymaths zu verteidigen. Doch statt offener Arme, die mich freudig begrüßen, fand ich nur kalte Gräber vor. Im Angesicht der Monde habe ich geschworen, dafür zu kämpfen, wofür sie ihr Leben ließen – für die Freiheit Nymaths. Deshalb erbitte ich die Erlaubnis, Ajana begleiten zu dürfen.«

»Für die Freiheit Nymaths?« Gathorion blieb skeptisch. Es war offensichtlich, dass ihn die Antwort nicht zufrieden stellte.

»Ist das denn nicht genug?«, fragte Maylea entrüstet.

»Sie ist meine Freundin«, warf Ajana ein. Alle Blicke richteten sich auf sie. Ajana errötete und fügte etwas leiser hinzu: »Ich wäre glücklich, sie an meiner Seite zu wissen.«

Verhaltenes Gemurmel erhob sich unter den Kriegern, doch Gathorion hob beschwichtigend die Hand. »Heermeister Bayard«, sagte er. »Wie ist Eure Meinung?«

»Du warst bei der Vorhut. Ich erinnere mich an dich. Du bist die Einzige, die den Angriff der Lagaren überlebt hat.« Bayard trat vor Maylea, musterte sie mit einem schwer zu deutenden Blick und fügte so leise hinzu, dass nur sie es hören konnte: »Aber ich kenne dich nicht gut genug, um dir zu vertrauern.« Laut sagte er: »Ich kenne diese Kriegerin nicht sehr gut. Wohl aber kenne ich die Art, wie die Wunand zu kämpfen wissen, und achte ihren Mut und ihre Entschlossenheit. Es bringt jedoch zumeist Unruhe in die Gruppe, wenn eine Frau ...«

»Der Elbenprinz zweifelte nicht an der Ehrenhaftigkeit der Männer«, fiel Maylea ihm ins Wort und meinte schnippisch: »Sollte er sich etwa getäuscht haben?«

»Natürlich nicht.« Wie immer, wenn er angestrengt über etwas nachdachte, fuhr Bayard sich mit der Hand über den Bart. »Nun gut«, sagte er schließlich. »Aber wenn Ajana deine Begleitung wünscht, will ich das achten.« Es war nicht zu übersehen, dass ihm die Entscheidung nicht behagte.

»Meinen Dank, Heermeister«, sagte Maylea erleichtert, schulterte ihr Bündel und gesellte sich zu den wartenden Kriegern, als sei damit alles gesagt. »Mögen die Götter uns reichhaltig segnen«, rief sie, »denn wir reisen ins Ungewisse. Emo.«

»Ehrwürdiger Whyono, Herrin Vhara!« Ein schmächtiger Uzomaknabe trat vor den Tisch, an dem die beiden Regenten ihr Morgenmahl verzehrten, und sank unterwürfig auf die Knie. Die Stirn an den Boden gepresst, wartete er gehorsam, bis einer der beiden das Wort an ihn richtete und ihm gebot, seine Nachricht vorzutragen.

»Nun, was gibt es Wichtiges, dass du uns bei der Morgenmahlzeit belästigst?«, fragte Othon mit vollem Mund und ohne den Blick von dem gebratenen Goldwachtelschenkel in seinen Händen abzuwenden. Genüsslich schmatzend drehte er den Knochen in den fettigen Fingern und machte keinen Hehl daraus, dass er den Gaumenfreuden weit mehr Aufmerksamkeit beimaß als den Neuigkeiten, die der Junge brachte.

Vhara bedachte Othon mit einem verächtlichen Blick und wandte sich dem Boten zu. Sie wartete voller Ungeduld auf neue Meldungen und war begierig zu erfahren, was der Knabe vorzutragen hatte. »Sprich«, forderte sie den Jungen auf, der offensichtlich nicht wusste, wie er sich auf Othons Äußerung hin verhalten sollte.

Der Knabe hob den Kopf, verblieb aber auf den Knien und sagte: »Man trug mir auf, Euch davon zu unterrichten, dass die Lagarenjäger angekommen sind.«

»Fabelhaft!« Vhara legte eine Traube roter Kilvarbeeren auf den tönernen Teller zurück, reinigte die Finger mit einem duftenden Tuch und erhob sich. »Führe mich zu ihnen«, befahl sie dem Jungen, der augenblicklich aufsprang und zur Tür eilte.

»Vhara!«, rief Othon enttäuscht. »Wie kannst du das köstliche Mahl für diese stinkenden Echsen stehen lassen? Willst du nicht mit mir zu Ende speisen? Die Lagaren sind doch eingesperrt. Sie laufen dir schon nicht davon.« Er lachte glucksend, als hätte er einen gelungenen Scherz gemacht, und stopfte sich eine Hand voll süßer Pacunüsse in den Mund.

Vhara sparte sich die Antwort und verließ den Raum. Mit energischen Schritten folgte sie dem Jungen durch die dunklen Gänge des strengen und angenehm kühlen Lehmziegelbaus, eilte vorbei an den Gemächern des Whyono und den Unterkünften der

Frauen, die ihm als Metzen zur Verfügung standen, und trat schließlich ins Freie.

Es war noch sehr früh. Die Sonne erhob ihr goldenes Antlitz soeben über der roten Wüste, und die lichtdurchwirkte Einöde schien in Erwartung eines weiteren warmen Herbsttages die Luft anzuhalten.

»Kommt, Herrin.« Der Junge lief über den Platz vor dem imposanten zweistöckigen Bauwerk, das die Uzoma vor vielen Wintern für den neuen Herrscher erbaut hatten. Dahinter fiel ein flacher Hang ab. Schon von weitem konnte Vhara die Umrisse von sieben gewaltigen Käfigen erkennen, in welche die Lagarenjäger ihre Beute zu sperren pflegten. Sie standen auf breiten Kufen, die es den Jägern ermöglichten, die schweren Tiere auch über weite Strecken durch den allgegenwärtigen Sand zu transportieren. Allein zwanzig Uzoma waren nötig, um einen Schlitten zu ziehen, und so dauerte es oft mehrere Tage, bis die gefangenen Tiere Udnobe erreichten.

»Ihr kommt spät.« Die Begrüßung der Jäger durch die Priesterin verlief kühl und machte deutlich, wie ungeduldig sie war.

»*Ne Sawand las me ad.*« Ein stämmiger Uzoma in schwarzem Gewand trat vor und verneigte sich ergeben.

»Was soll das?«, herrschte Vhara ihn an. »Hat dir denn keiner gesagt, dass es seit vielen Wintern verboten ist, die einfältige Mundart der Uzoma in Gegenwart der Hohepriesterin zu sprechen? Bist du zu dumm oder nicht willens, dich in einer gepflegten Sprache auszudrücken?« Erbost ließ sie den Blick über die Gesichter der Umstehenden schweifen, die sich vor den Käfigen versammelt hatten, um sie zu begrüßen.

»Der Sandsturm hat uns aufgehalten!«, wiederholte der Uzoma seine Worte in der Sprache der Priesterin und senkte den Blick. »Wir kamen, so schnell es uns möglich war.«

»Wie viele sind es?« Vhara wollte sich nicht länger in Nebensächlichkeiten ergehen.

»Sechs«, beeilte sich der Uzoma zu erklären. »Ein Jungtier starb an den Folgen der Betäubung.«

»Mach Platz!« Mit einer ungeduldigen Handbewegung schritt

Vhara auf die Käfige zu. Ein beißender Gestank ging von den riesigen, grau geschuppten Leibern aus, deren Atem streng nach Schwefel roch. Die Echsen selbst wirkten müde und schläfrig. Regungslos lagen sie am Boden und beobachteten die Welt um sich herum aus trüben Augen. Kein einziges Tier wehrte sich oder versuchte gar, sich aus der Gefangenschaft zu befreien. Die Trägheit war eine Folge des starken Rauschmittels, das man ihnen unter das Futter gemengt hatte. Es war dieselbe Droge, die es den Uzoma überhaupt ermöglichte, die gefährlichen Echsen zu fangen. Sie mussten nur einen Köder auslegen und warten, bis der Lagar davon gefressen hatte. Die Wirkung setzte schon bald darauf ein. Die Tiere wurden träge und konnten von den Jägern mühelos auf die Karren geschafft werden.

Unfähig, ihren gefürchteten Giftatem einzusetzen oder sich mit den scharfen Zähnen zur Wehr zu setzen, waren die Lagaren den Uzoma hilflos ausgeliefert. Dieser Zustand wurde durch regelmäßiges Füttern mit behandeltem Fleisch so lange aufrechterhalten, bis Vhara die Tiere begutachtet und deren Geist gefügig gemacht hatte, denn unter dem Einfluss der Droge waren die Echsen zwar zahm, aber flugunfähig und nicht für einen Angriff gegen die verhassten Menschen zu gebrauchen.

»Sechs.« Vhara schritt an den Käfigen entlang und betrachtete jede einzelne Echse mit prüfendem Blick. »Es sind noch zwei weitere Jungtiere dabei«, stellte sie fest. »Aber gut. Zusammen mit den Lagaren, die schon gegen Nymath geflogen sind, sollten sie für einen Angriff auf die Festung genügen. Macht alles bereit. Wenn ich mit ihnen fertig bin, werden sie willig für den Whyono in den Kampf ziehen.«

»Was heißt das: der Sieg steht unmittelbar bevor?« Othon schaute von dem üppigen Mahl auf, als Vhara zurückkehrte. »Die Schlacht hat doch noch nicht einmal begonnen.«

»Nein, das hat sie nicht.« Vhara lächelte siegesgewiss. »Aber sie wird es bald. Die Lagarenjäger waren sehr erfolgreich. Wir haben sechs neue, junge und starke Echsen. Zusammen mit den anderen, die schon am Pandarasgebirge sind, haben die verfluchten Ungläubigen nicht die geringste Möglichkeit, sich der Übermacht zu erwehren.« Sie lachte höhnisch. »Nicht mehr lange, und die Festung am Pass wird in einem gewaltigen Feuersturm untergehen, dem sie nicht das Geringste entgegenzusetzen haben. Sie werden ...«

»Ich habe Berichte gehört, dass sie noch mehr von den mächtigen Pfeilkatapulten bauen, die schon einen unserer Lagaren getötet haben«, warf Othon ein. »Wir sollten uns beeilen.«

»Sie schlagen Holz für die Katapulte.« Vhara machte eine verächtliche Handbewegung. »Ist das verwunderlich? Es war damit zu rechnen, dass sie nach den Angriffen auf Lemrik und das Heer etwas unternehmen. Sie mögen wohl dumm sein, aber doch nicht so dumm, dass sie nicht ahnen, war wir vorhaben. Nur wissen sie nicht, dass es für sie längst zu spät ist. Die Katapulte zu bauen wird Zeit in Anspruch nehmen – Zeit, die sie nicht mehr zur Verfügung haben. Lass sie sich nur die Finger blutig schinden. Bevor die Katapulte einsatzbereit sind, werden wir zu einem vernichtenden Schlag ausholen. Es wird ein gewaltiger Angriff sein, einer, der alle bisherigen übertrifft. Mit Hilfe der Lagaren sind wir ihnen hundertfach überlegen. Nicht mehr lange, und der Boden Nymaths wird getränkt sein mit dem Blute der letzten Ungläubigen.«

Glühende Hitze stieg in dunstigen Wogen über dem Wehlfang-Graben auf und ließ die Luft über dem Schlund wie Wasser flimmern. Die Morgensonne hing wie ein Feuerball am wolkenlosen Himmel und brannte erbarmungslos auf die staubtrockene, von scharfkantigen Rissen durchzogene Ebene herab. Es war, als hätte sie einen geheimen Pakt mit der *Serkse* geschlossen, der Herrscherin über das fließende Feuer, deren Einfluss das Land entlang des Grabens vergiftete.

Die fünfzig kuppelartigen Hütten aus Schilfgeflecht, die kaum hundert Schritte von dem tödlichen Abgrund entfernt dicht gedrängt beieinander standen, waren mit einer gelblichen Staubschicht bedeckt. Über allem lag der beißende Geruch von Exkrementen und Schwefel, der sich in der windstillen Luft hartnäckig zwischen den Hütten hielt. Ein doppelt mannshoher Zaun aus gespitzten Palisaden umschloss die kärglichen Behausungen von allen Seiten und ließ keinen Zweifel daran, dass sich die Bewohner keineswegs freiwillig an diesem lebensfeindlichen Ort aufhielten.

Das Dorf war ein Gefangenenlager. Der einzige Weg hinaus führte auf einem staubigen, von Hunderten Füßen ausgetretenen Pfad in Richtung des Wehlfang-Grabens.

Faizah stand zusammen mit einem Dutzend anderer Gefangener hinter dem verriegelten Tor und beobachtete, wie die erste Gruppe des Morgens die schweren Gewänder ablegte, die sie vor der Hitze des fließenden Feuers schützen sollten. Unter den ungeduldigen Rufen der Krieger machten sich die Gefangenen mit müden, schleppenden Schritten auf den Rückweg zum Lager. Die dunklen Gesichter glänzten von Schweiß. Die Männer und Frauen waren zu Tode erschöpft, und Faizah stellte erleichtert fest, dass diesmal alle unversehrt zurückkehrten.

Die junge Uzoma war noch nicht lange hier. Zusammen mit zehn anderen *Kurvasa* war sie wegen eines misslungenen Fluchtversuchs von dem Lager am Arnad hierher gebracht worden.

Dies war ein Lager für alle Geächteten, die zu fliehen versucht oder es gewagt hatten, sich gegen die allgewaltige Herrschaft des Whyono aufzulehnen. Hier endete alles. Es war ein Todeslager, aus dem man nur entkam, wenn der Tod einen aus den Fängern der Wachen befreite.

Und das dauerte meist nicht lang.

Nur wenige, die hierher kamen – das hatte Faizah gleich nach ihrer Ankunft erfahren –, sahen das volle Antlitz der Monde mehr als einmal, und so war es nicht verwunderlich, dass die Gefangenen schnell zu abweisenden Einzelgängern wurden. Verschlossen und stumm ließen sie sich nicht mit anderen ein, kümmerten sich nicht um die Not und das Elend der Mitgefangenen und sahen weg, wenn diese von den Wachen gedemütigt, misshandelt oder missbraucht wurden.

Gefühle wie Freundschaft oder gar Zuneigung, das hatte Faizah sehr schnell gelernt, waren hier nicht zu erwarten, denn enge Bindungen führten früher oder später unweigerlich zu Trennung, Trauer und Leid.

Hier gab es keine Freude und keine Gerechtigkeit, hier gab es nur Staub, Hitze und Schmerzen. Schmerzen, die von dem flüssigen Feuer herrührten, aber auch solche, die die Wächter vor allem den weiblichen *Kurvasa* durch diabolische Grausamkeiten zufügten.

Faizah und die beiden anderen Frauen, die mit ihr in das Lager gekommen waren, hatten es am eigenen Leib erfahren. Als *Kurvasa* war Faizah es von Kindheit an gewohnt, dass die Krieger des Whyono sich ihres Körpers bedienten, als wäre er ihr Eigentum. Doch was man ihr hier angetan hatte, war schlimmer als alles, was sie im Lager der Fronarbeiter an den Ufern des Arnad hatte erdulden müssen. Nach einer nicht enden wollenden Marter und den entwürdigenden Handlungen der Schergen des Whyono hatte man sie blutend und übel zugerichtet ins Lager zurückgezerrt und sich selbst überlassen.

Zwei Tage und Nächte hatte sie in einem Dämmerzustand zwischen Leben und Tod verbracht und verdankte ihr Leben nur der Hilfe einer Mitgefangenen, die sich ihrer erbarmt und ihr Wasser eingeflößt hatte.

Inzwischen waren die Schmerzen, die ihr die Krieger zugefügt hatten, vergangen, und die Frau, die sie gerettet hatte, tot. Auch die Dankbarkeit, die sie der Unbekannten gegenüber zunächst verspürt hatte, war verklungen, denn das Leben am Rand des Wehlfangs war so unerträglich, dass sie sich insgeheim wünschte, die Frau hätte sie sterben lassen.

In diesem Augenblick durchschritt der letzte Gefangene das Tor. »*Ajat! Ajat!* – Schneller! Schneller!« Mit langen Stockschlägen gegen die Kniekehlen trieben die Krieger Faizah und die anderen Gefangenen zu der Stelle, an der die schützenden Gewänder der ersten Gruppe lagen.

Faizah schlüpfte in die Stiefel aus dickem Leder und begann sich anzukleiden. Die junge Uzoma vermied es, zu den anderen hinüberzusehen. Sie wusste, was sie in den Gesichtern lesen würde. Der kräftige Ologh, dem man nachsagte, er habe einen Krieger des Whyono im Streit getötet, und die zierliche Nuora, die viel weinte und an diesem Morgen erst das zweite Mal in den Schlund stieg, waren die Einzigen, deren Namen sie kannte. Alle anderen waren ihr fremd.

Faizah streifte sich den schmutzstarrenden schweren Kittel über und setzte sich die Lederhaube auf den Kopf, die nur einen schmalen Sehschlitz auf Augenhöhe besaß. Der Gestank nach Schweiß raubte ihr fast den Atem. Mit zusammengebissenen Zähnen kämpfte sie gegen die aufkommende Übelkeit an, schlüpfte in die viel zu großen, rissigen Handschuhe und ging zu den schweren Tontöpfen, die am Rand der Schlucht in endlosen Reihen aufgestellt waren. Die eingeschränkte Sicht und die Handschuhe machten es ihr nahezu unmöglich, einen der Töpfe am Henkel zu fassen, doch beim dritten Versuch gelang es ihr endlich. Mit klopfendem Herzen folgte sie Nuora zu dem schmalen Pfad, den zahllose Gefangene vor einigen Wintern in die senkrechte Felswand der Schlucht geschlagen hatten. In lang gezogenen Windungen näherte er sich dem flüssigen Feuer bis auf wenige Schritt und war gerade so breit, dass ein Uzoma dort hinuntergehen konnte, besaß jedoch weder eine Brüstung noch eine Sicherung, welche die Gefangenen vor einem Sturz in die Tiefe bewahrte.

Als Faizah in den feurigen Schlund hinabschaute, spürte sie wieder die eisige Faust, die ihr Herz beim Anblick der träge dahinströmenden Feuermassen umklammerte. Sie hob den Blick und schaute nach Süden, wo eine gewaltige gelbe Wolke am fernen Horizont den Ort kennzeichnete, an dem der Wehlfang seine glühende Fracht ins Meer spie. Der Anblick nahm sie gefangen und vertrieb für einen winzigen Augenblick die Furcht aus ihrem Herzen, doch der barsche Befehl eines Kriegers erinnerte sie sogleich daran, dass es Zeit war, eine der langen Eisenketten, die neben dem Pfad bereitlagen, am Henkel des tönernen Topfes zu befestigen und damit in die Schlucht hinabzusteigen.

Faizah wusste nicht, wie oft sie diesen Weg schon gegangen war. Den heißen, staubigen Weg, dessen Luft so schwefelhaltig war, dass es ihr den Atem verschlug. Langsam, unendlich langsam setzte sie einen Fuß vor den anderen und folgte Nuoras zierlicher Gestalt in den Höllenschlund.

Der Pfad war glatt und ausgetreten. Fünf Gruppen des Gefangenenlagers arbeiteten hier im stetigen Wechsel. Die schweren Stiefel hatten den Felsen im Lauf der Zeit blank poliert. Für den, der ausrutschte, gab es keine Rettung mehr. Der Sturz in die Tiefe bedeutete den Tod, und nicht selten riss ein Stürzender noch weitere Gefangene mit sich.

Faizah hatte schon viele auf diese Weise sterben sehen. Nur selten gelang es einer Gruppe, die Tontöpfe ohne menschliche Verluste gefüllt nach oben zu bringen. Beim ersten Mal hatte es einen jungen Uzoma erwischt, der unmittelbar vor ihr auf dem blanken Pfad nach unten gegangen war. Den Anblick des Halbwüchsigen, der sich noch im Fallen die Haube von Kopf gerissen und Faizah mit einer Mischung aus Unglauben und Flehen angestarrt hatte, würde sie niemals vergessen. Das zischende Geräusch, mit dem sein Körper in den Fluten verdampft war, verfolgte sie gar bis in ihre Träume. Viele hatte sie seither sterben sehen, doch es war immer wieder dieses Bild, das sie des Nachts schreiend erwachen ließ.

Inzwischen hatte sie die Hälfte des Wegs zurücklegt. Faizah schwitzte. Das dünne Untergewand klebte ihr nass und schwer auf der Haut, und die bloßen Füße rutschten in den schweren Stiefeln. Doch sie wusste aus Erfahrung, dass die Hitze noch schlimmer wurde, und versuchte nicht auf die Schweißtropfen zu achten, die ihr über den Körper rannen. Sie durfte nicht wagen, auch nur die Hand zu heben; jede noch so kleine Bewegung konnte das Ende bedeuten. Die Gefahr, das Gleichgewicht zu verlieren und auszurutschen, war zu groß. Um sich abzulenken, horchte sie auf das fremdartig anmutende Gurgeln und Zischen des fließenden Feuers in der Tiefe. Ein Geräusch, wie es nur der Wehlfang hervorbrachte und das Faizah wie kein anderes fürchtete.

Jetzt folgte der gefährlichste Teil des Abstiegs. Hier, wo die Hitze am unerträglichsten wurde, wo der Schweiß in Strömen rann und der Schwefel das Atmen zur Qual machte, starben die meisten. Hier genügte eine winzige Bewegung, um …

Plötzlich sah Faizah, wie Nuora die Hand hob, wohl um sich den Schweiß aus dem Nacken zu wischen.

Nein!

Faizah wollte sie warnen, doch in diesem Augenblick begann der schwere Tontopf in Nuoras Hand zu pendeln und schlug ihr gegen das Bein. Der Stoß reichte aus, dass ihr Fuß auf dem glatten Boden ausglitt. Unwillkürlich ließ die zierliche Uzoma den Henkel des Topfes los und fuhr mit der Hand suchend über die nackte Felswand, während der Topf samt Kette in dem Abgrund fiel. Doch die Wand bot ihr keinen Halt. Ein spitzer Schrei entwich ihrer Kehle, als sie zwei Schritte vorwärts stolperte. In ihrer Verzweiflung wollte sie den vor ihr gehenden Gefangenen am Gewand packen, doch er entzog sich ihr durch eine geschickte Drehung und einen raschen Schritt nach vorn.

Faizah hielt erschrocken den Atem an. Alles in ihr schrie danach, Nuora zu helfen. Doch obwohl sie sich dafür hasste, kämpfte sie gegen das Gefühl an und zwang sich, tatenlos zuzusehen, wie Nuora um ihr Leben kämpfte. Sie konnte dem Mädchen nicht beistehen. Jeder Versuch hätte auch für sie den Tod bedeutet. Das Gesetz des Wehlfang-Grabens war ebenso unerbittlich wie grausam; nur wer mit Bedacht handelte, kehrte aus seinem Schlund zurück.

Faizah schloss die Augen, um das Ende der zierlichen Uzoma nicht mit ansehen zu müssen, und betete für sie, dass es schnell und schmerzlos sein möge. Kaum einen Herzschlag später gellte ein markerschütternder Schrei durch die Schlucht und verging in dem widerlichen Zischen, das Faizah inzwischen schon fast vertraut war. Als sie die Augen öffnete, war Nuora fort.

Die Sonne brannte unbarmherzig vom Himmel herab, als Faizah den Topf mit dem flüssigem Feuer die letzten Schritte des Abgrunds hinaufschleppte. Der Weg hinunter war Kräfte zehrend, der Rückweg aber war eine einzige Qual. Die glühende Kette, an der sie den Topf in den Feuerstrom getaucht hatte, schleifte hinter ihr her. Nicht selten war sie gezwungen anzuhalten, weil ein völlig entkräfteter Gefangener nicht mehr weiter konnte und den Weg versperrte.

»*Na sosa!* – Beeilt euch!«, herrschte der Krieger sie an, als Faizah ihren Topf zu den anderen stellte, aber sie ließ sich Zeit, um die Gefäße zu zählen, bevor sie die Kleidung abstreifen und ins Lager zurückkehren würde.

Zwei Dutzend Tontöpfe reihten sich an diesem Vormittag dicht gedrängt an einer Seite der einzigen Straße, die von dieser Stätte des Todes in die Freiheit führte. Zwei Dutzend, zu denen sich im Laufe des Nachmittags noch einmal die gleiche Anzahl gesellen würde. Es waren doppelt so viele wie in den vergangenen Tagen. Wenn das so weiterging, würden die Gefangenen von nun an jeden Tag in die Schlucht hinabsteigen müssen und nicht, wie bisher, nur an jedem zweiten.

Jeden Tag! Der Anblick von Nuora, die verzweifelt um ihr Leben kämpfte, tauchte wieder in Faizahs Gedanken auf. Würde das am Ende auch ihr Schicksal sein?

Sie ballte die Fäuste. Sie wäre nicht die *Udmo*, die Enkelin des letzten freien *Kaziken* der Uzoma, der sich bis zu seiner grausamen Ermordung gegen die Unterwerfung seines Volkes aufgelehnt hatte, wenn sie sich so einfach in ihr Schicksal fügen würde. Sie wusste nicht, was der enorme Aufwand und die plötzliche Eile zu bedeuten hatten, doch unter dem großen Druck würden in den kommenden Tagen vermutlich noch mehr Gefangene sterben – und sie wollte nicht dazu gehören.

Faizah wusste, dass die Töpfe bei Einbruch der Dunkelheit von den Schergen des Whyono mit Pferdekarren an einen geheimen Ort geschafft wurden, ein Umstand, den sie sich auf irgendeine Weise zunutze machen musste! Sie überlegte fieberhaft. Und dann, ganz langsam, reifte in ihr ein verzweifelter Entschluss.

Wie zufällig geriet sie in die Nähe eines Uzomakriegers, als sie die Kleidung ablegte, und wie zufällig streifte sie sich das verschwitzte Untergewand in einer Weise vom Körper, dass er ihre wohlgeformten Brüste nicht übersehen konnte. Dann nahm sie den Wasserschlauch zur Hand und ließ sich das kostbare Nass in aufreizender Weise über die Haut laufen. Ein kurzer Blick zeigte ihr, dass der Plan aufging. Der Krieger starrte sie begierig an. Wohlig seufzend verrieb sie das Wasser mit den Händen, schaute zu ihm herüber und schenke ihm ein aufforderndes Lächeln. »*Iyo aname?* – Heute Abend?«, flüsterte sie ihm verheißungsvoll zu, während sie ihre Blöße mit dem schäbigen Gewand verhüllte.

»*Iyo aname!*« Der Krieger nickte. Dann versetzte er Faizah einen Hieb mit dem Heft seines Speeres, deutete in Richtung des Lagers und rief: »*Ajat!*«

Selbstzufrieden verschränkte Vhara die Arme vor der Brust und trat aus dem letzten der sechs Käfige heraus, in denen die Lagaren träge in das grelle Sonnenlicht blinzelten. Obgleich sie sich ausgelaugt und erschöpft fühlte, war der Hohepriesterin nichts von den Strapazen anzusehen, denen sie ausgesetzt gewesen war.

In den primitiven Geist eines Lagaren einzudringen war für sie ein Leichtes. Doch sobald die Verbindung bestand, begann ein langer, zermürbender Kampf mit den Urtrieben des Reptils, der ihr mehr Kräfte abverlangte als jeder Zauber, den sie zu wirken vermochte. Der Verstand der Lagaren reichte kaum über das hinaus, was zum Überleben und zur Arterhaltung nötig war. Doch sie waren kämpferisch und schlagkräftig. Der Giftatem, die messerscharfen Zähne und spitzen Krallen waren an sich schon vernichtend auf ihren Rücken, aber zwei Reiter mit tödlicher Fracht nach Nymath tragen zu können, machte die riesigen Echsen zu einer verheerenden Waffe, die ihresgleichen suchte.

Zuvor mussten die Bestien jedoch gezähmt werden, und dieses Zähmen lag allein in Vharas Händen. Im Bewusstsein der Tiere forschte sie nach den nützlichen und den gefährlichen Antrieben und trennte sie von einander. Dass Lagaren keine Einzelgänger waren, sondern in kleinen Gruppen lebten, die einem Anführer folgten, kam ihr hierbei zu Gute. Um sicherzustellen, dass die Lagaren ihre Kräfte niemals gegen die Uzoma wendeten, musste sie das Bild des Leittiers gegen das eines Uzomas austauschen. Dann kam der schwierigste Teil – die völlige Unterwerfung. Hierzu verankerte Vhara einige wenige Wörter der Uzomamundart im Bewusstsein der Echsen und verknüpfte sie unmittelbar mit den auszuführenden Handlungen. Auf diese Weise erreichte sie, dass die gefürchteten Echsen zu handzahmen Lastenträgern wurden, die nur einem Plan dienten: der uneingeschränkten Herrschaft des dunklen Gottes.

Ein siegesgewisses Lächeln huschte über Vharas Gesicht, als sie die hölzerne Rampe des Karrens herunterschritt und auf die Krieger zuging, die sie mit unbewegter Miene erwarteten. »Sie sind bereit«, wandte sie sich mit gönnerhaftem Lächeln den Männern zu, die mit den neuen Lagaren fliegen sollten. Es waren durchweg furchtlose Kämpfer, deren unzählige Armbänder davon zeugten, wie viel Ehre sie bereits errungen hatten. »Legt ihnen die Geschirre an, solange sie schlafen. Sobald sie erwachen und bereit sind, werdet ihr mit ihnen zum Pass fliegen und zu den anderen Lagarenreitern stoßen. Die Truppen des Whyono sind bereits dort versammelt. Bald«, sie lachte siegesgewiss, »bald ist es soweit. Der vernichtende Schlag gegen die Menschen in Nymath steht unmittelbar bevor.« Erhobenen Hauptes schritt sie die Reihe der Uzomakrieger ab, blickte einem jeden fest in die Augen und sprach: »Ihr seid unsere stärkste Waffe. Auf den Schultern jedes Einzelnen von euch ruhen die Hoffungen eures Volkes. Ihr werdet die Feuerträger hinter die feindlichen Linien bringen und die Festung in ein gewaltiges Flammenmeer verwandeln, das unseren Truppen den Weg für den Einmarsch in Nymath bereitet. Dann wird es keinen mehr geben, der wagt, die Herrschaft des einzigen Gottes abzuerkennen und den Uzoma die Rückkehr in ihre Heimat zu verwehren.«

»*Tal!*«, riefen die Krieger wie aus einem Munde und schlugen mit den Knäufen ihrer Messer einmal kräftig gegen das runde hölzerne Schild, das sie am Unterarm trugen.

»An die Arbeit!«, herrschte Vhara die Männer an. »Bevor die Sonne den Horizont erreicht, werden die Echsen wieder munter sein, also sputet euch. Man erwartet sie bei Sonnenuntergang am Pass.« Staub wirbelte auf, als sie sich umdrehte und auf den Tempel des dunklen Gottes zueilte, um ihm die Botschaft von dem bevorstehenden Triumph zu überbringen.

Unter der Führung Bayards suchte sich die kleine Gruppe im Schutz der Wälder einen Weg entlang des Pandarasgebirges.

Während des schweigenden Marsches horchte Ajana auf die Geräusche des Waldes. Das Rauschen des Windes und der vereinzelte Gesang der Vögel, die sich von der milden Witterung täuschen ließen, erinnerte sie an zu Hause, und die Frage, wie all das hatte geschehen können, kreiste unaufhörlich in ihren Gedanken.

Hin und wieder hörte sie auch Horus' pfeifende Laute. Der Falke begleitete die Gruppe hoch über dem herbstlichen Blätterdach und kam gelegentlich herangeflogen, um sich ein Stück weit von Keelin tragen zu lassen. Der junge Falkner und auch Maylea hatten immer wieder versucht, sie in ein Gespräch zu verwickeln. Doch sie gab sich so wortkarg, dass die beiden schon bald von ihr abließen.

»Wenn die Sonne untergeht, machen wir Rast für die Nacht«, sagte Bayard, nachdem er angehalten und die Gruppe um sich versammelt hatte. »Beim ersten Licht des Tages steigen wir dann in die Berge hinauf. Nicht weit von hier, auf der anderen Seite des Pandaras, liegt die Kardalin-Schlucht. Sie gilt als unpassierbar, doch ich weiß, dass das nicht stimmt. Es gibt einen Weg hindurch. Aber wir müssen vorsichtig sein. Die Schlucht liegt bereits auf dem Gebiet der Uzoma, und auch wenn uns die steilen Felsen vor den Blicken ihrer Späher schützen, so bleibt es doch ein Wagnis.«

»Gibt es dort einen Posten der Uzoma?«, wollte Feanor wissen.

»Zunächst gibt es einen kleinen Vorposten der Vereinigten Stämme«, erklärte Bayard. »In Wilderwil achtet ein halbes Hundert Krieger darauf, dass kein versprengtes Uzomapack die Schlucht lebend durchquert. Danach …« Er machte eine bedeutungsvolle Pause, zog die Schultern hoch und meinte dann: »Wer kann schon sagen, wo die überall herumkriechen. Haltet die Augen offen, dann wird alles gut gehen. Nun aber vorwärts, solange es noch hell ist.«

Sie marschierten durch die Wälder, bis die Sonne im Westen hinter den Horizont sank und man den Pfad kaum noch erkennen konnte. Als die Nacht mit den ersten Sternen heraufzog, wählte Bayard einen Lagerplatz auf einer kleinen, von hohen Fichten umgebenen Lichtung und entzündete ein Feuer, von dem er sagte, dass es das Letzte für viele Tage sei.

An diesem Abend wurde nicht viel gesprochen. Alle waren von dem langen Marsch erschöpft und rollten sich nach einem sättigenden Mahl aus Käse, Brot und Speck sogleich in ihre Decken, um zu schlafen. Nur Ajana fand keine Ruhe. Obwohl sich jede Faser ihres Körpers nach Schlaf sehnte, blickte sie noch lange zum Himmel hinauf, wo sich die Sicheln der beiden Monde langsam über den Gipfeln der Berge erhoben; sie lauschte dem Knistern des Feuers und dem Schnarchen der Männer und hoffte darauf, dass der Schlaf irgendwann auch zu ihr käme.

»Kennst du die Legende der Monde?« Maylea, die neben ihr lag, schien ihre Unruhe zu spüren, und rückte dichter an Ajana heran.

»Nein.«

»Erzählt man sich in deinem Volk denn nichts davon?«

»Wenn, dann habe ich es wohl vergessen«, erwiderte Ajana ausweichend.

»Soll ich dir unsere Mondlegende erzählen?«, fragte Maylea leise. »Früher habe ich sie immer meinen kleinen Schwestern erzählt, wenn sie nicht schlafen konnten. Sie ist nicht lang.«

»Gern.« Ajana war für jede Abwechslung dankbar und drehte sich so, dass sie Maylea anblickte.

»Zuerst war es der Feuerball, der am Himmel erschien«, hob Maylea zu erzählen an. »Ein mächtiger goldener Hirsch, der von Osten nach Westen in einem großen, feurigen Bogen über den Himmel sprang. Nachts folgte ihm eine silberne Hirschkuh, deren Schönheit jeden überwältigte, der das Auge auf sie richete. Deshalb verbarg sie ihr herrliches Antlitz und zeigte sich nur selten in vollem Glanz.

Sie liebte den goldenen Hirsch aus der Ferne, doch waren sie stets getrennt, und sie konnte nicht zu ihm gelangen. Schließlich hatten die Götter ein Einsehen und gestatteten es der Hirschkuh für einen Tag, ihrem Liebsten zu begegnen. Sie erschien früh am Nachmittagshimmel und eilte ihm nach.

Als sie ihn erreichte, wurde es finster auf der Erde. Tag und Nacht vereinigten sich, und für eine Weile erstrahlten beide in einem magischen Licht, das sie wie ein flammender Ring umhüllte.

Doch ihr Glück währte nicht lange. Schon bald mussten sie sich wieder trennen. Der Hirsch fuhr fort, bei Tag über den Himmel zu springen, und die Hirschkuh folgte ihm traurig in der Nacht.

Doch irgendwann, verloren im Gedächtnis der Zeit, gebar die Hirschkuh ein Kitz von kupferner Färbung, das ihre Schönheit und die des goldenen Hirsches in sich vereinte.

Lange folgt das Kitz der Mutter, doch dann löste es sich immer mehr von ihr und sucht nun im Gefolge der Hirschkuh nach seinem Vater.«

»Das ist eine schöne Geschichte«, sagte Ajana und schaute zu den Monden auf, die auf ihrer Bahn über den Himmel ein winziges Stück weitergerückt waren. »Ob es ihn jemals finden wird?«, fragte sie und spürte plötzlich einen dicken Kloß im Hals.

»Wen?«

»Seinen Vater.« Ajana räusperte sich, damit Maylea nicht bemerkte, wie ihre Stimme bebte.

»Bestimmt.« Maylea drehte sich um und zog sich die Decke über die Schultern. »Irgendwann bestimmt«, murmelte sie. »Wenn die Götter ein Einsehen haben.«

Es war soweit.

Faizah kauerte in der Nähe des großen Tores, als sich die Tür des schlichten Lehmziegelbaus öffnete, in dem die Krieger schliefen. Ein schmaler Lichtschein fiel auf den staubigen Platz vor der Unterkunft, und die grölenden Stimmen in ihrem Innern gewannen für kurze Zeit an Stärke. Ein Krieger trat heraus.

Faizah hielt den Atem an und horchte.

Schleppende Schritte näherten sich dem hölzernen Tor des Gefangenenlagers.

Er kam.

Mit klopfendem Herzen tastete sie ein letztes Mal nach dem Messer, das ihre Mutter vor wenigen Silbermonden heimlich in den Saum ihres ärmlichen Gewandes eingenäht hatte. Die Krieger hatten es nicht gefunden, als sie sie durchsucht hatten. Es war zwar klein, doch Faizah hütete es wie einen Schatz. Sie wusste, dass kein

Kurvasa eine Waffe besitzen durfte. Darauf stand der Tod – ein schrecklicher Tod auf den Blutaltären des Whyono.

Aber Faizah hatte nichts zu verlieren. Ihre ganze Hoffnung ruhte auf dem Messer, das sie am Nachmittag aus seinem Gefängnis aus Stoff befreit hatte. Die abgenutzte Klinge war nicht viel länger als ihr Zeigefinger und der hölzerne Griff rissig, doch immerhin hatte sie eine Waffe.

Am Tor wurde nun laut gesprochen. Eine dunkle, schwankende Stimme befahl dem Wächter zu öffnen. Der Tonfall ließ keinen Zweifel daran, dass der Sprechende reichlich dem *Ecolu* zugesprochen hatte, einem scharfen Gebräu aus wildem Emmer. Faizah schlug das Herz bis zum Hals. Die Krieger des Whyono waren grausam und gnadenlos, doch ein betrunkener Krieger zudem noch unberechenbar. Für einen Augenblick überlegte sie, ob sie nicht doch das Vorhaben aufgeben und sich irgendwo verstecken sollte, verwarf den Gedanken jedoch gleich wieder. Sie hatte keine Wahl. Hier erwartete sie nichts als der Tod – entweder in dieser Nacht durch die Hand des Kriegers oder in den kommenden Tagen durch die Glut des Wehlfangs. Um dem vorgezeichneten Schicksal zu entrinnen, hatte sie nur eine Möglichkeit: Sie musste zu Ende bringen, was sie am Nachmittag begonnen hatte.

Mit weichen Knien trat sie aus dem Schatten und ging auf den Krieger zu, der das Gefangenenlager soeben betreten hatte. »Ich habe dich schon erwartet.«

»Sehr gut.« Die Worte kamen dem Krieger so träge über die Lippen, als wäre seine Zunge zu schwer zum Sprechen. Er packte Faizah an der Schulter, zog sie grob zu sich heran und fasste ihr mit der Hand auf schamlose Weise zwischen die Beine. Sie spürte die schwieligen Finger tastend auf ihrer Haut und wand sich unter dem Griff, doch der Krieger hielt sie eisern fest. »Zier dich nicht«, keuchte er. »Du wolltest es doch.« Sein nach *Ecolu* stinkender Atem ging schneller, und Faizah wandte angewidert den Kopf ab. »Nicht hier«, presste sie hervor und betete im Stillen darum, dass er sich darauf einließe. Keiner der Krieger, die hier ihren Dienst verrichteten, besaß auch nur annähernd ein Gefühl für die Scham der Gefangenen. Faizah fürchtete, dass er sie auf der Stelle nehmen würde, und flehte heimlich verzweifelt darum, ihn noch eine Weile hinhalten zu können.

Der Druck der Finger zwischen ihren Beinen wurde härter und fordernder, und sie spürte, dass ihr nicht mehr viel Zeit blieb. »Es ist so dunkel«, sagte sie, unterdrückte einen Schmerzenslaut und fragte lockend: »Willst du mich dabei nicht ansehen?«

Der Krieger knurrte unwillig, aber er löste den Griff und versetzte Faizah einen Stoß, der sie ein paar Schritte auf das Tor zutaumeln ließ. »Geh!«, befahl er, deutete auf die Karren mit den Tontöpfen, die neben dem Lehmziegelbau standen, und trieb sie vor sich her durch das Tor des Gefangenenlagers. Am frühen Abend waren drei Gespanne angekommen. Wie so manches Mal waren die Uzoma, die die Gespanne führten, nach dem Beladen nicht gleich aufgebrochen, sondern mit zwei großen, mit *Ecolu* gefüllten Schläuchen in dem Lehmziegelbau verschwunden.

Das flüssige Feuer in den Töpfen warf einen rötlichen Schein. Der Krieger packte Faizah am Arm und zerrte sie mit sich auf die Karren zu. Als sie den Lichtschein erreichten, wollte er sie an sich ziehen. Doch Faizah befreite sich mit einer raschen Drehung aus seinem Griff, umrundete die Karren und wartete, dass der Krieger ihr folgte. Ein kurzer Seitenblick bestätigte ihr, dass ihr die Wagen und das Lehmziegelgebäude eine gute Deckung boten und sie vor unerwünschten Blicken schützten. Eilig hockte sie sich auf den Boden, zog das Messer aus dem Saum ihres schäbigen Kittels und verscharrte es eilig unter dem losem Sand.

Gleich darauf war der Krieger bei ihr. Drohend baute er sich im flackernden Schein der Feuertöpfe vor ihr auf. »Dann zeig mal her!« Mit den Füßen drängte er ihre Beine so weit auseinander, dass sie mit gespreizten Schenkeln vor ihm hockte. Faizah gab sich willig und lüftete den Kittel so weit, dass er ihren unverhüllten Schoß sehen konnte. Dann entblößte sie auch den Oberkörper und legte sich in furchtsamer Erwartung auf die kühle Erde. Sie wusste, was nun kam. Seit ihrem zehnten Winter hatte sie den Kriegern des Whyono auf diese Weise zu Willen sein müssen, hatte die Demütigungen stumm über sich ergehen lassen und mit geschlossenen Augen darauf gewartet, dass es vorüber war.

Doch diesmal blickte sie dem Krieger direkt in die Augen. Schnaufend versuchte er sein Wams zu öffnen, warf den Gürtel mit dem kurzen Schwert achtlos zur Seite und streifte sich die lederne Hose über die Hüften.

Eine stinkende Woge von Schweiß und *Ecolu* verströmend, beugte er sich über sie, drängte ihre Schenkel noch weiter auseinander und stützte sich mit den Händen auf dem Boden ab. Faizah versteifte sich. Der Atem des Kriegers ging schnell. Seine Hand krallte sich um ihre Brust, während er sich herabbeugte, um die andere mit Lippen und Zähnen zu misshandeln.

Faizahs Herz raste.

Sie spürte seine Hitze zwischen ihren Schenkeln und die Schmerzen in der Brust.

Mit zusammengebissenen Zähnen tastete sie im Sand nach dem Messer. Endlose Herzschläge verstrichen. Der lockere Sand rann ihr durch die suchenden Finger. Wo war das Messer? Panik stieg in ihr auf. Ihre Hand huschte tastend über den Boden. Das Messer, sie musste es finden! Die Bewegungen des Kriegers wurden drängender. Ein stechender Schmerz schoss durch Faizahs Körper, und ein spitzer Schrei entfloh ihren Lippen. Sie hörte den Krieger lustvoll aufstöhnen. Ihr Herz hämmerte wie wild. Endlich fanden ihre Finger den hölzernen Griff des Messers und schlossen sich darum.

Der Krieger hatte sich in ihrer Brust verbissen, während ihr Körper unter seinen rhythmischen Stößen erzitterte.

Jetzt! Tu es!

Faizah zögerte. Da durchzuckte sie ein unerträglicher Schmerz. Sie schrie auf, die Hand mit dem Messer schnellte hoch, und die Klinge bohrte sich in den Rücken des Kriegers.

Augenblicklich ließ er von ihr ab und starrte sie an. Er schien den Schmerz zu spüren, doch es dauerte eine Weile, bis seine benebelten Sinne begriffen, wie ihm geschah.

Unfähig, sich zu bewegen, starrte Faizah ihn an. Nie zuvor hatte sie jemanden auf diese Weise angegriffen. Der Versuch, den Krieger zu töten, war jämmerlich fehlgeschlagen. Mit der viel zu kurzen Klinge hatte sie ihn nur leicht verletzt, und das Messer war von ihm abgeglitten. Sie musste …

»Du elendes Miststück …« Die Hand des Kriegers krallte sich um ihre Kehle. In seinen Augen stand der blanke Hass. Faizah keuchte. Todesangst ergriff von ihr Besitz. Das Messer entglitt ihren Fingern. Sie wollte schreien, aber es drang kein Laut über ihre Lippen. Der Krieger saß auf ihr. Er grinste bösartig und verstärkte den Druck auf ihre Kehle. Sie strampelte verzweifelt mit den Beinen und wand sich, doch sie war zu schwach.

»Du wolltest mich töten, wie?« Grausame Lust sprach aus den Worten den Kriegers. »Wir werden sehen, wer hier der Stärkere ist!« Der Druck auf ihre Kehle verstärkte sich. Das Blut rauschte ihr pulsierend in den Ohren, und vor ihren Augen blitzten Funken.

Das Grinsen des Kriegers wurde eine Spur breiter.

In ihrer Verzweiflung tastete sie nach dem Messer. Diesmal fand sie es sofort. Ihre Hand krallte sich um den Griff, und sie hieb wie eine Wahnsinnige auf den Krieger ein. Dieser stieß einen ächzenden Laut aus und knurrte wütend. Er versuchte ihren Arm zu packen, aber der *Ecolu* machte seine Bewegungen schwerfällig. Faizah gebärdete sich wie wild. Mit der freien Hand griff sie in den Sand und schleuderte ihn dem Krieger mitten ins Gesicht. Der Angriff kam überraschend und lenkte seine Aufmerksamkeit für wenige Herzschläge von ihr ab. Die junge Uzoma bäumte sich auf und legte ihre ganze Kraft in einen letzten, verzweifelten Stich. Ihr Arm schoss in die Höhe, und das blutige Messer bohrte sich tief in den Hals des Kriegers. Ein hässliches Geräusch erklang, Blut spritzte auf und fiel wie ein warmer Regen auf sie herab. Der Krieger gab einen gurgelnden Laut von sich und sank ächzend auf sie herab. Dann war ihre Kehle frei, und köstliche Luft füllte ihre Lungen.

Faizah zögerte nicht. Sie wand sich unter dem Krieger hervor, kam auf die Knie, zog ihm das Messer aus der Kehle und rammte es ihm bis zum Heft in den Rücken. Unbändiger Hass, aufgestaut in vielen Wintern grausamster Unterdrückung, bahnte sich einen

Weg tief aus ihrem Innern und entlud sich an dem verhassten Krieger. Wie im Rausch stach sie wieder und wieder auf den leblosen Körper ein. Blut spritzte, lief ihr über die Finger und machte den Griff des Messers schlüpfrig, doch sie stach immer weiter zu, bis sie keine Kraft mehr hatte und erschöpft zusammensackte.

4

In der Morgendämmerung machte sich die kleine Gruppe um Bayard bereit, den Weg fortzusetzen.

Ajana fror. Während der Nacht war ein feiner Nieselregen niedergegangen, der jedoch nachließ, als das erste Grau am östlichen Himmel den Beginn des neuen Tages ankündigte. Die Feuchtigkeit, die der Regen am Boden und auf den Blättern zurückgelassen hatte, verwandelte sich rasch in einen weichen, fedrigen Nebel, der träge zwischen den Bäumen hing. Mit steifen Gliedern wand sie sich aus der klammen Decke, stand auf und hüllte sich fröstelnd in ihren Umhang.

Wärme suchend setzte sie sich zu Keelin, der das Feuer neu entfacht hatte, und hielt die kalten Hände den Flammen entgegen.

Der junge Falkner schaute auf und lächelte. »Kalt?«, fragte er.

»In meinem ganzen Leben habe ich noch nie so gefroren.« Ajana hielt die klammen Finger noch dichter an das Feuer.

»Da oben«, Keelin deutete auf die Berge, »können wir von Glück sagen, wenn wir solch eine milde Nacht erleben.«

»Bleiben wir denn so lange in den Bergen?« Ajana erschrak. Sie hatte gehofft, dass Bayard einen kurzen Weg über die eisigen Höhen kannte.

»Eine Nacht bestimmt, vielleicht auch zwei«, erwiderte Keelin. »Das hängt ganz davon ab, wie schnell wir vorankommen und was wir dort vorfinden.« Aus seinem Proviantbeutel holte er einen runden Brotlaib hervor, brach ihn in der Mitte und reichte Ajana eine Hälfte.

»Danke!« Der Anblick des Brotes erinnerte Ajana daran, wie hungrig sie war. Eine Weile starrte sie kauend in die Flammen, während sich auch die anderen rings um die wärmende Feuerstelle versammelten und sich für den bevorstehenden Marsch stärkten. Die Krieger unterhielten sich leise. Ajana entging nicht, dass sie Mayleas Nähe mieden, doch die jungen Wunand schien das nicht zu kümmern. Mit einem Stück Dörrfleisch in der Hand hockte sie sich neben sie.

»Gut geschlafen?«, fragte sie.

»Nicht besonders.«

»Wirst dich schon noch daran gewöhnen.« Maylea grinste.

Ajana beschloss, die junge Wunand etwas zu fragen, das sie schon einige Zeit bewegte. Sie beugte sich zu ihr und senkte die Stimme. »Warum kämpfen bei euch nur die Frauen?«

»Wunandmänner sind zu wertvoll zum Sterben.« Maylea warf einen spöttischen Blick auf die Krieger am Feuer.

»Zu wertvoll? Was meinst du damit?«

»In unserem Stamm gibt es nur wenige männliche Nachkommen. Von sieben Kindern, die geboren werden, ist meist nur eines ein Junge.« Sie zog bedauernd die Schultern hoch, seufzte und sagte: »Emo weiß, warum das so ist. Ich habe sieben Schwestern, aber keinen Bruder. Deshalb ist es den Männern unseres Stammes untersagt, in den Krieg zu ziehen.«

Ajana blickte sie ungläubig an.

In diesem Augenblick durchbrach ein Sonnenstrahl den Nebel, und Bayard drängte zum Aufbruch. Das Feuer wurde gelöscht, und jeder schulterte sein Bündel. »Wenn alles gut geht, verbringen wir die kommende Nacht in der Garnison«, rief er und übernahm wieder die Führung, während die Krieger ihm schweigend durch den nebelverhangenen Wald folgten.

Als die Schritte der Krieger in der morgendlichen Stille nicht mehr zu hören waren, tauchte zwischen den Bäumen eine dunkle Gestalt auf. Für wenige Herzschläge verharrte sie im Schutz der Bäume und huschte dann geduckt über die Lichtung. An den glimmenden Überresten der Feuerstelle hielt sie kurz inne, bevor sie ihren Weg eilig fortsetzte und die Lichtung auf demselben Weg verließ, den auch die Krieger gewählt hatten.

In der Finsternis ihres Verstecks erwachte Faizah bei brütender Hitze von dem Rütteln des Pferdewagens. Sie öffnete die Augen.

Für einen Augenblick geriet sie in Panik. Sie wusste nicht, wie lange sie geschlafen hatte. Da kaum Licht durch die Ritzen der Holzkiste fiel, in der sie sich unter alten Lumpen versteckt hatte, vermutete sie jedoch, dass es noch Nacht war.

Dieselbe Nacht …

Nur allmählich erinnerte sie sich an das, was geschehen war … an das Blut, so viel Blut, und an einen viel zu schweren Körper, den sie mit bloßen Händen zu einer nahen Senke gezerrt und dort im lockeren Sand notdürftig verscharrt hatte. Sie erinnerte sich daran, wie sie die Spuren des Kampfes verwischt, sich nach einer Fluchtmöglichkeit umgesehen hatte und schließlich in die leere Proviantkiste auf einem der Karren gestiegen war, um sich unter Decken darin zu verstecken.

Im Nachhinein erschien ihr all das wie ein furchtbarer Traum. Doch dieser Traum hatte ein glückliches Ende. Was sie nicht zu hoffen gewagt hatte, war eingetreten: Ihre Flucht schien gelungen.

Nachdem sie mit ihren Überlegungen so weit gekommen war, fühlte sie sich besser. Eine Zeit lang versuchte sie, auf Geräusche zu achten, die von draußen in die Kiste drangen, doch das Knarren der Räder übertönte alles andere.

Faizah spürte, wie sich ihre Muskeln verkrampften, und streckte sich vorsichtig aus. Sobald der Wagen anhielt, musste sie ihr Versteck verlassen. Wenn die Beine ihr dann den Dienst versagten …

Sie führte den Gedanken nicht zu Ende. So vieles mochte geschehen, wenn der Wagen anhielt, dass es keinen Sinn machte, darüber nachzudenken. Sie konnte nur abwarten und darauf hoffen, dass das Glück weiter auf ihrer Seite war.

Der Mittag kam und ging, und der Nachmittag zog sich träge in die Länge. Seit sich die Morgennebel aufgelöst hatten, schien die Sonne von einem nahezu wolkenlosen Himmel. Dennoch war es deutlich kälter als noch am Tag zuvor und der trügerische Hauch des Frühlings längst wieder verflogen.

Der Weg, den Bayard eingeschlagen hatte, führt nun stetig bergan. Auch der Wald veränderte sich. Das farbige Blätterdach der Buchen und Eichen wich allmählich dem düsteren Grün der Nadelbäume, und der Wald wurde lichter.

Am späten Nachmittag kamen sie an einem zerstörten Gehöft vorbei. Das Wohnhaus und die Ställe waren bis auf die Grundmauern niedergebrannt; rußgeschwärzte Dachbalken ragten aus der Asche empor. Ihr Auftauchen scheuchte eine Schar gieriger Aaskrähen auf, die ganz in der Nähe verbissen um das Fleisch eines aufgedunsenen Pferdekadavers stritten. Krächzend flohen sie in die blanken Äste eines großen Purkabaums in der Mitte des Gehöfts, dem das Feuer Borke und Blätter geraubt hatte. Wie ein skelettierter Riese erhob er sich über den Ort der Verwüstung.

Schweigend zogen sie weiter. Das Feuer musste schon vor Tagen gewütet haben, und es war aussichtslos, hier noch Überlebende zu finden.

Als sich die Sonne dem Horizont zuneigte, wurde der Weg steiler und der Aufstieg immer beschwerlicher. Der Wald blieb hinter ihnen zurück und gab den Blick auf die Gipfel des Pandarasgebirges frei, die unmittelbar vor ihnen in den Himmel ragten. Weit oben über den Schneeflächen trieb ein eisiger Wind die lockeren Eiskristalle vor sich her, wirbelte sie auf und trug sie mit sich davon. Obwohl Ajana die bedrückenden Bilder des zerstörten Gehöfts noch vor Augen standen, konnte sie nicht umhin, die Schönheit der einsamen Bergwelt zu bestaunen. Doch ihr blieb nur wenig Zeit, den Anblick auf sich wirken zu lassen, denn Bayard drängte zur Eile.

»Schneller!«, spornte der Heermeister die Gefährten an. »Wenn wir die Garnison in Wilderwil vor Einbuch der Nacht erreichen wollen, müssen wir uns sputen.« Er wollte noch etwas hinzufügen, hielt aber inne, weil Keelin eilig zu ihm aufschloss. »Was gibt es?«, erkundigte er sich. »Irgendwelche Anzeichen von den Uzoma?«

»Schlimmer noch«, keuchte Keelin. »Lagaren!«

»Wo?«

»Noch weit im Süden«, erklärte Keelin außer Atem. »Horus hat eine Gruppe von sechs Tieren entdeckt. Sie fliegen auf das Heerlager nahe der Festung zu.«

»Thorns heilige Rösser.« Bayards Miene verfinsterte sich. »Das verheißt nicht Gutes. Gathorion muss unverzüglich davon erfahren.« Er warf einen Blick nach Westen, wo die Sonne kaum mehr eine Handbreit über dem Horizont stand. »Wenn wir Horus gleich mit einer Nachricht zur Festung schicken, könnte er diese noch vor Einbruch der Dunkelheit erreichen«, überlegte er laut und wandte sich wieder Keelin zu. »Ruf den Falken zurück«, befahl er. »Wir müssen Gathorion warnen. Wenn die Uzoma angreifen, bevor die letzten Pfeilkatapulte fertig gestellt sind, können wir nur noch beten.«

Der einsame Wanderer hatte eben den Wald hinter sich gelassen, als er den Falken aufsteigen sah. In einer ansatzlosen Bewegung sprang er zur Seite und suchte Schutz hinter einem der gewaltigen Felsen, die hier wie von der Hand eines Riesen wahllos verstreut herumlagen. Er kannte sich mit Falken nicht besonders aus, wusste aber, was das Auftauchen des stolzen Vogels zu bedeuten hatte. Falken hatten scharfe Augen, denen nichts entging. Augen, mit deren Hilfe die Kundschafter sehen konnten, was sonst unbemerkt blieb. Der Wanderer wollte jedoch auf keinen Fall gesehen werden. Angespannt verfolgte er aus der Deckung heraus den Flug des Falken, der in gerader Linie nach Westen zog, und atmete auf. Das Glück war auf seiner Seite, der Vogel hatte ihn nicht bemerkt. Dennoch wartete er, bis die Umrisse des Falken vor dem Hintergrund der untergehenden Sonne nicht mehr zu sehen waren, bevor er seinen Weg fortsetzte. Jene, denen er folgte, waren ein Stück weit voraus, doch die Felsen und Hügel boten ihm nur wenig Schutz, und er musste auf der Hut sein. Ein unbedachter Schritt mochte ausreichen, um all seine Pläne zunichte zu machen.

Stimmen weckten Faizah nach schier endloser Fahrt aus einem unruhigen Schlummer. Die stickige Luft und das unregelmäßige Rumpeln der Räder hatten sie schläfrig gemacht, und obwohl sie mit allen Mitteln dagegen angekämpft hatte, war sie immer wieder eingenickt.

Nun spürte sie, dass der Wagen hielt. Vorsichtig schob sie die Decken zur Seite, die sie sich über den Kopf gezogen hatte, und blinzelte in das helle Sonnenlicht, das durch die Ritzen ins Innere der Kiste fiel.

Draußen hörte sie Schritte und Stimmen. Wortfetzen und Sätze vereinigten sich zu einem bunten Stimmgewirr, das darauf schließen ließ, dass viele, sehr viele Uzoma in der Nähe waren.

Faizah fluchte leise vor sich hin. Sie brannte darauf, das enge und stickige Gefängnis zu verlassen, doch an eine Flucht war nicht zu denken.

»Los, weiter, weiter!« Die schneidende Stimme eines Uzomakriegers ertönte unmittelbar neben ihrem Kopf. Faizah zuckte erschrocken zusammen. Ihr Herz hämmerte wie wild. Furchtsam hielt sie den Atem an und lauschte. »*Ajat, ajat!*« Der Krieger hatte sich nicht von der Stelle gerührt. Das verhasste Geräusch einer Peitsche auf nacktem Fleisch und der Schrei einer Frau drangen ihr an die Ohren.

»Schneller!«, hörte sie den Krieger ungehalten brüllen. »Die Wagen müssen noch heute Nacht zurück. Wenn der Angriff euretwegen verschoben wird, landen eure elenden Knochen auf den Opferaltären.«

Die Schritte kamen und gingen, eilten herbei und schlurften davon, und dazwischen ertönten immer wieder schabende Geräusche, als würden die Tonkrüge hin und her geschoben. Der Wagen schwankte, und die unerträgliche Hitze in der Kiste schwächte sich langsam ab.

Sie laden ab, dachte Faizah und überlegte, was wohl danach geschehen mochte. Den Worten des Kriegers zufolge sollten die Karren gleich wieder zurück zum Wehlfang fahren, doch zuvor … Ein eiserner Ring schien sich um Faizahs Brust zu legen. Zuvor würden sie gewiss noch Proviant auffüllen.

Ich muss hier raus!

Sie presste das Gesicht dicht an einen Spalt und versuchte zu erkennen, was draußen vor sich ging. Ein Krieger mit einer dreischwänzigen Peitsche in der Hand beaufsichtigte eine Gruppe zerlumpter *Kurvasa*, welche die Töpfe mit dem flüssigen Feuer zu einem nahen Felsplateau schleppten. Rücksichtslos schwang er die Peitsche. Wer zu langsam war, wurde Opfer seiner Willkür, aber auch jene, die sich redlich mühten, blieben nicht verschont. Eine junge Frau huschte heran. In Erwartung eines Schlages hielt sie den Kopf gesenkt und duckte sich unterwürfig, während sie an den Wagen trat, um einen weiteren Topf abzuladen. »Schneller!« Mit einem zischenden Geräusch fuhr die Peitsche auf sie herab und hinterließ blutige Striemen auf ihrem Arm. Faizah sah, wie sie vor Schmerz zusammenzuckte, doch sie sah noch etwas anderes: den auflodernden Hass in ihren Augen, jenen unbeugsamen, entschlossenen Hass, den auch sie am Abend zuvor verspürt hatte.

Die junge Frau wirkte plötzlich ganz ruhig. Als hätte sie den Schmerz nicht gefühlt, zog sie den Tontopf zu sich heran und hob ihn vom Wagen. Zunächst sah es so aus, als wollte sie ihn zu den anderen tragen, doch als sie an dem Krieger vorbeiging, stieß sie ihn urplötzlich in dessen Richtung. Der Inhalt ergoss sich über den Uzoma, und eine gewaltige Stichflamme schoss fauchend in die Höhe.

Faizah spürte die Gluthitze der Flammen unmittelbar neben

ihrem Versteck. Sie hörte die Frau und den Krieger aufschreien und sah, wie das flüssige Feuer beide erfasste.

Panik brach aus. Einige *Kurvasa* ergriffen schreiend die Flucht, andere wichen ängstlich zurück und beobachteten das grausige Schauspiel aus sicherer Entfernung, während eine Hand voll Krieger mit Wassereimern herbeieilte, um das Feuer zu löschen.

Mehr sah Faizah nicht. Die Pferde vor dem Wagen wieherten schrill und preschten voller Panik los. Für die erschrockenen Tiere gab es kein Halten mehr. Blindlings stürmten sie davon und zerrten dabei den führerlosen Karren mit sich, der schlingernd über die Straße hüpfte.

Ich muss hier raus, schoss es Faizah durch den Kopf. Die Erschütterungen waren so heftig, dass sie hin und her geschleudert wurde. Erst beim dritten Versuch gelang es ihr, sich hinzuknien und den schweren Deckel der Proviantkiste mit dem Rücken nach oben zu drücken. Köstlich kühle Luft drang in ihre Lungen, als sie mühsam aus ihrem Versteck hervorkroch. Im Licht der untergehenden Sonne flog die Steppe rasend schnell an ihr vorüber. Sie wollte abspringen, aber spitze Steine, kleine Felsen und dorniges Gestrüpp machten einen Absprung zu einem selbstmörderischen Akt. Faizah zögerte und klammerte sich an der Kiste fest. Dann aber gewahrte sie etwas, das sie alle Vorsicht vergessen ließ. Die Pferde galoppierten geradewegs auf ein tiefes ausgetrocknetes Flussbett zu, das die Steppe wie eine alte Narbe durchzog. Sie ahnte, dass die völlig verängstigten Tiere nicht anhalten würden. Ihre Körper waren von flockigem Schaum bedeckt, die Nüstern blutig geweitet und die Augen furchtsam aufgerissen. Blindlings rasten sie über die Steppe und würden vermutlich erst zum Stehen kommen, wenn sie keine Kraft mehr hatten oder …

Faizah war nicht gewillt, die zweite Möglichkeit abwarten. Sie nahm allen Mut zusammen, schloss die Augen und sprang.

Der Aufprall war hart und schmerzhaft. Getragen von dem eigenen Schwung, rollte sie über den steinigen Boden und blieb schließlich vor einem dornigen Busch mit winzigen braunen Blättern liegen. Funken tanzten ihr vor den Augen, und ihr Kopf schmerzte, als schlügen Uzomakrieger mit Steinen darauf ein. Benommen blieb sie liegen, keuchte und wartete darauf, dass der Schmerz nachließ. Plötzlich hörte sie ein panisches Wiehern, dem ein gewaltiger Donnerschlag folgte. Eine Woge glutheißer Luft fegte über sie hinweg, dann war es still.

Was immer Ajana sich unter der Garnison am Wilderwil vorgestellt hatte – dies hier gewiss nicht. Mühsam hatte die kleine Gruppe unter Bayards Führung den steilen und serpentinenreichen Weg erklommen, der von der südlichen Ebene zur Garnison hinaufführte, und war nun endlich am vorläufigen Ziel ihrer Reise angelangt.

Ajana war erschöpft. Ihre Füße schmerzten, und bei jedem Schritt hatte sie das Gefühl, als stäche ihr ein Messer in die Seite. Sie musste sich sehr anstrengen, um nicht hinter den anderen zurückzubleiben, aber sie hatte nicht geklagt und sich tapfer vorangekämpft.

Um Atem ringend, stand sie neben Keelin und Maylea und schaute im letzten Licht der Abenddämmerung auf den Ort, der ihnen in der kommenden Nacht Obdach bieten sollte. Im Grunde war er nicht mehr als eine Ansammlung niedriger, gedrungener Holzbauten auf steinernem Fundament, die sich finster von den steilen Felswänden ringsum abhoben. Nur das größte Gebäude war erhellt. Durch die Ritzen der geschlossenen Fensterläden drangen schmale Streifen gelben Lichts, und aus dem Innern waren leise, undeutliche Stimmen zu vernehmen.

»Na, dann wollen wir mal!« Bayard gab das Zeichen zum Aufbruch und ging allen voran den flachen Hang hinab, der zur Garnison führte. Mit großen Schritten überquerte er den freien Platz vor den Häusern, hielt unbeirrt auf das erhellte Gebäude zu und griff nach dem Knauf seiner Tür. Unter protestierendem Quietschen gab das rostige Metall nach, und die Tür schwang auf.

Ein unerträglicher Gestank nach Schweiß, Bier und Erbrochenem schlug ihnen entgegen. Die Gespräche verstummten. Zwei Dutzend derbe Gesichter fuhren herum und musterten die Neuankömmlinge mit einer Mischung aus Überraschung und Misstrauen in den Augen. Die Männer, die in kleinen Gruppen zusammenstanden oder an einem der eilig zusammengezimmerten Tische aus Holzbrettern und einem ausgedienten Fass hockten, wirkten ungepflegt. Ihre Kleidung war verschlissen, und es war offensichtlich, dass mehr als die Hälfte von ihnen betrunken war.

Etwas stimmte hier nicht.

»Thorns heilige Rösser, was geht hier vor?« Bayard hatte den ersten Schrecken überwunden und starrte fassungslos auf die heruntergekommenen Gestalten, die den Pass am Wilderwil bewachen sollten. Mit energischen Schritten ging er auf einen der Krieger zu und packte ihn am Kragen. »Wo ist der Heermeister?«, herrschte er ihn an.

»D... da!« Der Krieger duckte sich wie unter einem Hieb, senkte den Blick und deutete in eine Ecke des Raums, wo ein laut schnarchender Kataure inmitten einer Lache aus Erbrochenem am Boden lag.

Bayards Miene verfinsterte sich. Angewidert von dem jämmerlichen Anblick, versetzte er dem Krieger einen Stoß und stapfte mitten in den Raum hinein. »Also gut!«, rief er mit zornesbebender Stimme. »Wenn ihr mir nicht augenblicklich erklärt, was dieses widerliche Gelage zu bedeuten hat, werde ich es aus euch herausprügeln.«

Niemand antwortete. Die Hände der Männer im Raum wanderten wie auf ein geheimes Kommando hin zu den Waffen.

Ajana hielt den Atem an. Neben ihr raschelte es leise. Auch ihre Begleiter waren auf eine mögliche Auseinandersetzung gefasst.

Bayard hingegen tat so, als spürte er die Bedrohung nicht. »Wo sind die Wachen?«, fuhr er die Männer an. »Auf dem Weg hierher sah ich nicht einen Posten. Und in der Schlucht ...«

»Wachen?« Das Scharren von Füßen wurde laut. Ein hoch gewachsener Krieger erhob sich und trat vor. Auf dem verdreckten Umhang prangte mit Schwert und Krone das verblichene Wappen der Onur. »Wachen?«, spottete er noch einmal und spie auf den Boden. »Wozu Wachen?«

»Wozu?« Bayard war außer sich. »Auch am Wilderwil sollte bekannt sein, dass wir uns im Krieg befinden.«

»Krieg!« Der Onur schnaubte abfällig. »Der Krieg ist längst verloren. Die Uzoma gehen in Nymath ein und aus, wie es ihnen gefällt. Sie morden und brandschatzen, ohne dass wir etwas dagegen unternehmen können.«

»Heißt das, ihr versucht nicht einmal, sie daran zu hindern?« Bayard tobte vor Wut.

»Könnt Ihr fliegen?« Völlig unbeeindruckt vom Zorn des Katauren, griff der Onur nach einem Bierkrug und leerte ihn in einem Zug. »Könnt Ihr?«, fragte er noch einmal zynisch lauernd und wischte sich den Schaum mit dem Ärmel vom Mund. »Das müsstet Ihr nämlich können, um den Uzoma Einhalt zu gebieten.«

»Lagaren!«, entfuhr es Bayard.

»Erraten.« Der Onur nickte und fuhr mit gesenkter Stimme fort: »Die Hälfte unserer Kameraden kam bei dem sinnlosen Versuch um, diese Bestien mit Pfeilen aufzuhalten.« Er stellte den Krug ab und trat auf den Heermeister zu. »Habt Ihr sie schon einmal aus der Nähe gesehen?«, fragte er leise. »Die aufgedunsenen Gesichter jener, die den Atem der Lagaren zu spüren bekamen? Habt Ihr gesehen, wie die Haut blutige Blasen schlägt? Wie ihnen Blut und Galle aus dem Mund quellen? Na? Habt Ihr das jemals mit eigenen Augen gesehen?«

»Nein.«

»Das dachte ich mir.« Der Onur wandte sich ab und deutete auf die Umstehenden. »Aber wir haben es gesehen. Wir haben sie sterben sehen. Wir standen hilflos daneben, als sie ihr Leben qualvoll aushauchten, und begruben ihre geschundenen Körper.« Er fuhr herum und schob sein Gesicht so nahe an Bayard heran, dass die Nasen sich fast berührten. »Und jetzt sage ich Euch eines, Heermeister«, zischte er. »Für uns ist der Krieg vorbei.«

Sie verbrachten die Nacht in einer verlassenen Unterkunft der Garnison.

Bayard war ungewöhnlich schweigsam, während Toralf und Salih versuchten, in dem kleinen eisernen Ofen ein Feuer zu entfachen, um die beißende Kälte aus dem Raum zu vertreiben. Obwohl die erste Begegnung mit den Kriegern vom Wilderwil so ganz anders verlaufen war als erwartet, hatte man ihnen schließlich Obdach für eine Nacht zugebilligt und ihre Vorräte aufgefüllt.

Die strohgefüllten Matratzen und die derben Decken auf den verlassenen Lagern waren klamm, doch niemand beklagte sich. Draußen war es frostig, und selbst das bescheidene Lager erschien den meisten immer noch besser, als auf nacktem Fels schlafen zu müssen.

Ajana hatte sich eine hölzerne Pritsche im hintersten Winkel des Raumes ausgewählt. Die betrunkenen Krieger waren ihr nicht geheuer. Obgleich sich deren Augenmerk während der Auseinandersetzung hauptsächlich auf Bayard gerichtet hatte, waren ihr die gierigen Seitenblicke nicht entgangen, mit denen man sie und Maylea gemustert hatte. Ihr war wohler dabei zumute, Bayard, Toralf und die anderen zwischen sich und der Tür zu wissen.

Maylea hatte sich in ihrer Nähe zusammengerollt und schlief bereits. Auf den Pritschen an der Tür ereiferten sich Feanor, Cirdan und Darval leise über die heruntergekommene Moral der Krieger in der Garnison, während Salih einen Holzscheit auf die Glut legte.

Bayard hatte die Hände hinter dem Kopf verschränkt und starrte an die Decke. Toralf versuchte ein paar Mal, den Katauren anzusprechen, doch dieser stellte sich taub.

Ajana streckte sich auf ihrem Lager aus. Über das leise Murmeln der anderen hinweg hörte sie das Brausen des Wilderwil, eines Wasserfalls, der sich jenseits des Stützpunkts ins Tal ergoss und ihm zu seinem Namen verholfen hatte. Durch eines der Fenster fiel Mondlicht in den kleinen Raum, und am Himmel funkelten die Sterne so nah und klar, als könnte man nach ihnen greifen.

Ajana seufzte und zog sich die Decke bis zum Kinn. Eine Weile noch lauschte sie den verhaltenen Stimmen der Männer und dem leisen Knacken des Feuers. Dann schief sie ein.

Der junge Tag zog über dem Pandarasgebirge herauf, und die kleine Gruppe, die aus der Ebene nach Wilderwil gekommen war, setzte ihre Reise fort.

Mit neuem Proviant ausgestattet, zogen sie in nördlicher Richtung in das zerklüftete Hochgebirge jenseits der Baumgrenze. Das Wetter meinte es gut mit ihnen. Nach der frostig klaren Nacht war der Himmel nun von tief hängenden Wolken bedeckt, die sich wie eine graue Decke zum Greifen nah entlang der Berghänge ausbreiteten und sie zumindest noch für eine Weile vor den Blicken der feindlichen Späher verbargen.

Es waren nur wenige, die ihrem Aufbruch beiwohnten. Eine Hand voll Krieger hatten sich am Fuß des schmalen Pfades versammelt, der tiefer in die Berge hineinführte. Bayard würdigte sie keines Blickes. Missmutig führte er die Gruppe an, und so wurde es ein bedrückender und schweigsamer Abschied.

Keiner wünschte ihnen Glück.

Ajana war müde. Trotz der warmen Unterkunft hatte ihr die vergangene Nacht nur wenig Erholung gebracht. Immer wieder war sie von fremdartigen Geräuschen aus dem Schlaf gerissen worden und hatte danach jeweils lange wach gelegen und dem Rauschen des Wilderwils gelauscht.

Während sie den anderen auf dem schmalen Gebirgspfad folgte, schien es ihr, als trüge die Schlaflosigkeit ihre Auswirkungen bis in den Tag hinein. Zwischen den Gehölzen und den nackten Felsen glaubte sie huschende Schatten zu sehen. Doch hier oben gab es keine anderen Lebewesen. Hier herrschte nur Stille, eine tiefe, alles durchdringende Stille, und Ajana fühlte sich trotz der Nähe der anderen sehr einsam. Keelin ging dicht vor ihr, doch der anstrengende Aufstieg auf dem felsigen Grund machte jedes Gespräch unmöglich.

Als die Dämmerung in den Morgen überging und das Licht weiter zunahm, kehrte Horus zurück. Flügelschlagend landete er auf Keelins behandschuhtem Arm. Ajana sah Keelin lächeln und beobachtete, wie er Horus zur Begrüßung sanft mit einer kleinen Feder über das Gefieder strich. Der Falke erwiderte die zärtliche Geste, indem er mit dem Schnabel an Keelins Bartzöpfen zupfte. Keelin lachte und schalt ihn leise, dann löste er mit der freien Hand ein kleines zusammengerolltes Pergament vom Lauf des Vogels und reichte es mit den Worten »Für Bayard!« an Feanor weiter, der vor ihm ging. Das Pergament wanderte von Hand zu Hand zur Spitze der Gruppe.

Eine dunkel verhüllte Gestalt verharrte reglos am Fuß des schmalen Weges, auf dem Bayard die kleine Gruppe in die Berge geführt hatte, und starrte in die Schatten zwischen den Felswänden. Aufmerksam lauschte sie den Geräuschen ringsumher, dem Tosen des nahen Wasserfalls und den gedämpften Stimmen der Krieger, die sich wieder in die Unterkünfte zurückgezogen hatten.

Den schützenden Unhang eng um die Schultern gezogen, schaute der einsame Wanderer den Pfad hinauf und ballte die Fäuste. Zwei Nächte folgte er der Gruppe nun schon, zwei Nächte in bitterer Kälte. Zwei Nächte, die für ihn so hart und voller Entbehrungen gewesen waren, dass ein anderer vermutlich längst umgekehrt wäre. Doch er würde nicht aufgeben. Er war entschlossen zu beenden, was er begonnen hatte, und würde den anderen auf dem Weg über die Berge folgen. Ein letztes Mal wanderte seine Hand zu der Waffe, die er gut versteckt unter dem Umhang am Gürtel trug, dann schulterte er sein Bündel und machte sich auf den Weg nach Norden.

»Was geht dort unten vor?« Inahwen trat neben Gathorion an die steinerne Brüstung der Festungsmauer und schaute voller Sorge auf das Heerlager der Uzoma. In der windstillen Luft des frühen Morgens zog der Qualm der erlöschenden Feuer nur zögernd ab und verbarg den größten Teil des Heeres vor ihren Augen.

»Sie formieren sich«, erwiderte Gathorion, ohne den Blick von dem Aufgebot der Angreifer abzuwenden, das wie eine dunkle Masse schwerfällig hin und her wogte. Obwohl er gute Augen hatte, war die Entfernung zu groß, um Einzelheiten zu erkennen.

»Werden sie noch heute angreifen?«, fragte Inahwen besorgt.

»Nicht bei Tageslicht.« Gathorion schüttelte den Kopf. »Uzoma sehen des Nachts besser als Menschen. Diesen Vorteil werden sie für ihren Angriff gewiss nutzen.«

»Es ist nicht nur das Heer, es ist auch die Nachricht des Falken, die dir Sorge bereitet«, sagte Inahwen leise und legte die Hand auf seine Schulter.

»Sechs Lagaren.« Gathorion seufzte. »Sechs, die gestern das Lager erreichten. Und keiner kann sagen, wie viele sich noch in den Schluchten des Pandaras vor unserem Auge verbergen.« Er wandte das Gesicht seiner Schwester zu, und was sie in seinen Augen erblickte, erschreckte sie zutiefst. Zum ersten Mal sah sie ihren Bruder zweifeln.

»Wir sind zu langsam, Inahwen«, sagte er voll düsterer Vorahnung und deutete in die Schlucht hinab. »Der Uzoma könnten wir uns wohl erwehren, doch bei einem Angriff der Lagaren besteht kaum Hoffnung.«

»Unsere Krieger arbeiten bis zur völligen Erschöpfung«, wandte Inahwen ein, und in ihren Augen glühte ein leidenschaftliches Feuer. »Die ersten beiden Katapulte sind schon bald in Position. Nur noch wenige Tage, dann sind wir bereit.«

»Wenige Tage.« Gathorion schaute nach Osten, wo sich die Sonne eben über die Bergspitzen erhob. »Die Götter mögen geben, dass uns noch so viel Zeit bleibt.«

»Endlich!« Ein finsteres Lächeln umspielte Vharas Mundwinkel, als sie den Mondstein in ihrem Stab betrachtete. Seit dem frühen Morgen ging ein schwaches Leuchten von ihm aus. Es war bei Tageslicht kaum zu erkennen, reichte jedoch aus, um der Hohepriesterin zu bestätigen, was sie schon seit Tagen vermutete: Die Erbin der Runenmagie nahte.

Prüfend drehte sie den Stab in alle Himmelsrichtungen, beobachtete, wie der Schein sich veränderte, und nickte zufrieden. Alles lief nach Plan. Das Licht des Mondsteins zeigte ihr nicht nur, dass die Nebelsängerin sich nun nördlich des Pandarasgebirges und somit jenseits der Einflusses der Elbenmagie aufhielt, die Nymath noch vor den Ränken ihres Meisters schützte; er wies ihr auch die Richtung, in der sie nach ihr suchen musste.

Elben! Bei dem Gedanken an die mächtigen Verbündeten der Menschen verfinsterte sich die Miene der Hohepriesterin. Als sie die Wüste durchquert hatte, war ihr noch nichts von diesem geheimnisvollen Volk bekannt. Erst die Uzoma, die mit den Elben schmerzliche Erinnerungen verbanden, hatte ihr von den *Syeeden Naban* erzählt, den Menschen mit den silbernen Haaren. Viele Uzomalegenden rankten sich um dieses Volk, Legenden, in denen davon berichtet wurde, dass die Menschen sich mit dem Meeresgott verbündet hätten. Um ihnen im Kampf gegen die Uzoma beizustehen, beschwor dieser Gott einen mächtigen Sturm herauf, der die Elben an die Küste Nymaths spülte, auf dass sie die Uzoma aus ihrer Heimat vertrieben.

Es hatte sie viele Winter gekostet, die Wahrheit hinter den Legenden zu ergründen. Das Geheimnis um die Magie des Nebels hatte sie jedoch erst aufgedeckt, als Uzomakrieger einen Elben in ihre Gewalt gebracht hatten. Von ihm hatte sie erfahren, wo sie nach den Erben jener mächtigen Elbenpriesterin suchen musste, die einst die Nebel heraufbeschworen hatte. Schließlich hatte sie ihm auch das Wissen über den geteilten Stein entlockt, der die Verbindung zu dem magischen Amulett der Nebelsängerin über die Grenzen der Welten hinweg aufrechterhielt – jenem Stein, der nun ihren Stab schmückte. Vhara konnte die Aura der Elbenmagie spüren, die ihn umgab, anwenden konnte sie diese jedoch nicht.

Nachdem die Uzoma den Stein gestohlen und ihr übereignet hatten, hatte sie ihn eingehend studiert. In zahllosen Nächten hatte sie versucht, seine Magie zu ergründen, doch diese war zu fremdartig und wollte sich ihr nicht offenbaren. Dennoch hatte der Mondstein ihr gute Dienste geleistet. Durch ihn hatte sie die Verbindung zu der anderen Hälfte verfolgen und all jene aufspüren können, die das Erbe der Elbin in sich trugen.

Und jetzt wies er ihr den Weg zur letzten Nachfahrin von Gaelithils Blut.

Lächelnd betrachtete Vhara den feinen Lichtstreifen, der dem Mondstein entströmte und nach Südosten wies.

Irgendwo dort, tief in den Bergen des Pandaras, hielt sie sich auf: die Nebelsängerin mit dem Amulett.

Mit raschem Federstrich notierte sie eine Nachricht auf einem bereitliegenden Pergament, rollte es zusammen, verschloss es mit Wachs und presste ihr Siegel mit den drei Flammen hinein. Dann rief sie einen Uzomaknaben herbei und überreichte ihm die Botschaft. »Der Lagarenreiter möge dies unverzüglich zum Pass bringen«, befahl sie. »Der Ajabani muss die Nachricht noch heute erhalten.«

Gegen Mittag gönnte sich die kleine Gruppe eine kurze Rast im Schutz einer Felsgruppe, setzte den Weg aber schon bald wieder fort. Ein Gefühl der Dringlichkeit trieb sie voran, und keiner murrte, als Bayard zum Aufbruch drängte.

Sie näherten sich dem Gebiet der Uzoma, und obgleich die niedrig hängenden Wolken ihnen nach wie vor Deckung boten, sorgte sich der Heermeister, dass man sie dennoch erspähen könnte. Unablässig huschten die Blicke der Krieger auf der Suche nach dem Feind über die umliegenden Hänge oder wanderten zum Himmel empor, als fürchteten sie den schuppigen Körper eines Lagaren angreifen zu sehen.

So kämpften sie sich die Felsen hinauf, stolperten über steile Hänge und riesige Geröllfelder und suchten Halt auf lockerem Gestein, das bei jedem Schritt nachzugeben drohte.

Ajana hielt sich dicht bei Maylea und Keelin, der voranging. Hin und wieder wandte er sich um und rief ihr ein paar aufmunternde Worte zu, die sie mit tapferem Lächeln erwiderte.

»Er ist sehr aufmerksam.« Maylea, die neben ihr stand, lächelte ihr zu, milderte aber Ajanas Verlegenheit, indem sie einen prüfenden Blick zum Himmel sandte. »Wir müssen uns beeilen, es wird bald dunkel. Die Nacht in den Bergen birgt viele Gefahren.«

Tatsächlich rückte der Abend rasch näher, und Ajana fürchtete, dass die Nacht sie mitten im Gebirge einholte. Sie hatten viel Zeit verloren und gelangten erst jetzt zu jener Anhöhe, die sie schon gegen Mittag hatten erreichen wollen. Die schmale Schlucht, die sich hinter der Anhöhe verbarg, lag düster und wenig einladend vor ihnen, doch Bayard marschierte ohne zu zögern hinein. Die anderen folgten ihm.

Die Klamm war nicht mehr als ein schmaler Durchgang voller Windungen und Biegungen, die zwischen den steil aufragenden Felswänden zur Ebene nördlich des Gebirges hinabführte. Der Boden war von Geröll und Felsen bedeckt. Oft mussten sie klettern, um mannshohe Hindernisse zu überwinden. Scharfkantige Felsvorsprünge ritzten ihnen die Haut, wenn sie sich daran vorbeizwängten.

Mit Einbruch der Dämmerung setzte ein feiner Nieselregen ein, der den Boden und die Felsen rutschig machte und das Fortkommen zusätzlich erschwerte. In Düsternis und Regen schien die Zeit stillzustehen, und Ajana beneidete im Stillen Keelins Falken, der durch die Klamm fliegen konnte. Je länger es dauerte, desto mehr beschlich sie das Gefühl, die Schlucht würde niemals enden. Und während sie ein ums andere Mal über Felsen und Geröll stieg, fragte sie sich bange, ob es nicht immer wieder die gleichen Hindernisse seien, die sie überwanden.

Und dann war es vorbei.

Die Felsen wichen zurück, und Ajana fand sich völlig unerwartet auf einem Felsvorsprung wieder, von dem aus ein schmaler Pfad an der steilen Felswand entlang in eine tiefe Schlucht hinabführte. Nicht weit entfernt schickte ein tosender Wasserfall seine gischtenden Fluten in den Abgrund. Das Brausen und Dröhnen des Wassers war in der Klamm nicht zu hören gewesen, doch kaum dass Ajana den Sims betrat, erscholl es in einer Lautstärke, die jedes Gespräch vereitelte. Unvermittelt hielt sie inne und schnappte nach Luft. Die ungeheure Tiefe unter ihren Füßen machte ihr Angst und bescherte ihr einen heftigen Schwindel. Langsam tastete sie sich rückwärts. Als sie das harte Felsgestein im Rücken spürte, zwang sie sich, nach vorn zu schauen.

Der Tag neigte sich mit großen Schritten dem Ende entgegen. Die Sonne hatte ihr Antlitz bereits hinter dem Horizont verborgen, und es war nur eine Frage der Zeit, bis auch das letzte Licht erlosch.

Das letzte Licht! Ajanas Herz krampfte sich furchtsam zusammen. Wie sollten sie ohne Licht auf diesem schmalen Pfad vorankommen?

Als hätte Bayard ihre Gedanken gelesen, entflammte in diesem Augenblick eine Fackel an der Spitze der Gruppe. Der Heermeister rief ihnen etwas zu, doch die Worte verloren sich im Tosen des Wasserfalls. So hob er nur die Hand und bedeutete ihnen, ihm zu folgen.

Die Finger in den Fels gekrallt, beobachtete Ajana, wie sich das Licht der Fackel auf dem schmalen Pfad abwärts bewegte. Der Wind, der in dieser Höhe unablässig an den Felsen entlangstrich, trug die eisige Gischt des Wasserfalls zu ihr herüber, sodass ihr die Haare bald feucht und kalt an den Wangen klebten.

»Geh weiter!«, ertönte Mayleas Stimme dicht an ihrem Ohr. Die Wunandamazone fasste sie an der Schulter und deutete voraus, doch Ajana rührte sich nicht von der Stelle. Der Gedanke, dass sich wenige Schritte voraus ein tödlicher Abgrund auftat, lähmte sie.

»Ajana!« Mayleas Stimme übertönte das Brausen des Wasserfalls. Ungeduldig zupfte sie an ihrem Ärmel, um sie zum Weitergehen zu bewegen, und rief: »Wir müssen weiter!«

Ajana war wie erstarrt. Sie spürte den Sog der Tiefe, das Erbeben des uralten Gesteins unter ihren Füßen und ein leises, verlockendes Wispern, das aus der Tiefe zu kommen schien und ihre Seele zu sich rief. Sie hatte Angst.

Selbst wenn sie es gewollt hätte, sie hätte nicht weiter gekonnt. Ihre Füße schienen mit dem Fels verwachsen, und die behandschuhten Hände klammerten sich Halt suchend an winzige Felsvorsprünge, die eine trügerische Sicherheit verhießen.

»Beim Barte des Asnar!«, wetterte Toralf lautstark hinter ihr. Wie Maylea kam auch er nicht an Ajana vorbei. »Nun geh schon«, rief er ungeduldig. »Wir wollen hier doch nicht die Nacht verbringen.«

Aber alles Bitten, Drängen und Fluchen blieben vergebens. Die Furcht hatte Ajana fest im Griff und hinderte sie hartnäckig daran, den Weg fortzusetzen. Weiter unten hatte Bayard innegehalten. Er hatte wohl bemerkt, dass ihm nicht alle folgten, denn das Licht der Fackel verharrte ruhig an einer Stelle.

»Ajana!« In Mayleas sanftmütiger Stimme schwang ein ärgerlicher Ton mit. »Geh endlich!«

»Ich kann nicht!« Ajana schrie die Worte in die Nacht hinaus. Sie zitterte am ganzen Körper. In ihren Augen standen Tränen, und eine düstere Vorahnung flüsterte ihr zu, dass sie in den Tod ging, wenn sie auch nur eine Hand von den Felsen löste.

»Natürlich kannst du. Der Weg ist schmal, aber nicht so schmal, dass wir abstürzen werden. Du musst es nur versuchen, dann gelingt es dir auch.«

In diesem Augenblick legte sich eine Hand auf Ajanas verkrampfte Finger und löste diese sanft vom Gestein.

Keelin!

»Hab keine Angst«, hörte sie den Falkner dicht neben sich sagen. Seine Hand hielt die ihre fest umschlossen. Für wenige Herzschläge zögerte Ajana noch, doch dann war das Vertrauen größer als die Furcht. Vorsichtig machte sie einen ersten Schritt und folgte Keelin den schmalen Pfad entlang langsam auf das einsame Licht der Fackel zu, das ihnen den Weg wies.

Dicht hintereinander tasteten sie sich den bröckelnden Pfad hinab. Bayard ging vorweg, gefolgt von Feanor, Darval, Salih, Cirdan und Keelin, der Ajana an der Hand hielt. Maylea und Toralf bildeten den Schluss. Der Wind nahm zu. Heulend pfiff er durch die Felsspalten und zerrte so heftig an den Gewändern der Gefährten, als wollte er sie zur Umkehr bewegen. Obwohl sie den Wasserfall schon ein Stück hinter sich gelassen hatten, trugen die Böen die feine Gischt zu ihnen herüber, und die Nässe machte den Boden schlüpfrig.

Die Nacht schritt voran, die Wolken zogen ab, und die Monde erhoben sich über den Bergen. Der Mondschein tauchte die zerklüfteten Klippen in ein atemberaubendes Licht, und dort, wo das Wasser den Fels benässte, erstrahlte er wie pures Silber.

Ajana hatte keinen Blick für diese Schönheit. Noch immer hielt sie Keelins Hand fest umklammert, während sie sich die Felswand entlangtastete. Sekunden wurden zu Minuten, Minuten zu Stunden. Die Zeit verschmolz mit dem Berg zu einer kleinen Ewigkeit aus Dunkelheit und kühlem Gestein. Ajana war schon erschöpft gewesen, als sie die Klamm erreicht hatten, doch diesen Zustand hatte sie längst überschritten – sie fühlte nichts mehr.

Irgendwann blieb Keelin stehen und wandte sich zu ihr um. »Du hast es geschafft«, sagte er aufmunternd und gab langsam ihre Hand frei.

»Gut gemacht.« Maylea klopfte ihr anerkennend auf die Schulter und ging an ihr vorbei, um ein paar Worte mit Bayard zu wechseln.

»Siehst du, das ging doch.« Toralf grinste, doch auch er wirkte erschöpft, und selbst Ajana spürte, wie erleichtert er war, dass der schwierigste Teil des Abstiegs endlich hinter ihnen lag.

Vor ihnen verbreiterte sich der Pfad zu einem Weg, der zwar noch steil abwärts, aber nicht mehr am Rand der Schlucht entlangführte. Dahinter erstreckte sich die nördliche Seite des Pandarasgebirges, baumloses, sanft gewelltes Hügelland, das sich bis zum Horizont dehnte, wo es in der nächtlichen Dunkelheit verschwand.

Die Nacht kam rasch.

Dunkelheit folgte der viel zu kurzen Dämmerung mit schnellen Schritten, und die Luft wurde eisig. Der einsame Wanderer in der Schlucht hüllte sich enger in seinen Mantel. Er hatte die Gruppe den ganzen Tag nicht aus den Augen gelassen und wusste sie ganz in der Nähe, doch der lange Marsch war beschwerlich, und die hereinbrechende Nacht machte ihm das Vorankommen schwer. Verbissen suchte er sich einen Weg vorbei an gewaltigen Felsenbrocken und stolperte über lockere Geröllfelder. Dabei hielt er immer wieder inne und lauschte auf Stimmen. Die Gefahr, jenen, denen er folgte, unversehens in die Arme zu laufen, mahnte ihn zur Vorsicht. Doch der Wind blieb stumm, und die Sorge, den Anschluss zu verlieren, trieb ihn alsbald weiter.

Die Eile wäre ihm fast zum Verhängnis geworden.

Erst als das Brausen des Wasserfalls an seine Ohren drang, bemerkte er den gähnenden Abgrund, der sich kaum zwei Schritte hinter der Klamm vor ihm auftat. Das Bild, das sich ihm bot, war atemberaubend und Furcht einflößend zugleich. Das Licht der Monde, das durch die schwindenden Wolken brach, enthüllte eine felsige Gegend, die nach und nach in eine karge Hügellandschaft überging, welche sich bis zum nachtverhüllten Horizont erstreckte. Der Weg dorthin schlängelte sich an der steil abfallenden Felswand entlang und endete irgendwo in …

Der Wanderer stutzte. Weit unten, am Ende des Weges, sah er das Licht einer Fackel.

Sie waren hier!

Entschlossen machte er sich auf den Weg. Der Pfad war tückisch; ein Fehltritt bedeutete unweigerlich den Tod, und der Wanderer musste seine gesamte Aufmerksamkeit darauf verwenden, einen Fuß vor den anderen zu setzen, dennoch zögerte er nicht.

Hin und wieder hob er den Blick, um den Fackelschein nicht aus den Augen zu verlieren. Der kleine leuchtende Punkt war noch immer zu sehen, doch kaum dass der Wanderer die Hälfte der Strecke zurückgelegt hatte, zog etwas anderes seine Aufmerksamkeit auf sich, und ein eisiger Schrecken fuhr ihm durch die Glieder.

Im Norden erblickte er einen dunklen Schatten am Himmel. Mit mächtigen Flügelschlägen rauschte das gewaltigste Flugtier heran, das er jemals gesehen hatte. Der Wanderer erstarrte mitten in der Bewegung. Sein Herz klopfte wie wild, sein Atem ging schnell und stieg in verräterischen weißen Wolken auf.

Er musste ein Versteck finden!

Nur wenige Schritte entfernt zog sich ein Riss durch die Felswand wie eine klaffende Wunde. Den riesigen Vogel fest im Blick, schob er sich eilig darauf zu und zwängte sich in die schützenden Schatten der Felsspalte.

»Ein Lagar!« Bayard deutete nach Norden, wo sich ein gewaltiger Schatten am nächtlichen Himmel heranschob. »Versteckt euch!« Während er die Flammen der verräterischen Fackel eilig im Sand erstickte und Schutz hinter einem Geröllhaufen suchte, sah er, wie auch die anderen in die Schatten der gewaltigen Felsen flohen. Atemlos beobachtete er, wie das Tier näher glitt, und erinnerte sich an Gathorions Warnung am Abend vor dem Aufbruch:

»Gebt Acht, wenn Ihr die Berge überwunden habt«, hatte der Elb gemahnt. »Sobald Ihr Nymath verlasst, wird die Magie, die unsere Vorfahren woben, um die Vereinigten Stämme vor der Unbill des finsteren Gottes zu schützen, Euch nicht mehr vor der Entdeckung bewahren. Seine Dienerin ist im Besitz der anderen Mondsteinhälfte, die ihr den Weg zu Euch weisen wird. Ihr müsst schnell sein, nur dann kann das Wagnis gelingen.«

Bayard fluchte leise. Er hatte den anderen nichts davon erzählt, um sie nicht unnötig zu ängstigen. Ein unverzeihlicher Fehler, wie sich nun herausstellte, denn so waren sie auf die Gefahr nicht ausreichend vorbereitet.

In diesem Augenblick erreichte die Flugechse die Schlucht. Alle erstarrten. Es schien fast, als hielte die Nacht selbst den Atem an. In der lastenden Stille klangen der röchelnde Atem der Echse und jeder ihrer Flügelschläge unnatürlich laut, und das Klirren des Reitgeschirrs brach sich unheilvoll an den Felswänden.

Der Lagar nutzte den Aufwind vor den Bergen, um an Höhe zu gewinnen, stieg hoch hinauf, um dann in sanften Schwüngen wieder in die Tiefe zu gleiten. Zu gern hätte Bayard noch mehr Einzelheiten erkannt, doch er wagte nicht, sich zu bewegen. So presste er sich dicht an den kalten Stein und hoffte, die anderen wären klug genug, sich ruhig zu verhalten. Der Gleitflug führte die Echse zunächst von der Felswand fort, doch dann streifte sie so nahe vorbei, dass er sogar die beiden Reiter auf ihrem Rücken erkennen konnte.

Nach einer Zeit, die dem Heermeister wie eine Ewigkeit vorkam, flog der Lagar schließlich davon. Als der Flügelschlag verklang, kehrten die Geräusche der Nacht schlagartig zurück. Der Wind lebte wieder auf, und der ferne Wasserfall rauschte, als wäre nichts geschehen. Hinter den Felsen regten sich die kauernden Gestalten, doch die Furcht hielt sie noch immer fest im Griff, und lange Zeit wagte niemand zu sprechen.

Ajana war die Erste, die ihre Stimme wieder fand »Was war das?«, flüsterte sie Keelin zu, der neben ihr im Schatten eines Felsens kauerte.

»Ein Lagar!« antwortete der Falkner, ohne den Blick vom Himmel im Westen abzuwenden.

Ajana erschauerte. Schon in der Festung hatte sie von den Lagaren gehört, doch eine der gefürchteten Echsen mit eigenen Augen zu sehen übertraf selbst ihre schlimmsten Erwartungen.

»Er trug zwei Späher!« Bayard richtete sich auf. »Und sie waren nicht zufällig hier.«

»Wie meint Ihr das?«, fragte Ajana.

»Die Uzoma sind Krieger«, erklärte Bayard und trat auf Ajana zu. »Von unseren Gefangenen wissen wir, dass sie einem Herrscher folgen, dem alle Stammesfürsten ergeben sind. Man sagt, er habe eine mächtige Magierin an seiner Seite. Sie soll eine Dienerin des dunklen Gottes sein, vor dem unsere Väter einst nach Nymath flohen. Ohne ihre Hilfe wäre es den Uzoma niemals gelungen, die Lagaren zu zähmen.« Er spie verächtlich auf den Boden. »Möge sie auf ewig in Fuginors Feuern brennen«, fluchte er. »Es sieht ganz so aus, als wüsste sie, dass wir hier sind. Deshalb hat sie die Späher gesandt.«

»Haben sie uns gesehen?«, wollte Ajana wissen.

»Das wissen allein die Götter. Sicher ist nur, dass die Uzoma in der Dunkelheit sehr viel besser als wir Menschen sehen können«, erwiderte Bayard ausweichend und fügte zynisch hinzu: »Aber keine Sorge. Wenn man uns entdeckt hat, werden wir es bald zu spüren bekommen.« Er hob sein Bündel vom Boden auf und wandte sich den anderen zu, die herangekommen waren und seinen Worten schweigend lauschten. »Wir werden bei jeder Rast zwei Wachen aufstellen«, kündigte er an. »Ursprünglich wollte ich hier im Schutz der Felsen rasten, doch jetzt halte ich es für sicherer, wenn wir noch eine Weile nach Osten marschieren, bevor wir das Nachtlager aufschlagen.«

Niemand erhob Einwände.

Bayard führte die Gruppe eine lange Wegstrecke nach Osten und forderte seine Gefährten unablässig auf, die Augen offen zu halten. Der Anblick des Lagaren hatte eine düstere Vorahnung in ihm geweckt, und er fürchtete, dass man ihnen folgte. Doch obwohl er sich häufig umdrehte und den Himmel nach den Umrissen der Flugechse absuchte, bemerkte er nichts von der dunklen Gestalt, die ihnen im Schutz der Felsen unauffällig hinterher schlich.

Sie schlugen ihr Lager in einer niedrigen Höhle auf, die Wind und Regen in eine Felswand gegraben hatten. Der überhängende

Fels gewährte ihnen Schutz vor den Blicken fliegender Späher, und die Wände hielten den kalten Wind fern, der von den Bergen herab wehte. Während Salih und Cirdan die erste Wache übernahmen, rollten sich die anderen in ihre Umhänge und Decken und versuchten, auf dem felsigen Boden ein wenig Schlaf zu finden.

»Wie geht es Euch?« Kurz bevor er sich niederlegte, kam Bayard noch einmal zu Ajana.

»Ganz gut.« Das war bei weitem übertrieben, aber Ajana wollte nicht, dass die anderen das Gefühl bekamen, auf sie Rücksicht nehmen zu müssen, und versagte sich eine ehrliche Antwort. Zudem war es das erste Mal seit ihrem Aufbruch, dass der Heermeister sich nach ihrem Befinden erkundigte, und sie wollte nicht, dass er sie für schwach hielt.

»In Eurer Heimat schläft man wohl nicht unter freiem Himmel«, stellte Bayard fest.

»Nur wenn man will.« Die Gesprächigkeit des sonst so verschlossenen Mannes erstaunte Ajana. »Wir reisen auch anders«, fügte sie hinzu.

»Zu Pferd?«

»Manchmal ja.« Ajana bemerkte, dass Maylea dem Gespräch aufmerksam folgte. Hastig biss sie sich auf die Lippen und fragte schnell: »Wie weit ist es noch?«

»Wir werden unser Ziel morgen Abend erreichen. Vielleicht auch früher.« Bayard verstummte, als wäre nun er derjenige, der zu viel gesagt hatte. »Ruht Euch aus«, fügte er knapp hinzu und wandte sich ab, um sich schlafen zu legen.

»Welches Ziel meint er?« Maylea schob sich dichter an Ajana heran und flüsterte: »Ich dachte, dies sei ein Spähtrupp.«

»Wir suchen eine Höhle«, erwiderte Ajana knapp.

Maylea zog erstaunt die Augenbraunen hoch. »Für jemanden, der sein Gedächtnis verloren hat, weißt du erstaunlich viel«, bemerkte sie und zwinkerte Ajana zu. Dann wandte sie ihr den Rücken zu und murmelte etwas, das Ajana nicht verstand.

Lautlos und geschmeidig wie eine Schlange suchte sich der Ajabani einen Weg durch die felsige Landschaft des Vorgebirges und pirschte auf die Höhle zu, in der sich jene, denen sein Auftrag galt, zum Schlafen niedergelegt hatten. Nachdem er die Gesuchten vom Rücken des Lagaren aus aufgespürt hatte, war das Tier unweit der Stelle gelandet, an der sich die kleine Gruppe vor seinen Blicken zu verbergen suchte. Von dort aus hatte er die Verfolgung zu Fuß aufgenommen.

Als er die Stelle erreichte, an der er sie vermutete, stellte er überrascht fest, dass sie trotz der einbrechenden Dunkelheit weitergezogen waren. Doch die Spuren, die sie hinterließen, waren für ihn leicht zu erkennen. Keiner schien damit zu rechnen, dass man ihnen zu Fuß folgte, und so hatten sie sich auch nicht die Mühe gemacht, ihre Fußabdrücke in dem feinen Sand zu verwischen, den der Wind im Lauf der Winter von der fernen Wüste herangetragen und zwischen den Felsen abgelagert hatte.

Es war eine vortreffliche Spur, die im Mondlicht mühelos auszumachen war und die dem Ajabani viel Aufschluss über jene gab, die er verfolgte.

Er hatte sie beobachtet und sich Zeit gelassen, bis sie ihr Nachtlager errichtet hatten, denn Schlafende gehörten zu seinen bevorzugten Opfern.

Ajabani bedeutete in der Sprache seiner Heimat ›lautloser Tod‹, ein Name, den die Anhänger des Bundes seit vielen hundert Wintern voller Stolz trugen und der wie kein anderer auf die besonderen Dienste der Zunft zutraf, der sie angehörten.

Inzwischen war der Ajabani dem Lager ganz nahe. Er spähte zu der Höhle hinüber, in der sich die Gruppe zum Schlafen niedergelegt hatte, und fand seine Vermutung bestätigt. Man hatte Wachen aufgestellt. Die Krieger standen mit dem Rücken zur Höhle an der Felswand und blickten aufmerksam in die Nacht hinaus, beobachteten jedoch zumeist den Sternenhimmel, da sie offensichtlich das Nahen weiterer Lagaren befürchteten.

Der Ajabani grinste. Die Nachlässigkeit der Wachen und den Vorteil seiner schwarzen Kleidung nutzend, pirschte er sich unbemerkt von Fels zu Fels und kam auf diese Weise langsam immer näher an die Wachen heran.

Nun galt es, den richtigen Augenblick abzuwarten. Ein verfrühter Angriff konnte seinen Plan ebenso scheitern lassen wie warnende Schreie der Opfer. Gegen eine solche Überzahl hatte er nur dann eine Aussicht auf Erfolg, wenn er schnell und lautlos handelte.

Schließlich hatte er sich so nah herangeschlichen, dass er auch die Menschen in der Höhle gut erkennen konnte. Sie lagen dicht beieinander. Das schlechte Licht und die Enge würden es ihm zwar erschweren, die Gesuchte zu finden, doch er hatte schon schwierigere Aufträge zur vollsten Zufriedenheit seiner Auftraggeber erledigt.

Lautlos und ohne Hast öffnete er die kleine Gürteltasche und zog zwei blitzende *Murivas* hervor, die tödlichste und heimtückischste Waffe der Ajabani. Den Name *Muriva* – Schneeflocke – verdankten die kaum handtellergroßen und mit acht scharfen, spitz zulaufenden Zacken versehenen Sterne ihrer eigenwilligen Form und der Tatsache, dass sie den Tod ebenso lautlos zu den ahnungslosen Opfern trugen, wie die Schneeflocken vom Himmel fielen. Die Zacken waren mit einem betäubenden Gift bestrichen, das dem Opfer zunächst die Stimme raubte und es somit unfähig machte, andere zu warnen.

Dann ging alles sehr schnell. Kaum, dass der Ajabani den ersten *Muriva* zur Hand genommen hatte, flog dieser auch schon durch die Nacht und bohrte sich geräuschlos in den Hals eines Wachtpostens. Auch der zweite Krieger fiel dem lautlosen Tod zum Opfer. Endlose Herzschläge verstrichen, in denen die Körper der Wachen noch immer hoch aufgerichtet am Felsen lehnten, als wollten sie nicht wahr haben, dass ihnen das Leben bereits entflohen war. Dann erschlafften sie und glitten gespenstisch langsam zu Boden. Der Ajabani harrte noch mehrere Herzschläge lang in seinem Versteck aus, um sicher zu gehen, dass die Geräusche der aufschlagenden Körper keinen der Schlafenden geweckt hatten.

In der Höhle blieb alles ruhig.

Ein zufriedenes Lächeln huschte über das sonnengebräunte Gesicht des Mannes, als er sich mit überheblicher Gelassenheit daran machte, auch den letzten Teil seines Plans in die Tat umzusetzen. Den kunstvoll verzierten Krummdolch in der Hand, verließ er die Deckung der schützenden Felsen und bewegte sich so geschmeidig und lautlos wie eine Raubkatze auf die Schlafenden zu. Innerlich frohlockte er; nur noch ein paar Schnitte, das Werk weniger Augenblicke, dann würde er mit seiner Gefangenen nach Udnobe zurückkehren.

Eine zerbrechliche Stille lag über dem Land. Kühler Wind strich von den Bergen herab und ließ den einsamen Wanderer frösteln, der sich nahe der Höhle in den Windschatten eines Felsens schmiegte.

Er wollte schlafen, doch irgendetwas riss ihn aus dem ersten Schlummer. Schlagartig war er hellwach. Sein Herz raste. Das Gefühl einer unmittelbaren Bedrohung schien fast greifbar in der Luft zu liegen. Verwirrt setzte er sich auf und warf einen Blick zur Höhle. Die beiden Wachen verhielten sich ruhig und unauffällig. Nichts deutete darauf hin, dass auch sie eine drohende Gefahr verspürten.

Plötzlich sank einer der beiden lautlos zu Boden. Kurz darauf erschlaffte auch der zweite Wachtposten und glitt am Fels hinab. Kein Laut kam über ihre Lippen. Sie sackten in sich zusammen wie die Fadenpuppen der Gaukler von Sanforan, wenn die Vorstellung endete. Der Wanderer richtete sich auf und spähte in die Dunkelheit.

Zwischen den Felsen entdeckte er eine huschende Gestalt, nicht mehr als ein Schatten, der sich geschmeidig wie eine Raubkatze auf die Höhle zubewegte. Etwas blitzte kurz im Mondlicht, dann war sie schon unmittelbar vor dem Eingang und schlich auf die schlafenden Krieger zu.

Der Wanderer hatte genug gesehen. Er sprang auf, löste die Waffe von seinem Gürtel und eilte sachte, aber mit langen Sätzen in Richtung der Höhle.

Vor den Schlafenden verharrte der Ajabani. Wie erwartet, lagerten die Frauen ein Stück weiter hinten in der Höhle und vor ihnen, nahe dem Eingang, die Männer. Ein Umstand, der ihm die Arbeit sehr erleichterte.

Die Stiefelsohlen aus weichem Leder verursachten auf dem Steinboden nicht das geringste Geräusch, als er vor den ersten Schlafenden trat und sich bückte, um das blutige Werk zu vollenden. Dabei fühlte er erneut das berauschende Gefühl der Macht in sich aufsteigen, das ihn immer dann durchströmte, wenn er über Leben und Tod entschied. Nicht Gold, Ruhm oder Gerechtigkeit lockten ihn, es war der Rausch, der ihn töten ließ, ob als gut entlohnter Auftrag – wie in diesem Fall – oder wie so manches Mal aus reiner Freude. Das berauschende Gefühl vor der Tat war ihm stets der größte Lohn.

Mit einer Hand ergriff er den Haarschopf des Schlafenden und führte die scharfe Klinge seines Krummdolchs blitzschnell über dessen Kehle. Der Mann, zweifellos ein Onur, riss erschrocken die Augen auf und öffnete den Mund, doch das Messer hatte ihm die Lebensader bereits durchtrennt. Ein Schwall dunklen Blutes ergoss sich aus den Mundwinkeln des Kriegers, dann erschlaffte der Körper, und das Licht in seinen weit aufgerissenen Augen erlosch.

Der Ajabani würdigte ihn nun keines Blickes mehr. Ein geübter

Schnitt durchtrennte die Kehle eines weiteren Mannes. Schon kauerte er neben dem dritten Opfer, einem jüngeren Mann, dessen Kleidung keinen Zweifel daran ließ, dass es sich bei ihm um einen Kundschafter handelte. Er griff nach dessen Haaren und hob den Dolch zu einem erneuten Schnitt.

Faizah erwachte in einer Umgebung aus mildem Licht und samtenen Schatten. Vielleicht wäre sie nicht so schnell wieder zu sich gekommen, wären da nicht Hände gewesen, die sie sanft aus dem Schlummer rüttelten, und eine wohlklingende Stimme, die ihr zuflüsterte: »Wach auf. Du hast lange genug geschlafen. Komm schon, wach auf.«

Widerstrebend rührte sich Faizah unter den weichen Decken, rollte sich auf den Rücken und rieb sich den Schlaf aus den Augen.

»So ist es gut.«

Faizahs Augen suchten diejenige, die das Wort an sie gerichtet hatte. Im ersten Augenblick fürchtete sie, den Häschern der Uzoma erneut in die Hände gefallen zu sein. Doch dann nahm sie eine junge Frau wahr mit langen, streng nach hinten geflochtenen schwarzen Haaren und auffälligen Augen in der Farbe des Kupfermondes, die dicht neben ihrem Lager stand. Ihr Gesicht war fein geschnitten und viel anmutiger als die derben Züge der Uzomafrauen. Sie hatte eine sehr kurze Nase, schmale Wangenknochen und trug das Abbild eines schwarzen, kunstvoll verschlungenen Streifens über der Stirn, der wie ein aufgemaltes Stirnband wirkte. Ihre Haare schmückten kleine blaue Federn, deren weiche Fahnen sich bei jeder Bewegung bauschten.

Und erst die Augen! Nie zuvor hatte Faizah so schöne Augen gesehen. Nicht nur die Farbe, auch die leicht ovale Form war so bemerkenswert, dass die junge Uzoma nicht umhin konnte, sie bewundernd zu betrachten.

»Wie fühlst du dich?« Die Fremde lächelte. Es war ein warmes, wohlwollendes Lächeln, wie Faizah es bisher nur von ihrer Mutter kannte.

»Wo bin ich?«, fragte sie und erschrak über ihre brüchige Stimme.

»In Sicherheit.« Die junge Frau reichte ihr eine hölzerne Wasserschale, die Faizah dankbar entgegennahm. Erst jetzt bemerkte sie, wie durstig sie war. Gierig hob sie das Gefäß an die Lippen und tat einen großen Schluck. Das Wasser war klar! Niemals hätte sie es für möglich gehalten, dass es so klares Wasser gab. Sie setzte die Schale ab und betrachtete den Inhalt auf eine Weise, als sähe sie dergleichen zum ersten Mal. Das Wasser war von einer solchen Reinheit, dass sie bis auf den Grund der Schale sehen konnte.

»Was ist?« Die junge Frau hob besorgt die Augenbrauen.

»Nichts.« Nun war es Faizah, die lächelte. »Ich … ich habe nur noch nie in meinen Leben so ungetrübtes Wasser gesehen.«

»Oh!« Die junge Frau wirkte erleichtert. »Trink ruhig«, ermunterte sie Faizah. »Wir haben genug davon.« Geduldig wartete sie, bis Faizah ausgetrunken hatte, und schenkte ihr aus einem schweren Tonkrug nach.

»Danke«, sagte Faizah. »Es ist … Ich … ich habe noch nie etwas so Köstliches getrunken.« Das Wasser hatte sie die drängenden Fragen vergessen lassen, die ihr auf der Zunge lagen. Doch nun, da sie getrunken hatte und sich erfrischt fühlte, kehrten sie mit unverminderter Dringlichkeit zurück. »Wo bin ich?«, fragte sie noch einmal. »Was ist geschehen? Wie bin ich hierher gekommen? Wie lange bin ich schon hier? – Und wer bist du?«

»Ich bin Oona.« Als hätte sie die anderen Fragen nicht gehört, nannte die Frau nur ihren Namen und fragte dann: »Hast du Hunger?«

Faizah nickte, worauf Oona sich umdrehte und leichtfüßig davonhuschte. Die junge Uzoma richtete sich auf und schaute sich um. Sie befand sich in einer kleinen, fensterlosen Kammer, eigentlich mehr einer Höhle, in der außer der Schlafstatt nur noch eine große geflochtene Truhe stand. Zwei Talglichter an der Wand spendeten Helligkeit, und anstelle einer Tür hing ein Burakifell vor dem grob behauenen Eingang. Es war angenehm warm, aber sie konnte nirgends eine Feuerstelle entdecken.

Wo bin ich?

Aufmerksam lauschte sie nach Worten in den Geräuschen, die von draußen in die Kammer drangen. Doch die Stimmen waren zu weit entfernt. So ließ sie sich auf die strohgefüllte Matratze zurücksinken, starrte zur Höhlendecke empor und versuchte sich daran zu erinnern, was geschehen war.

Nur zögernd gelang es ihr, sich die Bilder ihrer Flucht ins Gedächtnis zu rufen: Bilder betrunkener Krieger, blutiger Hände, die ein viel zu kleines Messer umklammerten, von Dunkelheit und einem gleißenden Feuerblitz. Bilder von galoppierenden Pferden, von Tontöpfen mit glühendem Wasser. Und Bilder einer trostlosen, staubigen Ebene unter sengender Sonne, die die Erinnerung an Hunger, quälenden Durst und völlige Erschöpfung in sich trugen. Danach erinnerte sie sich an nichts mehr.

Es raschelte, und Oona betrat den Raum. Eine Holzschale mit dampfendem Brei in den Händen, trat sie leise vor das Bett. »Ich bringe etwas zu essen«, sagte sie lächelnd und reichte ihr die appetitliche Schüssel.

Faizah richtete sich auf und griff hungrig nach dem Holzspatel, der schon in dem Brei steckte. Sie aß nicht sofort, sondern bedankte sich und senkte den Blick, denn sie war es nicht gewohnt, dass man sie so freundlich behandelte. »Du bist sehr gut zu mir.«

»Das mache ich gern.«

»Aber du antwortest nicht gern, oder?«

Oona zögerte und schien zu überlegen. »Es gibt Zeiten zu schlafen und Zeiten zu essen«, sagte sie schließlich. »Und es gibt auch Zeiten zu fragen.«

»Gibt es auch Zeiten zu antworten?«, fragte Faizah fast ein wenig vorlaut.

»Auch die.« Oona lächelte wieder. »Du hast lange geschlafen«, erklärte sie und fügte in einer Weise hinzu, die keinen Widerspruch duldete: »Jetzt ist die Zeit zu essen.« Damit wandte sie sich um und verschwand hinter dem Fellvorhang.

Faizah seufzte. Diese Oona war eine seltsame Frau. Für einen Augenblick überlegte sie, ob sie ihr folgen solle, doch dann war der Hunger stärker als die Neugierde, und sie verschob die Suche nach Antworten auf eine der ›späteren Zeiten‹.

Der durchdringende Schrei eines Falken riss Keelin aus dem Schlaf. Blitzartig rollte er sich zur Seite und zog noch in derselben Bewegung das Kurzschwert.

Der finstere Schatten, der sich gerade über ihn beugte, zuckte erschrocken zurück. Blankes Metall blitzte im Mondlicht, als er zu einem tödlichen Streich ausholte. Doch in diesem Augenblick stürzte sich der Falke mit schrillem Pfiff von hinten auf ihn, krallte sich flügelschlagend in seinem Nacken fest und hieb mit dem scharfen Schnabel wütend auf ihn ein.

Vor Schmerz und Schrecken sprang der Dunkelgewandete auf und versuchte den tobenden Falken zu packen. Doch bevor er ihn fassen konnte, war dieser schon wieder in der Luft und griff erneut an. Dabei stieß er unablässig laute, schrille Pfiffe aus, die auch die anderen weckten.

In einer ansatzlosen Bewegung fuhr der nächtliche Angreifer herum und stürmte davon, gefolgt von dem Falken, der sich aus der Höhe wieder und wieder auf ihn stürzte.

Keelin sprang auf und setzte dem Flüchtenden nach. Alle Müdigkeit war verflogen. Doch der Angreifer war schnell. Gepeinigt von den hartnäckigen Angriffen des Falken, lief er über den mondbeschienenen Platz vor der Höhle, um zwischen den Felsen Deckung zu suchen. Keelin hörte Bayard hinter sich fluchen und vernahm Mayleas aufgeregte Rufe, doch er achtete nicht darauf und setzte die Verfolgung unbeirrt fort.

Plötzlich sprang eine zweite Gestalt unmittelbar vor ihm aus dem Schatten eines mannshohen Felsens und stellte sich dem Flüchtenden in den Weg.

Eine Falle! Kurz blitzte die Frage, wie er sich zweier Gegner erwehren solle, in Keelins Gedanken auf. Dann ging alles sehr schnell.

Ein Licht flammte auf. Begleitet von einem zischenden Geräusch, wirbelte es durch die Luft, und Keelin sah, wie der Flüchtende abwehrend den Arm hob. Das Licht schlang sich um seinen Arm, doch er entwand dem Unbekannten die Waffe durch eine geschickte Drehung, schleuderte ihn zu Boden und verschwand, gejagt von dem Falken, in der Dunkelheit zwischen den hoch aufragenden Felsen.

Keelin lief ihm noch ein paar Schritte nach, gab dann aber auf. Eine Wolke hatte sich jäh vor die Monde geschoben. Da er kaum etwas erkennen konnte, war das Wagnis zu groß, zwischen den Felsen in ein blankes Schwert zu laufen. In der Dunkelheit war es ihm unmöglich, Bilder von Horus zu empfangen, da dessen Augen in der Nacht nur schemenhafte Umrisse erkennen konnten. Er sandte seinem Falken, dessen zornige Pfiffe noch immer durch die Nacht hallten, einen Gedankenruf, der ihn zurückholen sollte, und kehrte zu dem Fremden zurück, der noch immer keuchend auf der harten Erde kauerte.

»Wer bist du?«, herrschte Keelin ihn an.

Der Fremde antwortete nicht.

»Rede!« Unfähig, die aufgestaute Wut zu unterdrücken, packte Keelin ihn am Arm und zerrte ihn unsanft in die Höhe. »Nenne deinen Namen!« Ohne eine Antwort abzuwarten, riss er dem Unbekannten die Kapuze vom Kopf – und erstarrte. Unglauben und Verwunderung mischten sich mit unterdrückter Freude und huschten in rascher Folge über sein Gesicht, als er erkannte, wer ihm da gegenüberstand.

Abbas?

Keelin fehlten die Worte. Dann lachte er, schloss den Freund in die Arme und rief: »Gilians heilige Feder, was tust du denn hier? Bist du von Sinnen? Um ein Haar hätte ich dich umgebracht.«

»Ich …«

»Keelin!« Bayards Ruf unterbrach Abbas.

Keelin spürte sofort, dass etwas Schreckliches geschehen sein musste, und fuhr herum. Doch es war zu dunkel, um Einzelheiten zu erkennen. »Zum Reden ist später noch Zeit«, sagte er an Abbas gewandt und fasste den Freund an der Schulter. »Komm mit, hier sind wir nicht mehr sicher.«

In der Höhle bot sich Keelin ein grauenhafter Anblick. Salih, Cirdan und Darval waren tot. Der junge Onurkrieger lag mit durchtrennter Kehle neben den beiden Fath, die auch eine klaffende Wunde am Hals davongetragen hatten. Die Gesichter waren blutüberströmt und die Augen in ungläubigem Entsetzen erstarrt, als hätte der Tod sie völlig überraschend ereilt.

Ein paar Schritte daneben lag Toralf. Ein dunkles, feucht glänzendes Tuch umschlang seinen Hals, das die Blutung jedoch nicht zu stillen vermochte. Der graubärtige Kataure war noch bei Bewusstsein, doch er röchelte nur mehr. Seine Hand umklammerte starr die des Heermeisters, der mit aschfahler Miene neben ihm kniete.

»Ich … ich will nicht sterben«, keuchte er. Die Zähne bleich im blutigen Mund, wirkte er wie das Gestalt gewordene Grauen. »Es … es ist so kalt.« Er gab einen erstickten Laut von sich und hustete so heftig, dass ein Schwall dunklen, zähflüssigen Blutes zwischen seinen Lippen hervorquoll.

»Hab keine Furcht.« Mit Tränen in den Augen beugte sich Bayard über den Freund und Landsmann, um den Verband zu prüfen, doch was er sah, gab keinen Anlass zu Hoffnung – Toralf lag im Sterben. Die Augen weit geöffnet, starrte er Bayard an und rang nach Luft. Ein Schauer durchlief seinen Körper, und seine Lippen erzitterten in dem verzweifelten Versuch, noch etwas zu sagen. Doch das Blut erstickte seine Worte zu einem gurgelnden Laut. Dann verlor er das Bewusstsein.

»Wird … wird er durchkommen?« Die Decke eng um den Körper geschlungen, trat Ajana neben Keelin und blickte mit einer Mischung aus Sorge und Furcht auf die beiden Katauren herab.

Der junge Falkner schüttelte den Kopf und sagte nur: »Er hat es bald überstanden.« Er spürte Ajanas Entsetzen, fand aber keine tröstenden Worte. »Krieger sterben«, erklärte er so nüchtern, wie er es in der Ausbildung gelernt hatte, deutete auf die drei am Boden liegenden Gefährten und fügte hinzu. »Es gibt keinen Krieg ohne Opfer, aber nur wenige haben das Glück, so rasch zu sterben.«

»Es … es ist grauenhaft.« Ajanas Stimme bebte. »Das habe ich nicht gewollt.«

»Du hast dir nichts vorzuwerfen«, erwiderte Keelin. »Dich trifft keine Schuld an ihrem Tod.«

»Ich wünschte, du hättest Recht.« Ajana kämpfte gegen die Tränen an, dann wandte sie sich um und ging zu Maylea zurück, die schweigend ihre Sachen zusammenpackte. Keelin sah ihr verwundert nach. Dann gab er Abbas, der noch immer unentschlossen und zögerlich in Dunkeln vor der Höhle wartete, ein Zeichen, ihm zu folgen. Gemeinsam halfen sie Feanor, die Leichname der Getöteten unter einem Hügel aus Steinen zu bestatten.

Toralf starb im Morgengrauen, ohne noch einmal das Bewusstsein erlangt zu haben. Der Tod kam leise, als die ersten blassen Strahlen der Sonne sich suchend in das Dunkel am östlichen Horizont vortasteten. Ein letzter Atemzug, ein letztes Husten, ein letztes, befreites Seufzen, dann erschlaffte sein Körper und gab die Seele frei. Bayard löste die verkrampften Finger sanft von seiner Hand, verschränkte die Arme des Toten nach Kataurenart vor der Brust und erhob sich. Mit steifen Gliedern trat er zu Maylea und Ajana, die ihn im Innern der Höhle erwarteten. »Toralf hat seinen letzten Ritt angetreten«, sagte er mit leidvollem Blick.

»Wer hat das getan?« Endlich konnte Maylea die Frage stellen, die ihr schon die ganze Zeit auf der Zunge gelegen hatte. Sie war durch die Rufe des Falken erwacht, hatte aber nur noch einen Schatten flüchten sehen. Danach hatte sie sich sofort um den schwer verletzten Toralf gekümmert, während Bayard zu den Wachposten geeilt war.

»Ajabani!« Verachtung und abgrundtiefer Hass vereinten sich in Bayards Stimme, als er antwortete.

»Ajabani?« Maylea hatte das Wort nie zuvor gehört.

»Heimtückische Meuchler«, erklärte Bayard. »Gesetzlose aus Andaurien, die sich dazu verdingen, das Blut Unschuldiger zu vergießen. Die Ajabani waren die Ersten, die dem dunklen Gott in den Wintern vor der Flucht anheim gefallen waren, und gehören auch heute noch zu seinen treuesten Anhängern.« Er griff in seine Gürteltasche, holte zwei blutverschmierte, sternförmige Metallscheiben hervor und hielt sie so, dass Maylea und Ajana sie sehen konnten. »Dies sind ihre Waffen. Sie haben Salih und Cirdan schnell und lautlos getötet.« Er schüttelte den Kopf und seufzte betrübt. »Thorns heilige Rösser, ich hätte es nie für möglich gehalten, dass sie ihr blutiges Handwerk bis nach Nymath tragen.«

»Wie viele sind es?«, wollte Maylea wissen.

»Einer, vielleicht auch zwei.« Bayard machte eine hilflose Geste. »Sie arbeiten zumeist allein. Ich habe auch nur einen gesehen, aber wer weiß.«

Er steckte die Wurfsterne zurück in die Tasche und wandte sich um. »Es wird hell«, stellte er mit einem Blick auf die anderen fest, die soeben die letzten Steine auf den Grabhügel der beiden Fath legten. »Wir müssen uns beeilen. Es gibt noch einen weiteren Hügel zu errichten.« Mit diesen Worten wandte er sich ab, um den anderen zu helfen.

Diesmal dauerte es sehr viel länger, bis Oona zurückkehrte.

Die Schüssel mit dem leckeren Brei hatte Faizah bis auf den Boden geleert und danach einen vorsichtigen Blick hinter den Fellvorhang gewagt. Zu ihrem großen Erstaunen hatte sie dort keine Wache vorgefunden.

Gern hätte sie sich ein wenig umgesehen, hatte sich dann aber dafür entschieden, auf Oonas Rückkehr zu warten. Die Arme hinter dem Kopf verschränkt, hatte sie sich auf das Bett gelegt und gerätselt, wo sie wohl sein mochte. Darüber war sie eingeschlafen.

Als sie erwachte, stand Oona wieder neben ihr, doch diesmal war sie nicht allein. Eine ältere Frau mit derselben eigentümlichen, aber ergrauten Haartracht und einer ähnlichen Zeichnung auf der Stirn stand neben ihr und blickte Faizah aus kupfermondfarbenen Augen an. Wie Oona trug sie schlichte, helle Kleidung aus einem gegürteten Obergewand und einer weiten Hose, die bis zu den fellbesetzten Schnürschuhen hinab reichte. Doch während Oona eine Kette aus kleinen Holzperlen trug, war die ältere Frau bis auf die blauen Federn in den Haaren ohne jeglichen Schmuck.

»Der Tag ist erwacht«, hörte sie Oona sagen. »Nun ist die Zeit für Fragen.« Sie deutete auf ihre Begleiterin. »Das ist Ylva. Sie weiß.«

Faizah richtete sich auf. »Ihr seid sehr freundlich zu mir«, sagte sie und nickte Ylva zu, weil sie nicht wusste, wie sie die Frau anreden sollte.

»Es tut gut, dich gesund zu sehen«, sagte Ylva mit ruhiger, wohlklingender Stimme und deutete auf den runden, aus Pflanzenfasern geflochtenen Teppich in der Mitte des Raumes. »Setz dich«, forderte sie Faizah auf. »Dann können wir reden.«

Faizah kam der Aufforderung nach und hockte sich zu der älteren Frau auf den Boden, die dort mit untergeschlagenen Beinen Platz genommen hatte. Aus den Augenwinkeln sah sie, wie Oona den Raum verließ.

»Du warst sehr krank«, richtete Ylva das Wort sie. »Und du hast sehr lange und tief geschlafen.«

»Wie lange?«

»Die Sonne erhob sich zweimal über die Berge, seit Reku dich zu uns brachte.«

»So lange?«

»Du warst dem Tod näher als dem Leben.« Ylva nickte. »Hätte er dich nur ein wenig später gefunden, so hätte dich das Wasser der heiligen Quelle nicht mehr retten können.«

»Wo bin ich?«

»In Sicherheit.« Ylva lächelte.

»Das hat Oona auch schon gesagt«, erwiderte Faizah ungeduldig. »Aber *wo* bin ich wirklich?«

»In einem Tal am westlichen Ende jenes Gebirges, das ihr das Pandarasgebirge nennt«, erklärte die Frau.

»Und wer seid Ihr?« Faizah spürte, dass es unhöflich war, die Fragen so fordernd zu stellen, doch sie wartete schon zu lange auf Antworten und hatte große Mühe, ihre Neugier zu bezähmen.

»Wir sind Flüchtlinge, wie du.«

»Wie ich?« Faizah stutzte. Die Furcht, man könne sie wieder zurückschicken, flackerte in ihren Gedanken auf. »Wie könnt Ihr das wissen?«

»Du hast im Fieber gesprochen«, erwiderte Ylva. Ein Schatten huschte über ihr Gesicht, und ihre Stimme war voller Zorn, als sie weitersprach: »Kein Kind, keine Frau und kein Volk sollte erdulden, was sie dir angetan haben.«

»Ihr wisst davon?« Faizah war sprachlos. »Wie ...?«

»Das Fieber zeigt dem Kundigen vieles, das sonst verborgen bliebe«, sagte Ylva mit Wärme in der Stimme. »Ich habe an deinem Lager gewacht, bis das Feuer des Todes deinen Körper verließ. Ich hörte deine Worte, aber es gab auch Dinge, die ich sah.« Wieder schwang der erbitterte Unterton in ihren Worten mit, den Faizah sich nur schwer erklären konnte.

»Ich bin eine *Kurvasa*«, sagte sie, als erklärte das alles. »Es ist das Los meines Volkes zu dienen.«

»Jedes Volk ist frei zu entscheiden, wie es leben will«, hielt Ylva dagegen. »Nur wer in Einklang mit der Natur und den Völkern lebt, achtet die Gesetze der Götter.«

»Die Götter!«, rief Faizah verächtlich aus. »Die Götter haben mein Volk schon lange verlassen. Nun gibt es nur noch einen. Er hat seine blutige Hand vor vielen Wintern nach den Uzoma ausgestreckt und ihre Seelen vergiftet.« Sie ballte die Fäuste. »Meine Vorfahren haben sich dagegen gewehrt. Sie haben versucht, die Verblendeten zur Einsicht zu bewegen, doch die Götter haben ihnen jegliche Hilfe versagt. Und so wurden wir zu dem, was wir heute sind: Sklaven des Whyono, Rechtlose, denen sich jeder nach Gutdünken bedienen kann, und am Ende ... Blutopfer für die Altäre des dunklen Gottes.«

»Du hast das Herz eines Kriegers«, sagte Ylva, ohne näher auf Faizahs verzweifelte Worte einzugehen. »Unbeugsam bist du und sehr klug. Es ist ein Zeichen, dass das Schicksal dich in diesen dunklen Zeiten zu uns geführt hat.«

»Und was bedeutet das?«

»Kein Schritt bleibt ohne Folge«, erwiderte Ylva geheimnisvoll. »Es muss einen Grund dafür geben, dass Rekus Mahoui den Weg zu dir fand.«

»Rekus Mahoui?«

»Oona wird ihn dir später zeigen. Doch zunächst habe ich noch Fragen an dich.«

Sie sprachen lange miteinander.

Faizah gab der älteren Frau einen Einblick in das Leben der Uzoma und beschrieb ausführlich, wie es jenen erging, die sich der Herrschaft des Whyono widersetzten.

»Ich danke dir, Faizah. Du hast mir sehr geholfen«, sagte Ylva schließlich. »Für heute soll es genug sein. Es gibt vieles, worüber ich nachdenken muss.« Sie erhob sich.

»Ich habe Euch zu danken«, erwiderte Faizah. »Ohne den Reiter, der mich fand, wäre ich gewiss in der Steppe umgekommen.«

»Es war der Mahoui, der dich fand, nicht der Reiter«, verbesserte Ylva. »Doch das macht keinen Unterschied. Du bist unser Gast. Nicht unsere Gefangene. Du kannst bleiben, solange du es wünschst.« Sie lächelte geheimnisvoll. »*Faizah* bedeutet in deiner Sprache soviel wie: die Siegreiche«, erklärte sie und fügte hinzu: »Nie wieder solltest du deinen Willen dem eines anderen beugen.« Dann wandte sie sich um und ging hinaus.

Faizah blickte ihr verwundert nach, doch ihr blieb kaum Zeit, lange über das seltsame Gespräch nachzudenken, denn schon wenige Augenblicke später betrat Oona wieder den Raum. Sie trug ein Bündel Kleider über dem Arm, das sie auf der Schlafstatt ablegte. »Ich bringe dir frische Gewänder«, sagte sie mit einem Blick auf Faizahs zerschlissenen, unansehnlichen Kittel. »Es ist an der Zeit, die Zeichen der Unterdrückung abzulegen. Hier«, sie reichte

Faizah ein helles Obergewand aus weichem Gewebe, »Es war das größte, das ich finden konnte. Ich hoffe, es passt dir. Wir werden nicht umsonst das ›kleine Volk‹ genannt.« Sie blickte aus dem Fenster. »Die Sonne scheint. Wenn du umgezogen bist, zeige ich dir die Mahoui.«

»Warum sollte ich das tun?« Othons Stimme überschlug sich fast. Wütend verschränkte er die Arme vor der Brust und verzog den Mund. »Auf gar keinen Fall gehe ich dort hin«, erklärte er nachdrücklich. »Dort stinkt es, und es ist kalt. Es gibt nicht einmal ein Haus, in dem man sich wärmen könnte, und auch sonst keine Annehmlichkeiten, die meiner würdig wären. Also, warum sollte ich dorthin reisen?«

»Weil du der Whyono bist.« Der Spott in Vharas Stimme war gerade so bemessen, dass Othon ihn nicht spürte. Im Gegensatz zu dem Herrscher der Uzoma, der mit hochrotem Kopf im Zimmer auf und ab schritt, schien die Priesterin den kommenden Ereignissen gelassen entgegenzusehen. Nichts deutete darauf hin, unter welcher Anspannung sie stand.

Othon musste zum Pass, daran führte kein Weg vorbei.

Vor kurzem hatte ein Bote ihr die Nachricht überbracht, dass die letzte Wagenladung des flüssigen Feuers angekommen sei. Alles war bereit. Der entscheidende Angriff stand unmittelbar bevor. Ein Heer von mehr als achttausend Uzoma und dreißig Lagaren wartete nur noch auf den Befehl ihres Herrschers, um die letzte, alles vernichtende Schlacht gegen die Ungläubigen zu führen.

»Ich werde den Angriffsbefehl schriftlich erteilen«, hörte sie Othon hastig vor sich hin murmeln. »Ja, so mache ich es. Ein Lagarenreiter kann ihn noch heute zum Pass bringen. Irgendeiner dieser nichtsnutzigen Stammesfürsten wird ihn doch wohl an meiner Statt verlesen können.«

»Das ist gegen die Tradition«, beharrte Vhara.

»Tradition, pah!«, rief Othon aus. »Die Stammesfürsten haben schon mit so vielen Traditionen gebrochen. Es ist doch wohl gleichgültig, ob meine Anordnungen auf einem Pergament stehen oder ich sie selbst verkünde. Ich bin der Whyono, und sie müssen meinen Befehlen Folge leisten.«

»Das werden sie nur, wenn du ihnen dabei ins Gesicht siehst.«

»Aber warum denn?« Othon hob in einer verzweifelten Geste die Arme.

»Weil sie nur für einen Herrscher kämpfen, den sie achten«, fuhr Vhara ihn an. Angesichts der Feigheit dieses Mannes, den sie regieren ließ, gelang es ihr nicht, den schwelenden Zorn zu unterdrücken. »Wenn du dich mehr mit der Stammesgeschichte deiner Untertanen und weniger mit Lustknaben und Metzen beschäftigen würdest, wüsstest du darum.« Sie erhob sich von Othons mit schwarzen Djakûnfellen belegtem und kunstvoll geschnitztem Thron und trat mit zorniger Miene auf den Regenten zu. »Sie erwarten, dass du sie in der Schlacht anführst, wie es die Tradition verlangt. Du wirst ihnen den Befehl zum Angriff geben und an der Spitze des Heeres dem Feind furchtlos entgegenstürmen, so wie es die Stammesfürsten in alter Zeit getan haben. Als leuchtendes Beispiel für Ehre und Tapferkeit.«

Othon duckte sich, als hätte sie ihn geschlagen. »Aber das ist gefährlich«, jammerte er mit leiser Stimme.

»Natürlich ist es das!«, brauste Vhara auf. »Wir haben Krieg – falls du überhaupt noch an etwas anderes als dein persönliches Vergnügen denken kannst. Krieg! Und Krieg ist gefährlich.« Unvermittelt wurde ihre Stimme ganz leise. »Aber das brauche ich dir nun wirklich nicht zu sagen. Schließlich warst du einmal ein angesehener Heermeister.«

»Das ist zwanzig Winter her«, klagte Othon. »Jetzt bin ich alt und …«

»Ein mächtiger Herrscher, dem die Uzoma bedingungslos folgen.« Vhara trat ganz nahe an Othon heran und krallte ihm die langen Fingernägel in den Nacken. »Du musst an den Pass, Othon«, raunte sie ihm zu. »Wenn du Schwäche zeigst, werden sie dich verachten – und vernichten.«

»Das würden sie nicht wagen!«

»So wie sie es nie wagen würden, dir ihre elenden Metzen als Jungfrauen anzubieten?«

»Ich bin der Whyono«, stieß Othon hervor. »Vor mehr als fünfzehn Wintern schworen mir die Stammesfürsten ihre Treue. Seitdem geht es ihnen doch gut. Warum sollten sie mich vernichten, nur weil ich unglücklicher Weise verhindert bin, wenn der Angriff erfolgt?«

Weil du ein erbärmlicher Feigling bist, dachte Vhara, hütete sich jedoch, es auszusprechen. »Sie könnten den Eindruck gewinnen, du ließest sie im Stich«, sagte sie stattdessen und fügte warnend hinzu: »Das wäre nicht gut, Othon.«

»Nun, du meinst, ich soll wirklich …«

Vhara machte ein paar Schritte auf den Thron zu, hob theatralisch die Hände und wandte sich dann so ruckartig um, dass sich ihre Gewänder bauschten. »Ja!«, rief sie mit feurigem Blick und ballte die Fäuste. »Du sollst es nicht nur, du musst. Wecke noch einmal den Krieger in dir. Beweise den Uzoma, dass du ein wahrer Anführer und ihrer Verehrung würdig bist. Ein mutiger und unerschrockener Whyono, der sich nicht scheut, seinen Untertanen mit glorreichem Beispiel in der Schlacht voranzugehen. Nur als starker Anführer kannst du dir ihrer Treue auch weitere fünfzehn Winter gewiss sein. Wenn du versagst …«, sie ließ den Finger in einer eindeutigen Geste an seiner Kehle entlanggleiten. »… ist es aus.«

Othon erbleichte. Auf seiner Stirn glänzten winzige Schweißtropfen, und seine fleischigen Finger drehten unablässig an den klobigen Ringen, die sie schmückten. »Also gut, dann breche ich in … in zwei Tagen auf«, gab er zögerlich nach. »Das … das kommt alles so plötzlich. Und es … gibt noch so viel zu tun, bevor …«

»Morgen!« Vharas Tonfall duldete keinen Widerspruch. Mit strengem Blick trat sie auf Othon zu, der sich wie ein geprügelter Hund duckte und zurückwich. »Sobald die Sonne aufgeht, wirst du mit deinem Gefolge zum Pass aufbrechen«, bestimmte sie. »Es ist alles bereit.« Ein flüchtiges Lächeln huschte über die Lippen der Hohepriesterin. Sie spürte, dass Othons kläglicher Widerstand gebrochen war. Er würde sich ihrem Willen beugen. »Doch zuvor wirst du die Bewohner Udnobes zusammenrufen, um deinen heldenhaften Einsatz für das Volk der Uzoma und die bevorstehende Vernichtung der Vereinigten Stämme Nymaths zu verkünden.«

ᛖ

Oona führte Faizah durch einen gewundenen, weit verzweigten Tunnel mit niedriger Decke, der unzählige große und kleine Räume miteinander verband. Auch hier waren die Eingänge zu den Gewölben mit Fellen verhängt. Hin und wieder drangen Licht und Stimmen aus dem Innern der Räume.

»Wo sind wir?« Faizah streckte die Hand aus und berührte das dunkle Gestein. Die Enge und das spärliche Licht wirkten zunehmend bedrückend auf sie, und sie hoffte, bald ans Tageslicht zu gelangen.

»Wir sind in einem Berg«, erklärte Oona und deutete nach oben. »Über uns ragen die Gipfel des Pandarasgebirges bis zu den Wolken auf.«

»Oh.« Der Gedanke, dass sich so unvorstellbar viel Gestein über ihr auftürmte, machte Faizah Angst, und ein Gefühl der Bedrängnis breitete sich in ihr aus. Sie war ein Kind der Steppe und unter freiem Himmel groß geworden. Die Arbeit der *Kurvasa* war hart; oft hatten sie im Freien geschlafen, weil sie zu weit von den Lehmhütten entfernt waren, um für die kurze Nachtruhe dorthin zurückzukehren. »Warum fühlt sich der Fels so warm an?«, fragte sie verwundert und fuhr mit den Fingern vorsichtig über die Wand.

»Das kommt vom Wehlfang-Graben«, sagte Oona. »Die Hitze dringt durch das Gestein.« Sie lächelte und fügte hinzu: »Es ist hier niemals kalt, nicht einmal im Winter.«

Der Wehlfang-Graben!, dachte Faizah bestürzt. Das Bild eines fallenden Körpers, der in den feurigen Fluten des Grabens verdampfte, tauchte wieder in ihrer Erinnerung auf, und sie schloss hastig die Augen.

»Was ist los?« Oona blickte sie besorgt an. »Verzeih, wenn ich etwas gesagt habe, das dir Kummer bereitet.«

»Nein …« Faizah zwang sich zu einem Lächeln. »Nein, das hast du nicht. Ich hätte nur niemals geglaubt, dass der Wehlfang auch Gutes bewirken könnte.«

»O doch, das kann er. Wir verdanken ihm vieles. Komm mit, dann wirst du es mit eigenen Augen sehen.«

Nur wenige begegneten den beiden jungen Frauen auf ihrem Weg durch das scheinbar endlose und nur spärlich von Fackeln erhellte Labyrinth der Tunnel. Die meisten grüßten schweigend, indem sie höflich den Kopf neigten, doch Faizah bemerkte sehr wohl die neugierigen Blicke, die ihr folgten.

»Warum starren sie mich so an?«, wollte sie wissen.

»Wir haben selten Gäste«, erwiderte Oona ausweichend und deutete voraus. »Sieh nur, wir sind da!«

Faizah blickte auf und sah ein helles Licht, das nicht weit entfernt in den Tunnel flutete. Die Sonne! Der Anblick verdrängte all ihre trüben Gedanken, und sie konnte das Verlangen, einfach loszulaufen, nur mühsam unterdrücken. »Es ist nicht gut, so schnell hinauszueilen, wenn die Sonne scheint«, hörte sie Oona sagen, als hätte sie ihre Gedanken gelesen. »Nach der Dunkelheit in den Tunneln ist es besser, sich langsam an die Helligkeit zu gewöhnen.«

Wenige Augenblicke später traten sie in den kleinen Lichtkegel, der durch die Öffnung in den Tunnel fiel, und Faizah bekam zu spüren, was Oona gemeint hatte. Sie hatte sich inzwischen so sehr an die Dunkelheit gewöhnt, dass sie die Augen schließen und die Hände davor halten musste, weil das Sonnenlicht sie schmerzhaft blendete. Als sie schließlich blinzelnd ins Freie trat, blickte sie wie gebannt auf das phantastische Bild, das sich ihr bot.

Der Anblick der Landschaft, die sich vor ihren Augen erstreckte, war so überwältigend, dass ihr die Worte fehlten. Unter einem strahlend blauen Himmel, dem sich die schneebedeckten Gipfel der Berge entgegenreckten, breitete sich ein langes, grünes Tal aus. Sorgfältig angelegte Felder, auf denen die Bewohner ihrem Tagewerk nachgingen, wechselten sich ab mit grünen Wiesen, auf denen weiße und braune Tiere weideten. Die bewirtschaftete Fläche erstreckte sich weit in das Tal hinein und endete irgendwo in der Ferne in einem wogenden grünen Meer aus Licht und Schatten.

Ein grünes Meer … Fasziniert betrachtete Faizah die satten Farbtöne der Landschaft. Grün war eine Farbe, die sie in ihrem bisherigen Leben nur selten gesehen hatte. Das Gefangenenlager, in dem sie aufgewachsen war, lag in einer kargen Steppe an der Grenze zur endlosen Wüste. Nur im Winter, wenn der Wind regenschwere Wolken weit ins Land hinein trug, gab es dort für kurze Zeit grüne Gräser, die ebenso schnell aus dem Boden hervorschossen, wie sie wenig später wieder verdorrten. Doch obwohl Faizah noch nie in ihrem Leben einen Baum gesehen hatte und das Wort lediglich aus den Legenden ihres Volkes kannte, wusste sie sofort, dass dieses grüne Meer nur eines sein konnte: *Wald*.

»Ein Wald!«, stieß sie ehrfürchtig hervor. Dann wandte sie sich an Oona und sagte mit glänzenden Augen: »Wie wunderschön.«

»Warte nur erst, bis du die Mahoui gesehen hast«, erwiderte Oona und deutete zum Ende des Tals. Dort gab es keine Felder, nur Wiesen. Auf den Grasflächen erhoben sich vereinzelte graue Felsen und kleine Geröllhaufen, doch diese waren es nicht, die Faizahs Blick fesselten. Die junge Uzoma hatte nur Augen für die wundersamen Tiere, die vereinzelt oder in kleinen Gruppen auf der Wiese standen – die Mahoui. Sie hatte gedacht, bei den Mahoui handle es sich um eine besondere Pferderasse, doch nun …

»Die Mahoui sind Vögel?«, fragte sie fassungslos.

»Sie sehen so aus, das stimmt.« Oona nickte. »Aber sie können nicht fliegen.« Sie fasste Faizah am Arm. »Komm!«, sagte sie fröhlich und lief mit ihr den schmalen Weg hinunter, der vom Tunneleingang zur Talsohle führte. »Wir sehen sie uns aus der Nähe an.«

Auf dem Weg ins Tal stellte Faizah erstaunt fest, dass es in der Felswand viele weitere Eingänge gab, die einander ähnelten. Schmale, in den Fels geschlagene Rampen führten von dort ins Tal hinab. In einigen Eingängen sah sie Kinder stehen, die neugierig zu ihr hinüberschauten und eilig in den Tunnel zurückliefen, als sie ihren Blick bemerkten.

Oona stieß indes immer wieder lockende Pfiffe aus, die den Mahoui galten. Die Tiere in der Nähe hoben den Kopf und musterten sie aufmerksam, dann setzten sich die ersten in Bewegung und kamen mit seltsam federndem Schritt auf Oona zugelaufen, die zu Faizahs großem Erstaunen furchtlos auf die riesigen Vögel zuging. Die Mahoui trugen ein rotbraunes Federkleid. Kopf, Schwanz und Flügelspitzen waren mit einem schillernd blauen Gefieder bedeckt, das am Schwarz lang und kräftig war, an den verkümmerten Flügeln und auf dem Kopf hingegen so weich und bauschig wirkte wie die Federn in Oonas Haaren.

Von oben hatten die Mahoui schon sehr groß ausgesehen, aber erst aus der Nähe war zu erkennen, wie groß sie wirklich waren. Ein ausgewachsener Uzoma mochte den majestätischen Vögeln gerade bis zum Nacken reichen; die sehr viel kleinere Oona hingegen wirkte seltsam verloren angesichts der massigen Vögel, die nun in einem dicht gedrängten Halbkreis vor ihr standen.

Faizah wich ein Stück zurück. Die großen gebogenen Schnäbel mit den roten Wülsten und die klauenbewehrten Füße mit den drei Zehen machten ihr Angst.

»Komm zu mir!«, hörte sie Oona rufen. »Die Mahoui sind zahm. Sie tun dir nichts.«

Faizah schüttelte den Kopf, konnte aber nicht umhin, die Schönheit der stolzen Tiere zu bewundern. »Und ihr reitet darauf?«, fragte sie staunend.

»Sie tragen uns, wenn wir sie darum bitten«, gab Oona zur Antwort und streichelte einem besonders großen Vogel liebevoll das Brustgefieder. »Sie sind frei und gehören niemandem. Aber sie sind unsere Freunde.«

Faizah war verwirrt. Wie konnte man mit einem Tier befreundet sein? Obwohl Oona ihr auf jede Frage eine erklärende Antwort gab, war vieles für sie nur schwer zu verstehen. Sie hob den Kopf und blickte in das grüne Tal hinaus, in das die untergehende Sonne nun langsam die Schatten der Berge schob. Ein zaghaftes Lächeln huschte über ihr Gesicht, und sie atmete tief durch. Es erschien ihr fast wie ein Wunder, hier zu sein, in diesem herrlichen

Landstrich bei dem freundlichen kleinen Volk. Zum ersten Mal in ihrem Leben verspürte sie keine Furcht.

Sie war wie die Mahoui. Sie war frei!

Am späten Nachmittag des Tages, dessen Licht Toralf und die getöteten Krieger nicht mehr erblickten, erreichte die Gruppe um Bayard endlich die Gegend, in der sie die Höhle der Seelensteine vermuteten.

Alle waren erschöpft.

Seit sie das Nachtlager am frühen Morgen verlassen hatten, waren sie unaufhörlich auf den Beinen. Die Furcht vor Verfolgern und das ständige Gefühl der Bedrohung durch den Ajabani trieben sie voran. So hatten sie die Mahlzeiten ohne zu rasten eingenommen, und obwohl Horus unermüdlich die Gegend auf der Suche nach Anzeichen von Gefahr überflog, wanderten ihre Blicke immer wieder sorgenvoll über das hügelige Land oder suchten den Himmel nach den Flügelschlägen eines Lagaren ab.

Ajana war froh, dass sie an diesem Tag keinerlei Anzeichen möglicher Verfolger entdeckten. Doch Bayard riet ihr, sich nicht in Sicherheit zu wiegen, zumal der Ajabani einen erneuten Angriff vermutlich erst im Schutz der Dunkelheit wagen würde. Er wusste nun, dass sie einen Falken bei sich hatten, und würde es nicht wagen, sich ihnen bei Tageslicht zu nähern. »Ajabani sind durchtrieben und hinterhältig«, erklärte der Heermeister mit düsterer Miene. »Sie sind wahre Meister ihres blutigen Handwerks und verstehen es wie kein anderer, sich verborgen zu halten. Dass Horus ihn noch nicht aufgespürt hat, hat nichts zu bedeuten. Ich bin sicher, er ist hier irgendwo ganz in der Nähe. Ajabani sind ...«

»... ganz gewiss genauso sterblich wie wir«, beendete Keelin den Satz. »Macht das Ganze nicht schlimmer, als es ist. Noch ist niemand in Sicht. Es ist ein großer Vorteil für uns, dass wir jetzt um seine Gegenwart wissen.« Keelin war noch immer etwas verstimmt, weil Bayard über den wahren Grund ihrer Reise so lange geschwiegen hatte.

Denn erst nachdem sie Toralf am Morgen bestattet hatten, hatte der Heermeister jenen, die ihm verblieben waren, kurz und knapp Aufschluss über die wahren Hintergründe ihres gefährlichen Unterfangens gegeben und Ajana gebeten, ihnen das Amulett zu zeigen.

»Du solltest die Lage nicht beschönigen«, sagte Bayard ernst.

»Aber es sollte Hoffnung, nicht Furcht sein, die uns leitet«, hielt Keelin ihm entgegen. Er spürte Ajanas Blick auf sich ruhen, vermied es aber, sie anzusehen.

»Dennoch gibt es Tatsachen, denen wir ins Auge schauen müssen, und dazu gehört, dass wir eine unsichere Nacht vor uns haben«, erwiderte Bayard. »Um den Feind zu schlagen, ist es wichtig, ihn zu durchschauen. Nur wer die Gedanken seines Gegners kennt, vermag sich wirkungsvoll zu schützen.«

»Kennt Ihr sie denn?«, frage Ajana zaghaft.

»Es ist das erste Mal, dass ich einem Ajabani gegenüberstehe«, gab Bayard zu. Vorsichtig holte er einen der kunstvoll gravierten Wurfsterne aus der Gürteltasche hervor, betrachtete ihn nachdenklich und sagte leise: »Aber er hat uns schon viel über sich verraten. Sollte er es noch einmal versuchen, werden wir darauf vorbereitet sein.« Er warf einen prüfenden Blick zum Himmel, wo die Sonne bereits hinter den Bergen verschwand, und sagte an Keelin gewandt: »Gib Horus Anweisung, nach einem geeigneten Platz für ein Nachtlager Ausschau zu halten. Wir brauchen eine Höhle mit schmalem Eingang, die sich leicht verteidigen lässt.«

Keelin nickte und hob die Hände an die Schläfen, um Horus den Befehl zu übermitteln. In Gedanken entwarf er das Bild einer Höhle und sandte es verbunden mit einem Suchbefehl an den Falken weiter. Horus verstand sofort. Unmittelbar nachdem er den Befehl empfangen hatte, beendete er seine weiten Kreise über der Gruppe und flog in Richtung der nahen Berge davon.

Keelin sah ihm voller Stolz nach. Es überraschte ihn immer wieder, wie schnell Horus die übermittelten Bilder erkennen und umsetzen konnte. Die Faustregel der Falkner besagte: Zwei Befehle für einen Dienst, doch Horus verstand stets bei der ersten Aufforderung, was Keelin von ihm erwartete.

»Es muss wunderbar sein, einen solchen Gefährten zu haben.« Ajana hatte auf Keelin gewartet. Ihre Blicke folgten Horus, bis er vor dem einheitlichen Grau der Felsen nicht mehr zu sehen war. »Bei uns gibt es so etwas nicht«, sagte sie.

»Keine Falken?«, fragte Keelin neugierig.

»O doch, es gibt Falken. Und auch Falkner«, erklärte Ajana. »Aber sie sind nicht wie ihr, sie ...«, sie suchte nach den passenden Worten und sagte schließlich: »Sie können nicht miteinander reden.«

»Das ist bedauerlich«, erwiderte Keelin knapp. Ihn beschlich plötzlich ein Unbehagen und er hoffte, dass Ajana kein weiteres Gespräch mehr suchen würde, wenn er sich wortkarg gab.

Eine Weile schwieg sie tatsächlich, doch dann blieb sie ruckartig stehen und fasste ihn am Arm. »Was ist los, Keelin?«, fragte sie geradeheraus. »Seit Bayard euch heute Morgen die Wahrheit über mich erzählt hat, gehst du mir aus dem Weg. Ich erwarte ja gar nicht, dass du dich pausenlos mit mir unterhältst, aber ich hatte bisher das Gefühl, du seiest mir ein ...«, sie rang um die richtigen Worte, »... ein Freund.«

Keelin wand sich innerlich. Er war es nicht gewohnt, sich über seine Gefühle zu äußern, und es war ihm unangenehm, dass Ajana ihn so freimütig heraus darauf ansprach. »Das war gestern«, sagte er unbeholfen. »Jetzt ist alles anders. Ich konnte doch nicht wissen, dass Ihr die Nebelsängerin seid.«

»Ich bin Ajana und bleibe Ajana«, erwiderte sie mit Verzweiflung im Blick. »Und bitte, sprich mich wieder mit Du an. Ich kann doch nichts dafür, dass man mich für eine Art Heilige hält, nur weil ich ein Amulett geerbt habe.«

»Weil das Blut Gaelithils in deinen Adern fließt«, verbesserte Keelin sie voller Achtung. »Und weil du allein Nymath vor dem Untergang retten kannst.«

»Allein?« Ajana lachte bitter. »Wie sollte ich das allein bewältigen? Ich weiß noch immer nicht, wo ich bin und wie ich die Kräfte wecken kann, die angeblich in dem Amulett schlummern. Ich kann nicht zwischen Freund und Feind unterscheiden und weiß nicht, was richtig ist oder falsch. Hier zählt nichts von dem, was ich in meiner Welt gelernt habe. Ich fühle mich wie … wie ein Kind, das alles erst mühsam neu erlernen muss. Wie ein Blatt, das vom Wind hierher geweht wurde und immer weiter getrieben wird. Es kommt mir fast so vor, als wäre alles nur ein Spiel. Selbst wenn ich es wollte – ich kann es nicht aufhalten. Ich muss das tun, was mir gesagt wird, denn nur so kann ich darauf hoffen, jemals wieder nach Hause zurückzukehren.« Sie hob den Blick, und Keelin sah, dass sie Tränen in den Augen hatte. »Allein«, griff sie noch einmal Keelins Einwurf auf, »wäre ich schon in der Hütte gestorben. Allein hätte ich die Festung niemals erreicht. Allein hätte ich mich vermutlich in den Bergen verlaufen. Ich wäre am Ende gewesen, bevor ich überhaupt damit begonnen hätte, mein angeblich vorbestimmtes Schicksal zu erfüllen. Ohne Menschen, die mir den Weg weisen, mich führen und mich beschützen, bin ich völlig hilflos. Verstehst du? Nicht ich allein – wir alle müssen diese Aufgabe erfüllen, die Gaelithil ihren Nachkommen auferlegt hat. Doch das geht nur, wenn wir Freunde bleiben.« Sie wischte sich hastig eine Träne von der Wange. »Du hast mir das Leben gerettet, Keelin«, sagte sie mit bebender Stimme. »Das werde ich dir nicht vergessen. Du hast mich geführt, als ich nicht mehr weiter konnte. Und du warst immer freundlich zu mir. Ich … ich habe Angst. Angst zu sterben, Angst zu versagen und Angst, nie wieder nach Hause zu kommen. Diese fremde Welt, die Dunkelheit und sogar das Amulett machen mir Angst. Es wäre viel leichter zu ertragen, wenn … wenn ich Freunde wie dich hätte.« Sie brach ab und schaute ihm geradewegs in die Augen. Es war ein Blick, so verzweifelt, verloren und unendlich traurig, wie Keelin ihn noch nie gesehen hatte. So viel war darin zu lesen, das sie nicht ausgesprochen hatte, so viel, das sein Herz berührte, dass er nicht anders konnte, als sie in die Arme zu schließen.

»Verzeih«, sagte er leise »Ich wollte dich nicht verletzen.« Und als hätten ihre Worte seine Gedanken geklärt, erkannte er plötzlich, was ihn den ganzen Tag bedrückt hatte – es war die Furcht, sie zu verlieren.

Vhara starrte auf den schimmernden Stein. Sie wirkte nachdenklich und gelassen, doch eine winzige steile Falte zwischen ihren ebenmäßig geschwungenen Augenbrauen zeugte davon, wie beunruhigt sie war.

Das Licht des Mondsteins zeigte keine Veränderung. Immer noch wies der sanfte Schein nach Südosten, und nichts deutete auf einen Erfolg des Ajabani hin. Er hätte längst auf dem Rückweg sein müssen. Seit ihn der Lagarenreiter in der Nähe der Amulettträgerin abgesetzt hatte, war die Sonne einmal auf- und wieder untergegangen, und noch immer gab es keine Anzeichen dafür, dass sich das wertvolle Kleinod in seinem Besitz befand.

Vhara schaute aus dem Fenster, beobachtete, wie die Dunkelheit mit ihren langen Schatten nahte, und dachte gereizt, dass wohl eine weitere schlaflose Nacht vor ihr lag. Wie gestern würde sie auch heute wieder den Himmel im Osten beobachten, in der Hoffnung, endlich die leuchtende Rauchsäule als sichtbares Zeichen des Erfolgs zu sehen.

Und wenn er versagt hat?

Die bohrenden Zweifel, die sie schon den ganzen Tag quälten, ließen ihr keine Ruhe.

Und wenn er tot ist?

Die Ungewissheit war unerträglich. Doch noch wollte Vhara nicht daran glauben, dass der Ajabani gescheitert sein könnte. Er war der Beste! Ein Versagen war so gut wie ausgeschlossen.

Und dennoch …

Zu viel stand auf dem Spiel. Wenn das erlösende Zeichen auch in dieser Nacht nicht am Himmel erschiene und es bis zum Morgen kein Lebenszeichen von dem Ajabani gäbe, würde sie handeln. Die Tempelgarde stand bereit und wartete nur auf ihren Befehl, um nach Osten zu reiten und die Eindringlinge zu vernichten.

Der Elbenspross durfte den Arnad auf keinen Fall erreichen.

Über der Festung am Pandarasgebirge sank die Nacht schwarz und lautlos hernieder. Die hohen Berge verdeckten die Monde, und nur die Wachfeuer der Posten auf den Wehrgängen spendeten ein spärliches Licht. Es war kalt. Im Schutz der Dunkelheit kroch der nächtliche Frost über Gestein und Gebälk, über Schilde und Waffen und gefror die Feuchtigkeit mit seinem eisigen Atem zu bizarren Mustern.

Von der Brustwehr der Festung blickte Gathorion wie schon so oft in den vergangenen Tagen auf das Heerlager der Uzoma herab, dessen unzählige Lagerfeuer ihm in dieser Nacht wie ein Schwarm leuchtender Käfer erschienen, der sich am anderen Ende der Klamm niedergelassen hatte. Seine Stirn war von tiefer Sorge gezeichnet.

Worauf warteten sie?

Er seufzte und schaute der weißen Dunstwolke seines Atems nach, die in der windstillen Luft zum Himmel emporstieg. Nicht nur ihm, auch den Heermeistern der Festung gab das Zögern der Uzoma Rätsel auf. Nachdem es am Nachmittag einem Falken gelungen war, das Heerlager des Feindes unversehrt zu erkunden, war klar, dass der erwartete Angriff unmittelbar bevorstand. Niemals zuvor hatte sich ein solches Aufgebot von Kriegern in der Klamm versammelt. Die Positionen der einzelnen Einheiten waren bereits auf einen Angriff ausgerichtet – und dennoch zögerten sie.

Warum?

Die Angriffe der vergangenen Winter waren von den Uzoma, wenn auch mit weit weniger Kriegern, auf dieselbe Weise vorbereitet und dann zügig durchgeführt worden. Doch diesmal war es anders. Und genau das war es, was Gathorion Sorge bereitete.

Nicht, dass er den Angriff herbeisehnte. Im Gegenteil. Das Zögern der Uzoma verschaffte ihm die wertvolle Zeit, mehr Pfeilkatapulte zu bauen. Erst drei der riesigen Kriegsmaschinen waren einsatzbereit. Drei weitere sollten am kommenden Tag fertiggestellt werden. Mit jedem neuen Katapult wuchs auch die Zuversicht der Krieger, dem erwarteten Angriff der Lagaren erfolgreich die Stirn bieten zu können.

Das Zögern der Uzoma nährte aber auch eine andere Hoffnung in ihm, von der keiner außer Inahwen etwas ahnte. Die Hoffnung, dass es der Nebelsängerin vielleicht noch gelang, die Magie am Arnad neu zu weben.

Seit Horus ihm vor zwei Tagen die Nachricht von den sechs Lagaren überbracht hatte, gab es von der Gruppe um Bayard kein Lebenszeichen mehr. Inzwischen mussten der Heermeister und die anderen die Berge überwunden und das Gebiet erreicht haben, in dem der Besitzer der zweiten Mondsteinhälfte sie leicht ausfindig machen konnte. Gathorion seufzte erneut und wandte seine Aufmerksamkeit wieder dem Heerlager zu. Das Schicksal der Nebelsängerin lag nicht mehr in seiner Hand. Er konnte nur warten und hoffen, dass ihr Erfolg beschieden sein möge.

Der Abend war kühl, die Luft frostklar und der Himmel dort, wo die Sonne als roter Feuerball hinter den Berggipfeln versank, von feinen Wolkenlinien gezeichnet. Die sechs, die am Morgen ihre Gefährten am Fuß des Pandaras begraben hatten, waren müde und erschöpft, und obwohl Horus schon einige Höhlen in den nahen Felsmassiven entdeckt hatte, schien Bayard bisher noch keine für ein sicheres Nachtlager geeignet. So zogen sie schweigend weiter, während das schwindende Tageslicht die Furcht vor einem möglichen Angriff des Ajabani in ihnen schürte.

Abbas war weit zurückgefallen und folgte den anderen in einiger Entfernung. Der junge Wunand litt besonders unter dem anstrengenden Marsch. Nach nunmehr zwei schlaflosen Nächten konnte er sich kaum noch auf den Beinen halten. Doch er klagte nicht. Entschlossen, sich und den anderen zu beweisen, dass auch er zum Krieger berufen war, kämpfte er sich tapfer Schritt für Schritt voran.

Bayard hatte am Morgen keinen Hehl daraus gemacht, dass er ihn am liebsten auf der Stelle zurückgeschickt hätte. Nur weil Keelin sich für ihn verwendet hatte, war der Heermeister schließlich bereit gewesen nachzugeben. Dabei war ihm jedoch deutlich anzusehen gewesen, dass diese Entscheidung nicht von Herzen kam und er Abbas als eine zusätzliche Belastung ansah.

Auch Maylea strafte Abbas mit Nichtbeachtung und mied ihn geflissentlich. Dass ein männlicher Wunand sich allen Verboten zum Trotz erdreistete, eine Waffe zu tragen, war für sie ein sträflicher Bruch mit den gelebten Traditionen ihres Stammes.

Abbas seufzte betrübt. Er hatte nicht wirklich daran geglaubt, dass man ihn freudig aufnähme; dass man aber so abweisend sein würde, damit hatte er nicht gerechnet. Eine Weile hatte er sich mit Ajana unterhalten. Die junge Frau aus der fernen Welt faszinierte ihn, und dass sie tatsächlich die Nebelsängerin war, erfüllte ihn mit Stolz. Er war der Gruppe gefolgt, weil er auf eine Gelegenheit gehofft hatte, Ruhm und Ehre zu erringen. Nun konnte er kaum fassen, wohin diese Reise führte. Sie hatte sein Herz im Sturm erobert. Nicht nur, dass sie sehr freundlich zu ihm war und geduldig alle Fragen beantwortete; es schien ihr auch nichts auszumachen, dass er kein richtiger Krieger und zudem ein Wunand war. Als Maylea ihn einmal angeherrscht hatte, er solle Ajana nicht belästigen, hatte sie ihn sogar in Schutz genommen und entgegnet, dass sie sich gern mit ihm unterhielte.

Voller Bewunderung wanderte Abbas' Blick zu Ajana, die zwanzig Schritte vor ihm ging und deren emmerfarbenes Haar selbst in der zunehmenden Dunkelheit noch glänzte.

Dabei stieß er auf Keelin, der stehen geblieben war und auf ihn wartete. Der junge Falkner und Ajana waren die Einzigen, die sich ihm gegenüber freundschaftlich verhielten.

»Abbas, du darfst nicht so weit zurückfallen«, ermahnte Keelin ihn mit gedämpfter Stimme. »Der Ajabani kann uns überall auflauern, wir müssen zusammenbleiben.«

»Ich glaube nicht, dass Bayard traurig wäre, würde es mich als Ersten erwischen«, erwiderte Abbas trocken. »Dann wärt ihr gewarnt, und ich wäre in seinen Augen wenigstens zu irgendetwas nutze.«

»Was redest du da?« Keelin schüttelte verständnislos den Kopf, legte Abbas eine Hand auf den Rücken und schob ihn sanft, aber bestimmt voran.

»Warum? Du hast doch selbst gehört, was Bayard gesagt hat«, wandte Abbas ein. »Und Maylea verachtet mich ebenso.«

»Sie ist eine Amazone. Was hast du anderes erwartet?«, entgegnete Keelin.

»Das stimmt schon …« Abbas senkte betrübt den Kopf. »Ich hätte nie gedacht, dass es mir so viel ausmachen würde, wenn alle mich meiden. Ich wünschte …«

»Warte!« Keelin hielt abrupt inne, schloss die Augen und legte die Hände an die Schläfen. Für eine Weile verharrte er in tiefer Konzentration. »Wir haben großes Glück«, sagte er schließlich. »Horus hat trotz der Dunkelheit eine sichere Höhle gefunden.« Er lächelte. »Es sieht gut aus. Diesmal wird Bayard gewiss zustimmen.« Keelin klopfte Abbas kameradschaftlich auf die Schulter. »Nicht wieder zurückfallen«, mahnte er. »Und Kopf hoch. Wir haben es gleich geschafft.« Mit diesen Worten eilte er voraus, um Bayard die gute Nachricht zu überbringen.

Aus der Deckung einer Felsengrube heraus beobachtete der Ajabani, wie sich die Gruppe einer steilen Felswand näherte.

Je weiter der Abend voranschritt, desto mehr wuchs in ihm die Hoffnung, dass sie keine schützende Höhle für ein Nachtlager finden würden. Bald schon würde der Falke die Suche abbrechen müssen, da das Licht immer schneller schwand. Die Aussicht, dass die Gruppe gezwungen wäre, im Freien zu lagern, ließ ihn innerlich triumphieren. Ein siegessicheres Lächeln huschte über sein Gesicht. Diesmal würde er sein Ziel erreichen. Niemand würde den Falken aufschrecken und seinen Plan vereiteln.

Die Gruppe hatte die Felswand inzwischen fast erreicht. Die vier Männer und zwei Frauen waren zu weit entfernt, als dass er sie mit den Wurfsternen hätte erreichen können, doch ein schneller Angriff war ohnehin nicht in seinem Sinn. Geduld war die Tugend der Jäger, und er besaß eine Menge davon.

Den ganzen Tag hatte er im Verborgenen ausgeharrt und den Abstand zu den Verfolgten stets so groß gehalten, dass er sie gerade noch im Auge behielt. Vor allem aber hatte er darauf geachtet, dass der wachsame Falke ihn nicht entdeckte.

Für einen neuerlichen Angriff war ausreichend Zeit, wenn sie das Nachtlager errichteten. Der Ajabani schaute kurz zum wolkenverhangenen Himmel hinauf und rieb sich die Hände. Die Voraussetzungen konnten nicht besser sein. Ohne Mondlicht war der Falke nahezu blind. Obgleich er damit rechnen musste, dass die Krieger nach dem gescheiterten ersten Überfall noch vorsichtiger waren, beunruhigte sich der Ajabani darüber kaum. Die Erfahrung zeigte, dass die Opfer immer dann besonders verwundbar waren, wenn sie glaubten, alle nötigen Vorkehrungen zu ihrem Schutz getroffen zu haben. Deshalb zweifelte er auch nicht daran, dass es ihm in dieser Nacht gelänge, seinen Auftrag zu erfüllen.

»Endlich!« Erschöpft lehnte sich Ajana mit dem Rücken an die Felswand und sah zu Feanor hinüber, der gerade dabei war, ein kleines Feuer aus den wenigen Holzstücken zu entzünden, die sie im Innern der Höhle gefunden hatten. Woran sie schon nicht mehr geglaubt hatte, war nun doch eingetreten: Sie hatten einen geschützten Lagerplatz gefunden.

Obgleich auch hier nicht alles so war, wie Bayard es sich wünschte, hatte der Heermeister entschieden, das Nachtlager an Ort und Stelle aufzuschlagen. Zunächst war er dagegen gewesen, ein Feuer zu entfachen, denn er fürchtete, der Schein werde sie verraten. Doch schließlich hatten sie sich darauf geeinigt, es so weit im Höhleninnern zu entzünden, dass kein Licht nach draußen drang.

Die Höhle bestand aus einem breiten Spalt, der sich zunächst mit scharfen Biegungen wie ein Gang durch den Felsen wand und sich schließlich zu einem höhlenartigen Gewölbe erweiterte. Der Boden war mit unzähligen Gesteinsbrocken übersät und von einer feinen rötlichen Sandschicht bedeckt, die der heiße Wüstenwind bis hierher getragen hatte. In dem Sand konnte Ajana selbst im Fackelschein zahlreiche Tierspuren erkennen. Die meisten stammten von kleinen Nagern; es gab aber auch Spuren von Schlangen, Eidechsen und sogar von Wölfen. Erkaltete Feuerstellen und verkohlte Holzscheite wiesen zudem darauf hin, dass vor langer Zeit schon andere Wanderer in dieser Höhle Zuflucht gesucht hatten.

»Morgen müssen wir die Augen offen halten.« Bayard trat neben Feanor und legte ein paar geschwärzte Äste, die er von einer alten Feuerstelle geholt hatte, neben dem Krieger auf den Boden. »Die Höhle der Seelensteine muss ganz in der Nähe sein.«

»Wisst Ihr denn nicht, wo sie ist?«, fragte Ajana überrascht.

»Gathorion wies mir den Weg, wie er in den Schriften der Elben beschrieben wird«, gab Bayard zur Antwort. »Diese Angaben sind alles, was wir haben. Sie sind jedoch nicht ganz eindeutig und sagen nichts über die genaue Lage der Höhle aus.«

»Wie könnt Ihr dann so sicher sein, dass wir sie finden?« Keelin, der gerade ihre Spuren beseitigt hatte, kam zurück in die Höhle, trat ans Feuer und sah den Heermeister fragend an. »Horus hat heute in kurzer Zeit mehr als ein Dutzend Höhlen ausfindig gemacht. Die Berge in dieser Gegend sind voll davon. Wie sollen wir wissen, welche die richtige ist? Vielleicht waren wir schon ganz in der Nähe oder sind sogar daran vorbeigelaufen, ohne es nur zu bemerken.«

Bayard zeigte sich unbeirrt. »Die Frage ist durchaus berechtigt. Ich selbst richtete sie vor wenigen Tagen an Gathorion – und auch er wusste darauf keine Antwort. Aus den Worten der Elben geht die genaue Lage der Höhle nicht eindeutig hervor. Doch jene, die sie niederschrieben, ließen verlauten, dass es dennoch möglich sei, sie zu finden.«

»Ja – nur wie?« Eine Spur von Ärger schwang nun in Keelins Stimme mit.

»Es heißt, dass der Suchende die Höhle finden werde, sofern er willkommen sei.«

»Das ist alles?«

»Genügt das nicht? Uns wurde erklärt, dass Ajana hier erwartet wird«, erklärte Bayard mit fester Stimme. »Wenn das, was in den Schriften steht, der Wahrheit entspricht, werden wir die Höhle finden.«

»Fragt sich nur, wie lange das dauert«, warf Maylea ein. Sie saß neben Ajana auf dem Boden und schnitt gerade einen Kanten Brot von einem runden Laib ab.

»Zweifler!«, stieß Bayard hervor. »Unheilspropheten und Zweifler seid ihr. Wo ist eure Zuversicht geblieben, von der man in diesen dunklen Zeiten wahrlich nicht genug haben kann?« Missmutig stapfte er zum Eingang der Höhle und bezog den ersten Wachtposten. »Morgen werden wir die Höhle finden«, sagte er in einem Tonfall, als genügte allein die feste Überzeugung, um alle Bedenken zu zerstreuen. »Und nun versucht zu schlafen. Möge Asnar schützend die Hand über uns halten.«

Darauf wagte niemand etwas zu erwidern. Feanor legte noch ein paar der geschwärzten Äste auf die Glut und ließ sich neben dem Feuer zum Schlafen nieder. Keelin tat es ihm gleich. Maylea, die die zweite Wache übernehmen sollte, murmelte noch etwas Unverständliches; dann rollte auch sie sich in ihre Decke und schloss die Augen.

Ajana hüllte sich in ihren Umhang und die Decke und streckte sich auf dem harten Boden aus. Sie war völlig erschöpft, aber Schlaf fand sie keinen. Die Nähe des Ajabani hielt sie wach, und die Erinnerung an die getöteten Krieger wollte einfach nicht aus ihren Gedanken weichen.

»Was geschieht, wenn Ihr die Nebel neu gewoben habt?« Abbas' Stimme war nicht mehr als ein Flüstern. Der junge Wunand schien nicht im Geringsten daran zu zweifeln, dass Ajana ihre Aufgabe erfüllen würde.

»Was sollte dann geschehen?« Ajana wandte den Kopf und stellte fest, dass Abbas sie anschaute. »Ich denke, dann ist der Krieg vorbei.«

»Aber das kann er nicht«, erwiderte Abbas.

»Warum nicht?« Ajana verstand nicht, worauf der junge Wunand hinauswollte.

»Weil die Uzoma am Pass sind. Alle Krieger sind dort versammelt. Aber sie dürfen nicht dort sein. Jedenfalls nicht dann, wenn die Nebelmagie neu erweckt wird.« Abbas tat sich sichtlich schwer damit, seine Gedanken in Worte zu kleiden.

»Du machst dir zu viele Gedanken.« Ajana lächelte zaghaft, um ihre Verwirrung vor Abbas zu verbergen. Sie konnte den Sinn seiner Worte nicht verstehen und wollte zu dieser Stunde auch nicht darüber nachdenken. »Hast du denn kein Vertrauen in die Heermeister?«, fragte sie ihn mit prüfendem Blick. »Sie alle waren davon überzeugt, dass ich zum Arnad reisen muss, um dort die Nebel neu zu weben. Ich bin sicher, sie sind sich über die Folgen im Klaren und wissen, was richtig und was falsch ist.«

Abbas schien zu spüren, dass Ajana nicht darüber reden wollte, und hakte nicht weiter nach. »Möge Emo deine Worte erhören«, sagte er schlicht, rollte er sich gähnend auf die Seite und war bald darauf eingeschlafen.

Als Ajana erwachte, war es still in der Höhle. Zu still. Sie lauschte. Weder die Atemzüge der anderen noch das Knistern der glimmenden Holzscheite waren zu hören. Sie öffnete die Augen und erschrak. In der Höhle war es auf einmal so hell, dass sie ihre Umgebung genau erkennen konnte. Verwundert setzte sie sich auf und blickte sich um. Ein patinafarbenes Leuchten strömte aus dem schmalen Felsspalt, durch den sie in die Höhle gelangt waren. Und inmitten des Leuchtens stand Bayard. Die Augen wachsam geöffnet, sah er genau in das Licht, aber er bewegte sich nicht.

Seltsam.

Ajanas Blick wanderte zu Maylea und Abbas. Die beiden Wunand lagen dicht neben ihr und rührten sich nicht. Auch Feanor und Keelin, die sich nahe beim Feuer niedergelassen hatten, zeigten nicht die geringste Regung. Alles war so wie zuvor – und doch hatte sich etwas verändert. Etwas, das fast greifbar in der Luft lag, das sie sich aber nicht erklären konnte.

Sie blickte noch einmal zu Maylea und überlegte, ob sie die Wunandamazone wecken sollte, verwarf den Gedanken aber gleich wieder. Es war nicht die Ahnung drohender Gefahr, die sie spürte, es war etwas anderes. Etwas Unheimliches, Fremdartiges, das sie nicht in Worte fassen konnte, das …

Ajana hielt erschrocken die Luft an.

Maylea atmete nicht!

Die Erkenntnis fuhr ihr wie ein eisiger Schrecken durch die Glieder. Hastig wandte sie sich um, um nach Abbas zu sehen, doch hier bot sich ihr das gleiche Bild. Auch Abbas atmete nicht. Feanor und Keelin wirkten ebenfalls wie erstarrt. Bayard zuckte nicht einmal mit den Wimpern, und selbst die Glut des Feuers wirkte wie eingefroren.

Was ging hier vor?

Furcht stieg in Ajana auf. Eine erdrückende Furcht, die ihr Herz umklammerte und ihr die Kehle zuschnürte. Sie wollte schreien, brüllen, um Hilfe rufen. Doch als sie den Mund öffnete, kam kein Laut über ihre Lippen.

Die Stille war vollkommen.

In diesem Augenblick regte sich etwas in dem erleuchteten Felsspalt. Das seltsam grünliche Licht wurde heller, und ein Schatten hob sich dagegen ab und schob sich in die Höhle. Lautlos glitt er heran, weiter umgeben von dem fremdartigen Leuchten. Der unheimliche Schatten dehnte und streckte sich, streifte Bayards Gesicht und kroch schließlich wie ein finsterer Wurm an der Höhlenwand empor.

Das Leuchten wurde heller, der Schatten wuchs.

Inzwischen war es so hell, dass Ajana die feinen Risse im Gestein der Wände sehen konnte. Mit angehaltenem Atem starrte sie auf den Höhleneingang, wo Bayard noch immer so unerschütterlich dastand wie die Statue eines Kriegers.

Und dann sah sie es.

Im gleißenden Licht wand sich der dunkle Körper eines aalähnlichen Wesens langsam in die Höhle hinein. Der glatte, schieferfarbene Leib musste mehr als sechs Meter lang sein und war so breit wie die Schultern eines ausgewachsenen Mannes. Knapp unterhalb des Kopfes sprossen zwei Flügel hervor, die seltsam fehl am Platz wirkten und so klein waren, dass sie sich gewiss nicht zum Fliegen eigneten. Kopf und Leib der monströsen Kreatur bildeten eine vollkommene Einheit, und das sonderbar grünliche Leuchten verlieh dem Geschöpf eine gespenstische Aura.

Ajana wollte aufspringen und fliehen, doch ihr Körper war wie erstarrt und gehorchte ihr nicht. Mit einer Mischung aus Furcht und Entsetzen beobachtete sie, wie das Wesen mit geschmeidig schlängelnden Bewegungen auf sie zuglitt. Dann war es ganz nah. Die nachtschwarzen Augen starrten Ajana an und hielten ihren Blick gefangen, als es sich langsam vor ihr aufrichtete.

»Du wirst erwartet!«

Obwohl sich sein Maul nicht bewegt hatte, wusste Ajana, dass das Wesen zu ihr gesprochen hatte.

»Wer bist du?« Ihrem Gespür folgend, verzichtete sie darauf, laut zu sprechen, und formte die Worte nur in Gedanken.

»Ich bin der, der war und immer sein wird«, erklärte das seltsame Geschöpf mit eigenartigen Zischlauten. »Ich bin der Wächter jener, die gegangen sind, Bewahrer der ewigen Ruhe, Hüter der Seelensteine.«

»Der Semouria«, stieß Ajana ehrfürchtig hervor.

»Semouria? Ja, ich hatte Namen«, wisperte die Stimme in ihren Gedanken. »So viele Namen. Zu viele, dass ich mich ihrer erinnere. Namen sind wie Jahreszeiten. Sie kommen und gehen. Was bleibt, hat keinen Namen.«

»Was ist hier geschehen?«, fragte Ajana. Die Sorge um ihre Begleiter war so unerträglich, dass sie darüber sogar ihr Erstaunen vergaß. »Was ist mit den anderen?«

»Sie schlafen.«

»Aber sie atmen nicht!«, rief Ajana aus. »Sie sind tot.« Furcht lag in den Worten, dieselbe eisige Furcht, die auch ihr Herz umklammert hielt.

»Schlafende Tote, tote Schlafende«, sinnierte der Hüter der Seelensteine und reckte den Körper ein wenig weiter in die Höhe. »Was ist Schlaf? Was ist Tod? Ist der Tod nicht auch nur ein Schlaf?« Plötzlich, als erinnerte er sich in diesem Augenblick an etwas, nahm seine Stimme einen entschlossenen Tonfall an. »Du wirst erwartet«, sagte er noch einmal und wandte sich um. »Folge mir.«

Ajana zögerte. Konnte sie diesem seltsamen Geschöpf trauen?

»Komm«, wisperte die Stimme des Semouria in ihren Gedanken. »Hab keine Furcht.« Lautlos glitt er auf den Höhleneingang zu.

Ajana erhob sich. Die Worte des Wächters hatten etwas Zwingendes, dem sie sich nicht entziehen konnte. Und obwohl der menschliche Teil ihres Bewusstseins sie zur Vorsicht mahnte, fühlte sich der elbische Teil fast magisch von dem seltsamen Wesen angezogen.

Der Semouria wartete.

Ajana machte ein paar Schritte auf ihn zu, hielt dann aber unvermittelt inne. Irgendetwas stimmte nicht mit ihr. Sie fühlte sich sonderbar leicht und schwerelos. Ihre Füße schienen den Boden beim Gehen nicht zu berühren. Es war, als ob sie …

Blitzartig fuhr Ajana herum und schaute zurück. Der Anblick traf sie mit der Wucht eines Hammerschlags. Zwischen Maylea und Abbas sah sie sich selbst auf dem Boden liegen, schlafend, die Augen geschlossen – und ohne zu atmen!

»Das … das ist unmöglich, ich kann nicht … ich bin nicht …« Den eigenen Körper reglos auf dem Boden liegen zu sehen war so erschreckend, dass es ihr die Sprache verschlug.

»Der Ort, den du aufsuchen musst, darf von keinem lebenden Wesen betreten werden«, hörte sie den Wächter sagen. »Du wirst erwartet. Die dich begleiten, sind an jenem Ort nicht willkommen. Die Ruhe der Schläfer darf nicht gestört werden.«

»Ich bin tot!« Ajana war sichtlich erschüttert. Der Gedanke, den eigenen Körper zu verlassen, lag für sie jenseits aller Vorstellungskraft.

»Sie schlafen. Du schläfst«, zischelte der Wächter, als wäre dies etwas ganz Natürliches. »Die Zeit spielt keine Rolle. Alles hier ist fern von dem, was ihr Menschen als Wirklichkeit bezeichnet.« Er wandte sich um und schlängelte sich auf den Ausgang zu. »Und nun folge mir. Du bist willkommen. Jene, die mich geschickt hat, erwartet dich.«

Ajana sah ihm unentschlossen nach. Konnte sie denn einfach so fortgehen? Was würde mit ihrem Körper geschehen, wenn sie ging? Und was würde mit den anderen geschehen? Sollte sie …

»Komm!« Die Stimme des Wächters klang bestimmt. »Sei unbesorgt«, fügte er hinzu. »Deine Begleiter sind in Sicherheit.«

»Gibt es denn keine andere Möglichkeit, zur Höhle zu gelangen?«, fragte Ajana zögerlich.

»Nur diese eine«, gab der Semouria mit einem Hauch von Ungeduld zur Antwort. »Und auch nur für dich.«

Ajana hatte keine andere Wahl, als dem Wächter zu vertrauen. Energisch verdrängte sie Zweifel und Ängste und schwebte zum Höhlenausgang. Es war ein unbeschreibliches Gefühl, keinen Boden unter den Füßen zu spüren und leicht wie eine Feder dahin zu gleiten, ungewohnt und angenehm zugleich. Staunend folgte sie dem Semouria aus der Höhle. Das Licht, das ihn wie eine Aura umgab, wies ihr den Weg. Die Höhle blieb dunkel hinter ihnen zurück, und Ajana überlegte, wohin das Wesen sie wohl führen würde.

Sie wollte es gerade danach fragen, als sie eine Gestalt sah, die sich nicht weit von Bayard entfernt mit dem Rücken an die Wand des schmalen Felsspalts presste. Der Kleidung und dem Aussehen nach zu urteilen konnte das nur der Ajabani sein; er hielt den gebogenen Dolch in der einen und einen Wurfstern in der anderen Hand.

Ajana stieß einen stummen Schrei aus. »Der Ajabani!«, stieß sie hervor. »Er will uns töten!«

»Töten und sterben«, seufzte der Semouria in ihren Gedanken. »Alle Sterblichen fürchten den Tod und trachten dennoch anderen nach dem Leben. Sie glauben, der Tod sei das Ende. Ein ewiges Nichts ohne Freude. Woher sollten sie das wissen? Wer sagt ihnen das? Ist der Tod wirklich eine Strafe, entsetzlich und fürchtenswert? Oder ist er eine Erlösung? Fragen, so viele Fragen, auf die sie keine Antwort kennen.« Er glitt dicht an den Ajabani heran. »Dieses Haus beherbergt eine schwarze Seele«, säuselte er voller Abscheu. »ER ist nicht willkommen.«

Er wandte sich um und glitt weiter durch den Felsspalt. Ajana warf noch einen letzten unbehaglichen Blick auf den Ajabani, der mitten in der Bewegung erstarrt schien, dann schwebte sie dem

Wächter hinterher. Sie war überzeugt, dass er sie aus der Höhle hinausführte, doch dann, ganz plötzlich, tat sich die Felswand vor ihren Augen auf. Ein natürlicher Tunnel erschien, wo zuvor nichts als harter Fels gewesen war, und der Wächter glitt lautlos hinein.

Je tiefer sie in den Berg vordrangen, desto unheimlicher wurde es. Überall wallten dichte Nebel über den Boden und machten es Ajana fast unmöglich zu erkennen, was sich darunter verbarg. Doch langsam erhellte sich das Dunkel und bald war die schimmernde Aura um den Körper des Wächters nicht mehr die einzige Lichtquelle. Ajana entdeckte an den Wänden seltsam moosartige Geflechte, die einen ähnlich grünlichen Glanz verströmten. Zunächst traten sie nur vereinzelt auf, doch je weiter sie in die Stollen vordrangen, desto freier wucherten sie und verbanden sich schließlich zu einem leuchtenden Netz, das sich entlang der Tunnelwände ausbreitete und dem Bodennebel einen grünen Schimmer verlieh.

Hin und wieder glaubte Ajana huschende Nebelgespinste zu sehen, die sich wie sie durch den Tunnel bewegten. Doch der Eindruck war flüchtig, und die Gestalten verschwanden so schnell, wie sie entstanden. Verwirrt richtete Ajana ihr Augenmerk wieder auf den leuchtenden Körper des Wächters, der lautlos und geschmeidig vor ihr durch den Bodennebel schwebte.

Angst fühlte sie keine, weder vor den Nebelwesen noch davor, was sie am Ende des Tunnels erwartete. Inzwischen hatte sie sich sogar daran gewöhnt, keinen Boden mehr unter den Füßen zu spüren.

Immer häufiger teilte sich der Tunnel, und der Wächter wählte den Weg, ohne zu zögern. Ajana folgte ihm. Irgendwo in den Tiefen ihres Bewusstseins blitzte der Gedanke auf, dass sie ohne fremde Hilfe niemals wieder aus diesem Labyrinth herausfinden würde. Der Gedanke war jedoch so fern und scheinbar unwichtig, dass sie ihn nicht weiter verfolgte.

Schließlich wurde der Tunnel so niedrig, dass Ajana mit dem Kopf fast die Decke berührte. Das schimmernde Moosgeflecht war auch hier allgegenwärtig, und die geheimnisvollen Wesen begleiteten sie nach wie vor.

Aber die durchscheinenden, flüchtigen Gestalten, die sich aus dem Bodennebel formten, um gleich darauf wieder zu zerfließen, waren nicht der einzige Streich, den die sonderbare Umgebung Ajanas Sinnen spielte. Denn im Gegensatz zu der vollkommenen Stille der anderen Tunnel waren hier Geräusche zu vernehmen – Stimmen, rauschendes Wasser und eine fremdartige, geisterhafte Musik, die keinen Ursprung zu haben schien. Unerwartete Düfte strömten auf sie ein, verdrängten den feucht modrigen Hauch brackigen Wassers, der sie bislang auf dem Weg begleitet hatte, und weckten die Erinnerung an eine blühende Sommerwiese. Und als könnten die geisterhaften Musikanten, die diesen Ort bewohnten, das Bild mit ihr teilen, verstummte die Musik für einen kurzen Augenblick, und ein trauriges, sehnsuchtsvolles Seufzen strich durch das uralte Gestein. Kurz darauf berührte ein leichter Windzug Ajanas Gesicht gleich einem flüchtigen Kuss, trug Düfte und Musik mit sich fort und ließ nur die flüsternden Stimmen zurück, deren Worte sie nicht verstehen konnte.

Ajana erschauerte. Dies war zweifellos ein Ort der Geister, die Ruhestätte eines uralten Volkes, dessen Name in Nymath längst vergessen war.

Vielleicht klagen sie, weil sich keiner mehr ihrer erinnert, überlegte Ajana, und ein Teil von ihr verspürte plötzlich tiefes Mitgefühl mit den verlorenen Seelen, die hier ein trauriges Dasein fristeten. Doch bevor sie weiter über das Schicksal der Unbekannten nachdenken konnte, veränderte sich die Umgebung erneut, und der Gedanke verflüchtigte sich, als hätte es ihn nie gegeben.

Der Tunnel wölbte sich nun weit nach oben; die Quergänge, die hier zumeist von Geröll und Erdreich verschüttet waren, wurden von gemeißelten Bögen eingefasst, die trotz des Zerfalls noch immer von einzigartiger Baukunst zeugten.

Ajana bewunderte die kunstvollen Ornamente der Säulen, die sich wie die Ranken einer Blume umeinander wanden. Sie fand Abbildungen von Blüten und Symbolen, deren Bedeutung sie nicht kannte, und Schriftzeichen, die den Runen auf ihrem Amulett sehr ähnlich waren.

»Komm!« Die Stimme des Wächters hallte durch ihre Gedanken. »Sie erwartet dich.«

Ajana ließ die steinernen Zeugnisse vergangener Zeiten hinter sich und folgte dem Wächter. Ihr Gefühl sagte ihr, dass sie bald am Ziel wären, und sie fühlte eine freudige Erregung in sich aufsteigen. Tatsächlich hielt der Wächter kurz darauf inmitten des Tunnels inne und richtete sich so weit auf, dass der aalähnliche Kopf auf Augenhöhe mit ihr war.

»Warte hier«, hörte sie ihn in ihren Gedanken wispern, ehe er kehrtmachte und ohne weitere Erklärung davonglitt.

Ajana sah ihm nach und wartete. Vor ihr erstreckte sich der Tunnel in ermüdender Eintönigkeit; allein die schimmernden Gewächse boten dem Auge ein wenig Abwechslung.

Sie hätte nicht zu sagen vermocht, wie lange sie schon auf das schimmernde Moos und den Fels starrte, als beides sich unversehens veränderte und sich unter ihren Blicken in einen Vorhang aus fließendem Wasser verwandelte.

Ajana beobachtete die Veränderung voller Staunen. Der Boden zu ihren Füßen war zu einem schmalen Steg geworden, der in das herabströmende Wasser hineinführte und darin verschwand.

Kurz zögerte sie, doch dann fasste sie sich ein Herz und bewegte sich ein Stück auf den Steg hinaus. Vorsichtig streckte sie die Hand aus, um das Wasser zu berühren, aber es floss einfach durch sie hindurch. Dennoch blieb die Bewegung nicht ohne Folgen. Kaum, dass sie die Hand zurückzog, wurde der Vorhang aus Wasser dünner und gab den Blick frei auf die gewaltigste Höhle, die Ajana jemals gesehen hatte.

Das kathedralengleiche Gewölbe reichte so weit hinauf, dass sich die Decke irgendwo in der Dunkelheit verlor. Unzählige Stalaktiten ragten wie riesige Eiszapfen aus der Finsternis, während ihnen aus dem Bodennebel heraus Hunderte gewaltiger Stalagmiten entgegenwuchsen. Viele hatten sich längst zu gewaltigen Säulen vereinigt und zierten die Höhle wie die bizarren Stämme eines steinernen Waldes.

Obgleich die kleinen moosartigen Gewächse die Säulen wie ein leuchtendes Ornament umrankten, reichte ihr Schein nicht aus, um die gewaltige Höhle zu erhellen.

Ajana schwebte durch den Nebel und schaute sich ehrfürchtig um. Die Höhle erschien ihr wie eine einzigartige Komposition aus grünem Licht und blauen Schatten, berauschend schön und Furcht einflößend zugleich. Und wie schon in den Tunneln glaubte sie auch hier im Zwielicht die seltsamen Nebelwesen zu erkennen, die sich zwischen den Säulen bewegten. Es waren Gestalten in langen Gewändern, die scheinbar ziellos umherschwebten, aber auch andere Wesen, deren Umrisse verschwommen waren und die nur entfernt an Menschen erinnerten. Leise Stimmen wisperten, raunten und klagten in einer Sprache, die so fremd und alt war, dass Ajana sie nicht verstand. Hoffnungslose Stimmen, die redeten, ohne eine Antwort zu erhalten. Sie huschten heran, schwebten wieder davon und verloren sich irgendwo in den Nebeln. Je weiter Ajana in die Höhle vordrang, desto mehr wurden es. Als hätte ihre Anwesenheit unzählige empörte Geister aus ihrem Schlummer geweckt, vereinigten sich die Stimmen zu einem flüsternden Chor, dessen Geraune langsam an- und abschwoll.

Aber da war noch etwas, das Ajana nicht in Worte fassen konnte. Mit jedem Schritt, den sie weiter in die Höhe hineinglitt, spürte sie die Gegenwart einer fremden Macht. Eine sonderbare Unruhe ergriff von ihr Besitz, die nichts mit Furcht gemein hatte. Es war das gleiche Gefühl, das sie durchströmt hatte, als sie das Amulett zum ersten Mal in den Händen gehalten hatte. Es war ihr vertraut und fremd zugleich. Sie fühlte sich hingezogen, und doch ängstigte es sie. Sie spürte, wie etwas in ihr erneut zum Leben erwachte und mit Macht nach außen drängte. Und obgleich sich ein Teil von ihr noch immer dagegen wehrte, es anzunehmen, wusste sie, was es war. Das Erbe in ihr war erwacht. Ein Erbe, von dem sie lange nichts geahnt hatte und das sie dennoch in sich trug: Gaelithils Erbe – das Erbe des Runenamuletts, die Kraft, die sie nach Nymath geführt hatte.

»*Tol enni iell.*«

Ajana erschrak. Sie kannte die Stimme aus ihren Träumen; es

war dieselbe Stimme, die das traurige Lied gesungen hatte. Damals waren ihr die Worte fremd gewesen, doch nun …

»*Tol enni iell* – Komm zu mir, Tochter.« Die Sprache war Ajana plötzlich so vertraut, als hätte sie schon ihr Leben lang nichts anderes gesprochen.

»*Naneth* – Mutter!«, gab sie wie selbstverständlich zur Antwort und spürte eine unbändige Freude in sich aufsteigen. Sie kehrte heim. Sie wurde erwartet und war willkommen. Sie war die verlorene Tochter, nach der man sich lange gesehnt und die endlich den Weg zurück zu ihren Wurzeln gefunden hatte. Nichts Böses lauerte hier, das ihr hätte schaden können. Sollten die Geister des alten Volkes doch zetern und klagen; sie konnten ihr nichts anhaben. Ajana spürte, wie sich ihr elbisches Erbe langsam entfaltete und den menschlichen Teil ihrer Seele immer weiter zurückdrängte, als wäre er nur Mittel zum Zweck, unnötiger Ballast, den es abzuwerfen galt. Die Zweifel wichen der Zuversicht, und ihre Unsicherheit ging in wachsendem Selbstvertrauen auf.

Begleitet von den geisterhaften Schatten des alten Volkes, strebte sie der Stimme entgegen und glitt auf die Mitte des Gewölbes zu, das auf wundersame Weise noch immer in Dunkelheit gehüllt lag.

Als wäre sie diesen Weg schon hundertmal gegangen, schwebte sie über eine schmale Brücke, deren steinerner Bogen unmittelbar vor ihr aus den Schatten auftauchte, und weiter über den kleinen unterirdischen Fluss hinweg, auf dessen Grund silberne Steine glänzten.

Die Nebelwesen folgten ihr, eine wogende, gesichtslose Masse fadenscheiniger Leiber, deren Raunen und Klagen die Höhle erfüllte – und dann, ganz plötzlich, verstummte.

Die Stille brach so unvermittelt über Ajana herein, dass sie auf der Brücke verharrte. Im selben Augenblick wurde der Platz vor ihr in ein mildes Licht getaucht; es entströmte einem riesigen Monolithen, der sich auf einer Insel inmitten der Höhle erhob, und vertrieb die Dunkelheit. Es spielte auch im Flusswasser.

»*Tol enni iell.*«

Ajana schwebte auf den Stein zu. Der riesige Felsen zog sie magisch an, und sie konnte nicht umhin, dessen erhabende Schönheit zu bewundern. Er war ebenmäßig gearbeitet und so makellos geschliffen, als wäre er das Werk eines begnadeten Bildhauers.

Auch die Nebelgestalten schienen von dem Anblick überwältigt. Raunend und wispernd strichen sie um den Monolithen herum, glitten daran empor und wieder herunter, als hätten sie ihn nie zuvor gesehen.

Ajana beachtete sie nicht. »*Naneth?*«, flüsterte sie voller Ehrfurcht.

Das Wort war wie ein Schlüssel, der eine Tür öffnete. Kaum, dass Ajana es aussprach und den Felsen berührte, verblasste die braungraue Farbe, und der Stein wurde so durchscheinend, als bestünde er aus reinem Kristall. Auch die Umrisse veränderten sich. Auf der eben noch glatten Fläche bildeten sich unzählige Facetten, bis der Monolith wie ein riesiger Edelstein erstrahlte. Das milde Licht gewann an Kraft, brach sich in den Facetten und verlieh dem Stein einen so prachtvollen Glanz, dass Ajana zurückwich und geblendet die Augen schloss.

Die Nebelgespinste schwebten hastig davon und zogen sich ehrfürchtig an den äußersten Rand der Insel zurück, doch Ajana verspürte keine Furcht. Als sie die Augen wieder öffnete, strahlte der Monolith noch immer von innen heraus, und sein Glanz hüllte die Insel ein.

Gefangen von der Wirkmacht des Augenblicks, bewegte sie sich wieder näher an den Stein heran und streckte die Hand aus, um ihn zu berühren. Doch wie zuvor bei dem Vorhang aus Wasser glitt ihre Hand einfach durch den Kristall hindurch.

»Es ist das bittere Los der Seele, dass ihr die sinnlichen Genüsse der Lebenden verwehrt bleiben.« Inmitten des Steins erschien das geisterhaft durchscheinende Gesicht einer anmutigen Frau. Ihre Gesichtszüge erinnerten Ajana an Inahwen, doch im Gegensatz zu der jungen Elbin trug sie die hellen Haare kunstvoll hochgesteckt und wirkte um vieles reifer.

Ajana fuhr erschrocken zusammen und presste sich die Hand

schuldbewusst an die Brust. »Verzeiht«, sagte sie schnell. »Ich ... ich wollte Euch nicht ...«

»Stören?« Die Elbin lachte in einem eigenartigen Tonfall, aber es lag keine echte Freude darin.

»Seid Ihr Gaelithil?«, fragte Ajana schüchtern. »Man sagte mir, eine meiner Ahninnen erwarte mich hier.«

»Es mag sein, dass ich einst diesen Namen trug«, erwiderte die Elbin. »Doch du bist jene eine, die gekommen ist, die Tradition fortzuführen. Jene, die ich über die Grenzen der Welten hinweg vor dem Unheil zu bewahren suchte, das die Hand des Bösen in dein Leben trug.« Ein Schatten huschte über ihr Gesicht, und für einen Augenblick wirkte sie traurig. »Es ist nicht leicht zu helfen, wenn die Seele gebunden ist«, klagte sie. »Die anderen habe ich nicht schützen können.«

»Wie meint Ihr das?«, fragte Ajana.

»Denke zurück.« Die Elbin lächelte. »War es wirklich nur Zufall, der dich davon abhielt, den tödlichen Weg zu kreuzen? War es Glück allein, das dich dazu verleitete, im rechten Moment zu verharren, als der Tod auf dich lauerte?«

Es dauerte eine Weile, bis Ajana begriff, was die Elbin damit sagen wollte, doch dann erinnerte sie sich. »Der Ton!«, rief sie. »Ihr sprecht von dem pfeifenden Ton, den ich immer wieder gehört habe.«

»Es gibt nur wenig, das ich über die Grenzen der Welten hinweg zu vollbringen vermag«, sagte die Elbin. »Dir einen warnenden Ton zu senden stand in meiner Kraft.«

»Dann verdanke ich Euch mein Leben.«

»Wer vermag das zu sagen«, erwiderte die Elbin. »Sicher ist nur, dass jene eine, die dir nach dem Leben trachtet, auch zu verhindern sucht, dass die Magie der Nebel neu gewoben wird.«

»Dann wisst Ihr, warum ich gekommen bin?«

»Ich spürte es, als das Leben die letzte Nebelsängerin verließ«, gab die Elbin zur Antwort. »Wissen ging verloren, das nicht verloren gehen durfte. Ohne die Musik können die Nebel nicht gewoben werden, ohne die Musik vermochten sie nicht zu bestehen. Es ist nicht leicht, was das Schicksal dir aufbürdet. Doch du bist die Letzte meines Blutes. Das Leben eines ganzen Volkes liegt nun in deinen Händen.«

»Was muss ich tun?«, fragte Ajana. »Ich kenne das Lied nicht, das die Magie erweckt. Das Notenblatt ... Es ging verloren.«

»Lieder kann man erlernen«, sagte die Elbin, und das Licht in dem Stein wurde eine Spur dunkler. »Die Frage ist, ob du die nötige Kraft besitzt, diese Bürde zu tragen. Du bist meines Blutes, das spüre ich. Aber das Erbe ist schwach in dir. Zu viele Generationen gingen dahin. Blut mischte sich mit Blut, und das Erbe verlor an Kraft. Nur wenn du stark bist und nicht verzagst, wird es dir gelingen.«

»Eine alte Frau sagte mir, dass ich nur dann wieder nach Hause zurückkehren kann, wenn ich mein vorbestimmtes Schicksal erfülle.« Ajana bemühte sich um eine feste Stimme.

»Und was ist dein Schicksal?«

»Ich muss die Nebel neu entstehen lassen und die Magie an mich binden. So wurde es mir gesagt.«

»Das ist wohl deine Aufgabe, nicht aber dein Schicksal.« Die Elbin schloss die Augen und fügte hinzu: »Ich sehe Gefahren und unvorstellbar harte Zeiten auf dich zukommen. Aber da sind auch Freunde und eine große Liebe.« Sie blickte Ajana offen an. »Das ist dein Schicksal.«

Ajana schwieg nachdenklich. »Wisst Ihr denn auch, ob ich wieder nach Hause finden werde?«, fragte sie zaghaft.

»Ich sehe nur die Stimmungen, die deinen Weg begleiten; welcher Art sie sind und wann sie eintreffen, vermag ich nicht zu sagen.« Die Elbin lächelte, und diesmal war es ein warmes, mitfühlendes Lächeln. »Nicht alles ist vorherbestimmt, meine Tochter. Vieles vermag sich noch zu wandeln auf dem langen Weg durch das Leben. Du allein hast es in der Hand, wie dieser Weg für dich verläuft. Wenn es dein Bestreben ist heimzukehren, dann wirst du auch einen Weg zurück finden.«

»Finden?« Ajana war sichtlich verwirrt. »Aber wie?«

»Eine Rückkehr ist nur mit der Rune *Raido* möglich. Rufe ihre Macht an, und sie wird dich auf deiner Reise leiten.«

»Wie finde ich diese Rune, und wie rufe ich sie an?«, fragte Ajana.

»Sie ist dir schon begegnet«, erwiderte die Elbin. »Damals, als du nach Nymath kamst. Sie offenbarte sich dir im Mondstein.«

»Die roten Linien!« Jetzt erinnerte sich Ajana. »Aber wie komme ich damit wieder zurück?«

»Suche den Ort auf, an dem sich die Kraftlinien der Welten kreuzen. Dort berühre den Mondstein und singe die Melodie, die dich nach Nymath geführt hat.«

Ajana atmete auf. »Und wie erkenne ich einen solchen Ort?«

»Du musst nicht danach suchen.« Die Elbin lächelte erneut. »Suche den gespaltenen Baum nahe Sanforan auf; dort ist der Platz, von dem aus auch deine Ahninnen in ihre Welt zurückkehrten.«

Ajana hatte Tränen des Glücks in den Augen.

»*Raido* hat dich nach Nymath geführt und wird dich sicher zurückgeleiten, doch bevor die Kräfte der Rune erneut wirksam werden, muss sich der Kreis schließen. Und er schließt sich nur dann, wenn auch die anderen Runen ihre Magie entfaltet haben.« Plötzlich wurde die Elbin sehr ernst. »Auch darum müssen die Nebel neu gewoben werden. *San mi dúath i anglenna. Cuino i estel mîn* – Es liegt im Dunkeln, was sich nähert. Sei unserer Hoffnung lebendig«, sagte sie, hob den Arm und bedeutete Ajana mit den Worten »*Tol enni iell*«, näher an den Kristall heranzutreten. »Du sollst die Worte hören, die die Macht der Nebel erneut zu beschwören vermögen«, sagte sie feierlich und erklärte: »Eine Strophe für jede Rune. Berühre sie einzeln, um die Mächte anzurufen. Beginne mit *Dagaz* und folge dem Amulett bis *Laguz*. Aber hüte dich davor, das Lied zu früh zu singen. Es kann nur ein einziges Mal erklingen. Die Worte, die ich dir nun sage, haben keinen Bestand in deiner Erinnerung. Einmal ausgesprochen, sind sie für immer verloren.«

Ajana trat so dicht vor den Kristall, dass sie Gaelithil von Angesicht zu Angesicht gegenüberstand. Die Elbin hob die Hand, legte Ajana zwei Finger auf die Stirn und murmelte: »*I ven ereb dhartha* – Der einsame Weg wartet.«

Und wie von selbst antwortete Ajana aus der Tiefe ihres Geistes: »*Thuion daig a chen laston* – Ich atme tief und lausche Euch.«

Ein Ruf drängte sich in ihre Träume und vertrieb die wirren Bilder von finsteren Höhlen und glänzenden Kristallen, von Nebelgestalten und schimmernden Geflechten, die sie durch den Schlaf begleitet hatten. Dann spürte sie eine Hand auf der Schulter, die sie grob wachrüttelte, und hörte erneut eine Stimme, die ihr diesmal jedoch zurief, sie müsse sofort aufwachen.

... Keelin?

Nur langsam fand Ajana in die Wirklichkeit zurück. »Was ist geschehen?«, fragte sie verwirrt.

»Ich weiß es nicht.« Keelin hielt eine brennende Fackel in den Händen und blickte zum Ausgang der Höhle, wo Maylea, Feanor und Bayard beisammen standen und in die Dunkelheit hinausstarrten. Abbas hockte auf seinem Lager und blickte verunsichert zu den dreien hinüber.

»Keelin, Ajana! Kommt her.« Bayard winkte die beiden zu sich. In der Stimme des Heermeisters schwangen Fassungslosigkeit und Unglaube, aber auch eine große Erleichterung mit.

»Seht nur!« Bayard hielt seine Fackel so, dass die Flammen den schmalen Eingang zur Höhle erhellten. Ajana sog erschrocken die Luft ein.

In dem Felsspalt stand ein Mann in schwarzen Gewändern, den sie auch in dem seltsamen Traum gesehen hatte. Er drängte sich mit dem Rücken so fest an die Wand, als wiche er vor einer Bedrohung zurück, und krallte die Finger in den Fels. Sein Gesicht war zu einer Maske des Grauens erstarrt, der Mund halb geöffnet und die Augen weit aufgerissen, als könnte er nicht glauben, was er sah – oder besser: gesehen hatte. Er war tot.

»Der Ajabani!«, flüsterte Maylea erschüttert. Sie trat in den Gang hinein, bückte sich und hob einen gebogenen Dolch und einen Wurfstern auf. Die Waffen, die am Fuß der Felswand auf dem Boden lagen, waren dem Ajabani entglitten, bevor er sie hatte einsetzen können.

»Thorns heilige Rösser.« Bayard hatte wieder zu beherzter Sprache gefunden. »Das war verdammt knapp. Wer immer diesen gemeinen Meuchler für uns erledigt hat, verdient aufrichtigen Dank.«

»Aber wie ist das möglich?«, fragte Maylea. »Es gibt kein Blut, keine Verletzungen und nicht die geringste Spur eines Kampfes.«

»Sieht ganz so aus, als hätte ihm jemand die Seele geraubt.« Keelin warf Ajana einen bedeutungsvollen Blick zu. Die Bemerkung war ein Ausdruck der Erleichterung und nicht wirklich ernst gemeint, doch Ajana wusste, dass sich sehr viel Wahrheit dahinter verbarg.

»Blut oder nicht, tot ist tot«, hörte sie Bayard sagen. »Der wird uns jedenfalls nicht mehr bedrohen. »Lasst uns aufbrechen, uns steht eine große Aufgabe bevor. Wir müssen die Höhle finden.«

»Das müssen wir nicht mehr«, erwiderte Ajana zaghaft.

»Wie meinst du das?« Alle Augen richteten sich auf sie.

»Ich war schon dort.« Ajana wusste, dass dies in den Ohren der anderen völlig unglaubwürdig klang, doch jetzt konnte sie nicht mehr zurück. »Kommt mit«, bat sie und deutete auf das fast heruntergebrannte Feuer. »Ich habe euch viel zu erzählen.«

ᛚ

Am Ende einer langen, stillen und finsteren Nacht saß Vhara am Fenster ihres Gemachs und schaute nach Osten, wo soeben der neue Tag im Licht der aufgehenden Sonne geboren wurde. Ihre Arme stützten sich auf den schmalen Fenstersims, die Finger wie Klauen um den Stab gekrampft, an dessen Ende der Mondstein noch immer sein mildes Licht verströmte.

Das Rauchzeichen war nicht entfacht worden. Bis zum Schluss hatte sie darum gebangt und den Augenblick des Triumphes herbeigesehnt, doch die Dämmerung erstickte auch den letzten Hoffnungsschimmer. Der Ajabani hatte versagt.

Es gab nichts mehr zu tun, keine Möglichkeiten mehr zu erwägen, keine weiteren Entscheidungen zu treffen. Nach dem langen Warten in der Dunkelheit hatte sie viel Zeit gehabt, sich mit dem möglichen Scheitern des Ajabani abzufinden, die nächsten Schritte zu planen und einzuleiten. Als der Morgen graute, war alles durchdacht, und die nötigen Befehle waren bereits erteilt.

Die Krieger der Tempelgarde machten sich in diesem Augenblick bereit, selbst nach dem Amulett und dem Mädchen zu suchen. Sie ritten die schnellsten Pferde und trugen die besten Waffen. Auf einer Karte hatte Vhara die Stelle markiert, an der sie die Gesuchte vermutete, und dazu die strikte Anweisung gegeben, sie lebend nach Udnobe zu bringen. Die flache Steppe, die sich von der Nordseite des Pandarasgebirges bis zum Arnad erstreckte, bot kaum eine Möglichkeit, sich zu verbergen, und es sollte für die Krieger nicht allzu schwierig sein, sie dort ausfindig zu machen. Wenn alles wie geplant verlief, hätten sie ihren Auftrag am späten Nachmittag ausgeführt.

Die Krieger der Tempelgarde gehörten zu den wenigen Uzoma,

die nicht nur in den verschiedenen Waffengattungen, sondern auch im Umgang mit Pferden erfahren waren. Jeden Einzelnen hatte Vhara persönlich ausgewählt und sich davon überzeugt, dass er ihr treu ergeben war. Die Tempelgarde besaß ihr vollstes Vertrauen, doch das hatte der Ajabani auch besessen …

Vhara seufzte. Zu gern hätte sie die Lagaren eingesetzt, um die Amulettträgerin zu finden, doch die Schmach, Othon vom Scheitern des Ajabani – und damit auch von ihrem Versagen – zu berichten, wollte sie sich ersparen. Die Tempelgarde war somit ihre letzte Hoffnung, und sie war fest davon überzeugt, dass sie die richtige Entscheidung getroffen hatte.

Vharas Hände schlossen sich noch fester um den Stab. Sie wollte nicht an ein erneutes Versagen denken; zu viele Gelegenheiten waren schon vertan worden, zu viel Magie wirkungslos geblieben. Diesmal musste es gelingen! Sie würden …

»Herrin?« An der Tür ertönte ein zaghaftes Klopfen.

»Was gibt es?« Vhara fuhr herum und blickte den Uzomaknaben missbilligend an, der demütig in der Tür verharrte.

»Der Whyono schickt mich, Herrin«, beeilte sich dieser zu sagen. »Er bittet Euch zu sich.«

»Richte ihm aus, dass ich komme.« Vhara erhob sich ohne Eile, ging zur Tür, richtete ihr Gewand und strich sich eine Haarsträhne aus der Stirn. Nun würde sie Othons Gesellschaft wohl oder übel noch länger ertragen müssen. Zumindest … Ein bösartiges Lächeln huschte über Vharas Gesicht, als sie die Tür öffnete und in den Gang hinaus trat. Zumindest so lange, bis sich ein brauchbarer Nachfolger für ihn fand.

»Vhara!«

Othons Miene und der empörte Tonfall verrieten der Hohepriesterin schon beim Betreten des Regentengemachs, dass der Whyono aufs Höchste verärgert war.

»Ist das wahr?«, fragte er, während er mit hochrotem Kopf auf sie zukam. »Ist es wahr, dass ich, *ich*, der Whyono, auf einer dieser stinkenden Echsen zum Pass fliegen werde?«

»Es wird großen Eindruck auf die Stammesfürsten machen«, sagte Vhara schmeichelnd. Sie hatte schon damit gerechnet, dass Othon sich weigern würde, und ihre Worte genau vorbereitet. Ursprünglich sollte er zum Pass reiten, doch damit würden sie mehr als einen Tag verlieren, ehe der Angriff beginnen konnte. Wäre der Ajabani erfolgreich gewesen, hätte das keine Rolle gespielt, doch nun bewegte sich die Trägerin des Amuletts ungehindert auf den Arnad zu, und rasches Handeln war geboten.

»Die Krieger brennen darauf, in die Schlacht zu ziehen«, sagte sie eindringlich. »Die Stimmung im Heerlager ist auf dem Höhepunkt. Alle warten nur darauf, dass du den Befehl zum Angriff gibst.« Sie maß Othon mit einem gespielt bewundernden Blick. »Sieh dich an«, sagte sie scheinbar voller Stolz und strich ihm mit der Hand über die aufwändig gearbeitete Rüstung aus hartem Leder und Eisenringen, die er bisher nur zu zeremoniellen Anlässen getragen hatte. »So sieht ein wahrer Anführer aus. Aber ein Anführer muss mehr bieten als ein prächtiges Äußeres. Er muss seinen Mut beweisen. Und wie könntest du das besser als auf dem Rücken eines Lagaren.« Sie hob die Hand und vollführte eine Bewegung in der Luft, als striche sie einen Vorhang zur Seite. »Welch ein beeindruckender Anblick«, sagte sie, den Blick schwärmerisch in die Ferne gerichtet, als sähe sie Othon dort tatsächlich auf einem Lagaren reiten. »Der unerschrockene Herrscher der Uzoma landet auf einem der gefürchteten Lagaren inmitten des angriffsbereiten Heeres. Die Rüstung glänzt im Sonnenlicht, und er beweist allen, die jemals spöttische Reden über ihn geführt haben, dass die Gerüchte über ihn nichts weiter als schändliche Lügen sind ...«

»Gerüchte? Was für Gerüchte?«, rief Othon überrascht aus. »Wer wagt es, Gerüchte über mich zu verbreiten? Warum weiß ich nichts davon?« Sein Atem ging schnell, das ohnehin gerötete Gesicht schwoll zornig an, und er fasste Vhara bei den Schultern. »Sag mir sofort, was das für Gerüchte sind.«

»Verzeih mir.« Obwohl sie mit ihren Worten genau diese Wirkung beabsichtigt hatte, lächelte Vhara beschämt. »Ich wollte dich nicht erzürnen. Doch gerade in den letzten Tagen wurde mir das eine oder andere zugetragen.«

»Was? Was reden sie über mich?« Othons Griff wurde fester, und Vhara schob seine Hände entrüstet fort.

»Nun …«, hob sie zögerlich an, um Othons Ungeduld noch ein wenig zu steigern. »Es scheint allmählich aufzufallen, dass du seit mehr als drei Wintern nicht am Pass warst.« Sie ließ Othon nicht aus den Augen. Der Whyono nahm alles genau so auf, wie sie es sich erhofft hatte, und sie sprach die nächsten Worte in aller Deutlichkeit. »Es heißt dort, du wärst ein Feigling, der Völlerei verfallen und verweichlicht. Sie nennen dich einen feisten Schwächling und behaupten, dass du …«

»Das ist Verleumdung!« Othon ballte die Fäuste. »Es ist nicht wahr, und du weißt es.« Er blickte Vhara erwartungsvoll an, doch die Hohepriesterin ließ durch nichts erkennen, was sie wirklich darüber dachte. »Ich – ein Feigling?«, fuhr Othon fort. »Ich bin der Whyono. Oberster Herrscher der Uzoma. Ich bin …«

»Dann beweise es ihnen«, fuhr Vhara ihn an. In ihren Augen brannte ein leidenschaftliches Feuer, und ihre Stimme war voller Eifer. »Beweise diesen elenden Spöttern, dass du nicht der Schwächling bist, den sie aus dir machen wollen. Zeig ihnen, dass du mutiger bist als alle Stammesfürsten. Reite auf dem Lagaren an den Pass.« Vhara sah, wie Othon erbleichte, doch sie spürte, dass sie gewonnen hatte. »Reite den Lagaren und führe die Truppen noch heute Abend in den Kampf. Zeige diesen Wilden, was Entschlossenheit ist.« Sie trat näher und berührte Othons Arm. »Die Stammesfürsten rechnen erst morgen mit dir und denken, dass du mit der Karawane ankommen wirst. Sie rechnen nicht mit einem solch beeindruckenden Auftritt – und genau das musst du für dich nutzen.«

»Indem ich früher ankomme?«

»Indem du dort ankommst wie ein wahrer Held. Einem Whyono, zu dem alle aufblicken, werden auch die Stammesfürsten zu Füßen liegen. Die Zweifler und Spötter werden verstummen, wenn sie sehen, wie du die Truppen siegreich in die Schlacht führst. Es wird nur noch einen geben, dem sie des Nachts an den Feuern huldigen – Othon!«

Othon überlegte kurz. Es war ihm deutlich anzusehen, wie er innerlich mit sich rang, doch schließlich siegte der Gedanke an Ruhm und Ehre über die Furcht und Abscheu, die er beim Anblick der Lagaren stets empfand.

»Du hast Recht«, sagte er schließlich und machte eine versöhnliche Geste. »Verzeih mir, dass ich so aufbrausend war. Ich konnte doch nicht ahnen, dass du dies alles nur tust, um mich vor Häme und Schaden zu bewahren.« Er lächelte, und aller Groll war aus seiner Stimme verschwunden. »Um meiner Ehre willen werde ich den Ritt wagen. Darum und um den Spöttern zu zeigen, dass es nichts gibt, wovor der mächtige Whyono sich fürchtet.« Er ergriff Vharas Hand und blickte ihr entschlossen in die Augen. »Wenn die Sonne untergeht, sieh nach Süden«, sagte er so ernst, als leistete er einen Eid. »Dort wird als Zeichen meiner Verehrung ein ganz besonderes Abendrot dein Herz erfreuen.«

Der Tag, der jenseits des Pandarasgebirges im Osten heraufzog, wurde von den langen Schatten der Berge noch grau umhüllt, als Bayard zum Aufbruch drängte. Keelin, Ajana, Feanor und die beiden Wunand erhoben sich und begrüßten den jungen Morgen mit müden Augen, während sie schweigend das Nachtlager abbrachen und ihre wenige Habe zusammenpackten.

In der Nacht hatte Ajana dem Heermeister Rede und Antwort gestanden und ihm und den anderen von dem wundersamen Erlebnis dieser Nacht berichtet. Danach hatte kaum jemand noch Schlaf gefunden, und so war es nicht verwunderlich, dass sich die sechs im ersten Licht des jungen Tages müde auf den Weg nach Norden machten, um dort am Ufer des Arnad zu vollenden, was Ajana durch Gaelithils Erbe vorherbestimmt war.

Nachdem die Müdigkeit verflogen war, wurde die Stimmung

gelöster, und obwohl die Gruppe am wolkenlosen Himmel noch immer Ausschau nach Lagaren hielt, schöpfte doch jeder aus den Ereignissen der Nacht neue Zuversicht.

Ihr Weg führte nun stetig bergab, und die Landschaft veränderte sich. Das felsige Vorgebirge blieb allmählich hinter ihnen zurück und wich einer noch kargeren, steppenähnlichen Landschaft, die sich in sanft gewellten Hügeln vor ihnen ausbreitete.

Auf einer sonnenbeschienenen Hügelkuppe hielt Bayard schließlich inne und wartete, bis die Nachfolgenden zu ihm aufgeschlossen hatten.

»Was ist?«, fragte Ajana, die mit Abbas und Keelin den Schluss der Gruppe bildete. Doch als sie den Blick nach Norden richtete, erkannte auch sie, was die anderen so in den Bann schlug. Vor ihnen lag eine endlos weite und leere Landschaft, die sich unter dem gleißenden Sonnenlicht vom Fuß des Hügels bis zum fernen Horizont erstreckte.

»Ich weiß nicht, wie es euch geht, aber der Anblick macht mich durstig.« Maylea griff nach ihrem Wasserschlauch, um zu trinken.

»Damit solltest du von jetzt an sparsam umgehen«, meinte Keelin. »Sieht ganz so aus, als ob wir von nun an nicht mehr viel Wasser fänden.«

»Nicht mehr viel?« Bayard spie auf den Boden. »Wohl eher gar keines. Dafür wird es dort unten sehr warm.« Der Heermeister warf einen prüfenden Blick zum Himmel. »Es mag zwar Herbst sein, aber die Sonne hat noch viel Kraft.«

»Wie weit ist es bis zum Arnad?«, wollte Ajana wissen.

»Zwei Tagesmärsche, wenn wir gut vorankommen.« Bayard schaute zu Horus hinüber, der auf Keelins Schulter saß. »In der Einöde werden wir ein gutes Falkenauge nötig haben, um nicht im Kreis zu laufen.«

»Macht Euch darüber keine Sorgen, Horus wird uns den kürzesten Weg weisen.« Keelin strich sanft mit dem behandschuhten Finger über Horus' Brustgefieder. Der Falke erwiderte die Zärtlichkeit, indem er wie so oft an Keelins Haaren knabberte.

»Nun, reden bringt uns nicht voran«, sagte Bayard, winkte den anderen, ihm zu folgen, und machte sich daran, den Hügel hinabzusteigen. »Aber haltet Augen und Ohren offen«, mahnte er. »Hier sind wir weithin gut zu sehen, und es gibt keine Deckung!«

»Warum wandern wir dann nicht in der Nacht und ruhen am Tag?«, wandte Abbas vorsichtig ein.

Bayards Kopf flog herum. »Wer hat denn dich um deine Meinung gefragt?«, fuhr er den Wunand an. »Es ist schon schlimm genug, dass ich für dich den Beschützer spielen muss. Doch damit nicht genug! Nun erdreistest du dich auch noch, meine Entscheidungen in Frage zu stellen.«

»Verzeiht.« Abbas duckte sich, als wäre er geschlagen worden. »Ich dachte nur ...«

»Ich kann mich nicht erinnern, dass Denken dem Stand eines Küchenjungen entspricht«, fiel Bayard ihm barsch ins Wort. Dann drehte er sich um und setzte den Weg fort.

Keelin legte Abbas tröstend die Hand auf die Schulter. »Es ist wohl besser, du hältst dich zurück«, sagte er augenzwinkernd und ging Bayard hinterher. Maylea folgte ihm und strafte Abbas mit einem vernichtenden Blick aus den Augenwinkeln.

»Was habe ich denn Falsches gesagt?«, flüsterte Abbas Ajana zu, als ihnen die anderen schon ein Stück voraus waren.

»Ich weiß es nicht.« Ajana schüttelte verständnislos den Kopf. Abbas tat ihr Leid. Er hatte so vieles auf sich genommen, um sich dem Trupp anzuschließen, und litt vermutlich noch mehr, als wenn er in der Festung geblieben wäre. Es war ihr nicht entgangen, dass er sich hauptsächlich in ihrer Nähe aufhielt; sie führte dies aber in erster Linie auf seine unverhohlene Bewunderung für sie, die Nebelsängerin, zurück. Aber vielleicht steckte noch mehr dahinter – vielleicht war es ja auch ein Ausdruck seiner tiefen Einsamkeit. »Vermutlich will er, dass wir am Tag gehen, weil Horus uns führen muss«, begründete sie Bayards Entscheidung nach einigem Überlegen. »Nachts können Falken nicht gut sehen.«

Abbas erwiderte nichts. Die Maßregelung von Bayard schien ihn tief getroffen zu haben, und er wirkte wie eine Schnecke, die sich furchtsam in ihr Haus zurückgezogen hatte. Ajana schwieg. Auch sie brauchte Zeit, um über all das nachzudenken, was ihr in der vergangenen Nacht widerfahren war.

Ich sehe Gefahren, harte Zeiten und unvorstellbar Böses auf dich zukommen. Aber da sind auch Freunde und eine große Liebe.

… eine große Liebe. Ajana schaute zu Keelin, der neben Bayard ging, und fühlte, wie sich eine angenehme Wärme in ihrem Innern ausbreitete. Ob Gaelithil von ihm gesprochen hatte?

Seit sie ihm in Lemrik das erste Mal in die Augen gesehen hatte, empfand sie für ihn etwas Besonderes, das sie nie zuvor für jemanden empfunden hatte. Ein Gefühl, das mehr war als Dankbarkeit für das gerettete Leben – und das sie hütete wie einen Schatz.

In diesem Augenblick wandte sich Keelin um, und ihre Blicke trafen sich. Ajana errötete. Hastig schaute sie zur Seite und tat, als blickte sie aufmerksam in die Ferne, um mögliche Feinde frühzeitig zu erkennen.

Geführt von Horus, der ihnen vorausflog und sich nur hin und wieder eine kurze Rast auf Keelins Schulter gönnte, zogen die sechs weiter nordwärts durch die eintönige Steppe. Der harte, ausgedörrte Boden erleichterte ihnen das Gehen, nur hin und wieder versanken ihre Schritte im tückischen weichen Sand, der sich in den Mulden und Senken angesammelt hatte. Doch bald schon erkannten sie diese Stellen an ihrem rötlichen Schimmer und bemühten sich, sie zu umgehen. Wie Bayard es vorausgesagt hatte, blieb das Gelände eben, und da es ihnen nicht an Gesprächsstoff mangelte, fiel ihnen das Wandern leicht, und sie kamen gut voran.

Da Abbas ein wenig zurückgefallen war und missmutig hinter den anderen hertrottete, hatte Maylea sich wieder zu Ajana gesellt. Sie erzählte ihr Geschichten aus ihrer Heimat und von ihrer Familie und war neugierig, etwas über Ajanas Welt zu erfahren, über ihre Familie, ihre Freunde und ihre Lebensart. Ajana gab bereitwillig Auskunft, immer darum bemüht, die Dinge so darzustellen, dass sie Maylea nicht verwirrten.

So verging der Morgen. Als die Sonne den höchsten Stand erreichte, machten sie eine kurze Rast, um sich auszuruhen und zu stärken. Dann zogen sie weiter durch das trostlose, unfruchtbare Land. Zwar gab es Gräser und kleine Büsche, doch die Halme und Blätter waren braun und kraftlos und wirkten wie Stiefkinder der Natur. Nirgends gab es Anzeichen von Lebewesen.

Nach den kühlen Tagen und frostigen Nächten in den Bergen war Ajana der Tag nun viel zu warm. Den anderen erging es nicht besser. Bayards Ermahnungen zum Trotz griffen sie viel zu oft zu den Wasserschläuchen und wischten sich immer wieder den Schweiß von der Stirn. Die hoffnungsvolle Stimmung des Morgens wich Bedrückung, und die angeregten Gespräche verebbten langsam, bis sie schließlich ganz verstummten. Abbas stapfte immer noch abseits von den anderen dahin. Mit ausdrucksloser Miene hing er seinen eigenen Gedanken nach und schaute nicht einmal auf, als Horus zum großen Erstaunen der anderen eine Eidechse erbeutete.

Auch Maylea war verstummt. Wie die Männer schien sie nur mehr darauf bedacht, den Weg schnell hinter sich zu bringen, um diese unwirtliche und lebensfeindliche Gegend so bald wie möglich verlassen zu können. Ajana hingegen genoss die Ruhe und hing ihren Gedanken nach, auch wenn sie müde und durstig war und ihre Füße schmerzten.

Die Sonne stand nun schon weit im Westen. Der grelle Glanz machte es immer schwerer, das Land in dieser Richtung nach möglichen Feinden abzusuchen. Bayard blickte immer häufiger aus zusammengekniffenen Augen voraus, als spürte er eine drohende Gefahr.

Plötzlich richtete sich Horus auf Keelins Schulter steif auf und reckte den Kopf aufmerksam nach vorn. Ajana konnte sehen, wie das Gefieder des Falken zitterte, ein Gebaren, das sie noch nie bei ihm beobachtet hatte.

»Bayard!« Der Ausruf des jungen Falkners trug das Wissen um die nahende Gefahr in sich. Im selben Moment stieß sich der Falke von seiner Schulter ab und erhob sich mit kräftigen Flügelschlägen in die Lüfte.

»Was ist los?« Der Heermeister hatte die Hand an die Stirn gelegt, um die Augen zu beschatten, und sah dem Vogel nach, der im Licht der tief stehenden Sonne entschwand.

»Reiter!« Keelin verharrte und hob die Hände an die Schläfen. Er hielt den Kopf gesenkt und die Augen geschlossen, wie er es immer tat, wenn er den Falken im Geiste auf einem so wichtigen Flug begleitete.

»Wie viele?« Bayards Gesicht war von großer Sorge gezeichnet.

»Ein Dutzend. Vielleicht auch mehr. Sie sind noch zu weit entfernt. Die Sonne …« Keelin atmete heftig, ein Zeichen für die große Anspannung, unter der er stand. »Uzoma!«, stieß er schließlich hervor.

»Thorns heilige Rösser!« Bayard schaute sich um, als suchte er nach einer Deckung, die es hier weit und breit nicht gab. Dann schritt er die nähere Umgebung ab, wobei er den Fuß immer wieder prüfend in die Erde stieß.

»Wann werden sie hier sein?«, rief er Keelin zu.

»Schwer zu schätzen. Sie reiten sehr schnell.«

»Dann müssen wir uns beeilen!« Bayard schien gefunden zu haben, wonach er suchte, und sank vor einer mit rotem Sand gefüllten Mulde auf die Knie. »Feanor, Maylea, Ajana und du da«, damit war Abbas gemeint, »kommt her und helft mir«, rief er den anderen zu, während er sich anschickte, mit bloßen Händen ein Loch in den weichen Sand zu graben.

»Hervorragend.« Ein zufriedenes Lächeln huschte über Vharas Gesicht, als sie im Spiegel ihrer magischen Wasserschale beobachtete, wie es Othon im Heerlager erging.

Seine Ankunft auf dem Rücken des Lagaren hatte auf die Stammesfürsten genau den Eindruck gemacht, den sie sich erhofft hatte. In tiefer Bewunderung für den Mut des Whyono waren sie vor ihm auf die Knie gefallen und hatten sich immer wieder demütig vor ihm verneigt. Die schmeichelhaften Huldigungen hatten in Othon den Krieger und Befehlshaber aufs Neue erweckt. Wie selbstverständlich hatte er die Heerführung übernommen und sich sogleich daran gemacht, den entscheidenden Angriff für den bevorstehenden Abend vorzubereiten.

Vhara war überrascht, wie wandlungsfähig dieser Mann doch war. Die vielen Winter des Müßiggangs mochten aus ihm einen verweichlichten Schwächling gemacht haben, der es vorzog, sich ausschließlich den angenehmen Seiten des Lebens eines Regenten zu widmen. Doch wenn es darauf ankam, war er im Herzen immer noch der erfahrene Krieger, der sie einst durch die Wüste geführt hatte, und Vhara war überzeugt, dass sie schon bald das versprochene Abendrot am südlichen Horizont erblicken würde.

Mit einer streichenden Handbewegung löschte sie das Bild in der Wasserschale, das Othon bei den Beratungen mit den Stammesfürsten zeigte. Dann fischte sie mit einem dünnen Holzstab die drei grauen Haare aus dem Wasser, die es ihr ermöglicht hatten, Othon über die weite Entfernung hinweg zu beobachten.

Zu gern hätte sie auch den Ajabani mit dieser kleinen magischen Spielerei bei seiner Arbeit überwacht. Doch der stolze Krieger hätte es niemals zugelassen.

Bei der Tempelgarde hingegen war das kein Problem. Vhara griff nach einer flachen Holzschale, die neben dem großen silbernen Wassergefäß bereitstand, und nahm ein halbes Dutzend kurzer verschiedenfarbiger Haare heraus. Einige stammten von den Uzoma, andere von den Pferden, eine Mischung, die es ihr ermöglichte, die ganze Gruppe zu beobachten.

Während sie leise die magischen Worte vor sich hin murmelte, welche die Verbindung zu den Kriegern herstellte, legte sie die einzelnen Haare vorsichtig auf die Wasserfläche und vollführte danach wieder eine streichende Bewegung über dem Wasser. Augenblicklich trübte es sich. An der Oberfläche bildeten sich verschwommene Linien, aus denen sich nach kurzer Zeit das Bild einer Reitergruppe formte. Im Licht der tief stehenden Sonne eilten die langen Schatten der Pferdeleiber den Reitern voraus, die ihre Tiere in gestrecktem Galopp über die eintönige Steppe nördlich des Pandarasgebirges hetzten.

Vharas Hände umfassten den Rand der Schale fester. Der scharfe Ritt und die Entschlossenheit in den Gesichtern der Reiter ließen vermuten, dass sie die Gesuchten bereits entdeckt hatten. Sie beugte sich noch tiefer über das Bild der dahinpreschenden Tempelgarde. Nicht mehr lange, und sie würde mit ansehen, wie auch die letzte Hoffnung der Vereinigten Stämme Nymaths zunichte gemacht wurde.

»Das ist tief genug.« Bayard war über und über mit feinem rotem Staub bedeckt, als er sich erhob. Ajana, Maylea, Abbas und Feanor sahen nicht viel besser aus, und die Schweißtropfen auf ihren Gesichtern zeugten davon, wie erschöpft sie waren.

»Thorns heilige Rösser!« Bayard warf einen gehetzten Blick nach Westen, wo die Gruppe der herannahenden Reiter als winziger dunkler Punkt vor dem Hintergrund der untergehenden Sonne zu sehen war. »Schnell, wie dürfen keine Zeit verlieren.« Hastig zog er eine Decke aus seinem Bündel, breitete sie in der Grube aus und fragte Ajana mit ernster Miene: »Ihr wisst, was Ihr zu tun habt?«

Ajana nickte stumm. Noch während der Heermeister mit den anderen das notdürftige Versteck ausgehoben hatte, hatte er ihr alles erklärt. Obzwar aus reiner Verzweiflung geboren, war es der einzige Plan, den sie hatten. Bayard sah es als seine oberste Pflicht an, dafür zu sorgen, dass Ajana den Arnad erreichte, und so galt sein erster Gedanke ihrem Überleben. Um zu verhindern, dass sie in den Kampf hineingezogen wurde, wollte er sie unter dem losen Sand vor den Augen der Angreifer verbergen.

Die Übermacht der Reiter war groß. Der Heermeister sprach es zwar nicht aus, aber alle spürten, dass er ihre Lage angesichts der Überzahl der Uzoma als hoffnungslos erachtete. So lag denn auch eine Spur von Entmutigung in seinen Worten, als er Ajana noch einmal beschrieb, was sie zu tun hatte, wenn der Kampf vorbei war und die Reiter abgezogen wären. »Haltet Euch immer nach Norden«, sagte er eindringlich. »Ganz gleich, was hier geschehen ist. Ihr müsst nach Norden gehen. Nur wenn Ihr die Magie der Nebel zu neuem Leben erweckt, wird unser Einsatz nicht vergebens sein.«

Ajana nickte. Obwohl sie wusste, dass es vermutlich die einzige Möglichkeit für sie war, den bevorstehenden Kampf lebend zu überstehen, erschien es ihr feige, sich unter dem Sand zu verstecken, während die anderen ihr Leben riskierten, um sie zu schützen.

»Schnell, hüllt Euch fest in Euren Umhang und legt Euch hinein«, drängte Bayard. »Habt keine Angst! Wir werden so weit es geht nach Norden laufen, damit die Reiter Euch nicht entdecken.« Die Worte sollten sie ermutigen, doch in Ajanas Ohren klangen sie wie ein Abschied. Sie hatte versucht, Bayard von dem Vorhaben abzuhalten, doch nicht nur der Heermeister, auch die anderen hatten auf dem Plan bestanden. »Ihr seid die einzige Hoffnung der Vereinigten Stämme Nymaths«, hatte Feanor zu ihr gesagt, und Maylea hatte ihm beigepflichtet.

Die einzige Hoffnung. Lebendig begraben.

Ajana hätte nie gedacht, welche Bedeutung die Worte einmal für sie haben würden. Dennoch tat sie, wie ihr geheißen, schlang den Umhang fest um den Körper und streckte sich gehorsam in der Grube aus, die hoffentlich nicht ihr Grab werden würde.

»Den Sand darüber, schnell!«, hörte sie Bayard rufen und fühlte, wie die Last auf ihr schwerer wurde. Wenig später war sie bis auf das Gesicht mit der roten Erde bedeckt. »Was auch geschieht, Ihr rührt Euch nicht«, ermahnte Bayard sie noch einmal, während er die frischen Spuren im Sand notdürftig verwischte. Dann bedeckte er Ajanas Gesicht vorsichtig mit ein paar trockenen Gräsern. Mit den Worten »Möge Asnar Euch beistehen!« wünschte der Heermeister ihr Glück. Rasch erhob er sich und eilte den anderen hinterher, die sich bereits auf den Weg nach Norden gemacht hatten, um die Reiter abzulenken.

Ajana aber blieb allein in ihrem sandigen Gefängnis zurück und spürte, wie ihr Herz heftig klopfte.

Wenig später erbebte der Boden unter donnerndem Hufschlag, der die herannahenden Reiter in dichten rötlichen Dunst hüllte.

Mehrere hundert Schritte von der Stelle entfernt, an der Ajana unter dem lockeren Sand verborgen lag, machten sich die fünf verbliebenen Gefährten bereit zum Kampf. »Nehmt das, aber seid vorsichtig. Die Dinger sind verdammt scharf!« Bayard reichte jedem von ihnen einen der gezackten Wurfsterne, die der Ajabani bei sich getragen hatte.

»So viele! Woher habt Ihr die?« Keelin betrachtete verwundert die eigentümliche Waffe.

»Der Mörder hatte dafür keine Verwendung mehr.« Bayard grinste freudlos. »Ich dachte mir, sie könnten uns noch gute Dienste leisten.« Dann richtete er den Blick wieder auf die herannahenden Reiter. »Zielt auf die Pferde. Am Boden sind diese Barbaren leichter zu erledigen.«

Die gefährliche Masse aus Staub, Kriegern, schwitzenden Pferdeleibern und langen Speeren wälzte sich so schnell und unaufhaltsam auf die fünf zu, als wollten die Uzoma sie niederreiten. Die Luft erzitterte, und der Boden dröhnte.

»Jetzt!«, brüllte Bayard über das Lärmen der Hufe hinweg, und die Sterne sirrten fast zeitgleich durch die Luft.

Keelin sah, wie eines der Pferde mitten im Galopp zusammenbrach. Ein anderes scheute, weil ihm das blanke Eisen eine tiefe Wunde in den Hals gerissen hatte. Ein Uzoma stürzte getroffen vom Pferd und fand ein grausames Ende unter den wirbelnden Hufen der nachfolgenden Tiere.

Eines der Tiere scheute und brach die Formation der Reiter auf. Der geschlossene Angriff riss auseinander, und die Welt um Keelin herum versank in einem tosenden Chaos aus wirbelnden Pferdehufen, gellenden Schreien, blitzenden Waffen und rotem Staub.

Der junge Falkner hatte seinen Bogen gespannt. In rascher Folge verließen die Pfeile die Sehne. Doch ihm blieb nicht die Zeit zu erkennen, ob sie ihr Ziel fanden. Ein gegnerischer Pfeil verfehlte ihn nur um Haaresbreite, dann stürmte auch schon ein Uzoma mit erhobener Lanze auf ihn zu. Keelin empfing ihn kampfgeübt. Er ließ den Bogen fallen, sprang geschickt zur Seite, packte die Lanze mit beiden Händen und entriss sie dem Angreifer. Aus den Augenwinkeln sah er einen weiteren Uzoma auf sich zustürzen und schleuderte ihm die Lanze entgegen. Noch in derselben Bewegung zog er das kurze Schwert aus der Scheide und parierte geschickt den Hieb des ersten Angreifers, der ihn von hinten mit einer kurzen Klinge bedrängte. Dann war der zweite Uzoma heran. Keelin saß in der Falle. Ihm blieb gerade noch die Zeit, einen Lanzenhieb abzuwehren, da stürzten sich die beiden auch schon auf ihn. Der erste Schwertstreich verfehlte Keelins Hals nur um Haaresbreite, der zweite streifte seinen Arm knapp unterhalb des Kettenhemdes und hinterließ dort eine klaffende Wunde. Schmerz und Wut verliehen ihm ungeahnte Kräfte. Er bäumte sich auf, schüttelte die Gegner ab, sprang auf und nutzte die gewonnene Zeit, um Atem zu schöpfen, bevor die beiden Uzoma erneut auf ihn zustürmten.

Der junge Falkner hatte große Mühe, die Klinge und die Lanze, die nun von unterschiedlichen Seiten auf ihn eindrangen, rechtzeitig abzuwehren. Er parierte Hieb um Hieb, ohne nachzudenken, aber auch ohne sich dadurch einen echten Nutzen zu verschaffen. Die Uzoma schienen sich ihrer Übermacht wohl bewusst zu sein und spielten förmlich mit ihm, um ihn zu ermüden und dann ohne Gefahr für das eigene Leben den tödlichen Streich zu führen.

Plötzlich leuchteten die Flammen einer Feuerpeitsche inmitten des wirbelnden Chaos auf. Gleichzeitig erhob sich ein furchtbarer Schrei aus dem Kampfeslärm. Stampfende Pferdehufe näherten sich bedrohlich, und eine Lanze fuhr nur wenige Handbreit neben Keelin in den Sand. Wieder fing er den Angriff ab und tat einen Satz zur Seite, doch diesmal versperrte ihm der Körper eines getöteten Uzomas den Weg. Keelin strauchelte und landete zum zweiten Mal auf dem Boden. Der harte Aufprall riss ihm das Kurzschwert aus der Hand und raubte ihm für wenige Herzschläge die Besinnung. Als sich das Bild vor seinen Augen klärte, blickte er genau in das hasserfüllte Gesicht eines Uzomas. Den Dolch zum tödlichen Stich erhoben, entblößte er die Zähne zu einem siegessicheren Grinsen.

Keelin erstarrte. Die Zeit verlor ihre Bedeutung, und die folgenden Bewegungen schienen unendlich langsam abzulaufen. Er sah, wie der Dolch sich unaufhaltsam auf seine ungeschützte Brust herabsenkte, und spürte das Gewicht des Uzomas auf seinem Körper. Das Schreien und Rufen der Männer, das Klirren der Waffen und Wiehern der Pferde drang nur verzerrt an seine Ohren, während der aufgewirbelte Staub ihm das Atmen schwer machte. Sein Herz raste, und seine Finger krallten sich in den sandigen Boden.

Die Klinge war ganz nah. Es war vorbei!

Plötzlich schoss ein gleißender Feuerball aus dem roten Nebel heran. Er schlug dem Uzoma den Dolch aus der Hand, umschlang dessen Hals und riss die grinsende Fratze aus Keelins Blickfeld. Statt des Uzomas tauchte Abbas' staubiges Gesicht vor ihm auf. Mit einem Ruck fand die Zeit ihren Rhythmus wieder. »Steh auf, mein Freund!«, rief der junge Wunand und reichte ihm die Hand. Keelin griff zu und kam mit einem Satz wieder auf die Beine.

Doch für einen Dank blieb keine Zeit. Schon sahen sich die beiden Freunde zwei weiteren Gegnern gegenüber, die sie mit ihren Lanzen bedrohten. »Dein Schwert!« Abbas deutete zu Boden und baute sich schützend vor Keelin auf, sodass er nach der Waffe greifen konnte. Geschickt hielt der junge Wunand die beiden Krieger mit der Feuerpeitsche auf Abstand, doch dann tauchte von hinten ein dritter Gegner auf. Abbas und Keelin standen Rücken an Rücken, bereit, ihre Leben so teuer wie möglich zu verkaufen, während die drei Uzoma sie umschlichen wie Raubkatzen ihre Beute.

»Auch wenn es wohl niemand mehr erfahren wird«, rief Keelin Abbas über das Lärmen des Kampfes hinweg zu, »Ruhm und Ehre hast du dir redlich verdient!«

»Und ich werde immer stolz darauf sein, einen Bastard zum Freund gehabt zu haben!«, erwiderte Abbas. Dann hob er die Peitsche, und der Schlagabtausch begann.

Der Kampf wogte hin und her. Während Abbas die beiden Uzoma mit seiner Feuerpeitsche in Schach hielt, hatte Keelin große

Mühe, sich mit dem Kurzschwert gegen die Lanze seines Gegners zu wehren. Die ständigen Attacken ermüdeten ihn, und es schien außer Frage zu stehen, wer siegreich aus diesem Kampf hervorgehen würde. Keelin hörte Abbas aufschreien, doch der eigene Gegner bedrängte ihn zu sehr, als dass er dem Freund hätte zu Hilfe eilen können. Seine Bewegungen wurden immer schwerfälliger, die Paraden kamen nur noch schleppend. Der Uzoma musste ein hervorragender Krieger sein. Seine Kräfte schienen unerschöpflich. Je schwächer Keelin wurde, desto mehr verstärkte er die Wucht seiner Angriffe.

Keelin keuchte vor Anstrengung. Die Welt um ihn herum hatte keine Bedeutung mehr. Blutiger Nebel vor den Augen machte es ihm fast unmöglich, den Gegner zu erkennen. Schmerzen verspürte er keine, doch die Wunde am Arm blutete stark, und das Blut machte die Finger schlüpfrig. Keelin umklammerte das Schwert nun mit beiden Händen und parierte die Hiebe des Uzomas mit letzter Kraft.

Plötzlich durchzuckte ein stechender Schmerz sein rechtes Bein. Es knickte ein, Keelin ging zu Boden. Das Schwert entglitt seinen Händen, und er hörte den Uzoma triumphierend aufschreien. Die Lanze zum tödlichen Stoß erhoben, sah er den Krieger über sich aufragen, aber ihm fehlte die Kraft, sich wegzurollen.

Durch das pulsierende Rauschen des Blutes in seinen Ohren hörte er den vertrauten Pfiff eines Falken – Horus' Pfiff. Der Gedanke an den gefiederten Freund ließ ihn noch einmal alle Kräfte zusammennehmen und die Starre überwinden, die von seinem Körper Besitz ergriffen hatte. Keelin blickte zum Himmel und sah, wie sich der Falke im Sturzflug auf den Uzoma stürzte. Dann gruben sich die ausgestreckten Krallen tief in das Gesicht des Kriegers, während er mit dem spitzen Schnabel nach dessen Augen hackte. Der Uzoma schrie auf, ließ die Lanze fallen und sank auf die Knie. Blindlings um sich schlagend, versuchte er, sich des gefiederten Angreifers zu erwehren, aber Horus ließ sich nicht vertreiben. Flügelschlagend klammerte er sich an dem Uzoma fest und hackte weiter auf ihn ein. Blut spritzte, und die gellenden Schreie des

Kriegers vereinigten sich mit dem Kreischen des Falken zu einem grausigen Chor.

Endlich gelang es dem Uzoma, den Falken zu packen und ihn fortzuschleudern. Doch da war Keelin schon wieder auf den Beinen. Die gegnerische Lanze in den Händen, trat er vor den grauenhaft entstellten Krieger, der sich schreiend vor Schmerzen auf dem Boden wand, und beendete dessen Leben mit einem einzigen Stoß.

Erschöpft sank der junge Falkner zu Boden. Sein Herz hämmerte wild, sein Atem ging keuchend und stoßweise. Unfähig, auch nur eine einzige weitere Bewegung zu machen, schloss er die Augen und verharrte.

Es dauerte lange, bis Keelin merkte, wie ruhig es um ihn war. Noch länger dauerte es, bis er begriff, was diese Ruhe zu bedeuten hatte: Der Kampf war vorbei, und er war noch am Leben.

... am Leben.

Nur sehr langsam erfasste er das ganze Ausmaß dieser Worte. Wie betäubt saß er da, den Kopf auf die Arme gestützt, die auf den angewinkelten Knien ruhten, hielt die Augen geschlossen und lauschte auf den eigenen Atem.

... am Leben.

Allmählich drangen auch andere Geräusche zu ihm vor. Das qualvolle Stöhnen eines Verwundeten, das Schnauben eines Pferdes, das Klirren einer Trense und schleppende Schritte.

Keelin hob den Kopf und schaute in die Richtung, aus der die Schritte kamen. Nicht weit von ihm entfernt stand Bayard, die blutige Asnarklinge in der Hand. Der Heermeister war von Staub bedeckt, die Kleidung zerrissen, Haare und Bart zerzaust. Er wirkte erschöpft, aber er lebte. Seine Augen waren auf eine verkrümmte Gestalt am Boden gerichtet, die sich stöhnend und zuckend bewegte. Ohne dass sein Gesicht eine Regung zeigte, hob Bayard den gewellten Beidhänder und ließ ihn auf den Krieger niedersausen.

Das Geräusch berstender Knochen ertönte, und das Stöhnen erstarb. Der Heermeister wischte das frische Blut am Gewand des Getöteten ab und kam langsam auf Keelin zu. »Das waren gute

Krieger«, sagte er anerkennend, als gäbe es in diesem Augenblick nichts Wichtigeres.

»Feanor?« Keelin erschrak über den brüchigen Ton seiner Stimme. Eigentlich hatte er nach Abbas fragen wollen. Doch er fürchtete sich vor der Antwort und zögerte die Frage hinaus, indem er sich zunächst nach den anderen erkundigte.

»Tot.« Bayard deutete nach Süden. »Ich fand ihn dort hinten mit einer Lanze im Bauch.«

Er ließ den Blick prüfend über den Kampfplatz schweifen. »Sieben getötete Uzoma. Das hätte ich nicht gedacht«, sagte er zufrieden.

»Sieben?« Keelin horchte auf. »Wo sind die anderen?«

»Die haben sich feige verzogen.« Bayard spie verächtlich auf den Boden und hob den Beidhänder in die Luft. »Ein gutes Schwert hat schon so manchen Uzoma das Fürchten gelehrt«, sagte er voller Stolz.

»Wo ist Abbas?« Endlich wagte Keelin die Frage auszusprechen.

»Der liegt da hinten und heult wie ein Waschweib.«

Keelin stand auf und blickte voller Sorge in die angegebene Richtung.

»Keine Angst«, brummte Bayard, als hätte er Keelins Gedanken gelesen. »Dem fehlt nichts. Hat sich wacker geschlagen, der Küchenjunge.« Er zog die Schultern hoch. »Geh du zu ihm, ich kümmere mich derweil um Ajana.« Er grinste. »Sieht ganz so aus, als wäre unsere kleine List geglückt.«

Keelin sah ihm nach, dann machte er sich humpelnd auf den Weg zu Abbas. Horus kam angeflogen. Der staubige und zersauste Falke landete sicher auf seiner Schulter und ordnete sein blutverschmiertes Gefieder. Keelin sandte ihm einen liebevollen Blick und dankte ihm für den selbstlosen Einsatz, indem er ihm mit dem Handschuh zärtlich über das weiche Brustgefieder strich. Er wusste, dass er ohne Horus' tapferes Eingreifen nicht mehr am Leben wäre, und verspürte dem Vogel gegenüber eine tiefe Dankbarkeit.

Unweit des Kampfplatzes traf Keelin auf Abbas. Der junge Wunand kauerte mit angewinkelten Knien auf dem Steppenboden, verbarg das Gesicht in den Armen und schluchzte leise.

»Der erste Kampf ist immer der schwerste«, sagte Keelin und legte dem Freund tröstend eine Hand auf die Schulter. »Der Anblick des Todes ist oft nur schwer zu ertragen.«

Abbas erwiderte nichts. Nur das Schluchzen hörte auf.

»Bayard nannte dich einen wackeren Krieger«, fuhr Keelin fort, weil er hoffte, dass die Worte des Heermeisters den Freund aufmuntern würden. Dann senkte er die Stimme. »Und ich verdanke dir mein Leben.«

Abbas sah nicht einmal auf.

»Bist du verletzt?«, fragte Keelin verwundert. »Hast du Schmerzen? Oder bedrückt dich gar der Gedanke, dass du getötet hast?«

»Das ist es nicht!«, stieß Abbas beinahe zornig hervor. Er hob den Kopf und blickte Keelin aus verquollenen Augen an. »Sie ist weg!«, rief er verbittert. »Sie ist weg, und ich konnte es nicht verhindern. Sie hat geschrien und sich gewehrt, aber die Uzoma waren stärker.« Seine Stimme gewann während des Redens immer mehr an Kraft. Ich habe gesehen, wie diese Bastarde sie aufs Pferd zerrten«, sagte er und ballte in hilfloser Wut die Fäuste. »Ich hörte sie schreien und wollte ihr helfen, aber sie … sie … Sie waren schon zu weit weg. Ich … ich war zu langsam. Zu langsam! Ich konnte sie nicht einholen, ihr nicht mehr helfen.«

»Wem?« Keelin stockte der Atem. Ein banger Seitenblick zeigte ihm, dass Bayard die Stelle, an der Ajana unter dem Sand verborgen liegen musste, noch nicht erreicht hatte. Heftig rüttelte er Abbas an der Schulter. »Nun rede endlich«, forderte er den Freund ungeduldig auf. »Sag schon, wen haben die Uzoma mitgenommen?«

Abbas antwortete nicht sofort. Stattdessen hob er etwas vom Boden auf. »Sie hat sie verloren«, sagte er verbittert, während er den Sand von der Waffe abklopfte. »Sie konnte so gut damit kämpfen, doch am Ende hat es ihr nicht geholfen.« Er reichte Keelin eine Feuerpeitsche. »Die Uzoma haben Maylea verschleppt.«

Das Bild in der Wasserschale zeigte eine kleine Gruppe von Reitern, die vor dem Hintergrund eines glutroten Himmels über die Steppe preschten. In der zunehmenden Dämmerung waren ihre Gesichter nicht zu erkennen, aber Vhara war es gleichgültig, welche der zwölf Krieger lebend nach Udnobe zurückkehrten. Das Einzige, was zählte, war das Mädchen, das gefesselt über dem Widerrist eines Pferdes lag.

Ein zufriedenes Lächeln umspielte Vharas Mundwinkel.

Voller Genugtuung hatte sie den Kampf im Spiegel der Wasserschale beobachtet. Die Verfolgten hatten sich den Uzoma mit überraschend heftiger Gegenwehr zum Kampf gestellt und mit dem Mut der Verzweiflung gekämpft. Für eine Weile hatte sie sogar um den Sieg ihrer Krieger gebangt. Ein bärtiger Hüne, der ein gewaltiges Schwert führte, hatte gleich drei Uzoma getötet, und auch die anderen hatten die Attacken der Tempelgarde geschickt pariert. Zu ihrem Bedauern hatte der aufgewirbelte Staub die Sicht getrübt. Dann aber hatte sie gesehen, wie die Uzoma das gesuchte Mädchen ergriffen und zu den Pferden schleppten.

Endlich gelangte die Nebelsängerin und mit ihr auch das Amulett der Elbenpriesterin in ihre Gewalt!

Die Vereinigten Stämme hatten ihre letzte Karte verspielt. Die Festung würde fallen, und die Macht ihres Meisters konnte nach langer Zeit des Wartens endlich auch in das Land südlich des Pandarasgebirges Einzug halten!

Die Erschütterungen im Boden waren nicht mehr zu spüren, der Lärm des nahen Kampfes war seit endlosen Minuten verstummt. Die Dämmerung schob sich langsam über die Steppe und nahm das Licht mit sich fort, während der Wind ein wenig auflebte und den feinen Sand, den die Kämpfenden aufgewirbelt hatten, über den flachen Sandhügel hinwegtrug, unter dem Ajana in bangem Entsetzen ausharrte.

Nur einmal hatte sie versucht, den Kopf zu wenden, um einen Blick auf den Schauplatz des Kampfes zu werfen. Doch die trockenen Gräser vor ihrem Gesicht versperrten ihr die Sicht und ließen nicht zu, dass sie Genaueres erkennen konnte.

Das Gefecht war vorbei, daran gab es keinen Zweifel. Doch so sehr Ajana auch lauschte, der Ausgang des Kampfes blieb für sie ungewiss. Waren die Gefährten, die ihr inzwischen schon fast zu Freunden geworden waren, noch am Leben, oder …

Wie zur Antwort hörte sie in diesem Augenblick aus weiter Ferne den Ruf eines Falken. Horus lebte!

Ajana verspürte neuen Mut. Vielleicht war doch nicht alles verloren. Vorsichtig regte sie sich in ihrem Versteck und versuchte den Kopf zu drehen, doch die Bewegung führte nur dazu, dass noch mehr Sand den Weg unter ihre Kleidung fand. Sehen konnte sie nichts.

»Thorns heilige Rösser, ich hätte nicht gedacht, dass ich das noch erlebe«, hörte sie plötzlich eine vertraute Stimme rufen und spürte, wie jemand die schützenden Gräser fortnahm. Feiner Sand rieselte ihr ins Gesicht. Hastig schloss sie die Augen; als sie sie wieder öffnete, blickte sie in das von Staub und Blut verschmutzte Gesicht des Heermeisters über ihr. Eine tiefe Schnittwunde verunstaltete seine Stirn, und er machte einen erschöpften Eindruck. Dennoch gelang ihm ein Lächeln.

»Kommt heraus«, sagte er freundlich. »Es ist vorbei.«

»Heermeister Bayard!«, rief Ajana glücklich und fragte mit einem Blick auf die blutende Wunde: »Geht es Euch gut?«

»Ein paar Kratzer, mehr nicht.« Bayard streckte ihr die Hand entgegen. Ajana nahm die Hilfe des Katauren dankbar an und klopfte sich den Sand von der Kleidung. Dabei wanderte ihr Blick suchend nach Norden. Das Erste, was sie sah, war eine Gruppe von Pferden, die das dürre Steppengras fraßen. Ein Stück entfernt kauerten zwei dunkle Gestalten beieinander, deren Gesichter sie jedoch nicht erkennen konnte.

Am Ort des Kampfes zeichneten sich im Licht der aufgehenden Monde die Umrisse mehrerer regloser Körper auf dem Steppenboden ab. Der Anblick der Toten versetzte Ajana einen schmerzhaften Stich. »Wo sind die anderen?«, fragte sie mit bebender Stimme. Am liebsten hätte sie gleich nach Keelin gefragt, doch sie fürchtete sich vor der Antwort.

»Feanor ist tot«, erwiderte Bayard knapp. »Abbas und Keelin sind dort hinten, und Maylea, nun …« Er zog bedauernd die Schultern hoch.

Keelin! Ajana spürte, wie ihr Herz vor Erleichterung einen Satz machte. Er lebte! Ein heißes Glücksgefühl durchströmte sie. »Gehen wir zu ihnen?«, fragte sie, doch Bayard schüttelte den Kopf. »Geht Ihr nur«, sagte er, und ein Schatten huschte über sein Gesicht. »Ich werde Feanor die letzte Ehre erweisen.«

Ajana nickte und machte sich auf den Weg. Doch bevor sie die beiden jungen Männer erreichte, sah sie, wie Abbas plötzlich aufsprang. »Mein Entschluss steht fest!«, rief er und bückte sich, um die Feuerpeitsche vom Boden aufzuheben. »Sie ist meines Blutes. Ich werde sie nicht so einfach ihrem Schicksal überlassen.«

Ajana stutzte.

»Sei vernünftig, Abbas.« Keelin erhob sich und legte dem Freund in einer beruhigenden Geste die Hand auf die Schulter. »Du weißt doch gar nicht, wo sie sie hinbringen.« Er beschrieb eine weit ausholende Geste. »Wie willst du sie in dieser endlosen Einöde finden?«

»Ich finde sie!«, beharrte Abbas, und sein Blick zeugte davon, dass er fest entschlossen war, das Wagnis einzugehen. »Ich finde sie, verlass dich darauf. Fünf Pferde hinterlassen eine gut sichtbare Spur. Ich werde ihnen folgen – und wenn sie bis in die Feuer des Wehlfangs hineinreiten.« Mit diesen Worten schüttelte er Keelins

Hand ab und ging auf eines der Pferde zu, die nicht weit entfernt grasten.

»Abbas!« Verzweiflung lag in Keelins Stimme, als er dem Freund hinterhereilte. »Abbas, überleg es dir doch noch einmal. Sie sind zu fünft, und du bist allein. Was glaubst du, gegen sie ausrichten zu können? Was du vorhast, ist Wahnsinn. Du kannst ihr nicht mehr helfen.«

»Aber ich muss es wenigstens versuchen!« Abbas ließ sich nicht beirren. Er hob einen gefüllten Wasserschlauch vom Boden auf und warf ihn sich über die Schulter, dann streckte er lockend die Hand aus und ging langsam auf einen prächtigen schwarzen Hengst zu.

»Wo will er hin?« Ajana, die nicht recht wusste, worüber die beiden sich so ereiferten, trat neben Keelin und sah zu Abbas hinüber, der dem Hengst nun sanft über die Nüstern strich. Die Ohren des Pferdes waren vor Anspannung nach hinten gelegt, und es schnaubte nervös. Es schien jedoch zu spüren, dass ihm keine Gefahr drohte, und ließ Abbas gewähren.

»Er hat sich in den Kopf gesetzt, Maylea zu befreien«, erklärte Keelin mit unterdrückter Wut und Kummer in der Stimme.

»Warum? Wo ist Maleya?«, fragte Ajana verwundert.

»Sie wurde von den Uzoma verschleppt.«

»Verschleppt?« Ajana war zutiefst erschüttert. »Warum haben sie das getan?«

»Das fragen wir uns auch«, erwiderte Keelin mit finsterer Miene. »Die Uzoma waren in der Überzahl. Hätte der Kampf nur wenig länger gedauert, wäre vermutlich keiner von uns mehr am Leben. Aber das war wohl nicht ihre Absicht.« Er wandte sich um und sah Ajana geradewegs in die Augen. »Es sieht ganz so aus, als hätten sie dich gewollt.«

»Mich?« Ajana erschauerte. Plötzlich wurde ihr bewusst, welch ungeheures Glück sie gehabt hatte. »Aber dann haben sie …«

»… Maylea vermutlich mit dir verwechselt«, beendete Keelin den Satz für sie. »Eine glückliche Fügung für uns, doch für Maylea …« Er verstummte und wandte seine Aufmerksamkeit wieder

Abbas zu, der inzwischen aufgesessen war und die Zügel in der Hand hielt. »Abbas, warte«, rief er, und diesmal lag kein Zorn in seiner Stimme. Mit gemäßigten Schritten ging er auf den Hengst zu, um das nervöse Tier nicht zu erschrecken, und klopfte ihm mit der Hand beruhigend auf den Hals. »Möge Gilian, der Herrscher der Lüfte, über dich wachen«, sagte er leise und streckte Abbas zum Abschied die Hand entgegen. Abbas beugte sich ein Stück herunter und umfing den Unterarm des Falkners in der traditionellen Art der Krieger. »Ich werde sie finden, und ich werde sie befreien. Emo!«, schwor er mit den Worten der Wunandamazonen und fügte leise hinzu: »Wünsch mir Glück, mein Freund.«

Ein sanfter Tritt mit den Fersen genügte, und das Pferd trabte an. Im schwindenden Licht des Sonnenuntergangs, dessen feurige Farben im Westen in zarten Pastelltönen verblassten, folgte Abbas der Spur der Uzoma und war bald nur noch als dunkler Umriss vor dem hellen Steppensand zu erkennen.

»Beim Schwerte des Asnar, der Küchenjunge hat es faustdick unterm Sattel.« Bayard gesellte sich zu Ajana und Keelin, die Abbas schweigend nachblickten. »Wo hat er nur das Reiten gelernt?«

»Wie es scheint, sind wir Stallburschen manchmal auch gute Lehrer«, sagte Keelin, ohne den Blick von dem sich rasch entfernenden Freund abzuwenden. »Aber es ist lange her, seit wir das letzte Mal heimlich zusammen ritten.«

»Nun, er scheint es jedenfalls nicht verlernt zu haben«, sagte der Heermeister anerkennend. »Ich möchte nur wissen, was er vorhat.«

Maylea wurde von wirren Träumen geplagt.

Sie hastete durch dunkle Orte, und ihre einzigen Gefährten waren Worte im leeren Raum – Worte voller Hass und Verachtung.

Ist sie es? Ist sie es?

Vernichtet sie!

Werft sie in den Schatten!

Nichtswürdige Humardin!

Eine Gestalt ragte vor ihr auf, ein Schatten, schwarz und gewaltig wie ein Berg. Der Kopf wurde von einer leuchtenden Aura gekrönt, und die Augen schimmerten wie Eis in der Finsternis, die das Gesicht sein mochte. Eisig war auch die Schattenhand, und als sie Maylea packte, war es, als pressten sich ihr frostige Zapfen in die Haut.

Gespenstische Gesichter umtanzten den dunklen Koloss, schwankten wie schimmernde Nebel in der Finsternis, verloren die Gestalt und flossen auseinander, um aus den dünnen Schleiern neue, grauenhafte Fratzen zu formen.

»Das Rad dreht sich. Sterbliche«, wisperten sie ihr zu, und eine schrille Stimme kreischte: »Zerquetscht sie!«

Die eisigen Finger folgten dem Ruf und verstärkten den Druck auf ihre Kehle. Sie schrie, doch nur ein krächzender Laut entfloh ihren Lippen. In Todesfurcht hob sie die Arme und schlug nach dem finsteren Peiniger, aber ihre Hände fuhren wirkungslos durch den Schattenleib, und höhnisches, unbarmherziges Gelächter drang an ihre Ohren …

Sie erwachte aus dem Wirbel wispernder Stimmen, höhnischen Gelächters und frostkalter Hände, die nach ihr griffen, und fand das Spiegelbild ihres Traums im Kreis der über sie gebeugten Gesichter wieder. Im unsteten Fackelschein wirkten sie düster und grimmig, und in den flüsternd gewechselten Worten lag keine Freundlichkeit. Hinter ihnen schien die Nacht mit glühendem Feuer gesäumt, das den Himmel erhellte.

»Sie wacht auf«, sagte eine Stimme, und auf einmal waren die Gesichter klar zu erkennen – Uzoma!

»Sie ist mehr tot als lebendig«, meinte eine tiefe Stimme. »Wenn sie stirbt, ist es deine Schuld.«

»Ich habe sie nicht fest geschlagen. Sterben … pah! Die tut doch nur so«, knurrte der Erste. »Ich bin sicher, sie steht bald wieder auf den Beinen.« Ein harter Fußtritt bohrte sich in Mayleas Rippen, und ein stechender Schmerz durchzuckte sie wie ein Peitschenhieb. Sie keuchte und krümmte sich.

»Siehst du, sie lebt!«, knurrte der Uzoma zufrieden.

»Das muss sie auch«, sagte ein anderer mit mahnendem Unterton. »Die Hohepriesterin will sie lebend.«

»... und zwar bald«, fügte die tiefe Stimme hinzu. »Wir haben lange genug gerastet. Schafft sie wieder aufs Pferd.«

Grobe Hände packten Maylea an der Armen. Die Fesseln schnitten ihr tief in die Haut, doch sie biss die Zähne zusammen und schwieg. Sie wusste nicht, wie lange sie besinnungslos gewesen war, aber da es noch immer tiefdunkle Nacht war, konnte es nicht allzu lange gewesen sein.

An den Ritt erinnerte sie sich nur dumpf. Er bestand für sie aus Schmerzen, Dunkelheit, holpernden Bewegungen und dem durchdringenden Schweißgeruch des Pferdekörpers. Einmal hatte sie versucht, in vollem Galopp seitlich vom Pferd zu gleiten, doch der Uzomakrieger neben ihr hatte sie brutal zurückgezerrt und ihr heftige Schläge versetzt. Danach wusste sie nichts mehr.

Jetzt zerrten die Krieger sie wieder aufs Pferd. Ein Ruf ertönte, das Tier trabte an, und die Welt um Maylea herum versank wieder in Dunkelheit, Schmerzen und beißendem Schweißgeruch.

Der Angriff auf die Festung am Pass begann leise, aber nicht unerwartet im ersterbenden Licht des Tages.

Die Krieger der Vereinigten Stämme von Nymath standen dicht gedrängt auf den Wehrgängen der Festungsanlage und starrten hinab in die finstere Klamm, in der sich ein Meer aus Tausenden von Fackeln bis hin zum fernen Ende des Grinlortals erstreckte.

Es war still. Totenstill.

Auch Gathorion hatte auf der Brustwehr Posten bezogen. Nicht die kleinste Regung verriet, was in ihm vorging, und seine Stimme wirkte ruhig und gefasst, als er seine Befehle an die Meldegänger weitergab, die nach einer kurzen Verbeugung wieder in der dicht gedrängten Menge der Verteidiger verschwanden.

»Callugar stehe uns bei«, hörte er einen Krieger in unmittelbarer

Nähe flüstern. Die Worte, obwohl leise gesprochen, hallten durch die Nacht und wirkten fast wie ein Frevel in der bedrückenden Stille.

Der Elbenprinz wandte den Blick von dem Geschehen in der Klamm ab und schaute hinüber zu dem Krieger, der gesprochen hatte. Der junge Onur hielt sein Schwert so fest umklammert, dass die Knöchel weiß hervortraten. Sein Gesicht war von einer unnatürlichen Blässe, die selbst im Fackelschein zu erkennen war, und sein Blick starr auf das herannahende Heer gerichtet.

Plötzlich wurde die Stille vom Dröhnen der feindlichen Trommeln zerrissen, deren dumpfer, pulsierender Rhythmus düster und bedrohlich durch die Klamm hallte und von den steil aufragenden Felswänden als hundertfaches Echo zurückgeworfen wurde.

Die Uzoma rückten vor – eine nicht enden wollende Masse gesichtsloser, gepanzerter Gestalten im Fackelschein. Langsam und stetig kamen sie näher an die Festung heran, und der Marschtritt ließ den Boden im Takt der Trommelschläge erbeben. Metall klirrte und hartes Leder knarrte, als Waffen und Rüstungen kampfbereit gemacht wurden.

»Pfeile?« Die Frage des Heermeisters schien berechtigt, doch Gathorion hob die Hand und schüttelte den Kopf. »Noch nicht«, sagte er, den Blick nun wieder fest auf das Heer gerichtet. Er wusste, dass die Bogenschützen hinter den Schanzen nur auf sein Kommando warteten, doch der rechte Moment für einen Pfeilhagel war noch nicht gekommen.

Das Dröhnen der Trommeln wurde lauter, als das Heer bis knapp auf Pfeilschussweite auf die Festung vorrückte. Dann verstummten sie plötzlich, und die Truppen kamen zum Stehen.

Einige Herzschläge lang erfüllte wieder eine tiefe Stille die Klamm, dann erschallte aus abertausend Kehlen ein ohrenbetäubendes Gebrüll. Speere wurden auf den Boden gerammt, Schwerter prallten gegen Schilde, während sich über dem Brüllen und Stampfen langsam ein einziges Wort erhob, das als dumpfer, monotoner Rhythmus gegen die Mauern der Festung brandete.

»Whyono … Whyono … Whyono …«

Die Stimmen und das Stampfen wurden lauter und fordernder, und Gathorion sah, wie sich die Reihen der Fackeln langsam zu einer schmalen Gasse teilten.

»Whyono … Whyono … Whyono …«

Immer weiter öffnete sich die dicht gedrängte Phalanx des Heeres, und schließlich konnten auch die Verteidiger auf der Brustwehr eine Gruppe von Reitern erkennen, denen die Uzomakrieger respektvoll Platz machten.

»Whyono … Whyono … Whyono …«

Gefolgt von den Stammesoberhäuptern der Uzoma, die an ihrem aufwändigen, mit bunten Perlen und prächtigen Federn verzierten Kopfschmuck gut zu erkennen waren, näherte sich ein Reiter in imposanter Rüstung der Festung. Der rubinrote Umhang wallte im Wind, die polierten Eisenringe und Silberplättchen des Harnischs blitzten im Fackelschein, und auf der Stirn des Reiters brach sich das Licht in einem breiten goldenen Reif.

»Wer ist das?« Der Fath-Heermeister, der unmittelbar neben Gathorion stand, sprach aus, was alle bewegte. Obwohl es entsprechende Gerüchte gab, war nie zuvor ein Angehöriger ihrer Rasse unter den Uzoma gesehen worden, und die Nachricht, dass diesmal ein Andaurier das Heer der Uzoma anführte, verbreitete sich wie ein Lauffeuer auf den Wehrgängen der Festung.

»Whyono … Whyono … Whyono …«

Die Reiter nahmen vor der ersten Angriffslinie der Uzoma Aufstellung. Der Anführer mit dem goldenen Stirnreif hob Einhalt gebietend die Hand, und der huldigende Sprechgesang verstummte.

»Wo versteckt sich der Feigling, der dieses marode Bauwerk befehligt?« Die spöttische Stimme des Anführers hallte durch die Klamm.

Gathorion ergriff eine Fackel. »Welcher Fremde erhebt den Anspruch, für die Uzoma sprechen zu dürfen?«, rief er herausfordernd.

Ein empörtes Raunen aus Tausenden von Kehlen erfüllte die Luft, doch der Anführer hob erneut die Hand, und die Stimmen verstummten. »Fremd bin ich nur für jene, die ich meine Feinde nenne«, gab er gelassen zur Antwort. »Jene, die mir treu ergeben sind, nennen mich den Whyono, der die Stämme der Uzoma unter einer Herrschaft vereinte, auf dass sie endlich in ihre Heimat zurückkehren und die Allmacht des einzigen Gottes nach Nymath tragen werden.« Er hob drohend die Faust. »Ich bin gekommen, um der Vernichtung dessen beizuwohnen, was die Vereinigten Stämme noch an jämmerlichen Kriegern aufzubieten haben.«

»Dann bist du zu früh gekommen«, erwiderte Gathorion furchtlos. »Die Vereinigten Stämme Nymaths sind noch lange nicht geschlagen.«

»Worte!«, höhnte der Whyono. »Hohle Worte. Wenn die Sonne aufgeht, wirst du anders darüber denken.« Er wendete sein Pferd, riss einem Uzoma die brennende Fackel aus den Händen und preschte an der Phalanx des Heeres entlang zu einem riesigen Kessel, den die Krieger dorthin geschafft hatten. Unmittelbar davor brachte er sein Pferd zum Steigen, streckte die Fackel in Siegerpose in die Luft und stieß sie tief in den Kessel hinein.

Unbändiger Jubel brandete auf, als eine gewaltige silberne Feuersäule aus dem Kessel in die Höhe schoss und die Klamm bis tief ins Grinlortal hinein erhellte.

»Sie rufen die Lagaren«, rief Gathorion, der das Zeichen richtig deutete, den Meldegängern über das Lärmen der Uzoma hinweg zu. »Katapulte bereit!«

Bayard, Ajana und Keelin gönnten sich nur eine kurze Rast. Die beiden Männer waren von dem zermürbenden Kampf erschöpft, doch als sich die Monde über den Horizont erhoben, drängte Bayard zum Aufbruch. Wie schon zwei Nächte zuvor, nach dem Angriff des Ajabani, schien er sich nicht lange mit trüben Gedanken aufhalten zu wollen, sondern richtete den Blick nach kurzem Gedenken an Feanor gleich wieder nach vorn. »Wir haben Glück«, hörte Ajana ihn zu Keelin sagen. »Die Pferde der Uzoma werden uns gute Dienste leisten. Wenn alles gut verläuft, sind wir bei Sonnenaufgang am Arnad.«

»Glück?« Für Ajana klangen die Worte des Heermeisters wie bittere Ironie. Zu Abbas und Maylea hatte sie in den vergangenen Tagen ein freundschaftliches Verhältnis aufgebaut, und der Gedanke, die beiden nie mehr wieder zu sehen, bereitete ihr großen Kummer. »Wie könnt Ihr jetzt von Glück sprechen? Feanor ist tot, Maylea verschleppt und Abbas in großer Gefahr.« Sie schüttelte verständnislos den Kopf. »Ein Glück wäre es, wenn wir alle noch beisammen wären.«

»Kein Kampf bleibt ohne Verluste«, erwiderte Bayard, doch der kurze Seitenblick, den er dabei auf den frischen, vom Mondlicht beschienenen Grabhügel warf, zeugte davon, dass auch er nicht frei von bedrückenden Gefühlen war. »Maylea wusste um die Gefahr«, fuhr er mit fester Stimme fort. »Sie hätte in der Festung bleiben können. Aber sie bestand darauf, uns zu begleiten. Und dieser starrköpfige Küchenjunge«, er spie auf den Boden, »unterstand nicht meinem Befehl. Für seine Torheiten ist er selbst verantwortlich.« Er verstummte kurz und sah zu den Pferden hinüber, die noch immer im Mondschein grasten. »Das sind gute Pferde«, sagte er bewundernd.

»Ich wusste gar nicht, dass die Uzoma reiten können«, warf Keelin ein.

»Ich auch nicht.« Bayard wandte sich um und sah zu den getöteten Uzomakriegern hinüber, deren Körper steif und leblos auf dem Boden lagen. »Sieht ganz so aus, als ob diese Krieger etwas Besonderes waren.« Er seufzte und zog die Schultern hoch. »Nun, sie sind tot und werden uns nichts mehr verraten. Sucht unsere Sachen zusammen. Ich hole die Pferde.« Der Heermeister drehte sich um und ging langsam auf die grasenden Tiere zu.

Ajana sah Keelin von der Seite an. Seit Abbas fortgeritten war, war er sehr schweigsam und wirkte niedergeschlagen. Sie hatte das Gefühl, etwas zu ihm sagen zu müssen, etwas Tröstliches, das ihm zeigte, dass auch sie die beiden Wunand vermisste. »Es tut mir sehr Leid um Abbas«, meinte sie leise und schaute Keelin mitfühlend an.

»Er hätte mir nicht folgen dürfen.« Bitternis schwang in Keelins Worten mit, und Ajana spürte, dass er sich große Vorwürfe machte.

»Es ist nicht deine Schuld«, sagte sie schnell.

»Das stimmt. Aber wenn ich mich nicht von ihm verabschiedet hätte, hätte er vermutlich erst viel später erfahren, dass ich fort bin, und uns nicht mehr folgen können.«

»Wenn er uns nicht gefolgt wäre, stünden wir vielleicht jetzt nicht hier«, wandte Ajana ein und fasste Keelin sanft an der Schulter. »In meiner Welt gibt es Menschen, die mit der Überzeugung leben, dass nichts zufällig geschieht. Sie sagen, alles sei vom Schicksal vorherbestimmt, und keiner könne sich dem entziehen.«

»Und du? Glaubst du daran?«, wollte Keelin wissen.

»Hättest du mich das vor zwei Wochen gefragt, hätte ich nein gesagt«, gab Ajana ehrlich zur Antwort. »Doch jetzt ...« Sie hielt inne, um nach den richtigen Worten zu suchen. »Ja, jetzt denke ich, es stimmt.« Sie holte das Amulett hervor. »Das ist mein Schicksal«, sagte sie. »Wir alle müssen das tun, was uns bestimmt ist. Das gilt für Abbas genauso wie für mich und jeden anderen.«

»Eine tröstlicher, aber auch beängstigender Gedanke.« Keelin versuchte ein Lächeln, sammelte die Pfeile vom Boden auf, die er kurz zuvor vom Kampfplatz geholt hatte, und steckte sie in den Köcher zurück. »Ich hoffe nur, dass das Schicksal für Abbas und mich ein Wiedersehen vorherbestimmt hat.«

Aus der Dunkelheit im Norden flogen sie heran und glitten wie schwarze Schatten durch die frostkalte Nacht. Ihre Leiber verdeckten das Funkeln der Sterne, und ihre Furcht erregenden Schreie hallten verzerrt von den steil aufragenden Felswänden wider.

Sie kamen wie die Boten des Todes, und mit jedem Flügelschlag, mit dem sie sich der Festung näherten, schien sich die Nacht ein wenig mehr zu verfinstern.

Ein jeder starrte zum Himmel empor, Angreifer und Verteidiger vereint in der bedrückenden Stille, die dem nahenden Grauen vorauseilte. Das Dröhnen der großen Kriegstrommel war verstummt, die begeisterten Rufe der Uzoma verklungen. Es schien, als hielten selbst die Götter den Atem an.

»Das ist das Ende«, hörte Gathorion einen jungen Raiden hinter sich murmeln. Der Elbenprinz stand noch immer auf seinem Posten in der Mitte der Festungsmauer und blickte dem Feind mit unbewegter Miene entgegen. Die letzten Anweisungen waren gegeben, alle Krieger kampfbereit. Bald würde sich entscheiden, ob es die richtigen Befehle gewesen und die Positionen der Krieger gut gewählt waren. Und es würde sich zeigen, ob die wenigen Pfeilkatapulte, die sie in der kurzen Zeit hatten fertig stellen können und auf die er so große Hoffnungen setzte, tatsächlich eine wirksame Waffe im Kampf gegen die Lagaren waren.

Die Menge der Krieger teilte sich, um einen Meldegänger durchzulassen. Der Junge war völlig außer Atem. »Die Katapulte zur Rechten sind bereit«, teilte er dem Elbenprinzen keuchend mit. Sein Gesicht war von dem Lauf gerötet, und obwohl er darum kämpfte, Haltung zu bewahren, huschte sein Blick angstvoll zu dem feindlichen Heer.

»Gut gemacht.« Gathorion ließ die Angreifer keinen Herzschlag lang aus den Augen. Nicht die kleinste Regung verriet, was er fühlte oder dachte. Fast beiläufig nahm er zur Kenntnis, wie der zweite Meldegänger zurückkehrte und berichtete, dass die Katapulte zur Linken ebenfalls schussbereit seien.

Dann waren die Lagaren heran.

Etwas zischte dicht über Gathorions Kopf hinweg und bohrte sich mit einem dumpfen Schlag in die Brust des hinter ihm stehenden Kriegers. Der Raide riss keuchend die Augen auf, umklammerte mit beiden Händen den gefiederten Pfeil, der ihm aus der Brust ragte, und sank in die Knie.

Auf der Brustwehr brach die Hölle los. Die Luft war erfüllt vom

Rauschen mächtiger Schwingen, dem Sirren von Pfeilen und den gellenden Schreien der Verwundeten. Gleißende Lichtblitze zuckten über den Himmel und machten die Nacht zum Tag, als die Lagarenreiter ihre Tod bringende Fracht über der Festung entluden. Gewaltige Feuersäulen flammten auf, in denen zahllose tapfere Krieger einen grauenvollen Tod fanden. Der giftige Atem der Lagaren riss klaffende Lücken in die dicht gedrängten Reihen der Verteidiger.

Doch auch die Katapulte blieben nicht ohne Wirkung.

Gathorion sah, wie sich eine Hand voll der gewaltigen Pfeile tief in den ungeschützten Leib eines Lagaren bohrte. Ein lauter, Furcht erregender Schrei erklang, grünes Blut spritzte und ergoss sich wie stinkender Regen über die Verteidiger. Der Lagar gewann noch einmal flügelschlagend an Höhe, als versuchte er den Geschossen auszuweichen. Doch dann verließen ihn die Kräfte, und er stürzte mit der Wucht eines Felsens auf den freien Platz vor der Festungsmauer, wo der schuppige Körper mit einem schauerlichen Krachen zerschellte. Ein weiterer Lagar stürzte in den hinteren Teil der Festung, wo er unter den Äxten und Schwertern der herbeigeeilten Krieger ein grausames Ende fand. Ein dritter fiel mitten in das wartende Heer der Uzoma.

Verhaltener Jubel brandete auf, als das riesige Tier Dutzende Uzomakrieger unter sich zermalmte. Doch Gathorion war schmerzlich bewusst, dass die wenigen errungenen Erfolge nicht ausreichten, um den Verlauf der Schlacht zu ihren Gunsten zu beeinflussen.

Schon jetzt brannten überall Feuer – rauchlose Feuer, die quälende Hitze und ätzenden Schwefelgestank verbreiteten. Allerorten versuchten die Krieger und Bewohner der Festung die Brände mit den bereitgestellten Wasservorräten zu löschen. Unermüdlich kämpften sie gegen die Flammen an, doch sie waren nicht schnell genug, und der Himmel über der Festung erglühte im Licht des gleißenden Infernos. Dort, wo die Feuer alles verschlangen, zerfiel die Ordnung im nackten Kampf ums Überleben. Doch an anderer Stelle schleppten die Menschen weiterhin unermüdlich Wasser herbei, um die Brände in der feuchten Flut zu ersticken.

Dann war es vorbei.

So plötzlich, wie die erste Angriffswelle gekommen war, so schnell verebbte sie auch wieder. Nachdem sich die Lagarenreiter der tödlichen Fracht entledigt hatten, stiegen sie hoch hinauf und flogen außerhalb der Reichweite der Pfeilkatapulte nach Norden davon. Niemand zweifelte daran, dass sie schon sehr bald zurückkommen würden, doch die kleine Atempause verschaffte den Kriegern kostbare Zeit, um sich einen Überblick über die Verluste und die entstandenen Schäden zu verschaffen.

Gathorion berief die Heermeister zu sich. »Der nächste Angriff wird sich zielgenau gegen die Katapulte richten«, knurrte er grimmig. »Sie wissen jetzt, wo sie stehen, und werden versuchen, sie rasch zu zerstören.«

»Wenn das geschieht, sind wir verloren«, wandte Artis ein, der Onur-Heermeister. »Schon jetzt haben wir erhebliche Verluste zu beklagen. Und die Schlacht hat noch nicht einmal richtig begonnen.«

»Noch mehr Brände können wir nicht löschen«, rief ein anderer. »Wir haben schon jetzt zu wenig Männer und zu wenig Wasser. Ein erneuter Angriff wird die Festung in Schutt und Asche legen.«

Gathorion nickte zustimmend, doch seine Stimme war voller Entschlossenheit, als er sagte: »Dann müssen wir beim nächsten Angriff dafür sorgen, dass die Lagaren die Festung gar nicht erst erreichen.«

»Aber wie?«

»Wir wissen jetzt, woher sie kommen«, sagte Gathorion und schaute nach Norden, wo sich die Lagaren kaum sichtbar vor dem funkelnden Sternenhimmel abzeichneten. Sein Blick wanderte weiter zu dem wartenden Heer, und ein grimmiges Lächeln huschte über sein Gesicht. »Wenn wir die Uzoma schon nicht aufhalten können, wollen wir ihnen zumindest ein wenig einheizen.«

Dort wird als Zeichen meiner Verehrung ein ganz besonderes Abendrot dein Herz erfreuen …

Die Worte, die Othon ihr zum Abschied gesagt hatte, kamen Vhara in den Sinn, als sie im Mondlicht auf den abseits gelegenen Tempel des dunklen Gottes zueilte und über den fernen Bergen im Süden einen feurigen Lichtschein entdeckte. Entgegen Othons Versprechen war die Sonne längst untergegangen und die Nacht weit vorangeschritten. Doch die Hohepriesterin war so sehr damit beschäftigt gewesen, alles für die bevorstehende Ankunft der Nebelsängerin vorzubereiten, dass sie das Versprechen des Whyono darüber ganz vergessen hatte.

Umso mehr nahm sie es mit Genugtuung auf, dass der Angriff auf den Pass anscheinend wie geplant verlief. Kurz erwog sie, noch einmal in den Spiegel der Wasserschale zu schauen, um sich ein Bild von der Schlacht zu machen, verwarf diesen Gedanken aber sogleich wieder. Der Augenblick des Triumphes – ihres Triumphes! – stand unmittelbar bevor. Die Krieger der Tempelgarde würden bald mit der Gefangenen zurückkehren. Dann würde das Amulett endlich in ihre Hände gelangen, und sie würde erfahren, welche Magie sich hinter den Schriftzeichen verbarg, die es zierten. Sie würde lernen, wie diese Magie zu erwecken war, und sie sich zunutze machen.

Mit dem magischen Amulett würde ihre Macht weiter anwachsen. So weit, dass sie eines Tages …

Vhara schüttelte den Kopf. Für solche Träumereien war es noch zu früh. Zunächst musste sie der Trägerin des Amuletts das nötige Wissen entlocken. Vhara lächelte boshaft. Über die Verschwiegenheit des Elbensprosses musste sie sich wahrlich nicht dem Kopf zerbrechen. Dagegen kannte sie einige sehr nützliche und Erfolg versprechende Mittel, die schon so manchem störrischen Gefangenen die Zunge gelöst hatten.

Mit einem letzten Blick auf das feurige Leuchten über den Bergen betrat die Hohepriesterin ein niedriges Gebäude, das wie ein Armstumpf von dem großen Tempel des dunklen Gottes abzweigte. Der Geruch von Blut haftete ihm so unauslöschlich an, und es lag so düster und lauernd da, dass es in der Sprache der Uzoma oft nur *n Terbelan* oder das Bluthaus genannt wurde.

Der rote Feuerschein im Süden verhieß nichts Gutes, doch Abbas achtete nicht darauf. Im schwachen Mondlicht waren die Spuren, welche die Pferde der Uzoma auf dem sandigen Boden hinterlassen hatten, nur schwer zu erkennen gewesen, und der junge Wunand hatte zunächst alle Mühe gehabt, ihnen zu folgen. Doch zum Glück gab es auch in diesem Teil der Steppe immer wieder flache Mulden, in denen der Wind den lockeren Sand in dicken Schichten abgelagert hatte. Dort hatten sich die Hufe der Pferde so tief eingegraben, dass er die Abdrücke gut erkennen konnte.

Inzwischen folgte er der Spur schon so lange, dass er nur noch hin und wieder auf den Boden schaute, um sich zu vergewissern, dass die Uzoma noch immer die eingeschlagene Richtung beibehielten.

Sie ritten nach Nordwesten. In einer schnurgeraden Linie trieben sie die Pferde durch die Steppe, ohne Rast und ohne langsamer zu werden. Sie schienen es sehr eilig zu haben und ihr Ziel genau zu kennen.

Wieder schaute Abbas zu Boden, wo die Steppe unter den galoppierenden Hufen des Pferdes dahinflog, und wieder brauchte er nicht lange zu suchen. Als er den Blick hob, sah er das silberne Band eines breiten Flusses in der Ferne schimmern.

Das musste der Arnad sein.

Und die Reiter hielten genau darauf zu.

Was wäre, wenn sie dort ein Floß oder ein Fährmann erwartete? Abbas' Mut sank. Emos zornige Töchter, das darf nicht sein!, flehte er in Gedanken und betete darum, dass es einen anderen Weg über den Fluss geben möge.

Es war noch nicht Mitternacht, als er das Ufer des Arnad erreichte. Der breite Strom floss langsam dahin und lag silbern schimmernd im Mondlicht. Kein Schilf, keine Binsen und nicht einmal das zähe Stachelgras, das überall in der Steppe zu finden war, säumten das Ufer, kein Tier schwamm auf den träge plätschernden Wellen, und kein Fisch durchbrach die glänzende Wasserfläche. Der Arnad war ein toter Fluss. Die Magie der Nebel hatte die Uzoma verbannt, aber sie hatte auch alles Leben im Fluss und um ihn herum vernichtet. Die Wunden, die sie der Landschaft zugefügt hatte, waren nicht zu übersehen.

Abbas richtete sich auf dem Rücken des Pferdes auf und spähte voraus, bereute die Bewegung aber sogleich. Er war es nicht gewohnt zu reiten und hatte inzwischen das Gefühl, als säße er auf blanken Knochen. Wunandmänner ritten nie und die Frauen seines Blutes nur selten, doch wenn sie ritten, dann stets mit Sattel und nicht, wie die Uzoma, auf einer gewebten Decke. Als Keelin noch Stallbursche gewesen war, hatte er Abbas oft mit hinaus auf die Weiden genommen und ihn dort, unbemerkt von allen, das Reiten gelehrt. Abbas besaß ein natürliches Gespür für Pferde und hatte schnell gelernt. Immerhin war seine Mutter eine der wenigen Wunandamazonen gewesen, die es in der Reitkunst sogar mit einem Katauren hätte aufnehmen können. Sie war als eine der ersten Kriegerinnen mit an den Pass gegangen und hatte Abbas, ihr einziges Kind, in Keldas Obhut gegeben.

»... bis ich zurückkomme«, hatte sie zum Abschied gesagt und ihm lächelnd einen Kuss auf die Stirn gehaucht, aber er hatte sie nie wieder gesehen.

Abbas schüttelte den Kopf, als könnte er den Kummer darüber auf diese Weise vertreiben, und richtete sein Augenmerk auf die Spuren, die mitten ins Wasser hineinführten. Es bestand kein Zweifel daran, dass die Krieger, die Maylea entführt hatten, hier entlanggeritten waren. Doch wohin er auch blickte, von einem Floß oder einem Fährmann war weit und breit nichts zu sehen. Vor ihm lag das mondbeschienene Wasser, das zu tief und dessen Strömung zu schnell war, um eine Durchquerung zu wagen. Dennoch hatte es ganz den Anschein, als wären die Uzoma einfach in den Fluss hineingeritten.

Abbas zögerte. Sollte er es wagen, ihnen zu folgen? Vorsichtig ließ er das Pferd ins seichte Wasser am Ufer gehen. Er rechnete damit, dass es sehr bald tiefer würde, doch zu seiner großen Überraschung reichte das Wasser dem Pferd kaum bis über die Fesseln.

Eine Furt! Abbas konnte sein Glück kaum fassen und blickte sich um. Jetzt sah er auch die dunklen Pfähle, die zu beiden Seiten der Furt aus dem Wasser ragten, um deren Breite zu markieren. Sie waren im Mondlicht nur schlecht zu erkennen, aber wenn er wachsam bliebe, würden sie ihm den sicheren Weg über den Fluss weisen.

Nun, da er eine Möglichkeit gefunden hatte, den Arnad zu durchqueren, kehrte auch die Zuversicht zurück, und obwohl er noch immer nicht wusste, wie, war er fest davon überzeugt, Maylea retten zu können.

Ich werde sie befreien, dachte er entschlossen. Irgendwie – wenn ich sie nur erst gefunden habe.

»Die Festung steht in Flammen!« Keelin, der vor Ajana ritt, zügelte erschüttert sein Pferd, als er das Bild des rot glühenden Himmels über den Gipfeln des Pandarasgebirges von Horus empfing.

Unmittelbar nachdem sie losgeritten waren, hatte sich der Falke in die Lüfte geschwungen und war ungeachtet der Dunkelheit nach Westen geflogen, was Keelin sehr verwundert hatte. Für eine Weile hatte er keine Botschaft empfangen, aber das Bild der brennenden Festung erklärte Horus' plötzliche Unruhe.

»Asnar stehe uns bei! So früh?« Bayard hielt sein Pferd abrupt an. »Was kann dein Falke noch erkennen?«

»Nicht viel ...« Keelin hielt die Augen weiter geschlossen und presste die Hände an die Schläfen. »Er ist noch zu weit von der Festung entfernt und sieht nur den Feuerschein über den Bergen.«

»Thorns heilige Rösser!« Bayard fuhr sich mit der Hand über den Bart. Es war nicht zu übersehen, wie sehr ihn die unerwartete Nachricht aufwühlte. Zum ersten Mal hatte Keelin das Gefühl, dass der forsche und stets unerschütterliche Kataure zögerte. Doch der Eindruck verflog so schnell, wie er gekommen war. Nur wenige Augenblicke später hatte Bayard sich wieder im Griff und wirkte so gefasst und zuversichtlich wie zu Beginn der Reise.

»Ruf den Falken zurück«, wies er Keelin an. »Wir werden nicht zulassen, dass diese verfluchten Uzoma die Festung stürmen.« Er nahm die Zügel fest in die Hand und ließ sein Pferd antraben. »Worauf wartet ihr noch!«, rief er Ajana und Keelin zu, während er das Tier mit gezielten Fersenhieben anspornte. »Wenn wir uns beeilen, erreichen wir den Arnad noch vor Sonnenaufgang.« Der schwarze Hengst wieherte schrill, sprang vorwärts und setzte sich mit donnernden Hufen vor die Pferde der anderen, die sogleich in den gestreckten Galopp einfielen.

Wie Schattenreiter preschten Bayard, Ajana und Keelin im Mondlicht dahin. Die Körper der Pferde waren schweißnass, die Nüstern weit gebläht.

Ajana spürte die zunehmende Erschöpfung der Tiere und schaute ängstlich zu Bayard hinüber. Das Gesicht des Heermeisters war von tiefer Sorge gezeichnet. Die dunklen Augen erforschten das Land, das sich vor ihnen auftat, als könnte er den Arnad herbeizwingen, während er sein Pferd mit grimmiger Entschlossenheit weiter antrieb.

Ajana warf Keelin einen schnellen Blick zu. Die Züge des jungen Falkners spiegelten die gleiche Sorge wider, die auch den Heermeister quälte, und Ajana ahnte, was die beiden bewegte: Die Festung stand in Flammen, und sie fürchteten, dass sie zu spät kämen.

So galoppierten sie durch flache Talmulden, die sich zwischen sanften Hügeln auftaten, und über niedrige Anhöhen hinweg und jagten ohne Rast durch die schweigende nächtliche Steppe.

Endlich kam der Arnad in Sicht, ein breites, im Mondschein silbern funkelndes Band. Der Anblick ließ Ajanas Herz höher schlagen, doch bei aller Freude, das Ziel endlich erreicht zu haben, weckte er auch Zweifel in ihrem Innern.

Es war nicht die Furcht vor dem Versagen, nicht die bange Frage, ob sie das, was von ihr erwartet wurde, auch zu vollbringen vermochte. Es war etwas anderes, das sie schon seit Tagen wie ein düsterer Schatten begleitete. Etwas, das Abbas mit seinen Worten in ihr geweckt hatte, das den Sinn der Reise, der vielen Opfer und ihre Aufgabe so sehr in Frage stellte und das Ajana die ganze Zeit über bei sich unterdrückt hatte.

Es war eine Frage, die sie niemandem zu stellen wagte. Doch welchen Sinn konnte die Magie der Nebel noch haben, welchen Schutz noch bieten, wenn das Heer der Uzoma schon bis zum Pandarasgebirge vorgedrungen war?

Gerade jetzt, so kurz vor dem Ziel, ließen sich die Zweifel nicht mehr verdrängen. Hartnäckig setzten sie sich in ihr fest, und der Dreischlag der Hufe verwandelte sich wie von selbst in eine monotone Melodie, in deren Rhythmus eine einzige, bohrende Frage hinter ihrer Stirn hämmerte: »Wozu noch?«

Der Umstand, dass die Lagaren einen langen Weg zurücklegen mussten, um eine neue tödliche Ladung des feurigen Wassers aufzunehmen, und die Tatsache, dass das Heer der Uzoma offensichtlich den Befehl hatte, so lange mit dem Angriff zu warten, bis das Feuer seine zerstörerische Wirkung voll entfaltet hatte, gewährte den Verteidigern eine unerwartete Verschnaufpause. Die Verwundeten konnten versorgt und die Toten fort geschafft werden; die Schäden am Mauerwerk wurden wenigstens notdürftig behoben. Wer konnte, half beim Löschen der Brände oder dabei, die gewaltigen Katapulte nach Norden auszurichten.

»Eine ungewöhnlich zögerliche Angriffstaktik.« Artis, der Onur-Heermeister, der neben Gathorion auf der äußeren Festungsmauer stand, schüttelte den Kopf.

»Eine vorsichtige«, berichtigte Gathorion, ohne den Blick von dem feindlichen Heer abzuwenden. »Die Lagaren sind eine so zerstörerische Waffe, dass sich die Uzoma selbst davor fürchten. Sie werden kaum das Wagnis eingehen, selbst Opfer der Flammen zu werden, und erst angreifen, wenn die Lagaren ihnen den Weg bereitet haben.«

»Dann sind sie nicht nur zögerlich, sondern auch feige«, bemerkte Artis mit finsterer Miene. »Sie …«

»Ich bringe Nachricht von den Befehlshabern der Katapulte.« Ein Meldegänger erklomm die hölzerne Treppe der Brustwehr, trat vor Gathorion und deutete eine Verbeugung an. Er wirkte erschöpft. Vermutlich hatte er gar nicht mitbekommen, dass er dem Heermeister auf unziemliche Weise ins Wort gefallen war.

Doch obwohl Artis dem Knaben einen zornigen Blick zuwarf,

verzichtete Gathorion darauf, ihn zu maßregeln. »Ich höre«, sagte er ruhig.

»Die Katapulte zu Rechten und zur Linken sind bereit«, berichtete der Bursche mit ernster Miene. »Es sind noch ausreichend Pfeile vorhanden, doch die Befehlshaber geben zu bedenken, dass die neue Angriffswelle nicht viel länger andauern darf als die vorherige.«

»Ich danke dir.« Gathorion entging nicht, dass der Knabe vor Aufregung und Schwäche zitterte. Wie alle in der Festung war auch er schon die halbe Nacht auf den Beinen und verrichtete unermüdlich seine Aufgabe. »Richte den Befehlshabern aus, dass die Lagaren diesmal gezielt die Katapulte angreifen werden. Wir müssen die Flugechsen schon im Anflug erwischen, nur so gibt es Hoffnung.«

»Ja, Herr.« Der Meldegänger deutete wiederum eine Verbeugung an, eilte zur Treppe und entschwand den Blicken des Elbenprinzen, der ihm nachdenklich hinterher schaute. Es ist nicht recht, dass halbe Kinder in einen solchen Kampf ziehen, dachte er betrübt und fragte sich, wo die Götter sein mochten, die dergleichen zuließen. Hatten sie sich abgewendet? Oder sahen sie dem hundertfachen Sterben womöglich seelenruhig zu, wie Spieler, die ihre Figuren in einer großen finalen Schlacht gegeneinander setzten?

Gathorion vermochte es nicht zu sagen. Bekümmert richtete er den Blick wieder nach Norden und erkannte, was die dröhnenden Hörner der Wachtposten gleich darauf verkündeten.

Die Lagaren kamen. Die zweite Angriffswelle begann.

Auf dem freien Platz vor dem Tempel ertönte lauter Hufschlag.

Die Tempelgarde!

Hastig legte Vhara zwei Eisenstäbe in die Glut des Kohlebeckens und schritt zur Tür, um die Krieger zu empfangen. Sie kamen im rechten Augenblick. Alles war bereit.

Die Uzomakrieger waren schon abgesessen, als sie den Hofplatz erreichte und zu ihnen trat, um die reglose Gestalt zu betrachten, die gefesselt und besinnungslos über dem Rücken eines Pferdes hing. Es war eine junge Frau mit schwarzen Haaren, die sie in der Art der Wunand geflochten trug. Auch die Kleidung entsprach der Gewandung der stolzen Kriegerinnen. Eine gelungene Täuschung. Vhara lachte abfällig. Wie einfältig diese Ungläubigen doch waren und wie leicht zu durchschauen. Wenn der Feind glaubte, sie auf so lächerliche Weise in die Irre führen zu können, hatte er sich gründlich getäuscht.

»Ihr habt mir gute Dienste geleistet«, wandte sie sich an die wartenden Krieger. »Mein Dank ist euch gewiss.« Das gönnerhafte Lächeln wich einem entschlossenen Gesichtsausdruck, und sie zeigte auf zwei der Krieger. »Ihr zwei kommt mit mir«, befahl sie und deutete mit einem Kopfnicken auf die Gefangene. »Nehmt ihr den Umhang ab und schafft sie rein. «

Wenig später lag die Wunand im Schein der glühenden Kohlebecken auf der dicken, vernarbten Tischplatte des *Terbelan*, hinter dessen Mauern die Krieger der Tempelgarde schon so manchem Unwilligen die Zunge gelockert hatten. Hand- und Fußgelenke der Gefangenen wurden von dicken Eisenbändern umschlossen, an denen schwere, stramm gespannte Ketten hingen, die durch eigens dafür angefertigte Öffnungen unter der Holzplatte verschwanden. Ein breiter Ledergurt hielt sie um die Taille.

»Weckt sie auf.« Ungeduldig schritt Vhara neben dem Tisch auf und ab. Sie hatte die Gefangene gründlich durchsucht, aber kein Amulett gefunden. Dass die junge Frau es nicht bei sich trug, beunruhigte die Hohepriesterin zutiefst. Eine Nebelsängerin auf dem Weg zum Arnad ohne Amulett?

Was mochte das bedeuten?

Diese Frage konnte ihr nur die Gefangene beantworten, doch diese hatte sich noch immer nicht geregt. Ihr Gesicht war stark angeschwollen, die pacunussbraune Haut an vielen Stellen bläulich verfärbt. Nach den Schilderungen der Uzoma hatte sie sich während des Ritts aufs Heftigste gewehrt und war nur mit Gewalt zu bändigen gewesen. Dabei schienen sie nicht gerade zimperlich mit ihr umgegangen zu sein und Vhara hatte große Sorge, dass die Gefangene für längere Zeit nicht wieder zu sich käme.

Mit zweifelnder Miene beobachtete sie, wie die beiden Krieger kaltes Wasser über das Gesicht der jungen Frau gossen, und stellte verärgert fest, dass es keine Wirkung zeigte. »Bei Serkses feurigen Haaren, ich wollte sie *lebend*«, fuhr sie die Krieger an. »Lebend! Ging das nicht in eure haarlosen Schädel? In diesem halbtoten Zustand nützt sie mir nichts.« Sie machte eine drängende Handbewegung. »Worauf wartet ihr? Los, versucht es noch einmal.«

Aber auch der zweite Wasserschwall brachte nicht den gewünschten Erfolg.

Vhara war außer sich. Der Gedanke, dem Ziel so nahe zu sein und vielleicht doch noch zu scheitern, war ihr unerträglich. »Verschwindet«, herrschte sie die beiden Uzoma an und fuchtelte aufgebracht mit den Armen. »Los, los, geht mir aus den Augen, bevor ich mich vergesse! Wenn sie stirbt, werdet ihr dafür büßen. Alle! Darauf könnt ihr euch verlassen.«

Die Krieger der Tempelgarde zuckten unter den Worten der Priesterin zusammen, verneigten sich mit gesenktem Blick und verließen eilig den Raum.

Es dauerte eine Weile, bis Vhara sich wieder so weit beherrschte, dass sie den nächsten Schritt wagte. Es war lange her, seit sie die Tore eines fremden Bewusstseins geöffnet hatte, sehr lange. In den Geist eines Fremden einzudringen barg viele Gefahren, nicht nur für den Fremden, sondern auch für sie selbst. Türen, die besser verschlossen blieben, konnten geöffnet werden, Erinnerungen, die nicht zerstört werden durften, mochten vernichtet werden. Die Fähigkeit, den Geist eines anderen zu berühren, war sowohl Fluch als auch Segen. Doch Segen war es, den Vhara ersehnte. Ihr unbändiges Verlangen, das Amulett zu besitzen, und die Furcht, dass die Fremde sterben könnte, ohne noch einmal das Bewusstsein erlangt zu haben, waren so übermächtig, dass sie bereit war, das Wagnis auf sich zu nehmen.

Als sie die nötige innere Ruhe gefunden hatte, trat Vhara hinter die Gefangene, legte ihr die Hände flach auf die Schläfen und atmete tief durch. Den Blick starr geradeaus gerichtet, schloss sie die Augen und versank langsam in jene tiefe Meditation, durch die sie das Wissen zu erlangen hoffte, nach dem es sie verlangte.

Unter den Hufen des schwarzen Hengstes flog die Nacht dahin, bis das erschöpfte Tier sich weigerte, weiter zu galoppieren.

Mit harten Zügelschlägen und Fersentritten versuchte Abbas das Pferd anzutreiben, doch es war am Ende seiner Kräfte, und schließlich musste er einsehen, dass es nun nur mehr langsam voranging.

Der junge Wunand fluchte leise vor sich hin.

Seit er den Arnad überquert hatte, hatte sich die Gegend stetig verändert. Die weite Steppe war fast unmerklich in eine sanft gewellte Landschaft übergegangen, deren flache Anhöhen und sandige Mulden dem erschöpften Tier das Vorankommen zusätzlich erschwerten. Obwohl der Boden immer noch unfruchtbar und karg wirkte, bot das seichte Hügelland dem Auge zumindest ein wenig Abwechslung.

Als das Pferd nur noch mit müden Schritten vorantrottete, entdeckte Abbas in der Ferne die Umrisse von Gebäuden. Die niedrigen, kuppelförmigen Hütten erweckten den Eindruck, als hätte hier das Kind eines Giganten im feuchten Sand gespielt und ihn hundertfach in halbrunde Formen gepresst.

Eine Stadt.

Abbas spürte, wie sich sein Herzschlag beschleunigte. Er war sich sicher, dass die Krieger Maylea dorthin verschleppt hatten, und die Hoffnung, sie nun bald zu finden, gab ihm neue Kraft.

In einiger Entfernung von der Stadt ließ er das Pferd in einer Senke anhalten und saß ab. Ein beißender Schmerz durchfuhr ihn, als er die ersten Schritte machte, doch er achtete nicht darauf und erklomm den Rand der Senke mit zusammengebissenen Zähnen. Oben angekommen, legte er sich flach auf den Boden, spähte zur Stadt hinüber und fand seinen ersten Eindruck bestätigt. Die kleinen kuppelförmigen Hütten glichen sich wie ein Ei dem anderen. Sie waren ringförmig um einen ausgedehnten, flachen Hügel errichtet worden, auf dem gleich mehrere erstaunlich große Gebäude thronten, die völlig anders aussahen als die übrigen Hütten.

Wenn ich Maylea finde, dann irgendwo dort oben! Abbas war sich seiner Sache ganz sicher. Doch wie sollte er sich der Stadt unbemerkt nähern? Die karge Landschaft bot ihm keinerlei Deckung; weit und breit gab es nichts, hinter dem er sich hätte verstecken können. Die Mulden zwischen den Anhöhen vermochten ihn zwar für kurze Zeit vor Blicken zu schützen, doch er konnte sich ja nicht ewig darin aufhalten. Er musste in die Stadt gelangen.

Aber wie?

Abbas seufzte und fuhr sich mit den Händen über das Gesicht.

Die Ungeheuerlichkeit der Aufgabe, die er sich selbst gestellt hatte, entmutigte ihn. Nachdenklich sah er zum Nachthimmel auf, als könnte er dort eine Lösung finden. Dünne Wolken waren von Westen herangezogen und hingen träge zwischen den Monden und der Dunkelheit der schlafenden Steppe. Die Nacht ging ihrem Ende entgegen.

Er musste handeln – und zwar sofort.

Abbas warf einen letzten Blick zu den Gebäuden, hinter deren Mauern er Maylea vermutete. Auf seinem Gesicht zeichnete sich grimmige Entschlossenheit ab. Er hatte keine Wahl. Ohne seine Hilfe war die junge Wunand verloren.

Ungeachtet der stechenden Schmerzen, die ihm der lange und ungewohnte Ritt eingebracht hatte, lief er in die Senke hinab und nahm das Pferd am Zügel. Das Tier war seine einzige Deckung. Er wusste, dass es kein sonderlich aussichtsreicher Plan war, sich hinter einem Pferdekörper zu verbergen, doch es war der einzige, den er hatte, und er war entschlossen, es zu versuchen. »Mögen Emo und ihre Schwestern die Augen und Ohren der Schlafenden verschlossen halten«, wünschte er sich selbst Glück und machte sich daran, die letzten Speerweiten bis zu den Hütten im Schutz des Pferdes zu überwinden.

»Bist du bereit?« Obwohl Keelin unmittelbar neben Ajana auf der Uferböschung stand, erklang seine Stimme wie aus weiter Ferne.

Sie hatten den Arnad erreicht, jenen breiten, träge dahinfließenden Strom, der die Heimat der Vereinigten Stämme Nymaths im Süden von der Wüste im Norden trennte. Nach dem langen, scharfen Ritt durch die eintönige Landschaft hatte es fast etwas Unwirkliches an sich, so viel Leben spendendes Wasser inmitten der kargen Steppe zu sehen. Doch der Fluss wirkte so falsch, als wäre er nur ein Trugbild, das die Natur dürstenden Reitern vorgaukelte.

Kein Schilf erhob sich über der flachen Uferregion, keine Büsche säumten den Flusslauf. Nirgends gab es Anzeichen von Leben. Der Arnad schien so leblos wie die Landschaft, die sich im milden Mondlicht von seinen Ufern bis zum Horizont erstreckte.

Dessen ungeachtet hatten sie die Pferde trinken lassen, sich den Staub von den Gesichtern gewaschen und die Wasserschläuche für den langen Rückweg aufgefüllt.

Bayard führte die Pferde fort und band sie an dem bleichen Skelett eines hohlen Baumstamms fest, damit sie nicht wieder zum Wasser liefen. Dann gesellte er sich zu Ajana und Keelin und blickte wie sie für eine Weile schweigend auf die silbern schimmernden Fluten.

Es ist Zeit.

Ajana wandte sich ihren Begleitern zu. Ihre Bewegungen waren ungewohnt schwerfällig und steif. Wortlos sah sie die beiden an, den bärtigen, entschlossenen Heermeister und den wachsamen jungen Falkner, dessen Anblick ihr Herz auf wundersame Weise berührte. Sie waren die Einzigen, die übrig geblieben waren von jenen, die von der Festung am Pass aufgebrochen waren, um hier an den Ufern des Arnad ein neues Kapitel in der Geschichte Nymaths zu schreiben.

Die Einzigen.

Wozu noch?

Plötzlich keimten die Zweifel wieder in ihr auf. Warum sollte sie die Magie über dem Fluss neu entstehen lassen, wenn die Uzoma doch längst diesseits des Arnad waren und es nur noch eine Frage der Zeit zu sein schien, bis ihnen die Festung am Pass in die Hände fiele?

Quälender Argwohn schlich sich in Ajanas Gedanken, und sie schämte sich dafür. Nicht Unsicherheit, sondern Zuversicht war es, die sie hierher geführt hatte. Wie konnte sie jetzt, so kurz vor dem Ziel, alles in Frage stellen, woran die Menschen von Nymath glaubten? Jetzt, wo der Augenblick gekommen war, da sich ihre Bestimmung erfüllte?

Ajana schloss die Augen und atmete tief durch.

Mit einer enormen Willensanstrengung gelang es ihr, die aufkommende Unsicherheit zu verdrängen. »Ja, ich bin bereit«, sagte sie mit gefasster Miene und hoffte, dass die Männer nicht bemerkten, wie sehr ihre Stimme bebte. Vorsichtig zog sie das Amulett unter ihrem Gewandt hervor, schloss die Finger darum und schritt die Uferböschung hinab.

Sie spürte, wie die Blicke der Männer ihr folgten, doch sie schaute nicht zurück. Entschlossen ging sie auf das Wasser zu und richtete ihre ganze Aufmerksamkeit darauf, einen Fuß vor den anderen zu setzen.

Nicht nachdenken!

Nur noch wenige Schritte trennten sie vom Fluss. Wenige Schritte auf einer öden, steinigen Fläche, auf der nichts von dem überlebt hatte, was hier einst gewachsen war. Unmittelbar vor dem Wasser verweilte sie, öffnete die Hand, besah das Amulett und erinnerte sich an die Botschaft, die Gaelithil ihr mit auf den Weg gegeben hatte:

Eine Strophe für jede Rune. Berühre sie einzeln, um die Mächte anzurufen. Beginne mit Dagaz und folge dem Amulett bis Laguz.

Dagaz.

Sanft, fast zärtlich berührte sie die erste Rune mit dem Finger und schloss die Augen. Etwas regte sich in ihrem Innern, erwachte wie ein Licht in der Dunkelheit. Aus dem Licht wurde ein heller Schein, der sich in ihrem Innern ausbreitete und in dem sich wie von selbst die vertraute Melodie entfaltete. Ganz zart schwebte sie heran, hüllte sie ein wie ein Schleier und trug sie mit sich fort. Die Musik war voller Magie, voll wundersamer Kräfte, die sie mit Staunen und Bewunderung erfüllten, die ihr nicht fremd, sondern vertraut und willkommen waren und die sie begrüßte wie einen schmerzlich vermissten Freund.

Wozu noch?

Wieder überfielen sie Zweifel. Das Lied verstummte, das Licht erlosch. Die Magie war fort.

Das Ziel! Verliere das Ziel nicht aus den Augen!

Das Ziel. Ajana öffnete die Augen, sah zum Fluss und versuchte, ihre Gedanken neu zu ordnen. Sie durfte nicht zweifeln! Wieder schloss sie die Augen, atmete tief ein und spürte, wie sich die warme Ruhe erneut in ihr ausbreitete.

Dagaz.

Wie von selbst fand ihr Finger den Weg zur ersten Rune. Das Licht entflammte fast augenblicklich, schwoll an und wurde rasch zu einem hellen Schein. Da war sie wieder, die Melodie aus ihren Träumen. Aus den Tönen wurden Wörter einer uralten Sprache, die Ajana nie gehört und nie gesprochen hatte und die sie dennoch so mühelos verstand, als wäre sie ihre eigene. Sie spürte, wie ihre Lippen zitterten, fühlte, wie sie darauf brannten, selbst das erste Wort hervorzubringen.

Aber wozu noch?

Mit einem Schlag war es dunkel. Dunkel und still. Ajana hatte das Gefühl, in einen bodenlosen Abgrund zu stürzen. Ohne Licht, ohne Musik und ohne Magie, leer und ausgelaugt. Sie sah gerade noch, wie das Zeichen der ersten Rune im Mondstein verblasste.

Dann schlossen sich ihre Finger schützend um das Amulett, und sie sank auf die Knie.

»Was ist los?« Keelin und Bayard waren augenblicklich bei ihr, halfen ihr auf und führten sie zurück zur Uferböschung. Horus kam wie aus dem Nichts herangeflogen und landete flügelschlagend neben ihr auf dem Boden

»Was ist los?«, fragte Keelin noch einmal. Der Blick des jungen Falkners war von tiefer Sorge gezeichnet.

»Ich kann es nicht.« Ajana schüttelte verzagt den Kopf. »Ich kann es nicht.«

»Thorns heilige Rösser, was ist das für ein Geschwätz? Natürlich könnt Ihr es!« Bayards ärgerlicher Tonfall gab seiner Furcht Ausdruck, dass alles vergebens gewesen sein könnte. »Das Blut Gaelithils fließt in Euren Adern. Ihr tragt das Erbe in Euch. Ihr …«

»Ich habe Angst.« Ajana flüsterte nun.

»Die Angst ist ein Teil des Lebens. Ihr müsst ihr offen ins Gesicht blicken und dürft sie niemals verschleiern«, erwiderte Bayard und fügte ermunternd hinzu: »Es ist ein gutes Zeichen, wenn Ihr sie erkennt.«

»Aber ich bin nicht stark genug.« Ajana sah den Heermeister an. »Ich habe die Magie in mir gespürt, ihr Erwachen. Ich habe das Lied gehört. Doch als ich Magie und Musik zusammenbringen wollte, habe ich sie verloren.«

»Du darfst nicht an dir zweifeln!«, sagte Keelin und ergriff ihre Hand. »Gaelithil glaubt an dich. Gathorion glaubt an dich. Feanor, Toralf und die anderen gaben ihr Leben, weil sie an dich glaubten. Auch ich glaube an dich.« Er sah ihr tief in die Augen.

Ajana erwiderte den Blick, sagte aber nichts. Es war ihr deutlich anzusehen, wie sehr sie mit sich rang. Dann, ganz plötzlich, löste sie sich von Keelins Hand, erhob sich und machte ein paar zögerliche Schritte auf das Wasser zu.

Wozu noch?

Ihr Verstand rief ihr zu, es sich noch einmal zu überlegen, doch diesmal streifte sie alle Zweifel ab und trat entschlossen zum

Wasser. Die Steine knirschten unter ihren Füßen. Sie war wie eine Jägerin, innerlich kühl und gefasst, den Blick fest auf das Ziel gerichtet.

ᛞ *Dagaz …*

Mit geschlossenen Augen berührte sie noch einmal die erste Rune, sah das Licht und spürte, wie das Lied erneut in den Tiefen ihres Bewusstseins erklang. Die Melodie wurde lauter, die Magie fordernder, und Ajana fühlte die uralte Macht, die darin verborgen lag. Eine Macht, die ihr gehörte und der sie sich nun bedienen konnte.

Verliere das Ziel nicht aus den Augen!

Das Ziel! Getragen von mystischen Klängen, fühlte Ajana sich, als wäre ihr Selbst eine sich öffnende Blume von berauschender Schönheit. Sie wuchs über sich selbst hinaus, öffnete die Lippen und sang:

»Laston i thross i ngelaidh. Olthon o mellon ne mith …«

(»Ich höre das Flüstern der Bäume. Ich träume vom Freund im Nebel …«)

Das Lied entströmte ihr wie von selbst und erschuf vor ihren Augen das Bild eines uralten Waldes. Für einen Augenblick flog sie darüber hinweg und stürzte dann jäh durch das grüne Dickicht. Äste und Blätter rauschten als braun-grünes Gewirr an ihr vorbei, doch der Sturz endete nicht auf dem Boden. Er ging weiter, bis hinunter zu den Wurzeln der Bäume und noch tiefer hinab in das düstere Herz der Erde. Eine Schlucht öffnete sich. Sie glitt hinein und ließ sich von der Magie führen. Dabei spürte sie, wie die Worte in ihr an Macht gewannen, wie sie Feuer fingen und auch die letzten leisen Zweifel zu Asche verbrannten, während ihre suchenden Finger die zweite Rune ertasteten.

ᛉ *Algiz …*

»I aur thinna, i dhaw eria. I daur thuia, i dhû veria …«
(»Der Tag verblasst, die Nacht steigt herauf. Der Wald atmet, die Dunkelheit beschützt …«)

Die Schlucht nahm kein Ende. Ajana keuchte auf, aber sie hatte keine Angst. Die Zeit verschwand in einem Sturm von Empfindungen, der als heißer Wind aus der bodenlosen Schwärze zu kommen schien und Mitgefühl, Schuldbewusstsein und Anteilnahme hinwegfegte, als wären sie unnötiger Ballast, der ihr den Weg zur Vollendung erschwerte.

Erkenne dich selbst!

Sie wurde eins mit den Elementen und mit der Magie, die in ihr loderte. Eine wohlige Wärme hüllte sie ein, schützend und stärkend, und sie fühlte, wie ihr menschliches Ich zurückwich und ihr uraltes Erbe sich entfaltete. Sie fühlte es und wehrte sich nicht. Sie war bereit.

ᛗ *Mannaz …*

Du bist nicht allein.

Ajanas Hand krampfte sich um das Amulett, als ihr Finger zur nächsten Rune wanderte und ihre Lippen beherzt die dritte Strophe formten …

»Cuino i estel mîn. Thuion daig a chen laston …«
(»Seid unsere Hoffnung lebendig. Ich atme tief ein und lausche Euch …«)

Sie war die Erbin Gaelithils, Trägerin des Runenamuletts, Bewahrerin der Nebel – die Retterin Nymaths. Sie war dies alles und nichts davon und doch auf wundersame Weise mit jedem Teil ihrer selbst verbunden.

Bekämpfe die Furcht vor der Wahrheit!

Tiefe Dunkelheit umschloss sie, als sie den Grund der Schlucht erreichte und in die ewige Finsternis eintauchte. Aber sie fürchtete sich nicht. Sie war nicht allein. Die Macht der Musik, der uralten Magie ihrer Ahnen, pulsierte in ihr und flutete durch jede Faser ihres Körpers, bis sie glaubte, selbst in Flammen zu stehen, und sich nach Erlösung sehnte.

ᛁ *Isaz …*

»Thuion i'ûl a ir idh …«

(»Ich atme das Wissen und die Ruhe.«)

Ein eisiger Hauch löschte das verzehrende Feuer, das in ihr wütete, bannte die Gefahr und trug die Ahnung nahenden Unheils in ihre Gedanken. Es wurde dunkel.

Was ist gut, was ist böse?

Wähle! Entscheide! Gib Acht!

Die Finsternis wich einem undurchdringlichen Nebel. Gesichter erschienen darin, unheimliche und leere Totenschädel, die sie angrinsten und gleich darauf von ihrem Gesang hinfort gespült wurden.

Erkenne die Gefahr!

Die Worte beschützten sie wie die Hände einer Mutter und führten ihren Finger auf die fünfte Rune.

ᚹ *Wunjo …*

Voller Zuversicht formten Ajanas Lippen die fünfte Strophe des Liedes.

»I ven ereb dhartha. Ar istam i'ell randir …«

(»Der einsame Weg wartet. Und wir wissen, dass Glück ein Wanderer ist.«)

Alles war gut, alles war richtig.

Lass Hand und Herz zusammenarbeiten!

Die Macht war Bestandteil ihrer selbst, das Feuer brannte wieder, doch es hatte seinen Schrecken verloren und schenkte ihr Wärme und Zuversicht. Was immer von ihr verlangt wurde, sie würde es vollbringen. Sie war jetzt stark und eins mit sich selbst, voller Zuversicht und Selbstvertrauen. Fast widerwillig löste sie sich von der Rune, wünschte fast, sie könne ewig verweilen in nie gekannter Geborgenheit und innerer Harmonie.

ᚷ *Gebo …*

» No min guin beng! No min guin bilin! Ar i bilin goveditha! …«
(»Sei eins mit dem Bogen! Sei eins mit dem Pfeil! Und er findet das Ziel …«)

Eine gewaltige Feuersäule raste auf sie zu, zerstörerisch und alles verschlingend. Ajana breitete die Arme aus, umfing die Flammen und hieß sie willkommen wie einen Freund. Sie spürte, wie die Macht in ihr weiter anschwoll.

Sie hatte *Macht! So viel Macht!*

Die Wildheit der Flammen war ein Spiegel ihrer Seele. Sie spürte, dass sie kurz davor stand, sich selbst zu opfern, sich ganz darin zu verlieren. Etwas zupfte warnend an ihrem Innern, doch der Rausch der Magie hatte sie gepackt und in ihr das heiße Verlangen entzündet, sich gänzlich diesem Gefühl hinzugeben.

Sei unendlich erfüllt, ehrenhaft und reich!

Umgeben von einer Welt aus Feuer und Schatten, in der Wahrheiten und Gefühle keinen Bestand mehr hatten, in der die Vergangenheit so nah und die Gegenwart unendlich fern erschien, gab sie sich ganz der Magie hin, ließ sich treiben und erschuf mit Hilfe der uralten Mächte neu, was bereits verloren war.

»Avo dhartho na nen edh-rîw, canis han dôg 'urth a thrîw …«
(»Bleibe nicht am Wasser der Grenze, denn es bringt Tod und Winter.«)

Die siebente Rune öffnete das Tor zu ihrem Unterbewusstsein, wies ihr den Weg zu verborgenen Kräften und vollendete, was die Worte des Nebelliedes angerufen hatten. Sie festigte die Nebel, band sie an den Fluss und hieß ihnen so lange zu bestehen, wie das Leben der Nebelsängerin währte.

Fürchte dich nicht! Hab Mut!

Ajana hörte Wasser. Donnernde Wellen, stetes Rauschen und schließlich ein sanftes Plätschern. Es löschte das Feuer in ihr, und sie spürte, wie die Macht schwand.

»Peniar amarth lîn. Ned i vanga en-fuin
I ngelaidh si pen-loth a pen-lass. I lûth gaita erin dalaf.«
(»Sie bestimmen dein Schicksal. Im Wandel der Nacht sind die Bäume jetzt ohne Blüte und Blatt. Die Magie liegt auf dem Boden.«)

Die letzte Strophe verklang. Dann war es vorbei.

Das Tosen der Elemente verstummte, die sphärischen Laute verklangen und nahmen die Magie und das Gefühl der Unbesiegbarkeit mit sich fort.

Ajana war frei.

Sie taumelte zurück, sank auf die Knie und krümmte sich vor Erschöpfung und Anspannung. Ihr Körper zuckte, und sie kauerte sich zusammen wie ein kleines Kind, während sie darum kämpfte, wieder Herrin ihrer selbst zu werden. Der Nachhall der Magie pulsierte in ihr als ein leichtes Kribbeln, das sie in den Armen und Beinen spürte und das sich nicht einfach abschütteln ließ. Sie fühlte sich leicht und entrückt. Wie ein Geist, schwebend, einen halben Schritt außerhalb der Zeit.

So kniete sie am Flussufer, unfähig, sich zu rühren, und starrte keuchend auf den wogenden, von Blitzen durchzuckten Nebelschleier, der nun den Blick auf das jenseitige Ufer des Arnad verwehrte.

Sie hatte es vollbracht.

Keelin kam herbei und legte ihr sanft die Hände auf die Schultern. Annerkennung und Erleichterung sprachen aus der Berührung, und Ajana schloss die Augen, um seine Nähe in sich aufzunehmen. Es war vorbei, wie ein böser Traum, und sie spürte, dass es Zeit wurde, sich endgültig von der Magie zu lösen. Fast wehmütig schob sie das Gefühl kühler Überlegenheit bei Seite, das die Magie in ihr zurückgelassen hatte, und tastete sich an der Versuchung vorbei, das berauschende Gefühl der Macht noch einmal erleben zu wollen. Als ihr Blick auf das Amulett fiel, bemerkte sie, dass die letzte Rune, die sich eben noch im Mondstein abgezeichnet hatte, verschwunden war. Die feinen roten Linien hatten sich wieder in dem Blutstropfen vereinigt. Sie schloss die Finger darum, drehte sich um und sah Keelin an. Sie hätte glücklich sein müssen, erleichtert oder stolz, doch sie spürte nichts dergleichen. Die Magie war fort, und alles, was sie fühlte, waren Scham und Verzweiflung und das unerklärliche Gefühl, ein großes Unrecht begangen zu haben. In ihren Augen standen Tränen.

»Nicht weinen …« Keelin lächelte und strich ihr sanft über die Wange. »Es ist vorbei.«

Zunächst erschien es Abbas wie ein Wunder, dass er die Stadt mit den seltsamen Kuppelbauten völlig unbehelligt erreichte. Doch als er wenig später geduckt zwischen den hellen Lehmbauten hindurch schlüpfte, wurde ihm klar, warum ihn bisher niemand bemerkt hatte.

Er hatte das Pferd am Stadtrand zurückgelassen und sich den Häusern von Osten genähert; die Eingänge und Fensteröffnungen wiesen jedoch ausnahmslos in südwestliche Richtung. Der Grund dafür war schnell gefunden. Glatt gefegte Sandhaufen, die sich überall an den Hauswänden auftürmten, waren ein untrügliches Zeichen dafür, dass der Wind hier vornehmlich aus Nordosten wehte. Und so war es nicht weiter verwunderlich, dass die Öffnungen an der dem Wind abgewandten Seite lagen.

Türen und Fenster waren mit Schilfmatten verhängt. Dahinter hörte Abbas die nächtlichen Geräusche der schlafenden Bewohner. Ein Kind weinte, jemand hustete röchelnd, ein anderer schnarchte laut. Es war eine Stadt wie jede andere auch, und doch war sie anders – fremd und feindlich.

Erleichtert stellte Abbas fest, dass die Uzoma keine Hunde hielten. Kläffende Hunde, die die Schlafenden weckten, waren seine größte Sorge gewesen. Doch im Gegensatz zu den Straßen Sanforans, wo sie des Nachts in großen Rudeln herumstreunten, war hier nicht ein einziger Hund zu sehen. Alles blieb ruhig.

Nur selten entdeckte er Gestalten, die sich im schwachen Mondlicht zwischen den Häusern bewegten, doch sie waren zu weit entfernt, als dass sie ihn bemerkt hätten.

Wie ein Dieb pirschte er sich voran und wählte mit sicherem Blick den kürzesten Weg zu den großen Gebäuden auf dem Hügel. Wenig später hatte er sein vorläufiges Ziel erreicht.

Was nun?

Abbas verharrte im Schutz einer Mauer und blickte sich um. Alles war ruhig und dunkel, ein jeder schlief. Selbst von seinem erhöhten Standort aus konnte er nur eine Hand voll Häuser erkennen, deren Fenster erleuchtet waren.

Wo sollte er mit der Suche beginnen? Abbas überlegte fieberhaft.

Das Wiehern eines Pferdes zerriss die nächtliche Stille. Gleich darauf waren Hufschlag und die gedämpften Stimmen zweier Männer zu hören, die sich aufgebracht in einer fremden Sprache unterhielten. Abbas presste sich dicht an die Wand und spähte vorsichtig um die Ecke. Im schwachen Schein der Monde, die ihr Antlitz hinter einem dünnen Wolkenschleier verbargen, erkannte er zwei Uzoma, die ihre Pferde am Zügel führten. Einer von ihnen gestikulierte wild, und beide schienen sehr verärgert zu sein.

Das sind sie!

Abbas Herz hämmerte so laut, dass er fürchtete, die Uzoma könnten es hören. Mit angehaltenem Atem beobachtete er, wie die Krieger die Pferde über den freien Platz zwischen den Gebäuden führten und schließlich auf der anderen Seite hinter der Hügelkuppe verschwanden.

Abbas zögerte nicht. Irgendwo dort, wo die Uzoma herkamen, musste auch Maylea sein. Er lauschte. Hufschlag und Stimmen waren verklungen. Mit einem raschen Blick in alle Himmelsrichtungen vergewisserte er sich, dass niemand in der Nähe war. Dann wagte er sich aus seinem Versteck und schlich vorsichtig zu der Stelle, an der er die Krieger zuerst gesehen hatte.

Licht!

Durch das Fenster eines niedrigen Gebäudes, das an einen prächtigen Tempel angebaut worden war, fiel ein dünner Lichtstreifen auf den Boden neben der Tür.

Maylea?

Abbas verspürte den dringenden Wunsch loszulaufen, doch in diesem Augenblick entdeckte er noch etwas: Unmittelbar vor der Tür stand ein Uzomakrieger. Die Arme hinter dem Rücken verschränkt, blickte er wachsam in die Dunkelheit hinaus – für Abbas ein unüberwindliches Hindernis.

»Emos zornige Kinder!« Der junge Wunand fluchte leise. So konnte es nicht enden, nicht nach alldem, was er auf sich genommen hatte. Es durfte einfach nicht sein, dass er so kurz vor dem Ziel scheiterte!

Abbas lehnte sich an die Wand und blickte entmutigt nach Osten, wo ein schmaler grauer Streifen am Horizont den neuen Tag ankündigte.

Was konnte er tun? Dem Krieger in einem offenen Zweikampf gegenüberzutreten war aussichtslos. Sobald dieser ihn entdeckte, würden ihm vermutlich Dutzende von Uzoma zur Hilfe eilen.

Für einen Augenblick bedauerte Abbas, die Wurfsterne des Ajabani nicht mitgenommen zu haben. Die lautlose Waffe wäre genau das Richtige, um den Krieger aus großer Entfernung …

Abbas stutze. Er hatte zwar keine Wurfsterne, aber … Mit klopfendem Herzen durchwühlte er seinen Rucksack und fand schon bald, wonach er suchte: drei kurze blanke Messer, die er vor seinem heimlichen Aufbruch aus der Küche der Festung gestohlen hatte. Messerwerfen war ein beliebter Zeitvertreib der Küchenjungen in Sanforan gewesen, und Abbas hatte es darin zu einer wahren Meisterschaft gebracht. Der junge Wunand verzog die Lippen zu einem dünnen Lächeln und spähte zu dem Wachposten hinüber. Die Entfernung war groß. Entschlossen, das Wagnis dennoch einzugehen, fasste er eines der Messer mit zwei Fingern an der Spitze und machte sich bereit.

»Versager, Tölpel, Dummköpfe!«

Im selben Augenblick, als er zum Wurf ausholte, wurde die Tür neben dem Wachtposten aufgerissen, und eine dunkelhaarige, in kostbare Gewänder gekleidete Frau stürzte hinaus. Ihre sonst wohl noblen Züge waren vor Zorn verzerrt. Außer sich vor Wut überschüttete sie den Uzoma mit einer Flut übelster Beschimpfungen, dass dieser sich duckte und an die Hauswand zurückzog.

»Sie ist es nicht!«, fuhr sie den Krieger an und fuchtelte mit den Armen in der Luft herum. »Sie ist die Falsche! Bei den Feuern des Wehlfangs, wie konnte das geschehen? Wie konntet ihr so jämmerlich versagen?«

Der Uzoma schwieg.

»Ich habe dich etwas gefragt«, herrschte die Priesterin ihn an. »Sprich!«

Die Antwort kam so leise, dass Abbas sie nicht verstehen konnte, aber das war auch nicht nötig. »Die Einzige?«, brauste die Priesterin auf. »Keine andere? Für wie dumm hältst du mich eigentlich? Ich *weiß*, dass sie dort war. *Ich weiß es!* Und was schleppt ihr mir an? Eine erbärmliche Wunandmetze. Ihr … ihr …« Sie hob die Hand, als wollte sie den Uzoma schlagen – und erstarrte mitten in der Bewegung.

Ein Schrei, so grauenhaft, das Abbas glaubte, kein Mensch könne ihn hervorbringen, drang jäh aus ihrer Kehle und gellte durch die Nacht. Die Frau presste sich die Hände gegen die Schläfen und krümmte sich unter furchtbarer Pein zusammen. »Nein!«, kreischte sie. »Nein! Das ist unmöglich!« Von ihrer eben noch beherrschten und vor Selbstsicherheit strotzenden Haltung war nichts mehr geblieben. Hektisch schritt sie auf dem Platz auf und ab, die Hände fest an die Schläfen gepresst, und schrie hysterisch Worte in einer Sprache, die Abbas nicht verstand. Er war überzeugt, dass sie den Verstand verloren hatte, doch als sie den Kopf hob, wurde er eines Besseren belehrt. Ihre Augen waren zu glühenden Kohlestücken geworden, und was eben noch ein menschliches Antlitz gewesen war, hatte sich in eine dämonische Fratze verwandelt. Entstellt, gefährlich, zerstörerisch und so Furcht erregend, dass Abbas es mit der Angst bekam.

Was war das für eine Frau?

Der grauenhafte Anblick schlug ihn so heftig in den Bann, dass er alles andere darüber vergaß. Doch der Augenblick des Wahnsinns währte nicht lange. So schnell, wie sie erschienen war, wich die grauenhafte Fratze wieder dem menschlichen Antlitz. Nur die rot glühenden Augen blieben. Die Frau bedachte den Uzoma, der sie entsetzt anstarrte, mit einem Furcht einflößenden Blick. »Ich muss Kwamin sprechen. Er soll sofort in den Tempel kommen.« Sie machte eine ungeduldige Handbewegung und befahl mit scharfer Stimme: »Aber vorher schaffst du mir noch dieses elende Wunandgeschmeiß aus den Augen!« Mit diesen Worten wirbelte sie herum, eilte mit großen Schritten auf den Tempel zu und verschwand in seinem Innern.

Der Pfeilhagel der Katapulte überraschte die Lagaren unmittelbar bevor sie die Festung erreichten. Drei der riesigen Flugechsen wurden bereits von der ersten Salve tödlich getroffen und stürzten mitsamt ihrer glühenden Fracht in das Heer der Angreifer. Die

Uzoma kreischten vor Entsetzen, doch für die dicht gedrängt stehenden Krieger gab es kein Entrinnen. Drei gewaltige Feuersäulen erhoben sich über dem Heer und rissen breite Lücken in die Reihen der Uzoma. Wer nicht von den Leibern der Lagaren zermalmt wurde, fand einen schrecklichen Tod in den gierigen Flammen. Hunderte Uzomakrieger verbrannten bei lebendigem Leibe; gellende Schreie erhoben sich über dem Heer, und brennende Krieger bewegten sich wie Feuerbälle am Ort der Verwüstung. Wer konnte, suchte sein Heil in der Flucht.

Die Krieger auf den Zinnen jubelten, als sie auf das Ausmaß der Zerstörung blickten, doch die Heerführer ahnten, dass dies nur Teilsiege waren, die das Unvermeidliche kaum aufzuhalten vermochten.

Zwei weitere Lagaren stürzten auf den freien Platz vor der Festungsmauer, ohne Schaden anzurichten, aber auch ohne dem Feind weitere Verluste zuzufügen.

Ein anderer schwer verletzter Lagar hielt sich mit letzter Kraft in der Luft. Bauch und Flügel der Echse waren mit unzähligen Pfeilen gespickt; sie taumelte und schien am Ende, doch der Reiter hatte die Gewalt über sie noch nicht verloren. Plötzlich legte sie die Flügel an und ließ sich fallen. Wie ein Pfeil schoss sie auf die Außenmauer der Festung zu und prallte mit ungeheurer Wucht auf. Das alte Gemäuer aus Holz und Stein erbebte. Die gewaltige Erschütterung riss ein Loch in die Mauer, während das feurige Wasser in einer riesigen Stichflamme zum Himmel schoss.

Die Heermeister der Vereinigten Stämme zogen sofort Truppen zusammen, um den Durchbruch zu verteidigen, doch auch an anderer Stelle sah es nicht gut aus.

Nahezu alle Pfeilkatapulte standen in Flammen. Wie Gathorion es vorhergesagt hatte, hatte der zweite Angriff der Lagaren in erster Linie jenen Waffen gegolten, die den Echsen gefährlich werden konnten. Auch innerhalb der Festung waren neue Brände entflammt, und die Verteidiger verfügten kaum noch über Löschwasser. Die Festung glich einem brennenden Ameisenhaufen, und dabei hatte die Schlacht noch nicht einmal begonnen.

Als der letzte Lagarenreiter seine feurige Fracht über der Festung vergoss, erschallte in der Klamm ein dröhnendes Hornsignal als Zeichen zum Sturm auf die Festung.

Dann griffen die Uzoma an.

Mit ohrenbetäubendem Geheul stürmten die Uzoma voran – eine gewaltige Flutwelle aus unzähligen dunklen Gestalten, wild entschlossen, die Festung schon im ersten Ansturm einzunehmen. Getrieben von einem Hass, der weder Vorsicht noch Vernunft kannte, strömten sie aus den Tiefen des Grinlortals, schleppten Sturmleitern und mit Greifhaken bewehrte Seile herbei und brandeten gegen die beschädigte Außenmauer der Festung.

Die Verteidiger blieben besonnen. Die Krieger der Vereinigten Stämme und eine Hand voll Elben, die sich dem Feind gemeinsam entgegenstellten, waren entschlossen, die Festung zu halten. Sie wussten, dass sie das Herz Nymaths verteidigten, jenes Landes, das ihnen in den vielen hundert Wintern nach der Flucht zu einer neuen Heimat geworden war. Lieber würden sie sterben, als ihre Familien den Henkern des dunklen Gottes zu überlassen.

Auf der Höhe der Festungsmauer stand Gathorion und beobachtete das wogende Meer der Heranstürmenden mit ausdrucksloser Miene. An seiner Seite war Artis, schweigend und gefasst, eine Hand am Schwertgriff.

Ganz in der Nähe hatten sich die Bogenschützen der Elben formiert. Ihre Langbogen summten und vibrierten und schickten einen Pfeilhagel nach dem anderen auf die Masse der Krieger am Grund der Schlucht. Manche prallten von Schilden und Rüstungen ab, ohne Schaden anzurichten, andere aber fanden ihr Ziel, und die Schreie der Getroffenen mischten sich mit dem Getöse des Kampfes.

Auch die Bogenschützen der Vereinigten Stämme schossen mitten in die stürmenden Horden hinein. Jede Salve der vielen hundert Bogen riss große Lücken in die Reihen der Angreifer und brachte den Ansturm kurzzeitig zum Stocken. Doch die nachfolgenden Krieger stiegen achtlos über die Gefallenen hinweg. Schon erklommen die Ersten von ihnen die langen Sturmleitern, und

Hunderte Seile mit Greifhaken prallten schneller auf die Brustwehr, als die Verteidiger sie durchtrennen konnten.

»Das ist der Anfang vom Ende«, hörte Gathorion Artis murmeln, als spräche er zu sich selbst. Der Heermeister starrte in die Schlucht hinab. Seine Miene zeigte Entschlossenheit und einen eisernen Willen, aber die Augen verrieten die Hoffnungslosigkeit, die ihn angesichts der Übermacht ergriffen hatte.

Der Elbenprinz wandte sich ihm zu. »Noch sind wir nicht geschlagen«, sagte er. »Noch gibt es Hoffnung.«

»Hoffnung?« Der Heermeister sah ihn an, als wäre ihm dieses Wort längst fremd. »Es ist kein Raum für Hoffnung, wenn die Zeit abgelaufen ist.«

Gathorion erwiderte den Blick ruhig und gelassen. »Solange wir auf diesen Mauern stehen, solange noch ein Krieger der Vereinigten Stämme das Schwert gegen den Feind erhebt, solange wir an uns glauben – solange ist auch die Hoffnung nicht verloren.«

Artis erwiderte nichts darauf, nur ein leichtes Zucken um die Mundwinkel verriet, wie er darüber dachte. Brüsk drehte er sich um und wandte seine Aufmerksamkeit wieder dem Schlachtverlauf zu.

Der Kampf um den zerstören Teil der Außenmauer war nun mit äußerster Heftigkeit entbrannt. Trotz des verheerenden Pfeilhagels, mit dem die Verteidiger von der Ebene aus überschüttet wurden, gelang es ihnen, erfolgreich gegen die Uzoma vorzugehen, die unter Aufbietung all ihrer Kräfte durch das Loch in der Festungsmauer drängten. Doch wann immer den Uzoma ein Vorstoß gelang, verstärkten die Verteidiger ihre Anstrengungen und warfen sie wieder zurück. Es war ein bitteres Ringen Mann gegen Mann. Äxte und Schwerter prallten auf Kettenhemden und Schilde, durchtrennten Knochen und weiches Fleisch. Lanzen bohrten sich in zuckende Leiber, und unzählige Messer fanden an ungeschützter Stelle den Weg in die Körper der Feinde. Die Flammen der nahen Feuer tauchten die Kämpfenden in ein unheimliches Licht und spiegelten sich blutig rot im glänzenden Metall der Rüstungen. Und fast sah es so aus, als würde die Nacht enden, ohne der einen oder anderen Seite einen entscheidenden Vorteil zu bringen.

Inahwen starrte erschüttert auf das Schlachtgetümmel.

Entgegen den wohlmeinenden Ratschlägen der Heermeister hatte sie die Brustwehr des zweiten Verteidigungsrings erklommen, um sich selbst ein Bild von der Schlacht zu machen. Sie hatte zu wissen geglaubt, was sie erwartete, doch der Anblick übertraf selbst ihre schlimmsten Befürchtungen.

Vom Kampfgeschehen auf dem vorderen Wall drang ohrenbetäubendes Geschrei herüber. Am Fuß der zerstörten Außenmauer wehrten die Krieger der Vereinigten Stämme einen Angriff nach dem anderen ab; die Körper der unzähligen Toten aber, die den Platz hinter der Mauer wie ein dichter Teppich bedeckten, zeugten davon, welch hohen Preis sie für ihren Mut bezahlten.

Die gelichteten Reihen kämpften verzweifelt, um einen Durchbruch der Uzoma zu verhindern. Doch es starben zu viele, und die Reserven des Uzomaheeres schienen schier unerschöpflich. Das war keine Schlacht; es war ein grausamer Abnutzungskrieg, den die Krieger der Vereinigten Stämme nicht zu gewinnen hoffen konnten. Und über all dem schwebten die Lagaren wie düstere Schatten des Todes und säten mit ihrem giftigen Atem Leid und Verderben unter den Verteidigern. Inahwen hob den Kopf und blickte zum Himmel empor, wo die massigen Leiber der Echsen über der Festung kreisten und nach neuen Angriffszielen Ausschau hielten.

Seit auch das letzte Katapult zerstört war, konnten die Lagarenreiter ihre Ziele sorgfältig auswählen, sodass die eigenen Krieger nicht gefährdet wurden. Sie hielten sich dabei an den hinteren Teil der Festung, wo schon Unzählige, die mit dem Löschen der Brände beschäftigt waren, dem Giftodem der Lagaren zum Opfer gefallen waren.

Angesichts des grauenhaften Tötens und Sterbens fragte sich Inahwen, welch blindes Schicksal die Bewohner Nymaths zu einem solch grausamen Ende verurteilte. Was mochten es für hartherzige Götter sein, die zuließen, dass all dies geschah?

Gaelithil hatte ihr Leben gegeben, um die Bewohner Nymaths zu schützen, auf dass sie in Frieden leben konnten. Doch damit schien es nun vorbei zu sein. Wenn die Festung fiel, war Nymath verloren.

Zum ersten Mal verspürte Inahwen Hoffnungslosigkeit.

Wie sollten sie jemals standhalten, wenn der Feind über eine solch mächtige und zerstörerische Waffe verfügte? Wie hatten sie nur glauben können, dass …

Etwas Seltsames geschah.

Zunächst glaubte Inahwen an eine Täuschung, doch dann sah sie, dass die Reiter auf den Rücken der Lagaren große Schwierigkeiten hatten, die Tiere zu lenken. Die Echsen schnappten mit ihren großen Mäulern nach ihnen und flogen wild durcheinander. Ehe die Elbin so recht begriff, was da geschah, schoss die erste Echse nach Nordosten davon. Auch die anderen hielt nun nichts länger. Ohne auf die Befehle ihrer Reiter zu achten, trudelten sie ab und flogen in unterschiedlichen Richtungen auseinander.

»Was geschieht da?« Ein junger Meldegänger mit rußverschmiertem Gesicht kam herbeigelaufen und starrte den Flugechsen nach, die längst nur noch als schwarze Umrisse vor den tief hängenden Wolken zu erkennen waren. »Was hat das zu bedeuten?«

»Es sieht fast so aus, als würden sich die Lagaren wieder ihrer Freiheit bewusst«, sagte Inahwen leise. Sie spürte ein heftiges Glücksgefühl in sich aufsteigen, wagte jedoch nicht, es zuzulassen. Die Furcht, dass sie sich irrte und die Lagaren wieder zurückkämen, war zu groß. Mit bangen Blicken suchte sie den Himmel nach den geflügelten Echsen ab. Aber die Lagaren waren fort.

Dafür erschallte in den Tiefen der Grinlortals das dumpfe Dröhnen mächtiger Hörner. Das Signal brach sich an den Felswänden und übertönte selbst den Kampfeslärm. Der durchdringende Klang ließ einen Ruck durch das Heer der Uzoma gehen, und Inahwen sah, wie sich die Schlachtordnung in den hinteren Reihen auflöste.

Ein Rückzug?

Inahwens Hände umklammerten die hölzerne Brustwehr. War

das eine List? Eine neue Angriffstaktik, um die Verteidiger zu verwirren?

Oder was es wirklich möglich, dass ...

Das Dröhnen der Hörner nahm kein Ende.

Immer mehr Uzoma wandten sich um, kehrten der Festung den Rücken zu und eilten zum Heerlager. Der Kampf auf der Außenmauer kam zum Erliegen, das Klirren der Waffen verstummte, und selbst die Krieger, die eben noch durch den Spalt in der Außenmauer drängten, zogen sich zurück.

Die Verteidiger sahen ihnen verwirrt und fassungslos hinterher, unfähig zu begreifen, wie ihnen geschah.

Für mehrere Herzschläge senkte sich eine geradezu unwirkliche Ruhe über das Tal, die nur vom fortwährenden Ruf der Hörner durchbrochen wurde. Dann brandete auf den Wehrgängen begeisterter Jubel auf, der sich rasch über die ganze Festung ausbreitete.

»Der Feind ist geschlagen!«, hörte Inahwen den Meldegänger neben sich ausrufen. »Wir haben gesiegt!« Die Augen des Jungen glänzten vor Stolz, und die Erleichterung stand ihm deutlich ins Gesicht geschrieben.

... Gesiegt? Inahwen blickte nach Osten, wo über den Gipfeln des Pandarasgebirges die ersten Streifen des Morgenrots zu sehen waren. Hatten sie wirklich gesiegt? Die Elbin vermochte es nicht zu sagen. Auch sie hatte nicht wirklich eine Erklärung dafür, warum die Uzoma sich zurückzogen, doch sie hatte immerhin eine Vermutung.

»Es ist vorbei!«

Wie aus weiter Ferne hörte Ajana Keelins Worte, die das Chaos in ihrem Innern kaum zu durchdringen vermochten.

Was ist gut? Was ist böse?

Sie hatte keine Wahl gehabt, das wusste sie. Mit ausdrucksloser Miene blickte sie auf die wogenden Nebelschleier, die nun so dicht waren, dass sie das jenseitige Ufer vor ihren Augen verbargen.

Sie hatte diese Nebel geschaffen, die uralte Elbenmagie erneut zum Leben erweckt, wie es ihre Bestimmung war. Doch jetzt, da sie mit eigenen Augen sah, was sie vollbracht hatte, beschlich sie ein beklemmendes Gefühl. Plötzlich erschien ihr die Magie wie ein finsterer Schatten, ein dunkles Spiegelbild ihrer selbst, das irgendwo in den Tiefen ihres Bewusstseins schlummerte und nur darauf wartete, zu erwachen und sich zu entfalten. Sie hatte getan, was man von ihr erwartet hatte, aber Stolz fühlte sie keinen.

War es richtig?

Nicht ein einziges Mal hatte sie auf der langen, gefahrvollen Reise daran gezweifelt, dass sie Gutes tat, indem sie die Nebel neu wob. Doch jetzt, da alles vorbei war, da ihr elbisches Erbe sich zurückzog und ihr menschliches Selbst wieder die Kontrolle über ihre Gedanken übernahm, überkamen sie plötzlich Zweifel.

War es falsch?

Was war gut daran, ein Volk zu verbannen? Hatten denn nicht auch die Uzoma ein Recht darauf, in ihre alte Heimat zurückzukehren? War ihr Wunsch, diese karge und lebensfeindliche Wüstenlandschaft zu verlassen, nicht allzu verständlich?

Aber wie sollte dann Frieden herrschen in Nymath?

Ajanas Blick hing wie gebannt an den Nebeln, die über dem Fluss wallten. Mit Beginn der Dämmerung war ein leichter Wind aufgekommen, der zunächst sanft und böig, dann immer kräftiger über die Ebene blies. Er ließ die trockenen, steifen Halme des Stachelgrases erzittern und trug den feinen Sand mit sich fort. Die Nebel aber berührte er nicht.

Ajana seufzte. Sie fühlte sich leer und ausgebrannt, und es kam ihr so vor, als wäre ihr Leben völlig durcheinander geraten. Beiläufig strich sie sich eine Haarsträne aus der Stirn und bemerkte, dass sie das Amulett noch immer fest umklammert hielt. Ein schwaches Glühen drang durch ihre Finger. Die Magie war noch nicht völlig erloschen.

Ein Schauer lief ihr über den Rücken, als sie daran dachte, was sie empfunden hatte, als sie die Mächte der Ahnen angerufen hatte. Sie hatte diese Macht genossen. Die Magie war wie ein Rausch gewesen, eine Trunkenheit, die in ihr ein nie gekanntes Gefühl von Macht und Unbesiegbarkeit geweckt hatte, nach dem sich ein Teil von ihr schon jetzt verzweifelt sehnte – und das ein anderer Teil ebenso fürchtete.

Lass los!, wisperte eine Stimme in ihrem Innern.

Ajana seufzte. Es schien so leicht. Sie musste nur das Amulett loslassen, und das Erbe würde sich wieder dorthin zurückziehen, wo es seit sechzehn Jahren geschlummert hatte. Dann konnte sie ihr Leben neu in Besitz nehmen, als wäre nichts geschehen, und zurückkehren zu dem, wer und was sie gewesen war.

Aber war es wirklich so leicht?

Etwas zupfte warnend an ihrem Innern, jener Teil ihres Selbst, der sich Vernunft nannte und der ihr zuflüsterte, dass sie es sich zu einfach machte. Die Mächte, die sie geweckt hatte, würden von nun an immer da sein und sie wie ein dunkler Zwilling begleiten. Schon jetzt spürte Ajana, dass sie mit Hilfe des Amuletts weitaus mehr vollbringen konnte, als man ihr offenbart hatte. Es war nicht nur Mittel zum Zweck. Es war mehr. Viel mehr. Es hatte die Magie uralter Mächte in ihr geweckt, und diese waren von nun an ein Teil von ihr. Ob Heil bringend oder zerstörend, lag allein in ihrer

Hand. Aber sie fühlte, dass sie längst nicht ermessen konnte, was noch alles daraus erwachsen mochte.

»Du warst bewundernswert.« Keelin setzte sich neben Ajana, legte ihr wie selbstverständlich den Arm um die Schultern, zog sie zärtlich an sich und hielt sie fest. »Ich habe nie daran gezweifelt, dass es dir gelingen würde«, sagte er voller Stolz, und in seinen sanften Augen las sie, dass er die Wahrheit sprach. »Jetzt wird alles gut.«

Ajana sagte nichts. Keelins Nähe tat ihr gut. Sie lehnte den Kopf an seine Schulter, blickte mit ihm auf das beeindruckende Schauspiel der wogenden Nebelschleier und schwieg lange.

»Aber wozu sollen die Nebel gut sein?«, fragte sie schließlich mit so leiser Stimme, als spräche sie zu sich selbst. »Damit ist doch nichts gewonnen. Ich habe dem Heer der Uzoma den Rückweg abgeschnitten. Mehr nicht.« Sie wandte sich von den Nebeln ab und sah Keelin an. »Ich kann mir nicht vorstellen, welchen Vorteil die Krieger am Pass davon haben.«

»Es ist weder die Aufgabe eines Kriegers, über Befehle nachzudenken, noch diese in Frage zu stellen«, warf Bayard ein, bevor Keelin etwas erwidern konnte. Der Heermeister, der die Pferde mit sich führte, hatte Ajanas Worte mit angehört. »Wo kämen wir hin, wenn jeder Krieger über den Sinn eines Befehls und dessen mögliche Folgen erst noch lange nachdächte! Wichtig ist nur, dass wir denen vertrauen, die uns Befehle erteilen. Ihr habt Gaelithil vertraut und darauf, dass der vorbestimmte Weg der richtige ist. Dieses Vertrauen gab Euch die Kraft, über Euch selbst hinauszuwachsen und zu vollbringen, was kein anderer erreicht hätte. Wozu also zweifeln?« Er schüttelte den Kopf und deutete auf die Nebelwand. »Seht Euch das doch an«, sagte er voller Ehrfurcht. »Diese Nebel sind ein mächtiges Bollwerk wider die Finsternis. Stark und unbezwingbar.« Voller Bewunderung geriet der sonst so wortkarge Kataure ins Schwärmen. »Nie habe ich etwas so Wundersames gesehen. Den Anblick, da sich die ersten zarten Schleier über den Wassern des Arnads erhoben, werde ich niemals vergessen. Niemals …« Seine Stimme schwankte, als die Gefühle ihn zu überwältigen drohten. »Asnar ist mein Zeuge, es ist ein Wunder! Ajana hat Nymath gerettet und den Opfern dieser Reise einen Sinn gegeben.«

»Aber das Heer ist damit doch nicht bezwungen!«, warf Ajana ein. »Was haben wir denn gewonnen?«

Bayard räusperte sich, als wäre ihm sein Gefühlsausbruch plötzlich unangenehm, und fand wieder zu seiner unnahbaren Haltung zurück. »Dies hier zu erreichen war unser Geheiß«, sagte er mit fester Stimme. »Welchen Nutzen es bringt, ist jetzt nicht die Frage. Wichtig ist nur, dass wir – dass Ihr – den Befehl ausgeführt habt.« Er führte die Pferde näher an die Uferböschung heran und blickte nach Osten, wo der neue Tag mit einem prächtigen Morgenrot heraufzog. »Woran niemand mehr geglaubt hat, hat sich erfüllt«, sagte er entschieden. »Was daraus wird, liegt in Asnars Händen. Horus ist mit der frohen Kunde bereits auf dem Weg zur Festung und nach Sanforan. Auch wir sollten nun zurückreiten.«

Die ersten Sonnenstrahlen fanden Abbas im Schatten eines niedrigen Gebäudes auf der Nordseite des Tempelhügels. Im Schutz der Dämmerung war er dem Uzoma unauffällig gefolgt und beobachtete nun aus sicherer Entfernung, wie der Krieger Maylea zu einem flachen Gebäude trug, das wie ein Kerker anmutete. Statt Fenstern hatte es nur schmale Belüftungsschlitze, und vor dem einzigen Zugang stand ein verschlafen wirkender Wachposten, der dem Krieger soeben die Tür öffnete. Mit der besinnungslosen Wunand auf den Armen ging er hinein und kam kurz darauf ohne sie wieder. Er wechselte noch ein paar Worte mit dem Posten und eilte dann mit großen Schritten davon.

Als er hinter der Hügelkuppe verschwunden war, machte sich Abbas bereit. Die drei Küchenmesser in der Hand, lehnte er sich mit dem Rücken an die rissige Lehmmauer. Die Augen geschlossen, die Messer angriffsbereit in der Hand, atmete er tief durch und sammelte sich.

In Sanforan galt er unter dem Küchengesinde als unangefochtener Meister im Messerwerfen. Seit vielen Wintern hatte er kein Ziel mehr verfehlt. Doch diese Messer waren ihm fremd, die Klingen kürzer, die Stiele klobiger als die in Sanforan. Und diesmal war es kein Wettkampf. Diesmal hatte er nur einen Versuch. Wenn der erste Wurf das Ziel verfehlte, war alles verloren.

Es wird dir gelingen!, sprach er sich in Gedanken Mut zu. Ein Messer ist ein Messer. Tu es für Maylea!

Ein letztes Mal schöpfte er Atem, dann trat er mit einem großen Schritt um die Ecke des Gebäudes. Der Wachtposten hob den Kopf, Überraschung und Unglaube im Blick, doch ihm blieb nicht die Zeit, einen Warnruf auszustoßen. Mit einem Geschick, das einem Ajabani zur Ehre gereicht hätte, schleuderte ihm Abbas das Küchenmesser entgegen. Blitzend flog es durch die Luft und bohrte sich in die ungeschützte Kehle des Uzomas, ehe dieser die Gefahr überhaupt erkannte. Das zweite Messer durchstieß sein Auge, das dritte fand sicher den Weg mitten ins Herz.

Der Uzoma gab einen erstickten Laut von sich. Für wenige Augenblicke stand er noch aufrecht da, dann sackte er in sich zusammen und glitt zu Boden, eine blutige Spur auf dem hellen Lehm hinterlassend.

Abbas wartete noch einige bange Herzschläge lang, aber der Posten rührte sich nicht mehr. Mit einem raschen Blick in alle Richtungen vergewisserte er sich, dass niemand in der Nähe war, und rannte zum Kerker hinüber. Unter Aufbietung all seiner Kräfte packte er den leblosen Körper des Wachtpostens unter den Achseln und schleifte ihn hinter einen nahen Fässerstapel. Ein letzter Blick zum nahen Hügel bestätigte ihm, dass ihn noch keiner gesehen hatte. Dann öffnete er die Tür zum Kerker, um nach Maylea zu suchen.

Der durchdringende Gestank im Innern des Gebäudes verriet ihm, was ihn erwartete, noch ehe sich seine Augen an die Dunkelheit gewöhnt hatten. Es roch nach fauligem Essen, nach Blut, Exkrementen und Verwesung. Aasfliegen schwirrten überall umher. Ihre enorme Anzahl ließ vermuten, dass sie hier reichlich Nahrung fanden.

Angewidert presste sich Abbas den Ärmel seines Gewandes auf Mund und Nase. Er hatte sich getäuscht. Dies war nicht nur ein Kerker, es war ein Haus des Todes, das vermutlich niemand lebend verließ, der erst einmal über die Schwelle dieser Tür geschafft worden war.

Bis auf das Summen der Fliegen war es still. Es kostete Abbas große Überwindung, den ersten Schritt in Richtung der Fackel zu machen, die den schmalen Gang zwischen den einzelnen Verliesen erhellte. Die zögerliche Bewegung scheuchte augenblicklich kleines Getier auf, das quiekend und raschelnd in die Dunkelheit flüchtete; ansonsten blieb es still.

Abbas zog eine Fackel aus der Halterung und sah sich um.

Wo sollte er mit der Suche beginnen?

Alle Türen waren von außen verriegelt. Schlösser gab es keine. Es wäre ein Leichtes gewesen, sie zu öffnen, um nachzusehen, was sich dahinter verbarg. Doch Abbas fürchtete sich vor dem Anblick, der ihn erwartete.

»Maylea?« Leise, fast zaghaft kam ihm der Ruf über die Lippen. Er lauschte, doch jenseits der Dunkelheit und der eigenen Atemzüge war nichts als das Scharren der kleinen Nager zu hören, die auf geheimen Wegen emsig im fauligen Stroh herumhuschten.

»Maylea?« Abbas rief etwas lauter.

Hinter einigen Türen regte sich etwas. Krächzende, stöhnende und klagende Laute ertönten, die nichts Menschliches an sich hatten und ihm einen eisigen Schauer über den Rücken jagten. Der Gedanke an das Grauen, das in den Kammern lauerte, schnürte ihm die Kehle zu.

Immer darauf bedacht, den Türen nicht zu nahe zu kommen, wagte sich Abbas ein Stück weiter in den Gang hinein. Er musste Maylea finden, und das sehr bald. Jeden Augenblick konnte die Leiche des Wachtpostens entdeckt werden. Wenn er sie bis dahin nicht befreit hatte, war es aus.

Aber wie?

Das Wissen um die knappe Zeit lähmte seine Gedanken. Er überlegte fieberhaft, fand jedoch keine Lösung.

Plötzlich hörte er ein leises Husten.

Maylea?

Abbas lauschte.

Da war es wieder, und es kam eindeutig von einer Frau. Langsam näherte sich Abbas der Tür, hinter der er das Geräusch vermutete. Ein letztes Zögern, dann stieß er die Tür auf und leuchtete mit der Fackel hinein. Das Verlies war klein und finster. Bis auf einen Haufen faulenden Strohs auf einer schmalen Pritsche, die vermutlich schon Generationen von Gefangenen als Lager gedient hatte, und einen übel riechenden Abortbehälter war es so gut wie leer. Durch den Luftspalt und ein Loch im Mauerwerk, das verzweifelte Hände vermutlich in unermüdlicher, doch sinnloser Arbeit geschaffen hatten, fiel ein wenig Tageslicht auf den Boden und gab den Blick frei auf etwas Pelziges, das in einer Ecke vor sich hinfaulte und einen furchtbaren Gestank verströmte.

Abbas sah nicht näher hin. Sein Blick ruhte voller Sorge auf der verkrümmten Gestalt, die auf dem nackten Boden nahe der Tür lag und kaum atmete. Maylea!

»Ihr müsst es ihnen sagen, ehrwürdige Priesterin. Ihr müsst zu Eurem Volk sprechen.« Kwamin standen die Tränen in den Augen. »Sie müssen erfahren, dass die Nebel wieder über dem Arnad stehen. Dass Mütter und Söhne, Frauen und Männer, Schwestern und Brüder auf ewig getrennt sind durch tödliche Magie.« Er seufzte klagend. »Tausende Kinder werden ihre Väter niemals wieder sehen. Der Traum von der Rückkehr in die grünen Lande ist für immer zerstört. Ihr müsst ihnen die Wahrheit sagen. Die Uzoma in Udnobe haben ein Recht darauf zu …«

»Recht? Maße dir nicht an, mir zu sagen, was Recht ist«, fuhr

Vhara Kwamin an. Der alte Seher kniete mit gefalteten Händen vor ihr auf dem Boden und blickte voller Verzweiflung zu ihr auf. »Was diese Metzen und Bälger wünschen, schert mich nicht«, erklärte Vhara kalt. »Ich werde es ihnen mitteilen, wenn *ich* es für richtig halte. Dein Volk hat jämmerlich versagt. So viele Winter haben der Whyono und ich uns aufgeopfert, euch zu einen, euch mächtige Waffen wie die Lagaren zu geben und euch zu eurem Recht zu verhelfen. Und nun? Was ist der Dank dafür? Eure besten Krieger sind einer läppischen Täuschung erlegen, die jedes Kind hätte durchschauen können. Dass die Nebel neu gewoben wurden, ist einzig und allein ihre Schuld.« Das Feuer in den Augen der Priesterin war noch nicht erloschen. Mit glutroten Augen, die nichts Menschliches an sich hatten, trat sie auf den Seher zu, der sich hastig duckte. »Und du?«, fragte sie voller Verachtung. »Du und deine jämmerlichen Mahouiknochen! Auch du hast versagt. Oder hast du etwa vorhergesehen, was kommen würde?«

»Ich? Nein ... Ich ...«, stammelte Kwamin. Er zitterte am ganzen Leib. »Ich ...«

»Es gibt zwei Möglichkeiten«, fuhr Vhara mit schneidender Stimme fort. »Entweder, du hast es gesehen und es mir verschwiegen, weil du ein elender Verräter bist ...«

»Nein ... o nein , ich ...«

»... oder du hast es nicht gesehen, weil du ein unfähiger und lausiger Scharlatan bist. Aber beides ...«, sie nahm einen glänzenden Pokal von dem Altar, der neben der erloschenen Feuerstelle stand, und stellte ihn knapp vor Kwamin auf den Boden, »... beides wäre zutiefst bedauerlich.« Langsam schritt sie um den knienden Seher herum, der voller Panik auf den Pokal starrte. »Hohepriesterin«, sagte er mit furchtsamer Stimme. »Ihr ... Ihr kennt mich ... ich bin Euch treu ergeben, habe Euch stets gute Dienste geleistet. Ich ... ich würde nie ... niemals ...«

»Ein treuer Diener, ja, das warst du.« Vharas Stimme hatte einen unheilvollen Klang angenommen. Sie stand nun genau hinter Kwamin. Ohne dass er es sehen konnte, zog sie einen funkelnden Opferdolch unter ihrem Gewand hervor, beugte sich über den

Seher und zischte ihm ins Ohr: »Treu bis in den Tod!« Mit einer blitzschnellen, geübten Handbewegung umfasste sie Kwamins Kinn, bog seinen Kopf nach hinten und durchtrennte die Kehle mit einem raschen Schnitt. Ein Schwall hellroten Blutes schoss aus der klaffenden Wunde und ergoss sich in pulsierenden Stößen in den Pokal. Der Seher riss in ungläubigem Entsetzen die Augen auf und öffnete den Mund zu einem lautlosen Schrei. Er zuckte noch einmal, dann erlosch das Licht in seinen Augen, und der Körper erschlaffte.

Vhara hielt ihn fest, bis der Strom des Blutes versiegte und der Pokal gefüllt war. »Es ist wahrlich unverzichtbar, so treue Diener um sich zu wissen«, sagte sie, stieß den leblosen Körper mit einem verächtlichen Fußtritt zur Seite und fügte hinzu: »Und es ist immer gut, jemanden zu haben, der die alleinige Verantwortung für das eigene Versagen übernimmt.« Ein spöttisches Lächeln huschte über ihre Lippen, als sie sich bückte und den mit Blut gefüllten Pokal in die Hand nahm.

Von der Verzweiflung und Wut, die sie auf dem Platz vor dem Tempel gezeigt hatte, war nun nichts mehr zu spüren. Gemessenen Schrittes trat sie auf die runde, rußgeschwärzte Feuerstelle zu, hob den Pokal anbetend in die Höhe und goss das noch warme Blut des Sehers mit den Worten »*Lerando semo edu ntere!*« in den bodenlosen Schlund der Grube.

Ein dumpfes, mächtiges und unheimliches Dröhnen erfüllte den Raum, das aus der Tiefe dieses Schlundes heraufschallte und den Boden erbeben ließ.

Vhara wankte nicht. Gefasst stand sie am Rand der Grube und wartete.

Das Dröhnen wurde lauter. In der Tiefe zeichnete sich ein unheilvoller roter Lichtschein ab, der rasch heller wurde. Ein heißer Wind, der den Glutatem des Feuers in sich trug, fegte von unten herauf, doch noch immer rührte sich die Priesterin nicht.

Selbst als die Flammen einer gewaltigen Feuersäule fauchend vor ihr in die Höhe schossen, blieb sie gefasst. Sie hatte keine Angst vor dem, was kommen würde, fürchtete sich nicht davor, ihrem Meister zu berichten, dass die Nebel erneut gewoben worden waren.

Vhara hatte sich das, was sie sagen wollte, gut überlegt. Sie war eine Meisterin der Lüge, vor allem dann, wenn es darum ging, eigene Fehler zu verdecken und sich selbst schadlos zu halten. Es würde ihr keine Mühe bereiten, ihrem Meister glaubhaft zu versichern, dass die Uzoma die alleinige Schuld an der misslungenen Eroberung Nymaths traf. Sie musste nur standhaft sein und durfte nicht wanken, dann würde er ihr auch diese Lüge abnehmen. Ein paar gut gewählte Worte würden seinen Hass auf die Elben und die Ungläubigen weiter schüren. Und dann – Vhara lächelte – würde sie die vermeintliche Niederlage nutzen, um endlich jene Unterstützung zu erhalten, nach der es sie so sehr verlangte …

Inzwischen hatte das Feuer seinen Höhepunkt erreicht. Brüllend schlugen die Flammen in die Höhe. Es war ein ewiger, unzerstörbarer Brand, entfacht durch die Macht eines einzigen Gottes.

»Meister!« Der tosende Feuersturm hetzte Vhara das Wort von den Lippen. Sie sank auf die Knie und senkte demütig das Haupt. »Deine getreue Dienerin erbittet, zu dir sprechen zu dürfen.«

Für endlose Herzschläge blieben das Fauchen und Tosen der lodernden Flammenzungen das einzige Geräusch im Tempel, dann verdunkelten sich die Lohe zu der Farbe frischen Blutes, und eine dröhnende, körperlose Stimme antwortete: »Komm!«

Es war soweit. Vhara erhob sich, verdrängte alle störenden Gedanken, kreuzte die Hände vor der Brust und trat ohne zu zögern mitten in die Flammen hinein. Die Schlacht war verloren, nicht aber der Krieg. Sie war entschlossen, den Vereinigten Stämmen erneut die Stirn zu bieten, ohne sich ein weiteres Mal auf die Hilfe Sterblicher zu verlassen. »Nebelsängerin, diesmal gehst du als Siegerin aus dem Kampf hervor. Aber du hast noch nicht gewonnen«, schwor sie in Gedanken. »Ich werde dir das Amulett entreißen. Ich werde es mir holen, das schwöre ich!«

»Maylea! Oh, Maylea, was haben sie dir angetan?« Besorgt kniete Abbas neben der jungen Wunand und strich ihr über die Wange. Sie war bei Bewusstsein. Ihr Gesicht war angeschwollen, und die Lider flatterten, als sie versuchte, die Augen zu öffnen.

»Wasser!« Ihre rissigen Lippen formten das Wort so mühsam, als litte sie große Schmerzen.

»Ich habe Wasser. Warte!« Abbas richtete sich auf, schaute sich um und fand eine Halterung an der Wand, in die er die Fackel stecken konnte. Dann kniete er sich hinter Maylea und griff nach dem Wasserschlauch. Vorsichtig fasste er sie bei den Schultern, richtete sie zum Sitzen auf, indem er sie mit seinem Körper stützte, und gab ihr zu trinken.

Gierig nahm Maylea das Wasser in sich auf, schluckte und hustete und gebärdete sich wie wild, als Abbas den Wasserschlauch wegzog, damit sie nicht alles wieder erbrach. Das Trinken hatte Maylea erschöpft. Sie war bei Bewusstsein, doch allein schon der Versuch, die Augen offen zu halten, scheiterte kläglich. Kraftlos lag sie in Abbas' Armen, der sie fürsorglich stützte.

Aber Maylea war zu schwer, als dass er sie weit hätte tragen können, und so war er gezwungen zu warten, bis ihre Kräfte zurückkehrten.

Die Zeit verrann lautlos in der Dunkelheit der kleinen Zelle. Nur der schmale Lichtstreifen der aufgehenden Sonne, der immer kürzer wurde, während er langsam am Boden entlangwanderte, ließ Abbas die verstrichene Zeit erahnen. Je weiter der Lichtschein voranschritt, desto unruhiger wurde er. Jeden Augenblick konnte die Wachablösung kommen. Er durfte sich nicht länger hier aufhalten. Jeder Atemzug, jeder Herzschlag, der verstrich, konnte verhängnisvolle Folgen für sie haben.

»Maylea!« Sanft rüttelte er die junge Wunand an der Schulter. »Wach auf, Maylea. Wir müssen hier raus!« Nur mit Mühe gelang es ihm, die verletzte Amazone den Fängen des Schlafs zu entreißen, doch als sie schließlich die Augen aufschlug, war ihr Blick klar. »Abbas?« Ungläubig starrte sie ihn an. »Wie … Was tust du hier?«

»Später!«, sagte er. Eine drängende Unruhe hatte von ihm Besitz ergriffen, und das Gefühl, auf der Stelle von hier verschwinden zu müssen, wurde fast übermächtig. So viel Zeit war verstrichen, kostbare Zeit, die ihnen eine sichere Flucht ermöglicht hätte. Was blieb, waren Augenblicke, die ihnen zwischen den Fingern zerrannen.

»Kannst du aufstehen?«, fragte er Maylea.

»Ich … ich weiß nicht …«

»Leise!« Abbas legte warnend den Finger auf die Lippen. Draußen waren Schritte zu hören. Jemand rief etwas in einer Sprache, die Abbas nicht verstand, trat an die Tür und stieß einen keuchenden Laut aus, als diese sich öffnete. Mit eiligen Schritten hastete der Fremde an der Hauswand entlang, gelangte unweigerlich zu dem Fässerstapel und stieß einen entsetzten Schrei aus. Hastig rannte er davon.

»Steh auf!«, rief Abbas Maylea zu, während er aufsprang und in den Gang hinauslief. »Sie haben den Wachtposten entdeckt. Gleich wird es hier von Uzoma nur so wimmeln.« Mit einem raschen Seitenblick vergewisserte er sich, dass Maylea seiner Aufforderung folgte, dann eilte er zur Tür, um sie von innen zu verbarrikadieren. Die Zeit war knapp, und er fand nur wenig sperrige Hölzer, um die Krieger vom Eindringen in den Kerker abzuhalten. So lief er noch einmal in die Zelle zurück, riss die Latten der Pritsche aus den morschen Halterungen und rannte damit zur Tür. Die notdürftige Barriere würde ihnen zumindest eine kurze Frist verschaffen – Zeit, die er leichtfertig vergeudet hatte und die sie für die Flucht so dringend gebraucht hätten.

Als er das letzte Holzstück im Türrahmen verkeilt hatte, waren draußen erregte Stimme zu hören. Sie klangen noch weit entfernt, näherten sich aber schnell.

»Sie kommen!« Abbas eilte zu Maylea, die schwankend an der Zellentür lehnte, und sah sich gehetzt um. Vor der Tür hörte er nun Schritte und das Klirren von Waffen. »Komm schnell«, forderte er Maylea auf und bedeutete ihr mit einer ungeduldigen Handbewegung, ihm zu folgen. »Wir müssen nach einem anderen Ausgang suchen.«

Aber Maylea rührte sich nicht. Die junge Wunand lehnte noch immer am Türrahmen, blutend und benommen, und war offensichtlich nicht in der Lage, ihm zu folgen. Ihr linker Arm hing nutzlos herunter. Er wirkte unnatürlich verrenkt und schien gebrochen zu sein, aber darauf konnte Abbas jetzt keine Rücksicht nehmen.

»Emos zornige Kinder!« Fluchend ergriff er Maylea am Gewand und zerrte sie hinter sich her. Staub, den der Wüstenwind durch die Mauerritzen bis ins Innerste des Kerkers getragen hatte, wirbelte vom Boden auf, während er den engen Gang entlang hastete, an dessen Ende verheißungsvolles Licht durch die Ritzen einer schmalen, grob gezimmerten Tür sickerte.

Maylea folgte ihm taumelnd, doch die Art, wie sie sich bewegte, machte deutlich, dass sie noch nicht wieder Herrin ihrer Sinne war. Sie hatte zu starke Schmerzen erlitten und zu viel Blut unter den Misshandlungen der Uzoma verloren. Doch Abbas blieb nicht die Zeit, sich darum zu kümmern. Die Versorgung der Wunden musste warten, bis sie in Sicherheit waren. Es galt, diesen Ort des Schreckens zu verlassen – und zwar schnell.

Noch hielt die kümmerliche Blockade der Tür die Uzoma auf. Abbas war wild entschlossen, den kostbaren Vorsprung zu nutzen.

In diesem Augenblick strauchelte Maylea und fiel auf die Knie. Abbas packte sie am Arm, um ihr auf die Füße zu helfen. »Komm«, drängte er. »Nur noch wenige Schritte, dann sind wir draußen.«

Aber Maylea schüttelte den Kopf. »Geh allein«, presste sie mühsam hervor. »Ich schaffe es nicht.«

»Das werde ich nicht«, rief Abbas zornig. »Ich lasse dich nicht zurück!«

Am Ende des Gangs ertönten wütende Rufe. Die notdürftig verriegelte Tür erzitterte unter den heftigen Schlägen. Abbas blickte sich besorgt um. In seinen Augen glomm Furcht, doch seine Stimme schwankte nicht, als er Maylea fester am Arm packte und mit sich zerrte. »Ich lasse dich nicht im Stich«, schwor er. »Niemals.«

Krachende Schläge hämmerten auf die Tür ein. Holz splitterte, und die Rufe wurden so laut, dass Mayleas gemurmelter Protest in dem Lärm unterging.

»Komm!« Abbas ließ nicht locker. Mit aller Kraft zerrte er Maylea zu der morschen Tür, die sie noch von der Freiheit trennte, und warf sich ohne zu zögern mit der Schulter dagegen. Die Tür flog aus den Angeln, und Abbas stürzte, vom eigenen Schwung getragen, in eine niedrige Sanddüne, die der Wind im Lauf der vielen Monde, die sie offensichtlich nicht benutzt worden war, vor ihr aufgetürmt hatte.

Der junge Wunand verlor keine Zeit. Augenblicklich war er wieder auf den Beinen und eilte zu der Öffnung, um Maylea hinaus zu helfen. Ihr dunkles Haar war staubig und wirr, das bleiche Gesicht geschwollen und von Wunden verunstaltet. »Schnell!« Abbas fasste Maylea am Arm und zerrte sie über die Trümmer der Tür hinweg.

Im gleichen Augenblick zersplitterte die Tür am Ende des Ganges unter den Axthieben der Uzoma. Mit einem Mal war die Luft erfüllt von den Geräuschen bewaffneter Krieger, die schnell näherkamen.

Abbas' Herz raste. Mit angehaltenem Atem starrte er in den finsteren Gang hinein. Was sollte er tun? Hinter seiner Stirn überschlugen sich die Gedanken. Ein rascher Blick nach hinten bestätigte ihm, was er bereits befürchtet hatte: Nirgends gab es Hoffnung auf ein Versteck. So weit das Auge reichte, breitete sich die endlose Steppe aus. Wenn es dort draußen zum Kampf käme, wären sie verloren. Die einzige Möglichkeit, den Uzoma wirksam entgegenzutreten, war hier, ummittelbar vor der Tür, wo der schmale Gang die Krieger behinderte und nur einzeln durchließ. Doch das bedeutete …

Die Uzoma kamen immer näher. Er waren fünf, so viel konnte Abbas durch Staub und Schatten hindurch erkennen. Sie waren nicht mehr weit entfernt, und er wusste, dass ihm nur noch eine Möglichkeit blieb, wenn er Maylea retten wollte. »Lauf, Maylea!«, rief er und versetzte der jungen Wunand einen energischen Stoß. Dann trat er zwei Schritte zurück, löste die Feuerpeitsche vom Gürtel, entzündete sie und machte sich bereit.

Als seine Hand sich um den Griff der Waffe schloss, durchströmte ihn ein seltsames Gefühl. Alle Furcht, alles Bangen schienen plötzlich vergessen. Aller Schrecken und alles Zögern gehörten der Vergangenheit an. Eine wilde Entschlossenheit breitete sich wie eine brennende Woge in ihm aus, und der Hass auf die Uzoma verdrängte alle störenden Gedanken. So war es also, wenn man dem Feind gegenüberstand und dem Tod ins Auge blickte. Abbas atmete tief durch, und Stolz durchflutete ihn. So war es, wenn man Ruhm und Ehre erlangte.

Hinter ihm stieß Maylea einen erschrockenen Laut aus.

Gleichzeitig ertönte das Klirren von Waffen, als die Uzoma am Ende des Ganges innehielten und Abbas auf eine Weise anstarrten, als wüssten sie nicht, was sie von dem jungen Wunand halten sollten, der sich ihnen mit der Peitsche in der Hand in den Weg stellte.

Aus den Augenwinkeln sah Abbas, dass Maylea noch immer hinter ihm stand. »Lauf, Maylea!«, rief er außer sich, ohne die dunkelhäutigen Krieger aus den Augen zu lassen. »Verdammt, Maylea, lauf!« Und als hätten die Worte den Bann gebrochen, griffen die Uzoma an.

Wie die Verheißung auf einen besseren Tag erhob sich die goldene Herbstsonne über den schneebedeckten Gipfeln und Graten des Pandarasgebirges. Ihre wärmenden Strahlen vertrieben noch einmal Frost und Kälte aus den Tälern und lösten die dunstigen Nebel auf, die sich mit Beginn der Dämmerung gebildet hatten.

Ein großer Runkaadler, der seinen Namen der eigenwilligen Form seiner Schwanzfedern verdankte, nutzte die aufsteigenden Winde für seinen morgendlichen Flug und zog weit im Westen seine Kreise, während sich im Grinlortal schon früh Scharen von schwarzen Aaskrähen eingefunden hatten. Angezogen von dem Geruch des Todes, den die verheerende Schlacht hinterlassen hatte, taten sie sich an den zerschmetterten Leibern der Lagaren und der getöteten Uzoma gütlich. Immer wieder trafen neue Scharen ein, und ihre krächzenden, zänkischen Schreie erfüllten die Luft, während sie um die besten Futterplätze stritten.

»Ist es wirklich vorbei?« Inahwen, die zusammen mit Gathorion und Artis auf der beschädigten Außenmauer stand, wandte sich von dem grausigen Anblick ab. Erschüttert und zutiefst betroffen ließ sie den Blick über die schwelenden Ruinen der Festung schweifen, die kaum noch etwas mit dem imposanten Bauwerk gemein hatte, dessen Mauern den Pass zuvor versperrt hatten. Überall bargen die Krieger Tote und Verletzte aus den Trümmern, verscheuchten Aaskrähen oder löschten die letzten Brände, die die Nacht überdauert hatten.

»Es ist noch zu früh, um das mit Gewissheit zu sagen«, erwiderte Gathorion mit einem Seitenblick auf den Runkaadler, der sich langsam kreisend westwärts davonflog. »Die Falken, die bei Tagesanbruch aufstiegen, brachten die Kunde, dass es im Heerlager der Uzoma zu Aufruhr und heftigen Zwistigkeiten gekommen sei. Die Uzoma sind anscheinend sehr aufgebracht, doch richtet sich dieser Zorn offensichtlich gegen die eigenen Heerführer.«

»Wenn das wahr ist, stellen sie keine Gefahr mehr für uns dar«, warf Artis ein. »Einen Krieg kann nur führen, wer einig ist. Ein zerstrittenes Volk hat genug mit sich selbst zu tun.«

»Aber wer sagt uns, dass es nicht nur ein vorübergehendes Zerwürfnis ist?«, fragte Inahwen.

»Das kann niemand mit Bestimmtheit sagen«, erwiderte Gathorion mit ernster Miene. »Diese Schlacht hat für uns ein glückliches Ende gefunden. Zwar haben wir nicht gesiegt, sind aber auch nicht bezwungen worden. Es scheint sicher, dass die Lagaren den Uzoma nicht mehr gehorchen. In jedem Fall müssen wir die Zeit nutzen, um uns für das, was kommen mag, zu wappnen. Es gilt, die Verwundeten zu versorgen, die Toten zu bergen und zu bestatten. Die Schäden an der Festung sind zu groß, als dass wir sie binnen kurzer Zeit beheben könnten, doch sollte es uns zumindest gelingen, die Außenmauer so weit zu sichern, dass sie einem erneuten Ansturm standhält.«

»Dann hältst du es für möglich, dass …« Inahwen wandte sich um, als ein Meldegänger die marode Treppe zur Brustwehr hinaufstieg. Der junge Mann trug das Wappen der Raiden auf der Schulter und nahm Haltung an, kaum dass er die Treppe erklommen hatte. »Ich bringe Nachricht aus dem Falkenhaus«, sagte er mit ernster Miene und reichte Gathorion ein zusammengerolltes Pergament.

»Meinen Dank«, erwiderte Gathorion. Der Elbenprinz nahm das Pergament an sich, entrollte es vorsichtig und begann zu lesen. Nicht die kleinste Regung in seinem Gesicht gab Aufschluss über den Inhalt der Nachricht. Schließlich rollte er das Pergament zusammen. »Richte den Heermeistern aus, sie mögen sich sofort im Versammlungsraum einfinden«, trug er dem Meldegänger auf. »Es gibt eine gute Neuigkeit zu vermelden.«

»Verdammt, Maylea, lauf!«

Maylea hörte die Worte und wusste, dass sie ihr galten, doch etwas hielt sie davon ab zu tun, was Abbas von ihr verlangte.

Das war falsch, doch ihr Bewusstsein schien in einen blutigen Nebel gehüllt zu sein, der es ihr unmöglich machte zu erkennen, weshalb. Sie spürte die Gefahr und wusste, dass Eile geboten war, und doch gehorchte sie nicht, sondern beobachtete wie ein Unbeteiligter, wie Abbas vor der Tür um sein Leben kämpfte. Die Uzoma bedrängten ihn hartnäckig, doch der junge Wunand führte die Peitsche so geschickt, dass es ihnen nicht gelang, aus dem engen Gang herauszukommen.

Er ist ein Wunand! Es ist ein Mann, der mir das Leben rettet! Ein tiefes Schamgefühl überkam Maylea. Alles war falsch. Sie war es doch, die zu kämpfen hatte. Sie müsste Abbas beschützen, ihm zurufen, dass er laufen solle.

Aber wie?

Sie hatte keine Waffe. Ihr Arm war gebrochen, und sie konnte sich kaum auf den Beinen halten. Abbas war gekommen, um sie zu retten. Wenn auch sie sich den Uzoma zum Kampf stellte, würden sie beide sterben. Doch wenn sie tat, was er von ihr verlangte, wäre sein heldenhafter Einsatz nicht vergebens. Sie wusste, dass sie laufen musste, und dennoch zögerte sie.

Es sind zu viele! Wie ein Blitz durchschnitt die Erkenntnis ihre Gedanken, und Maylea spürte, wie sich ihre Brust verkrampfte. Es waren zu viele Krieger mit zu vielen Waffen, als dass Abbas ihnen lange standhalten konnte.

»Maylea, lauf!« Die Worte drangen wie aus weiter Ferne an ihre Ohren.

Du kannst ihn nicht zurücklassen.

»Lauf!« Verzweiflung lag in Abbas' Worten. Sie spürte, wie er um sie bangte.

Ein Uzoma ging zu Boden, doch dem jungen Wunand war keine Atempause vergönnt, denn die vier anderen bedrängten ihn nun umso härter.

»Maylea!«

Hilf ihm!

Maylea sah Abbas taumeln. Der einstige Küchenjunge besaß nicht die Ausdauer, um einen solch zermürbenden Kampf lange durchzustehen. Obwohl er die Peitsche so geschickt wie eine Amazone führte, war er den vereinten Kräften der Krieger auf Dauer nicht gewachsen.

»Lauf!«

Er ist deines Blutes. Dein Freund!

»Emos zornige Kinder. Jetzt lauf doch!«

Emo! Etwas lag in dem Wort, das Mayleas Bewusstsein erreichte, das Scham und Schuldgefühle verdrängte und die Vernunft die Oberhand gewinnen ließ. Furcht und Todesangst, die sie schon während des Ritts gespürte hatte, schlugen mit ungeahnter Heftigkeit über ihr zusammen und erweckten den angeborenen Fluchttrieb in ihr zu neuem Leben.

Du kannst ihn nicht zurücklassen. Tief in ihrem Innern hörte sie die Stimme wispern, aber sie war schwach und leise, und Maylea beachtete sie nicht länger. In ihrem Denken gab es keinen Raum mehr für Pflichtgefühl und Hilfsbereitschaft. Es gab nur noch das brennende Verlangen, das eigene Leben zu schützen. Der Wille zu überleben hatte alle anderen Gefühle ausgeschaltet. Abbas hatte sich entschieden, sein Leben für das ihre aufs Spiel zu setzen. Wenn sie dadurch gerettet wurde, hätte sein möglicher Tod einen Sinn.

Schweren Herzens fasste Maylea einen Entschluss. Obwohl sie bereits ahnte, dass sie sich immer dafür hassen würde, lief sie los. Ein letztes Mal drehte sie sich um und warf einen Blick auf Abbas, der durch seinen erbitterten und selbstlosen Kampf eine lebende Barriere zwischen ihr und den Uzoma errichtete. Eine einsame, verlorene Barriere, für die es kaum eine Hoffnung gab …

Ohne sich noch einmal umzusehen, taumelte und stolperte Maylea auf die offene Steppe hinaus. Sie spürte keine Erschöpfung und keinen Schmerz. Ihre Beine bewegten sich wie von selbst.

Nach Süden!

Sie wusste nicht mehr, wo Süden sein mochte und warum sie dorthin wollte. Sie wusste nur, dass sie nach Süden musste. Sie lief und lief und hatte schon bald jedes Zeitgefühl verloren.

Wie ein Pfeil, der, einmal abgeschossen, eine lange Strecke zurücklegt, bevor er zu Boden fällt, hastete sie durch die karge Einöde. Sie hatte Hunger und Durst, aber sie spürte es nicht. Selbst die schneidende Kälte des Windes drang nicht bis zu ihr vor.

Irgendwann wurde ihr schwarz vor Augen. Sie strauchelte und schlug wie ein gefällter Baum auf die harte Erde. Dunkelheit umfing sie, und die Ohnmacht trug sie mit sich fort …

Noch einmal sah sie Abbas, der sich mit einer Feuerpeitsche in den Händen einer Überzahl von Uzomakriegern entgegenstellte. Der junge Wunand wehrte sich geschickt und streckte drei der Gegner zu Boden. Doch dann durchbrachen die anderen die Deckung und brachten ihn zu Fall. Waffen blitzten, und ein Mark erschütternder Schrei gellte durch den Traum …

Als Maylea wieder zu sich kam, stand die Sonne hoch am Himmel. Sie fühlte ein übles Gemisch von Sand und Blut im Mund, hustete, würgte und spuckte, doch die ausgedörrte Kehle schaffte es nicht, den Mund vom Sand zu befreien. Der Nachhall des Traums weckte eine dumpfe Erinnerung in ihr, aber der Durst war stärker und lenkte ihre Aufmerksamkeit wieder auf jene Dinge, nach denen ihr geschundener Körper gierte.

Wasser! Sie brauchte Wasser!

Der Durst wurde unerträglich.

Mit trockener Zunge, die sich wie Pergament anfühlte, fuhr sich Maylea über die Lippen. Sie waren aufgesprungen und mit einer dicken Schicht aus geronnenem Blut und Sand verkrustet.

Wasser!

Keuchend öffnete sie die Augen und stemmte sich mit dem gesunden Arm in die Höhe, um etwas von der Umgebung zu erkennen. Doch alles, was weiter als fünf Schritte entfernt war, verschwamm ihr vor den Augen.

Es war aus. Fast überraschte es Maylea, wie nüchtern sie ihrem nahen Ende entgegensah. Was die Misshandlungen der Uzoma nicht erreicht hatten, würde nun durch den Wassermangel vollendet werden. Die Flucht, die Schmerzen, Abbas' selbstlose Hilfe … alles vergebens!

Das Skelett eines Pferdes, dessen grinsender Schädel und bleiche Knochen nur wenige Schritte von ihr entfernt aus dem Staub ragten, erschien ihr wie die düstere Vorahnung des eigenen Todes.

Komm, schien das Tier zu locken. *Folge mir. Nur ein winziger Schritt, dann sind Schmerzen und Pein vergessen. Komm, komm.* Süß und verlockend strich die leise Stimme des Todes durch Mayleas Gedanken. Verführerisch wob sie die Sehnsucht nach Erlösung in ihr Bewusstsein, und plötzlich erschien ihr der nahe Tod wie ein Freund, der ihr hilfreich die Hand reichte. *Komm. Es ist Zeit, komm zu mir!*

Maylea seufzte. Sie war bereit zu gehen und sehnte sich danach, endlich Frieden zu finden.

Der Pferdeschädel grinste noch immer, doch diesmal war es ein triumphierendes, wissendes Grinsen, als ob …

Maylea erstarrte.

In dem einheitlichen Grau hinter den bleichen Knochen bewegte sich etwas. Sie blinzelte, aber der Sand hatte sich auf ihren

Lidern festgesetzt und streute ihr bei jeder Bewegung winzige Körner in die Augen. So sehr sie sich auch bemühte, das Bild blieb verschwommen.

Alles, was sie sah, war ein dunkler Schatten, der sich hinter dem Schädel erhob. Er war zu klein für ein Pferd und zu groß für einen der Steppenfüchse, die sich an verendeten Tieren gütlich taten. Aber er bewegte sich. Kein Laut war zu hören, keine Erschütterung durchlief den Boden, nur der Schatten kam näher. Langsam und geräuschlos – wie der Tod.

Maylea erschauerte. Sie hatte nie wirklich daran geglaubt, dass der Tod ein Gesicht besaß. Doch jetzt …

Der Schatten war jetzt ganz nah. Er sah beinahe aus wie ein hoch gewachsener Mann in einem langen dunklen Mantel, dessen Gesicht von einem breitkrempigen Hut verdeckt wurde.

Das Blut rauschte Maylea hämmernd in den Ohren, die Lider flatterten, und der Atem wich pfeifend aus ihren Lungen. Sie wollte etwas sagen und hob flehend die Hand. Doch schon der erste, mühsam hervorgepresste Ton ging in einem würgenden Husten unter, in dessen Folge neues Blut aus den rissigen Lippen quoll. Ein letztes Mal bot sie all ihre Kraft auf. »Wasser!«, röchelte sie. Dann wurde es dunkel.

Epilog

Sanforan, 595 Winter n.A.

Auf dem großen Festplatz innerhalb der Bastei drängten sich unzählige Menschen. Die schweren Regenwolken des Nachmittags hatten sich verzogen, und die sinkende Sonne glitzerte auf den nassen Dächern. Ein kühler Wind blies vom schwarzen Ozean herüber, trug den würzigen Duft des Meeres heran und ließ die Banner und Wimpel fröhlich flattern, die dem feierlichen Anlass gemäß rings um den Platz gehisst waren.

Obwohl Hunderte dem Appell der Herolde gefolgt waren, die kurz zuvor durch die Straßen Sanforans geeilt waren, um die Bewohner zur Bastei zu rufen, war es auf dem Platz gespenstisch still.

Nur die Geräusche das Windes, der Brandung und der weißen Seevögel, die auf den Dächern saßen und mit schrillen Stimmen stritten, durchbrachen die erwartungsvolle Stille, die sich über die dicht gedrängte Menge gebreitet hatte. Die erregten Gespräche der Nachzügler verstummten, kaum dass sie den Platz betraten. Schweigend mischten sie sich unter die Versammelten, die alle gespannt zur geschmückten Balustrade der Bastei aufblickten und darauf warteten, dass der Hohe Rat sich dem Volk zeigte.

Kelda stand inmitten des Küchengesindes in einer der vordersten Reihen. Ihre graue Schürze wies unzählige rote Flecken auf, die noch von den Kilvarbeeren herrührten, die sie am Nachmittag verlesen hatte. Es hieß, der Hohe Rat habe Neuigkeiten über die Lage am Pass zu verkünden. Um nichts zu versäumen, hatte sie augenblicklich alles stehen und liegen gelassen und war mit den anderen auf den Festplatz geeilt. Der Herdmeisterin klopfte das Herz bis zum Hals. Ihre Wangen waren vor unterdrückter Anspannung gerötet. Immer wieder hatte sie in den vergangenen Tagen versucht, etwas über die Lage in der Festung zu erfahren, hatte Boten, Kundschaftern und verwundeten Kriegern regelrecht aufgelauert und sie nach einem jungen Wunand namens Abbas gefragt. Doch diese hatten nur bedauernd den Kopf geschüttelt. Niemand kannte ihn. Alles, was Kelda in Erfahrung gebracht hatte, war, dass man sich am Pass auf eine große, alles entscheidende Schlacht vorbereitete. Diese Nachrichten hatten sich in der vergangenen Nacht bestätigt, als ein Falke die Botschaft überbracht hatte, dass die Schlacht begonnen habe.

Aber warum war der Platz dann so prächtig geschmückt? War die Schlacht etwa schon geschlagen? War es denn möglich, ein so gewaltiges Heer wie das der Uzoma so schnell zu besiegen? Fragen über Fragen, die nicht nur Kelda bewegten. In der kurzen Zeitspanne, die seit dem Aufruf der Herolde verstrichen war, hatten schon viele Gerüchte die Runde gemacht. Jeder glaubte etwas zu wissen oder gehört zu haben, doch jene, die es wissen mussten, hüllten sich in Schweigen.

In diesem Augenblick schmetterten Fanfaren gellend über den Platz und kündeten von der Ankunft des Hohen Rates. Ein Raunen ging durch die Menge. Hälse reckten sich, es wurde gedrängelt und geschoben, als die Menschen versuchten, weiter nach vorn zu gelangen.

Endlich traten die fünf Ratsmitglieder an die Brüstung. Die silbernen Stickereien auf den dunklen Roben funkelten im Licht der untergehenden Sonne, und ihr goldener Schein ließ die Gesichter der Ratsmitglieder erstrahlen. Für wenige Augenblicke standen sie schweigend beisammen und ließen den Blick über die versammelten Menschen schweifen, dann hob Gaynor, der den Vorsitz über den Rat innehatte, die Hand und bat um Ruhe.

Augenblicklich war es wieder still.

»Bürger von Sanforan«, sprach er mit lauter Stimme, und das Tosen der Brandung verlieh seinen Worten zusätzlich Gewicht. »Wir haben Euch hier zusammengerufen, um frohe Kunde zu bringen.« Er verstummte kurz, um die Worte wirken zu lassen.

»Wie Ihr wisst, hatte die entscheidende Schlacht an der Festung am gestrigen Abend begonnen. Es wäre nicht recht, die bitteren Verluste und das Ausmaß der Zerstörung zu verschweigen, welche die Truppen der Vereinigten Stämme im Verlauf dieser Schlacht vor allem durch die Lagaren hinnehmen mussten. Kein Krieg ist ohne Opfer, und wir haben einen hohen Preis gezahlt.« Ein betretenes Raunen erhob sich, denn fast alle, die sich hier versammelt hatten, wussten Freunde und Angehörige bei den Truppen. Ein Schatten huschte über die gespannten Gesichter der Menschen, und auch Keldas Herz krampfte sich voller Sorge zusammen.

»Aber diese Opfer«, fuhr Gaynor fort, »waren nicht vergebens. Am frühen Nachmittag brachte ein Falke folgende Botschaft von Gathorion:

›*Die Lagaren sind geflohen. Das Heer der Uzoma konnte erfolgreich zurückgeschlagen werden.*‹«

Unbeschreiblicher Jubel brandete auf. Die Menschen schrien, klatschten und johlten und fielen einander vor Begeisterung in die Arme. Kelda fühlte sich, als hätte ihr jemand eine unglaubliche Last von den Schulten genommen. Die Schlacht war gewonnen. Jetzt würde Abbas gewiss bald heimkehren. Tränen der Erleichterung standen ihr in den Augen. Nicht einen Herzschlag lang zweifelte sie daran, dass ihr Zögling unter den Überlebenden war. Wunandmänner, und waren sie noch so starrköpfig, kämpften nicht. Dass keiner der Krieger seinen Namen kannte, konnte nur bedeuten, dass Abbas auch am Pass bei den Dienstboten gewesen war, und dieser Gedanke war ihr ungemein tröstlich.

Kelda sah, wie Gaynor die Arme hob und die Menge erneut um Ruhe bat, doch die Jubelrufe wollten kein Ende nehmen. Niemand hatte damit gerechnet, dass die Schlacht auf diese Weise und vor allem so rasch enden würde, und die Menschen waren außer sich vor Glück. Erst als die Fanfare erneut über den Patz schallte, kehrte endlich wieder Ruhe ein.

»Und noch eine, nicht minder wunderbare Kunde wurde uns durch einen Falken zugetragen«, hob Gaynor an. »Woran wir alle längst nicht mehr zu glauben wagten, hat sich erfüllt. Nahezu unbemerkt im finsteren Schatten des Krieges, fand die Nebelsängerin den Weg zurück nach Nymath.«

Die Nachricht war so ungeheuerlich und unfassbar, dass es den Menschen zunächst die Sprache verschlug. Es herrschte fassungsloses Schweigen. In den Gesichtern der Umstehenden wechselten Unglaube und Hoffnung in rascher Folge, während sie gebannt darauf warteten, dass Gaynor weitersprach.

»Auch wir können nur mutmaßen, auf welche Weise und wann die Nebelsängerin zum Pass gelangte, doch die Nachricht des Heermeisters Bayard, welche der Falke mit sich führte, ist ein wunderbares Geschenk an die Vereinigten Stämme:

›*Die Nebelsängerin hat die Magie der Elben erneut zum Leben erweckt. Seit der vergangenen Nacht erhebt sich der magische Wall aus Nebel wieder über den Wassern des Arnad. Nymath ist wieder sicher.*‹«

Im Strudel der sie umgebenden Begeisterung riss auch Kelda die Arme in die Höhe und stimmte in den nicht enden wollenden Jubel ein, der die Grundfesten der Bastei erbeben ließ.

Die Uzoma waren zurückgeschlagen, die Nebelmagie erneut gewoben. Keldas Freude war so übermächtig, dass sie glaubte, ihr Herz müsse zerspringen. Mehr denn je sehnte sie den Augenblick herbei, in dem sie Abbas wieder in die Arme schließen dürfte.

Anhang

Glossar

Abbas: Küchenjunge vom Blute der → Wunand, → Keelins bester Freund

Ajabani: Bund der Meuchelmörder in → Andaurien

Ajana Evans: junge Deutsche, die ein geheimnisvolles Amulett erbt

Andaurien: Land im Norden der Wüste, aus dem die Menschen nach → Nymath geflohen sind

Arnad: Fluss, dessen Quell im unpassierbaren → Pandarasgebirge entspringt

Asnar: Gott der ruhenden Macht, des Krieges und der Verteidigung, Bruder von → Callugar, verehrt von den → Katauren

Asnarklinge: rituelles, geflammtes Richtschwert der → Katauren. → Bayard ist der Einzige, der damit kämpft

Atzung: frisches Fleisch, mit dem der Falke gefüttert wird

Bactibusch: Busch mit auffallend roten Blüten und einer süßen Frucht

Bayard: Heermeister der → Katauren, der seine Familie durch die → Uzoma verlor, von den Katauren als Held gefeiert und verehrt

Burakihirsche: wild lebende Hirschrasse in → Nymath

Callugar: Gott der bewegten Macht, des Krieges und des Angiffs, → Asnars jüngerer Bruder, Herrscher über die Götter, verehrt von den → Onur

Cara: zweite Nebelsängerin, Tochter von → Gaelithil

Cawen: Mitglied des → Hohen Rates, ein erfahrener, mittlerweile einarmiger Kämpfer vom Blute der → Katauren

Cirdan: Mitglied von → Ajanas Spähtrupp, vom Blute der → Fath

Cyllamdir (›Bote der Hoffung‹): das elbische Kurzschwert der Nebelsängerinnen

Darval: Mitglied von → Ajanas Spähtrupp, vom Blute der → Onur
Djakûn: pantherartige Raubkatzen, die von den → Wunand in → Andaurien geritten wurden. Keines der Tiere überlebte die Flucht durch die Wüste.
Ecolu: alkoholisches Getränk der → Uzoma
Eilis: dritte Nebelsängerin, Tochter von → Cara
Elben: siehe ›Die Völker und Stämme Nymaths‹
Emmer: Urform des Weizens
Emo: Göttin der → Wunand, die wilde Jägerin. Sie ist ohne Angst und setzt stets ihren eigenen Willen durch. Die Wunand bekräftigen ihre Worte mit dem Namen der Göttin, mit der Bedeutung: »So sei es!«
Faizah: ›die Siegreiche‹, eine → Kurvasa, die Enkelin des letzten freien → Kaziken der → Uzoma
Fath: siehe ›Die Völker und Stämme Nymaths‹
Feanor: Mitglied von → Ajanas Spähtrupp, vom Blute der → Onur
Fuginor: Gott des Feuers, der Leidenschaft, des heißen Blutes, ebenso wie des Zorns und der Rage, kurz: von allem, was heiß ist.
Gaelithil: erste Nebelsängerin, die das Nebelamulett erschuf
Gathorion: neuer Anführer der → Elben, Bruder von → Inahwen, Sohn und Nachfolger von → Merdith
Gaynor: Ratsvorsitzender des → Hohen Rates, vom Blute der → Onur
Gilian: Gott der Lüfte und der Winde, Sohn von → Callugar, Erschaffer der Vögel, verehrt von den → Raiden
Gowan: Mitglied des → Hohen Rates, stolz und edelmütig wie alle vom Blute der → Fath
Grinlortal: einziger sicherer Weg durch das → Pandarasgebirge
Hoher Rat von Nymath: gewählte Regierung von → Nymath, die sich zusammensetzt aus je einem Vertreter der fünf Stämme und einem Abgesandten der → Elben
Humard: Schimpfwort der → Uzoma für Menschen
Imlaksee: See im Nordosten → Nymaths
Inahwen: Vertreterin der → Elben im → Hohen Rat von Nymath
Inrrab: gewundener Fluss, der aus dem → Pandarasgebirge in den → Imlaksee mündet

Javier: Heermeister vom Blute der → Onur

Kämpe: Kämpfer

Kardalin-Schlucht: nahezu unpassierbare Schlucht im → Pandarasgebirge, nahe dem → Wilderwil

Katauren: siehe ›Die Völker und Stämme Nymaths‹

Kazike: Titel der Dorfältesten der → Uzoma

Keelin: junger Falkner, der unter seiner unehelichen Abstammung zu leiden hat

Kelda: Herdmeisterin vom Blute der → Katauren in der Bastei, Dienstherrin von Abbas

Kento: Uzomakrieger, der → Ajana in → Lemrik findet

Kilvarbeere: rote Traubenfrucht, süß und edel

Kleines Volk: siehe ›Die Völker und Stämme Nymaths‹

Kupfermond: der kleinere der beiden Monde von → Nymath

Kurvasa: geächtete und versklavte → Uzoma

Kyle Evans: → Ajanas Vater, als Adoptivkind in England aufgewachsen

Lagaren: Flugechsen aus der roten Wüste mit gefährlichem Giftodem

Laura Evans: → Ajanas Mutter

Lavincis (gesprochen: ›la-winn-schis‹): kleine, etwa fingergroße Baumhörnchen, die wie lebende Fellbüschel aussehen und »La« rufen

Lazar: Heermeister vom Blute der → Fath

Lemrik: Fischerdorf zwischen → Pandarasgebirge und → Sanforan

Mabh O'Brian (gesprochen: ›mäivh o-brai'en‹): → Ajanas Großtante, die das Amulett auf ungewöhnliche Weise an → Ajana vererbt

Magun: uralte weise Frau aus dem → Pandarasgebirge

Mahoui: stolze, über zwei Meter hohe farbenfrohe Laufvögel, die das befreundete → ›kleine Volk‹ auf sich reiten lassen und bei den anderen Völkern als ausgestorben gelten

Mangipohr: Fluss, der im → Pandarasgebirge entspringt, durch → Nymath fließt und in einem breiten Delta in den → schwarzen Ozean mündet

Maylea: junge, unerschrockene → Wunandkriegerin auf der Suche nach ihren älteren Schwestern

Merdith: der verstorbene Anführer der Elben, Vater von → Inahwen und → Gathorion

Metze: Prostituierte

Muriva: ›Schneeflocke‹, Wurfstern der → Ajabani

n. A.: nach Ankunft der Stämme in → Nymath, allgemeine Zeitrechnung der Vereinigten Stämme

Nymath: Landstrich zwischen dem → Pandarasgebirge und dem → schwarzen Ozean

Onur: siehe ›Die Völker und Stämme Nymaths‹

Oona: Frau aus dem → kleinen Volk, Pflegerin von → Faizah

Othon: ehemaliger Hauptmann von → Vharas Eskorte, der durch sie zum → Whyono der → Uzoma wurde

Pacunuss: süßliche, braune Nussart in → Nymath, wächst oft in kleinen Hainen

Pandarasgebirge: Gebirge vulkanischen Ursprungs, das → Nymath von dem restlichen Kontinent trennt

Partikuliere: Schiffseigner

Phalanx: Schildwall in einer Schlacht, bei dem die Schilde wie Dachziegel überlappend aufeinander gelegt werden

Phelan: Mitglied des → Hohen Rates, ein grauhaariger Falkner vom Blute der → Raiden

Purkabaum: eichenähnliche Baumart mit dreifingrigen Blättern in → Nymath

Raiden: siehe ›Die Völker und Stämme Nymaths‹

Rowen Evans: → Ajanas Bruder

Runka: Stangenwaffe mit drei Spitzen

Runkaadler: Adler, dessen Schwanzspitze wie eine Runka geformt ist

Salih: Mitglied von → Ajanas Spähtrupp, vom Blute der → Fath

Sanforan: Hauptstadt von → Nymath, benannt nach dem letzten König

Schwarzer Ozean: dunkles Meer, das → Nymath umgibt und zu dem auch die Bucht von → Sanforan gehört

Sean Ferll, Brücke von: Brücke über den → Mangipohr östlich von → Lemrik

Semouria: Wächter der Seelensteine

Serkse: mystische Hüterin des → Wehlfangfeuers

Silbermond: der größere der beiden Monde von → Nymath

Sonnenwinkel: Maßeinheit für Stunden

Swehto-Ritual: Hellsichtritual der → Uzoma, das den elbischen Schutzzauber über → Nymath durchdringen kann, was → Vhara versagt bleibt

Thel Gan, Brücke von: Brücke über den → Mangipohr nördlich von → Lemrik

Thowa: großer Wohnraum der → Katauren, in dem alle Familien eines Hauses abends miteinander speisen

Thorn: Gott der Geschwindigkeit, der Freiheit und der Wolken, Sohn von Callugar, erschuf die Himmelspferde, verehrt von den → Katauren

Thorns heilige Rösser: Himmelspferde, deren Hufe die Wolken aufwirbeln. Sie sind schneller als der Wind, zu schnell für das menschliche Auge

Toralf: Heermeister der → Katauren und Freund von → Bayard

Triböcke: dreibeinige Katapulte

Ubunut: Anführer der versprengten → Uzomakrieger in → Lemrik

Udnobe: Hauptstadt der → Uzoma in der roten Wüste

Ulvar: vom Blitz gespaltener und dennoch tausendjährig gewordener → Purkabaum; Symbol der Hoffnung

Uzoma: siehe ›Die Völker und Stämme Nymaths‹

Vereinigte Stämme Nymaths: Die fünf Stämme → Fath → Katauren → Onur → Raiden → Wunand

Vhara: Priesterin des dunklen Gottes, ausgesandt, um → Nymath zu unterwerfen

Vindaya: Mitglied des → Hohen Rates vom Blute der → Wunand

Wehlfang-Graben: Erdspalte, deren Grund mit dem mystischen feurigen Wasser gefüllt ist, das ins Meer fließt

Whyono: oberster Kriegsherr und damit Herrscher der → Uzoma

Wilderwil: Wasserfall im → Pandarasgebirge, nach dem ein Tal und eine Garnison der Vereinigten Stämme von → Nymath benannt wurde

Wolfspfotenkraut: Grasgewächs mit erstaunlicher Heilwirkung

Wunand: siehe ›Die Völker und Stämme Nymaths‹

Wyron: karge, abgelegene Insel weit südlich der Bucht von → Sanforan

Ylva: Seherin des → kleinen Volkes

Die Völker und Stämme Nymaths

Die Fath

Die Fath waren einst ein Wüstenvolk. Das lebenspendende Element Wasser gilt ihnen als heilig. Als die Fath nach der Flucht aus Andaurien zum ersten Mal das Meer erblickten, verharrten sie voller Ehrfurcht. Schließlich wurde aus dem Wüstenvolk der Stamm der Fischer.

Die Katauren

Der Stamm der Reiter. Um die Nähe zu den Pferden und das freie Leben mit ihnen zu wahren, besiedelten die stolzen Katauren die fruchtbaren Ebenen Nymaths als Bauern oder Handwerker. Dort leben sie oft auf abgeschiedenen Höfen in kleinen Familiengruppen zusammen. Lanze und Speer sind ihre Hauptwaffen.

Die Onur

Der Stamm der Könige und Schwerter. Über viele Generationen hinweg stellte dieser Stamm die Könige Andauriens aus seinen Reihen. Zu seinem Wort zu stehen ist einem Onur wichtiger, als sein eigenes Leben zu schützen. Das Wichtigste für einen Onur sind seine Ehre, seine Familie – und sein Schwert.

Die Raiden

Der Stamm der Falkner. Einige der ehrgeizigen Raiden verfügen über die Gabe, eine geistige Verbindung mit einem Falken einzugehen. Diese seltene Begabung wird vom Vater auf den Sohn vererbt. Nach dem Vorbild der Falkner werden auch die Kinder der Raiden erzogen: belohnen, statt zu strafen. Die bevorzugte Waffe der Raiden ist der Bogen.

Die Wunand

Der Stamm der Jägerinnen. In den Sümpfen von Nymath leben die Wunand in Clans zusammen, wobei die Clan-Älteste das Sagen hat. Den wenigen Männern sind Kampf und Waffengang untersagt. Ihnen obliegt die Hausarbeit. In der verbleibenden Zeit widmen sie sich den Schönen Künsten. Die Waffen der Wunandkriegerinnen sind Bogen, Speer und Feuerpeitsche sowie ein ritueller Dolch in Form einer Flamme.

Die Elben

Ein anmutiges, langlebiges und hellhäutiges Volk mit spitzen Ohren und silberblonden Haaren. Ein Teil der Elben strandete bei einem Unwetter vor der Küste Nymaths. Getrennt von der restlichen Flotte, wartet das magiebegabte Volk auf die Rückkehr eines wandernden Sterns, der ihm den Weg in eine ferne Heimat weisen soll.

Das ›kleine Volk‹

Über das friedliche, ›kleine Volk‹ – wie die Uzoma es nennen – ist nur sehr wenig bekannt, da es zurückgezogen in einem fruchtbaren Tal des Pandarasgebirges lebt. Kleiner vom Wuchs als die Menschen, mit mandelförmigen, kupferfarbenen Augen, ist ihnen die Begabung zu Eigen, mit Tieren sprechen zu können. Sie kümmern sich um die vom Aussterben bedrohten Mahoui-Vögel. Bei den Uzoma und in Nymath ranken sich viele geheimnisvolle Legenden um dieses Volk.

Die Uzoma

Die dunkelhäutigen Ureinwohner Nymaths. Die Uzoma sind ein menschenähnliches Volk, das die Menschen vom Wuchs her jedoch überragt. Sie gewährten einst den Menschen in Nymath Zuflucht und wurden später von ihnen bekämpft. Nachdem die Elben die Uzoma hinter den Nebel verbannten, fielen sie dem Glauben an den dunklen Gott anheim.

Das Geheimnis der Runen

Die Runen sind eine mystische Schriftsprache, überliefert von den alten nordischen Völkern der Germanen. Das Wort Rune bedeutet dabei soviel wie »Raunen« oder »Flüstern«, wird aber auch oftmals mit »Geheimnis« in Verbindung gebracht.

Die ältesten Runenfunde in unserer Welt sind fast 1900 Jahre alt. Man nimmt an, dass sich die Runenschrift im ersten Jahrhundert nach Christus im heutigen Skandinavien entwickelt hat, wobei ihr genauer Ursprung ein Mysterium ist und zu den großen Rätseln der alten nordischen Kulturen zählt.

Mehr als 6500 Funde zeigen, dass die geheimnisvolle Schrift ursprünglich von Skandinavien im Norden über Grönland im Westen und das Gebiet des heutigen Russland im Osten bis nach Griechenland im Süden zum Festhalten von alltäglichen Dingen wie auch für magische Rituale und die Zwiesprache mit den alten Göttern verwendet wurde.

Die ältesten Runen, die in unserer Welt bekannt sind, bilden dabei eine Reihe aus 24 Zeichen und somit eine Art Alphabet, das »älteres Futhark« genannt wird. Das Wort Futhark setzt sich aus den Lauten der ersten sechs Runen der Reihe zusammen.

Im Laufe der Völkerwanderungen und Jahrhunderte wandelten sich Form und Bedeutung der Runen, doch mit dem Siegeszug des Lateinischen wurden die alten Schriftsprachen der nordischen Völker verdrängt. Und mit den Runen versank auch deren Magie im Nebel der Zeit.

In der Welt von Nymath bewahren die Elben das Wissen um die uralte Bedeutung der Runen und deren verborgene magische Kräfte. Mit ihrer Hilfe weben sie mächtige Zauber …

Der Runenkundige wird die ursprüngliche Bedeutung in der folgenden Auslegung des älteren Futhark wieder erkennen und möge gewisse dichterische Freiheiten erlauben.

Das Runenamulett

Die Bedeutung der Runen im Amulett

ᛞ *1. Dagaz – kleiner Mond, Beginn*

Die Energie des Lichts leitet die Magie ein. Diese Rune öffnet den magischen Zyklus, steht gleichzeitig für die persönlichen Ideale und schützt somit die Magie vor Missbrauch, da sie nur mit innerer Überzeugung intoniert werden kann.

ᛉ *2. Algiz – Schutz*

Wichtig bei allen großen Dingen, die getan werden, ist der Schutz der eigenen Person. Ein Grundgedanke des Nebels ist, eine Schutzmauer zu errichten. Die Rune muss zu Beginn der Magie wirken, um das gesamte magische Ritual und die Nebelsängerin zu schützen.

ᛗ *3. Mannaz – denkendes Wesen, Ahnen*

Diese Rune stellt die Verbindung zu den Ahnen her, die das alte Wissen um die klare, ungetrübte Magie hüten – ungeachtet des menschlichen oder elbischen Blutes. Dies gibt der Nebelsängerin Kraft und stellt sicher, dass diese im Sinne der Ahnen genutzt wird.

ᛁ *4. Isaz – Eis*

Eines der wichtigsten Elemente des Nebelzaubers ist dessen ›dunkler‹ Teil. Isaz steht dabei in der Mitte des Zirkels für die eisige Trennung und das Verderben, das notwendig sein kann, um klare Grenzen zu schaffen. Die Rune stellt die Verbindung zwischen dem Reich der Lebenden und dem der Toten her und bildet trotz der Gefahr, die ihr innewohnt, einen Ruhepol.

ᚹ *5. Wunjo – Wonne, Freude*

Diese Rune ist das Gegengewicht zum eisigen Teil von Isaz und hilft der Nebelsängerin, die Einzelkräfte zu bündeln, ohne der dunklen Seite der Magie zu verfallen. Wunjo ist die ausgleichende, harmonische Kraft.

ᚷ *6. Gebo – Gabe*

Sie verleiht der gewobenen Magie eine Richtung, deren Ziel außerhalb der Nebelsängerin liegt und mit der nächsten Rune bestimmt wird. Das verlangt eine große Bereitschaft, die bereits angesammelte magische Macht loszulassen und mit Hingabe dem eigentlichen Zweck zu opfern.

ᛚ *7. Laguz – Wasser*

Diese Rune bestimmt das Ziel des Zaubers: den Fluss Arnad. Sein Wasser bildet als aufsteigender Nebel eine schützende Wand, Isaz verleiht ihr die tödliche Wirkung.

ᚱ *8. Raiðo – Weg, Reise*

Versteckt in den Mondstein geritzt, schließt die achte Rune den magischen Kreis und öffnet der Nebelsängerin das Tor zwischen den Welten. Acht ist die magische Zahl im Runenzauber; erst mit dem achten Zeichen ist die Magie vollständig.

Die Runen des älteren Futhark

ᚠ *1. Rune: (f) Fehu – Vieh, bewegliche Habe*

Bewegliches Eigentum, persönliche Macht, bewegliche Kraft, Reichtum, Verantwortung durch Besitz.

ᚢ *2. Rune: (u) Uruz – Auerochs*

Vitale Kraft, Gesundheit, Heilung, Potenz, männliche Urkraft.

ᚦ *3. Rune: (þ = th) þurisaz – Riese, Thurse, Dorn*

Aktive Verteidigung, Schutz, Vernichtung von Feinden, willentliche Handlung, Machtausübung, Zorn.

ᚨ *4. Rune: (a) Ansuz – Atem, Hauch, göttliches Wesen (der Ase)*

Weisheit, Inspiration, Ekstase, schöne Künste, Dichtung, Wort, Gesang.

ᚱ *5. Rune: (r) Raiðo – Reise, Weg*

Alle Arten von Wegen, passiven Reisen (als sog. Passagier), auch im übertragenen Sinn, innere Führung.

ᚲ *6. Rune: (k) Kaunaz – Fackel, Feuer*

Jede Art von Feuer und Bränden, Herd-, Opfer-, Schmiedefeuer, Fackel, Entzündungen, Geschwür.

ᚷ *7. Rune: (g) Gebo – Geschenk, Austausch*

Gabe/Gegengabe, Opfer(-gabe), Hingabe, Austausch.

ᚹ *8. Rune: (w) Wunjo – Wonne, Fröhlichkeit*

Harmonie, Wohlbefinden, Bindung, Glück, Harmonie zwischen verschiedenen, aber verwandten Kräften, Sippenfriede.

ᚺ *9. Rune: (h) Hagalaz – Hagelkorn*

Winter, Schmerz, Unfall, große, flächendeckende Zerstörung, Schaden jenseits der menschlichen Kontrolle und damit Neubeginn.

ᚾ *10. Rune: (n) Naudiz – Not, Notwendigkeit*

Leid, Überwindung von Leid und Not, Entwicklung der Willenskraft, Erkenntnis der Notwendigkeit, überlegte Handlung aus der Notwendigkeit heraus.

ᛁ *11. Rune: (i) Isaz – Eis*

Starre, Einfrieren, Brücke zwischen dem Reich der Lebenden und der Toten, Ruhe, Konzentration auf das Wesentliche, Brücke zwischen den Welten.

ᛃ *12. Rune: (j) Jera – Jahr, Ernte*

Jera ist die Wiederkehr der Jahreszeiten, der Kreislauf der Natur und der Lebens, Säen und Ernten, Fruchtbarkeit, Fülle, Überfluss.

ᛇ *13. Rune: (ï) Îhwaz – Eibe*

Bindeglied zwischen Gegensätzen, Eibenholz, hart aber biegsam, Bogen, Jagd, Rückfederung, Widerstandskraft.

ᛈ *14. Rune: (p) Perpro – Würfelbecher, Schicksal*

Unkenntnis des Schickals, Spiel, Zufall, Glück, innere Stärke auf der Probe, verborgenes Wissen, Weissagung, Vorzeichen und Vorahnung, Rune der Nornen.

ᛉ *15. Rune: (r, später z) Algiz – Elch, Schutz*

Alle Arten von Schutz, Einfriedung, Verteidigung, Stärke.

ᛊ *16. Rune: (s) Sowilo – Sonne*

Sonnenrad, Wärme, zielgerichtet strömende Kräfte, Erfolg, Stärkung des Willens, Lebenskraft.

ᛏ *17. Rune: (t) Tiwaz – Himmel, Dach (Tyr)*

Himmel, Dach, Polarstern, Weltordnung, Gerechtigkeit, Ehre, Moral, Disziplin, Sieg in gerechter Sache, Opferbereitschaft, Charakterstärke und religiöse Kraft.

ᛒ *18. Rune: (b) Berkano – Birke*

Erdmutter, Schwangerschaft, Geburt, Kreislauf Geburt – Leben – Tod, Wiedergeburt, weibliche Mysterien und Schöpferkraft, mütterlicher Schutz, Bewahrung.

ᛖ *19. Rune: (e) Ehwaz – Pferd*

Vertrauen, Treue, jede Form von aktiver Reise, Beweglichkeit, Geschwindigkeit, harmonischen Zusammenwirken unterschiedlicher Kräfte.

ᛗ *20. Rune: (m) Mannaz – denkendes Wesen (Mensch)*

Gemeinschaft, Gesellschaft, Sippe, Ahnen, Bewusstsein, Geist, Intelligenz, Denken, Vernunft.

ᛚ *21. Rune: (l) Laguz – Wasser, Gewässer*

Wasser in all seinen Formen: Regen, Fluss, Bach, See, Meer, Nebel, Tränen, Körperflüssigkeiten, Tor zu verborgenen Kräften und Mächten, Reinigung, Lebensenergie.

ᛜ *22. Rune: (ŋ = ng) Ingwaz – Wein (Yngvi=Freyr)*

Wachstums- und Reifezeit, Geduld, Trennung von äußeren Einflüssen, um Neues hervorzubringen. Speicherung und Verwandlung von Kräften in geschützter Ruhe .

ᛞ *23. Rune: (d) Dagaz – Tag, Dämmerung*

Licht, Morgen- und Abenddämmerung, Balance, Klarheit, Erleuchtung, Erkenntnis von Zusammenhängen, zyklische Gegensätze.

ᛟ *24. Rune: (o) Opalan – Erbe, unbeweglicher Besitz*

Erbland, Heim, Heimat, Erbbesitz der Sippe, Ahnenerbe, Tradition, Bodenständigkeit, Macht und Wissen früherer Generationen.

Zur Aussprache:
þ wird wie das englische ›th‹ in ›thank‹ ausgesprochen (stimmlos)
ð wird wie das englische ›th‹ in ›father‹ ausgesprochen (stimmhaft)
Î ist ein Zwischenlaut und wird ›e-i‹ ausgesprochen
: Trennzeichen. Es unterteilt die Runenfolgen in Worte und Sinnzusammenhänge.

Weitere Erläuterungen unter:
www.daserbederrunen.de

Songtexte zur Hardcover-Ausgabe

lyrics: Osanna Vaughn
music: Gunther Laudahn

Far Away …

Verse 1:
I close my eyes and I can see, see a river carry me far away …
An open heart that sets me free, whispered magic carry me far away …
Secret realm of twilight hues, hidden path and distant views,
Ancient spring of wisdom found anew.
Feet that barely kiss the ground, wings of eagles homeward bound,
Rise and vanish like the morning dew.

Chorus:
Far away …
Far away …

Verse 2:
In the quiet space I feel spirit legend carry me far away …
A secret tune that sets me free, new enchantment carry me far away …
Crystal glow in caverns deep, half awakened half asleep,
Lead the way to voices silent still.
Racing clouds on wind of light, chase away the fear of night,
Source of joy till I have found my fill.

Chorus:
Far away …
Far away…

Message on the Wind

Verse 1:

A seed is planted in my heart from where my courage grows,
Through deepest dark to brightest light, the sap through branches flows,
The tree takes root, the body climbs, a journey forth unknown,
Standing proud and standing tall, my strength and trust have grown.
My strength and trust have grown ...

Verse 2:

A mountain rises fore my eyes, the peak is lost in cloud,
The scent of hope, the breath of life, I laugh with joy out loud
On secret path to hidden vale, an echo calls my name,
Moving on, the morning comes, I'll never be the same.
I'll never be the same ...

Chorus:

Message on the wind, singing through my mind
Gentle river flowing, breath of star dust glowing,
Message on the wind, voices sweet and kind
Joy and love are growing, peace at last in knowing
Where the journey ends ...

It seems like only yesterday

It seems like only yesterday the path lay clear ahead,
No doubt or anguish filled my mind, no fear of pain, no dread.

It seems like only yesterday my heart was open wide,
Embracing mighty ocean waves, before the turning tide.

It seems like only yesterday the clouds grew dark and grey,
The thunder spoke with mighty words, but what I could not say,
I could not say …

It seems like only yesterday the truth at last revealed,
The sorrow of my heedless steps, the fate of many sealed.

It seems like only yesterday, but time can not turn round,
I can not change one moment past, my destiny is bound,
My destiny is bound …

Quellenhinweis:
Einige Sindarintexte in diesem Buch habe ich mit freundlicher Genehmigung des Webmasters der Seite: www.mellyn.de.vu entnommen.

Soundtrack zur Hardcover-Ausgabe
Das Erbe der Runen – »Die Nebelsängerin«

1. Overture
2. Far Away
3. Message On The Wind
4. It Seems Like Only Yesterday

Total: 12:10 min

Vocals: Anna Kristina
Music: Gunther Laudahn
Lyrics: Osanna Vaughn

Eine Produktion des Musikverlag Ahrenkiel, Hamburg.
www.daserbederrunen.de

Leseprobe aus Monika Felten: Die Feuerpriesterin

Weit im Norden von Nymath, jenseits der endlosen Weite der Nunou, regte sich etwas in den feurigen Abgründen des Wnutu, jenes mächtigen schwarzen Berges, in dessen Innerem die Erde den Wehlfang in pulsierenden Stößen aus ihrem Leib presste.

Das flüssige Feuer, das die tiefe Erdspalte seit Urzeiten in stetem Strom füllte, war in Aufruhr. Funken stoben, und glühende Schlacke sprühte so weit empor, als peitsche ein mächtiger Sturm die brodelnde Oberfläche.

Es war heiß. Unerträglich heiß. Aber Vhara spürte weder die Hitze des Gesteins unter ihren Füßen noch den feurigen Brodem des glühenden Stroms, der kaum drei Armeslängen unter ihr dahinfloss. Nicht der kleinste Windhauch streifte ihr Gewand, als sie langsam auf den schmalen Sims hinaustrat, der wie ein steinerner Finger über die roten Fluten ragte.

Nur einen Schritt vom tödlichen Abgrund entfernt, hielt sie inne, breitete die Arme aus und intonierte mit klarer Stimme die Worte der Anrufung.

Endlose Augenblicke lang geschah nichts.

Dann erklang im Innern des Berges ein dumpfes Grollen wie von einem Erdbeben, während das Tosen des Wehlfangs weiter zunahm. Immer mehr Flammenzungen schossen in die Höhe, leckten an den schwarz glänzenden Wänden des Flussbetts empor und züngelten tastend über den steinernen Sims.

Die Hohepriesterin beachtete sie nicht. Selbst als die Flammen ihre bloßen Fußknöchel umschlangen und mit heißen Zungen über ihre Haut strichen, blieb sie ungerührt stehen und wartete.

Das Grollen wurde lauter, die Erde erzitterte unter heftigen Stößen. Das Beben riss einen schlanken steinernen Zapfen von der

Decke, der sich nur wenige Schritte von Vhara entfernt wie ein Dolch in den glühenden Fluss bohrte. Gleich darauf schoss an derselben Stelle eine gewaltige Fontäne aus den Fluten des Wehlfangs empor, der feurige Schlackeklumpen bis an die Höhlendecke schleuderte, wo sie zerbarsten und als tausendfacher Funkenregen zu Boden fielen.

Es war ein imposantes und zugleich bedrohliches Schauspiel, doch auch davon zeigte sich Vhara unbeeindruckt. Furchtlos verharrte sie auf dem Sims und wich selbst dann nicht zurück, als Dutzende glühender Gesteinsbrocken kaum eine Handbreit neben ihr auf dem Boden aufschlugen.

Das Ritual war ihr nicht neu, und sie wartete mit unerschütterlicher Ruhe auf den Augenblick, da die Fontäne in sich zusammensank und erstarb. Zurück blieb ein feuriger Nebel, dessen Schwaden sich rastlos hin und her bewegten und langsam die geisterhafte Gestalt einer Frau formten.

Die Serkse!

Die Herrin des flüssigen Feuers war in ein Gewand aus feurigen Lohen gehüllt. Das lange Haar wallte ihr wie züngelnde Flammen um den Kopf. Sie war jung, schön und anmutig, doch in den Augen, die das Feuer widerspiegelten, lag keine Wärme. Ihr Blick war so vernichtend wie die Kraft des Feuers, und in ihrer Stimme vereinten sich Spott und abgrundtiefe Verachtung, als sie den Mund öffnete und das Wort an Vhara richtete.

»So ist er also gescheitert.«

»Ein Schlacht ging verloren – nicht aber der Krieg«, erwiderte Vhara kühl. »Hüte deine Zunge, die Macht meines Meisters ist ungebrochen.«

»Es sind die Schlachten, die Kriege entscheiden.« Ein verächtliches Lachen, das wie knisterndes Feuer klang, entfloh den Lippen der Serkse.

»Allein die letzte Schlacht entscheidet.« Vhara blieb unbeirrt. »Du weißt, warum ich gekommen bin.«

»Wie könnte ich das vergessen?« Die Farbe der Flammen, welche die Serkse einhüllten, wechselte von Orange zu einem zornigen

Tiefrot, als sie sich der schmachvollen Niederlage erinnerte, die sie vor vielen Wintern erlitten hatte. »Du bist gekommen, um in seinem Namen einzufordern, was dereinst besiegelt wurde.«

»Ein wahrhaft lächerlicher Preis dafür, dass mein Meister dich und dein *Reich* verschont – nicht wahr?« Vhara nickte, schaute sich um und fragte gereizt: »Im Laufe der Winter dürften einige Dutzend zusammengekommen sein. Wo sind sie?«

»Sie sind hier!« Die Serkse breitete die Arme aus und deutete nach unten. »Der Wehlfang ist ihre Heimat. Ihre Körper sind verbrannt und zu Asche zerfallen, doch die Seelen …«

»Ich bin nicht gekommen, um lange, unsinnige Reden mit dir zu führen.« Vhara machte eine ungeduldige Handbewegung. »Die Vereinbarung sieht vor, dass du mir ein Heer von Kriegern stellst.« Ihre Stimme wurde noch eine Spur schärfer, als sie hinzufügte: »Krieger und nicht die Seelen der Verdammten, die ihr elendes Leben im Feuer des Wehlfangs aushauchten. Also, wo sind sie?«

»Nicht Schlachten allein, auch Ungeduld und Übereifer sind allzu oft eine Quelle des Verderbens«, erwiderte die Serkse herrisch. Ehe Vhara darauf etwas erwidern konnte, hob sie die Arme und murmelte mit geschlossenen Augen Worte, die die Hohepriesterin nicht verstehen konnte.

Wieder erklang das dumpfe Grollen, das Vhara schon einmal gehört hatte. Doch diesmal war es lauter und schien noch näher zu sein. Unter ihren Füßen spürte sie, wie der Fels erbebte, und sah feinen Staub von der Höhlendecke herabrieseln, während unmittelbar hinter ihr das hässliche Geräusch von berstendem Stein ertönte. Mit einer jähen Bewegung wirbelte sie herum und sah, wie sich ein klaffender Riss mit rasender Geschwindigkeit quer durch den Sims zog.

Vier Schritte trennten Vhara vom rettenden Ufer, eine Spanne, die in der verbleibenden Zeit unmöglich überwunden werden konnte. Schon neigte sich der Sims ächzend zur Seite. Kleine Steine versanken zischend in der Glut des Wehlfangs, während die feinen Verästelungen, die dem Riss vorauseilten, die gegenüberliegende Seite des Simses erreichten. Das Rumoren aus den Tiefen des Berges mischte sich mit dem Krächzen des verglühenden Gesteins, und über allem lag das schallende Gelächter der Serkse, die Vharas scheinbar aussichtslose Lage genoss.

Ohne auch nur einen einzigen Schritt zu tun, bewegte Vhara sich blitzartig von dem Sims fort. Für den Bruchteil eines Augenblicks verschwand ihre Gestalt wie von Geisterhand, um gleich darauf am sicheren Ufer wieder zu erscheinen.

Der rettende Zauber kam keinen Augenblick zu früh. Kaum, dass Vhara ihren Fuß auf festen Boden setzte, brach der Sims vollends ab und versank unter brodelndem Zischen in dem flüssigen Feuer.

»Ein nettes Kunststück.« Das Lachen der Serkse erstarb.

Vhara, die das magische Kunststück alle verbliebene Kraft gekostet hatte, hörte den Spott in ihrer Stimme selbst über das Tosen hinweg, das die Höhle erfüllte. Um Atem ringend, stand sie am Ufer des Wehlfangs und lauschte dem unablässigen Dröhnen und Donnern, das den Berg erzittern ließ. Das Beben riss schwarze Gesteinsbrocken von der Decke, die krachend zu Boden fielen oder schäumend in den glutheißen Fluten versanken. Es war, als ginge die unterirdische Welt in dem Chaos aus berstenden Steinen, spritzender Glut und gelben Dämpfen unter.

Dann hörte sie ein Kreischen.

Es war ein grässlicher Laut, so abscheulich, wie kein sterbliches Wesen ihn hervorzubringen vermochte, und so schrill, dass selbst Vhara bis ins Mark erzitterte. Sie presste beide Hände auf die Ohren, doch auch das vermochte dem ohrenbetäubenden Klang keinen Einhalt zu gebieten. Die durchdringenden körperlosen Schreie drangen von überall her auf sie ein und bestürmten selbst ihre Gedanken.

Mit jedem Augenblick, der verstrich, schwollen sie weiter an und vereinten sich mit dem Wüten der Elemente zu einem Furcht erregenden Chor gemarterter Seelen, die ihr unsägliches Leid in das feurige Zwielicht der Höhle herausschrieen.

Niemals zuvor hatte Vhara etwas ähnlich Schreckliches erlebt. Gerade als sie glaubte, es nicht länger ertragen zu können, veränderte sich etwas. Während die Erschütterungen im Boden langsam verebbten, schwangen in dem Kreischen und Heulen andere, neue Töne mit. Zunächst noch sanft wie ein Windhauch, doch bald immer lauter werdend, strich ein tiefes vielstimmiges Seufzen durch die Höhle und trug die Schreie mit sich fort, während die letzten Gesteinsbrocken auf dem Höhlenboden zerbarsten.

Dann war es still. Totenstill … Selbst das unablässige Brodeln und Zischen des Wehlfangs schien verstummt.

Vhara atmete auf, straffte sich und sah sich um.

Die Gestalt der Serkse schwebte noch immer über dem feurigen Strom. Die Herrin über das flüssige Feuer lächelte so ungerührt, als sei nichts geschehen, doch die spöttische Genugtuung, mit der sie Vhara bedachte, sagte mehr als alle Worte.

»Du wolltest Krieger?«, fragte sie, deutete auf den Wehlfang und fügte, ohne eine Antwort abzuwarten, hoheitsvoll hinzu: »Hier sind sie. Damit ist der Pakt erfüllt. Ich werde deine Anwesenheit hier dulden, wie ich es einst zusagte. Willkommen bist du mir nicht. Erwarte also nicht noch einmal Hilfe von mir.«

Vhara sah, wie die Oberfläche des Feuerstroms erneut zu brodeln anfing. Überall stiegen rote Blasen wie schäumendes Blut träge in die Höhe und zerplatzten an der Oberfläche. Manches Mal glaubte sie darin dunkle Flecken zu sehen, die kurz aus der glühenden Masse auftauchten und wieder verschwanden, doch der Eindruck war zu flüchtig, um zu erkennen, was es war.

Als sie den Augenblick der Schwäche überwunden hatte, trat sie näher an das Ufer heran. Endlose Herzschläge lang sah sie nur die seltsamen schwarzen Flecken inmitten der blutigen Blasen, doch dann tauchte ganz unvermittelt das erste abscheuliche Abbild einer schwarzen verstümmelten Hand aus dem Wehlfang auf.